LE GRAND LIVRE DES GNOMES

LES CAMIONNEURS
LES TERRASSIERS
LES AÉRONAUTES

Du même auteur
aux Éditions J'ai lu

Le Peuple du Tapis, *J'ai lu* 4669 et *Librio* 268
De bons présages (en collaboration avec Neil Gaiman), *J'ai lu* 3892

TERRY PRATCHETT

LE GRAND LIVRE DES GNOMES

LES CAMIONNEURS

LES TERRASSIERS

LES AÉRONAUTES

TRADUIT DE L'ANGLAIS PAR PATRICK MARCEL

J'AI LU

Les camionneurs

Encore un pour Rhianna

Une brève histoire du Temps et des gnomes

Les gnomes sont tout petits. En général, les créatures de petite taille vivent peu. Mais peut-être vivent-elles *vite*.

Je m'explique.

Sur la planète Terre, l'éphémère adulte est un des êtres qui vit le moins longtemps. Son existence dure un seul jour. Les créatures bénéficiant de la plus grande longévité sont les pins bristlecone, qui frisent les 4 700 ans, et encore : le résultat n'est pas définitif.

Dans l'affaire, les éphémères paraissent avoir tiré le mauvais numéro. Mais l'envergure effective de votre vie compte moins que sa durée subjective.

Et si, du point de vue d'un éphémère, une heure semblait être un siècle entier? Peut-être les vieux éphémères, assis dans un coin, ronchonnent-ils en déplorant que la vie à la minute actuelle n'arrive pas à la cheville des bonnes vieilles minutes d'antan, quand le monde était jeune et frais, que le soleil brillait plus fort et que les larves avaient encore du respect pour leurs aînés. Tandis que les arbres, dont les réflexes n'ont jamais eu la réputation d'être foudroyants, ont peut-être juste le temps de remarquer que le ciel a une curieuse façon de clignoter, avant d'être saisis par leurs premiers accès de pourriture sèche et de termites.

C'est la Relativité, en quelque sorte. Plus on vit rapidement, plus le temps s'étire. Pour un gnome, un an équivaut à dix années de vie humaine. Souvenez-vous de ça. Mais ne vous tracassez pas trop pour eux. Eux ne s'en font pas. D'ailleurs, ils ne sont pas au courant.

Au commencement...

I. *Au commencement était le Site.*

II. *Et l'esprit d'Arnold Frères (fond. 1905) se déplaçait à la Surface du Site et vit que le Site ne manquait point de Potentiel.*

III. *Car il se trouvait sur la Grand-Rue.*

IV. *Et aux Alentours les Arrêts de Bus ne faisaient point défaut.*

V. *Et Arnold Frères (fond. 1905) dit : que le Grand Magasin soit, et qu'il soit fait de telle sorte que nul n'ait jamais vu son semblable.*

VI. *Qu'il s'étende en longueur de Palmer Street jusqu'aux bornes du Marché aux Poissons, et en largeur, de la Grand-Rue jusqu'aux bornes de Disraeli Road.*

VII. *Qu'il s'élève sur une Hauteur de cinq Étages, plus un Rez-de-Chaussée. Et qu'y resplendissent les Ascenseurs ; que règnent éternellement en sous-sol les Feux de la Chaufferie et que, dominant tous les autres Étages, trône un Service Clientèle d'où* TOUT *pourra être Commandé.*

VIII. *Que telle soit la volonté proclamée d'Arnold Frères (fond. 1905) :* NOUS AVONS TOUT SOUS UN SEUL TOIT. *Et qu'on nomme désormais ce lieu le Grand Magasin d'Arnold Frères (fond. 1905).*

IX. *Et il en fut ainsi.*

X. *Et Arnold Frères (fond. 1905) divisa le Grand Magasin en Rayons, celui de la Quincaillerie, celui de la Corsetterie et celui des Modes, et ainsi de suite, chacun selon son Espèce ; et les Hommes furent créés pour les remplir de* TOUT, *afin que l'on puisse dire : certes,* TOUT *se trouve bien* SOUS UN SEUL TOIT. *Et ainsi parla Arnold Frères (fond. 1905) : que les camions soient, qu'ils soient parés de rouges et d'ors, et qu'ils aillent et se répandent, pour que nul n'ignore qu'Arnold Frères (fond. 1905), Fournisseur Agréé, procure* TOUT.

XI. *Que soient les grottes du Père Noël, et la Quinzaine du Blanc, et les Soldes d'Été, et la Semaine Rentrée des Classes, et qu'à chaque Denrée soit dévolue une saison.*

XII. *Et en ce Grand Magasin vinrent les Gnomes, afin d'y demeurer, pour toujours et à jamais.*

La Gnomenclature, *Fondations, Versets I-XII*

1

Voici l'histoire du Retour à la Maison.

L'histoire du Chemin Critique.

L'histoire du camion qui rugit à travers la cité endormie pour débouler sur les routes de campagne, démolissant les réverbères sur son passage, zigzaguant d'un trottoir à l'autre, fracassant les vitrines des magasins, pour s'arrêter enfin quand la police le prit en chasse. Et quand les humains stupéfaits regagnèrent leur voiture en annonçant : *Hé, écoutez, vous m'entendez ? Y a pas de conducteur à bord !* cela devint l'histoire du camion qui redémarra, abandonna les humains médusés et s'évanouit dans la nuit.

Mais l'histoire ne s'est pas arrêtée là.

Elle n'a pas commencé là, non plus.

Du ciel, pleuvaient la tristesse et l'ennui. Il pleuvait le genre de pluie qui est bien plus mouillée que la pluie ordinaire, celle qui tombe en grosses gouttes qui claquent, celle qui est en fait une mer verticale percée de fentes.

L'averse tambourinait contre les vieux emballages de hamburgers et les cornets de frites vides, dans la corbeille en grillage qui offrait à Masklinn une cachette temporaire.

Regardez-le. Il est trempé. Il a froid. Il est très inquiet. Et il mesure dix centimètres de haut.

En temps ordinaire, la corbeille était un bon territoire de chasse, même l'hiver. On débusquait souvent quelques frites froides dans leur cornet, et parfois un os de poulet. Une ou deux fois, il y avait eu un rat, par-dessus le marché. Oh, les beaux jours, la dernière fois qu'il y avait eu un rat – ils avaient pu se nourrir pendant toute une semaine. Le problème du rat, c'est qu'au bout de trois jours son goût commence sérieusement à perdre son charme. Au bout de trois bouchées, pour être franc.

Masklinn scrutait le parking aux camions.

Le voilà qui arrivait à l'heure pile, dans une gerbe de flaques, et qui s'arrêtait dans un crissement de freins.

Masklinn avait observé l'arrivée du camion chaque mardi matin et jeudi matin depuis quatre semaines. Il avait soigneusement minuté les haltes du chauffeur.

Ils disposaient de trois minutes exactement. Pour quelqu'un de la taille d'un gnome, ça représente une bonne demi-heure.

Il dévala le papier gras, émergea par le fond de la poubelle et courut vers les broussailles en bordure de parking où l'attendaient Grimma et les anciens.

— Il est là! annonça-t-il. Dépêchons-nous!

Ils se mirent debout, en gémissant et en ronchonnant. Masklinn leur avait fait répéter la manœuvre des dizaines de fois. Inutile de crier, il le savait. Ça les irritait, ça les perturbait, et ils n'en ronchonnaient que de plus belle. Ils ronchonnaient quand il y avait des frites froides, même si Grimma les faisait réchauffer. Ils se plaignaient quand il y avait du rat au menu. Masklinn avait sérieusement envisagé de les abandonner, mais il n'avait pu s'y résoudre. Ils avaient besoin de lui. Ils avaient besoin de quelqu'un contre qui ronchonner.

Mais qu'ils étaient donc lents! Masklinn crut qu'il allait éclater en sanglots.

Il préféra se tourner vers Grimma.

— Allez, allez. Bouscule-les un peu, je ne sais pas, moi. Ils ne bougeront jamais!

Elle lui tapota la main.

— Ils ont peur, lui dit-elle. Vas-y. Je te les amène.

Il n'était plus temps de discuter. Masklinn traversa en courant la surface boueuse du parking, en décrochant de son épaule la corde et le grappin. Le crochet lui avait demandé une semaine de travail, à partir d'un bout de fil de fer prélevé sur un grillage, et il avait consacré des jours à s'entraîner; il le faisait déjà tournoyer à hauteur de sa tête quand il atteignit la roue du camion.

Le crochet se planta dans la bâche au-dessus de lui à la deuxième tentative. Masklinn éprouva la solidité de la prise par deux ou trois secousses sèches, puis, ses pieds cherchant un appui sur la surface du pneu, il gravit le filin.

Il avait déjà fait. Oh, trois ou quatre fois. Il plongea sous la lourde bâche et dans l'obscurité qui s'étendait au-delà, halant le filin et l'arrimant le plus solidement possible à une corde aussi large que son bras.

Puis il regagna le bord en rampant et, heureusement, Grimma était bien en train de cornaquer les anciens à travers l'esplanade de gravier. Il pouvait les entendre se plaindre des flaques.

Masklinn trépignait d'impatience.

Il sembla que des heures s'écoulaient. Il leur avait tout expliqué des millions de fois, mais quand ils étaient jeunes, on n'avait jamais chargé les gens à l'arrière de camions et ils ne voyaient pas pour quelle raison ils auraient dû commencer. La vieille Mémé Morkie insista pour que tous les hommes détournent le regard afin, par exemple, de ne pas lorgner sous ses jupes, et le vieux Torritt geignit tant et si bien qu'on dut le faire redescendre pour que Grimma lui bande les yeux. La situation s'améliora un peu quand Masklinn eut fait monter quelques personnes qui purent le seconder avec la corde, mais le temps commençait à manquer.

Il fit grimper Grimma en dernier. Elle était très légère. Tout le monde pesait peu, à vrai dire. Ce n'était pas tous les jours qu'on mangeait du rat.

Étonnant. Le groupe entier était à bord. Pendant la durée de l'opération, Masklinn avait gardé l'oreille dressée et guetté un bruit de pas sur le gravier, le claquement de la portière du chauffeur. Il n'avait rien entendu.

— Parfait, conclut-il en tremblant encore de l'effort fourni. C'est réglé. Maintenant, si on all…

— J'ai fait tomber le Truc, déclara le vieux Torritt. Le Truc. J'l'ai laissé tomber, tu vois donc pas ? Y m'a échappé quand j'étais à côté de la roue, pendant que Grimma me bandait les yeux. Allez, va le chercher, gamin.

Masklinn le contempla avec horreur. Puis il sortit la tête de sous la bâche et, hé oui, il le vit, tout en bas. Un minuscule cube noir par terre.

Le Truc.

Il reposait dans une flaque, mais cela ne l'endommagerait pas. Rien ne pouvait abîmer le Truc. Ça ne brûlait même pas.

Soudain, il entendit un bruit de pas lents sur le gravier.

— On n'a pas le temps, souffla-t-il. On n'a vraiment plus le temps.

— On peut pas partir sans, protesta Grimma.

— Mais si, bien sûr. C'est juste un... un truc. On n'aura pas besoin de cette bêtise, là où on va.

Il se sentit coupable dès qu'il eut prononcé ces mots, étonné que ses lèvres aient osé proférer de telles paroles. Grimma paraissait horrifiée. Mémé Morkie se redressa de toute sa taille, en tremblotant.

— Puisses-tu être pardonné ! aboya-t-elle. Quelle horreur, de dire ça ! Allez, dis-lui, Torritt !

Elle décocha à Torritt un coup de coude dans les côtes.

— Si on emporte pas le Truc, eh ben, moi, j'pars pas non plus, bougonna Torritt. C'est pas...

— T'entends ? C'est ton chef qui te parle, coupa Mémé Morkie. Alors, fais ce qu'on te dit. Le laisser derrière nous, non mais des fois ! Ce serait honteux. Ça se fait pas, des choses comme ça. Alors descends, va le chercher tout de suite.

Masklinn regarda les flaques de boue sans mot dire, puis, avec un élan de désespéré, il jeta le filin par-dessus bord et s'y laissa glisser.

La pluie avait redoublé et un soupçon de grésil s'y mêlait. Le vent le gifla durant sa descente à flanc de pneu et lors de son atterrissage brutal dans la flaque. Il tendit la main, ramassa le Truc...

Et le camion commença à s'ébranler.

D'abord, ce fut un rugissement, si puissant qu'il quittait le domaine de l'audible pour devenir tangible, comme un mur de bruit. Puis il y eut une décharge d'air nauséabond et une vibration fit trembler le sol.

Masklinn donna une secousse sèche sur le filin et cria qu'on le hisse, mais il s'aperçut que lui-même ne s'entendait plus. Heureusement, quelqu'un, Grimma sans doute, dut comprendre ce qu'il fallait faire parce que, juste au moment où l'immense roue se mettait à tourner, le filin se tendit et Masklinn se sentit soulevé de terre.

Il rebondit, oscilla comme un pendule tandis qu'on le halait, avec une douloureuse lenteur, le long du pneu qui tournoyait à quelques centimètres de lui, flou, noir, glacé. Le martèlement continuait de résonner sous son crâne pendant tout ce temps.

Je n'ai pas peur, se répéta-t-il. Je n'ai jamais rien vécu de pire, mais ça ne me fait pas peur. C'est trop horrible pour être effrayant.

Il avait l'impression de se trouver dans un cocon minuscule et chaud, isolé du bruit et du vent. Je vais mourir, songea-t-il, et mourir bêtement, à cause de ce Truc qui n'a jamais rien fait pour nous, ce simple morceau d'on ne sait quoi ; voilà, je vais mourir et monter aux Cieux. Je me demande si le vieux Torritt a raison sur ce qui se passe après qu'on est mort ? Ça paraît un peu excessif de devoir mourir pour être fixé. J'ai inspecté le ciel chaque soir depuis des années et je n'y ai jamais aperçu le moindre gnome...

Mais c'était sans importance, des considérations extérieures à sa personne, sans réalité...

Des mains jaillirent pour l'attraper, le saisir par les aisselles et le tirer dans l'espace bruyant sous la bâche. Après quelques difficultés, on desserra sa prise crispée sur le Truc.

Derrière le camion lancé à pleine vitesse, de nouvelles draperies de pluie grise s'étalaient sur les champs désolés.

Et, dans toute la région, il n'y eut plus de gnomes.

Il y en avait eu de grands nombres, en un temps où la pluie semblait moins fréquente. Masklinn se souvenait d'en avoir vu au moins une quarantaine. Et puis la voie rapide était arrivée, on avait canalisé le ruisseau dans des tuyaux souterrains et arraché les haies voisines. Les gnomes avaient toujours trouvé refuge dans les coins de ce monde. Brusquement, les coins avaient presque tous disparu.

Les rangs des gnomes commencèrent à se clairsemer. Les causes naturelles avaient été responsables d'une grosse partie des pertes. Quand on mesure dix centimètres, les causes naturelles regroupent tout ce qui a des crocs, de la vitesse et un solide appétit. Et puis une nuit, Pyrrince, certainement le plus aventureux d'entre eux tous, avait lancé une expédition de la dernière chance *vers l'autre côté de la voie rapide*, pour explorer les bois d'en face. Personne n'était jamais revenu. Pour certains, c'était la faute des buses. Pour d'autres, d'un camion. Un troisième groupe prétendait même qu'ils étaient parvenus à mi-chemin et qu'ils étaient désormais prisonniers du terre-plein central, entre deux interminables files de bolides.

Ensuite, on avait construit le café en bordure d'autoroute, un peu plus loin. La situation s'était quelque peu améliorée. Du moins, selon la vision qu'on avait des choses. Si on considérait des frites froides abandonnées et des miettes de poulet gris comme de la nourriture, alors tout le monde avait suffisamment à manger.

Et puis le printemps était arrivé. Masklinn regarda autour de lui et découvrit qu'ils n'étaient plus que dix, dont huit trop vieux pour se mouvoir aisément. Le vieux Torritt avait presque dix ans.

Ils avaient vécu un été épouvantable. Grimma avait chargé ceux qui en étaient encore capables de raids nocturnes sur les poubelles, et Masklinn s'était risqué à chasser.

Chasser tout seul, c'était mourir un peu à chaque sortie. Le gibier, en général, vous considérait aussi comme du gibier. Et même quand vous aviez de la chance et que vous tuiez quelque chose, comment vouliez-vous rapporter votre proie à la maison ? Le rat avait exigé deux jours d'efforts, y compris les périodes de retranchement nocturne, passées à repousser les attaques d'autres bestioles. Avec dix chasseurs valides, on pouvait entreprendre ce qu'on voulait – piller les ruches, piéger des souris, capturer des taupes, *n'importe quoi* – mais un chasseur tout seul, sans personne pour surveiller ses arrières dans les herbes hautes, devenait simplement le prochain plat sur le menu de toute créature dotée de griffes ou de serres.

Pour trouver assez à manger, il fallait beaucoup de chasseurs en pleine forme. Mais pour avoir beaucoup de chasseurs en pleine forme, il fallait manger suffisamment.

— Ça ira mieux cet automne, lui avait dit Grimma en lui bandant le bras qu'un blaireau avait mordu. Il y aura des champignons, des baies sauvages, des noisettes, de tout.

En fait, il n'y avait pas eu de champignons, et il avait tant plu que la plupart des baies avaient pourri sur pied avant que de mûrir. Mais les noisettes n'avaient pas manqué. Le plus proche noisetier se trouvait à une demi-journée de marche. Masklinn pouvait transporter une douzaine de noisettes s'il les décortiquait et qu'il les traînait dans un sac en papier récupéré dans la poubelle. Le trajet demandait une journée, sous la menace perpétuelle des buses, et la nourriture ainsi obtenue ne durait pas plus d'un jour.

C'est alors que les pluies avaient provoqué un effondrement à l'arrière du terrier. Sortir était presque devenu un plaisir. Ça valait mieux que d'entendre tout le monde ronchonner qu'il ne faisait pas les réparations qui s'imposaient. Oh, et il y avait eu l'histoire du feu, aussi. On devait entretenir un foyer à l'entrée du terrier, tant pour faire la cuisine que pour éloigner les rôdeurs nocturnes. Mémé Morkie s'était endormie une nuit et l'avait laissé s'éteindre. Elle avait quand même eu la bonne grâce d'en être contrite.

En revenant cette nuit-là, Masklinn considéra un long moment le tas de cendres froides, avant de planter son épieu en terre et d'éclater de rire, mais de rire, jusqu'à ce qu'il en pleure. Il ne pouvait plus regarder personne en face. Il dut sortir s'asseoir, et Grimma finit par lui apporter du thé d'orties dans une noisette. Du thé d'orties *froid*.

— Ils sont tous très embêtés, risqua-t-elle.

Masklinn eut un rire qui sonnait creux.

— Oh oui, je m'en doute. Je les ai entendus : *Ramène-moi donc un mégot, gamin, j'ai plus de tabac*, et *On ne mange plus de poisson, ces temps-ci, tu pourrais aller faire un petit tour à la rivière* et *Moi, moi, moi, vous autres les jeunes, vous ne pensez qu'à vous ; de mon temps…*

— Ils font de leur mieux, répondit Grimma avec un soupir. Mais ils ne comprennent pas la situation. Nous étions des centaines quand ils étaient jeunes.

— Ça va prendre des jours pour faire repartir ce feu, répondit Masklinn.

Ils possédaient un verre de lunettes ; il ne fonctionnait que par les journées très ensoleillées.

Masklinn tapotait distraitement des pieds dans la boue.

— J'en ai assez, finit-il par dire d'une voix calme. Je m'en vais.

— Mais nous avons besoin de toi !

— Moi aussi, j'ai besoin de moi. Franchement, tu crois que c'est une vie, pour moi ?

— Mais si tu t'en vas, ils vont mourir !

— Ils mourront, même si je reste.

— C'est méchant de dire ça.

— Mais c'est la vérité. Tout le monde mourra un jour. Même nous. Regarde-toi. Tu passes ton temps à faire la lessive, le ménage, la cuisine et à leur courir après. Et tu as presque trois ans ! Il serait temps que tu vives ta vie.

— Mémé Morkie s'est bien occupée de moi quand j'étais petite, répondit Grimma comme pour se justifier. Toi aussi, tu seras vieux, un jour.

— Tu crois ? Et qui s'usera les doigts à travailler pour moi ?

Masklinn sentait la colère monter en lui, de façon irrépressible. Il avait raison, il en était persuadé. Mais il se sentait quand même en tort, ce qui rendait sa position détestable.

Il avait longtemps réfléchi à tout cela et ses ruminations le laissaient toujours furieux, mal à l'aise. Les malins, les téméraires, les braves, tous étaient partis depuis longtemps, d'une façon ou d'une autre. *Bon vieux Masklinn*, avaient-ils dit, *solide gaillard, surveille les anciens, on sera de retour avant que tu aies eu le temps de dire* ouf, dès *qu'on aura trouvé un endroit meilleur*. Et chaque fois que ce bon vieux Masklinn y repensait, il leur en voulait d'être partis. Il s'en voulait d'être resté. Il cédait toujours, voilà son problème. Il le savait bien. En dépit de toutes ses belles résolutions, il optait toujours pour la facilité.

Grimma le regardait d'un air furibond.

Il haussa les épaules.

— D'accord, d'accord, ils viendront avec nous, dit-il.

— Ils ne voudront pas, tu le sais. Ils sont trop vieux. Ils ont tous grandi par ici. Ils s'y plaisent.

— Ils s'y plaisent parce qu'on est là tous les deux à leur service, marmonna Masklinn.

Ils abandonnèrent le sujet. Au menu, ce soir-là, il y avait des noisettes. Celle de Masklinn était rongée par un ver.

Après manger, il sortit et s'assit au sommet du talus, le menton dans les mains, et contempla encore une fois la voie rapide.

C'était un fleuve de lueurs blanches et rouges. À l'intérieur de ces caisses, des humains menaient les affaires mystérieuses qui peuvent bien occuper des humains. En tout cas, ils étaient perpétuellement pressés de s'y adonner.

Masklinn était prêt à parier qu'ils ne mangeaient pas de rat, eux. Les humains avaient vraiment la belle vie. Ils étaient gros et lents, mais ils n'étaient pas obligés de vivre dans des terriers humides, ou d'attendre que de vieilles gâteuses laissent le feu s'éteindre. Ils n'avaient jamais de vers dans leur thé. Ils allaient où bon leur semblait, ils faisaient ce qui leur chantait. Le monde était à eux.

Et à longueur de nuit, ils allaient et venaient à bord de leurs petits camions illuminés. Ils ne dormaient donc jamais ? Il devait y en avoir des centaines.

Il avait rêvé de partir dans un de ces camions qui s'arrêtaient souvent au café. Rien de plus facile – enfin, tout est relatif – que de s'introduire à bord. Ils étaient tout propres, tout luisants, ils devaient bien aller quelque part qui valait mieux qu'ici. Et puis, tout compte fait, quel choix restait-il ? Les gnomes ne passeraient pas l'hiver, s'ils demeuraient ici. Quant à se lancer à pied à travers champs, avec le mauvais temps qui s'annonçait, mieux valait ne pas y songer.

Il ne mettrait jamais son idée à exécution, bien entendu. On ne passe jamais à l'action, en définitive. On se contente de rêver en suivant des yeux les lumières chuintantes.

Et au-dessus de ces clartés filantes, les étoiles. D'après Torritt, les étoiles étaient très importantes. En cet instant précis, Masklinn ne partageait pas ce point de vue. Ça ne se mangeait pas. Ça n'éclairait même pas correctement. Les étoiles ne servent pas à grand-chose, quand on y réfléchit bien…

Quelqu'un poussa un hurlement.

Le corps de Masklinn se remit debout avant même que son cerveau ait envisagé de le faire, et il se hâta en silence à travers les maigres fourrés en direction du terrier.

Là, la tête entièrement enfoncée sous la terre et la queue en panache s'agitant frénétiquement vers les étoiles, se trouvait un renard. Masklinn le reconnut. Il lui avait déjà échappé de justesse à plusieurs reprises.

Quelque part sous le crâne de Masklinn, la zone qui était réellement lui – une zone qui attirait les sarcasmes du vieux Torritt plus souvent qu'à son tour – fut horrifiée de le voir s'emparer de son épieu, encore fiché en terre à l'endroit où il l'avait abandonné, et en frapper de toutes ses forces une patte arrière du renard.

On entendit un jappement étouffé et l'animal se dégagea en reculant tant bien que mal, pour tourner un masque mauvais et écumant contre son bourreau. Deux yeux jaunes et brillants se fixèrent sur Masklinn qui s'appuya sur son épieu, le souffle court. C'était un de ces moments où le temps semble couler au ralenti, où tout prend soudain un aspect plus réel. Lorsqu'on sait qu'on va mourir, les sens passent probablement en surmultipliée pour amasser le plus de détails possible, tant que c'est encore faisable…

Sur le museau de la créature, on distinguait des taches de sang.

Masklinn sentit la fureur monter en lui. Elle se dilata comme une énorme bulle. Il ne possédait pas grand-chose et ce sale *monstre* venait encore prendre le peu qu'il avait.

Quand il vit sortir la langue rouge, il sut qu'il n'avait que deux options. Fuir ou mourir.

Et donc il attaqua. L'épieu quitta sa main comme un oiseau prend son essor, frappant le renard à la lèvre. La bête cria et se frotta la blessure avec la patte. Masklinn se mit à courir comme un fou, traversa la surface de terre battue, mû par la rage, et bondit, empoigna par paquets la fourrure rousse et malodorante, se hissa le long du flanc du renard pour se retrouver à cheval sur sa nuque, tira son couteau de pierre et frappa, frappa, sur tout ce qui allait de travers en ce monde…

Le renard poussa un nouveau cri et détala. S'il avait été capable de réfléchir à ce moment-là, Masklinn aurait compris que son couteau n'avait guère d'autre effet que d'exciter la créature. Mais cette dernière n'avait pas l'habitude de voir ses repas se rebiffer avec une telle rage et ne songeait qu'à une chose : la fuite. Elle gravit le talus, puis le dévala à pleine allure, en direction des lumières de la voie rapide.

Masklinn retrouva ses capacités de réflexion. Le grondement de la circulation lui emplit les oreilles. Il lâcha prise et se jeta dans les hautes herbes tandis que la créature s'élançait sur l'asphalte.

Masklinn atterrit lourdement et fit quelques roulés-boulés, le souffle coupé.

Mais il se souvenait de ce qui s'était passé ensuite. La mémoire lui en resta longtemps, bien après qu'il eut vu tant de choses tellement plus extraordinaires qu'elles auraient dû monopoliser tout l'espace disponible.

Le renard, aussi figé qu'une statue dans la clarté des phares, lança un feulement de défi tout en tentant de faire baisser les yeux à dix tonnes de métal lancées sur lui à cent vingt kilomètres à l'heure.

Il y eut un choc, un chuintement, le noir.

Masklinn resta longtemps couché, face contre terre, dans la fraîcheur de la mousse. Puis, redoutant ce qu'il allait découvrir, faisant de son mieux pour ne rien imaginer, il se remit debout et rentra vers ce qui restait de son foyer.

Grimma attendait à l'entrée du terrier, brandissant une branchette en guise de gourdin. Elle pivota et faillit fracasser le crâne de Masklinn quand il émergea des ténèbres en titubant pour s'adosser contre le talus. D'une main lasse, il écarta la branchette.

— On ne savait pas où tu étais, dit-elle d'une voix proche de l'hystérie. On a juste entendu du bruit il était là tu aurais dû être avec nous il a attrapé Mr. Mert et Mrs. Coom et il grattait avec ses pattes pour…

Elle s'interrompit et sembla se ratatiner.

— Oui, merci, répondit Masklinn, glacial. Je vais très bien, c'est bien aimable à toi.

— Qu'est-ce… qu'est-ce qui s'est passé ?

Il l'ignora, s'enfonça dans les ténèbres du terrier et se coucha. En sombrant dans un sommeil profond et froid, il entendit les chuchotements des anciens.

J'aurais dû être là, pensa-t-il.

Ils comptent sur moi.

On va s'en aller. Tous ensemble.

L'idée lui avait paru bonne, à ce moment-là.

Maintenant, la situation n'était plus la même.

Pour l'heure, les gnomes étaient regroupés à un bout du grand volume noir qui occupait l'intérieur du camion. Ils gardaient le silence. Ils n'avaient pas la place de faire du bruit. Le grondement du camion emplissait tout l'espace disponible, d'un bord à l'autre. Parfois, il hésitait, avant de reprendre. À l'occasion, un cahot secouait tout le véhicule.

Grimma vint rejoindre Masklinn en rampant sur le plancher tressautant.

— Ça va prendre combien de temps pour arriver? s'enquit-elle.

— Pour arriver où ? demanda Masklinn.

— À l'endroit où on va.

— Je n'en sais rien.

— Parce que… c'est qu'ils ont faim.

Ils avaient perpétuellement faim. Masklinn considéra d'un œil désespéré le groupe des anciens. Un ou deux l'observaient avec une évidente expectative.

— Je n'y peux rien, répondit-il. Moi aussi, j'ai faim, mais il n'y a rien. Le camion est vide.

— Mémé Morkie est très contrariée quand elle saute un repas.

Masklinn lança à Grimma un long regard atone. Puis il alla rejoindre le groupe en rampant et s'assit entre Torritt et la vieille femme.

Il s'aperçut soudain qu'il n'avait jamais discuté avec eux. Quand il était petit, c'étaient des géants qui échappaient à la sphère de son univers. Plus tard, il avait fait partie du groupe des chasseurs. Et il avait passé l'année qui venait de s'écouler à courir après la nourriture ou un sommeil réparateur. Mais il savait pourquoi Torritt était le chef de la tribu. Rien de plus normal : c'était leur doyen. La charge de chef revenait toujours au doyen d'âge, pour parer à toute dispute. Pas à la *doyenne*, évidemment : tout le monde savait qu'une telle notion était absurde. Mémé Morkie elle-même était inflexible sur ce sujet. Ce qui était un peu bizarre, parce qu'elle traitait Torritt comme un vieux fou et qu'il ne prenait jamais de décision sans lui jeter auparavant un petit coup d'œil en biais. Masklinn poussa un soupir en contemplant ses genoux.

— Écoutez, je ne sais pas combien de temps…

— T'inquiète pas pour moi, mon p'tit, interrompit Mémé Morkie, qui semblait s'être bien remise. C'est plutôt palpitant tout ça, non ?

— Mais ça va peut-être prendre un temps infini. Je ne me doutais pas que ça durerait si longtemps, c'était une idée idiote…

Elle le tapota d'un doigt osseux.

— Jeune homme, j'ai connu le Grand Hiver de quatre-vingt-six. Un véritable enfer. Alors, sur le chapitre de la faim, tu ne m'apprendras plus rien. Grimma est gentille, mais elle se tracasse toujours beaucoup trop.

— Mais je ne sais même pas où on va ! explosa Masklinn. Je vous demande pardon !

Torritt, assis avec le Truc sur ses genoux pointus, le considéra avec un regard de myope.

— On a le Truc, dit-il. Il nous indiquera le Chemin. Comme il l'a toujours fait.

Masklinn hocha la tête d'un air lugubre. Curieux, comme Torritt connaissait toujours la volonté du Truc. Pour un simple objet noir et cubique, le Truc avait des opinions bien arrêtées sur l'importance de faire des repas réguliers, et de toujours écouter ce que disent les anciens. Il semblait avoir réponse à tout.

— Et ce Chemin-ci, où est-ce qu'il nous conduit ? demanda Masklinn.

— Tu le sais très bien. Aux Cieux.

— Oh. Suis-je bête.

Masklinn décocha au Truc un regard mauvais. L'objet ne racontait rien du tout au vieux Torritt, il en aurait juré ; bien qu'ayant l'ouïe plutôt fine, il n'avait jamais rien entendu. Ça ne disait rien, ça ne bougeait pas. Ça ne savait faire qu'une seule chose : avoir l'air noir et cubique. Pour ça, le Truc était très fort.

— Ce n'est qu'en suivant scrupuleusement le Truc en tout point qu'on sera sûrs d'aller aux Cieux, déclara Torritt sur un ton mal assuré (comme si on lui avait répété la même chose il y a très longtemps et que, même à l'époque, il n'avait pas tout compris).

— Oui, d'accord, répondit Masklinn.

Il se remit debout sur le plancher mouvant et alla jusqu'à la bâche. Là, il s'arrêta un instant pour prendre son courage à deux mains, puis il passa la tête par l'interstice.

Il ne vit rien, que des formes floues et des lumières, que baignaient des odeurs bizarres.

Rien ne se passait comme il aurait fallu. L'idée avait semblé tellement raisonnable, en cette nuit d'il y a une semaine. Tout plutôt que de rester sur place. L'évidence était alors patente. Cependant… curieux, quand même. Les anciens ne se gênaient pas pour ronchonner quand les choses n'allaient pas selon leur goût; pourtant, en ce moment où tout semblait mal engagé, ils paraissaient presque guillerets.

Les gens sont beaucoup plus compliqués qu'on ne le croit. Peut-être le Truc était-il capable d'énoncer ce genre de pensée profonde, quand on savait l'interroger.

Le camion tourna, poursuivit sa course en descendant dans les ténèbres et soudain, sans crier gare, stoppa. Masklinn se retrouva en train de contempler un immense espace éclairé, rempli de camions et d'*humains*…

Il rentra prestement la tête à couvert et fila retrouver Torritt.

— Euh…

— Oui, mon p'tit gars?

— Le Ciel. Les humains y vont, aussi?

Le vieux gnome secoua la tête.

— *Les* Cieux, dit-il. Y en a pas qu'un, tu comprends? Et seuls les gnomes y vont.

— Tu en es bien sûr?

— Oh, que oui, sourit Torritt, radieux. Oh, certes, ils ont p't-êt' leurs cieux à eux, j'en jurerais pas. Mais c'est pas les mêmes que les nôtres, ça fait pas un pli.

— Ah bon.

Torritt considéra à nouveau le Truc.

— On s'est arrêtés, remarqua-t-il. Où on est?

Masklinn plongea son regard las dans les ténèbres.

— Je crois que je ferais bien d'aller voir.

Dehors, retentirent des coups de sifflet et le lointain tonnerre de conversations humaines. Les lumières s'éteignirent. On entendit un fracas, suivi par un claquement, et le silence régna.

Au bout d'un moment, l'arrière d'un des camions silencieux fut le théâtre d'un léger remue-ménage. Une longueur de cordage pas plus épaisse que du fil tomba jusqu'au sol maculé d'huile.

Une minute s'écoula. Puis, descendant en rappel avec beaucoup de précautions, une petite silhouette massive descendit et se laissa tomber sur le sol. Elle resta immobile, solide comme un roc pendant quelques secondes après son atterrissage, ne bougeant que ses yeux.

Elle n'était pas complètement humaine. Le nombre de bras et de jambes correspondait bien à la norme, les options, genre yeux et autres, se situaient aux emplacements traditionnels, mais la silhouette vêtue de peaux de souris qui se mouvait maintenant sur le sol noyé d'ombre ressemblait à une armoire normande à pattes. Les gnomes sont si râblés qu'un lutteur de sumo paraîtrait rachitique en comparaison. À la démarche de celui-ci, on avait l'impression qu'il était plus coriace que du vieux cuir.

Masklinn était en fait littéralement mort de peur. Il ne reconnaissait rien autour de lui, à part l'odeur *des sens*, qu'il avait appris à associer à la présence d'humains et surtout à celle de camions (Torritt lui avait expliqué avec hauteur que *les sens* étaient une eau inflammable que buvaient les camions ; c'est à ce moment-là que Masklinn avait compris que le vieux gnome avait complètement perdu les pédales. C'était une évidence. L'eau ne brûle pas).

L'endroit était incompréhensible. D'immenses boîtes se dressaient tout autour de lui. Il y avait de grands morceaux de métal qui semblaient fabriqués. Le ciel humain, sans erreur possible. Les humains raffolaient du métal.

Masklinn contourna un mégot avec prudence. Il faudrait penser à le ramener pour Torritt.

Il y avait d'autres camions en ce lieu. Tous silencieux. Masklinn conclut qu'ils étaient tombés sur un nid. Il en déduisit qu'on ne devait pas y trouver d'autre nourriture que *les sens*.

Il se détendit un peu et entreprit de fouiner sous un banc dressé contre un mur, un banc de la taille d'une maison. Il y trouva des amas de vieux papiers et, guidé par une odeur qui était en cet endroit plus forte que *les sens*, il découvrit tout un trognon de pomme. La pulpe commençait à brunir, mais ça restait une belle trouvaille.

Il le chargea sur son épaule et fit demi-tour.

Un rat le considérait d'un air pensif. C'était un rat nettement plus gros, plus lustré, que les créatures qui disputaient aux gnomes les détritus de la poubelle. L'animal se laissa tomber à quatre pattes et trottina vers Masklinn.

Masklinn se retrouva aussitôt en pays de connaissance. Ces formes noires et gigantesques, ces boîtes et ces odeurs abominables, le laissaient perplexe, mais un rat, il savait ce que c'était et comment le traiter.

Il lâcha le trognon, amena lentement, soigneusement, son épieu en position, visa un point situé juste entre les deux yeux de la créature…

Deux choses se passèrent simultanément.

Masklinn s'aperçut que le rat portait un petit collier rouge.

Et une voix lança :

— Ne fais pas ça ! J'ai mis longtemps à le dresser. Bonnes Affaires ! Mais d'où tu sors, toi ?

Le nouveau venu était un gnome. Du moins, tout poussait Masklinn à le croire : sa taille, sa démarche.

Mais ses vêtements…

Quand on est un gnome sensé, la couleur de base de toute garde-robe est le boueux. Rien de plus logique. Grimma connaissait cinquante façons d'extraire la teinture des plantes et toutes fournissaient une couleur qui, quand on allait bien au fond des choses, était du boueux. Parfois du boueux jaune ou du boueux brun, et même du boueux verdâtre, mais bon : ça restait du boueux. Parce qu'un gnome qui va se promener vêtu d'une joyeuse livrée de bleus et de rouges éclatants a une espérance de vie d'environ une demi-heure avant de connaître un destin digestif.

Mais ce gnome-ci ressemblait à un arc-en-ciel. Il portait une parure chamarrée de tissus beaux comme un sac de chips, une ceinture cloutée de bouts de verre, des bottes en cuir véritable et un chapeau surmonté d'une plume. En parlant, il faisait machinalement claquer contre sa cuisse une lanière de cuir qui se révéla être la laisse du rat.

— Eh bien ? lança-t-il. Réponds !

— Je descends du camion, répondit brièvement Masklinn en surveillant le rat.

La bestiole arrêta de se gratter l'oreille, lui jeta un coup d'œil, avant d'aller chercher refuge derrière son maître.

— Qu'est-ce que vous faisiez là-dedans ? Allez, réponds !

Masklinn se redressa.

— Nous voyagions, répondit-il.

Le gnome lui jeta un regard noir.

— Voyager ? C'est quoi ?

— On se déplace. Vous savez, quitter un endroit pour aller dans un autre.

Cette réponse sembla produire un effet étrange sur l'inconnu. Sans devenir vraiment poli, il adoucit le ton de sa voix.

— Essaierais-tu de prétendre que tu viens du *Dehors* ?

— Exactement.

— Mais c'est impossible !

— Ah bon ?

Masklinn commençait à s'inquiéter.

— Il n'y a rien, Dehors ! insista l'étranger.

— Ah bon ? Ben, c'est pourtant bien de là qu'on vient, apparemment. Il y a un problème ?

— Tu veux dire... De Dehors pour de bon ? fit le gnome en s'approchant à petits pas.

— Ben, oui, je crois. On n'y a jamais beaucoup réfléchi. Où est-ce qu'on se tr...

— Ça ressemble à quoi ?

— Quoi ?

— Dehors ! Ça ressemble à quoi ?

Masklinn resta perplexe.

— Ben, euh... c'est... plutôt grand...

— Et puis ?

— Et, euh... y a du dehors partout...

— Et puis ? Et puis ?

— Avec, tu sais, des machins...

— C'est vrai que le plafond est si haut qu'on ne le voit même pas? demanda le gnome qui, apparemment, ne tenait plus en place à force d'excitation.

— Je ne sais pas. C'est quoi, un plafond?

— Ça, répondit le gnome en levant le doigt vers un toit fait de poutrelles et d'ombres.

— Oh, je n'ai jamais rien vu de ce genre. Dehors, c'est bleu ou gris, avec des machins blancs qui flottent dedans.

— Et… et… les murs sont très très écartés et il y a une sorte de moquette verte qui pousse sur le sol? demanda le gnome, en dansant d'un pied sur l'autre.

— Je sais pas, répondit Masklinn, de plus en plus mystifié. C'est quoi, la moquette?

— Oh, bon sang!

Le gnome parut se reprendre et tendit une main tremblante.

— Je me nomme Angalo. Angalo de Merceri. Haha! Mais, bien sûr, ça ne signifie rien pour vous! Et voici Bobo.

Le rat parut esquisser un sourire. Masklinn n'avait jamais vu personne donner un nom à un rat, à part *repas*, peut-être, quand on y était obligé.

— Moi, c'est Masklinn. Je peux faire descendre les autres? Le voyage a été long.

— Oh, bon sang. Bien sûr! Tous venus de Dehors? Mon père ne me croira jamais!

— Excusez-moi, je ne comprends pas. Qu'y a-t-il de si étonnant? Nous étions dehors. Maintenant, on est dedans.

Angalo l'ignora. Il contemplait les autres qui descendaient le filin en ronchonnant, à cause de leurs courbatures.

— Et il y a des vieux, aussi! Et ils nous ressemblent! Ils n'ont même pas la tête pointue, rien! s'émerveilla Angalo.

— Insolent! jeta Mémé Morkie.

Angalo cessa de sourire.

— Madame, répliqua-t-il sur un ton glacial, savez-vous bien à qui vous vous adressez?

— À quelqu'un qui a encore l'âge de se prendre une bonne fessée, dit Mémé Morkie. Si j'étais vraiment comme vous, freluquet, je me surveillerais davantage. Des têtes pointues, je vous demande un peu!

La bouche d'Angalo s'ouvrit et se referma en silence. Puis il déclara :

— C'est stupéfiant ! Enfin, je veux dire… Dorcas disait que même si la vie parvenait à se développer en dehors du Grand Magasin, elle ne ressemblerait à rien de ce que nous connaissons ! Je vous en prie, je vous en prie, veuillez me suivre.

Tandis qu'Angalo se hâtait vers l'autre bout du nid de camions, ils échangèrent un regard, avant de se décider à le suivre. Ils n'avaient guère le choix.

— Je me souviens du jour où ton père est resté trop longtemps au soleil. Il débitait des fariboles, exactement comme celui-ci, chuchota Mémé Morkie.

Torritt sembla arriver à une décision. Ils attendirent poliment de la connaître.

— Je me dis… Je me dis qu'on devrait manger son rat.

— Oh, toi, tais-toi, jeta Mémé par pur réflexe.

— Ben ? C'est moi, le chef. T'as pas le droit de t'adresser comme ça au chef, geignit Torritt.

— Mais oui, bien sûr que c'est toi, le chef, aboya Mémé Morkie. Qui a dit le contraire ? J'ai dit le contraire ? Non. C'est toi, le chef.

— Ah ! fit Torritt en reniflant.

— Et maintenant, tu te tais.

Masklinn alla taper sur l'épaule d'Angalo.

— Mais où est-ce qu'on est ?

Angalo s'arrêta devant le mur qui s'élevait à une altitude vertigineuse.

— Vous ne le savez donc pas ?

— On se disait… en fait, on espérait seulement que les camions nous conduiraient… qu'ils nous conduiraient dans un endroit agréable à vivre, expliqua Grimma.

— Eh bien, vous ne vous êtes pas trompés, se rengorgea Angalo. Il n'y a pas de meilleur endroit au monde. Vous êtes dans le Grand Magasin !

2

XIII. *Or, dans le Grand Magasin ne régnaient ni la Nuit ni le Jour, mais seulement l'Heure d'Ouverture et l'Heure de Fermeture. Point n'y tombait la Pluie,* non plus *que la Neige.*

XIV. *Ainsi, les gnomes crûrent en tour de taille et se multiplièrent au fil des ans, passant leur temps en Querelles et Petites Guerres entre Rayons et oubliant toute Science du Dehors.*

XV. *Car, disaient-ils, N'est-il point vrai que chez Arnold Frères (fond. 1905) on trouve* TOUT SOUS UN SEUL TOIT ?

XVI. *Et de ceux qui se risquaient à dire :* Point vraiment TOUT, peut-être, *on se moqua cruellement, en les poussant du coude.*

XVII. *Et d'autres gnomes arguèrent : S'il existe un Dehors, que nous offrirait-il que nous n'avons point ? Car en ce lieu, nous jouissons de la puissance de l'Électrique, de l'Alimentation et de* moult *Distractions variées.*

XVIII. *Ainsi le manteau des Saisons qui passaient se fit-il plus épais que les Coussins du Rayon Literie (3e étage).*

XIX. *Mais un jour, un Étranger arriva d'une lointaine contrée en poussant une vaste clameur : malheur à vous, malheur à vous !*

La Gnomenclature, *Premier Étage, Versets XIII-XIX*

Ils se cognaient les uns aux autres et avançaient, tête en l'air, bouche bée, en écarquillant les yeux. Angalo s'était arrêté devant un trou dans le mur et leur fit signe d'y passer rapidement.

— Là-dedans, enjoignit-il.

Mémé Morkie renifla avec dédain.

— Mais c'est un trou à rat. Vous n'allez pas me demander d'emprunter un trou à rat ?

Elle se retourna vers Torritt.

— Il me demande d'emprunter un trou à rat ! Je refuse d'emprunter un trou à rat !

— Et pourquoi donc ? s'enquit Angalo.

— Mais parce que c'est un trou à rat !

— Non, voyons ; ça y ressemble, c'est tout. C'est juste une porte dérobée.

— Votre rat vient d'y passer à l'instant, triompha Mémé Morkie. J'ai des yeux pour voir. C'est un trou à rat.

Angalo jeta à Grimma un regard implorant et plongea dans le trou. Elle passa la tête à sa suite.

— Je ne crois pas que ce soit un trou à rat, Mémé, annonça-t-elle d'une voix légèrement étouffée.

— Et pourquoi donc, je te prie ?

— Parce qu'il y a un escalier. Oh, et de mignonnes petites lumières.

L'ascension fut longue. Ils durent faire halte à plusieurs reprises pour permettre aux anciens de les rattraper, et il fallut soutenir Torritt sur la majeure partie du trajet. Au sommet, par une porte à l'aspect plus digne, l'escalier débouchait dans…

Même durant son enfance, Masklinn n'avait jamais vu plus de quarante gnomes à la fois.

Il y en avait davantage, ici. Et de la nourriture. Ça ne ressemblait à rien qu'il connaissait, mais c'était obligatoirement de la nourriture. Après tout, l'assistance s'en régalait.

Un espace deux fois plus haut que lui environ s'étirait à perte de vue. La nourriture était soigneusement entassée en piles séparées par des allées, allées bondées de gnomes. Personne ne prêtait vraiment attention au petit groupe qui suivait docilement Angalo, lequel avait recouvré un peu de sa morgue.

Plusieurs gnomes tenaient en laisse des rats au poil luisant. Parmi les dames, certaines avaient des souris qui trottinaient poliment derrière elles. Du coin de l'oreille, Masklinn put entendre Mémé Morkie émettre des *tsk, tsk* de désapprobation.

Il entendit aussi le vieux Torritt s'exclamer avec enthousiasme :

— Mais je connais ça ! C'est du fromage ! On a trouvé un sandwich au fromage dans la poubelle, une fois, c'était pendant l'été quatre-vingt-quatre, vous vous souvenez ?

Mémé Morkie lui administra un coup de coude sévère dans ses côtes maigrelettes.

— Toi, tu te tais ! ordonna-t-elle. Tu ne veux pas nous faire honte devant tous ces gens, quand même ? Conduis-toi en chef. Un peu de retenue.

Ils n'étaient pas doués pour ça. Ils avançaient dans un silence ébaubi. Derrière les tables posées sur des tréteaux s'entassaient des fruits et des légumes, sur lesquels des gnomes s'affairaient industrieusement. On voyait également d'autres choses, dont la nature exacte les laissait perplexes. Masklinn ne voulait pas trahir son ignorance, mais la curiosité l'emporta.

— Qu'est-ce que c'est ce machin, là-bas ?

— Un salami, répondit Angalo. Vous en avez déjà goûté ?

— Pas récemment, répondit Masklinn en toute franchise.

— Et voilà des dattes. Et ici des bananes. Je suppose que vous n'aviez jamais vu de bananes, non ?

Masklinn ouvrit la bouche, mais Mémé Morkie le prit de vitesse.

— Un peu maigrichon, celui-là, dit-elle avec un reniflement de dérision. Franchement chétif, comparé à ceux de chez nous.

— Ah bon, vraiment ? fit Angalo, un peu soupçonneux.

— Oh, bien sûr, poursuivit Mémé que le sujet commençait à inspirer. Il est vraiment rachitique, ce banane. Ceux de chez nous...

Une pause. Elle considéra la banane, posée sur deux tréteaux comme un canoë, et ses lèvres remuaient tandis que sa cervelle fonctionnait à plein régime.

— … Eh bien, acheva-t-elle victorieusement, on avait du mal à les déterrer!

Elle lança à Angalo un regard de victoire, et le gnome, après avoir tenté de le soutenir, abandonna le combat.

— Oui, bon, soit, marmonna-t-il en détournant les yeux. Servez-vous tous. Dites aux gnomes responsables de tout inscrire sur le compte des Merceri, d'accord? Mais ne racontez pas que vous venez de Dehors, je veux que ça reste une surprise.

Ce fut une ruée générale vers la nourriture. Même Mémé Morkie, qui se promenait dans cette direction par le plus grand des hasards, fit montre d'une totale stupéfaction quand son chemin se trouva bloqué par un gâteau.

Seul Masklinn resta figé sur place, en dépit des protestations pressantes de son estomac. Il n'était pas sûr de bien comprendre l'organisation du Grand Magasin, mais il avait l'obscur pressentiment que si on ne faisait pas montre de dignité, on risquait de faire des choses dont on pourrait se repentir.

— Vous n'avez pas faim? s'étonna Angalo.

— Si, reconnut Masklinn. Mais je ne mange pas, c'est tout. D'où vient toute cette nourriture?

— Oh, nous la prenons aux humains, répondit négligemment Angalo. Ils sont vraiment très sots, vous savez.

— Et ils ne disent rien?

— Ils accusent les rats, ricana Angalo. Nous emmenons du pot-pot de rat avec nous. Enfin, pas nous : les familles de l'Alimentation, rectifia-t-il. Parfois, ils permettent à certains de les accompagner. Et comme ça, les humains pensent que c'est la faute des rats.

Le front de Masklinn se plissa.

— Du pot-pot?

— Vous savez bien… des crottes.

Masklinn hocha la tête.

— Et ça marche? Ils y croient?

Il était sceptique.

— Je vous l'ai dit, ils sont vraiment très sots.

Le jeune gnome tourna autour de Masklinn.

— Il faut que vous veniez voir mon père. Bien évidemment, la chose est réglée : vous allez venir rejoindre les Merceri.

Masklinn regarda la tribu. Tout le monde s'était dispersé entre les éventaires de nourriture. Torritt tenait une portion de fromage grosse comme sa tête, Mémé Morkie étudiait une banane avec la componction d'un démineur. Même Grimma ne faisait plus attention à lui.

Masklinn se sentit perdu. Ses talents, il le savait, consistaient à suivre un rat à la piste à travers plusieurs champs, à l'abattre d'un seul jet d'épieu et à le traîner à la maison. Sur ce plan-là, il avait connu des satisfactions. On lui avait dit des choses du genre de : « Bien joué. »

Il soupçonnait vaguement qu'on ne suit pas une banane à la piste.

— Votre père ? demanda-t-il.

— Le duc de Merceri, répondit Angalo avec orgueil. Le défenseur de l'Entresol, l'autocrate de la Cantine du Personnel.

— Il y a trois personnes ? s'étonna Masklinn.

— Ce sont ses titres. Enfin, une partie. C'est à peu de chose près le plus puissant gnome du Grand Magasin. Vous avez des pères, Dehors ?

Curieux, songea Masklinn. C'est un morveux insolent, sauf quand il parle du Dehors. En ces occasions, on dirait un gamin surexcité.

— J'en ai eu un, autrefois, répondit-il.

Il ne tenait pas à s'attarder sur le sujet.

— Vous avez dû vivre des tas d'aventures, je parie !

Masklinn songea aux choses qui lui étaient arrivées – ou, pour être plus précis, à celles qui avaient failli lui arriver – ces derniers temps.

— Oui, répondit-il.

— Vous avez dû vous amuser comme un fou !

S'amuser, se dit Masklinn. Le mot ne lui était pas familier. Peut-être qualifiait-il une course effrénée à travers des fossés boueux, avec une paire de mâchoires affamées aux trousses.

— Vous chassez ? demanda-t-il.

— Les rats, parfois. Dans la salle des chaudières. C'est obligé, il faut réguler la population, expliqua Angalo en grattant Bobo derrière l'oreille.

— Et vous les mangez ? s'enquit Masklinn.

Son interlocuteur parut horrifié.

— Manger du *rat*?

Masklinn considéra les montagnes de nourriture.

— Non, j'aurais dû m'en douter. Vous savez, je n'aurais jamais cru qu'il y avait autant de gnomes dans le monde. Vous êtes combien, ici?

Angalo le lui dit.

— Deux quoi? demanda Masklinn.

Angalo répéta ce qu'il venait de dire.

— Ça n'a pas l'air de vous impressionner, constata-t-il devant l'absence de réaction de Masklinn.

Celui-ci fixait le bout de son épieu. C'était un morceau de silex qu'il avait un jour trouvé dans un champ. Il avait passé une éternité à extraire un bout de ficelle du liage d'une botte de foin afin d'arrimer le silex sur sa hampe. En cet instant, c'était la dernière chose encore familière dans un monde devenu fou.

— Je ne sais pas, dit-il enfin. Ça veut dire quoi, *mille*?

Le duc Cido de Merceri, qui était également protecteur de l'Escalier qui Monte, défenseur de l'Entresol et chevalier du Comptoir, retourna très lentement le Truc entre ses mains. Puis il s'en débarrassa d'un geste négligent.

— Très amusant, commenta-t-il.

Les gnomes formaient un groupe mal à l'aise dans le palais ducal, actuellement situé sous le plancher du Rayon des Accessoires de Literie. Le duc portait encore son armure et ne semblait pas d'humeur spécialement amusée.

— Ainsi donc vous venez de Dehors, dites-vous? Et vous pensez vraiment que je vais vous croire?

— Mais, père, je… commença à dire Angalo.

— Silence! Tu connais les paroles d'Arnold Frères (fond. 1905)! Nous avons Tout sous un seul Toit. *Tout!* Il ne peut donc pas exister de Dehors. Par conséquent, vous ne pouvez pas en être originaires. Par conséquent, vous arrivez d'un autre secteur du Grand Magasin. La Corsetterie. Ou la Mode Enfantine, peut-être. Nous n'avons jamais exploré cette région en détail.

— Non, nous… voulut dire Masklinn.

Le duc leva les mains.

— Écoutez-moi bien, tonna-t-il en toisant Masklinn avec fureur. Ce n'est pas vous que je blâme. Mon fils est un jeune homme impressionnable. Je me doute bien qu'il a réussi à vous convaincre. Il a une passion excessive pour la contemplation des camions, il prête l'oreille à des billevesées, et sa cervelle s'échauffe. Je ne suis pas un mauvais gnome, ajouta-t-il avec un regard qui les mettait au défi de le contredire. Il y a toujours de la place dans la garde des Merceri pour un solide gaillard de votre trempe. Alors, oublions toutes ces sottises, voulez-vous ?

— Mais c'est pourtant la vérité ! Nous venons de Dehors, s'entêta Masklinn.

— *Il n'y a pas de Dehors !* tempêta le duc. Sauf, bien sûr, quand un gnome vertueux trépasse après une vie exemplaire. Alors là, oui, il y a un Dehors, où il vivra glorieusement pour l'éternité. Allons, allons (il donna une tape amicale sur l'épaule de Masklinn), laissez tomber ces bêtises et soutenez-nous dans notre vaillante cause.

— Je veux bien, mais *pour quoi faire ?* demanda Masklinn.

— Vous ne voudriez pas voir les Quincailleri conquérir notre rayon, n'est-ce pas ?

Masklinn jeta un coup d'œil vers Angalo qui secoua énergiquement la tête.

— Je ne crois pas, répondit Masklinn, mais vous êtes tous des gnomes, non ? Et il y a abondance de biens. Perdre du temps à se disputer, ça paraît un peu ridicule.

Du coin de l'œil, il vit Angalo enfouir sa tête entre ses mains.

Le duc vira à l'écarlate.

— Ridicule, dites-vous ?

Masklinn faisait des efforts pour ne pas contrarier le duc, mais on l'avait élevé dans le respect de la franchise. Il savait qu'il n'était pas assez intelligent pour mentir de façon convaincante.

— Eh bien…

— Avez-vous jamais entendu parler d'honneur ? demanda le duc.

Masklinn réfléchit un moment avant de secouer la tête en signe de dénégation.

— Les Quincailleri veulent s'emparer de tout le Grand Magasin, se hâta d'expliquer Angalo. Ce serait une catastrophe. Et les Maroquineri ne valent guère mieux qu'eux.

— Pourquoi ? demanda Masklinn.

— Pourquoi ? Mais parce que ce sont nos ennemis depuis toujours. Et maintenant, vous pouvez disposer.

— Disposer de quoi ? demanda Masklinn.

— Vous pouvez rejoindre les Quincailleri ou les Maroquineri. Allez voir les Papeteri, ce sont bien des gens dans votre genre. Ou retournez donc au-Dehors, peu me chaut, ajouta le duc, sarcastique.

— Nous voulons que vous nous rendiez le Truc, exigea Masklinn.

Le duc le ramassa et le leur jeta.

— Désolé, fit Angalo quand ils s'en furent allés. J'aurais dû vous prévenir. Père n'a pas un caractère commode.

— Tu avais bien besoin de le mettre en colère, s'emporta Grimma. S'il faut s'associer avec quelqu'un, pourquoi pas avec lui ? Qu'est-ce qu'on va devenir, à présent ?

— Il a été très impoli, intervint Mémé Morkie, catégorique.

— Il avait jamais entendu parler du Truc, maugréa Torritt. Quelle calamité ! Ni du Dehors. Ben, moi, j'ai été né et élevé dehors. Et y a pas de morts, là-bas. Enfin, pas qui y vivent glorieusement, en tout cas.

Ils commencèrent à tous se disputer, ce qui était assez courant.

Masklinn les regarda. Puis il regarda ses pieds. Ils avançaient sur une sorte d'herbe courte et sèche qu'Angalo avait appelée *moquette*. Encore une chose qu'ils avaient volée dans le Grand Magasin au-dessus.

Il avait envie de dire : c'est grotesque. Pourquoi faut-il que, chaque fois qu'un gnome a son content de nourriture et de boisson, il se querelle avec les autres gnomes ? Un gnome devrait quand même aspirer à une autre sorte de vie.

Et il avait également envie de dire : si les humains sont si bêtes que ça, comment ont-ils fait pour édifier ce Grand Magasin et construire tous leurs camions ? Si nous sommes tellement intelligents, c'est eux qui devraient nous voler des choses, pas l'inverse. Grands et lents, c'est une évidence, mais ils sont plutôt malins, en définitive.

Et il voulait ajouter : ça ne m'étonnerait pas qu'ils soient au moins aussi intelligents que, par exemple, des rats.

Mais il ne dit rien de tout cela car, pendant qu'il ruminait ces pensées, son regard tomba sur le Truc, que Torritt serrait dans ses bras.

Il sentit qu'il aurait dû penser à quelque chose. Il débarrassa obligeamment un espace dans son cerveau et attendit sans impatience de voir ce que c'était. Et juste au moment où la pensée allait se former, Grimma demanda à Angalo :

— Qu'est-ce qui arrive aux gnomes qui ne font pas partie d'un rayon ?

— Ils mènent une existence très malheureuse, répondit Angalo. Ils doivent se débrouiller de leur mieux.

Il semblait au bord des larmes.

— Je vous crois, moi. Mon père dit que c'est mal, de regarder les camions. Il dit que ça peut vous mettre de mauvaises pensées en tête. Eh bien, ça fait des mois que je les observe. Parfois, ils arrivent tout mouillés. Le Dehors n'est pas un simple rêve, il se passe des choses. Écoutez, essayez de rester un peu dans le coin, je suis sûr qu'il changera d'avis.

Le Grand Magasin était… grand. Masklinn avait cru que le camion était d'une taille considérable, mais le Grand Magasin était plus grand encore. Il n'en finissait pas : un dédale de planchers, de murs et d'immenses escaliers épuisants. Des gnomes se hâtaient ou déambulaient sans cesse autour du groupe, vaquant à leurs propres activités. Leur nombre semblait infini. En fin de compte, le mot *grand* était trop étriqué. Pour le Grand Magasin, il aurait fallu inventer un mot tout nouveau.

Bizarrement, à sa façon, le Grand Magasin était encore plus grand que le Dehors. Le Dehors était si vaste qu'on ne s'en apercevait même pas. Il n'avait pas de rebords, pas de dessus. On n'y songeait donc pas en termes de taille. C'était là, un point, c'est tout. Tandis que le Grand Magasin avait des côtés et un couvercle, et ils étaient si éloignés les uns des autres qu'il en apparaissait… euh… *grand*, quoi.

Tout en suivant Angalo, Masklinn prit une résolution et décida de s'en ouvrir d'abord à Grimma.

— Je repars, dit-il.

Elle le regarda avec de grands yeux.

— Mais on vient juste d'arriver. En quel honneur… ?

— Je ne sais pas. Ça ne me plaît pas ici. Je ne m'y sens pas à l'aise. Je n'arrête pas de me dire que si j'y reste encore, j'oublierai moi aussi qu'il existe quelque chose au-dehors. Pourtant, c'est là-bas que je suis né. Quand vous serez tous installés, je repartirai. Tu peux venir avec moi, si tu veux, ajouta-t-il, mais tu n'es pas obligée.

— Il fait bon, ici, et il y a tant de nourriture !

— Je te l'ai dit, je ne pourrais pas l'expliquer. Mais j'ai comme l'impression qu'on… qu'on nous observe.

Par réflexe, elle leva les yeux vers le plafond, situé à quelques centimètres au-dessus de leur tête. D'où ils venaient, si quelque chose les observait, ça signifiait en général que le quelque chose était en train de mettre au point son repas de midi. Puis elle se reprit et partit d'un petit rire nerveux.

— Ne dis pas de bêtises, dit-elle.

— Je ne me sens pas en sécurité, c'est tout, répéta-t-il, misérable.

— En fait, tu as le sentiment qu'on te néglige.

— Comment ça ?

— C'est la vérité, non ? Tu as passé tout ton temps à grattouiller et à fouiner partout pour le bien de tout le monde, et voilà que c'est devenu inutile. Ça fait drôle, pas vrai ?

Elle s'éloigna d'un pas vif.

Masklinn resta sur place, à tripoter les lanières de son épieu. C'est drôle, se dit-il. Je n'aurais jamais imaginé que quelqu'un d'autre pouvait ressentir la même chose. Lui revinrent à l'esprit de vagues images de Grimma dans le terrier, toujours occupée par la lessive, l'organisation de l'activité des vieilles femmes ou la cuisson de ce qu'il avait trouvé à traîner jusqu'à la maison. C'est drôle. Ne pas remarquer quelque chose d'aussi évident.

Il s'aperçut soudain que les autres avaient fait halte. Le soubassement du parquet s'étendait loin devant eux, confusément illuminé par de petites ampoules fixées çà et là aux boiseries. Les Quincailleri faisaient payer cher l'éclairage, expliqua Angalo, et refusaient de partager le secret du contrôle de l'électrique avec qui que ce soit. C'est une des choses qui assuraient leur puissance.

— Nous avons atteint la frontière actuelle du territoire Merceri, expliqua-t-il. Par là s'étend le pays des Maroquineri. Nos relations sont un peu fraîches, pour l'instant. Euh... Vous trouverez bien un rayon pour vous recueillir...

Il regarda Grimma.

— Hem... ajouta-t-il.

— Nous allons rester ensemble, annonça Mémé Morkie.

Elle jeta un coup d'œil sévère à Masklinn avant de tourner le dos avec une attitude hautaine, et de congédier Angalo d'un geste.

— Allez-vous-en, jeune homme. Masklinn, redresse-moi ces épaules. Et maintenant... en avant.

— C'est toi qui dis *en avant*? intervint Torritt. C'est moi le chef, crénom! Moi. Donner des ordres, c'est mon travail.

— Très bien. Alors, donne-les.

La bouche de Torritt s'activa en silence.

— Bon, réussit-il à articuler. En avant.

Masklinn resta interdit.

— Où comptez-vous aller? demanda-t-il alors que la vieillarde les poussait plus avant dans l'espace obscur.

— On trouvera bien un endroit. J'ai survécu au Grand Hiver de quatre-vingt-six, moi, repartit fièrement Mémé Morkie. Quelle insolence, ce vieux duc ridicule! J'ai failli élever la voix. En voilà un qui n'aurait pas duré longtemps pendant le Grand Hiver, faites-moi confiance.

— Y peut rien nous arriver de mal tant qu'on obéira au Truc, ajouta Torritt, en flattant respectueusement l'objet.

Masklinn s'arrêta net. Il venait de décider que la coupe était pleine, désormais.

— Alors, qu'est-ce qu'il dit, le Truc, exactement? s'enquit-il d'un ton cassant. Précisément? Là? Tout de suite? Qu'est-ce qu'il nous conseille de faire?

Torritt parut s'affoler un peu.

— Ah... Il est, euh... évident qu'en agissant en groupe et en gardant une att...

— Tu es en train d'inventer au fur et à mesure !

— Comment oses-tu t'adresser à lui de cette façon… commença Grimma.

Masklinn jeta son épieu à terre.

— Eh bien, moi, j'en ai marre ! grommela-t-il. Le Truc a dit ci, le Truc a dit ça… Le Truc a tout dit, sauf des choses qui pourraient être utiles !

— Le Truc se transmet de gnome en gnome depuis des centaines d'années, fit Grimma. C'est un objet très important.

— Pourquoi ?

Grimma se retourna vers Torritt. Celui-ci se passa la langue sur les lèvres.

— Il nous indique… commença-t-il, blême.

— *Approchez-moi de l'électricité.*

— On croirait que le Truc compte davantage pour vous que… Qu'est-ce qu'il y a ? Vous en faites une tête, s'étonna Masklinn.

— *Plus près de l'électricité.*

Les mains tremblantes, Torritt baissa la tête pour regarder le Truc.

Sur les surfaces d'habitude noires et lisses dansaient maintenant de petites lumières. Des centaines. En fait, songea Masklinn (assez fier de connaître désormais la signification du mot), il y en avait probablement des mille.

— Qui a dit ça ? demanda Masklinn.

Le Truc échappa aux mains de Torritt et atterrit sur le plancher, où ses lumières jaillirent comme autant de voies rapides la nuit. Les gnomes l'observaient tous avec horreur.

— Alors, c'était vrai, souffla Masklinn. Le Truc te parle bel et bien ! Bon sang !

Torritt agita frénétiquement les mains.

— Pas comme ça ! Pas comme ça ! Il est pas censé parler à voix haute. Il avait encore jamais fait ça !

— *Plus près de l'électricité.*

— Il veut de l'électricité, observa Masklinn.

— Eh ben, en tout cas, moi, j'y touche pas !

Haussant les épaules, Masklinn se servit de son épieu pour pousser avec précaution le Truc sur le plancher, jusqu'à ce que l'objet se trouve sous les fils électriques.

— Comment fait-il pour parler? Il n'a pas de bouche, fit observer Grimma.

Le Truc se mit à bourdonner. Des formes colorées clignotèrent sur sa surface plus vite que les yeux de Masklinn ne pouvaient les suivre. La plupart étaient rouges.

Torritt tomba à genoux.

— Il est en colère, gémit-il. On n'aurait jamais dû manger de rat, on n'aurait jamais dû venir ici, on n'aurait jamais dû…

Masklinn s'agenouilla à son tour. Il toucha les zones lumineuses, du bout des doigts d'abord. Mais elles n'étaient pas chaudes.

Il éprouva de nouveau cette étrange sensation : son esprit voulait exprimer certaines pensées sans disposer des mots adéquats.

— Quand le Truc te disait des choses, auparavant, demanda-t-il lentement, tu sais, qu'il fallait vivre selon les règles…

Torritt lui adressa une expression douloureuse.

— Il m'a jamais rien dit, avoua-t-il.

— Mais tu disais…

— Dans le temps! Dans le temps, d'accord, geignit Torritt. Quand le vieux Vouzel me l'a transmis, il m'a affirmé que ça parlait, autrefois. Mais il m'a dit que ça avait arrêté y a des centaines et des centaines d'années.

— Comment ça? s'indigna Mémé Morkie. Et pendant toutes ces années, mon beau monsieur, tu nous as pourtant raconté que le Truc disait de faire ceci, de faire cela et que sais-je encore!

Tout d'un coup, Torritt ressemblait à un animal aux abois.

— Eh bien? insista la vieille femme sur un ton menaçant.

— Ahem. Euh… Selon le vieux Vouzel, il fallait réfléchir à ce que le Truc devrait dire, et le dire à sa place. Garder tout le monde sur le droit chemin, quoi, vous voyez. Les aider à gagner les Cieux. Très important, ça, aller aux Cieux. Le Truc peut aider à aller là-bas, il m'a dit. C'est la chose la plus importante.

— *Quoi*? hurla Mémé.

— Enfin, c'est comme ça qu'il m'a dit de faire. Ça a bien marché, non?

Masklinn les ignora. Des lignes colorées se déplaçaient par vagues hypnotiques à la surface du Truc. Il lui sembla qu'il aurait dû comprendre leur signification. Il était certain qu'elles devaient en avoir une.

Parfois, quand le temps était beau, à l'époque où il n'était pas obligé de chasser tous les jours, il escaladait le talus à quelque distance du terrier, pour pouvoir contempler l'endroit où se rangeaient les camions. Il y avait par là-bas une grande pancarte bleue couverte de petits dessins et d'images. Et dans les corbeilles, les boîtes et les papiers en portaient, eux aussi ; il se souvenait de la longue discussion qu'il avait eue à propos des emballages de poulets ornés de l'image d'un vieillard à grandes moustaches[1]. Plusieurs gnomes avaient prétendu que c'était la représentation d'un poulet, mais Masklinn ne croyait pas que les humains passaient leur temps à dévorer leurs vieillards. La réponse devait être plus compliquée. Peut-être que la fabrication des poulets était une tâche réservée aux vieillards.

Le Truc recommença à bourdonner.

— *Quinze mille ans ont passé*, dit-il.

Masklinn leva le regard vers les autres.

— Vas-y, réponds ! ordonna Mémé à Torritt.

Le vieillard battit en retraite.

— Pas moi ! Pas moi ! Je sais pas quoi lui dire !

— En tout cas, pas question que je m'en charge, trancha Mémé. C'est le travail du chef, un point, c'est tout !

— *Quinze mille ans ont passé*, répéta le Truc.

Masklinn haussa les épaules. Il semblait bien que ce soit encore à lui d'intervenir.

— Ils ont passé quoi ? demanda-t-il.

Le Truc donna l'impression d'être très occupé à réfléchir. Il finit par déclarer :

— *Connaissez-vous toujours la signification des mots Navigation en Vol et Ordinateur de Référence ?*

— Non, répondit Masklinn avec empressement. Rien de tout ça.

1. Le poulet frit « Colonel Sanders » arbore sur ses emballages l'effigie du sudiste fondateur de l'entreprise. (*N.d.T.*)

La configuration lumineuse changea.

— *Avez-vous des connaissances en navigation interstellaire ?*

— Non.

Masklinn eut l'impression de décevoir énormément la boîte.

— *Savez-vous que vous êtes venus d'un lieu très éloigné d'ici ?* demanda-t-elle.

— Ah oui ! Ça, on le sait.

— *Un lieu plus lointain que la lune ?*

— Euh…

Masklinn hésita. Le voyage avait duré longtemps. Il se pouvait bien qu'ils aient dépassé la lune. Le gnome l'avait souvent observée à l'horizon et il était certain que le camion les avait entraînés beaucoup plus loin que ça.

— Oui, conclut-il. Sans doute.

— *Le langage évolue au fil des ans*, constata le Truc sur un ton pensif.

— Ah bon ? répondit poliment Masklinn.

— *Comment appelez-vous cette planète ?*

— Je ne sais pas non plus ce que signifie le mot *planète*.

— *Un corps astronomique.*

Le visage de Masklinn ne marqua aucune compréhension.

— *Comment dénommez-vous ce lieu ?*

— Ça s'appelle… le Grand Magasin.

— *Legranmagasin…*

Les lumières s'agitèrent, comme si le Truc réfléchissait à nouveau.

— Mon jeune ami, je n'ai pas envie de passer toute la journée debout ici, à échanger des calembredaines avec le Truc, intervint Mémé Morkie. La première chose à faire pour l'instant est de déterminer où nous allons et ce que nous allons faire.

— Exact, confirma Torritt sur un ton de défi.

— *Est-ce que vous vous rappelez seulement que vous êtes des naufragés ?*

— Nous sommes des gnomes. Je ne sais pas ce que c'est, des naufres à geais.

Les lumières adoptèrent une nouvelle configuration. Plus tard, quand il eut appris à connaître le Truc, Masklinn eut toujours l'impression que cette configuration particulière était l'équivalent d'un profond soupir.

— *Ma tâche est de vous servir et de vous guider*, annonça le Truc.

— Vous voyez ? triompha Torritt qui se sentait un peu sur la touche. Je vous l'avais bien dit !

Masklinn tapota la boîte.

— Alors, vous avez été plutôt discret sur ce plan, ces derniers temps, fit-il remarquer.

Le Truc zonzonna.

— *C'était afin de conserver mes batteries internes. Cependant, je peux m'alimenter avec l'électricité ambiante.*

— Oh, c'est bien, fit Grimma.

— Vous voulez dire que vous buvez les lumières, en quelque sorte ? demanda Masklinn.

— *Cette explication conviendra, pour l'instant.*

— Pourquoi n'avez-vous rien dit auparavant, alors ?

— *J'écoutais.*

— Oh.

— *Et maintenant, je suis dans l'expectative.*

— Où ça ? demanda Grimma.

— Il attend qu'on lui dise ce qu'il doit faire, je crois, expliqua Masklinn.

Il s'accroupit et observa les lumières.

— De quoi êtes-vous capable ?

— *Je sais traduire, calculer, trianguler, assimiler, corréler et extrapoler.*

— Je ne crois pas que nous ayons besoin de tout ça. On n'en a pas besoin, hein ? lança Masklinn à la cantonade.

Mémé Morkie parut y réfléchir.

— Non, finit-elle par conclure. On n'en veut pas, de tous ces machins. Remarquez, une autre banane, je dis pas non.

— Je crois que ce que nous voulons vraiment, c'est rentrer chez nous et être en sécurité, fit Masklinn.

— *Rentrer chez vous.*

— C'est ça.

— *Et être en sécurité.*

— Oui.

Avec le temps, ces sept mots devinrent une des plus célèbres citations de l'histoire gnomique. On les enseigna à l'école. On les grava dans la pierre. Et il est triste, par conséquent, que personne n'ait pensé à ce moment-là qu'ils avaient beaucoup d'importance.

Il se passa une seule chose. Le Truc dit :

— *Programme lancé.*

Et puis toutes ses lumières s'éteignirent, sauf un petit voyant vert qui se mit à clignoter.

— C'est pas malheureux, fit Grimma. Quelle horrible petite voix ! Et maintenant, que fait-on ?

— S'il faut en croire le jeune Angalo, dit Mémé, nous allons mener une existence très malheureuse.

3

I. *Ils l'ignoraient, mais ils avaient amené avec eux le Truc, que l'Électricité éveilla, et lui seul connaissait leur Histoire.*
II. *Car la Mémoire des Gnomes est de chair et de sang, tandis que le Truc avait une mémoire de Silicone, qui est Pierre et ne Périt donc point, quand la mémoire des Gnomes se disperse comme poussière au vent.*
III. *Or ils lui donnèrent des Instructions, mais ne le surent point.*
IV. *Ce n'est, disaient-ils, qu'une Boîte avec une horrible petite Voix.*
V. *Mais le Truc lança un Programme en vue d'assurer la sécurité de tous les gnomes.*
VI. *Et le Truc lança mêmement un Programme qui devait ramener tous les Gnomes chez Eux.*
VII. *Vers leur lointaine Origine.*

La Gnomenclature, *Premier Étage, Versets I-VII*

Sous le plancher, on pouvait perdre son chemin sans le moindre effort. C'était un labyrinthe de murs et de câbles, ponctué de monticules de poussière, en dehors des sentiers battus. En fait, comme le fit remarquer Torritt, ils n'étaient pas vraiment perdus, mais plutôt désorientés ; entre solives et murs, les chemins abondaient, mais rien n'indiquait leur destination. Parfois, un gnome affairé à une tâche personnelle les dépassait sans leur prêter attention.

Ils se reposèrent dans une alcôve créée par le jointoiement de deux immenses cloisons de bois, et s'éveillèrent dans la sempiternelle pénombre. Il ne semblait exister ni nuit ni jour, dans le Grand Magasin. Toutefois, le bruit ambiant semblait avoir augmenté. On percevait un brouhaha lointain mais persistant.

Quelques voyants supplémentaires clignotaient sur le Truc. Un petit truc adventice en forme de soucoupe lui était poussé, et il tournait sans cesse, très lentement.

— Et si on retournait au Rayon Alimentation ? suggéra Torritt avec un brin d'espoir.

— Je crois qu'il faut faire partie d'un rayon, pour ça, répondit Masklinn. Mais ça ne doit pas être le seul endroit où on peut trouver à manger, quand même ?

— Il n'y avait pas tout ce bruit quand on est arrivés, se plaignit Mémé. Quel vacarme !

Masklinn regarda autour de lui. Par un interstice dans la boiserie filtrait la lueur affaiblie d'un puissant éclairage. Il s'en approcha et colla son œil à la fissure.

— Oh, laissa-t-il échapper d'une petite voix.

— Qu'y a-t-il ? demanda Grimma.

— Des humains. On n'en a jamais vu autant.

La fissure se situait à la jonction du plafond avec le mur d'une pièce presque aussi grande que le nid de camions, qui regorgeait d'humains, en effet. Le Grand Magasin était ouvert.

Les gnomes avaient toujours su que les humains vivent très lentement. Masklinn avait failli buter dans un humain, une fois ou deux, au cours d'une chasse, et il savait qu'avant même que leurs visages énormes et idiots puissent faire pivoter leurs yeux, il avait tout loisir de quitter le chemin pour se dissimuler derrière une touffe de n'importe quoi.

L'espace au-dessous d'eux était bondé d'humains, qui avançaient à grands pas balourds et faisaient tonner à l'intention des uns et des autres leurs voix floues et graves.

Les gnomes les observèrent un moment, fascinés.

— Qu'est-ce qu'ils ont dans la main ? On dirait un peu le Truc ? demanda Grimma.

— Chais pas, reconnut Masklinn.

— Regarde un peu, ils ramassent ça et ils donnent quelque chose à l'autre humain, et ensuite ils rangent ça dans un sac et ils s'en vont. On dirait presque… enfin, qu'ils savent ce qu'ils font.

— Non, c'est comme les fourmis, intervint Torritt, catégorique. On dirait qu'ils ont de l'intelligence, je vous l'accorde, mais à y regarder de plus près, on s'aperçoit qu'ils ne raisonnent pas de façon cohérente, c'est simplement de l'instinct.

— Ils construisent des choses, fit vaguement remarquer Masklinn.

— Et alors ? Les oiseaux aussi, mon garçon.

— D'accord, mais…

— Moi, j'ai toujours dit que les humains ressemblaient un peu aux pies. Les objets brillants les attirent.

— Hmmm.

Masklinn décida de ne pas poursuivre le débat. On ne pouvait pas raisonner avec le vieux Torritt, à moins d'être Mémé Morkie, bien entendu. La tête de Torritt n'avait de place que pour quelques idées. Une fois qu'une notion s'y était enracinée, impossible de la faire progresser. Mais Masklinn aurait voulu faire remarquer : s'ils sont tellement idiots, pourquoi est-ce à nous de nous cacher d'eux ?

Une idée lui vint. Il souleva le Truc.

— Truc ? demanda-t-il.

Il y eut un silence. Puis la petite voix métallique fit :

— *Opérations sur programme principal interrompues. Que désirez-vous ?*

— Tu sais ce que c'est, les humains ?

— *Oui. Reprise du programme principal.*

Masklinn jeta un regard ahuri aux autres gnomes.

— Truc ? demanda-t-il à nouveau.

— *Opérations sur programme principal interrompues. Que désirez-vous ?*

— Je t'ai demandé de me parler des humains.

— *Pas du tout. Vous m'avez demandé : savez-vous ce que sont les humains ? J'ai répondu précisément à cette question.*

— Bon, eh bien, dis-moi ce qu'ils sont, alors.

— *Les humains sont l'espèce indigène du monde que vous appelez désormais Legranmagasin. Retour au programme principal.*

— Là ! triompha Torritt avec un hochement de tête rempli de sagacité. Je vous l'avais pas dit ? C'est des indigènes. Ils sont malins, oui, mais au fond, c'est de simples indigènes. Ils sont indigéneux, voilà tout. (Une hésitation.) Indigénieux, corrigea-t-il.

— Et nous, sommes-nous des indigènes ? demanda Masklinn.

— *Programme principal interrompu. Non. Retour au programme principal.*

— Bien sûr que non, confirma Torritt avec un mépris glacial. On a notre fierté, nous.

Masklinn ouvrit la bouche pour demander la signification du mot *indigène*. Il l'ignorait et était absolument certain que Torritt n'en savait pas davantage. Et après, il voulait poser un grand tas de questions, mais avant de les poser, il fallait qu'il réfléchisse aux mots qu'il emploierait.

Je ne connais pas assez de mots, songea-t-il. Il y a des choses auxquelles on ne peut pas penser si on ne sait pas quels mots précis employer.

Mais il ne mit pas son intention à exécution, parce qu'une voix derrière lui déclara :

— Ce sont des êtres bougrement bizarres, quand même, non ? Et ils s'agitent beaucoup depuis quelque temps. Je me demande ce qui les excite comme ça.

C'était un gnome d'un certain âge, plutôt massif. Sa vêture était assez sobre, chose inhabituelle dans le Grand Magasin. L'essentiel de sa tenue se résumait à un tablier immense dont les poches étaient boursouflées de bosses mystérieuses.

— Est-ce que vous nous espionniez ? s'insurgea Mémé Morkie.

L'étranger haussa les épaules.

— Je viens ici observer les humains, répondit-il. C'est un endroit idéal et, en général, il n'y a personne. À quel rayon appartenez-vous ?

— Aucun, répondit Masklinn.

— Nous sommes juste des gens, fit Mémé.

— Et on est pas indigénieux, non plus, s'empressa d'ajouter Torritt.

L'étranger sourit et se laissa glisser à bas de la poutre de bois sur laquelle il était assis.

— Ça alors. Vous devez être ces nouveautés dont j'ai entendu parler. Des *gens du Dehors* ?

Il tendit la main. Masklinn l'inspecta avec méfiance.

— Oui ? demanda-t-il poliment.

Le nouveau venu poussa un soupir.

— Vous êtes censé me la serrer, expliqua-t-il.

— Ah bon ? Pourquoi ?

— C'est une tradition. Je me nomme Dorcas d'Égustation. Vous connaissez votre nom, vous ? demanda l'étranger avec un sourire en coin.

Masklinn éluda la question.

— Comment ça, vous observez les humains ?

— J'observe les humains, c'est tout. Je les étudie, si vous voulez. C'est mon activité. On peut apprendre beaucoup de choses sur le futur en les observant.

— Un peu comme la météo, vous voulez dire ?

— La météo ! Bien sûr, la météo ! (Immense sourire du gnome.) Vous devez être des experts en ce domaine. C'est une bougresse de force, la météo, non ?

— Vous en avez entendu parler ?

— Dans les vieilles légendes, uniquement. Hmmm.

Dorcas toisa son interlocuteur.

— Je ne sais pas… j'aurais imaginé que les gens du Dehors avaient une autre forme. La vie, oui, mais pas telle que nous la connaissons. Suivez-moi donc. Je vais vous montrer ce que je veux dire.

Masklinn considéra lentement l'espace poussiéreux entre les étages. Il était à bout. Il venait juste d'atteindre ses limites. Ici, l'air était trop chaud, trop sec, tout le monde le traitait comme un idiot, et voilà maintenant qu'il n'avait pas la forme adéquate.

— Eh bien… commença-t-il.

Et sous son bras le Truc déclara :

— *Nous avons besoin de cet individu.*

— Ma parole, s'émerveilla Dorcas. Elle est minuscule, votre radio. Jusqu'où ira-t-on, quand même ?

Dorcas les conduisit à un trou banal. Grand, carré, profond, sombre. Quelques câbles, plus épais qu'un gnome, plongeaient dans les ténèbres.

— Vous habitez là-dedans? demanda Grimma.

Dorcas farfouilla dans le noir. On entendit un déclic.

Très loin au-dessus d'eux, il y eut un choc sourd suivi d'un grondement étouffé.

— Hmmm ? Oh, non. Il m'a fallu des éternités pour tout comprendre. C'est une espèce d'étage accroché à une corde. Qui monte et qui descend, vous voyez? Avec des humains dedans. Alors, je me suis dit que je n'allais pas en rajeunissant. Tous ces escaliers, ça me coupait les jambes. J'ai regardé pour voir comment ça marchait. C'est d'une simplicité enfantine. Forcément, sinon les humains ne sauraient pas s'en servir. Reculez, s'il vous plaît.

Une énorme chose noire descendit le long du conduit pour s'immobiliser à quelques centimètres au-dessus de leurs têtes. On entendit des chocs et des coups, et le bruit désormais familier d'humains qui se déplaçaient maladroitement.

Il y avait également, suspendue en dessous du plancher de la cabine, une petite nacelle en fil de fer, accrochée par de courtes cordes.

— Si vous vous imaginez, intervint Mémé Morkie, que je vais monter dans un… dans un nid en fil de fer pendu à une ficelle, vous vous faites des…

— C'est sans danger? demanda Masklinn.

— Plus ou moins, plus ou moins, répondit Dorcas en enjambant l'espace vide et en tripotant une nouvelle série de manettes. Dépêchez-vous, s'il vous plaît. Par ici, madame.

— Euh… c'est plus ou c'est moins? demanda Masklinn pendant que Mémé, abasourdie par le terme *madame*, se laissait guider à bord.

— Eh bien, ma partie à moi est parfaitement sûre, je suis catégorique, répondit Dorcas. Mais la partie au-dessus de nous a été construite par des humains, et on ne peut jamais être vraiment certain. Cramponnez-vous, s'il vous plaît! On monte!

Un choc métallique au-dessus d'eux, une légère secousse, et la nacelle commença à s'élever.

— Ingénieux, non? demanda Dorcas. J'ai passé un temps fou à mettre toutes les commandes en dérivation. Et vous croyez qu'ils se seraient aperçus de quelque chose? Ils appuient sur le bouton pour descendre, mais si je veux monter, ils montent. Au début, j'avais peur que les humains s'étonnent de voir les cabines monter et descendre toutes seules, mais ils sont bougrement idiots. Nous sommes arrivés.

Avec une nouvelle secousse, la cabine s'arrêta, amenant la nacelle du gnome au niveau d'un nouvel espace sous le plancher.

— Électro-Ménager, annonça Dorcas. Ce n'est pas grand-chose, mais j'y suis chez moi. Personne ne vient m'embêter, ici, pas même l'Abbé. Je suis le seul à savoir comment tout fonctionne, voyez-vous.

C'était un lieu voué aux fils. Ils couraient en tous sens sur le sol, par gros paquets. Quelques jeunes gnomes démontaient un objet au milieu de tout cela.

— Une radio, expliqua Dorcas. C'est une chose stupéfiante. On essaie de comprendre comment elle fait pour parler.

Il fourragea dans des piles de papier épais, en tira une feuille qu'il tendit à Masklinn avec une timidité évidente.

On y voyait un petit cône rose, coiffé d'une houppette de poils.

Les gnomes n'avaient jamais vu de bigorneau. Autrement, ils en auraient reconnu sur ce dessin la représentation exacte. Sauf la petite houppe.

— Très joli, commenta Masklinn, un peu désarçonné. Qu'est-ce que c'est?

— Hem. C'était une hypothèse que j'avais formulée sur l'apparence des gens du Dehors, voyez-vous.

— Comment ça, avec des têtes en pointe?

— C'est à cause de la Pluie, vous comprenez. Dans les anciennes légendes des temps anté-Magasiniens. La Pluie. Des gouttes d'eau qui tombent tout le temps du ciel. De cette façon, elle peut ruisseler. Et les flancs en pente évitent d'être renversés par le Vent. Je ne disposais que des anciennes légendes pour me guider, voyez-vous.

— Mais il n'y a même pas d'yeux!

— Mais si! (Dorcas tendit le doigt) Tout petits. Dissimulés par les poils pour ne pas être aveuglés par le Soleil. C'est une grosse lumière très vive, dans le ciel, ajouta Dorcas à titre d'explication.

— On l'a déjà vue, fit Masklinn.

— Qu'est-ce qu'il raconte? s'inquiéta Torritt.

— Il raconte que tu devrais ressembler à ça, répondit Mémé Morkie, goguenarde.

— Mais j'ai pas la tête aussi fine!

— Ça, c'est pas moi qui dirai le contraire, repartit Mémé.

— Je crois que vous vous êtes un peu égaré, dit lentement Masklinn. Ce n'est pas du tout comme ça. Personne n'a donc été vérifier sur place?

— Un jour, j'ai vu la grande porte ouverte, répondit Dorcas. Celle qui est dans le garage, je veux dire. Mais dehors, on ne distinguait qu'une immense lumière blanche, qui m'a aveuglé.

— Ça ne m'étonne pas, si vous vivez en permanence dans cette pénombre.

Dorcas tira à lui une bobine de coton vide.

— Il faut que vous me racontiez tout ça, dit-il. Tout ce que vous vous rappelez sur le Dehors.

Sur les genoux de Torritt, un nouveau voyant vert du Truc commença à clignoter.

Un jeune gnome finit par apporter de la nourriture au groupe. Et ils expliquèrent, discutèrent et souvent se contredirent, tandis que Dorcas écoutait et posait des questions.

Il leur apprit qu'il était inventeur. En particulier de choses fonctionnant à l'électricité. Dans les premiers temps, lorsqu'ils avaient cherché à se brancher sur l'installation électrique du Grand Magasin, beaucoup de gnomes avaient péri. Ils avaient désormais mis au point des méthodes plus sûres, mais un certain mystère s'attachait encore à l'entreprise, et peu de gnomes étaient enclins à trop s'approcher. Voilà pourquoi les chefs des grandes familles et l'Abbé des Papeteri lui-même le laissaient tranquille. Être doué pour quelque chose que les autres ne veulent pas ou ne peuvent pas faire est toujours une bonne idée, dit-il. Et donc on le laissait s'interroger à voix haute, de temps en temps, sur le Dehors. Du moment qu'il ne s'interrogeait pas à voix *trop* haute.

— Je ne me souviendrai jamais de tout, soupira-t-il. Comment s'appelle l'autre lumière, celle qui existe à l'Heure de la Fermeture ? Pardon, la nue, je voulais dire.

— La *nuit*, corrigea Masklinn. On appelle ça la lune.

— La lune, répéta Dorcas en faisant rouler le mot sous sa langue. Et elle n'éclaire pas autant que le soleil ? Ça, c'est curieux, tout de même. Il serait plus intelligent d'installer la lumière la plus forte pendant la nuit plutôt que pendant le jour, puisqu'à ce moment-là on y voit de toute façon. Vous ne savez pas pourquoi c'est comme ça, je suppose ?

— C'est comme ça, voilà tout, répondit Masklinn.

— Que ne donnerais-je pas pour aller voir par moi-même ! J'observais les camions quand j'étais gamin, mais je n'ai jamais eu le courage de monter dans l'un d'eux.

Il se pencha en avant.

— Selon moi, Arnold Frères (fond. 1905) nous a mis dans ce Magasin pour que nous fassions des découvertes. Que nous l'explorions. Sinon, à quoi bon nous doter de cerveaux ? Qu'en pensez-vous ?

Masklinn se sentit flatté qu'on lui pose la question, mais il fut interrompu dès qu'il ouvrit la bouche.

— Les gens n'arrêtent pas de parler d'Arnold Frères (fond. 1905), intervint Grimma. Mais personne ne nous a expliqué qui c'était, en fait.

Dorcas se rassit sur sa bobine.

— Oh, c'est le Créateur du Grand Magasin. Ça s'est passé en 1905, voyez-vous. Le rayon Soldes du Rez-de-Chaussée, le Service Clientèle et tout ce qui les sépare. C'est une chose dont je ne peux pas douter. Car enfin, il faut bien que quelqu'un ait créé tout ça. Mais je me tue à répéter à tout le monde que ça ne veut pas dire qu'on devrait arrêter de…

Le voyant vert sur le Truc s'éteignit. Sa petite coupe tournante disparut. Il émit un bref bourdonnement, comme une machine qui se raclerait la gorge.

— *Je surveille les communications téléphoniques*, annonça-t-il.

Les gnomes se regardèrent.

— Ah bon. Très bien, commenta Grimma. Tu ne trouves pas ça bien, Masklinn ?

— *J'ai des informations urgentes à transmettre aux responsables de cette communauté. Êtes-vous conscients de coloniser une entité architecturale à longévité limitée ?*

— Fascinant, nota Dorcas. Tous ces mots. On a presque l'impression de comprendre ce que ça dit. Il y a des choses là-haut (il fit un signe du pouce en direction du plancher qui les coiffait) qui ressemblent exactement à ça. On les appelle des radios. Et certaines montrent même des images. C'est étonnant.

— *Il est d'une importance capitale que je communique des informations vitales aux responsables de la communauté concernant l'annihilation imminente de cet objet*, entonna le Truc.

— Désolé, fit Masklinn, vous pouvez répéter?

— *Vous n'assimilez pas mes déclarations ?*

— Je ne sais pas ce que signifie *assimiler*.

— *De toute évidence, le langage a évolué selon des codes que je n'appréhende pas.*

Masklinn essaya d'adopter une physionomie encourageante.

— *Je vais m'efforcer de clarifier ma déclaration*, annonça le Truc.

Quelques voyants s'allumèrent.

— Ah ben, voilà une bonne idée, approuva Masklinn.

— *Grand Magasin lui y en faire Boum fissa fissa ?* risqua le Truc.

Les gnomes s'entre-regardèrent. Aucune révélation ne sembla poindre en eux.

Le Truc se racla la gorge une nouvelle fois.

— *Connaissez-vous le sens du mot « démolition » ?*

— Oh, oui, fit Dorcas.

— *C'est ce qui va arriver au Grand Magasin. Dans vingt et un jours.*

4

I. *Malheur à vous, Quincailleri et Merceri, malheur à vous, Maroquineri et d'Égustation ; malheur à vous, peuples de Mode Enfantine, et à vous, bandits de Corsetterie. Et même à vous, Papeteri.*

II. *Car le Grand Magasin n'est qu'un Lieu, un Dedans dans le Dehors.*

III. *Malheur à vous, car Arnold Frères (fond. 1905) a lancé les dernières Soldes.* Tout doit disparaître.

IV. *Mais on se moqua de lui et on lui dit : tu n'es qu'un Étranger venu du Dehors, tu n'existes même pas.*

La Gnomenclature, *Livraisons, Versets I-IV*

Au-dessus de leur tête, les humains conduisaient à pas lourds leurs vies lentes et incompréhensibles. Isolée par la moquette et le plancher qui étouffaient le vacarme pour le réduire à un lointain brouhaha, la bande de gnomes se hâtait le long de passages poussiéreux.

— C'est pas ce qu'il a voulu dire, allons ! insistait Mémé Morkie. Vous avez vu cet endroit ? Il est trop grand. On peut pas démolitionner un endroit aussi grand. Un peu de bon sens !

— Alors ? Je vous l'avais pas dit ? ahanait Torritt que l'imminence de catastrophes et d'épouvantes diverses mettait toujours d'une bonne humeur spectaculaire. De tout temps, on a raconté que le Truc savait des choses. Et va pas me dire de me taire, toi.

— Pourquoi est-ce qu'on court ? demanda Masklinn. C'est long, vingt et un jours.

— Pas en politique, répliqua Dorcas, l'air grave.

— Je croyais que ça s'appelait le Grand Magasin ?

Dorcas s'arrêta si brutalement que Mémé Morkie le percuta de plein fouet.

— Écoutez, déclara-t-il avec toute la patience de ceux qui en sont dépourvus. Que croyez-vous que devront faire les gnomes si on détruit le Grand Magasin ?

— Aller dehors, de… commença Masklinn.

— Mais la plupart ne croient même pas en l'existence du Dehors ! Moi-même, je n'en suis pas entièrement convaincu, et je suis pourtant très intelligent et très ouvert ! *Il n'y a nulle part où aller.* Vous me comprenez ?

— Mais il y a du dehors partout, au-Dehors…

— Seulement si on y croit !

— Mais non ! Ça existe vraiment !

— Les gens sont plus compliqués que vous ne l'imaginez, je le crains. Il faut que nous rencontrions l'Abbé, de toute façon. C'est un abominable vieux tyran, bien entendu, mais il est très intelligent, à sa manière. Simplement, c'est une manière assez rigide.

Il les considéra sévèrement.

— Il vaudrait peut-être mieux ne pas trop nous faire remarquer, ajouta-t-il. Les gens ont tendance à me laisser tranquille, mais il n'est pas très sage de s'aventurer au-delà de son rayon sans motif valable. Et comme vous n'avez pas de rayon…

Il haussa les épaules. Il réussit, en un seul petit mouvement, à évoquer tous les désagréments qui pouvaient affliger les sans-rayon-fixe.

Ils durent à nouveau emprunter l'ascenseur. Il les conduisit dans un domaine poussiéreux en dessous du plancher, éclairé de façon diffuse par des lampes peu puissantes et largement espacées. Personne ne semblait le fréquenter. Après l'agitation des autres rayons, ce calme devenait presque inquiétant. Même les grands champs étaient plus bruyants, se dit Masklinn. Et après tout, le silence des grands champs était normal. Mais dans les intervalles en dessous des planchers, il aurait dû y avoir des gnomes.

Tous furent conscients de cette ambiance troublante, et ils se rapprochèrent les uns des autres.

— Comme elles sont mignonnes, ces lumières ! déclara Grimma pour rompre le silence. Elles sont à notre taille. Et de couleurs différentes, regardez. Il y en a même qui clignotent !

— On en vole des boîtes chaque année, au temps de Fêtons Noël, expliqua Dorcas sans regarder autour de lui. Les humains les accrochent sur des arbres.

— Pourquoi ?

— Aucune idée. Pour mieux les voir, je suppose. On ne peut jamais savoir, avec les humains.

— Mais vous connaissez les arbres, alors ? dit Masklinn. Je ne pensais pas que vous en aviez, dans le Grand Magasin.

— Mais bien sûr que je les connais. De grands machins verts, avec des piquants en plastique. Il y en a même qui sont faits de papier brillant. À chaque Fêtons Noël, il y en a tellement, de ces saletés, qu'on ne peut plus se déplacer, je vous ai dit.

— Ceux de Dehors sont immenses, risqua Masklinn. Ils ont ce qu'on appelle des feuilles et elles tombent chaque année.

Dorcas lui jeta un étrange regard.

— Comment ça, « elles tombent » ?

— Elles se recroquevillent et elles tombent, expliqua Masklinn.

Autour de lui, les autres hochèrent la tête. Ces derniers temps, il y avait beaucoup de sujets auxquels ils n'entendaient pas grand-chose, mais sur le destin annuel des feuilles, ils étaient experts.

— Et ça se passe chaque année ? demanda Dorcas.

— Oh, oui.

— Vraiment ? Fascinant... Et qui les recolle à leur place ?

— Personne, répondit Masklinn. Elles finissent par réapparaître.

— Toutes seules ?

Ils hochèrent la tête. Quand on est sûr d'une chose, on s'y tient.

— On dirait bien, continua Masklinn. Nous n'avons jamais vraiment compris pourquoi. Ça se passe comme ça, c'est tout.

Le gnome du Grand Magasin se gratta l'occiput.

— Eh bien… Je ne sais pas. Ça ne me semble pas très rationnel comme organisation, tout ça. Vous êtes sûrs…

Soudain, des silhouettes les encerclèrent. Une minute, il n'y avait autour d'eux que des monticules de poussières, la suivante, des gens. Le gnome qui faisait face à l'expédition arborait une barbe, un bandeau sur un œil et un coutelas entre les dents. Ça semblait rendre son sourire encore plus menaçant.

— Oh, miséricorde, jeta Dorcas.

— Qui est-ce ? siffla Masklinn.

— Des bandits. C'est toujours un problème, en Corsetterie, répondit Dorcas en levant les mains.

— C'est quoi, des bandits ? demanda Masklinn, intrigué.

— C'est quoi, la Corsetterie ? intervint Mémé.

Dorcas indiqua du doigt le plancher au-dessus de leurs têtes.

— C'est là-haut, dit-il. Un rayon. Seulement, il n'intéresse personne, parce qu'on n'y trouve rien d'utile. C'est rose, dans l'ensemble, ajouta-t-il. Et parfois l'élastique…

— Wa bourche ou wa wie ! intervint le chef des bandits en manifestant un début d'agacement.

— Je vous demande pardon ? demanda Grimma.

— Gné gnit : wa bourche ou wa wie !

— Je crois que c'est à cause du couteau, suggéra Masklinn. Il me semble qu'on vous comprendrait mieux si vous retiriez votre couteau de la bouche.

Le bandit leur jeta un regard assassin de son œil valide, mais il retira la lame de sa bouche.

— *J'ai dit :* la bourse ou la vie ! répéta-t-il.

Masklinn jeta un coup d'œil interrogateur à Dorcas. Le vieux gnome agita les mains.

— Il veut que vous lui donniez tout ce que vous possédez, expliqua-t-il. Il ne va pas vous tuer, bien entendu, mais ils peuvent se montrer très désagréables.

Les gnomes du Dehors se rassemblèrent pour en discuter. Cet événement dépassait le cadre de leurs expériences. L'idée de vol était pour eux totalement nouvelle. D'où ils venaient, il n'y avait personne à voler. Rectification : il n'y avait *rien* à voler.

— Ils ne comprennent donc pas le gnome? s'indigna le bandit.

Dorcas lui adressa un sourire embarrassé.

— Il faut les excuser, ils viennent d'arriver.

Masklinn se retourna.

— Nous avons pris une décision, annonça-t-il. Si ça ne vous fait rien, nous allons garder ce que nous avons. Désolé.

Il lança à Dorcas et au bandit un sourire radieux.

Le bandit le lui rendit. Ou, du moins, il ouvrit la bouche et exhiba un grand nombre de dents.

— Euh... intervint Dorcas, ce n'est pas une réponse valable, vous savez. On ne peut pas refuser de se faire voler! (Il vit l'expression de totale incompréhension qu'arborait Masklinn.) *Voler*, répéta-t-il. Ça signifie qu'on vous prend vos affaires. On ne peut pas dire qu'on ne veut pas!

— Et pourquoi donc? s'enquit Grimma.

— Mais parce que... (Le vieux gnome hésita.) Je ne sais pas, en fait. La tradition, je suppose.

Le chef des bandits faisait passer son coutelas d'une main à l'autre.

— Je vais vous dire ce que je vais faire, annonça-t-il. Je tiens compte du fait que vous êtes nouveaux, et tout ça. On vous fera à peine mal. Emparez-vous d'eux!

Deux bandits se saisirent de Mémé Morkie.

Ils avaient commis une erreur. Sa main droite osseuse jaillit et on entendit claquer deux gifles.

— Quelle impudence! jeta-t-elle, tandis que les gnomes titubaient de gauche à droite en se tenant les oreilles.

Un bandit qui essayait de maîtriser le vieux Torritt reçut un coup de coude pointu dans l'estomac. Un autre agita un coutelas en direction de Grimma, qui le saisit par le poignet : l'arme lui sauta des mains et il tomba à genoux en poussant de pitoyables borborygmes.

Masklinn se pencha, saisit d'une main le chef par sa chemise et l'éleva à hauteur de regard.

— Je ne suis pas absolument certain de comprendre vos coutumes, dit-il. Mais les gnomes ne devraient pas se faire de mal entre eux, vous ne croyez pas?

— Ahahaha, répondit le chef, visiblement nerveux.

— Alors, ce serait peut-être une bonne idée pour vous de déguerpir, non ?

Il le lâcha. Le bandit tâtonna frénétiquement sur le sol à la recherche de son coutelas, lança un autre sourire inquiet à Masklinn et fila sans demander son compte. Le reste de la bande courut à sa suite, ou du moins claudiqua à vive allure.

Masklinn se retourna vers Dorcas, que secouait un grand éclat de rire.

— Eh bien, qu'est-ce que c'était, toute cette histoire ?

Dorcas s'appuya contre un mur pour rester debout.

— Vous n'en avez pas la moindre idée ?

— Non, répondit Masklinn avec patience. C'est pour ça que je pose la question, figurez-vous.

— Les Corsetteri sont des bandits. Ils s'emparent de ce qui ne leur appartient pas. Ils ont établi leur repaire en Corsetterie parce que les en déloger demanderait trop d'efforts pour trop peu de résultats. D'ordinaire, ils se contentent de faire peur aux gens. Ils sont assez pénibles, pour être franc.

— Et pourquoi l'autre imbécile tenait-il son coutelas dans sa bouche ? voulut savoir Grimma.

— Pour se donner l'air redoutable et sûr de lui, je pense.

— Je trouve que ça lui donnait plutôt l'air idiot, répliqua Grimma sans émotion particulière.

— Il va se prendre une bonne paire de mornifles, si je le revois traîner par ici, annonça Mémé Morkie.

— À mon avis, ils ne reviendront pas. Votre pugnacité a dû les choquer, en fait. (Dorcas rit à nouveau.) Vous savez, je suis vraiment impatient de voir l'effet que vous allez avoir sur l'Abbé. Je ne crois pas que nous ayons jamais rien vu de semblable à vous. Vous allez nous apporter un peu de… de… comment appelez-vous cette chose qu'on trouve en abondance au-Dehors ?

— De l'air frais ? suggéra Masklinn.

— Exactement. De l'air frais.

Et c'est ainsi qu'ils finirent par arriver chez les Papeteri.

Allez voir les Papeteri ou retournez au-Dehors, leur avait dit le duc, signifiant par là qu'il ne voyait guère de différence entre les deux options. Et assurément, les autres grandes familles se défiaient des Papeteri, auxquels elles attribuaient d'étranges et terrifiants pouvoirs.

Après tout, les Papeteri savaient lire et écrire. Quelqu'un qui peut vous expliquer ce que signifie un morceau de papier est bizarre, forcément.

Ils comprenaient également les annonces célestes d'Arnold Frères (fond. 1905).

Mais il est difficile de rencontrer quelqu'un quand il ne croit pas en votre existence.

Masklinn avait toujours pensé que Torritt avait l'air vieux, mais l'Abbé semblait tellement ancien qu'il avait dû être sur les lieux pour donner un petit coup de démarreur au Temps lui-même. Il marchait à l'aide de deux béquilles, et quelques gnomes plus jeunes se tenaient derrière lui, au cas où il aurait besoin d'être soutenu. Son visage était un sac de rides, où brillaient des yeux pareils à deux trous noirs et nets.

La tribu se regroupa derrière Masklinn, comme ils le faisaient désormais chaque fois qu'ils étaient inquiets.

La salle de réception de l'Abbé était une zone aux murs de carton, à proximité d'un ascenseur. À chaque passage, la cabine délogeait de la poussière qui tombait en pluie.

On aida l'Abbé à gagner son trône et à s'asseoir avec mille précautions, tandis que ses acolytes s'affairaient autour de lui. Puis il se pencha en avant.

— Ah, dit-il. Vous êtes d'Égustation, si je ne m'abuse ? Alors, on a encore inventé quelque chose ?

— Pas ces derniers temps, monseigneur, répondit Dorcas. Monseigneur, j'ai l'honneur de vous présenter...

— Je ne vois personne, intervint l'Abbé d'une voix doucereuse.

— Il est aveugle ou quoi ? fit Mémé, avec un reniflement.

— Et je n'entends personne, non plus, poursuivit l'Abbé.

— Silence ! siffla Dorcas aux gnomes. On a dû lui parler de vous ! Il refuse de vous voir ! Monseigneur, reprit-il à voix haute en se retournant, je suis porteur d'étranges nouvelles. On va démolir le Grand Magasin !

L'effet obtenu ne fut pas celui qu'escomptait Masklinn. Les prêtres Papeteri derrière l'Abbé pouffèrent, et ce dernier s'autorisa un léger sourire.

— Miséricorde ! fit-il. Et quand ce terrible événement doit-il se produire ?

— Dans vingt et un jours, monseigneur.

— Eh bien, dans ce cas, répliqua l'Abbé d'une voix suave, allez vaquer à vos affaires. Vous reviendrez ensuite me raconter comment tout ça s'est déroulé.

Cette fois, les prêtres sourirent largement.

— Monseigneur, ce n'est pas une…

L'Abbé leva une main noueuse.

— Vous connaissez beaucoup de choses dans le domaine de l'électricité, Dorcas, je n'en doute pas, mais vous devez bien savoir qu'à chaque Grandes Soldes de Fin de Saison, on trouve toujours des gens impressionnables pour crier : « La fin du Grand Magasin est proche ». Et le plus étrange, c'est que la vie continue.

Masklinn sentit le regard de l'Abbé se poser sur lui. Pour quelqu'un d'invisible, il semblait beaucoup attirer l'attention.

— Monseigneur, l'affaire est autrement plus grave, insista Dorcas sur un ton pincé.

— Oh ? Et c'est *l'électricité* qui vous a annoncé ça ? se moqua l'Abbé.

Dorcas donna un coup de coude dans les côtes de Masklinn.

— C'est le moment, dit-il.

Masklinn s'avança et posa le Truc sur le sol.

— Vas-y, souffla-t-il.

— *Suis-je en présence des responsables de la communauté ?* demanda le Truc.

— Autant qu'il est possible, sans doute, répondit Dorcas.

L'Abbé fixait la boîte du regard.

— *Je vais employer des mots simples*, annonça le Truc. *Je suis un ordinateur de référence et de navigation. Un ordinateur est une machine pensante. Oh, l'ordinateur ! Il pense, il pense. Regardez l'ordinateur. Vous le voyez ? Il pense. Je consomme de l'é-lec-tricité. Parfois, l'é-lec-tricité peut transporter des messages. Je sais entendre ces messages. Je peux les dé-chif-frer. Certaines fois, ces messages se déplacent dans des fils qu'on appelle fils téléphoniques. Parfois aussi, on les trouve dans d'autres ordinateurs. Le Grand Magasin possède un ordinateur.*

Il règle les salaires des humains. Je peux entendre ses pensées. Il pense : bientôt, fini le Grand Magasin, finis les salaires, finis les comptes. Et les fils téléphoniques, ils disent : Bonjour, je m'adresse bien à la Compagnie de Démolition de Grimethorpe ? Pouvons-nous discuter des derniers détails de la démolition, nous aurons fini de déménager tout le stock d'ici le vingt et un...

— Très amusant, remarqua l'Abbé. Comment avez-vous fabriqué cela ?

— Je ne l'ai pas fabriqué, monseigneur. Ce sont ces gens qui l'ont amené ici...

— De qui parlez-vous ? demanda l'Abbé en regardant bien au travers de Masklinn.

— Que se passera-t-il si je vais lui tirer le nez ? chuchota Mémé d'une voix rauque.

— Ce sera extrêmement douloureux, répondit Dorcas.

— Excellent.

— Pour vous, je veux dire.

L'Abbé se remit debout avec un mouvement pénible.

— Je suis un gnome tolérant, dit-il. Vous faites des spéculations sur la nature du Dehors, et je ne m'en formalise pas ; je considère qu'il s'agit d'une bonne gymnastique intellectuelle. Nous ne serions pas des gnomes si nous ne laissions pas de temps en temps notre esprit vagabonder. Mais insister que c'est la réalité, voilà qui passe les bornes. De petits jouets machinés...

Il avança en chancelant et abattit brutalement une de ses béquilles sur le Truc, qui bourdonna.

— C'est intolérable ! poursuivit-il. Il n'y a rien au-Dehors, aucune vie ! La vie dans d'autres Grands Magasins ? Peuh ! L'audience est terminée ! Allez-vous-en.

— *Je peux soutenir un impact de deux mille cinq cents tonnes*, annonça le Truc avec une autosatisfaction certaine, sans que nul lui prête vraiment attention.

— Retirez-vous ! Retirez-vous ! hurla l'Abbé, et Masklinn le vit qui tremblait des pieds à la tête.

Toute l'étrangeté du Grand Magasin était là. Il y a quelques jours encore, ils n'avaient pas besoin de savoir grand-chose. L'essentiel de leur science se concentrait sur les grosses créatures affamées et le moyen de les éviter. Les sciences de la terre, comme Torritt les appelait. Maintenant, Masklinn commençait à comprendre qu'existait une forme de savoir tout à fait différente, et qu'elle regroupait les préceptes à connaître pour survivre entre gnomes. Des choses comme : *soyez très prudent quand vous dites aux gens des choses qu'ils ne veulent pas entendre*. Et : *l'idée qu'elles peuvent se tromper éveille la fureur de certaines personnes*.

Quelques Papeteri de moindre rang leur firent franchir en hâte la porte d'entrée. Ce fut accompli avec une dextérité indéniable, sans que personne touche les compagnons de Masklinn, ni même les regarde dans les yeux. Plusieurs s'écartèrent précipitamment de Torritt quand il se baissa pour ramasser le Truc et le serrer contre lui pour le protéger.

Finalement, la patience de Mémé Morkie, qui n'avait jamais été très développée, s'amenuisa pour disparaître tout à fait. Elle empoigna par son habit noir le moine le plus proche et l'amena à quelques centimètres de son nez. Il loucha désespérément dans ses efforts pour ne pas la voir. Elle lui planta un solide coup de doigt dans la poitrine.

— Tu sens mon doigt ? demanda-t-elle. Tu le sens ? Alors, comme ça, je n'existe pas, hein ?

— Pauvre indigénieux ! glapit Torritt.

Le moine résolut son problème immédiat en émettant un petit couinement avant de tomber en pâmoison.

— Sortons d'ici, s'empressa de conseiller Dorcas. Je soupçonne qu'il n'y a qu'un petit pas à faire entre ne pas voir les gens et s'arranger pour qu'ils n'existent effectivement pas.

— Mais je ne comprends pas, fit Grimma. Comment les gens peuvent-ils ne pas nous voir ?

— Parce qu'ils savent que nous venons du Dehors, répondit Masklinn.

— Mais les autres gnomes peuvent nous voir, eux !

La voix de Grimma devenait plus aiguë, et Masklinn ne pouvait pas la blâmer. Lui aussi commençait à ne plus être très sûr de lui.

— Je crois que c'est parce qu'ils ne sont pas au courant, ou qu'ils ne croient pas vraiment que nous venons du Dehors !

— C'est pas moi qui viens du Dehors ! s'indigna Torritt. C'est eux qui sont du Dedans !

— Mais alors, ça veut dire que l'Abbé pense effectivement que nous venons du Dehors ! poursuivit Grimma. Ça signifie qu'il croit que nous sommes là et qu'il ne peut pas nous voir ! Ça n'a pas de sens !

— Que voulez-vous, c'est la nature gnomique, dit Dorcas.

— Je ne vois pas l'importance que ça peut avoir, commenta Mémé d'un ton rogue. Dans trois semaines, ils seront *tous* du Dehors. Ça leur apprendra. Il faudra qu'ils passent leur temps à ne pas se voir. On verra si ça les amuse, hein ? (Elle leva le nez en l'air et poursuivit, avec des accents précieux :) Ho, 'scûûsez-moi, m'sieur l'Abbé, jeu vous as traaîbuché d'sus, mais c'est que jeu ne vûûs as pas vûû, voyez-vûûs...

— Je suis sûr qu'ils comprendraient s'ils prenaient la peine de nous écouter, insista Masklinn.

— Ça m'étonnerait, fit Dorcas en donnant un coup de pied dans un tas de poussière. Je suis idiot de les en avoir crus capables, en fait. Les Papeteri ne prêtent jamais attention aux idées neuves.

— Excusez-moi, intervint une petite voix dans leur dos.

Ils se retournèrent pour découvrir qu'un Papeteri se tenait derrière eux. Il était jeune, fort grassouillet, et arborait des cheveux frisés et une mine inquiète. En fait, il tortillait nerveusement le coin de sa chasuble.

— C'est à moi que vous parlez ? demanda Dorcas.

— Euh... J'étais... euh... je voulais parler à... euh... ceux du Dehors, énonça soigneusement le petit homme.

Il exécuta une courbette à l'intention de Torritt et de Mémé Morkie.

— Dans ce cas, vous avez meilleure vue que les autres, constata Masklinn.

— Euh... oui, dit le Papeteri.

Il jeta un coup d'œil sur le couloir derrière lui.

— Euh... j'aimerais vous parler. Dans un endroit plus discret.

Ils se retranchèrent derrière une solive du plancher.

— Eh bien ? demanda Masklinn.

— Cette, euh... chose qui parle. Vous croyez ce qu'elle dit ?

— Je ne pense pas qu'elle soit capable de mentir, expliqua Masklinn.

— Qu'est-ce que c'est exactement ? Une espèce de radio ? insista le nouveau venu.

Masklinn quêta un secours auprès de Dorcas.

— C'est un appareil qui produit du bruit, répondit ce dernier d'une voix négligente.

— Vraiment ? fit Masklinn avant de hausser les épaules. Je ne sais pas. Nous possédons cet objet depuis longtemps. Il prétend qu'il est arrivé de très loin en compagnie des gnomes, il y a très longtemps. Nous nous en sommes occupés depuis des générations, pas vrai, Torritt ?

Le vieillard opina frénétiquement.

— Mon papa en avait la garde avant moi, et son père avant lui, et son père avant lui, et son frère en même temps, et leur oncle avant eux... entonna-t-il.

Le Papeteri se gratta le crâne.

— C'est très inquiétant, dit-il. Les humains se comportent de façon inusitée. On ne renouvelle plus les marchandises, dans le Grand Magasin. On voit apparaître des annonces qu'on n'avait encore jamais vues. Même l'Abbé est inquiet, il n'arrive pas à déterminer ce qu'Arnold Frères (fond. 1905) attend de nous. Alors, euh...

Il tire-bouchonna sa chasuble, se hâta de la remettre en ordre, et poursuivit :

— Je suis l'assistant de l'Abbé, voyez-vous. Je m'appelle Gurder. Je suis chargé des tâches qu'il ne peut accomplir personnellement. Alors, euh...

— Eh bien, quoi ? le pressa Masklinn.

— Est-ce que vous pourriez m'accompagner ? S'il vous plaît ?

— Il y aura à manger ? demanda Mémé Morkie, qui savait toujours aller droit au cœur de tout problème.

— Nous allons en faire livrer, assura Gurder avec empressement.

Il s'enfonça à reculons dans le dédale de solives et de fils.

— S'il vous plaît, suivez-moi. Je vous en prie.

5

I. *Or il y eut des gens pour dire : Nous avons vu les nouvelles Annonces d'Arnold Frères (fond. 1905) dans le Grand Magasin, et nous sommes troublés, car nous n'en comprenons point le Sens.*
II. *En cette saison devrait se tenir le Fêtons Noël, et pourtant les Panneaux ne sont point ceux du Fêtons Noël.*
III. *Ce ne sont point non plus ceux de la Quinzaine du Blanc, ni ceux de la Rentrée des Classes, ni du Printemps des Prix, et point non plus l'Été des Affaires, ni aucune Annonce que nous reconnaissons en son Temps.*
IV. *Car ces Annonces proclament : Liquidation. Et nos Cœurs en sont troublés.*

La Gnomenclature, *Réclamations, Versets I-IV*

Gurder, avec force courbettes et révérences, les conduisit plus profondément en territoire Papeteri. Il flottait une odeur de moisi. Çà et là s'empilaient des choses dont on apprit à Masklinn qu'il s'agissait de livres. Il ne comprit pas bien quel usage on en faisait, mais Dorcas paraissait les tenir en grande estime.

— Regardez-moi ça, disait-il. Bien des choses là-dedans pourraient nous être bougrement utiles, et les Papeteri les surveillent comme... comme...

— Comme quelque chose de bien surveillé ? suggéra Masklinn.

— Exactement. Exactement. C'est tout à fait ça. Ils les regardent fixement, sans arrêt. Ils appellent ça *lire*. Mais ils n'y comprennent rien.

Dans les bras de Torritt, le Truc vrombit, et quelques voyants s'allumèrent.

— *Les livres sont un dépôt de savoir?* demanda-t-il.

— On prétend qu'ils contiennent beaucoup de choses, assura Dorcas.

— *Il est vital que vous en obteniez*, conclut le Truc.

— Les Papeteri y tiennent jalousement, expliqua Dorcas. Les livres brûlent la cervelle de ceux qui ne savent pas les lire comme il convient, selon eux.

— Par ici, s'il vous plaît, fit Gurder en écartant une barrière en carton.

Quelqu'un les attendait, assis dans une posture raide sur une pile de coussins, le dos tourné aux nouveaux arrivants.

— Ah! Gurder, dit-il. Entre. Parfait.

C'était l'Abbé. Il ne se retourna pas.

Masklinn poussa Gurder du coude.

— La première entrevue a déjà été assez pénible. À quoi bon recommencer cette comédie?

Gurder lui adressa un regard qui semblait dire : *faites-moi confiance, c'est le seul moyen*.

— As-tu commandé de la nourriture, Gurder? demanda l'Abbé.

— Monseigneur, je m'apprêtais...

— Charge-t'en sur-le-champ.

— Très bien, monseigneur.

Gurder jeta un nouveau regard implorant à Masklinn avant de disparaître prestement.

Les gnomes attendirent avec embarras, en se demandant ce qui allait se passer.

L'Abbé prit la parole.

— J'ai presque quinze ans. Je suis plus vieux que certains rayons du Grand Magasin. J'ai vu beaucoup de choses merveilleuses, et je vais bientôt partir à la rencontre d'Arnold Frères (fond. 1905) avec l'espoir d'avoir été un gnome bon et vertueux. Je suis si vieux que certains gnomes me confondent d'une certaine façon avec le Grand Magasin, et ils redoutent de le voir disparaître quand je ne serai plus là. Et maintenant, vous venez prétendre la même chose. Qui est le responsable du groupe ?

Masklinn regarda Torritt, mais tous les autres le regardaient, lui.

— Eh bien, euh… Moi, je suppose, dit-il. Pour le moment, en tout cas.

— Voilà, c'est ça, confirma Torritt, soulagé. C'est juste pour le moment que je lui confie la responsabilité du groupe. Parce que le chef, c'est moi.

L'Abbé hocha la tête.

— Sage décision, dit-il.

Torritt eut un sourire radieux.

— Restez ici avec la boîte qui parle, demanda l'Abbé à Masklinn. Tous les autres, veuillez quitter la pièce, je vous prie. On va vous apporter de quoi manger. Veuillez attendre à côté.

— Hem, intervint Masklinn. Non.

Il y eut un silence.

Puis, d'une voix infiniment douce, l'Abbé s'enquit :

— Et pourquoi pas ?

— Parce que, voyez-vous, hem… nous formons un groupe uni. On ne nous a jamais séparés.

— Un sentiment tout à fait louable. Mais vous vous en apercevrez, la vie ne fonctionne pas ainsi. Allons, allons. J'aurais des difficultés à vous faire du mal, vous ne croyez pas ?

— Vas-y, discute avec lui, Masklinn, fit Grimma. Nous ne serons pas loin. Ça n'a pas d'importance.

À contrecœur, il acquiesça.

Quand ils furent partis, l'Abbé se retourna. Vu de près, il semblait encore plus vieux qu'auparavant. Son visage n'était pas simplement ridé. En fait, il ne formait qu'une unique et immense ride. L'Abbé était déjà d'âge mûr à la naissance du vieux Torritt, se dit Masklinn. Il est assez vieux pour être le grand-père de Mémé Morkie !

L'Abbé sourit. Cela ne semblait pas lui venir naturellement. On aurait dit qu'on lui avait expliqué la théorie à mettre en œuvre sans qu'il ait jamais eu l'occasion de l'appliquer.

— J'ai cru comprendre que vous vous nommiez Masklinn, dit-il.

Masklinn ne put le nier.

— Je ne comprends pas! ajouta le jeune gnome. Vous me voyez? Il n'y a pas dix minutes, vous affirmiez que je n'existais pas et voilà que vous me parlez!

— Rien de très étrange là-dedans. Il y a dix minutes, l'affaire était officielle. Miséricorde, je ne peux pas laisser les gens croire que je fais fausse route depuis le début, quand même? Les Abbés réfutent l'existence de quoi que ce soit au-Dehors depuis des générations. Je ne peux pas annoncer brusquement qu'ils se trompaient tous. Les gens penseraient que je suis devenu fou.

— Ah bon?

— Oh, mais oui. C'est de la politique, voyez-vous. Les Abbés ne peuvent pas sans arrêt changer d'avis. Vous vous en apercevrez un jour. L'important quand on est chef n'est pas d'avoir tort ou raison, mais d'être *catégorique*. Sinon, les autres ne sauraient pas quoi penser. Bien sûr, avoir raison aide beaucoup, concéda l'Abbé.

Il s'enfonça dans son fauteuil.

— Le Grand Magasin a été le siège de guerres terribles, jadis, poursuivit-il. Terribles. Une période effroyable de notre Histoire. Les gnomes s'entre-déchiraient. C'était il y a des dizaines d'années, bien entendu. Il se trouvait toujours un gnome pour juger que sa famille devait diriger le Grand Magasin. La Bataille du Monte-Charge. La Campagne des Livraisons, les abominables Guerres du Rez-de-Chaussée... Mais tout cela appartient désormais au passé. Et savez-vous pourquoi?

— Non.

— Parce que c'est nous qui y avons mis un terme. Nous, les Papeteri. En utilisant la ruse, mais aussi le bon sens et la diplomatie. Nous leur avons fait comprendre qu'Arnold Frères (fond. 1905) attend des gnomes la paix générale. Bon. Maintenant, supposons que j'aie déclaré que je vous croyais, tout à l'heure. Les gens se seraient dit : ça y est, le vieux a perdu les pédales.

L'Abbé eut un petit rire.

— Et ensuite, ils auraient pensé : et si les Papeteri s'étaient trompés depuis le début? Ç'aurait été la panique. Bien entendu, c'est impensable. Il faut garder les gnomes soudés. Vous les connaissez : ils se chamaillent chaque fois que l'occasion se présente.

— C'est vrai. Et ils vous accusent toujours d'être responsable de tout ce qui se passe, et ils vous demandent : et maintenant, qu'est-ce que tu vas faire pour y remédier ?

— Vous avez remarqué ça ? (L'Abbé sourit.) Vous êtes parfaitement qualifié pour être chef, ce me semble.

— Je ne le pense pas !

— C'est bien ce que je veux dire. Vous ne tenez pas à en être un. Je ne souhaitais pas devenir Abbé, moi non plus. (Il pianota des doigts sur sa canne avant de tourner un regard pénétrant vers Masklinn.) Les gens sont toujours plus compliqués qu'on ne le pense. Il faut se souvenir de ça, c'est très important.

— Je n'y manquerai pas, assura Masklinn, faute de savoir quoi dire d'autre.

— Vous ne croyez pas en Arnold Frères (fond. 1905), n'est-ce pas ? lui demanda l'Abbé.

Mais c'était plus une affirmation qu'une question.

— Eh bien, euh…

— Je l'ai vu, vous savez. Quand j'étais tout jeune. J'ai fait l'ascension jusqu'au Service Clientèle, tout seul, je me suis caché et je l'ai aperçu à son bureau, en train d'écrire.

— Oh ?

— Il portait la barbe.

— Oh !

Nouveau pianotement des doigts sur la canne. L'Abbé semblait prendre une décision. Enfin, il dit :

— Hmmm. Où viviez-vous ?

Masklinn le lui dit. Bizarrement, tout cela paraissait beaucoup plus agréable, maintenant qu'il y songeait avec un peu de recul. Plus d'étés que d'hivers, plus de noisettes que de rat. Pas de bananes, d'électrique ni de moquette, mais de l'air frais à profusion. Et en y repensant, la bruine et le gel semblaient moins fréquents. Le Papeteri l'écouta poliment.

— Les choses allaient bien mieux quand nous étions nombreux, conclut Masklinn. (Il regarda ses pieds.) Vous pourriez venir vivre avec nous. Quand le Grand Magasin sera démolitionné.

L'Abbé éclata de rire.

— Je ne suis pas sûr d'y trouver ma place, ni de vouloir croire en votre *Dehors*. Il me paraît bien froid et bien dangereux. De toute façon, je vais m'embarquer pour un voyage autrement plus mystérieux. Et maintenant, veuillez m'excuser. Je dois me reposer.

Il frappa le sol de sa canne. Gurder apparut comme par enchantement.

— Emmène Masklinn et instruis-le un peu, ordonna l'Abbé. Ensuite, revenez ici, tous les deux. Mais laissez la boîte noire avec moi, je vous prie. J'aimerais en apprendre plus long sur son compte. Posez-la par terre.

Masklinn obéit. L'Abbé tapota l'objet du bout de sa canne.

— Boîte noire, qui es-tu et quelle est ta tâche ?

— *Je suis l'ordinateur de référence et de navigation du vaisseau stellaire* Cygne. *J'ai de nombreuses tâches. Actuellement, la principale est de guider et de conseiller les gnomes naufragés ici après l'écrasement de leur vaisseau de reconnaissance, il y a quinze cents ans.*

— Elle n'arrête pas de parler comme ça, dit Masklinn pour l'excuser.

— Et de quels gnomes parles-tu ? demanda l'Abbé.

— *Tous les gnomes.*

— Est-ce là ta seule tâche ?

— *On m'a aussi demandé de veiller à la sécurité des gnomes et de les ramener chez eux.*

— C'est un objectif tout à fait louable, jugea l'Abbé.

Il leva les yeux vers les deux autres gnomes.

— Eh bien, allez, allez ! leur ordonna-t-il. Montre-lui un peu le monde, Gurder. Et ensuite, j'aurai une mission à vous confier à tous les deux.

Instruis-le un peu, avait dit l'Abbé.

Par conséquent, on devait commencer par la *Gnomenclature*, qui était constituée de feuilles de papier cousues ensemble et couvertes de marques.

— Les humains s'en servent pour leurs cigarettes, expliqua Gurder, avant de lire les douze premiers versets.

Le groupe écouta en silence, puis Mémé Morkie intervint :

— Alors cet Arnold Frères…

— … (fond. 1905), corrigea Gurder avec un soupçon d'acidité.

— Oui, bon… Il a construit le Grand Magasin juste pour les gnomes ?

— Euh. Ouuu… i.

— Alors, qu'est-ce qu'il y avait ici, avant ?

— Le Site. (Gurder semblait mal à l'aise.) Voyez-vous, l'Abbé dit qu'il n'existe rien en Dehors du Grand Magasin. Hem.

— Mais nous venons…

— Il dit que les histoires du Dehors sont de simples chimères.

— Alors, quand je lui ai tout raconté de l'endroit où on vivait, il se moquait de moi, c'est ça ? demanda Masklinn.

— On a souvent du mal à savoir en quoi l'Abbé croit vraiment, avoua Gurder. Je pense qu'il croit d'abord aux Abbés.

— Mais vous, vous nous croyez, non ? demanda Grimma.

Gurder hocha la tête. Avec quelque réticence.

— Je me suis souvent demandé où vont les camions et d'où viennent les humains, dit-il. Mais l'Abbé se fâche terriblement quand on aborde ce sujet. Par ailleurs, une nouvelle saison est apparue. Ça doit avoir une signification. Certains d'entre nous observent les humains : chaque apparition d'une nouvelle saison laisse présager des événements inhabituels.

— Comment pouvez-vous avoir des saisons, alors que la météo ne varie jamais ? demanda Masklinn.

— La météo n'a rien à voir avec les saisons. Écoutez, pendant que quelqu'un va conduire les anciens à l'Alimentation, je vais vous montrer quelque chose, à tous les deux. Tout cela est très singulier. Mais… (et soudain, le visage de Gurder exprima toute la misère du monde)… vous ne croyez quand même pas qu'Arnold Frères (fond. 1905) voudrait vraiment détruire le Grand Magasin ?

6

III. *Or Arnold Frères (fond. 1905) dit : que les Annonces soient, afin que nul en cette enceinte n'ignore la Conduite adéquate à tenir dans le Grand Magasin.*
IV. *Sur l'Escalier qui Bouge, qu'un Panneau proclame : Animaux domestiques et Landaus* doivent *être tenus dans les bras.*
V. *Et grand fut le Courroux d'Arnold Frères (fond. 1905), car beaucoup ne tenaient dans leurs bras ni Animaux Domestiques ni Landaus.*
VI. *Sur les Ascenseurs, qu'un Panneau proclame : Capacité : dix Personnes.*
VII. *Et grand fut le Courroux d'Arnold Frères (fond. 1905), car maintes fois les Ascenseurs ne transportaient qu'une ou deux Personnes.*
VIII. *Et Arnold Frères (fond. 1905) déclara : en Vérité, je vous le dis, les Humains sont des sots, qui n'entendent point le Langage le plus clair.*

La Gnomenclature, *Règlements, Versets III-VIII*

La marche à travers le soubassement bondé s'avéra très longue.

Ils découvrirent que les Papeteri pouvaient aller où bon leur semblait. Les autres rayons ne les redoutaient pas, puisque les Papeteri ne constituaient pas un véritable rayon. Pour commencer, on n'y comptait ni femmes, ni enfants.

— Alors, on est obligé de s'engager ? s'étonna Masklinn.

— Nous sommes sélectionnés, corrigea Gurder. Plusieurs garçons intelligents dans chaque rayon, tous les ans. Mais quand on devient un Papeteri, on doit oublier son rayon d'origine et servir le Grand Magasin tout entier.

— Alors, pourquoi les femmes ne peuvent-elles pas devenir des Papeteri, elles aussi ? intervint Grimma.

— Tout le monde sait bien que les femmes ne peuvent pas lire, répondit Gurder. Ce n'est pas de leur faute, bien entendu. Il semble que ça leur échauffe trop le cerveau. L'effort, vous comprenez. C'est comme ça, voilà tout.

— Tiens donc, dit Grimma.

Masklinn lui jeta un regard de côté. Il l'avait déjà entendue utiliser ce ton plein de douceur et d'innocence. Il était annonciateur de grabuge imminent.

Grabuge ou pas, l'effet que produisait Gurder sur les gens était étonnant. Ils s'écartaient et s'inclinaient légèrement sur son passage, et une ou deux personnes élevèrent de jeunes enfants à bout de bras pour le leur montrer. Même les gardes aux postes frontières touchaient leur heaume du doigt, avec respect.

Tout autour d'eux se déployait le chahut de la vie dans le Grand Magasin. Des milliers de gnomes, se dit Masklinn. Je ne savais même pas qu'on pouvait compter aussi loin. Tout un monde de gens.

Il se souvint d'avoir chassé seul, en courant au creux des profonds sillons du grand champ, derrière la voie rapide. Autour de lui, il n'y avait rien que de la terre et du silex, à perte de vue. Tout le ciel constituait un bol renversé dont il occupait le centre.

Ici, il lui sembla qu'en se retournant brusquement, il risquait de bousculer quelqu'un. Il se demanda l'impression qu'on aurait à vivre ici sans jamais visiter d'autres lieux. Ne jamais connaître le froid, l'humidité, la peur.

On devait commencer à croire que rien d'autre n'était possible…

Il fut vaguement conscient d'avoir gravi une pente pour déboucher par une nouvelle brèche dans le vaste désert du Grand Magasin proprement dit. C'était la nuit – l'Heure de la

Fermeture – mais il y avait des lumières brillantes au ciel. Sauf qu'il devrait apprendre à dire *le plafond*.

— Nous voici dans le rayon Mercerie, déclara Gurder. Et maintenant, vous voyez la pancarte accrochée là-bas ?

Masklinn scruta les brumes du lointain et hocha la tête. Il la voyait. Elle portait d'énormes formes rouges sur fond blanc.

— On devrait y lire : *Fêtons Noël*, expliqua le Papeteri. C'est la saison qui suit d'ordinaire la *Rentrée des Soldes* et précède le *Printemps des Prix*. Mais en fait, elle dit… (Gurder plissa les yeux et ses lèvres remuèrent en silence pendant quelques instants)… *Dernières réductions*. Nous nous demandions ce que cela signifiait.

— Une simple suggestion, glissa Grimma, caustique. Ce n'est qu'une toute petite suggestion, bien entendu. Je suppose qu'une trop grosse idée me ferait exploser la tête. Mais est-ce que ça ne voudrait pas dire qu'on va finir par tout réduire ?

— Oh, l'explication ne peut pas être aussi simple, déclara Gurder. Une fois, ils en ont eu une qui disait *Vente Monstre*, et on n'a jamais observé le moindre monstre.

— Et le reste, ça dit quoi ? s'enquit Masklinn.

Penser que tout allait finir réduit était une vision trop horrible pour qu'on s'y attache.

— Eh bien ! celle-là, là-bas, dit *Tout doit disparaître*, expliqua Gurder. Mais on la voit tous les ans. C'est ainsi qu'Arnold Frères (fond. 1905) nous exhorte à mener des vies vertueuses, parce que nous mourrons tous un jour. Et ces deux, par là, sont toujours là, elles aussi. (Il adopta une expression solennelle.) Personne n'y croit plus. Elles ont déclenché des guerres, il y a des années de ça. Ce n'étaient que des superstitions ridicules. Moi, en tout cas, je ne crois pas à l'existence de *Prix Sacrifiés*, le monstre qui rôde la nuit dans le Grand Magasin à la recherche des vilains gnomes. C'est une histoire pour effrayer les petits enfants quand ils ne sont pas sages.

Gurder se mordit la lèvre.

— Un autre détail me tracasse. Vous voyez ces choses, contre le mur ? On appelle ça des étagères. Parfois, les humains y prennent des objets, parfois ils les y posent. Mais ces derniers temps… eh bien, ils se contentent de les y prendre.

Certaines étagères étaient vides.

Masklinn ne connaissait pas grand-chose aux subtilités du comportement humain. Un humain est un humain, tout comme une vache est une vache. De toute évidence, ils arrivaient à se reconnaître entre eux, exactement comme les vaches, mais par des critères qui avaient jusqu'ici échappé à sa sagacité. Et si une logique guidait leur conduite, le gnome n'avait pas encore réussi à la discerner.

— Tout doit disparaître, répéta-t-il.

— Oui, mais pas *disparaître* au sens strict, pas pour de bon, insista Gurder. Ils ne le pensent sûrement pas, non? Je suis certain qu'Arnold Frères (fond. 1905) ne le permettrait pas. Tu ne crois pas?

— Je suis mal placé pour en juger. Je n'avais jamais entendu parler de lui avant d'arriver ici.

— Oh, c'est vrai, dit Gurder d'une petite voix. De Dehors, vous disiez. Ça avait l'air… très intéressant. Et agréable.

Grimma prit la main de Masklinn et la serra doucement.

— Ici aussi, c'est agréable.

Masklinn parut surpris.

— Mais si, insista-t-elle comme par défi. Les autres le pensent aussi, tu sais. Il fait chaud, ici, il y a des choses incroyables à manger, même s'ils ont des notions farfelues sur le cerveau des femmes. (Elle se retourna vers Gurder.) Pourquoi n'allez-vous pas interroger Arnold Frères (fond. 1905) sur ce qui se passe?

— Oh, je ne crois pas que ce soit une bonne idée! répondit Gurder, précipitamment.

— Pourquoi pas? Ce serait pourtant logique, si c'est lui qui dirige tout, renchérit Masklinn. Est-ce que vous l'avez seulement *vu*, cet Arnold Frères (fond. 1905)?

— Oui. L'Abbé, une fois. Dans sa jeunesse, il a fait l'ascension jusqu'au Service Clientèle. Mais il n'en parle jamais.

Masklinn réfléchit puissamment à tout ceci, sur le chemin du retour. Chez eux, il n'y avait jamais eu de religion ni de politique. Le monde était beaucoup trop vaste pour qu'on se préoccupe de ce genre de choses. Mais il entretenait des doutes sérieux sur Arnold Frères (fond. 1905). Après tout, si celui-ci avait édifié le Grand Magasin à l'intention des gnomes, pourquoi ne pas l'avoir conçu à leur taille? Toutefois, Masklinn songea que le moment était peut-être mal choisi pour lancer ce genre de débat.

Il avait toujours été convaincu qu'en réfléchissant suffisamment, on pouvait venir à bout de tous les problèmes. Le vent, par exemple. Ce phénomène l'avait toujours intrigué, jusqu'à ce qu'il comprenne que le déplacement de l'air était provoqué par l'agitation des arbres.

Ils retrouvèrent le reste du groupe auprès des quartiers de l'Abbé. On leur avait apporté de quoi manger. Mémé Morkie expliquait à deux Papeteri médusés que les ananas n'arrivaient pas à la cheville de ceux qu'on capturait chez eux.

Torritt leva les yeux de son quignon de pain.

— Tout le monde vous cherche, vous deux. Vous savez, l'Abbé ? Il vous réclame. Qu'est-ce qu'il est mou, ce pain ! Y a même pas besoin de cracher dessus, comme celui qu'on avait chez no…

— Inutile de babiller à tort et à travers ! coupa Mémé, soudain gonflée de loyauté vis-à-vis de leur vieux terrier.

— Ben quoi ? C'est la vérité, grommela Torritt. On n'a jamais eu de nourriture de ce genre. Je veux dire, toutes ces saucisses, cette viande en gros morceaux, et pas de la viande qu'il faut tuer d'abord ! Inutile de grenouiller dans des poubelles dégoûtantes…

Il vit les autres le foudroyer du regard et s'abîma dans un marmonnement honteux.

— Tais-toi donc, espèce de vieux gâteux ! lança Mémé.

— Ha ! Je suppose qu'on n'a jamais vu de renard, non plus ? insista Torritt. C'est comme Mrs. Coom et mon vieux copain Mert, alors ? Ils ont jamais…

Le regard furibond qu'elle lui lançait finit par agir. Il blêmit.

— C'était pas toujours la belle vie, chuchota-t-il en secouant la tête. C'était pas la belle vie, c'est tout ce que je voulais dire.

— Qu'entend-il par là ? demanda Gurder avec un bon sourire.

— Rien du tout, trancha Mémé.

— Oh ! (Gurder se tourna vers Masklinn.) Je connais le terme *renard*. Je sais lire les livres humains, vous savez. Couramment. J'en ai lu un qui s'intitulait… (Un instant d'hésitation.)… *Nos amis à fourrure*, je crois bien. *Chasseur réputé pour son adresse et sa beauté, le renard roux se nourrit de charognes, de fruits et de petits rongeurs. Il*… Euh… Excusez-moi, ça ne va pas?

Torritt s'étouffait sur son quignon de pain, tandis que les autres lui tapaient précipitamment dans le dos. Masklinn entraîna le jeune Papeteri par le bras et s'éloigna rapidement en sa compagnie.

— J'ai dit quelque chose qu'il ne fallait pas? s'inquiéta Gurder.

— En quelque sorte. Et maintenant, il me semble que l'Abbé a demandé à nous voir, non?

Le vieillard était assis avec le Truc sur les genoux, parfaitement immobile, les yeux dans le vague.

À leur entrée, il ne leur accorda pas la moindre attention. Une ou deux fois, ses doigts tambourinèrent sur la surface noire du Truc.

— Monseigneur? demanda Gurder au bout d'un moment.

— Hmm?

— Vous avez demandé à nous voir, monseigneur?

— Ah, fit l'Abbé d'un air distrait. Le jeune Gurder, si je ne m'abuse.

— Tout à fait, monseigneur!

— Oh, très bien.

Nouveau silence. Gurder toussota poliment.

— Vous avez demandé à nous voir, monseigneur? répéta-t-il.

— Ah! (L'Abbé dodelina de la tête.) Oh! Oui. Vous, là-bas. Le jeune homme à l'épieu.

— Moi? demanda Masklinn.

— Oui, vous. Vous avez déjà parlé avec ce… ce truc?

— Le Truc? Heu… en quelque sorte, oui. Mais il s'exprime bizarrement. On ne comprend pas bien tout ce qu'il dit.

— Il m'a parlé. Il m'a raconté que des gnomes l'ont fabriqué, il y a très longtemps. Il mange de l'électrique. Il prétend entendre parler les objets d'électrique. Il m'a affirmé… (Il jeta un regard noir à l'objet sur ses genoux.)… il m'a affirmé avoir entendu dire qu'Arnold Frères (fond. 1905) veut faire démolir le Grand Magasin. Cet objet est fou. Il parle d'étoiles, il prétend que nous sommes venus d'une étoile, en volant. Mais… on raconte qu'il se passe des phénomènes étranges. Je m'interroge : s'agit-il d'un envoyé de la Direction, venu nous avertir? Ou serait-ce un piège que nous tend Prix Sacrifiés? *Bon!* (D'une main ridée, il frappa le Truc.) Il faut *interroger* Arnold Frères (fond. 1905). Nous apprendrons quelle est sa vérité.

— Mais… monseigneur! s'exclama Gurder. Vous êtes beaucoup trop… Je veux dire… Ce ne serait pas convenable pour vous de monter à nouveau jusqu'au Sommet. Le voyage est terriblement dangereux!

— Tu as tout à fait raison, mon enfant. C'est donc toi qui iras à ma place. Tu sais lire l'humain, et ton énergique ami à l'épieu pourra t'accompagner.

Les jambes de Gurder mollirent et il se retrouva à genoux.

— Monseigneur? Jusqu'au Sommet? Mais je ne suis pas digne…

Sa voix s'éteignit.

— Personne ne l'est, opina l'Abbé. Le Grand Magasin nous a tous souillés. Tout doit disparaître. Va, maintenant, et que Bonnes Affaires soit avec toi.

— Bonnes Affaires? Qui c'est? s'inquiéta Masklinn tandis qu'ils quittaient la pièce.

— Une servante du Grand Magasin, répondit Gurder qui tremblait encore. Elle est l'ennemie de l'horrible Prix Sacrifiés, qui rôde dans les couloirs la nuit avec sa terrible lumière pour attraper les gnomes pécheurs!

— Oh, ben, heureusement que tu n'y crois pas.

— Bien sûr que non, acquiesça Gurder.

— Mais tes dents claquent.

— Parce que mes dents y croient, elles. Et mes genoux aussi. Et mon estomac. Il n'y a que ma tête qui n'y croit pas. Mais elle est juchée sur une équipe de froussards superstitieux. Excuse-moi, je vais faire mes bagages. Il est très important de se mettre tout de suite en route.

— Pourquoi donc?

— Parce que si nous attendons davantage, je serai trop terrorisé pour partir.

L'Abbé se carra au fond de son fauteuil.

— Redis-moi comment nous sommes arrivés ici. Tu parlais d'une période de colère, que nous avions fait… combien disais-tu ? Huit rages ?

— *Naufrage*, répéta le Truc.

— C'est ce que je voulais dire. Avec quelque chose qui volait.

— *Un vaisseau galactique de reconnaissance*, compléta le Truc.

— Mais il s'est cassé, disais-tu ?

— *Un défaut s'est manifesté dans l'omni-propulsion. Cela signifiait que nous ne pouvions pas regagner le vaisseau mère. Comment avez-vous pu tout oublier ? Au début, nous étions entrés en contact avec les humains, mais nos divergences de rythmes métaboliques et de perceptions temporelles ont fini par s'interposer. À l'origine, on espérait pouvoir doter les humains de suffisamment de connaissances scientifiques pour qu'ils nous construisent un nouveau vaisseau, mais ils se sont avérés trop lents. Nous avons finalement dû nous contenter de leur enseigner les techniques les plus rudimentaires, la métallurgie par exemple, en espérant qu'un jour ils arrêteraient leurs guerres intestines assez longtemps pour s'intéresser aux voyages dans l'espace.*

— Métal urgie.

L'Abbé tourna et retourna le mot. *Métal urgie*. L'urgence du métal, le besoin de l'employer. Pas de doute, ça définissait bien les humains. Il opina.

— Et quelle est l'autre chose que nous leur avons apprise ? Ça commençait par un G ?

Le Truc parut hésiter, mais il commençait à s'habituer à la tournure d'esprit des gnomes.

— *La Griculture ?*

— C'est ça, la Griculture. C'est important, non ?

— *C'est le fondement de toute civilisation.*

— Qu'est-ce que ça veut dire ?

— *Ça veut dire : oui.*

L'Abbé s'enfonça dans son fauteuil tandis que le Truc continuait de discourir. Il fut submergé de mots étranges : *planète*, *électronique*… Il n'en connaissait pas la signification, mais ils sonnaient juste. Les gnomes avaient éduqué les humains. Les gnomes venaient de très loin. D'une distante étoile, apparemment.

L'Abbé ne trouvait rien là d'étonnant. Il ne se déplaçait plus beaucoup, désormais, mais il avait vu les étoiles, en sa jeunesse. Tous les ans, quand revenait la saison de Fêtons Noël, des étoiles apparaissaient dans tous les rayons. De grandes étoiles, avec plein de branches pointues et de strass, et des lumières partout. Elles l'avaient toujours beaucoup impressionné. Rien de plus naturel que d'apprendre qu'elles avaient un jour appartenu aux gnomes. Bien entendu, comme elles n'apparaissaient pas en permanence, il devait y avoir quelque part un grand local où on les rangeait.

Le Truc semblait d'accord avec lui sur ce point. Le grand local s'appelait la galaxie. Il se situait quelque part au-dessus du Service Clientèle.

Et puis, il y avait ces histoires d'*années-lumière*. L'Abbé avait vu passer bientôt quinze années, et certaines lui avaient paru très sombres – noires de problèmes, grises de responsabilités. Des années-lumière auraient été préférables.

Et ainsi donc, il sourit, hocha la tête et écouta, et il s'endormit pendant que le Truc parlait, parlait, parlait…

7

XXI. *Ainsi parla Arnold Frères (fond. 1905) : voici mon Annonce et le message que je vous adresse :*
XXII. *N'hésitez pas à demander ce que vous ne voyez pas en rayon.*

La Gnomenclature, *Règlements, Versets XXI-XXII*

— Pas question qu'elle vienne avec nous, déclara Gurder.

— Et pourquoi ? demanda Masklinn.

— Mais parce que c'est dangereux.

— Et alors ?

Masklinn regarda Grimma, dont le visage arborait une expression de défi.

— On n'emmène pas les filles dans des endroits dangereux, s'indigna le vertueux Gurder.

Une nouvelle fois, Masklinn reconnut cette sensation qui commençait à lui être familière depuis son entrée dans le Grand Magasin. Les gens parlaient, leurs bouches s'ouvraient et se fermaient, chaque mot en lui-même était parfaitement compréhensible, mais quand on les mettait bout à bout, ils ne voulaient rien dire. Mieux valait n'en pas tenir compte. D'où venaient Masklinn et Grimma, si on avait interdit aux femmes d'aller dans des endroits dangereux, elles ne seraient plus allées nulle part.

— Je vous accompagne, annonça Grimma. Quel danger y a-t-il, de toute façon ? Il y a juste ce Prix Sacrifiés, et…

— Et Arnold Frères (fond. 1905) en personne, ajouta Gurder, nerveux.

— Eh bien ! tant pis, je viens quand même. Personne n'a besoin de moi et je n'ai rien à faire. Que peut-il arriver ? C'est pas comme si on devait redouter une catastrophe, ajouta Grimma sur un ton goguenard. Que je me mette à lire, par exemple, et que ma cervelle éclate.

— Attendez, je ne crois pas avoir dit… répliqua Gurder d'une voix mal assurée.

— Je suis sûre que les Papeteri ne font pas leur propre lessive, et qu'ils ne reprisent pas leurs chaussettes. Je suis sûre…

— Bon, ça va, ça va, concéda Gurder. Mais il ne faudra pas traîner derrière, ni être dans les jambes. C'est nous qui prendrons les décisions, c'est bien entendu ?

Il lança à Masklinn un regard implorant.

— Dis-lui, toi, qu'elle ne doit pas traîner dans nos jambes.

— Moi ? s'étonna Masklinn. Je ne lui ai jamais rien demandé.

Le voyage fut moins impressionnant qu'il l'avait imaginé. Le vieil Abbé avait parlé de vieux escaliers qui bougeaient, d'incendies dans des seaux, de longs couloirs déserts sans la moindre cachette.

Mais depuis, bien entendu, Dorcas avait installé les ascenseurs. Ils ne montaient que jusqu'aux rayons Mode Enfants et Jouets, mais les Modeux étaient un peuple hospitalier qui s'était parfaitement adapté à la vie en altitude et accueillait toujours avec gratitude les rares voyageurs qui apportaient des nouvelles du monde des premiers étages.

— Ils ne descendent même pas dans le rayon Alimentation, expliqua Gurder. Ils obtiennent tout ce dont ils ont besoin dans la Cantine du Personnel. Ils se nourrissent essentiellement de thé et de biscuits. Et de yaourt.

— Comme c'est étrange ! fit Grimma.

— Ils sont très pacifiques, ajouta Gurder. Très contemplatifs, très calmes. Un peu mystiques, ceci dit. À mon avis, c'est lié à l'abus de thé et de yaourt.

— Je ne comprends pas cette histoire d'incendie en seaux, pour ma part, intervint Masklinn.

— Euh… nous pensons que notre vieil Abbé a pu, euh… Nous supposons que sa mémoire… Après tout, il est très âgé…

— Inutile d'expliquer, fit Grimma. Le vieux Torritt est un peu comme ça, lui aussi.

— C'est juste que son esprit n'est plus aussi vif qu'autrefois, résuma Gurder.

Masklinn ne dit rien. Il se dit que si l'esprit de l'Abbé était un peu émoussé actuellement, il avait dû être assez affûté pour trancher un courant d'air, dans le temps.

Les Modeux leur offrirent un guide pour les conduire à travers les régions limitrophes du soubassement. Les gnomes étaient rares, à cette altitude. La plupart préféraient vivre dans les étages plus peuplés, au-dessous.

On se serait cru dehors. De légères brises balayaient la poussière en rafales grises ; la seule lumière était celle qui filtrait par les interstices, çà et là. Dans les endroits les plus sombres, le guide dut craquer une allumette. C'était un gnome tout petit, qui souriait beaucoup et resta muet malgré les tentatives de Grimma pour engager la conversation.

— Où allons-nous ? s'enquit Masklinn, en regardant les empreintes qu'ils laissaient dans l'épais manteau de poussière.

— Vers les escaliers qui bougent, répondit Gurder.

— Qui bougent ? Comment ça ? Il y a des endroits du Grand Magasin qui se déplacent ?

Gurder eut un petit rire supérieur.

— Bien entendu, tout cela est nouveau pour toi. Il ne faut pas t'inquiéter si tu ne comprends pas tout.

— Ils bougent ou pas ? insista Grimma.

— Vous allez voir. C'est le seul que nous utilisions, voyez-vous. C'est un peu dangereux. Il faut rester en surface, vous comprenez. Ce n'est pas comme un ascenseur.

Le minuscule Modeux tendit le doigt vers les lointains, s'inclina et se hâta de disparaître.

Gurder les conduisit à travers une étroite fente de l'antique parquet, dans le désert brillamment éclairé d'un couloir, et là…

… L'escalier qui bouge.

Masklinn le contempla, hypnotisé. Des marches montaient du sol, en couinant d'inquiétante façon, et s'élevaient de plus en plus haut, en ronronnant.

— Mince, souffla-t-il.

C'était un piètre commentaire, mais rien d'autre ne lui venait à l'esprit.

— Les Modeux refusent de s'en approcher, leur dit Gurder. Ils le croient hanté par des esprits malins.

— Je les comprends, fit Grimma en frissonnant.

— Oh, ce ne sont que des superstitions. (Le teint de Gurder était blafard, et sa voix tremblait, en disant cela.) Aucune raison d'avoir peur.

Masklinn le regarda.

— Tu es déjà venu ici ?

— Oh, que oui. Des millions de fois. Souvent.

Saisissant un repli de sa chasuble, Gurder le tortilla entre ses doigts.

— Bon, alors, que fait-on ?

Gurder essayait de parler lentement, mais son débit commença à s'accélérer, malgré lui.

— Vous savez, les Modeux prétendent qu'Arnold Frères (fond. 1905) attend au sommet, voyez-vous, et que lorsqu'un gnome meurt…

Grimma observa pensivement la montée des marches et frissonna à nouveau. Puis elle s'élança.

— Qu'est-ce que tu fais ? s'écria Masklinn.

— Je vérifie si c'est vrai ! répondit-elle. Sinon, on va y passer la journée !

Masklinn courut à sa poursuite. Gurder déglutit, regarda derrière lui, et s'empressa de les suivre à son tour.

Masklinn vit Grimma galoper vers la masse d'une marche qui montait. Soudain le sol se souleva sous ses pieds et elle commença à monter, elle aussi, en titubant pour tenter de conserver son équilibre. Le plancher poussa contre les pieds de Masklinn et le gnome s'éleva comme Grimma l'avait fait, à une marche de distance.

— Saute ! cria-t-il. On ne peut pas faire confiance à un terrain qui se déplace tout seul !

Le visage pâle de Grimma apparut au sommet de la contremarche.

— À quoi ça va servir ? s'enquit-elle.

— Eh bien, on pourra aller en discuter !

— Aller où ? demanda-t-elle en éclatant de rire. Tu as regardé en bas, récemment ?

Masklinn regarda en bas.

Il était déjà à plusieurs degrés de hauteur. La lointaine silhouette de Gurder, dont le visage n'était plus qu'une vague tache, prenait son courage à deux mains pour sauter à son tour sur une marche…

Arnold Frères (fond. 1905) ne les attendait pas au sommet.

Il n'y avait qu'un long couloir marron, bordé de portes. Sur certaines, figuraient des mots peints.

Grimma les attendait, par contre. Masklinn agita un doigt dans sa direction en descendant de sa marche d'un saut maladroit, marche qui s'escamota mystérieusement sous le plancher.

— Ne recommence jamais, *jamais*, ça ! s'écria-t-il.

— Si je ne l'avais pas fait, vous seriez encore en bas. Tu voyais bien que Gurder était paralysé par la peur ! rétorqua-t-elle.

— Mais il aurait pu y avoir toutes sortes de dangers, ici !

— Ah oui ? Quoi, par exemple ?

— Eh bien, tu aurais pu… (Masklinn hésita.) La question n'est pas là. Ce que je voulais dire…

C'est à ce moment que la marche de Gurder vint le faire rouler quasiment à leurs pieds. Ils l'aidèrent à se relever.

— Eh bien, voilà, conclut Grimma, guillerette. Nous sommes tous réunis, et tout va bien, tu vois ?

Gurder regarda autour de lui. Puis il toussota et rajusta sa tenue.

— J'ai un peu perdu l'équilibre, dit-il. Ces escaliers qui bougent sont un peu délicats à l'emploi. Mais on finit par prendre la technique.

Nouveau toussotement, long regard vers le bout du couloir.

— Bon. Il vaudrait mieux se remettre en route, acheva-t-il.

Les trois gnomes avancèrent à pas de loup entre les deux rangées de portes.

— Est-ce qu'une d'elles appartient à Prix Sacrifiés ? s'enquit Grimma.

Bizarrement, ce nom semblait bien plus inquiétant, ici.

— Heu… non, répondit Gurder. Il réside parmi les chaudières, au sous-sol.

Il plissa les yeux pour lire l'inscription de la porte la plus proche.

— Celle-ci appartient à Comptabilité, déclara-t-il.

— C'est une bonne chose ou pas ? demanda Grimma en contemplant le mot peint sur le bois verni.

— Aucune idée.

Masklinn fermait la marche, tournant lentement sur lui-même pour surveiller tout le couloir. Le terrain était trop découvert. Pas d'abri, aucune cachette.

Il indiqua du doigt la rangée de grands objets rouges accrochés à mi-hauteur sur le mur d'en face. Gurder leur chuchota qu'il s'agissait de seaux.

— J'en ai vu des représentations dans *Colin et Susan à la plage*, leur confia-t-il.

— Qu'y a-t-il de marqué dessus ?

Gurder plissa les yeux.

— *Incendie*. Oh, misère. L'Abbé disait vrai. Des seaux à incendie !

— Un incendie dans un seau ? s'étonna Masklinn. Un seau à *incendie* ? Mais je ne vois pas de flammes.

— Il doit y en avoir à l'intérieur. Ils portent peut-être un couvercle. On trouve des haricots dans les conserves de haricots et de la confiture dans les pots de confiture. On doit forcément trouver des incendies dans les seaux à incendie, conclut Gurder sans entrer plus avant dans les détails. Venez.

Grimma regarda longuement ce mot-là, aussi. Ses lèvres bougeaient en silence tandis qu'elle se le répétait. Puis elle se hâta de rejoindre les deux autres.

Ils finirent par atteindre le bout du couloir. Là, se dressait une autre porte, dont la moitié supérieure était faite de verre.

Gurder leva les yeux pour la regarder.

— Je vois des mots, dessus, dit Grimma. Lis-les à voix haute. Il vaut mieux que je ne les regarde pas, ajouta-t-elle sur un ton suave, au cas où mon cerveau ferait boum !

Gurder déglutit.

— Ça dit : *Arnold Frères (fond. 1905). D.H.K. Butterthwaite, Directeur général*. Euh…

— Il est là ?

— Après tout, glissa Masklinn, serviable, il y a des haricots dans les conserves de haricots et des incendies dans les seaux à incendie. Regarde, la porte n'est pas fermée. Tu veux que j'aille voir ?

Gurder hocha la tête d'un air misérable. Masklinn alla jusqu'à la porte, s'appuya contre le vantail et poussa tant et si bien que ses muscles lui firent mal. Elle finit par bâiller légèrement.

À l'intérieur, il n'y avait pas de lumière, mais grâce à la faible clarté qui traversait le panneau de verre depuis le couloir, il put voir qu'il pénétrait dans une vaste pièce. La moquette y était plus épaisse – on avait l'impression de patauger dans de l'herbe. À quelques mètres s'élevait un grand objet rectangulaire ; en le contournant, Masklinn découvrit une chaise. Peut-être était-ce là que siégeait Arnold Frères (fond. 1905).

— Arnold Frères (fond. 1905), où êtes-vous ? chuchota-t-il.

Quelques instants plus tard, ses deux compagnons l'entendirent les appeler. Ils passèrent la tête par l'entrebâillement de la porte.

— Où es-tu ? siffla Grimma.

— Là-haut, répondit Masklinn. Le grand machin en bois. Il y a des bidules qui dépassent, sur lesquels on peut grimper. C'est plein de choses, ici. Méfiez-vous en traversant la moquette, elle pourrait dissimuler des bêtes sauvages. Si vous attendez une minute, je vais vous aider à monter.

Ils se frayèrent un chemin dans l'épaisseur de la moquette et patientèrent avec quelque inquiétude au pied de la falaise de bois.

— C'est un bureau, annonça Gurder avec une autorité hautaine. Il y en a plein au rayon Mobilier. Une Affaire, Laqué Chêne Véritable à Cent pour Cent.

— Mais qu'est-ce qu'il fabrique, là-haut ? se demanda Grimma. J'entends des cliquetis.

— Une Touche Indispensable À Tout Foyer ! déclama Gurder comme s'il tirait un réconfort de ces mots. Notre Grande Variété de Styles Conviendra À Toutes Les Bourses.

— De quoi parles-tu ?

— Pardon. C'est le genre de textes qu'Arnold Frères (fond. 1905) inscrit sur les Annonces. Je me sens mieux quand je les récite.

— Et ça, là-haut ? Qu'est-ce que c'est ?

Il suivit des yeux la direction qu'elle indiquait.

— Ça ? C'est une chaise. Finition Pivotante Pour Un Look Cadre.

— Elle semble assez grande pour un humain, fit-elle d'un ton songeur.

— Je suppose que c'est là que s'assoient les humains quand Arnold Frères (fond. 1905) leur donne ses instructions.

— Hmm.

Il y eut un cliquetis au-dessus de sa tête.

— Désolé, lança Masklinn, ça m'a pris un certain temps pour tout assembler.

Gurder leva les yeux vers les hauteurs, et la chaîne brillante qui pendait désormais le long de la falaise de bois.

— Des trombones ! Je n'y aurais jamais pensé.

En se hissant jusqu'au sommet, ils trouvèrent Masklinn en train d'explorer la surface polie, titillant des objets de la pointe de l'épieu. D'un air négligent, Gurder expliqua qu'ici, c'était du papier, et là, des choses pour faire des marques.

— Bon. Arnold Frères (fond. 1905) ne semble pas être dans les parages, constata Masklinn. Peut-être qu'il est allé se coucher, ou je ne sais quoi.

— L'Abbé l'a vu ici, une nuit, assis à ce bureau, justement, rappela Gurder. Il veillait sur le Grand Magasin.

— Quoi, assis sur cette chaise ? demanda Grimma.

— Oui, je suppose.

— Alors, il est très grand, non ? insista Grimma, impitoyable. D'une taille quasiment humaine ?

— Oui, plus ou moins, acquiesça Gurder à contrecœur.

— Hmm.

Masklinn découvrit un câble de la grosseur de son bras qui serpentait sur le dessus du bureau. Il le suivit.

— S'il est de forme humaine, s'il a une taille humaine, continua Grimma, alors, peut-être que c'est un…

— Et si nous voyions ce qu'on peut dénicher, par ici ? s'empressa de proposer Gurder.

Il alla vers une pile de papiers et commença à lire la feuille du dessus à la clarté pâle qui tombait du couloir. Il lut lentement, d'une voix très forte.

— « Groupe Arnco, constitué d'Arnco Développements (UK), UniTélé Arnco-Schultz (Hambourg) AG, Lignes aériennes Arnco, Disques Arnco, Compagnie générale de Cinéma Arnco, Investissements Pétroliers Arnco, Éditions Arnco et Arnco Distribution UK, SA ».

— Fichtre, commenta Grimma d'un ton neutre.

— Il y a encore autre chose, s'enthousiasma Gurder. C'est écrit en lettres beaucoup plus petites, peut-être qu'elles sont prévues à notre intention. Écoute tous ces noms. « Arnco Distribution UK (SA) regroupe la Générale d'Entrepôts SA, les Peintures et Teintures Grimethorpe, les Balayeuses Mécaniques Vit'Prop'(SA) et… et… et… »

— Quelque chose ne va pas ?

— … « Arnold Frères (fond. 1905). »

Gurder leva les yeux.

— Qu'est-ce que tu crois que ça signifie ? Que BONNES AFFAIRES NOUS PROTÈGE !!

Une lumière venait de s'allumer. Elle plongea sur les deux gnomes, blanche et brûlante, si bien qu'ils se retrouvèrent au centre de la mare noire créée par leur ombre.

Gurder contemplait avec une terreur abjecte le globe aveuglant qui s'était matérialisé au-dessus d'eux.

— Désolé, je crois que c'est ma faute, fit la voix de Masklinn dans l'ombre. J'ai trouvé ce machin qui ressemble un peu à un levier et quand j'ai appuyé dessus, ça a fait clic. Désolé.

— Ahaha, rit Gurder d'un rire sans joie. Une lumière électrique. Bien entendu. Ahaha. Ça m'a fait sursauter, sur le coup.

Masklinn apparut dans le cercle de clarté et regarda la feuille de papier.

— Je t'ai entendu lire. Tu as trouvé quelque chose d'intéressant ?

Gurder étudia de nouveau les lignes imprimées.

— « À l'attention du personnel », lut-il. « Comme vous devez le savoir, les résultats financiers du grand magasin au cours de ces dernières années n'ont pas été au niveau des espérances formulées. Cette immense bâtisse, parfaitement adaptée aux exigences de la clientèle posée de 1905, ne convient plus au monde trépidant des années 90. Comme vous le savez tous, nous avons subi des revers en Bourse et l'ouverture de nouveaux grands points de vente dans la ville a provoqué une diminution de clientèle. Notre regret d'apprendre la fermeture d'Arnold Frères, qui fut à l'origine de la réussite d'Arnco, sera adouci, je n'en doute pas, par la nouvelle que le Groupe a l'intention de remplacer le magasin par un hypermarché Arnco Hypersoldes, qui s'ouvrira bientôt dans le centre commercial Neil Armstrong. C'est pourquoi le grand magasin fermera ses portes à la fin de ce mois et sera rapidement démoli pour céder la place à un fabuleux Complexe de Loisirs Arnco... »

Gurder se tut, et enfouit sa tête dans ses mains.

— Les mêmes mots, là aussi, constata Masklinn d'une voix lente. Fermeture. Démoli.

— Ça veut dire quoi, loisirs ? s'enquit Grimma.

Le Papeteri l'ignora. Masklinn la prit doucement par le bras.

— Je crois qu'il voudrait rester seul un moment, dit-il.

Il promena la pointe de son épieu sur la vaste feuille de papier, y traçant une rainure qui lui permit de la replier jusqu'à ce qu'elle devienne plus maniable.

— Je suppose que l'Abbé tiendra à voir ça par lui-même. Il ne nous croirait jamais si nous...

Il se tut. Grimma regardait par-dessus son épaule. Il se retourna et, par la vitre de la grande porte, vit le couloir qui s'étendait au-delà. On y apercevait une ombre. Une silhouette humaine. Qui grandissait sans cesse.

— Qu'est-ce que c'est ? demanda Grimma.

— Prix Sacrifiés, je crois, dit-il en empoignant son épieu.

Ils tournèrent les talons et coururent rejoindre Gurder.

— Quelqu'un vient par ici, chuchota Masklinn. Regagnons le plancher, vite !

— Démoli ! se lamenta Gurder, les bras serrés autour de lui, en se balançant d'un côté à l'autre. Tout doit disparaître ! Dernières Réductions ! Nous sommes tous condamnés !

— C'est ça, c'est ça. Tu penses que tu pourrais descendre avec nous, et être condamné sur le plancher ?

— Il n'est pas dans son état normal, tu vois bien, intervint Grimma. Allons, ajouta-t-elle d'une voix abominablement guillerette. Hop là!

Elle le prit à bras-le-corps et le transporta jusqu'à l'échelle de trombones. Masklinn les suivit à reculons, les yeux rivés sur la porte.

Il pensait : il a dû voir la lumière. La pièce devrait être dans le noir, et il y a de la lumière. Mais je n'arriverai jamais à éteindre à temps. De toute façon, ça ne changerait rien. Je ne crois pas en un démon appelé Prix Sacrifiés, et pourtant, le voilà. Quel drôle de monde!

Il se glissa dans l'ombre de la pile de papiers et attendit.

À peu près au niveau du plancher, les faibles protestations de Gurder s'interrompirent subitement. Peut-être que Grimma l'avait assommé avec quelque chose. Elle avait un don pour suivre les conseils dictés par le bon sens, dans les cas d'urgence.

La porte s'ouvrit, très lentement. Oui, c'était bien une silhouette. Un humain vêtu de bleu, apparemment. Masklinn n'était pas expert en physionomie humaine, mais celui-ci n'avait pas l'air très content. Dans une main, il serrait un tube de métal. De la lumière sortait par l'une des extrémités. *Sa terrible lumière*, songea Masklinn.

La silhouette s'approcha, de cette lente démarche de somnambule caractéristique des humains. Masklinn se pencha pour regarder au coin de la pile de papiers, fasciné malgré lui. Son regard plongea dans un immense visage rond et rouge, il en sentit l'haleine et vit le chapeau à visière.

Il avait appris que les humains du Grand Magasin portaient leur nom sur de petits insignes, parce que – lui avait-on expliqué – ils étaient si bêtes que c'était pour eux la seule façon de s'en souvenir. Le nom de cet humain figurait sur son couvre-chef. Masklinn plissa les yeux et déchiffra les lettres d'après leur forme : S... É... C... U... R... I... T... É... L'humain portait une moustache blanche.

Le nouveau venu se redressa et commença à arpenter la pièce. Ils ne sont pas idiots, se dit Masklinn. Il est assez intelligent pour comprendre que la lumière devrait être éteinte et il veut savoir pourquoi elle ne l'est pas. Il va découvrir les autres, s'il regarde dans la bonne direction. Même un humain peut les apercevoir.

Il empoigna son épieu. Les yeux, se répéta-t-il, il faut que je vise les yeux…

Sécurité parcourut la pièce à une allure onirique, inspectant les placards, regardant dans les coins. Puis il repartit en direction de la porte.

Masklinn osa de nouveau respirer et, à cet instant précis, la voix hystérique de Gurder monta du sol.

— C'est bien lui, c'est Prix Sacrifiés ! Oh, Bonnes Affaires, sauve-nous ! Nous sommes tous mmphmmphmmph…

Sécurité s'arrêta. Il se retourna, une expression de stupeur se répandant sur son visage aussi lentement qu'une coulée de mélasse.

Masklinn se tassa encore plus dans l'ombre. Ça y est, se dit-il. Si je peux prendre assez d'élan pour l'atteindre…

Derrière la porte, quelque chose commença à rugir. Ça faisait presque autant de bruit qu'un camion. L'humain ne sembla pas s'en inquiéter. Il ouvrit simplement la porte et regarda au-dehors.

Une humaine occupait le couloir. Elle paraissait plutôt âgée (pour autant que Masklinn puisse en juger), portait un tablier rose orné de fleurs et était chaussée de pantoufles. D'une main, elle brandissait un plumeau. De l'autre…

Eh bien, de l'autre, elle semblait retenir un être rugissant, un genre de sac à roulettes. Il bondissait sans cesse sur la moquette, mais elle gardait la main sur une canne et le tirait sans arrêt en arrière.

Sous les yeux de Masklinn, elle donna un coup de pied à la créature. Le rugissement mourut tandis que Sécurité adressait la parole à l'humaine. Aux oreilles de Masklinn, cette conversation ressemblait à un duel de cornes de brume.

Masklinn courut au bord du bureau et dévala la chaîne de trombones, perdant prise plus d'une fois dans sa hâte. Les deux autres l'attendaient dans l'ombre du bureau. Les yeux de Gurder riboulaient : Grimma gardait une main fermement plaquée sur sa bouche.

— Filons d'ici pendant qu'il regarde dans l'autre direction ! lança Masklinn.

— Comment ? La porte est la seule issue ! répliqua Grimma.

— Mmphmmph !

— Dans ce cas, cherchons au moins un refuge plus sûr. (Masklinn inspecta les vastes étendues de moquette.) Il y a une espèce de placard là-bas.

— Mmphmmph !

— Et lui ? Qu'est-ce qu'on va en faire ?

— Bon, écoute, expliqua Masklinn au visage terrifié de Gurder. Tu ne vas pas encore nous seriner tes histoires de condamnation ? Sinon, désolés, mais on va devoir te bâillonner.

— Mmph.

— Promis ?

— Mmph.

— Bon, d'accord. Retire ta main.

— C'était Bonnes Affaires ! chuinta Gurder, en proie à une grande agitation.

Grimma regarda Masklinn.

— Je l'empêche encore de parler ?

— Qu'il raconte ce qu'il veut, du moment que c'est à voix basse. Ça le soulage probablement. Il a dû subir un choc.

— Bonnes Affaires est venue nous protéger ! Avec son grand Buveur d'Âmes rugissant…

Le front de Gurder se plissa de perplexité.

— C'était un nettoie-moquette, non ? poursuivit-il sur un ton plus modéré. J'avais toujours cru que c'était un instrument magique, et c'est un simple nettoie-moquette. On en voit des tas au rayon Électro-Ménager. Plus Puissant, Pour Nettoyer Votre Moquette En Profondeur.

— Très bien. J'en suis ravi. Bon, maintenant, comment on s'en va d'ici ?

Une inspection à l'arrière des placards d'archives mit en évidence une fente dans le parquet, juste assez large pour pouvoir s'y glisser, au prix de quelques efforts. Le retour demanda une demi-journée de voyage, en partie parce que Gurder faisait périodiquement halte pour s'asseoir et fondre en larmes, mais surtout parce qu'ils furent contraints d'emprunter la voie des murs pour redescendre. Les cloisons étaient creuses, aménagées par les Modeux à l'aide d'un système de fils électriques et de bouts de bois, mais l'entreprise restait pénible. Ils émergèrent sous le rayon Mode Enfantine. Gurder avait enfin recouvré son calme et il commanda avec hauteur de la nourriture et une escorte.

Et ainsi ils regagnèrent enfin le rayon Papeterie.

Juste à temps.

Mémé Morkie leva les yeux, quand on introduisit les trois gnomes dans la chambre de l'Abbé. Elle était assise au bord du lit, les mains sur les genoux.

— Ne faites pas trop de bruit, leur demanda-t-elle. Il est très malade. Il raconte qu'il est en train de mourir. Je suppose qu'il est bien placé pour le savoir.

— Mourir ? De quoi ? s'enquit Masklinn.

— Il meurt d'être resté vivant tellement longtemps.

L'Abbé gisait entre ses coussins, tout ridé et encore plus petit que dans les souvenirs de Masklinn. Il serrait le Truc dans deux mains maigres comme des serres.

Il regarda Masklinn et, avec un énorme effort, lui fit signe d'approcher.

— Il faut que tu te penches, lui dit Mémé. Il a la voix toute rauque, le pauvre.

L'Abbé saisit doucement Masklinn par l'oreille et l'attira vers sa bouche.

— Une femme admirable, susurra-t-il. Pétrie de grandes qualités, je n'en doute pas une minute. Mais par pitié, renvoyez-la avant qu'elle me fasse prendre d'autres médicaments.

Masklinn hocha la tête. Les remèdes de Mémé, composés d'herbes et de racines simples, honnêtes et, dans l'ensemble, quasi vénéneuses, opéraient de vrais miracles. Une seule dose de son sirop contre le mal de ventre garantissait que vous ne vous plaindriez jamais plus de semblables douleurs. À sa façon, c'était une sorte de remède.

— La renvoyer, j'en serais incapable, assura-t-il. Mais je peux toujours demander.

Mémé sortit de la pièce pour préparer une nouvelle dose, en lançant des instructions sur la conduite à tenir en son absence.

Gurder s'agenouilla près du lit.

— Vous n'allez pas mourir, monseigneur? demanda-t-il.

— Bien sûr que si. Tout le monde meurt un jour : C'est ça qui donne du sens à la vie, chuchota l'Abbé. Vous avez vu Arnold Frères (fond. 1905)?

— Eh bien... Euh... temporisa Gurder. Nous avons trouvé un Écrit, monseigneur. C'est vrai, on y dit que le Grand Magasin va être démoli. C'est la fin de tout, monseigneur, qu'allons-nous faire?

— Il faudra que vous partiez, déclara l'Abbé.

Cette suggestion parut horrifier Gurder.

— Mais vous avez toujours dit que tout ce qui était extérieur au Grand Magasin ne pouvait être qu'illusion!

— Et tu ne m'as jamais cru, mon enfant. Peut-être avais-je tort, après tout. Le jeune homme à l'épieu... Il est toujours là? Je ne vois plus très clair. (Masklinn avança d'un pas.) Ah, vous voilà. Votre boîte...

— Oui?

— Elle m'a raconté des choses. Montré des images. Le Grand Magasin est beaucoup plus vaste que je ne l'aurais cru, il y a une pièce où on range les étoiles, pas simplement les brillantes qu'on suspend au plafond durant Fêtons Noël, mais des centaines d'autres cochonneries. On appelle ça l'Univers. Nous vivions là-bas, avant. Tout nous appartenait, pour ainsi dire. Nous étions chez nous. Nous ne logions pas sous le parquet de quelqu'un d'autre. Je crois qu'Arnold Frères (fond. 1905) cherche à nous faire comprendre qu'il faut y retourner.

Il tendit le bras et sa main glacée empoigna l'avant-bras de Masklinn avec une force qui surprit le jeune gnome.

— Je ne dirais pas que vous avez une intelligence exceptionnelle, dit l'Abbé. En fait, je pense que vous êtes de ces admirables sots qui héritent de la charge de chef quand aucune gloire ne s'y rattache. Vous êtes du genre à mener les choses à leur terme. Conduisez-les chez eux. Ramenez-les tous chez nous.

Il se laissa retomber dans ses coussins et ferma les yeux.

— Mais... Quitter le Grand Magasin, monseigneur? demanda Gurder. Nous sommes des milliers, en comptant les vieillards, les bébés et tout le monde, où pouvons-nous aller? Il y a des renards, dehors, et du vent, et la faim, et de l'eau qui tombe du ciel par morceaux! Monseigneur? Monseigneur?

Grimma se pencha et tâta le poignet du vieillard.

— Il peut encore m'entendre? s'inquiéta Gurder.

— Peut-être, répondit Grimma. Qui sait? Mais en tout cas, il ne pourra pas répondre, parce qu'il est mort.

— Mais ce n'est pas possible! Il a toujours été là! s'épouvanta Gurder. Tu dois faire erreur. Monseigneur? Monseigneur!

Tandis que de nouveaux Papeteri entraient précipitamment en entendant les cris de Gurder, Masklinn retira le Truc des mains inertes de l'Abbé.

— Truc? demanda-t-il à voix basse, en s'éloignant de la foule qui entourait le lit.

— *Je t'entends.*

— Il est mort?

— *Je ne discerne aucune fonction vitale.*

— Ce qui signifie?

— *Ce qui signifie : oui.*

— Oh! (Masklinn réfléchit un instant.) Je croyais qu'il fallait d'abord être écrasé ou dévoré. Je ne savais pas qu'on pouvait simplement s'arrêter.

Le Truc n'avança aucune lumière sur la question.

— Tu as une idée sur la marche à suivre, maintenant? poursuivit Masklinn. Gurder avait raison. Ils ne vont jamais vouloir quitter cette chaleur douillette, toute cette nourriture. Bon, peut-être certains jeunes, pour le frisson de l'aventure. Mais si nous voulons survivre dehors, il faudra être très nombreux. Crois-moi, je sais de quoi je parle. Et qu'est-ce que je suis censé leur dire : désolé, il faut tout abandonner?

Le Truc parla.

— *Non*, déclara-t-il.

Masklinn n'avait encore jamais assisté à des funérailles. Ceci dit, il n'avait jamais vu de gnome mourir d'avoir trop longtemps vécu. Oh, certains avaient été dévorés, d'autres n'étaient jamais revenus, mais personne n'était jamais arrivé au bout.

— Où enterrez-vous vos morts? s'était enquis Gurder.

— À l'intérieur des blaireaux et des renards, en général, avait-il répliqué, en ajoutant, sans pouvoir s'en empêcher : vous savez, les chasseurs réputés pour leur adresse et leur beauté ?

Et voici comment les gnomes prirent congé de leur défunt.

Le corps du vieil Abbé fut cérémonieusement revêtu d'un manteau vert et d'un chapeau rouge et pointu. On peigna avec soin sa longue barbe blanche, puis il reposa en paix sur son lit, tandis que Gurder lisait les sacrements.

— Maintenant qu'il vous a plu, Arnold Frères (fond. 1905), d'emporter notre frère au grand rayon Jardinage qui s'étend par-delà le Service Clientèle, ce lieu où s'étendent les Bordures de Pelouses Idéales et les Plates-bandes de Rêve, ainsi que le Bassin de Vie Éternelle en Kit de Polythène Facile à Assembler, entouré d'un Véritable Dallage de Jardin Traditionnel, nous allons lui donner les offrandes qu'un gnome doit emporter pour son dernier voyage.

Le comte de Quincailleri s'avança.

— Je lui donne, annonça-t-il en étendant un objet auprès du corps, la Pelle du Labeur Honnête.

— Et moi, dit le duc de Merceri, je dépose à son côté la Canne à Pêche de l'Espérance.

Les autres chefs gnomes apportèrent divers dons : la Brouette du Pouvoir, le Panier à Provisions de la Vie. Masklinn crut comprendre que mourir dans le Grand Magasin n'était pas une mince affaire.

Tandis que Gurder achevait sa lecture de l'office et que le corps était cérémonieusement emporté, Grimma se moucha.

Le cortège s'en fut à destination du sous-sol, comme ils l'apprirent ensuite, et de l'incinérateur. Dans les profondeurs du royaume de Prix Sacrifiés où, affirmaient les légendes, il siégeait la nuit pour boire son thé immonde.

— C'est assez affreux, je dois dire, constata Mémé Morkie au cours de l'attente oisive qui suivit la cérémonie. Dans mon jeune temps, quand quelqu'un mourait, on l'enterrait. Dans le sol.

— Le sol ? demanda Gurder.

— Une espèce de parquet, lui expliqua Mémé.

— Et après, que se passait-il ?

Mémé parut prise de court.

— Comment ça?

— Où allaient-ils, après? insista le Papeteri, avec patience.

— Où ils allaient? Oh, nulle part, que je sache. Les morts voyagent pas beaucoup.

— Dans le Grand Magasin, expliqua Gurder (en articulant bien, comme s'il expliquait quelque chose à un enfant un peu lent), quand un gnome meurt, s'il a été un *bon* gnome, Arnold Frères (fond. 1905) nous le renvoie une dernière fois avant qu'il ne nous quitte pour un Séjour Meilleur.

— Comment est-ce que… commença Mémé.

— Juste l'intérieur, comprenez bien, dit Gurder. La chose à l'intérieur qui est le vrai *vous*.

Ils le regardèrent poliment, en attendant qu'il se décide enfin à tenir un discours sensé. Gurder poussa un soupir.

— Très bien, dit-il. Je vais demander à quelqu'un de vous montrer.

On les conduisit au rayon Jardinage. C'était un endroit étonnant pour Masklinn. On aurait dit un Dehors dont on avait retiré tous les aspects désagréables. La seule lumière était la clarté pâle des soleils intérieurs, qui restaient allumés toute la nuit. Il n'y avait ni vent ni pluie, et il n'y en aurait jamais. On y trouvait de l'herbe, mais c'était une simple toile peinte en vert avec des brins hérissés à la surface. Des sachets de graines s'élevaient en falaises prodigieuses, chacun porteur d'une image que Masklinn soupçonnait d'affabulation. Elle dépeignait des fleurs, mais qui ne ressemblaient à rien de connu de lui.

— Le Dehors est comme ça? demanda le jeune prêtre qui les guidait. On dit, on dit, euh… on dit que vous y avez été. On dit que vous l'avez *vu*.

Il semblait rempli d'espoir.

— Il y avait davantage de verts et de bruns, répondit Masklinn d'un ton morne.

— Et des fleurs?

— Quelques-unes, reconnut Masklinn. Mais pas comme celles-ci.

— Moi, j'en ai vu une fois, des comme ça, intervint Torritt.

Puis il se tut, conduite rare chez lui.

On les fit contourner la masse d'une tondeuse à gazon géante et là...

Il y avait des gnomes. De gigantesques gnomes dodus. Des effigies peintes de gnomes, avec de bonnes joues rouges. Certains tenaient des cannes à pêche ou des pelles. D'autres poussaient des brouettes colorées. Et tous, sans exception, souriaient.

La tribu resta un moment muette.

Puis Grimma souffla d'une voix très basse :

— Quelle horreur!

— Oh, non! protesta le prêtre. C'est miraculeux! Arnold Frères (fond. 1905) vous renvoie tout beau et tout neuf, et ensuite vous quittez le Grand Magasin pour un endroit merveilleux!

— Il n'y a pas de femme, observa Mémé. C'est quand même une consolation.

— Ah, certes... répondit le prêtre, apparemment un peu gêné. La question a toujours été sujette à débat, nous ne sommes pas certains de la raison, mais nous pensons...

— Et ils ne ressemblent à personne, déclara Mémé. Ils ont tous la même tête.

— Eh bien, oui, voyez-vous...

— Il ferait beau voir que je revienne comme ça. Si c'est pour revenir comme eux, pas question de partir.

Le prêtre était au bord des larmes.

— Non, mais...

— J'en ai vu un qui ressemblait à ça, un jour.

C'était de nouveau le vieux Torritt. Son visage avait une couleur de cendre et il tremblait.

— Oh, toi, tais-toi donc, dit Mémé. Tu n'as rien vu du tout.

— Mais si, fit Torritt. Quand j'étais tout gamin, Pépé Dimpo nous a conduits avec d'autres à travers champs, de l'autre côté du bois, et il y avait plein de ces grandes maisons de pierre où vivent les humains. Sur le devant, s'étendaient de petits champs remplis de fleurs pareilles à celles qu'ils ont ici, avec de l'herbe toute courte et des bassins où nageaient des poissons orange, et on a vu un machin comme ça. Il était assis sur un champignon de pierre à côté d'un des bassins.

— C'est pas vrai, fit Mémé, automatiquement.

— Si, c'est vrai, répliqua Torritt d'un ton égal. Et je me souviens que Pépé a dit : « C'est pas une vie d'être dehors comme ça par tous les temps. Les oiseaux vous font des saletés sur le chapeau, les chiens vous lèvent la patte dessus… » Il nous a raconté que c'était un gnome géant qui, à force d'attendre dehors si longtemps sans rien pêcher, avait été changé en pierre. Et il a ajouté : « Sale façon d'y passer, c'est pas fait pour moi, les p'tits gars. Quand mon tour viendra, je veux que ça soit rapide. » À ce moment-là, y a un chat qui lui a sauté dessus. Vous parlez d'une ironie.

— Et après ? demanda Masklinn.

— Oh, on lui a donné une bonne leçon à coups d'épieu, on a ramassé Pépé et on a tous fout… (un coup d'œil à l'expression sévère de Mémé Morkie) fichu le camp à toute allure.

— Non, non ! se lamenta le prêtre. Ce n'est pas comme ça que ça se passe, pas du tout !

Et il commença à sangloter. Mémé hésita un instant, puis elle lui tapota gentiment le dos.

— Allons, allons, dit-elle. Remettez-vous. Ce vieux fou raconte toutes les bêtises qui lui passent par la tête.

— C'est pas… commença Torritt.

Le coup d'œil d'avertissement de Mémé coupa sa phrase tout net.

Ils rentrèrent à pas lents, en essayant de chasser de leur esprit les terribles idoles de pierre. Torritt était à la traîne, grommelant comme un orage en bout de course.

— Mais si, je l'ai vu, je vous dis, marmonnait-il. Un grand machin immense, tout rigolard, assis sur son champignon de pierre à gros pois. Je l'ai bien vu. D'accord, j'y suis jamais revenu. Prudence est mère de sûreté, j' l'ai toujours dit. Mais pour l'avoir vu, ça, j' l'ai vu.

Il semblait généralement entendu que Gurder deviendrait le nouvel Abbé. Le défunt avait laissé des instructions très strictes. Personne ne paraissait vouloir les contester.

Le seul qui ne soit pas d'accord, en fin de compte, c'était Gurder.

— Pourquoi moi ? Je n'ai jamais voulu diriger qui que ce soit ! Et puis… entre nous… (Il baissa la voix.) Il m'arrive de douter, parfois. Je suis sûr que le vieil Abbé le savait. Je ne comprends pas pourquoi c'est moi qu'il a désigné pour une telle charge.

Masklinn ne dit rien. Il lui était venu à l'idée que l'Abbé avait pu avoir une raison bien précise en tête. Peut-être l'heure était-elle venue de douter un peu. Peut-être était-il temps de considérer Arnold Frères (fond. 1905) avec un point de vue différent.

Ils étaient debout à une extrémité de la grande salle du soubassement que les Papeteri réservaient aux réunions importantes ; c'était le seul endroit du Grand Magasin, à l'exception de l'Alimentation, où il était strictement interdit de se battre. Les chefs des familles, dirigeants des rayons et des sous-rayons, s'y pressaient. S'ils n'avaient pas l'autorisation de porter des armes, ils ne s'en snobaient pas moins à mort à la plus petite occasion.

Les amener à envisager la moindre concertation aurait été impensable sans les Papeteri. Curieux, quand on y réfléchissait. Les Papeteri ne détenaient aucun pouvoir réel, mais toutes les familles avaient besoin d'eux et personne ne les craignait. C'est ainsi qu'ils pouvaient survivre et, d'une certaine façon, diriger tout le monde. Par principe, un Merceri n'écoutait jamais une parole sensée si c'était un Quincailleri qui la proférait. Mais il prêtait l'oreille quand l'orateur était un Papeteri ; tout le monde savait que les Papeteri n'étaient inféodés à aucun parti.

Masklinn se tourna vers Gurder.

— Il faut nous entretenir avec un Quincailleri. Ce sont eux qui contrôlent l'électrique, non ? Et le nid de camions.

— Le comte de Quincailleri est là-bas, indiqua Gurder. Le grand maigre, avec la moustache. Ce n'est pas quelqu'un de très pieux. Il ne connaît pas grand-chose à l'électrique, ceci dit.

— Mais tu m'avais bien dit que…

— Oh, les *Quincailleri*, oui. Le petit personnel, les serviteurs et tout ça. Mais pas des gens comme le comte. Miséricorde ! (Gurder sourit.) Tu ne t'imagines quand même pas que le duc de Merceri a jamais touché à une paire de ciseaux, ou que la baronne d'Égustation va en personne se découper sa nourriture ?

Il regarda Masklinn de côté.

— Toi, tu as un plan. Je me trompe ?

— Non. Enfin, c'est très vague.

— Alors, qu'est-ce que tu vas leur raconter ?

Masklinn tripota distraitement la pointe de son épieu.

— La vérité. Je vais leur dire qu'ils peuvent quitter le Grand Magasin et tout emporter avec eux. Je crois que c'est possible.

Gurder se frotta le menton.

— Hmm, je le suppose, en effet. Si tout le monde se charge de toute la nourriture et de toutes les affaires qu'il est capable de soulever. Mais les provisions s'épuiseront rapidement et puis, en plus, on ne peut pas transporter l'électrique. Ça vit dans des fils, tu sais.

— Combien de Papeteri savent lire l'humain ? demanda Masklinn en ignorant ces commentaires.

— Nous savons tous un peu, bien entendu. Mais nous ne sommes que quatre à lire couramment, si tu tiens à le savoir.

— Ça ne suffira pas, je le crains.

— En fait, c'est un truc à prendre. Tout le monde n'en est pas capable. Mais qu'est-ce que tu mijotes ?

— Un moyen de faire sortir tout le monde, *tout le monde*. En transportant tout ce dont nous aurons besoin, assez pour ne jamais manquer.

— Mais le poids de tout ça va être écrasant !

— Non, en fait. Les choses qu'ils transporteront ne pèsent rien, pour l'essentiel.

Gurder commença à s'inquiéter.

— Ce n'est pas une nouvelle combine farfelue de Dorcas ?

— Non.

Masklinn se sentait au bord de l'explosion. Sa tête n'était pas assez vaste pour contenir toutes les choses que lui avait racontées le Truc.

Et il était le seul à savoir. Oh, l'Abbé l'avait appris, lui aussi, et il était mort avec des yeux pleins d'étoiles, mais même lui n'avait pas compris. La galaxie ! Le vieillard avait cru qu'il ne s'agissait que d'un grand débarras en dehors du Grand Magasin, que c'était simplement le plus grand de tous les rayons. Peut-être que Gurder non plus ne comprendrait pas. Il avait passé toute son existence sous un toit. Il n'avait aucune notion des distances mises en jeu.

Masklinn se sentit gonflé d'une petite vague d'orgueil. Les gnomes du Grand Magasin ne pouvaient pas comprendre ce que racontait le Truc, parce qu'ils n'avaient aucune expérience de ces choses. Pour eux, la longueur séparant les deux extrémités du Grand Magasin représentait la plus vaste mesure possible en ce bas monde.

Ils n'assimileraient jamais l'idée que les étoiles, par exemple, étaient beaucoup plus loin que ça. Même en courant sans arrêt, il faudrait probablement *des semaines* pour les atteindre.

Il devrait aborder la question en douceur.

Les étoiles ! Et il y a longtemps, très longtemps, les gnomes avaient voyagé de l'une à l'autre sur des machins à côté desquels les camions paraissaient minuscules – des machins construits par les gnomes. Et un de ces grands vaisseaux, pendant l'exploration d'une petite étoile aux confins de nulle part, avait envoyé un vaisseau de moindre taille atterrir sur le monde des humains.

Mais quelque chose avait mal tourné. Masklinn n'avait pas bien compris ce passage, sauf que le bidule qui déplaçait les vaisseaux était très, très puissant. Mais il y avait quand même eu des centaines de survivants. L'un d'entre eux, en fouillant les décombres, avait retrouvé le Truc. Sans électricité pour le nourrir, ça ne servait à rien, mais les gnomes l'avaient gardé, malgré tout, parce que c'était la machine qui pilotait le vaisseau.

Et les générations s'étaient succédé, et les gnomes avaient tout oublié, sauf que le Truc était important.

Ça suffisait à la capacité d'une seule tête, selon Masklinn. Mais ce n'était pas le plus important, ce n'était pas cette histoire qui lui faisait bouillir le sang et lui mettait des fourmis dans les doigts.

Le plus important, le voilà : le grand vaisseau, celui qui pouvait naviguer entre les étoiles, était encore là-haut, quelque part. Des machines semblables au Truc l'entretenaient, en attendant patiemment le retour des gnomes. Pour elles, le Temps n'était rien. Certaines machines balayaient les immenses couloirs, d'autres fabriquaient de la nourriture, observaient les étoiles et comptabilisaient calmement les heures et les minutes dans le gouffre sombre et désert du vaisseau.

Et elles attendraient éternellement. Le Temps n'avait pour elles aucune signification, c'était simplement une valeur qu'on mesure et qu'on enregistre. Elles attendraient jusqu'à ce que le soleil s'éteigne et que la lune meure, en réparant méticuleusement le vaisseau et en le tenant prêt pour le retour des gnomes.

Pour les ramener chez eux.

Et pendant qu'elles nous attendaient, songea Masklinn, nous avons tout oublié d'elles, nous avons tout oublié de nous, et nous avons vécu sous terre, dans des terriers.

Il savait ce qu'il devait faire. Bien sûr, c'était une tâche impossible. Mais il en avait l'habitude. Traîner un rat depuis la forêt jusqu'au terrier avait été impossible. Mais le traîner sur une petite distance ne l'était pas. Alors, c'est ce qu'il fallait faire. Ensuite, on se reposait et on le traînait encore un peu plus loin… Pour accomplir une tâche impossible, on la débitait en petits bouts de tâches simplement très difficiles, qu'on divisait ensuite en tâches horriblement pénibles, qu'on segmentait à leur tour en travaux délicats et ainsi de suite…

Le plus difficile serait probablement de faire comprendre aux gnomes ce qu'ils avaient été jadis et qu'ils pouvaient redevenir.

Oui, il avait un plan. Enfin, au départ, c'était le plan du Truc, mais Masklinn l'avait tellement tourné et retourné dans sa tête qu'il s'en sentait désormais propriétaire. C'était probablement un plan irréalisable. Mais on ne le saurait jamais, si on n'essayait pas.

Gurder l'observait d'un œil méfiant.

— Euh… commença Masklinn. Mon plan…

— Oui ? l'encouragea Gurder.

— L'Abbé m'a raconté que les Papeteri avaient toujours essayé de faire coopérer tous les gnomes et de les empêcher de se quereller.

— Tel a toujours été notre souhait, oui.

— Eh bien, pour mon plan, il va falloir qu'ils travaillent ensemble.

— Parfait.

— Seulement, ça m'étonnerait beaucoup qu'ils apprécient.

— Tu es injuste ! De quel droit supposes-tu de telles choses ?

— Je crois que tu vas te moquer.

— Le meilleur moyen de le savoir, c'est de me le dire.

Masklinn lui expliqua. Quand la stupeur de Gurder se fut dissipée, il éclata de rire, sans pouvoir s'arrêter.

Puis il aperçut l'expression sur le visage de Masklinn et stoppa net.

— Tu n'es pas sérieux ? demanda-t-il.

— Voyons les choses sous un autre angle : est-ce que tu as un meilleur plan à proposer ? Est-ce que tu me soutiendras ?

— Mais comment veux-tu… comment des gnomes… Est-ce qu'il est même envisageable de… ?

— Nous trouverons un moyen. Avec l'aide d'Arnold Frères (fond. 1905), bien entendu, ajouta-t-il avec diplomatie.

— Oh, bien sûr, répondit Gurder d'une voix menue, avant de se reprendre. Bon, si je veux devenir le nouvel Abbé, je dois prononcer un discours. C'est ce qu'on attend de moi. Des déclarations générales de bonnes intentions, ce genre de choses. On en reparlera. Il faudra y réfléchir à tête reposée dans un environnement plus calme, comme…

Masklinn secoua la tête. Gurder déglutit.

— Tu veux dire… tout de suite ? demanda-t-il.

— Oui. Tout de suite. Il faut leur dire *maintenant*.

8

I. *Or donc, les Chefs des gnomes s'assemblèrent, et l'Abbé Gurder leur dit : Oyez les paroles de l'Étranger.*

II. *Et grande fut la colère de certains, car ils dirent : C'est un Étranger, en effet ; par conséquent, pourquoi l'écouterions-nous ?*

III. *Et l'Abbé Gurder déclara : Parce que ainsi l'a voulu l'ancien Abbé, et que telle est également ma volonté.*

IV. *En entendant ces Paroles, ils ronchonnèrent mais se turent.*

V. *Et l'Étranger leur dit : Sur le Chapitre des rumeurs d'une Démolition, j'ai conçu un Plan.*

VI. *Ne fuyons point tels les Cloportes lorsqu'on retourne une vieille Bûche, mais partons en Gnomes Braves et Libres, à l'Heure qui nous conviendra.*

VII. *Or ils l'interrompirent et s'enquirent : C'est quoi, des Cloportes ? Et l'Étranger répondit : Bon, disons des Rats, alors.*

VIII. *Emportons avec nous les objets qui nous seront nécessaires pour recommencer notre vie Dehors, non point en un autre Grand Magasin, mais sous la Voûte du Ciel. Prenons avec nous les vieillards et les enfants, et Tout ce qui nous sera nécessaire, tant Nourriture que Matériel ou Informations.*

IX. *Et ils demandèrent : Comment ça, tout ? Et il répondit : Tout. Et ils lui répliquèrent : Mais cela n'est point Possible.*

La Gnomenclature, *Troisième Étage, Versets I-IX*

— Mais si, expliqua Masklinn. Il suffit de voler un camion.

Un silence de mort s'abattit sur l'assistance.

Le comte de Quincailleri arqua un sourcil.

— Ces gros objets puants avec une roue à chaque coin ? s'enquit-il.

— Exactement, répondit Masklinn.

Tous les yeux s'étaient désormais tournés vers lui et il se sentit rougir.

— Ce gnome est un sot ! jeta le duc de Merceri. Même si le Grand Magasin était en danger – et je ne vois aucune raison, aucune ! je le répète, de le croire –, son idée est pure fantasmagorie.

— Voyez-vous, fit Masklinn en sentant croître sa rougeur, ils sont très spacieux, on peut emporter tout le monde, voler des livres qui nous diront comment faire les choses…

— Je vois s'agiter sa bouche et danser sa langue, mais je n'entends aucune parole sensée, lança le duc.

Un éclat de rire nerveux partit de quelques gnomes de son entourage. Du coin de l'œil, Masklinn aperçut Angalo qui se tenait, le visage brillant, aux côtés de son père.

— Sans vouloir offenser notre défunt Abbé, déclara avec hésitation un nobliau, j'ai entendu dire qu'il y avait d'autres Grands Magasins au-Dehors. Car enfin, nous avons bien dû vivre quelque part avant le Grand Magasin. (Il avala sa salive avec difficulté.) Ce que je veux dire, c'est que, si le Grand Magasin a été bâti en 1905, où vivions-nous en 1904 ? Sans vouloir vexer personne.

— Il n'est pas question d'aller dans un autre Grand Magasin, dit Masklinn. Je parle de vivre libres.

— Et je ne veux plus écouter toutes ces sottises. Le vieil Abbé était un homme sage, mais il a dû perdre quelque peu son bon sens sur le tard, trancha le duc.

Il tourna les talons et sortit avec fracas. La plupart des seigneurs lui emboîtèrent le pas. Certains à contrecœur, remarqua Masklinn ; en fait, plusieurs s'attardèrent au fond de la salle, de façon à pouvoir prétendre, si on leur posait une question, que, justement, ils se préparaient à quitter les lieux.

Parmi ceux qui étaient restés, on dénombrait le comte, une petite bonne femme à l'embonpoint respectable, que Gurder dit être la baronne d'Égustation, et une poignée de hobereaux des sous-rayons.

Le comte regarda autour de lui dans un mouvement théâtral.

— Ah, enfin, on respire. Continuez, jeune homme.

— En fait, c'est à peu près tout, avoua Masklinn. Je ne peux rien mettre au point tant que je ne connaîtrai pas certaines informations supplémentaires. Par exemple, est-ce qu'on peut fabriquer l'électrique ? Pas le voler au Grand Magasin, mais en fabriquer nous-mêmes ?

Le comte se caressa le menton.

— Vous me demandez de vous révéler des secrets de rayon ?

— Messire, intervint sévèrement Gurder, si nous nous lançons dans cette dangereuse entreprise, il est vital que ce soit en parfaite coopération les uns avec les autres, et que nous mettions en commun notre savoir.

— Il a raison, renchérit Masklinn.

— Absolument, reprit Gurder d'un ton ferme. Nous devons agir pour le bien commun des gnomes.

— Bien dit, fit Masklinn. Et voilà pourquoi les Papeteri, pour leur part, apprendront à tous les gnomes qui en feront la demande… à lire.

Il y eut un silence, rompu par le léger râle d'un Gurder qui essayait de ne pas s'étouffer.

— À lire ?? couina-t-il.

Masklinn hésita. Après tout, il était allé assez loin, autant poursuivre jusqu'au bout. Il vit Grimma le fixer.

— Aux femmes aussi.

Cette fois-ci, ce fut au tour du comte de sembler surpris. La baronne par contre souriait largement. Gurder laissait toujours fuser d'infimes piaulements. Masklinn se lança.

— Les étagères du rayon Papeteri regorgent de livres de toutes sortes. À chaque tâche que nous voulons accomplir correspond un livre qui nous enseignera la façon de procéder. Mais nous allons avoir besoin de nombreux volontaires pour les lire, afin de découvrir ce dont nous avons besoin.

— Je crois que ce dont notre ami Papeteri a besoin, c'est de boire un verre d'eau, fit observer le comte. Tout cet esprit de collaboration et de partage le submerge, ce me semble.

— Jeune homme, intervint la baronne, ce que vous dites est peut-être vrai, mais un de ces précieux livres nous apprendra-t-il à piloter votre fameux camion ?

Masklinn hocha la tête. Il attendait cette question. Grimma apparut derrière lui, traînant un mince opuscule qui était presque aussi grand qu'elle. Masklinn lui prêta main-forte pour le mettre debout, de façon à ce que chacun puisse le voir.

— Voyez, il y a des mots inscrits dessus, annonça-t-il fièrement. Je les ai déjà appris. Ils disent… (Il indiqua chacun de son épieu au fur et à mesure qu'il les énonçait.) *Le… Code… de… la… Route. Le Code de la Route*. Il y a des images, à l'intérieur. Quand on apprend le *Code de la Route*, on sait conduire. C'est écrit à l'intérieur. *Code de la Route*, ajouta-t-il, un peu gauchement.

— Et je suis en train de déchiffrer le sens de certains mots, annonça Grimma.

— Elle sait en lire quelques-uns, renchérit Masklinn.

Il ne put s'empêcher de remarquer que ce fait intéressait visiblement la baronne.

— Et ce n'est pas plus compliqué que ça ? demanda le comte.

— Euh…

Masklinn s'était déjà posé la question. Il avait l'obscur pressentiment que ça ne pouvait pas être aussi simple, mais on n'avait plus le temps de se soucier de détails qu'on pourrait étudier plus tard. Qu'avait dit l'Abbé ? L'important, quand on est un chef, n'est pas d'avoir tort ou raison, mais d'être catégorique. Bien sûr, avoir raison aide beaucoup.

— Eh bien, ce matin, annonça-t-il, je suis allé jeter un coup d'œil dans le nid de camions. Le garage, je veux dire. En faisant l'escalade, on peut regarder à l'intérieur. Il y a des leviers et une roue, et des tas de choses, mais je suppose qu'on peut apprendre à s'en servir en les essayant. (Il prit une profonde inspiration.) Ça ne doit pas être bien compliqué, sinon les humains n'y arriveraient pas.

Les gnomes durent concéder cet argument.

— Tout à fait fascinant, fit le comte. Puis-je vous demander ce que vous attendez de nous, maintenant ?

— Des gens, répondit simplement Masklinn. Tous ceux que vous pourrez nous céder. Et *surtout* tous ceux dont vous ne pouvez pas vous passer. De plus, il faudra les nourrir.

La baronne regarda le comte. Il opina, aussi opina-t-elle également avant de prendre la parole :

— J'aimerais simplement demander à la jeune fille si elle se sent bien. Après toute cette lecture, je veux dire.

— Je ne connais que quelques mots, s'empressa de préciser Grimma. *Droite*, *gauche* et *bicyclette*, par exemple.

— Et vous n'avez ressenti aucune tension sous votre crâne ? insista la baronne en choisissant ses termes.

— Pas vraiment, m'dame.

— Hmm. Voilà une nouvelle passionnante, jugea la baronne en fixant Gurder.

Le nouvel Abbé s'assit.

— Je... Je... bafouilla-t-il.

Intérieurement, Masklinn se permit un gémissement. Il avait pensé qu'apprendre à conduire, apprendre comment fonctionnait un camion, apprendre à *lire*, seraient des tâches difficiles, mais ce n'étaient que... que de simples travaux délicats. On pouvait cataloguer toutes les difficultés dès le départ. En s'acharnant suffisamment, on finirait bien par les surmonter. Mais il avait eu raison : le plus gros obstacle allait venir des gens eux-mêmes.

Finalement, il y en eut vingt-huit.

— Insuffisant, jugea Grimma.

— C'est un début, répondit Masklinn. Je crois que nous en obtiendrons d'autres avec le temps. Il faut que tous apprennent à lire. Pas de façon parfaite, mais assez bien pour se débrouiller. Ensuite, les cinq meilleurs doivent apprendre à enseigner aux autres.

— Comment as-tu eu l'idée de tout ça ?

— C'est le Truc qui me l'a appris. On appelle ça *l'analyse du chemin critique*. En clair, il y a toujours une chose par laquelle tu aurais dû commencer. Par exemple, si tu veux construire une maison, il faut savoir fabriquer des briques, mais avant de fabriquer des briques, il faut savoir quelle sorte d'argile on utilise. Et ainsi de suite.

— C'est quoi, l'argile?

— J'en sais rien.

— Et les briques?

— Chuis pas sûr.

— Bon. Et une maison, alors?

— Là, j'ai pas encore tout compris, répondit Masklinn. Mais, de toute façon, c'est capital. L'analyse du chemin critique. Et il y a aussi l'entretien de la progression.

— Et c'est quoi, ça?

— Je crois que ça veut dire engueuler les gens : « Comment, c'est pas encore fini? » (Masklinn baissa le regard vers ses pieds.) Je crois qu'on peut confier ce rôle à Mémé Morkie. Je ne pense pas que la lecture l'intéressera énormément, mais quand il s'agit de crier un bon coup, elle n'a pas son pareil.

— Et moi, dans tout ça?

— Je veux que tu apprennes encore mieux à lire.

— Mais pourquoi?

— Parce que nous devons apprendre à penser.

— Mais je sais déjà, moi!

— Chuis pas sûr. Enfin, je veux dire, oui, d'accord, tu sais, mais il y a des choses auxquelles nous sommes incapables de penser, parce que nous ne connaissons pas les mots qui conviennent. Comme les gnomes du Grand Magasin. Ils ne savent même pas à quoi ressemblent vraiment la pluie et le vent!

— Je sais. J'ai essayé d'expliquer la neige à la baronne, mais…

Masklinn opina.

— Tu vois bien. Ils ne savent pas, et ils ne savent même pas qu'ils ne savent pas. Et nous? Qu'est-ce que nous ne savons pas? Il faudrait lire tout ce qu'on trouve. Gurder n'aime pas trop ça. Il répète que la lecture devrait être le domaine réservé des Papeteri. Mais leur problème, c'est qu'ils ne cherchent pas à comprendre.

Gurder avait été furieux.

— *Lire ?* s'était-il exclamé. Tous les gnomes vont venir ici, jusqu'aux plus stupides, et ils vont user les textes à force de les regarder ! Vas-y, ne te gêne pas, distribue tous nos secrets à la cantonade ! Apprends-leur aussi à écrire, tant que tu y es !

— On verra ça plus tard, répondit doucement Masklinn.

— *Hein ?*

— Ça a moins d'importance, tu comprends.

Gurder donna un coup de poing dans le mur.

— Nom d'Arnold Frères (fond. 1905) ! Pourquoi est-ce que tu ne m'as pas d'abord demandé la permission ?

— Tu me l'aurais accordée ?

— Bien sûr que non !

— Eh bien voilà. C'est pour ça.

— Quand j'ai dit que je t'aiderais, je ne m'attendais pas à en arriver là ! hurla Gurder.

— Moi non plus ! contra Masklinn.

Le nouvel Abbé s'arrêta net.

— Qu'est-ce que tu veux dire ?

— Je croyais que tu m'aiderais, répondit simplement Masklinn.

Gurder sembla se dégonfler.

— Bon, bon. Tu sais bien que je ne peux plus m'y opposer, maintenant, pas devant tout le monde. Fais ce que tu dois faire. Prends tous les gens dont tu auras besoin.

— Parfait. Quand peux-tu te mettre à l'ouvrage ?

— Moi ? Mais…

— Tu le dis toi-même : tu es le meilleur lecteur.

— Oui, bien entendu, c'est le cas, mais…

— Parfait.

Ils s'habituèrent à ce mot, avec le temps. Masklinn savait le moduler sur un ton qui indiquait que tout était réglé et qu'il était inutile d'y revenir.

Gurder moulina des mains de façon encore plus frénétique.

— Que veux-tu que je fasse ?

— Combien de livres y a-t-il ?

— Des centaines ! Des milliers !

— Est-ce que tu sais de quoi ils parlent tous ?

Gurder le regarda avec une totale hébétude.

— Mais tu réalises ce que tu es en train de me demander ?

— Non, mais je veux le savoir.

— Ils parlent de tout ! Tu n'imagines pas ! Ils sont remplis de mots que je ne comprends pas moi-même.

— Est-ce que tu peux dénicher un bouquin qui t'aidera à comprendre les mots que tu ne comprends pas ? demanda Masklinn.

C'est de l'analyse du chemin critique, se dit-il. Bon sang, je fais ça sans même y penser.

Gurder hésita.

— C'est une suggestion pertinente, reconnut-il.

— Je veux tout savoir sur les camions, sur l'électrique et sur la nourriture. Et ensuite, je veux que tu me trouves un livre qui parlera… qui parlera…

— Eh bien ?

Masklinn parut désemparé.

— Y a-t-il un livre qui nous dira comment des gnomes peuvent conduire un camion conçu pour les humains ?

— Tu ne sais pas ça, toi ?

— Pas… vraiment. J'espérais un peu qu'on trouverait la solution le moment venu.

— Mais tu nous as dit qu'il suffisait d'apprendre le *Code de la Route* !

— O… oui. Et le livre affirme qu'on doit connaître le *Code de la Route* avant de savoir conduire. Mais j'ai tout de même l'impression que ça n'est peut-être pas aussi simple.

— Bonnes Affaires ! Protégez-nous !

— Je le souhaite, répondit Masklinn. De tout mon cœur.

Enfin vint l'heure de mettre les connaissances à l'épreuve de la pratique.

Le nid de camions était glacé et empestait *les sens*. Et si les gnomes tombaient de leur poutrelle, le sol était vraiment très loin. Masklinn s'efforça de ne pas regarder vers le bas.

Au-dessous d'eux se trouvait un camion. Il paraissait beaucoup plus grand ici que Dehors. Énorme et rouge, farouche dans la pénombre.

— On est assez loin, jugea Masklinn. Nous sommes juste au-dessus du bout qui dépasse où s'assoit le conducteur.

— La cabine, intervint Angalo.

— C'est ça. La cabine.

L'arrivée d'Angalo avait surpris tout le monde. Il était apparu dans le rayon Papeterie, le souffle court, le visage rubicond, et avait exigé d'apprendre à lire.

Pour pouvoir étudier les camions.

Ces engins le fascinaient.

— Mais ton père est opposé à toute notre entreprise, avait fait remarquer Masklinn.

— C'est sans importance, répliqua vertement Angalo. Ce n'est rien pour vous, vous y avez été, là-bas! Moi, je veux voir tout ça, je veux aller Dehors, je veux savoir si c'est vrai!

Il avait manifesté peu de dons pour la lecture. Mais alors qu'il s'entêtait jusqu'à en avoir mal au cerveau, les Papeteri lui avaient déniché des livres illustrés d'images de camions. Maintenant, il en savait sans doute plus long sur le sujet que n'importe quel autre gnome. Ce qui ne voulait pas dire grand-chose, Masklinn devait le reconnaître.

Il entendit Angalo marmonner en enfilant les sangles.

— Embrayage, disait-il. Vitesses. Volant. Essuie-glace. Transmission automatique. Appel à toutes les patrouilles. Un hamburger et des frites, un milk-shake. Les routiers sont sympa.

Il leva les yeux et adressa un sourire grave à Masklinn.

— Paré, annonça-t-il.

— Bon. Alors, souviens-toi bien : ils ne laissent pas toujours les fenêtres ouvertes. Si elles sont fermées, tu donnes un coup sur la corde et on te remonte, OK?

— Roger.

— Hein?

— C'est du camionneur. Ça veut dire oui, expliqua Angalo.

— Oh! Très bien. Bon, quand tu seras à l'intérieur, cherche-toi une cachette pour pouvoir surveiller le chauffeur…

— Oui, oui, tu m'as déjà expliqué tout ça, s'impatienta Angalo.

— Très bien, bon, d'accord. Tu as pris tes sandwiches?

Angalo tapota le paquet accroché à sa taille.

— Ainsi que mon calepin. Paré au départ. À fond la caisse.

— Hein ?

— Ça veut dire *on y va*, en camionneur.

Masklinn parut intrigué.

— Il faut vraiment savoir tout ça pour en piloter un ?

— Négamatif, répliqua Angalo avec un sourire satisfait.

— Oh ? Enfin, du moment que tu comprends ce que tu racontes, c'est le principal.

Dorcas, qui supervisait la manœuvre de la corde, vint donner une tape sur l'épaule d'Angalo.

— Tu es certain de ne pas vouloir emporter la combinaison de Dehors ? demanda-t-il avec un dernier espoir.

Elle présentait une forme conique et se composait d'étoffe épaisse tendue sur un cadre de bois qui évoquait un parapluie et pouvait se replier. Un modeste hublot permettait de voir à l'extérieur. Dorcas avait insisté pour la mettre au point, afin de protéger les Dehors-nautes.

— Après tout, avait-il expliqué à Masklinn, tu es peut-être adapté à la Pluie et au Vent, toi. Et si vos têtes avaient acquis une dureté exceptionnelle ? On n'est jamais trop prudent.

— Je ne crois pas. Merci quand même, répondit poliment Angalo. Elle est vraiment très lourde et je ne pense pas quitter le camion pendant ce voyage.

— Parfait, conclut Masklinn. Bon, laissons tomber. Pas toi, bien sûr, Angalo. Hahaha ! Prêts à soutenir la charge, les enfants ? À toi, Angalo.

Puis, comme on doit toujours en faire plutôt trop que pas assez et qu'on ne sait jamais ce qui peut s'avérer utile, il ajouta :

— Qu'Arnold Frères (fond. 1905) veille sur toi.

Angalo enjamba le rebord avec précaution et, graduellement, sa silhouette en rotation s'éloigna dans la pénombre, tandis que l'équipe laissait soigneusement filer le cordon. Masklinn priait pour qu'ils aient prévu une longueur suffisante ; le temps de procéder à des mesures précises leur avait manqué.

Il sentit une tension impérieuse sur le cordon et se pencha pour scruter l'abîme. La forme minuscule d'Angalo se trouvait à un mètre en dessous de lui.

— S'il devait m'arriver quoi que ce soit, je ne veux pas qu'on mange Bobo, lança ce dernier.

— Ne t'inquiète pas, répondit Masklinn. Tout va bien se passer.

— Oui, je sais. Mais sinon, il faudra confier Bobo à de bons maîtres.

— Pas de problèmes. De bons maîtres. C'est entendu.

— Qui ne mangent pas de rat. Promis ?

— Aucun mangeur de rat, c'est juré.

Angalo hocha la tête. L'équipe recommença à laisser filer le cordon.

Enfin, Angalo atteignit son but et traversa en toute hâte le toit pentu pour gagner le côté de la cabine. Le simple fait de l'observer donnait le vertige à Masklinn.

La silhouette disparut. Au bout d'un moment, leur parvinrent deux coups sur le cordon, ce qui signifiait : donnez du mou au filin. Ils obéirent. Puis suivirent trois coups. Faibles, mais… il y en avait trois, sans erreur possible. Ils se répétèrent après quelques secondes.

Masklinn recommença à respirer avec un gros soupir.

— Angalo a atterri, annonça-t-il. Remontez le fil. Nous le laisserons sur place, au cas où… enfin, je veux dire, pour son retour.

Il risqua un nouveau coup d'œil vers la masse formidable du véhicule. Des camions sortaient, des camions entraient, et certains théoriciens gnomes tels que Dorcas soutenaient qu'il s'agissait des mêmes. Ils sortaient chargés de marchandises et rentraient, également chargés de marchandises. Quant à savoir pourquoi Arnold Frères (fond. 1905) éprouvait le besoin d'envoyer ses marchandises se promener durant la journée, personne n'avait de réponse à cette question. La seule certitude était qu'ils rentraient toujours au bout d'une journée, deux au maximum.

Masklinn considéra le camion où était désormais installé l'explorateur. Où irait-il, qu'allait-il lui arriver ? Que verrait Angalo avant de rentrer ? Et s'il ne revenait pas, qu'est-ce que Masklinn allait bien pouvoir raconter à ses parents ? Qu'il fallait envoyer quelqu'un, qu'Angalo avait *supplié* qu'on l'envoie, qu'on devait apprendre à conduire un camion, que tout dépendait de l'explorateur ? Masklinn savait que ces explications ne pèseraient pas lourd en de telles circonstances.

À côté de lui, Dorcas se pencha.

— Ça va bougrement être du boulot, pour faire descendre tout le monde par ce chemin, dit-il.

— Je sais. Il faudra trouver mieux.

Le doigt de l'inventeur se pointa vers les autres camions silencieux.

— Il y a une petite marche, là-bas, juste à côté de la porte du conducteur, regarde. Si on pouvait y grimper et passer une corde autour de la poignée…

Masklinn secoua la tête.

— Trop haut, dit-il. C'est un petit pas pour l'homme, mais un grand bond pour la gnomité.

9

V. *Ainsi parla l'Étranger : Il en est qui ne croient point au Dehors. Que leurs yeux soient dessillés et qu'un de notre nombre soit envoyé pour Prouver cette Chose.*

VI. *Et l'un d'entre eux s'en fut à bord d'un Camion, et il alla Dehors pour voir où l'on pourrait trouver un nouveau Foyer.*

VII. *Et l'on attendit longtemps, car il ne revint point.*

La Gnomenclature, *Expéditions, Versets V-VII*

Masklinn avait pris l'habitude de dormir dans une vieille boîte à chaussures, au rayon Papeterie, où il trouvait un peu de calme. Mais à son retour, une petite cohorte de gnomes l'attendait. Ils soutenaient un grand livre.

Masklinn commençait à réviser à la baisse son opinion des livres. Peut-être que tout ce qu'il voulait savoir était inscrit quelque part, mais le vrai problème était de découvrir où. On semblait avoir conçu les livres de façon à compliquer la tâche de ceux qui cherchent des choses. Leur contenu semblait n'avoir aucune logique. Ou plutôt, il en avait une, mais elle était illogique.

Masklinn reconnut Vinto Pimmie, un très jeune Quincailleri, et il poussa un soupir. Vinto était un des lecteurs les plus acharnés, mais hélas, pas des plus doué. Il lisait vite, trop, peut-être. De plus, il se laissait facilement emporter par son enthousiasme.

— L'affaire est dans le sac, annonça fièrement le jeune homme.

— Quel sac ? demanda Masklinn.

— Non. Ce que je veux dire, c'est que je sais comment obliger un humain à conduire le camion pour nous !

Masklinn poussa un profond soupir.

— Nous avons envisagé cette solution, mais ça ne marchera jamais. Si nous nous montrons à un humain…

— Sans importance ! Sans importance ! Il sera obligé d'obéir, pour la bonne raison que nous allons faire – tu vas voir, ça va te plaire ! – une prise d'otaries !

Vinto sourit comme un bon toutou qui vient de réussir un tour particulièrement compliqué.

— D'otaries, répéta Masklinn d'une voix incolore.

— Oui ! Ils expliquent tout dans ce livre !

Vinto montra sa découverte avec orgueil. Masklinn se mit sur la pointe des pieds pour en prendre connaissance. Il continuait à glaner quelques notions de lecture à mesure que le temps passait, mais, à première vue, le livre s'intitulait *Terre Ur à 10 000 pieds*.

— Une histoire de surplus de chaussures ? suggéra-t-il.

— Non, non, non, ce qu'il faut faire, tu vas voir, tu fais une prise d'otaries, et tu dis au conducteur : « Amenez-nous où on veut aller, sinon je ne réponds pas du sort des otaries ! » Alors, le conducteur dit : « Contrôle, contrôle, je suis obligé de me détourner pour ne pas mettre la vie des otaries en danger » et là…

— Bon, d'accord, d'accord. C'est très bien, dit Masklinn en reculant. Merveilleux. Excellente idée. On va y réfléchir très sérieusement. Beau travail.

— J'ai été bon, sur ce coup-ci, hein ? claironna Vinto en dansant d'un pied sur l'autre.

— Oui. Pas de doute. Euh… Tu ne crois pas qu'il vaudrait mieux lire des livres plus *pratiques*…

Masklinn hésita. Comment déterminer quel genre de livres se révélerait le plus utile ?

Il rentra à l'intérieur de sa boîte en titubant, poussa le bout de carton contre la porte et s'y adossa.

— Truc ? interrogea-t-il.

— *Je t'entends, Masklinn*, répondit le Truc depuis l'empilement de chiffons qui constituait le lit de Masklinn.

— C'est quoi, des otaries?

Brève pause, puis le Truc débita :

— *L'otarie est un mammifère marin carnivore, appartenant au sous-ordre des pinnipèdes, dont les membres ont évolué en palettes natatoires. La tête se distingue par des oreilles externes munies d'un pavillon, à la différence du phoque. Certaines otaries atteignent 3,50 m de long pour 1 100 kg, et les mâles sont toujours beaucoup plus grands. On les rencontre dans le Pacifique et les mers australes en général.*

— Oh! On peut faire obéir quelqu'un, en en menaçant une?

— *C'est dans le domaine du possible.*

— On pourrait en trouver une dans le Grand Magasin? Nouvelle hésitation.

— *Est-ce qu'il y a un rayon Animalerie ?*

Ça, Masklinn savait ce que c'était. Le sujet avait été abordé la veille, quand Vinto avait suggéré d'élever des cochons d'Inde pour avoir de la viande fraîche.

— Non, répondit-il.

— *Alors, je dirais que les chances sont minimes.*

— Oh! C'est aussi bien, finalement. (Masklinn se laissa tomber dans son lit.) Tu vois, il faut que nous puissions contrôler notre destination. Il faut que nous dénichions un endroit un peu à l'écart des humains. Mais pas trop. Un endroit où nous serons en sécurité.

— *Vous devriez vous procurer un atlas ou une carte.*

— Ça ressemble à quoi?

— *Il n'est pas exclu que les mots* atlas *ou* carte *figurent en couverture.*

— Je demanderai à l'Abbé de lancer des recherches, conclut Masklinn dans un bâillement.

— *Il faut dormir*, suggéra le Truc.

— On me demande toujours de faire des choses. Et puis, tu ne dors pas, toi.

— *Pour moi, la situation est différente.*

— Ce que je voudrais, c'est un plan. La prise d'otaries est hors de question. Tout le monde est sûr que je connais la solution. Tout le monde, sauf moi. Nous savons de quoi nous avons besoin, mais nous ne pourrons jamais charger l'ensemble dans un camion en une seule nuit. Ils croient que j'ai toutes les réponses, mais c'est une erreur. Et je ne sais pas comment...

Il s'endormit et rêva qu'il avait une taille humaine. Tout est tellement plus simple, quand on est de taille humaine.

Deux jours passèrent. Les gnomes montaient la garde sur la poutrelle qui traversait le garage. On avait descendu du rayon Jouets un petit télescope en plastique. Avec ce nouvel instrument, on apprit que les grandes portes de métal s'ouvraient lorsqu'un humain pressait un bouton rouge situé à côté d'elles. Comment appuyer sur un bouton situé à une hauteur dix fois supérieure à la vôtre ? La question vint s'inscrire sur la liste de problèmes à résoudre que tenait Masklinn.

Gurder mit à jour une carte. Elle figurait dans un tout petit livre.

— Aucune difficulté, annonça-t-il. On en collecte des dizaines, chaque année. Ça s'intitule... (il lut lentement les lettres dorées) *Agenda*. Et il y a une carte au dos, regarde.

Masklinn contempla les petites pages couvertes de taches bleues et roses. Sur certaines taches figuraient des noms : Afrique, Asie...

— Mmmoui... dit-il.

Puis :

— Paaaarfait. Je suppose. Bon travail. Et où sommes-nous, exactement ?

— Au centre, repartit Gurder. Un peu de logique, voyons. C'est alors que le camion rentra.

Sans Angalo.

Masklinn courait sur la poutrelle sans avoir cure de l'abîme qui la bordait de part et d'autre. Le petit groupe de silhouettes lui apprit tout ce qu'il ne voulait pas entendre. Un jeune gnome qu'on venait de descendre par-dessus bord s'asseyait pour reprendre son souffle.

— J'ai essayé toutes les fenêtres, expliqua-t-il. Elles sont fermées. Je n'ai aperçu personne à l'intérieur. Il fait très sombre.

— C'est le bon camion ? Tu en es sûr ? demanda Masklinn au chef des guetteurs.

— Ils portent tous des chiffres sur le devant, lui répondit-on. J'ai pris soin de bien mémoriser celui du camion sur lequel est parti Angalo. Quand je l'ai vu revenir cet après-midi, j'ai…

— Il faut nous introduire dans ce camion pour jeter un coup d'œil, décida Masklinn. Que quelqu'un aille me chercher… Non, ça prendrait trop de temps. Faites-moi descendre.

— Hein ?

— Faites-moi descendre, répéta Masklinn. Jusqu'au sol.

— Mais c'est très haut, fit remarquer une voix dubitative.

— Je le sais ! Beaucoup trop pour qu'on fasse le détour par les escaliers. (Masklinn tendit le bout du cordon à deux des gnomes.) Il est peut-être là-dedans, blessé, qui sait ce qu'il lui est arrivé ?

— Ce n'est pas de notre faute. Il y avait des humains partout quand le camion est rentré. Nous avons dû attendre.

— Ce n'est la faute de personne. Que quelques-uns fassent le grand tour et viennent me rejoindre en bas ! Ne faites pas cette tête, personne n'est responsable.

À part moi, peut-être, songea-t-il en tournant sur lui-même dans les ténèbres. Il regarda l'énorme masse du camion dans l'ombre glisser à côté de lui. Curieux comme ces véhicules avaient paru plus petits, au-dehors.

Le sol empestait *les sens*. Masklinn courut sous le camion et se retrouva dans un monde plafonné de fils et de tuyaux, hors de portée. Mais il alla fouiller près d'un des bancs et revint en traînant une longueur de fil électrique. Avec beaucoup de difficultés, il en recourba une extrémité pour former un crochet.

Un moment plus tard, il rampait entre les tuyaux. C'était assez facile. Le dessous du camion semblait être en grande partie constitué de fils électriques et de conduits. Au bout d'une ou deux minutes, il se retrouva face à une cloison de métal, percée de trous pour laisser passer une profusion de fils. Au prix d'un effort assez douloureux, on pouvait s'y faufiler. À l'intérieur…

Il y avait de la moquette. Drôle de chose à trouver dans un camion. Çà et là traînaient des papiers de bonbons, grands comme des journaux en comparaison avec le gnome. D'énormes objets en forme de pédale émergeaient de trous empoissés de cambouis dans le plancher. Au loin se trouvait un siège, derrière une gigantesque roue. C'était sans doute à ça que se retenaient les humains, supposa Masklinn.

— Angalo ? appela-t-il doucement.

Pas de réponse. Il erra un moment sur le plancher et se préparait à abandonner quand il remarqua un détail parmi l'accumulation de moutons et de papiers sous le siège. Un humain n'aurait vu là qu'un détritus parmi tant d'autres. Mais Masklinn reconnut le manteau d'Angalo.

Il inspecta soigneusement les débris. On pouvait imaginer que quelqu'un s'était couché ici, pour observer. Il fouilla partout et découvrit un minuscule emballage de sandwich.

Il emporta le manteau avec lui ; il n'avait pas grand-chose d'autre à faire, apparemment.

Une douzaine de gnomes attendaient fébrilement en dessous du moteur, dans les vapeurs *des sens*. Masklinn brandit le manteau et eut un mouvement fataliste des épaules.

— Aucune trace, annonça-t-il. Il était là, mais il n'y est plus.

— Qu'est-ce qui a pu lui arriver ? demanda un des gnomes les plus âgés.

— Peut-être qu'il a été écrasé par la Pluie, suggéra une voix lugubre. Ou emporté par la fureur du Vent.

— C'est vrai, renchérit un autre. Il y a peut-être des choses terribles, Dehors.

— Non ! intervint Masklinn. Enfin, je veux dire, il y a des choses terribles, c'est vrai…

— Ah, dirent les gnomes en hochant la tête.

— … Mais pas ce genre-là ! Rien n'aurait dû lui arriver, en restant dans le camion ! Je lui ai dit de ne pas aller explorer…

Il fut conscient d'un brusque silence. Le regard des gnomes n'était pas fixé sur lui, mais sur un point situé derrière lui.

Le duc de Merceri se tenait là, escorté de soldats. Il attarda sur Masklinn un œil dépourvu d'expression, puis il avança la main, sans dire un mot.

Masklinn lui tendit le manteau. Le duc le retourna en tous sens, pour l'inspecter. Le silence se tendit de plus en plus, jusqu'à ce que l'atmosphère en vibre presque.

— Je lui avais interdit de partir, dit le duc à mi-voix. Je lui avais dit que c'était dangereux. J'ai eu tort, voyez-vous. Je n'ai fait que renforcer sa détermination.

Il releva les yeux vers Masklinn.

— Eh bien ? demanda-t-il.

— Euh ?

— Est-ce que mon fils est vivant ?

— Euh… C'est possible. Il n'y a aucune indication du contraire.

Le duc hocha la tête, distraitement.

Et voilà, songea Masklinn. *Tout s'arrête ici.*

Le duc leva les yeux vers le camion, puis il retourna son regard vers son escorte.

— Et ces choses vont Dehors, dites-vous ?

— Oh, oui ! Tout le temps, répondit Masklinn.

Le duc produisit un bruit curieux dans son arrière-gorge.

— Il n'y a rien, Dehors, dit-il. Je le sais. Mais mon fils avait des idées différentes sur la question. Vous affirmez que nous devrions aller Dehors. Verrai-je mon fils, alors ?

Masklinn regarda le vieil homme dans les yeux. On aurait dit deux œufs pas tout à fait cuits. Il songea aux tailles respectives du Dehors et d'un gnome. Puis il se dit : la vérité et la sincérité ne devraient pas avoir de secrets pour un chef, il devrait être capable de les distinguer. Honnêtement, les chances de retrouver Angalo Dehors sont plus élevées que de voir des ailes pousser au Grand Magasin pour qu'il s'envole, mais la *vérité*, c'est que…

— C'est une possibilité, dit-il et il se sentit très mal à l'aise.

Mais c'était effectivement une possibilité.

— Très bien, fit le duc sans changer d'expression. De quoi avez-vous besoin ?

— Hein ? demanda Masklinn, la mâchoire décrochée par la surprise.

— Je vous demande de quoi vous avez besoin. Pour faire sortir le camion Dehors, répéta le duc.

Masklinn était totalement pris à contre-pied.

— Eh bien, euh, pour l'instant, c'est de gens, je suppose, que…

— Combien ? jeta le duc.

Masklinn réfléchit fébrilement.

— Cinquante ? hasarda-t-il.

— Vous les aurez.

— Mais…

L'expression du duc avait changé. Il n'était plus totalement désemparé. Il avait recouvré son habituel masque de colère.

— *Réussis*, siffla-t-il.

Puis il tourna les talons et s'éloigna à grands pas.

Le soir même, cinquante Merceri se présentèrent, en écarquillant les yeux devant le garage et en arborant pour la plupart toutes les marques de l'abasourdissement. En dépit des protestations de Gurder, Masklinn inscrivit aux programmes de lecture tous ceux qui manifestaient la moindre aptitude.

— Ils sont trop nombreux ! s'indigna Gurder. Et ce ne sont que de simples soldats, pour l'amour d'Arnold Frères (fond. 1905) !

— Je m'attendais à ce qu'il trouve le nombre de cinquante trop élevé et qu'il marchande pour le faire réduire à une vingtaine, à peu près, répondit Masklinn. Mais je crois que nous aurons bientôt besoin de tout ce monde.

Les cours de lecture ne donnaient pas les résultats escomptés. Certes, les livres contenaient des choses intéressantes, mais séparer l'utile du bizarre n'était pas une tâche facile.

Prenez l'histoire de la petite fille dans le terrier de lapin, par exemple. Celle-là, c'était Vinto qui l'avait dénichée.

— … Alors (raconta-t-il sans reprendre son souffle, le visage brûlant d'enthousiasme), elle tombe dans un trou et il y a un lapin blanc qui porte une montre – les lapins, je sais ce que c'est – et ensuite elle trouve une petite bouteille de produit, alors elle devient GRANDE, mais vraiment immense, vous voyez, alors, ensuite, elle trouve autre chose qui la fait devenir toute petite, et donc, tout ce qu'il suffit de faire, c'est de trouver le machin qui rend GRAND et on pourra conduire le camion nous-mêmes.

Masklinn ne pouvait pas se permettre de négliger une telle piste. Que l'on parvienne à donner une taille humaine ne serait-ce qu'à un seul gnome, et tout devenait *enfantin*. Il se l'était répété des dizaines de fois. L'effort en valait la peine.

Ils avaient donc passé presque toute la nuit à fouiller le Grand Magasin en quête de bouteilles marquées « Buvez-moi ». Soit le Grand Magasin n'en possédait aucune en stock – et

Gurder se refusait à l'admettre puisque le Grand Magasin avait TOUT SOUS UN SEUL TOIT –, soit cette histoire ne reflétait pas la réalité. Les gnomes avaient du mal à comprendre pourquoi Arnold Frères (fond. 1905) mettait dans les livres tant de choses qui n'existaient pas.

— Pour que les fidèles puissent faire la différence, avait répondu Gurder.

Masklinn lui-même avait pris un livre. L'ouvrage rentrait tout juste dans sa boîte. Il s'intitulait *Les Étoiles racontées à un enfant* et renfermait presque uniquement des images du ciel pendant la nuit. Il savait que ça, c'était la réalité.

Il aimait à le regarder quand il avait dû trop réfléchir. Il le contemplait en ce moment même.

Elles portaient des noms : Sirius, Rigel, Wolf 359 ou Ross 154.

Il lut quelques noms au Truc, pour voir sa réaction.

— *Je ne connais pas ces appellations.*

— Je croyais que nous venions de l'une d'entre elles. Tu avais dit…

— *Les noms sont différents. Pour l'heure je suis incapable de les identifier.*

— Quel était le nom de l'étoile d'où sont venus les gnomes ? demanda Masklinn, couché dans les ténèbres.

— *On l'appelait le Soleil.*

— Mais le Soleil est ici !

— *Tous les peuples appellent Soleil l'étoile autour de laquelle ils vivent. C'est parce qu'ils veulent croire qu'elle est importante.*

— Est-ce qu'ils… je veux dire, est-ce qu'on en a beaucoup visité ?

— *Ma mémoire répertorie 94 563 étoiles dont la visite par les gnomes a été enregistrée.*

Masklinn leva les yeux dans le noir. Il avait des difficultés avec les grands nombres, mais il voyait bien que celui-ci était un des plus grands. Bonnes Affaires ! songea-t-il, puis, un peu gêné, il amenda son exclamation en Miséricorde ! Tous ces soleils, séparés par des kilomètres, et moi, on me demande de déplacer un malheureux camion !

Vue comme ça, l'affaire paraissait ridicule.

10

X. *Or donc, il se trouva que l'Envoyé revint et annonça : J'ai voyagé sur des Roues et j'ai Vu le Dehors.*
XI. *Et on lui demanda : Comment est le Dehors ?*
XII. *Et il répondit : C'est Grand.*

La Gnomenclature, *Bilans, Versets X-XII*

Le quatrième jour, Angalo revint, les yeux fous, avec un sourire d'exalté.

Le gnome de faction déboula à toute allure dans le rayon. Sur ses talons, se pavanait Angalo, traînant dans son sillage une mêlée de jeunes gnomes fascinés. Il était crasseux, en haillons, et semblait ne pas avoir dormi depuis des heures. Mais il avançait fièrement, avec un étrange roulis dans sa démarche, comme un gnome qui revient d'explorer de nouveaux mondes étranges, de découvrir de nouvelles vies, d'autres civilisations et, au mépris du danger, d'avancer vers l'inconnu – et qui meurt d'envie de tout raconter.

— *Où j'ai été ?* Vous voulez que je vous dise où j'ai été ? Mais demandez-moi plutôt où je n'ai pas été ! Si vous voyiez ce qu'il y a, là-bas dehors !

— Quoi ? demanda-t-on.

— Tout, partout ! répondit-il, les yeux luisants. Et vous savez quoi ?

— Quoi ? demanda-t-on en chœur.

— J'ai vu le Grand Magasin *de Dehors !* C'est... (il baissa le ton.) C'est magnifique. Des colonnes à profusion, et de grandes fenêtres pleines de verre de couleur !

Il occupait maintenant le centre d'une foule qui croissait au fur et à mesure que la nouvelle se répandait.

— Tu as vu tous les rayons ? demanda un Papeteri.

— Non !

— Comment ?

— On ne distingue pas les rayons, du Dehors ! Ça ne forme qu'un seul grand bloc ! Et, et...

Dans le silence soudain, il fouilla ses poches à la recherche de son calepin, qui avait nettement grossi, et il le feuilleta.

— Il y a une énorme annonce, au-Dehors. Je l'ai copiée parce que ce n'est pas du camionneur, et que je n'ai pas compris, mais voilà ce que c'était.

Il brandit le carnet.

Le silence s'appesantit. Il y avait maintenant de nombreux lecteurs chez les gnomes.

Le message annonçait : GRANDE LIQUIDATION AVANT FERMETURE.

Ensuite, Angalo alla se coucher, débitant toujours d'enthousiastes histoires de camions, de collines, de villes et autres mots étranges, et il dormit deux pleines heures.

Plus tard, Masklinn lui rendit visite.

Angalo était assis tout droit dans son lit, les yeux brillant encore comme des agates dans la pâleur de son visage.

— Ne va pas nous le fatiguer, l'avertit Mémé Morkie qui soignait toujours les gens trop malades pour l'en empêcher. Il est très faible et fiévreux, c'est toutes ces équipées dans des machins bruyants qui vous secouent, c'est pas naturel, tout ça. On a déjà eu la visite de son père, et j'ai dû l'envoyer paître au bout de cinq minutes.

— Tu as renvoyé le duc ? s'étonna Masklinn. Mais comment as-tu fait ? Il n'écoute personne !

— C'est peut-être un gnome important dans le Grand Magasin, répondit Mémé sur un ton satisfait, mais à l'infirmerie, c'est rien qu'un godichon qui encombre tout le monde.

— Il faut que je parle à Angalo.

— Moi aussi, je veux parler ! dit Angalo en se redressant sur son séant. Je veux parler à tout le monde ! Il y a de tout, là-bas ! J'ai vu de ces choses...

— Installe-toi bien à ton aise, fit Mémé en le repoussant doucement sur ses oreillers. Et je n'aime pas beaucoup voir traîner des rats ici, non plus.

On distinguait juste le bout des moustaches de Bobo qui dépassait de la couverture.

— Mais il est très propre et c'est mon ami, protesta Angalo. Et puis, vous m'aviez dit que vous aimiez les rats.

— Non, *le rat*. J'ai dit *le rat*. Pas *les rats*. (Mémé donna un coup de coude à Masklinn.) Et va pas me le surexciter, ordonna-t-elle.

Masklinn s'assit à côté du lit, tandis qu'Angalo racontait le monde extérieur avec un enthousiasme débridé, comme quelqu'un qui a passé sa vie les yeux bandés et qui voit enfin pour la première fois. Il parla de la grande lumière dans le ciel, de routes remplies de camions, et de grandes choses qui sortaient du plancher et qui étaient couvertes de bidules verts…

— Des arbres, glissa Masklinn.

… et de grands bâtiments où on avait embarqué ou déchargé les marchandises du camion. C'était dans l'un d'eux qu'Angalo s'était égaré. Il était descendu pendant un arrêt, pour aller aux toilettes, mais il n'avait pas pu réintégrer sa cachette avant le retour et le départ du chauffeur. Alors, il avait grimpé dans un autre camion, qui était parti au bout d'un moment pour faire halte dans un grand parc rempli de camions. Angalo avait commencé à en chercher un qui appartienne à Arnold Frères (fond. 1905).

— Ce devait être un café en bordure de voie rapide, jugea Masklinn. On vivait près d'un.

— Ça s'appelle comme ça? fit Angalo, qui écoutait à peine. Il y avait un grand panneau bleu avec des images de tasses et de couteaux et de fourchettes et tout. Mais, passons…

… Il n'y avait aucun camion du Grand Magasin. Ou peut-être que si, mais les divers spécimens étaient si nombreux qu'Angalo n'avait pas su dénicher le bon. Finalement, le gnome avait établi un bivouac en bordure du parc à camions, subsistant sur un régime de miettes, jusqu'à ce que, par un extraordinaire coup de chance, en survienne enfin un. Angalo n'avait pas réussi à s'introduire dans l'habitacle, mais il était parvenu à escalader un pneu et avait trouvé un recoin sombre où il s'était cramponné aux câbles avec les mains et les genoux, afin de ne pas tomber sur la route qui filait à vive allure, loin, dessous.

Angalo exhuma son calepin. Il avait presque viré au noir.

— J'ai failli le perdre, confia-t-il. J'ai même failli le manger, une fois, tellement j'avais faim.

— Oui, oui, mais la conduite, en elle-même ? insista Masklinn qui surveillait du coin de l'œil l'impatiente Mémé Morkie. Comment font-ils en pratique, pour conduire ?

Angalo feuilleta le carnet.

— J'ai noté ça par là. Ah, voilà.

Il lui tendit son calepin.

Masklinn découvrit un croquis compliqué regroupant des leviers, des flèches et des numéros.

— *Tourner clé... un, deux... Pousser bouton rouge... un, deux... Appuyer sur pédale numéro un avec pied gauche, pousser gros levier vers gauche et relever... un, deux... Laisser pédale remonter doucement, appuyer sur pédale numéro deux...*

Il déclara forfait.

— Qu'est-ce que ça signifie ? demanda-t-il en redoutant une réponse qu'il connaissait déjà.

— C'est la méthode pour conduire un camion.

— Oh ! Mais, euh... toutes ces pédales, ces boutons, ces leviers, tout ça... dit Masklinn d'une voix décomposée.

— C'est la manœuvre obligatoire, affirma Angalo avec fierté. Et ensuite, on fonce en avant et on passe les vitesses et...

— Oui. Oh ! Je vois.

Masklinn contempla la feuille de papier. *Comment faire ?* s'interrogeait-il.

Angalo avait rempli avec le plus grand sérieux la tâche qu'on lui avait assignée. Une fois, profitant de ce qu'il était seul dans la cabine, il avait mesuré la hauteur de ce qu'il appelait le Levier de Vitesses, un élément très important, s'il fallait l'en croire. Cela représentait cinq fois la hauteur d'un gnome. Et la grande roue pivotante, qui jouait elle aussi un rôle non négligeable, avait un diamètre de huit gnomes assis côte à côte.

Et on avait besoin de clés. Masklinn ignorait que des clés intervenaient au cours de la manœuvre. Il ignorait *tout*.

— J'ai bien travaillé, non ? demanda Angalo. Tout est consigné là-dedans.

— Oui. Oui. Tu as très bien travaillé.

— Regarde bien, j'ai noté le moindre détail. Je parle de la lumière qui clignote pour tourner aux coins, et puis du klaxon, poursuivit Angalo avec enthousiasme.

— Oui. Oui. je te fais entièrement confiance.

— Et la pédale va-vite, et la pédale va-moins-vite, tout ! Mais tu n'as pas l'air très content.

— Tu m'as donné de nombreux sujets de réflexion, crois-moi.

Angalo l'attrapa par la manche.

— On prétendait le Grand Magasin unique, souffla-t-il avec passion. C'est pas vrai, il y a tant de choses, dehors, tant de choses. D'autres Grands Magasins. J'en ai vu. Il pourrait y avoir des gnomes qui y vivent ! La vie dans d'autres Grands Magasins ! Mais, bien entendu, toi, tu sais déjà tout ça.

— Repose-toi encore un peu, lui dit Masklinn avec toute la douceur possible.

— Quand est-ce qu'on part ?

— Il y a encore largement le temps. Ne t'inquiète pas. Dors bien.

Il sortit de l'infirmerie pour entrer dans une discussion houleuse. Le duc était de retour, escorté de quelques partisans, et il voulait ramener Angalo en haut, au rayon Papeterie. Il faisait assaut d'arguments avec Mémé Morkie. Enfin, il essayait.

— Madame, je vous garantis qu'on s'occupera bien de lui ! clamait-il.

— Peuh ! Qu'est-ce que vous y connaissez, vous autres, au doctorat ? Vous attrapez pratiquement jamais rien, ici ! Là d'où je viens, se rengorgea Mémé, on est malade, malade, malade à longueur d'année. Rhumes, foulures, indigestions, morsures, ça n'arrête pas. Voilà ce que j'appelle de l'expérience. Je suis sûre que j'ai vu plus de malades dans ma vie que vous de repas chauds et (elle planta le doigt dans la panse du duc) vous avez dû en voir plus d'un.

— Madame, je pourrais vous faire jeter dans une geôle ! gronda le duc.

— Quel rapport, je vous prie ? rétorqua-t-elle en reniflant avec dédain.

Le duc ouvrait la bouche pour rugir une repartie quand il aperçut Masklinn. Il referma la bouche.

— Très bien, dit-il. En fait, vous avez parfaitement raison. Mais je lui rendrai visite chaque jour.

— Pas plus de deux minutes, bien entendu.

— Cinq ! s'indigna le duc.

— Trois, dit Mémé.

— Quatre, conclurent-ils.

Le duc opina et fit signe à Masklinn d'approcher.

— Vous avez parlé à mon fils, dit-il.

— Oui, monsieur.

— Et il vous a raconté ce qu'il a vu.

— Oui, monsieur.

Le duc paraissait tout petit. Masklinn l'avait toujours considéré comme un grand gnome, mais il réalisa soudain que l'essentiel de ses mensurations était le résultat d'une sorte d'inflation intérieure, comme si le gnome était gonflé de sa propre importance et de son autorité. Ce n'était plus le cas. Le duc paraissait troublé, indécis.

— Ah, dit-il en contemplant une zone voisine de l'oreille gauche de Masklinn. Je crois vous avoir envoyé des gens, n'est-ce pas ?

— Oui.

— Ils ont donné satisfaction, je crois ?

— Oui, monsieur.

— Vous me direz, si vous avez encore besoin d'aide, hein ? De tout ordre.

La voix du duc s'affaiblit jusqu'à n'être plus qu'un marmonnement. Il tapota distraitement l'épaule de Masklinn et s'éloigna d'un pas hésitant.

— Qu'est-ce qu'il a ? demanda Masklinn.

Mémé Morkie commença à rouler des bandages avec une dextérité d'infirmière professionnelle. Personne n'en avait nul besoin, mais Mémé était d'avis qu'on doit toujours disposer d'une quantité suffisante. De toute évidence, suffisante pour satisfaire aux besoins de la planète entière.

— On l'a obligé à réfléchir, dit-elle. Ça perturbe toujours les gens.

— Je n'avais jamais imaginé que ce serait aussi difficile ! se lamenta Masklinn.

— Tu veux dire que tu n'avais aucune idée sur la façon dont on conduit un camion ? demanda Gurder.

— Pas la moindre ? renchérit Grimma.

— Je... Eh bien, il me semble... je pensais que les camions allaient là où on voulait, répondit Masklinn. Je me suis dit que, s'ils obéissaient aux humains, ils nous obéiraient aussi. Je n'imaginais pas qu'il y aurait tous ces *départ-un-deux-on-tire* ! Et la roue, les pédales... Je les ai vues, elles sont énormes !

Désemparé, il regarda leurs visages.

— J'y réfléchis depuis une éternité.

Il ne se sentait en confiance qu'avec ces deux-là.

La porte en carton s'écarta, et une petite frimousse radieuse apparut.

— Ce coup-ci, vous allez être content, m'sieur Masklinn, annonça-t-elle. J'ai lu des choses, récemment.

— Pas maintenant, Vinto. Nous sommes un peu occupés, répondit Masklinn.

Vinto parut très déçu.

— Oh ! allez, écoute-le donc, suggéra Grimma. Ce n'est pas comme si on avait autre chose à faire, *maintenant*.

Masklinn baissa la tête.

— Eh bien ! mon garçon, lança Gurder avec une jovialité de commande, quelle nouvelle idée nous as-tu concoctée, cette fois-ci ? Faire tirer le camion par un attelage de hamsters sauvages ?

— Non, monseigneur.

— Alors, tu as peut-être imaginé qu'on pourrait lui faire pousser des ailes pour qu'il s'envole dans le ciel ?

— Non, monseigneur. J'ai trouvé ce livre, ça raconte comment on capture des humains. Ensuite, on pourra lui dire qu'on a pris des otaries...

Masklinn adressa à ses camarades un petit sourire forcé.

— Je lui ai expliqué qu'on ne pouvait pas se servir d'humains. Je te l'ai dit, Vinto. Et je ne suis pas vraiment certain que menacer de faire du mal à des otaries...

Avec un grognement d'effort, le gnome fit s'ouvrir le livre.

— Il y a une image là-dedans, m'sieur.

Ils regardèrent l'illustration. Elle montrait un humain étendu par terre. Il était cerné par des gnomes et couvert de cordes.

— Mince ! s'émerveilla Grimma. Ils ont des livres qui parlent de nous !

— Oh, celui-là, je le connais, répliqua Gurder avec lassitude. C'est *Les Voyages de Gulliver*. Ce ne sont que des histoires, ce n'est pas réel.

— Des images de nous dans un livre, répéta Grimma. Incroyable. Tu vois ça, Masklinn ?

Masklinn contemplait, le regard fixe.

— Oui, c'est très bien, beau travail, fit Gurder d'un ton absent. Merci beaucoup, Vinto. Maintenant, sois gentil, va-t'en.

Masklinn regardait toujours. Sa mâchoire inférieure pendait. Il sentit les idées pétiller en lui, éclabousser l'intérieur de sa tête.

— Les cordes, dit-il.

— C'est un simple dessin, expliqua Gurder.

— Les cordes ! Grimma, les cordes !

— Quoi, les cordes ?

Masklinn brandit les poings et leva les yeux au plafond. En de tels moments, on pouvait presque arriver à croire qu'il y avait *quelqu'un*, là-haut, au-dessus de la Mode Enfantine.

— Je vois un moyen ! hurla-t-il, tandis que les trois autres gnomes le considéraient avec stupeur. Je vois un moyen ! Bon Arnold Frères (fond. 1905), *je vois un moyen !*

Après l'heure de la Fermeture, cette nuit-là, plusieurs dizaines de petites formes furtives traversèrent le sol du garage et disparurent sous un camion en stationnement. Un hypothétique observateur aurait perçu de temps en temps un cliquetis, un choc ou un gros mot. Au bout de dix minutes, ils se retrouvèrent dans la cabine.

Ils contemplèrent le panorama, émerveillés.

Masklinn s'avança jusqu'à une pédale, qui était plus grande que lui, et essaya de la pousser. Elle ne frémit même pas. Plusieurs autres gnomes vinrent lui prêter main-forte, et réussirent à la faire vaguement s'enfoncer.

Quelqu'un les observait d'un air pensif. C'était Dorcas, affublé d'une ceinture où pendait une gamme variée d'outils improvisés, et il tripotait distraitement la mine de crayon qu'il portait en permanence derrière l'oreille, quand il ne s'en servait pas.

Masklinn revint vers lui.

— Alors, ton avis?

Dorcas se frotta le nez.

— Ça se résume à une affaire de leviers et de poulies. Incroyable tout ce qu'on peut faire avec des leviers. Donne-moi un levier assez long et un point d'appui assez solide, et je soulèverai le Grand Magasin.

— Commençons déjà par une première pédale, répondit poliment Masklinn.

— On va essayer, fit Dorcas en hochant la tête. Très bien, les enfants. Amenez tout ça.

Une longueur de bois, transportée depuis le rayon Bricolage & Maison, fut introduite à dos de gnome dans l'habitacle. Dorcas circula partout pour prendre des mesures, armé d'un bout de fil, et il finit par leur faire coincer une extrémité dans une fente du plancher de métal. Quatre gnomes s'alignèrent à l'autre bout et tirèrent le morceau de bois jusqu'à ce qu'il repose sur le levier.

— Très bien, les enfants, répéta Dorcas.

Ils poussèrent vers le bas. La pédale s'enfonça jusqu'au plancher. Un vivat essoufflé monta de l'assistance.

— Comment tu as fait? s'ébahit Masklinn.

— C'est ça, les leviers. Bon. (Dorcas regarda autour de lui, se gratta le menton.) Alors… nous disons donc trois leviers. (Il leva les yeux vers le grand cercle du volant.) Et pour ça, là-haut, tu as des idées?

— J'avais pensé à des cordages, répondit Masklinn.

— Comment ça?

— Ben… cette roue possède des rayons. Si on y attache des cordes auxquelles on assigne des équipes de gnomes, ils pourront tirer d'un côté ou de l'autre, et comme ça, le camion ira où on voudra.

Dorcas considéra la roue avec des yeux rétrécis. Il arpenta le plancher. Leva la tête. Regarda ses pieds. Ses lèvres bougeaient pendant qu'il faisait ses calculs.

— Ils ne verront pas où ils vont, finit-il par objecter.

— Je m'étais dit que quelqu'un pourrait se tenir là-haut, près de la grande fenêtre à l'avant, pour les guider, en quelque sorte ? suggéra Masklinn en quêtant un signe d'encouragement de la part du vieux gnome.

— Ce sont des machines bougrement bruyantes, à ce que raconte le jeune Angalo. (Dorcas se gratta à nouveau le menton.) Je crois que je peux y remédier. Ensuite, il y a cet autre gros levier, là, le branchement de vitesses.

— *Changement*, corrigea Masklinn.

— Ah ! Des cordes, là aussi ?

— C'était mon avis, approuva Masklinn. Et toi, qu'est-ce que tu en penses ?

Dorcas aspira profondément.

— Eéééh bien… Si on a des équipes pour tirer le volant, d'autres pour changer les vitesses, ceux qui manœuvrent les pédales avec des leviers, et quelqu'un là-haut pour leur dire quoi faire, il va falloir bougrement s'entraîner. Supposons que j'assemble tout le bataclan, les cordes, bref… De combien de nuits disposerons-nous pour nous entraîner ? Tu sais, pour tout mettre au point ?

— En comptant la nuit où nous, euh… partirons ?

— Oui.

— Une, répondit Masklinn.

Dorcas renifla bruyamment. Il regarda en l'air un moment en fredonnant dans sa barbe.

— Impossible, trancha-t-il.

— Nous n'aurons qu'une seule chance, tu comprends. Si c'est un problème d'équipement…

— Oh, non, le problème n'est pas là. Il ne s'agit que de bouts de ficelle et de morceaux de bois. Dès demain, je peux tout réunir. C'est aux gens que je pensais, en fait. Tu vois, on va avoir bougrement besoin de gnomes, un sacré nombre pour faire tout ça. Et eux, il va falloir les entraîner.

— Mais… mais on leur demande juste de tirer et de pousser quand on leur en donnera l'ordre, non ?

Dorcas recommença à fredonner doucement. Masklinn eut l'impression qu'il faisait toujours ça au moment d'annoncer une mauvaise nouvelle.

— Vois-tu, mon p'tit gars, j'ai six ans. Les gens, j'en ai vu beaucoup, et laisse-moi te dire : si tu alignes dix gnomes et que tu leur cries : « Tirez ! » y en a quatre qui vont pousser et deux qui vont demander : « Pardon ? » Les gens sont comme ça. C'est juste la nature gnomique.

Il sourit en voyant la mine déconfite de Masklinn.

— Ce qu'il faudrait faire, c'est nous trouver un petit camion. Pour nous entraîner.

Masklinn hocha la tête d'un air lugubre.

— Et ensuite, ajouta Dorcas, tu as réfléchi à la façon dont tu vas faire monter tout le monde à bord ? Deux mille gnomes, quand même ! Plus tout le bagage qu'on amène avec nous. Faut pas compter faire descendre des grands-mères et des bébés le long de cordes, ni leur faire franchir des trous étroits.

Masklinn secoua la tête en signe de dénégation. Dorcas l'observait avec son sempiternel sourire indulgent.

Voilà un gnome qui connaît son affaire, songea Masklinn. Mais si je lui dis : *Laisse-moi faire*, il va me prendre au mot, rien que pour me donner une leçon. Oh, analyse du chemin critique ! Pourquoi est-ce que tout se résume toujours à un problème d'individus ?

— Tu as des suggestions ? demanda-t-il. Ton aide me serait bien utile.

Dorcas lui accorda un long regard pensif avant de lui donner une tape sur l'épaule.

— Il y a peut-être moyen de s'entraîner et de résoudre l'autre problème. Descends me voir ici demain soir et on verra, d'accord ?

Masklinn hocha la tête.

L'ennui, songea-t-il en partant, c'est qu'ils manquaient de main-d'œuvre. Beaucoup de Quincailleri aidaient, ainsi que quelques autres venus des autres rayons, pas mal de jeunes gnomes donnaient un coup de main en cachette, à cause de la nouveauté et de l'intérêt de cette entreprise exceptionnelle. Mais pour tous les autres, la vie suivait son train-train quotidien.

En fait, si possible, le Grand Magasin était encore plus affairé que d'ordinaire.

De tous les chefs de familles, seul le comte manifestait un semblant d'intérêt, et Masklinn le soupçonnait de ne pas vraiment croire à la fin du Grand Magasin, lui non plus. Simplement, les Quincailleri allaient profiter de l'occasion pour apprendre à lire, ce qui ulcérait les Merceri et, par conséquent, réjouissait le comte. Même Gurder semblait avoir perdu ses certitudes.

Masklinn revint dormir dans sa boîte, et se réveilla une heure plus tard.

La terreur avait commencé.

11

Courez aux Ascenseurs,
Oh, Ascenseurs, enlevez-moi !
Courez vers les Murs,
Oh, Murs, cachez-moi !
Courez au Camion,
Oh, Camion, emporte-moi !
Au Jour dit.

La Gnomenclature, *Sorties de Secours,*
Chapitre I, Verset I

Tout avait commencé par un silence, alors qu'aurait dû régner le bruit. Tous les gnomes étaient habitués au tumulte lointain de chocs et de voix entretenu par les humains au fil des longues heures d'ouverture : ils ne le remarquaient plus. Maintenant qu'il avait disparu, ils entendaient le silence, lourd, inhabituel. Évidemment, certains jours, les humains ne venaient pas au Grand Magasin – par exemple, Arnold Frères (fond. 1905) les gratifiait parfois de presque une semaine de congé entre le capharnaüm de *Fêtons Noël* et le tohu-bohu du *Grand départ de la Semaine du Blanc*. Seulement ce calme-là, les gnomes y étaient habitués, il faisait partie du rythme paisible de la vie dans le Grand Magasin. Mais la date ne correspondait pas.

Après plusieurs heures de silence, ils arrêtèrent de se répéter à l'envi qu'il ne fallait pas se tracasser, que c'était probablement un jour exceptionnel, ou quelque chose dans ce goût-là, comme la fois où le Grand Magasin avait fermé ses portes une semaine pour des travaux de décoration. Un ou deux parmi les plus braves ou les plus curieux risquèrent un bref coup d'œil au-dessus du niveau du plancher.

Entre les comptoirs familiers s'étendait le désert. Et les stocks semblaient bien maigres.

— C'est toujours comme ça après les Soldes, se dirent-ils. Et puis, avant qu'on ait eu le temps de dire ouf, toutes les étagères sont à nouveau garnies. Vraiment aucune raison de se mettre martel en tête. Tout cela fait partie du grand dessein d'Arnold Frères (fond. 1905).

Et ils s'assirent tranquillement dans un coin, fredonnèrent de petites rengaines ou trouvèrent un quelconque passe-temps pour se distraire et arrêter de penser à des choses désagréables. En vain.

Mais quand les humains arrivèrent, commencèrent à emporter ce qui restait encore sur les étagères et les comptoirs, à tout empiler dans de grandes boîtes, à les descendre au garage et à les charger dans des camions...

Quand ils entreprirent de retirer les lames du parquet...

Masklinn se réveilla. Des gens le secouaient. Quelque part, au loin, on entendait crier. La routine, finalement.

— Lève-toi, vite! dit Gurder.

— Qu'est-ce qui se passe? demanda Masklinn, bâillant à s'en décrocher la mâchoire.

— Les humains sont en train de démantibuler le Grand Magasin!

Masklinn s'assit tout droit dans son lit.

— Mais ce n'est pas possible! Ce n'est pas l'heure!

— Eh bien! c'est quand même ce qu'ils font!

Masklinn se leva, enfila ses vêtements à la hâte. Il avança à cloche-pied, une jambe hors du pantalon, et toqua sur le Truc.

— Hep! Dis donc! Tu avais dit que la démolition ne devait se faire que dans une éternité!

— *Quatorze jours*, confirma le Truc.

— Mais ça a commencé!

— *Il s'agit probablement du déménagement des derniers stocks vers un nouveau magasin, et de travaux préliminaires.*

— Oh, bravo. Tout le monde va se sentir beaucoup mieux,

quand je vais leur apprendre ça. Pourquoi ne nous as-tu rien dit ?

— *J'ignorais que vous n'étiez pas au courant.*

— Eh bien non, on ne savait pas. Alors, maintenant, qu'est-ce que tu suggères ?

— *Partir le plus tôt possible.*

Masklinn poussa un petit cri de rage. Il comptait sur les deux semaines de délai pour résoudre tous les problèmes. Les gnomes auraient pu stocker tout ce qu'ils voulaient emporter. Échafauder des plans valables. Deux semaines auraient à peine suffi. Maintenant, la perspective d'en avoir une seule ressemblait à un luxe.

Il sortit dans la foule affolée, agitée. Par chance, les lames n'avaient pas été enlevées dans une zone habitée – certains des réfugiés les plus raisonnables confirmèrent que les humains n'avaient dégagé qu'une petite portion de plancher au rayon Jardinage, pour atteindre l'alimentation en eau – mais les gnomes qui vivaient dans les parages ne prenaient pas de risques.

On entendit un choc sourd au-dessus. Quelques minutes plus tard, un gnome hors d'haleine arriva en rapportant qu'on roulait la moquette pour l'emporter.

La nouvelle fit naître un silence épouvanté. Masklinn réalisa que tout le monde le regardait.

— Euh... dit-il.

Puis, il ajouta :

— Je crois que chacun devrait rassembler tous les vivres possibles et descendre au sous-sol, à proximité du garage.

— Tu veux dire... Tu penses qu'on devrait poursuivre l'exécution de ton plan ? demanda Gurder.

— Nous n'avons guère le choix, tu ne crois pas ?

— Mais nous... tu disais qu'en quittant le Grand Magasin, on devrait emporter tout ce qu'on pouvait, le fil de fer, les outils, tout ça. Les livres !

— On aura déjà de la chance de s'en sortir, nous. Il n'y a plus le temps !

Un nouveau messager arriva en courant. Il appartenait au groupe de Dorcas. Il chuchota quelque chose à l'oreille de Masklinn, et celui-ci sourit bizarrement.

— Arnold Frères (fond. 1905) nous aurait-il abandonnés à l'heure de notre plus grande détresse ? se désolait Gurder.

— Je ne crois pas. Il est peut-être en train de nous aider, répondit Masklinn. Parce que… vous ne devinerez jamais où les humains entreposent tout ça…

12

I. *Et l'Étranger proclama : loué soit le nom d'Arnold Frères (fond. 1905).*

II. *Car il nous a envoyé un Camion, et les Humains le chargent en cette heure de toutes sortes de Choses utiles aux Gnomes. C'est un Signe. Tout doit disparaître. Et nous aussi.*

La Gnomenclature, *Sorties de Secours, Chapitre 2, Versets I-II*

Une demi-heure plus tard, Masklinn était couché sur la poutrelle, à côté de Dorcas, et observait le garage au-dessous de lui.

Il n'y avait jamais vu une telle activité. Les humains avançaient comme des somnambules, chargeant des balles de moquette à l'arrière de quelques camions. Des choses jaunes, sortes d'hybrides entre un très petit camion et un très grand fauteuil, se faufilaient au ralenti entre eux et empilaient des caisses.

Dorcas passa le télescope à Masklinn.

— Ça travaille bien, hein ? dit-il sur le ton de la conversation. Ces machins ont été à l'ouvrage toute la matinée. Deux camions sont déjà partis et revenus. Ils n'ont pas dû aller bien loin.

— La lettre que nous avons lue parlait d'un nouveau Grand Magasin, supputa Masklinn. Peut-être qu'ils y transportent les marchandises.

— Possible. Pour le moment, c'est surtout de la moquette et quelques-uns des grands humains pétrifiés du rayon Prêt-à-Porter.

Masklinn fit la grimace. Selon Gurder, les grands humains roses qui se tenaient immobiles en permanence aux rayons Prêt-à-Porter, Mode Enfantine et Sports et Loisirs avaient encouru la fureur d'Arnold Frères (fond. 1905). Il les avait métamorphosés en une immonde substance rose. On prétendait même qu'on pouvait les démembrer. Mais certains philosophes modeux avaient une autre théorie. Pour eux, il s'agissait d'humains particulièrement méritants qui avaient été autorisés à résider pour toujours dans le Grand Magasin, sans devoir disparaître à l'Heure de la Fermeture. La Religion était un sujet bien difficile à comprendre.

Sous les yeux de Masklinn, la grande porte coulissante remonta avec un grincement et un camion tout proche démarra en rugissant, pour sortir à petite allure dans l'aveuglante clarté du jour.

— Ce qu'il nous faudrait, décida Masklinn, c'est un camion qui transporterait plein de matériel du rayon Quincaillerie. Du fil de fer, par exemple, des outils, des choses comme ça. Tu as vu de la nourriture ?

— Apparemment, ils ont chargé beaucoup des stocks de l'Alimentation sur le premier camion.

— Alors, il faudra se débrouiller sans.

— Que vais-je faire s'ils entassent tout dans un camion et s'en vont aussitôt ? Ils travaillent bougrement vite, pour des humains.

— Ils ne peuvent quand même pas vider tout le Grand Magasin en un jour ?

Dorcas esquissa un mouvement d'épaules incertain.

— Qui sait ? ajouta-t-il.

— Il faudra que tu empêches le camion de partir, déclara Masklinn.

— Mais comment ? En me jetant sous ses roues ?

— Tout ce qui te viendra à l'idée.

Dorcas sourit.

— Je trouverai bien quelque chose. Les p'tits gars commencent à se familiariser avec cet endroit.

Des réfugiés en provenance des quatre coins du Grand Magasin affluaient au rayon Quincaillerie, emplissant le soubassement du plancher du bourdonnement de leurs mur-

mures apeurés. Beaucoup levèrent les yeux à l'arrivée de Masklinn et ce qu'il lut sur leur visage le terrifia.

Ils croient que je peux sauver la situation, se dit-il. Ils me considèrent comme leur seul espoir. Et je ne sais pas quoi faire. Si ça se trouve, rien ne va marcher, nous aurions dû avoir plus de temps.

Il se força à paraître confiant, et les gens semblèrent s'en satisfaire. Tout ce qu'ils voulaient, c'est savoir que, quelque part, quelqu'un savait ce qu'il fallait faire. Masklinn se demanda qui ça pouvait bien être; pas lui, en tout cas.

De partout convergeaient les mauvaises nouvelles. Une grande partie du rayon Jardinage avait été vidée de son contenu. Presque tous les rayons Vêtements étaient vides. On arrachait les comptoirs des Cosmétiques, mais, par bonheur, le secteur n'était pas très peuplé. Masklinn entendait encore des chocs et des craquements : le travail se poursuivait.

Finalement, il n'y tint plus. Trop de gens le regardaient. Il retourna au garage, où Dorcas, de son poste de vigie sur la poutrelle, continuait sa surveillance.

— Quoi de neuf? demanda Masklinn.

Le vieux gnome indiqua du doigt le camion situé immédiatement au-dessous d'eux.

— C'est celui-là qu'il nous faut, dit-il. Il y a de tout, à l'intérieur. Plein de choses venues du rayon Bricolage. Il y a même des objets de mercerie, des aiguilles, que sais-je encore. Tout ce que tu m'as demandé de rechercher.

— Il faut les empêcher de sortir avec!

Dorcas sourit.

— Le mécanisme qui soulève la porte ne fonctionne plus, dit-il. Le fusible a disparu.

— C'est quoi, un fusible?

Dorcas ramassa un long cylindre rouge et épais, posé à ses pieds.

— C'est ça, expliqua-t-il.

— Vous l'avez volé?

— Un travail assez délicat, nous avons dû l'attacher avec un bout de ficelle. Il y a eu une étincelle bougrement forte quand on l'a arraché à son logement.

— Mais je suppose qu'ils peuvent en mettre un autre à la place.

— Oh, c'est ce qu'ils ont fait, répondit Dorcas avec l'air d'être assez content de lui. Ils ne sont pas idiots. Mais ça n'a rien donné, parce que, après avoir retiré le fusible, mes p'tits gars sont allés cisailler les fils à l'intérieur des murs en deux ou trois endroits. Très dangereux, mais ainsi, les humains vont gaspiller un temps fou avant de localiser le problème.

— Hmm. Mais s'ils soulèvent la porte avec un levier?

— Ça ne servira à rien. Quoi qu'il arrive, ce camion n'ira nulle part.

— Et pourquoi donc?

Dorcas pointa l'index vers le bas. Masklinn observa et, au bout d'un moment, vit deux petites silhouettes sortir en trottinant de sous le camion et plonger dans les ombres qui bordaient le mur. Elles portaient une paire de pinces coupantes.

Au bout d'un moment, une silhouette solitaire se hâta sur leurs traces, en traînant derrière elle une longueur de fil électrique.

— C'est bougrement incroyable, le nombre de fils électriques dont les camions ont besoin, fit remarquer Dorcas. Celui-là en possède un peu moins, maintenant. C'est drôle, non? On supprime une toute petite étincelle et le camion ne démarre plus. Mais ne t'inquiète pas, je compte bien pouvoir tout remettre en place plus tard.

Un choc métallique résonna en bas. Un humain venait de donner un coup de pied dans la porte.

— Quel caractère! observa Dorcas d'un ton badin.

— Tu as vraiment pensé à tout, s'émerveilla Masklinn.

— J'espère bien. Mais il vaut mieux s'en assurer, non?

Il se leva et exhiba un grand drapeau blanc qu'il agita au-dessus de sa tête. Un vague éclair blanc répondit au signal, dans l'ombre, à l'autre bout du garage

Et les lumières s'éteignirent.

— C'est bien pratique, l'électricité, dit Dorcas dans le noir.

Un mugissement d'irritation monta des humains, puis un bruit discordant, quand l'un d'eux se cogna à quelque chose. Après quelques grognements et quelques chocs supplémentaires, un humain localisa la porte qui débouchait sur le rez-de-chaussée, et les autres le suivirent.

— Tu crois qu'ils se doutent de quelque chose ? demanda Masklinn.

— Il y a d'autres humains qui travaillent dans le Grand Magasin. Ceux-ci croiront probablement que c'est de leur faute.

— C'est vraiment une chose étonnante, l'électricité. On peut la fabriquer ? Le comte de Quincailleri reste très mystérieux sur ce sujet.

— C'est parce que les Quincailleri n'y connaissent rien, ricana Dorcas. Ils savent seulement chaparder. Je n'arrive pas à me débrouiller dans ces histoires de lecture, mais le jeune Vinto a consulté des livres pour moi. Il me dit qu'il est très facile de fabriquer de l'électricité. Il suffit de se procurer un truc qu'on appelle l'ure à gnome. Il paraît que c'est un métal.

— Il y en a au rayon Quincaillerie ? s'enquit Masklinn avec espoir.

— Apparemment pas.

Le Truc ne fut guère d'un plus grand secours sur le sujet.

— *Je doute que vous soyez prêts à employer l'énergie nucléaire ! Essayez plutôt les moulins à vent.*

Masklinn finissait de ranger ses possessions, le peu qu'il y avait, dans un sac.

— Quand nous partirons, tu ne pourras plus nous parler, je me trompe ? Tu as besoin de boire de l'électricité.

— *C'est bien le cas.*

— Peux-tu nous dire dans quelle direction nous devons aller ?

— *Non. Cependant je détecte une activité radio liée à une circulation aérienne au nord de ce secteur.*

Masklinn hésita.

— Et c'est une bonne chose, c'est ça ?

— *Cela signifie qu'il y a des machines volantes.*

— Et on pourra rentrer chez nous en volant ?

— *Non. Ce sera votre prochaine étape. Vous arriverez peut-être à entrer en communication avec le vaisseau stellaire. Mais d'abord, il faut conduire le camion.*

— Je suppose qu'après plus rien ne nous sera impossible, conclut Masklinn, lugubre.

Il regarda le Truc en espérant plus d'informations et s'aperçut avec horreur que les lumières s'éteignaient une à une.

— Truc !

— *Quand tu auras réussi, nous reprendrons le dialogue.*

— Mais tu es censé nous aider !

— *Je te suggère de réfléchir sérieusement au terme « aider »*, répondit la boîte. *Soit vous êtes des gnomes intelligents, soit vous n'êtes que des animaux très habiles. À vous de démontrer quelle est la bonne hypothèse.*

— Hein ?

La dernière lumière s'éteignit.

— Truc ?

Les lumières restèrent éteintes. La petite boîte noire réussit à paraître très morte et très silencieuse.

— Mais je comptais sur toi pour m'aider à comprendre la conduite, et tout le reste ! Tu vas me laisser tomber comme ça ?

La boîte s'assombrit encore, si possible. Masklinn la fixa.

Puis il pensa : c'est facile, pour lui. Mais tout le monde compte sur moi. Et moi, je n'ai personne sur qui compter. Je me demande si le vieil Abbé ressentait la même chose ? Je me demande comment il a supporté ça si longtemps ? C'est toujours moi qui dois tout faire, personne ne pense jamais à moi, personne ne s'inquiète de savoir ce que je veux…

La misérable porte en carton s'écarta et Grimma entra.

Ses yeux allèrent du Truc enténébré à Masklinn.

— On te demande dehors, dit-elle doucement. Pourquoi le Truc est-il tout noir ?

— Il vient de me faire ses adieux ! Il m'a dit qu'il ne nous aiderait plus ! se lamenta Masklinn. Il m'a dit qu'on devait se montrer capables d'accomplir quelque chose par nous-mêmes, et qu'il nous parlerait à nouveau quand on aurait réussi ! Qu'est-ce que je vais faire ?

Je sais ce que j'aimerais, maintenant, songea-t-il. J'aimerais bien qu'on me dorlote au chaud et qu'on me comprenne. J'aimerais qu'on me témoigne un peu de sympathie. Cette bonne vieille Grimma. On peut toujours compter sur elle.

— Ce que tu vas faire ? coupa-t-elle. Tu vas arrêter de pleurnicher, te remettre debout et sortir m'organiser tout ça !

— Ou…

— Tout mettre en place ! Dresser de nouveaux plans ! Donner des ordres ! *Allez, dépêche-toi !*

— Mais…

— *Et tout de suite !*

Masklinn se leva.

— T'as pas le droit de t'adresser à moi comme ça, geignit-il. C'est moi le chef, tu sais.

Elle était debout, les bras ballants, et le regardait d'un œil noir.

— Mais oui, bien sûr que c'est toi, le chef, dit-elle. Qui a dit le contraire ? Tout le monde sait que c'est toi, le chef ! Alors maintenant, sors et va te conduire en chef !

Il passa devant elle d'un pas lourd. Elle lui tapa sur l'épaule.

— Et apprends à écouter, ajouta-t-elle.

— Hein ? Que veux-tu dire ?

— Le Truc est une sorte de machine qui pense, d'accord ? C'est ce que disait Dorcas. Et les machines s'expriment toujours de façon parfaitement littérale, non ?

— Oui, je suppose, mais…

Grimma lui lança un éclatant sourire de triomphe.

— Eh bien, le Truc t'a dit « quand ». Réfléchis un peu. Il aurait pu te dire « si ».

Vint la nuit. Masklinn commençait à croire que les humains ne partiraient jamais. L'un d'eux, équipé d'une torche et d'une grosse caisse à outils, avait passé un long moment à examiner le logement des fusibles et à inspecter l'installation électrique du rez-de-chaussée. Mais même lui avait fini par partir, en grommelant et en claquant la porte derrière lui.

Au bout d'un petit moment, les lumières fusèrent dans le garage.

Une grande agitation commença à résonner à l'intérieur des murs, puis une marée noire jaillit des bancs pour se répandre. En tête, quelques jeunes gnomes portaient au bout de filins des crochets qu'ils lancèrent sur la bâche du camion. Les grappins s'arrimèrent, l'un après l'autre, et le flot des gnomes les envahit.

D'autres apportèrent une ficelle plus épaisse, qu'on fixa au bout des filins et qu'on hissa petit à petit.

Masklinn courut dans l'ombre interminable du camion, jusqu'à l'obscurité grasse sous le moteur où les équipes de Dorcas halaient déjà leurs équipements en position. Dorcas lui-même était dans l'habitacle et s'affairait au cœur d'un bouquet de fils électriques. Un grésillement, et la lumière s'alluma dans l'habitacle.

— Bien, fit Dorcas. Maintenant, on peut voir où on en est. Allez, les enfants ! On se donne un peu de mal !

En se retournant, il aperçut Masklinn et fit mine de dissimuler ses mains derrière son dos, puis il se ravisa. Elles étaient toutes deux engoncées dans quelque chose qui était, Masklinn s'en apercevait à présent, deux doigts coupés à des gants en caoutchouc.

— Ah, fit Dorcas. Je ne savais pas que tu étais là. C'est un petit secret professionnel, tu vois ? L'électricité ne supporte pas le caoutchouc. Ça l'empêche de mordre.

Il se baissa lorsqu'une équipe de gnomes balança une longue planche de bois à travers la cabine et commença à l'attacher au levier de changement de vitesse.

— Ça va prendre longtemps ? cria Masklinn, tandis qu'une autre équipe le dépassait en courant, tirant une balle de ficelle à sa suite.

L'habitacle était maintenant le siège d'un vacarme impressionnant, de la ficelle et des morceaux de bois passaient en tous sens, selon une méthode que Masklinn espérait rigoureuse.

— Une heure, peut-être, jugea Dorcas, en ajoutant sans acrimonie : On irait plus vite si personne ne nous dérangeait.

Masklinn hocha la tête et partit explorer l'arrière de la cabine. Le camion était d'un vieux modèle, et le gnome découvrit un nouvel orifice prévu pour les fils qui, si nécessaire, permettrait également à un individu de passer. Il le franchit pour gagner l'air libre et trouva un nouveau trou qui débouchait dans l'arrière du camion.

Les premiers gnomes à monter à bord avaient mis en place une mince planche de bois qui servait de passerelle. Les suivants étaient en train de l'escalader.

Masklinn avait chargé Mémé Morkie de superviser la manœuvre. La vieille femme avait un talent inné pour faire obtempérer les gens effrayés.

— Raide, cette pente? criait-elle à l'adresse d'un gnome grassouillet qui avait gravi la moitié de la passerelle et y restait figé, en proie à la panique. Tu trouves ça raide? C'est pas raide, c'est une petite balade! Tu veux que je descende t'aider?

Cette simple menace le détacha de son perchoir. Il acheva le trajet en courant presque et plongea avec soulagement entre les ombres de la cargaison.

— Que tout le monde essaie de se trouver un endroit confortable pour s'étendre! conseilla Masklinn. Le voyage risque d'être agité. Et envoie les gnomes les plus costauds dans la cabine. Crois-moi, on va devoir mettre toutes les énergies à contribution.

Elle opina, avant de houspiller une famille qui encombrait la passerelle.

Masklinn regarda le flot interminable de gens qui grimpaient dans le camion. Beaucoup croulaient sous le poids de leurs biens.

Curieux, mais il eut soudain l'impression d'avoir fait tout son possible. L'opération marchait comme... euh, comme quelque chose qui marche bien. Le plan allait fonctionner ou pas. Soit les gnomes agiraient ensemble, soit ils en étaient incapables.

Il se remémora l'image de Gulliver. Ce n'était probablement pas réel, selon Gurder. Souvent, on trouvait dans les livres des choses qui n'étaient pas réellement réelles. Mais c'était agréable d'imaginer que des gnomes pouvaient se mettre d'accord sur une chose assez longtemps pour ressembler au petit peuple du livre...

— Parfait. Tout se déroule correctement, alors...

— Ça peut aller, acquiesça Mémé.

— Ce serait une bonne idée de voir ce que contiennent vraiment ces caisses et ces machins, suggéra Masklinn, parce qu'il faudra peut-être descendre à toute vitesse quand on s'arrêtera et...

— J'en ai chargé Torritt, répondit Mémé. Ne t'inquiète pas pour ça.

— Oh, fit Masklinn d'une petite voix. Parfait.

Il ne s'était rien gardé à faire.

Il revint à la cabine poussé non par l'ennui – parce que son cœur tapait comme un tambour – mais par la nervosité.

Les gnomes de Dorcas avaient déjà dressé une petite plateforme au-dessus du volant, juste devant la grande fenêtre. Dorcas lui-même se trouvait sur le plancher de l'habitacle et dirigeait la manœuvre des équipes de conduite.

— Parfait! hurla-t-il. À mon commandement... Première!

— Pédale en bas... deux, trois... entonnèrent les gnomes en poste sur la pédale d'embrayage.

— Pédale en haut... deux, trois... brailla l'équipe sur l'accélérateur.

— Levier en haut... deux, trois, reprit en écho l'équipe sur le changement de vitesse.

— Pédale en haut... deux, trois, quatre! chanta l'équipe d'embrayage, et leur chef exécuta un salut à l'adresse de Dorcas.

— Vitesse changée, mon commandant! cria-t-il.

— C'était lamentable, absolument lamentable, leur dit Dorcas. Alors, l'équipe d'accélérateur! Vous rêvez, ou quoi? Appuyez-moi sur cette pédale!

— Pardon, Dorcas.

Masklinn tapa sur l'épaule de Dorcas.

— Continuez à répéter! ordonna le vieux gnome. Je veux une exécution impeccable jusqu'à la quatrième. Oui, quoi? Oh, c'est toi.

— Oui, c'est moi. L'embarquement est bientôt terminé. Quand serez-vous prêts?

— Ces rigolos ne seront *jamais* prêts.

— Oh!

— Alors autant partir quand tu voudras et improviser en chemin. D'ailleurs, on ne peut même pas s'essayer à la commande de direction tant qu'on ne bougera pas, évidemment.

— Nous allons vous envoyer des tas de renforts.

— Oh, merveilleux. Il ne me manquait plus que ça. Des hordes de types incapables de distinguer leur gauche de leur droite.

— Comment saurez-vous dans quelle direction il faut aller?

— Par sémaphore, décréta Dorcas.

— Sémaphore?

— Un code avec des drapeaux. Tu dis au p'tit gars sur sa plate-forme ce que tu veux qu'on fasse, et je guetterai ses signaux. Avec une semaine de répit supplémentaire, je crois que j'aurais pu mettre en place un genre de téléphone.

— Des drapeaux… Et ça va marcher?

— Il vaudrait mieux, non? On pourra faire un essai tout à l'heure.

Tout à l'heure, c'était maintenant. Les derniers éclaireurs gnomes avaient embarqué. Au fond du camion, la plupart des gens, installés aussi confortablement que possible, étaient étendus dans le noir, bien réveillés.

Masklinn avait pris place sur la plate-forme, aux côtés d'Angalo, de Gurder et du Truc. En matière de camions, la science de Gurder était encore plus mince que celle de Masklinn, mais on avait jugé qu'il valait mieux l'avoir à portée de main, au cas où. Après tout, ils étaient en train de voler le camion d'Arnold Frères (fond. 1905). Peut-être faudrait-il que quelqu'un se charge des explications. Mais Masklinn avait quand même jugé excessive la présence de Bobo dans la cabine. Le rat était à l'arrière, avec les autres.

Grimma était là, elle aussi. Gurder lui demanda les raisons de sa présence. Elle lui retourna la question. Tous deux en appelèrent à l'arbitrage de Masklinn.

— Elle pourra me seconder pour lire, dit-il, secrètement soulagé.

En dépit de tous ses efforts, il n'était pas très doué en ce domaine. Apparemment, il n'avait pas réussi à saisir le tour d'esprit nécessaire. Grimma, par contre, semblait y arriver sans même y penser. Si sa cervelle éclatait, ce devait être de façon très discrète.

Elle afficha un sourire satisfait et dressa le *Code de la Route* en face de lui.

— Il y a certaines choses à faire, dit-il avec des hésitations. Avant de démarrer, il faut regarder dans le mur…

— … miroir… dit Grimma.

— … le miroir. C'est marqué là. Miroir, répéta Masklinn plus fermement.

Il lança un regard inquisiteur vers Angalo, qui haussa les épaules.

— Ça, je ne sais pas, avoua-t-il. Mon camionneur regardait dedans, mais j'ignore pourquoi.

— On doit chercher quelque chose en particulier? Il faut peut-être faire des grimaces, ou…

— Quoi qu'il en soit, intervint Gurder, il vaut mieux suivre la procédure à la lettre. (Il leva l'index.) Il y a un miroir là-haut, près du plafond.

— Faut être idiot pour l'installer en un endroit pareil, constata Masklinn.

Il réussit à y lancer un grappin et, avec effort, à s'y hisser.

— Tu vois quelque chose? lui cria Gurder.

— Moi, c'est tout.

— Bon, redescends. Tu as fait ce qu'il fallait faire, c'est le principal.

Masklinn regagna la plate-forme, qui tangua sous son poids.

Grimma inspecta le *Code*.

— Ensuite, il faut signaler ses intentions. Là, au moins, c'est clair. Signaleur?

Un assistant de Dorcas avança avec une légère hésitation, gardant ses deux pavillons soigneusement orientés vers le bas.

— Oui, mon madame?

— Dis à Dorcas… (Grimma regarda ses compagnons.) Dis-lui que nous sommes prêts à partir.

— Je te demande bien pardon, intervint Gurder, mais si quelqu'un doit annoncer que nous sommes prêts à démarrer, alors c'est *moi* qui dirai que nous sommes prêts à démarrer. Je veux qu'il soit bien clair que l'ordre de démarrer, c'est à moi de le donner. (Il jeta un regard hésitant en direction de Grimma.) Euh… Nous sommes prêts à démarrer, conclut-il.

— Bien compris, m'dame.

Le signaleur agita brièvement ses drapeaux. Des profondeurs de l'habitacle monta la voix de l'ingénieur :

— Prêts!

— Bon, eh bien ça y est, fit Masklinn.

— Oui, dit Gurder en jetant un regard mauvais vers Grimma. On n'a rien oublié?

— Des tas de choses, probablement, dit Masklinn.
— En tout cas, maintenant, c'est trop tard, fit Gurder.
— Eh oui.
— Eh oui.
— Bon.
— Bon.
Ils restèrent silencieux un moment.
— Tu donnes l'ordre, ou c'est moi ? demanda Masklinn.
— Je me demandais si je ne devrais pas demander à Arnold Frères (fond. 1905) de veiller sur nous et de nous protéger. D'accord, on quitte le Grand Magasin, mais c'est quand même son camion. (Il eut un sourire pâlot et poussa un profond soupir.) J'aurais bien aimé qu'il nous adresse un signe, n'importe lequel, pour manifester son accord.
— Quand vous voulez, là-haut ! On est prêts, lança Dorcas.
Masklinn alla au bord de la plate-forme et se pencha pardessus la frêle rambarde.
Le plancher de l'habitacle était couvert de gnomes qui empoignaient des cordes ou attendaient près des leviers et des poulies. Ils se tenaient dans l'ombre, dans le plus parfait silence, mais chaque visage était tourné vers le haut, si bien que Masklinn contemplait une mer de taches apeurées et excitées.
Il agita la main.
— Faites démarrer le moteur, dit-il (et sa voix lui parut d'une force anormale dans ce silence tendu).
Il retourna contempler le désert illuminé du garage. Quelques camions étaient garés contre le mur d'en face et un ou deux petits véhicules de chargement étaient restés à l'endroit où les humains les avaient abandonnés. Et dire qu'il avait autrefois appelé cet endroit un nid de camions ! *Garage*, voilà le terme correct. Étonnante, la sensation qu'on éprouvait à utiliser les mots précis. On avait l'impression de tout contrôler. On aurait dit que connaître le nom vous conférait l'usage d'une sorte de levier.
Un bourdonnement monta devant eux, puis la plate-forme trembla sous l'effet d'un roulement de tonnerre. Mais à la différence du tonnerre, le bruit ne mourut pas. Le moteur venait de démarrer.

Masklinn s'accrocha à la rambarde avant que les vibrations le délogent de son perchoir, et il sentit Angalo le tirer par la manche.

— Ça fait toujours ce bruit-là, hurla ce dernier par-dessus le vacarme. Mais on s'habitue au bout d'un moment.

— Parfait!

Ce n'était pas du bruit. C'était trop gigantesque pour être du bruit. On aurait dit de l'air solidifié.

— Je crois qu'on ferait mieux de s'entraîner un peu! Pour prendre les bons réflexes! Tu veux que je dise au signaleur que nous voulons avancer très lentement?

Masklinn hocha la tête, la mine grave. Le signaleur réfléchit un instant, puis il agita ses fanions.

Masklinn put entendre Dorcas beugler des ordres. Un raclement résonna, suivi par une secousse qui faillit le projeter sur le plancher. Il réussit à se rattraper à quatre pattes et aperçut le visage épouvanté de Gurder.

— Nous nous déplaçons! s'écria le Papeteri.

Masklinn regarda par le pare-brise.

— Exact, et devine! hurla-t-il en se redressant d'un bond. On se déplace *à réculons!*

Angalo tituba vers le signaleur, qui avait laissé tomber un drapeau.

— En avant lentement, j'ai dit! En avant lentement! Pas en arrière! En avant!

— J'ai signalé *En avant!*

— Mais on est en train de reculer! Fais-leur signe d'aller vers l'avant!

Le signaleur se hâta de ramasser son drapeau et adressa des appels frénétiques aux équipes en bas.

— Non! Ne leur dis pas d'aller en avant, contente-toi de leur faire signe d'arrê... commença Masklinn.

De l'arrière du camion jaillit un bruit. Le seul mot capable de le décrire était *scronche*, mais c'est un mot bien trop court, bien trop simple, pour faire justice à ce fracas métallique, prolongé et déplaisant, et à la secousse qui projeta à nouveau Masklinn sur le ventre. Le moteur s'arrêta.

Les échos moururent tout autour d'eux.

— Paaardon! leur cria Dorcas, de loin.

Ils l'entendirent s'adresser aux équipes sur un ton bas et menaçant.

— Vous êtes contents? Alors? Vous êtes contents? Quand je vous dis *levez le levier de vitesse, et à gauche et en l'air*, je veux dire, *on monte, à gauche et on monte*, pas *on monte, à droite et on monte!* C'est compris?

— Votre droite, ou la nôtre, Dorcas?

— Toutes les droites!

— Non, mais…

— Il n'y a pas de *Non, mais…*

— Oui, mais…

Masklinn et ses compagnons s'assirent tandis que la discussion roulait d'un interlocuteur à l'autre, au-dessous d'eux. Gurder était toujours étendu sur les planches.

— Nous avons bougé! chuchotait-il. Arnold Frères (fond. 1905) avait raison! Tout doit disparaître!

— J'aimerais bien aller un peu plus loin, s'il n'y voit aucun inconvénient, bougonna Angalo.

— Ho, de la plate-forme! (La voix de Dorcas tonnait avec une jovialité légèrement hystérique.) Quelques petits problèmes de mise au point, en bas. Mais tout est réglé, maintenant. Dès que vous êtes prêts, vous donnez le signal!

— Il faut encore que je regarde dans le miroir, à ton avis? demanda Masklinn à Grimma.

Elle haussa les épaules.

— Pas la peine, décréta Angalo. Contentons-nous d'avancer. Et le plus vite possible, à mon avis. Ça sent *les sens d'yesel*. On a dû en renverser un bidon.

— Et ce n'est pas une bonne chose. Je me trompe? demanda Masklinn.

— Ça brûle. Il suffit d'une étincelle ou de quelque chose dans ce genre pour y mettre le feu.

Le moteur se réveilla en rugissant. Cette fois-ci, ils avancèrent très lentement, après quelques grincements, et traversèrent la salle jusqu'à ce que le camion se retrouve face à l'immense porte de fer. Il s'arrêta avec une unique secousse.

— J'aimerais bien exécuter quelques virages pour nous entraîner, cria Dorcas. Pour bien dégrossir la manœuvre!

— Je crois que s'attarder ici ne serait vraiment pas une bonne idée, intervint Angalo, pressant.

— Tu as raison, répondit Masklinn. Plus tôt nous sortirons, mieux ça vaudra. Fais signe à Dorcas d'ouvrir la porte.

Le signaleur marqua un temps d'hésitation.

— Je ne crois pas que nous ayons prévu un tel message, avoua-t-il.

Masklinn se pencha par-dessus la balustrade.

— Dorcas!

— Oui?

— Ouvre la porte! Il faut sortir immédiatement!

Dorcas sembla peser cette déclaration un instant, puis il leva son porte-voix.

— Tu vas rire quand je vais te dire, annonça-t-il.

— Qu'est-ce qu'il raconte? intervint Grimma.

— Il dit que nous allons rire, répéta Angalo.

— Ah, tant mieux.

— Dépêche-toi, cria Masklinn.

La réponse de Dorcas se perdit dans le tumulte du moteur.

— Quoi? hurla Masklinn.

— Quoi?

— Qu'est-ce que tu as dit?

— *J'ai dit : dans toute cette précipitation, j'ai complètement oublié la porte!*

— Qu'est-ce qu'il dit? demanda Gurder.

Masklinn se retourna pour considérer le rideau de fer. Dorcas avait manifesté une immense fierté en expliquant de quelle façon il l'avait bloqué. Maintenant, la barrière arborait un air particulièrement fermé. Si on pouvait dire d'un objet dépourvu de visage qu'il avait une expression de supériorité narquoise, c'était bien de cette porte.

Masklinn pivota, en proie à l'exaspération, juste à temps pour voir s'ouvrir lentement la petite porte qui donnait sur le reste du Grand Magasin. Une petite silhouette s'y encadrait, derrière un cercle net de lumière blanche.

L'expression *sa terrible torche* s'afficha aussitôt dans la tête de Masklinn.

C'était Prix Sacrifiés.

Masklinn sentit son cerveau formuler des pensées limpides, au ralenti.

Il s'agit d'un humain ordinaire, lui disait son cerveau. Aucune raison d'avoir peur. Un humain banal qui porte son nom sur lui au cas où il l'oublierait, comme les humaines du Grand Magasin, qui s'appelaient « Tracy », « Sharon » ou « Mrs J.E. Williams, Responsable de Rayon ». C'est seulement ce brave vieux « Sécurité », une fois de plus. Il vit dans la chaufferie et boit du thé. Il a entendu le bruit.

Il vient voir ce qui l'a provoqué.

C'est-à-dire : nous.

— Oh, non, chuchota Angalo tandis que la silhouette s'avançait dans le garage d'un pas pesant. Tu as vu ce qu'il a en bouche ?

— Oui, une cigarette. J'ai déjà vu des humains qui en avaient. Et alors ?

— Elle est allumée, expliqua Angalo. À ton avis, il n'a pas reniflé l'odeur *des sens d'yesel* ?

— Qu'est-ce qui va se passer si ça prend feu ? demanda Masklinn, avec le pressentiment qu'il connaissait déjà la réponse.

— Ça fait *broumpf*, répondit Angalo.

— *Broumpf ?* C'est tout ?

— Ça suffit, *broumpf*.

L'humain s'approchait. Masklinn distinguait ses yeux à présent. Les humains n'étaient pas très doués pour voir les gnomes, même des gnomes immobiles, mais il ne manquerait pas de se demander pourquoi un camion avançait tout seul dans le garage au milieu de la nuit.

Sécurité arriva au niveau de la cabine et tendit lentement la main vers la poignée de la portière. Le faisceau de sa torche pénétra par la glace sur le côté et, à cet instant, Gurder se redressa de toute sa taille, frémissant de fureur.

— Arrière, infâme démon ! s'exclama-t-il, éclairé comme par un coup de projecteur. Entends les annonces d'Arnold Frères (fond. 1905) ! Interdit de Fumer ! Sortie de secours !

Le visage de l'humain se plissa sous l'effet d'une stupeur pesante. Puis, avec la lenteur des nuages dans le ciel, il arbora une expression de panique. Il lâcha la poignée de porte, tourna les talons et commença à se diriger vers la petite porte à ce qui, pour un humain, représentait une vive allure. Ce faisant, il laissa tomber de ses lèvres la cigarette embrasée qui, pirouettant dans les airs, fila lentement vers le sol.

Masklinn et Angalo se regardèrent, puis se tournèrent vers le signaleur.

— Vitesse maximum ! hurlèrent-ils en chœur.

Un instant plus tard, le camion frémit tandis que les équipes engageaient la délicate manœuvre d'un changement de vitesse. Puis il avança.

— Vite ! J'ai dit *vite* ! s'égosilla Masklinn.

— Qu'est-ce qui se passe ? leur cria Dorcas. Et la porte ?

— On va l'ouvrir ! On va l'ouvrir ! hurla Masklinn.

— Comment ?

— Ben, elle ne paraissait pas très épaisse, non ?

Le monde des gnomes est, d'un point de vue humain, un monde de vitesse. Ils vivent à un rythme si accéléré que tout ce qui se passe autour d'eux paraît très lent. Ainsi le camion parut-il flotter dans le garage, gravir la pente en direction de la sortie et heurter la porte de façon paisible. Un boum prolongé, un hurlement de métal qu'on arrache, un raclement persistant contre le toit du camion, et soudain, la porte disparut, remplacée par du noir piqué de lumières.

— À gauche ! Tournez à gauche ! hurla Angalo.

Le camion dérapa au ralenti, rebondit mollement contre un mur et continua un instant sa course le long de la rue.

— Continuez ! Continuez ! Maintenant, redressez !

Une lueur vive éclaboussa brièvement le mur, à l'extérieur de la cabine.

Et puis, derrière eux, un bruit qui faisait : *broumpf*.

13

I. *Ainsi parla Arnold Frères (fond. 1905) : Tout est désormais consommé.*
II. *Tous les Rideaux, les Moquettes, les Literies, la Lingerie, les Jouets, la Mercerie, la Maroquinerie, la Quincaillerie, l'Électro-ménager.*
III. *Tous les Murs, les Planchers, les Plafonds, les Ascenseurs, les Escaliers qui bougent.*
IV. *Tout doit disparaître.*

La Gnomenclature, *Sorties de Secours, Chapitre 3, Versets I-IV*

Plus tard, quand on entreprit la rédaction des chapitres suivants de la *Gnomenclature*, on raconta qu'un coup de tonnerre avait annoncé la fin du Grand Magasin. Ce n'était pas vrai, mais on l'écrivit quand même : le terme *un coup de tonnerre* sonnait beaucoup mieux. En réalité, la boule de feu jaune et orange, qui avait jailli du garage en emportant avec elle les derniers vestiges de la porte, avait simplement fait un bruit de molosse géant qui s'éclaircit doucement la gorge.

Broumpf.

Sur le moment, les gnomes étaient assez mal placés pour s'en rendre compte. Ils se préoccupaient davantage du bruit produit par les divers objets qui les manquaient de peu.

Masklinn s'attendait à voir d'autres véhicules sur la route. *Le Code de la Route*, intarissable sur ce sujet, accordait beaucoup d'importance au fait de ne pas les heurter. Ce qui inquiétait Masklinn, c'était cette manie qu'ils avaient de se ruer délibérément sur le camion, en poussant de longs meuglements de veaux malades.

— Un peu à gauche ! hurlait Angalo. Et puis à droite juste un chouïa, ensuite, tout droit !

— Un chouïa ? répéta lentement le signaleur. Je ne crois pas qu'il y ait de code pour un chouïa. Et si…

— Ralentissez ! À gauche, maintenant ! Il faut que nous revenions sur le bon côté de la route !

Grimma se haussa sur la pointe des pieds pour regarder par-dessus le *Code de la Route*.

— On est à droite, fit-elle.

— Oui, mais justement, le bon côté, c'est le gauche !

Masklinn tapa du doigt la page ouverte devant eux.

— On dit ici qu'il faut avoir de la cons… consi…

— Considération, murmura Grimma.

— … de la considération pour les autres usagers de la route, dit-il.

Une brusque secousse le jeta vers l'avant.

— C'était quoi, ça ?

— On vient de monter sur le trottoir ! À droite ! *À droite !*

Masklinn eut juste le temps d'entrevoir une vitrine brillamment éclairée avant que le camion ne la frappe de flanc et ne rebondisse sur la chaussée dans une pluie d'éclats de verre.

— À gauche, maintenant, encore à gauche, maintenant à droite, à droite ! Tout droit ! À gauche, j'ai dit *à gauche !*

Angalo étudia le dessin énigmatique des lumières et des formes en face d'eux.

— Il y a une autre route, là, dit-il. À gauche ! Donnez-moi de la gauche ! Plein de gauche ! Encore, encore ! Encore plus que ça !

— Il y a un panneau, lui indiqua Masklinn.

— À gauche ! glapit Angalo. À droite, maintenant. À droite ! À droite !

— Vous avez dit à gauche, lui reprocha le signaleur.

— Et maintenant je veux à droite ! Plein de droite ! Baissez-vous !

— Mais on n'a pas de signal pour…

Cette fois-ci, *broumpf* n'aurait pas suffi. C'était *bang*, sans discussion possible. Le camion percuta un mur, le longea en lui arrachant une gerbe d'étincelles, se jeta dans un empilement de poubelles et s'arrêta.

Le silence retomba, seulement troublé par les sifflements et les *ping, ping* du moteur.

Puis la voix de Dorcas monta des ténèbres, sur un ton mesuré mais chargé de menace.

— Ça vous dérangerait de nous expliquer ce que vous fichez, là-haut ?

— Il faut trouver un moyen plus efficace de nous diriger, répondit Angalo. Et les lumières. Il devrait y avoir un bouton pour les lumières, quelque part.

Masklinn se remit sur pied. Le camion semblait coincé dans une ruelle sombre et étroite. On ne voyait aucun éclairage.

Il aida Gurder à se relever et l'épousseta. Le Papeteri semblait abasourdi.

— On est arrivés ? demanda-t-il.

— Pas tout à fait, répondit Masklinn. Nous nous sommes arrêtés pour euh… pour mettre au point de menus détails. Pendant qu'ils règlent ça, je crois qu'on ferait bien de passer derrière et de vérifier que tout le monde va bien. Les gens doivent être inquiets. Viens avec nous, Grimma.

Ils descendirent et abandonnèrent Angalo et Dorcas à leur débat de fond sur la direction, les lumières, la clarté des directives et le besoin d'obtenir ces trois éléments.

L'arrière du camion était rempli par un brouhaha de voix, auquel se mêlaient les pleurs des bébés. Un assez grand nombre de gnomes avaient été contusionnés par les embardées, et Mémé Morkie posait des attelles sur la jambe cassée d'un gnome surpris par la chute d'une caisse, lors de la collison avec le mur.

— Un peu plus brutal que la dernière fois, commenta-t-elle d'un ton acide, en nouant le bandage. Pourquoi s'est-on arrêtés ?

— Juste le temps de régler quelques problèmes, répondit Masklinn en tentant de projeter plus d'optimisme qu'il n'en ressentait vraiment. Nous devrions bientôt nous remettre en route. Maintenant que tout le monde sait à quoi s'attendre.

Il regarda les noires profondeurs du camion et la curiosité l'envahit.

— Pendant qu'on attend, je vais aller jeter un coup d'œil au-dehors, annonça-t-il.

— Quelle idée ! Pourquoi ? s'enquit Grimma.

— Eh bien, pour… tu sais bien, pour jeter un coup d'œil, répondit Masklinn, embarrassé. (Il donna un coup de coude à Gurder.) Tu veux m'accompagner ?

— Quoi ? Dehors ? Moi ?

Cette proposition paraissait épouvanter le Papeteri.

— Il faudra bien que tu y ailles, tôt ou tard. Pourquoi pas maintenant ?

Gurder hésita un instant, avant de hausser les épaules.

— On pourra voir le Grand Magasin (il passa sa langue sur ses lèvres sèches) de l'*extérieur* ? s'enquit-il.

— Possible. Nous ne sommes pas allés très loin, admit Masklinn avec toute la diplomatie possible.

Une équipe de gnomes les aida à franchir le bord du camion et ils se laissèrent glisser jusqu'à ce que Gurder aurait certainement appelé le plancher. Il était humide et une légère brume flottait dans l'air. Masklinn respira à pleins poumons. On était bien dehors, pas de doute. L'air, le vrai, avec un petit fond frais. On sentait une atmosphère neuve, pas une que des milliers de gnomes avaient utilisée avant lui.

— Les extincteurs automatiques se sont mis en route, constata Gurder.

— Les quoi ?

— Les extincteurs, répéta Gurder. Ils sont installés au plafond, tu sais, en cas d'inc…

Il s'interrompit et leva les yeux.

— Oh, miséricorde ! souffla-t-il.

— Je crois que tu veux parler de la pluie, expliqua Masklinn.

— Oh, miséricorde !

— C'est simplement de l'eau qui tombe du ciel. (Masklinn sentit que Gurder attendait de lui une explication plus exhaustive.) C'est mouillé, ajouta-t-il, et on peut en boire. La pluie, quoi. Inutile d'avoir la tête pointue. Ça dégouline quand même.

— Oh, miséricorde !

— Tu te sens bien ?

Gurder grelottait.

— Il n'y a pas de toit ! gémit-il. Et tout est si grand !

Masklinn lui tapota l'épaule.

— Bien entendu, tout cela est nouveau pour toi. Il ne faut pas t'inquiéter si tu ne comprends pas tout.

— Tu es en train de te moquer de moi en douce, hein ?

— Mais non, pas vraiment. Je sais quelle impression ça fait, de se sentir effrayé.

Gurder se reprit.

— Effrayé, moi ? Ne sois pas ridicule. Je vais parfaitement bien. J'ai simplement été un peu pris de court. Je, euh... je ne m'attendais pas à ce que ce soit tellement, tellement, tellement *extérieur*. Maintenant que j'ai eu le temps de m'y habituer, je me sens beaucoup mieux. Tiens, tiens. Alors, voilà donc à quoi ça ressemble, le Dehors (il fit rouler le mot sous sa langue, comme un bonbon neuf). C'est très, euh... grand. Tout est là, ou il y en a davantage ?

— Bien davantage, répondit Masklinn. Là où nous vivions, il n'y avait que du dehors, d'un bord du monde à l'autre.

— Oh, fit Gurder d'une petite voix. Bon, je crois que j'ai eu une dose de dehors suffisante, pour une première fois. Très bien.

Masklinn se retourna pour regarder le camion. Il était presque coincé dans une ruelle envahie de détritus. Le véhicule était sévèrement enfoncé à l'arrière.

L'éclairage public et la bruine faisaient reluire l'embouchure de la ruelle. Sous les yeux du gnome, un véhicule coiffé d'une lumière bleue clignotante passa avec un chuintement. Il chantait. Masklinn ne pouvait pas trouver de terme plus approprié pour décrire le son qu'il produisait.

— Très bizarre, constata Gurder.

— Ça arrivait parfois, chez nous, dit Masklinn.

C'était une satisfaction secrète, après tout ce temps, d'être celui qui savait les choses.

— On en entendait qui remontaient la voie rapide comme ça. *Wouin-won, wouin-won,* WOUIN-WON, WOUIN-WON, *wouin-won*. Je crois que c'est pour demander aux gens de le laisser passer.

Ils longèrent prudemment le caniveau et se penchèrent pour regarder au coin du trottoir, tandis que passait une autre voiture chanteuse.

— Oh, Bonnes Affaires ! s'exclama Gurder en plaquant ses mains sur sa bouche.

Le Grand Magasin brûlait.

Des flammes léchaient certaines fenêtres des étages supérieurs comme des rideaux agités par la brise. Un nuage de fumée montait lentement du toit et dressait une colonne plus sombre contre le ciel pluvieux.

Le Grand Magasin vivait sa dernière vente. Il avait lancé de Grands Soldes de Liquidation, et proposait un splendide choix d'étincelles, et des flammes à portée de toutes les bourses.

Des humains s'agitaient dans les rues adjacentes. Il y avait quelques camions qui soutenaient des échelles. On aurait dit que les humains lançaient de l'eau contre les bâtiments.

Masklinn surveilla Gurder du coin de l'œil, en se demandant comment le gnome allait réagir. En fait, il prit la chose beaucoup mieux que Masklinn ne l'aurait redouté, mais quand il parla, ce fut d'une voix mécanique, comme s'il tentait de maintenir un ton égal.

— Je… je n'avais pas imaginé ça de cette façon, croassa-t-il.

— Non.

— Nous… nous sommes partis juste à temps.

— Oui.

Gurder toussa. On aurait dit qu'un long conciliabule avec lui-même venait d'aboutir à une conclusion.

— Grâce à Arnold Frères (fond. 1905), décréta-t-il d'une voix ferme.

— Euh, pardon ?

Gurder regarda Masklinn dans les yeux.

— S'il ne t'avait pas appelé dans le Grand Magasin, nous y serions tous encore, dit-il, sa confiance croissant à chaque mot.

— Mais…

Masklinn s'interrompit. Ça ne tenait pas debout. S'ils n'étaient pas partis, il n'y aurait pas eu d'incendie. Oui ou non ? Difficile d'être catégorique. Peut-être que le feu s'était échappé d'un seau à incendie. Mieux valait ne pas discuter. Il y a des sujets sur lesquels les gens n'aiment guère débattre. Tout cela était très compliqué.

— C'est curieux qu'il laisse brûler le Grand Magasin, fit-il remarquer.

— Il pouvait l'empêcher, repartit Gurder. Il y a les extincteurs, et puis ces machins spéciaux, pour faire partir le feu. Des postes d'incendie, ça s'appelle. Mais il livre le Grand Magasin aux flammes, car nous n'en avions plus besoin.

Avec fracas, l'ensemble du dernier étage s'effondra vers l'intérieur.

— C'est le Service Clientèle qui disparaît, dit Masklinn. J'espère que tous les humains se sont échappés.

— Qui ça ?

— Tu sais bien. On a lu leur nom sur les portes. Salaires. Comptabilité. Personnel. Directeur général.

— Je suis certain qu'Arnold Frères (fond. 1905) a pris toutes les dispositions nécessaires.

Masklinn haussa les épaules. Puis il aperçut une silhouette se découpant sur les flammes : c'était Prix Sacrifiés. Aucune erreur possible, à cause du chapeau. Il avait même sa torche à la main, et tenait une grande conversation avec d'autres humains. Quand il se retourna à moitié, Masklinn vit son visage. Il paraissait très fâché.

Il semblait aussi très humain. Sans sa terrible lumière et les ombres nocturnes du Grand Magasin, Prix Sacrifiés n'était qu'un humain comme les autres.

Ceci dit…

Non, c'était trop compliqué. Et il y avait plus important à faire.

— Viens, rentrons. Je crois que nous devrions nous éloigner d'ici le plus vite possible.

— Je demanderai à Arnold Frères (fond. 1905) de nous guider et de nous inspirer, affirma Gurder.

— Oui, parfait. Excellente idée. Pourquoi pas ? Mais pour l'instant, il faut vraiment…

— N'a-t-il pas écrit : *N'hésitez pas à demander ce que vous ne voyez pas en rayon ?*

Masklinn le prit d'autorité par le bras. Tout le monde a besoin de quelque chose, pensa-t-il. Et puis, sait-on jamais ?

— Je tire sur cette ficelle, expliqua Angalo en montrant le fil qui disparaissait par-dessus son épaule dans les tréfonds de l'habitacle, et le chef de l'équipe de tournage à gauche du volant saura que je veux tourner à gauche. Parce que le fil est relié à son bras. Et l'autre va vers l'équipe qui tourne à droite. Il y aura donc besoin de moins de signaux et Dorcas pourra se concentrer sur les vitesses, et tous les machins. Et sur les freins. Après tout, ajouta-t-il, on ne peut pas espérer qu'il y aura toujours un mur quand on voudra s'arrêter.

— Et les lumières ? demanda Masklinn.

Angalo eut un sourire radieux.

— Le signal des lumières, ordonna-t-il au gnome aux drapeaux. Ce qu'on a fait, c'est attacher des fils aux déclencheurs...

On entendit un *clic*. Un grand bras de métal se déplaça sur le pare-brise, balayant les gouttes de pluie. Ils l'observèrent un moment.

— On ne peut pas dire que ça éclaire beaucoup, fit remarquer Grimma.

— Erreur de bouton, grommela Angalo. Signale-leur de laisser les essuyeurs branchés mais d'allumer les *lumières*.

On entendit une discussion étouffée au-dessous d'eux, puis un nouveau *clic*. Aussitôt, l'habitacle s'emplit de la pulsation lente et grave d'une voix humaine.

— Pas d'affolement, c'est juste la radio, expliqua Angalo. Mais dis à Dorcas que ce ne sont toujours pas les *lumières*.

— Les radios, je connais, pas la peine de me dire ce que c'est, se gendarma Gurder.

— Ah, bon. Et qu'est-ce que c'est, exactement ? s'enquit Masklinn.

— 199,90 F, Piles Non Comprises, entonna Gurder. PO, GO, FM et Lecteur Cassettes Autoreverse. Une Affaire Exceptionnelle À Saisir.

— Pogo Fum ? répéta Masklinn.

— Absolument.

La voix de la radio continuait de son débit monotone.

— *... lus grand incendie de l'histoire de la ville. Les renforts de pompiers sont venus de partout, et même de Newtown. Par ailleurs, la police recherche toujours un des camions du magasin, aperçu pour la dernière fois peu de temps avant...*

— Les lumières. Les *lumières*, bon sang. Le troisième bouton de la rangée, s'impatienta Angalo.

Quelques secondes d'attente et soudain la ruelle devant le camion fut inondée d'une clarté blanche.

— Il devrait y en avoir deux, mais on en a cassé une en quittant le Grand Magasin, constata Angalo. Bon, alors, tout le monde est prêt ?

— *Quiconque apercevra le véhicule en question doit contacter la police de Grimethorpe au...*

— Et arrête-moi cette radio, lança Angalo. Ces mugissements commencent à me taper sur les nerfs.

— J'aimerais bien comprendre ce que ça dit, s'interrogea Masklinn. Je suis sûr qu'ils ont une certaine intelligence, quand on peut les comprendre.

Il adressa un signe de tête à Angalo.

— Bon, fit-il. On y va.

La manœuvre se déroula beaucoup mieux, cette fois-ci. Le camion racla le mur un moment avant de se dégager et il descendit doucement l'étroite ruelle en direction des lumières à l'autre extrémité. Quand le véhicule émergea de l'étau des murs sombres, Angalo fit donner du frein, et le véhicule s'arrêta avec une secousse assez modeste.

— Par où ? demanda-t-il.

Masklinn n'avait aucune idée sur le sujet. Gurder étudia les pages de l'agenda.

— Ça dépend de l'endroit où on veut aller, dit-il. Cherchez des panneaux qui disent, euh... Afrique. Ou Canada, peut-être.

— Il y en a un, là-bas, annonça Angalo en tentant de voir à travers le rideau de pluie. Il dit Centre Ville. Et puis il y a une flèche, et ça dit... (Il plissa les yeux.) Sens inu...

— Sens Unique, murmura Grimma.

— Centre Ville, ça ne me semble pas très recommandé, fit Masklinn.

— En plus, je n'arrive pas à le localiser sur la carte, renchérit Gurder.

— Eh bien ! on va prendre l'autre direction, déclara Angalo en tirant sur un filin.

— Je ne suis pas sûr, objecta Masklinn. Sens unique… Je crois qu'on ne devrait l'emprunter que dans un sens.

— Mais c'est tout à fait ce que j'ai l'intention de faire, répliqua Angalo, goguenard. On va dans ce sens-là.

Le camion quitta la ruelle pour s'engager sur la route avec un choc bien net.

— Envoyez de la seconde, ordonna Angalo. Et un peu de pédale va-vite.

Une voiture s'écarta brutalement de leur chemin, en faisant beugler son klaxon, qui sonna aux oreilles des gnomes comme une vraie corne de brume.

— Il y a vraiment des conducteurs qu'on ne devrait pas laisser aux commandes d'un véhicule ! jugea Angalo. (On entendit un choc et les restes d'un lampadaire rebondirent au loin.) Et quelle idée d'encombrer la rue avec ces bêtises !

— Souviens-toi de montrer de la considération à l'égard des autres usagers, intervint Masklinn avec sévérité.

— Eh ben ? Qu'est-ce que je fais, à ton avis ? Je les évite, non ? C'était quoi, ce boum ?

— Des buissons, il me semble.

— Tu vois ? Qu'est-ce que je disais ? Pourquoi est-ce qu'ils fichent des machins comme ça au milieu de la rue ?

— J'ai l'impression que la rue serait un peu plus sur ta droite, intervint Gurder.

— Et en plus, elle se déplace ! maugréa Angalo en tirant légèrement le filin de droite.

Il était presque minuit, et Grimethorpe n'était pas une bourgade très vivante, la nuit tombée. Par conséquent, il n'y eut personne pour se précipiter sur le camion quand l'énorme forme en assez mauvais état quitta la rue du Conseiller municipal Surley pour s'engager avec un rugissement sur l'Avenue John Lennon, sous la clarté jaune des lampes à sodium. La pluie s'était arrêtée, mais des volutes de brume s'étiraient en travers de la route.

L'atmosphère était presque paisible.

— Très bien, la troisième, ordonna Angalo, et un peu de va-vite. Bon, c'est quoi le panneau qui approche ?

Masklinn et Grimma se haussèrent sur la pointe des pieds pour mieux voir.

— On dirait qu'il y a marqué : *Ralentir travaux*, lut Grimma, interloquée.

— Ça me paraît plutôt bien. Un peu plus de va-vite, en bas.

— Oui, mais... intervint Masklinn. À qui ça s'adresse ? Enfin, quoi, ce n'est pas nous qui nous occupons de leurs travaux. Pourquoi nous raconter ça ?

— Ils veulent peut-être annoncer que les travaux ralentissent, désormais. Ils vont arrêter de planter des buissons et des poteaux n'importe où, suggéra Angalo. Peut-être...

Masklinn se pencha par-dessus le rebord de la plate-forme.

— Arrêtez ! hurla-t-il. Tout le stop disponible, vite !

L'équipe chargée de la pédale de frein leva les yeux, étonnée, mais obéit. Les pneus crissèrent et les gnomes furent projetés en avant, dans un concert de clameurs. Une myriade de chocs mous et métalliques monta du museau du camion, tandis que le véhicule franchissait en dérapant un assortiment de barrières et de cônes de signalisation.

— J'espère, prévint Angalo quand le véhicule se fut enfin arrêté, que tu as une excellente raison d'avoir fait ça.

— Je me suis fait mal au genou, pleurnicha Gurder.

— Il n'y a plus de route, déclara simplement Masklinn.

— Bien sûr que si, répliqua Angalo, agacé. Sur quoi est-ce qu'on serait, sinon ?

— Regarde en bas. C'est tout ce que je te demande. Regarde en bas.

Angalo contempla la route devant le camion. Sa caractéristique la plus intéressante était qu'elle n'était plus là. Alors, le gnome se retourna vers le signaleur.

— Est-ce qu'on pourrait reculer juste un tout petit peu, merci ? demanda-t-il.

— Un chouïa ? s'enquit le signaleur.

— Et pas d'insolence !

Grimma contemplait elle aussi la fosse au milieu de la route. Elle était large et profonde, et quelques tuyaux se nichaient dans ses entrailles.

— Il y a des fois où je me dis que les humains ne savent vraiment pas s'exprimer clairement, constata-t-elle.

Elle feuilleta le *Code* pendant que le camion s'éloignait prudemment du trou, à reculons et, après avoir écrasé divers objets, repartait en roulant sur l'herbe du bas-côté jusqu'à ce que la route soit de nouveau dégagée.

— Il serait temps de faire preuve d'un peu de bon sens, dit Grimma. On ne peut pas faire confiance à ce que disent les panneaux. Donc, il faut rouler lentement.

— Je conduisais en toute sécurité, s'indigna Angalo. C'est quand même pas de ma faute si les choses ne sont pas comme elles le devraient.

— Alors conduis lentement.

Ils contemplèrent en silence la route qui défilait.

Un nouveau panneau se dressa devant eux.

— Rond-point, dit Angalo. Et un dessin de flèches qui tournent ? Bon. Des suggestions ?

Grimma feuilletait désespérément le *Code*.

— Ça me rappelle quelque chose. Des véhicules qui tournaient en rond, dit-elle.

— J'ai vu une image de chevaux qui tournaient en rond, un jour, si ça peut aider, intervint Gurder. C'était dans *Une journée à la foire*. On voyait une grande machine brillante, couverte d'or et de chevaux.

— Je suis sûre que ça n'a aucun rapport, grommela Grimma en tournant les pages à la hâte. On doit certainement parler de ça là-dedans…

— De l'or, tu dis ? fit Angalo. Dans ce cas, on devrait le repérer sans problème. Je crois, décida-t-il en décochant un regard venimeux à Grimma, que nous devrions passer un petit peu de troisième.

— À vos ordres, M. Angalo, répondit le signaleur.

— Je ne vois pas de chevaux dorés, hésita Masklinn. Tu sais, je ne suis pas sûr que…

— Et il devrait y avoir une musique joyeuse, ajouta Gurder, heureux d'apporter sa contribution.

— Je n'entends aucune musique joy… insista Masklinn.

On entendit la déflagration prolongée d'un klaxon de voiture. La route s'arrêtait pour céder la place à un monticule couvert de fourrés. Le camion l'escalada avec un rugissement, toutes ses roues quittèrent un instant le sol, puis il atterrit lourdement de l'autre côté du rond-point, en tanguant un peu, sur la route d'en face. Il finit par s'arrêter.

De nouveau, le silence régna dans l'habitacle. Puis quelqu'un poussa un cri plaintif.

Masklinn rampa jusqu'à l'extrémité de la plate-forme et se trouva nez à nez avec Gurder, paniqué et suspendu au rebord.

— Que s'est-il passé ? gémit-il.

Masklinn le hissa pour lui faire regagner un solide point d'appui et l'aida à s'épousseter.

— Je crois, dit-il, que si les panneaux signifient bien ce qu'ils disent, ce qu'ils disent n'est pas ce qu'ils signifient.

Grimma réussit à s'extraire de sous le *Code*. Angalo se dépêtra des filins qui l'enserraient pour affronter l'expression de fureur froide qu'elle arborait.

— Tu es un parfait imbécile, déclara-t-elle. Et un fou de vitesse ! Pourquoi n'écoutes-tu jamais ce qu'on te dit ?

— Tu n'as pas le droit de me parler sur ce ton ! dit Angalo en battant en retraite. Gurder, dis-lui qu'elle n'a pas le droit !

Gurder, encore tout tremblant, s'assit sur le rebord de la plate-forme.

— Je suis d'avis, pour le moment, de la laisser te traiter comme elle l'entend. Vas-y, ma petite !

Angalo fulmina.

— Eh là ! C'est toi qui nous as raconté cette histoire de chevaux dorés ! Je n'en ai pas vu, des chevaux dorés ! Quelqu'un en a vu ? Il m'a désorienté, avec son histoire de chevaux dorés...

Gurder agita son doigt vers lui.

— Et ne t'avise pas de parler de moi à la troisième personne !

— Et toi, de me traiter de petite, sur ce ton ! hurla Grimma.

La voix de Dorcas monta des profondeurs.

— Loin de moi l'idée d'interrompre quoi que ce soit, mais si ça se reproduit encore une fois, les gens ici vont très mal prendre la plaisanterie. Compris ?

— Un léger problème de direction, lança Masklinn sur un ton faussement badin.

Puis il se retourna vers les autres.

— Bon, écoutez-moi, tous. Il faut arrêter de se disputer. Chaque fois que nous rencontrons un problème, ça dégénère en dispute. Ce n'est pas raisonnable.

Angalo renifla.

— Tout allait très bien jusqu'à ce qu'il…

— *Silence !*

Ils le regardèrent. Masklinn tremblait de rage.

— Je commence à en avoir assez, de vous tous ! J'ai honte pour vous ! Tout se passait très bien ! Je n'ai pas dépensé un temps fou à tout mettre au point pour qu'un… un… un… *comité de direction* vienne tout gâcher ! Alors, maintenant, tout le monde se relève et on repart ! Il y a une pleine cargaison de gnomes, à l'arrière ! Ils comptent sur vous ! C'est bien compris ?

Tout le monde se regarda. Ils se levèrent avec des expressions contrites. Angalo ramassa les filins de direction. Le signaleur démêla ses fanions.

— Ahem… toussota poliment Angalo. Je crois… oui, je crois qu'un petit peu de première serait assez approprié, si personne n'y voit d'inconvénient.

— Excellente idée. Vas-y, encouragea Gurder.

— Mais prudemment, conseilla Grimma.

— Merci. Si tu n'y vois pas d'objection, Masklinn ? ajouta Angalo.

— Hmm ? Non. Non. Très bien. Allons-y.

Une bonne chose : les bâtiments avaient disparu. Le camion parcourut la route déserte en ronronnant, son seul phare survivant créant un halo blanc dans la brume. Un ou deux véhicules les croisèrent, sur l'autre côté de la route.

Masklinn savait qu'on devrait bientôt chercher un endroit où faire halte. Un endroit bien abrité, à l'écart des humains – mais pas trop loin, parce que, il en était certain, les gnomes allaient encore avoir besoin de nombreux objets. Peut-être se dirigeaient-ils actuellement vers le nord. Mais en ce cas, c'était par pur coup de chance.

C'est à cet instant – il se sentait fatigué, en colère, et son esprit n'était pas entièrement concentré sur la route devant lui – qu'il aperçut Prix Sacrifiés.

Aucun doute n'était possible. L'humain se dressait au milieu de la route et agitait sa torche. Il y avait une voiture près de lui, avec une lumière clignotante bleue sur le dessus. Les autres l'avaient vu, eux aussi.

— Prix Sacrifiés ! se lamenta Gurder. Il a réussi à nous précéder ici !

— Plus de vitesse, ordonna Angalo, résolu.

— Qu'est-ce que tu vas faire ?

— On va voir de quoi sa torche est capable, face à un camion ! marmonna Angalo.

— Mais tu ne peux pas faire ça ! Tu ne vas pas lancer un camion contre des gens !

— C'est Prix Sacrifiés ! rétorqua Angalo. Pas des gens !

— Il a raison, intervint Grimma. C'est toi qui as dit qu'on ne devait plus s'arrêter, maintenant.

Masklinn s'empara des filins de direction en tirant sèchement sur l'un d'eux. Le camion changea de cap juste à l'instant où Prix Sacrifiés lâchait sa torche. L'engin se jeta contre la haie, à une allure respectable. On entendit un *bang* lorsque l'arrière du camion percuta la voiture, puis Angalo récupéra le contrôle des filins et ramena le véhicule dans une trajectoire qui s'apparentait plus ou moins à la ligne droite.

— C'était inutile, reprocha-t-il à Masklinn. Rien n'interdit d'écraser Prix Sacrifiés, pas vrai, Gurder ?

— Eh bien. Euh... répondit Gurder. (Il jeta vers Masklinn un regard embarrassé.) Je ne suis pas certain qu'il s'agissait bien de Prix Sacrifiés, pour être franc. Il portait une tenue plus sombre, déjà. Et puis, cette voiture avec sa lumière...

— D'accord, mais il portait son chapeau à visière et sa terrible lumière !

Le camion se heurta à un talus, auquel il arracha un très coquet paquet de terre, et rejoignit la route en zigzaguant.

— De toute façon, conclut Angalo avec satisfaction, tout cela appartient au passé, désormais. Nous avons laissé Arnold Frères (fond. 1905) derrière nous, dans le Grand Magasin. Nous n'avons plus besoin de tout ça. Pas Dehors.

Malgré le bruit qui régnait dans l'habitacle, ces mots créèrent une sorte de silence.

— Ben, c'est vrai, non ? poursuivit Angalo, sur la défensive. Et Dorcas est de mon avis. Ainsi que beaucoup des nouvelles générations de gnomes.

— Nous verrons, fit Gurder. Cependant, je soupçonne que si Arnold Frères (fond. 1905) était quelque part, il est partout.

— Que veux-tu dire par là ?

— Je n'en suis pas sûr moi-même. Il faut que je médite sur ce sujet.

Angalo émit un reniflement condescendant.

— C'est ça, médite, médite. Mais je n'en crois rien, moi. Ça n'a plus d'importance. Que Bonnes Affaires se retourne contre moi si je me trompe ! ajouta-t-il.

Masklinn vit du coin de l'œil une lueur bleue. Il y avait des miroirs au-dessus des roues du camion et, bien que l'un d'eux soit brisé et l'autre tordu, ils étaient toujours plus ou moins opérationnels. La lumière se situait derrière le camion.

— Je ne sais pas ce que c'est, mais il est à nos trousses, fit-il d'une voix calme.

— Et j'entends le bruit. Vous savez : ouin-ouin, ouin-ouin, ajouta Gurder.

— Je crois, fit Masklinn, que ce serait une bonne idée de quitter la route.

Angalo regarda à gauche et à droite.

— Trop de haies, jugea-t-il.

— Non, je veux dire, s'engager sur une autre route. Tu peux y arriver ?

— *Roger !* No problemo. Hé, il essaie de nous dépasser ! Quel culot ! Ha !

Le camion exécuta un crochet brutal.

— J'aimerais pouvoir ouvrir la fenêtre, ajouta-t-il. Il y avait un camionneur que j'ai observé, qui faisait des signes de la main par la fenêtre et criait des choses, quand les gens klaxonnaient, derrière lui. Je crois que c'est la procédure à observer. (Il leva le bras et cria :) *Vôtfeeervouôôôr.*

— Laisse tomber. Contente-toi de nous trouver une autre route, une petite, lui dit Masklinn sur un ton apaisant. Je reviens tout de suite.

Il descendit par l'échelle branlante rejoindre Dorcas et ses équipes. Les choses étaient calmes pour l'heure, les équipes de direction donnaient de simples petits coups sur la grande roue, et la pédale va-vite était maintenue sous une légère pression constante. De nombreux gnomes étaient assis et essayaient de se détendre un peu. Un vivat maigrichon salua l'arrivée de Masklinn.

Dorcas, assis à l'écart, griffonnait des choses sur un bout de papier.

— Oh, c'est toi ? dit-il. Tout va bien, désormais ? On a épuisé le catalogue d'obstacles ?

— On est suivis par quelqu'un qui veut nous forcer à nous arrêter, expliqua Masklinn.

— Un autre camion ?

— Une voiture, je crois. Remplie d'humains.

Dorcas se gratta le menton.

— Qu'est-ce que tu veux que j'y fasse ?

— Tu t'es servi de choses pour couper les fils du camion, quand tu ne voulais pas qu'il s'en aille, dit Masklinn.

— Des pinces coupantes. Et alors ?

— Tu les as toujours ?

— Oh, oui. Mais il faut deux gnomes pour les manier.

— Alors, il faudra qu'un gnome me prête main-forte.

Masklinn expliqua ses intentions à Dorcas. Le vieux gnome le regarda avec une expression qui ressemblait à de l'admiration, puis il secoua la tête.

— Ça ne marchera jamais, fit-il. Le temps manque. Mais c'est une belle idée.

— Mais nous sommes tellement plus rapides que les humains ! On pourrait le faire, et revenir au camion avant qu'ils ne s'en soient aperçus !

— Hmmm. (Dorcas eut un sourire mauvais.) Tu y vas ?

— Oui. Je, euh… je ne suis pas sûr que des gnomes qui n'ont jamais quitté le Grand Magasin pourraient être à la hauteur.

Dorcas se releva et bâilla.

— Ma foi, j'aimerais essayer ce fameux « air frais » dont tout le monde parle, dit-il. Il paraît que c'est très bon pour la santé.

Si un observateur avait regardé par-dessus la haie cette route de campagne noyée de brume, il aurait vu un camion débouler à une allure peu prudente, dans un bruit de tonnerre.

Il aurait pu se dire : bizarre, ce camion, il paraît avoir perdu quelques accessoires standard – un phare, un pare-chocs et sa peinture sur un des flancs – et récolté quelques décorations inhabituelles – des branchages et plus de bosses qu'une tôle ondulée.

Il aurait pu se demander pourquoi un panneau *Ralentir Travaux* pendait à une poignée de portière.

Et il se serait sûrement étonné de le voir s'arrêter.

La voiture de police qui le suivait s'arrêta de façon bien plus spectaculaire, dans une gerbe de gravier. Deux hommes en tombèrent littéralement et coururent au camion, pour en ouvrir brutalement les portières.

Si l'observateur avait compris le langage des humains, il aurait entendu quelqu'un s'exclamer : *Très bien, gros malin, ça suffira pour cette nuit*, puis ajouter : *Où il est passé ? Y a que de la ficelle, là-dedans !* Ensuite, quelqu'un avait dit : *Je parie qu'il a sauté en marche et qu'il s'est tiré à travers champs*.

Et tandis que se déroulait toute cette scène, que les policiers exploraient la haie sans conviction et braquaient leurs torches sur le brouillard environnant, l'observateur aurait pu remarquer que deux ombres minuscules sortaient en courant de l'arrière du camion pour disparaître sous la voiture. Elles se déplaçaient très vite, comme des souris. Et comme des souris, elles avaient une voix suraiguë, un débit rapide et une diction couinante.

Elles transportaient une paire de pinces.

Quelques secondes plus tard, elles repassèrent en sens inverse. Et à l'instant où elles disparaissaient à nouveau sous le camion, ou presque, celui-ci redémarra.

Les humains poussèrent des cris et regagnèrent leur voiture.

Mais au lieu de redémarrer avec un vrombissement, le véhicule fit : *criiiii, criiii, crii*, dans la nuit embrumée.

Au bout d'un moment, l'un d'eux finit par sortir et soulever le capot.

Tandis que le camion disparaissait dans la brume qui avala son unique feu arrière, l'humain s'agenouilla, plongea la main sous la voiture et empoigna un certain nombre de fils électriques proprement sectionnés…

Voilà à quoi aurait assisté un observateur. Mais sur les lieux, il n'y avait que deux vaches, et elles ne comprirent rien.

Peut-être que l'histoire se termine presque là.

Quelques jours plus tard, on retrouva le camion dans un fossé, à quelque distance de la ville. Le plus étrange, c'est qu'on avait volé la batterie et tous les fils électriques. Ainsi que la radio.

La cabine était envahie de bouts de ficelle.

14

XV. *Et les Gnomes dirent : voici un nouveau Site, qui sera Nôtre jusqu'à la Consommation des Temps...*
XVI. *Et l'Étranger garda le Silence.*

La Gnomenclature, *Sorties de Secours, Chapitre 4, Versets XV-XVI*

Autrefois, c'était une carrière. Les gnomes le savaient, parce que sur le portail un panneau rouillé proclamait : *Carrière, Danger. Défense d'entrer.*

Ils l'avaient découverte après la panique d'une course folle à travers champs. Un coup de chance, si l'on écoutait Angalo. L'intervention d'Arnold Frères (fond. 1905), à en croire Gurder.

Il importe peu de savoir comment ils s'installèrent, comment ils découvrirent les quelques vieux bâtiments en ruine, explorèrent les galeries et les tas de rocaille, comment ils chassèrent les rats. Ce n'était pas très difficile. Le plus délicat fut de persuader les gnomes les plus âgés de s'aventurer au-dehors ; ils se sentaient mieux avec un plancher au-dessus de la tête. Sur ce chapitre, Mémé Morkie s'avéra précieuse. Elle montra aux anciens comment elle allait et venait en plein Dehors, et comment elle bravait le terrifiant Air Frais.

De plus, les provisions emportées du Grand Magasin ne durèrent pas éternellement. La faim se fit sentir, mais les champs alentour étaient peuplés de lapins. On y trouva des Légumes, également. Pas des beaux et des propres, évidemment, tels qu'Arnold Frères (fond. 1905) les avait voulus, mais des légumes simplement plantés dans le sol et couverts de terre. Il y eut des protestations. Les taupinières qui apparurent dans un champ voisin n'étaient que les traces d'exploitation de la première mine expérimentale de pommes de terre…

Après quelques mésaventures cuisantes, les renards apprirent à garder leurs distances.

Et puis Dorcas découvrit de l'électricité, toujours présente dans des fils qui conduisaient à une boîte, au fond d'un hangar abandonné. Il fallut déployer presque autant de stratégie pour y avoir accès que durant le Grand Exode, et on mit nombre de manches à balais et de gants en caoutchouc à contribution.

Après mûre réflexion, Masklinn avait poussé le Truc contre un des fils électriques. Le Truc avait fait clignoter quelques lumières, mais sans rompre son silence. Masklinn sentait qu'il écoutait. Il l'entendait les écouter.

Il l'avait repris et enfourné dans une des fentes d'un mur. Il avait l'obscur pressentiment que l'heure d'utiliser le Truc n'avait pas encore sonné. Il songea que, plus ils reculeraient le moment de le consulter, plus ils auraient de temps pour mettre au point ce qu'ils étaient en train de faire. Masklinn avait envie de le réveiller un jour pour lui annoncer :

— Regarde ce qu'on a fait, et on l'a fait tout seuls.

D'après les calculs de Gurder, ils devaient se trouver quelque part en Chine.

Et ainsi l'hiver se changea en printemps, et le printemps devint été…

Mais ce n'était pas fini, Masklinn le sentait.

Il était assis sur les rochers qui dominaient la carrière, pour monter la garde. Il y avait toujours une sentinelle en faction, au cas où. Une des inventions de Dorcas, un interrupteur relié par un fil électrique à une ampoule installée sous un des hangars, était dissimulée sous une pierre, à côté de lui. On lui avait promis une radio pour un de ces jours. Un de ces jours, ce serait peut-être bientôt : Dorcas avait des disciples, désormais. Ils passaient pas mal de temps dans un hangar délabré, entourés de longueurs de fil électrique, en arborant une expression de très grand sérieux.

Monter la garde était une activité très prisée, du moins les jours où il faisait beau.

Ils étaient chez eux, maintenant. Les gnomes s'installaient, remplissaient les coins, planifiaient, s'étalaient, commençaient à se sentir à leur place.

Bobo, en particulier. Il avait disparu le premier jour, pour refaire surface longtemps après, crasseux et fier de lui, chef des rats de la carrière et heureux père d'une portée de petits ratons. Peut-être fallait-il voir là la raison de l'entente cordiale entre gnomes et rats. Ils s'évitaient poliment chaque fois que c'était possible, et personne ne mangeait personne.

Ils sont plus à leur place ici que nous, songeait Masklinn. Nous ne sommes pas vraiment à l'endroit qui nous convient. C'est un lieu qui appartient aux humains. Ils l'ont oublié pour le moment, mais un jour, ils s'en souviendront. Ils reviendront et nous devrons repartir. Nous devrons toujours partir. Nous essaierons toujours de créer nos petits mondes à nous au sein de ce grand monde. Autrefois, nous possédions tout. Maintenant, nous nous estimons heureux de pouvoir en annexer un petit bout.

Il baissa les yeux vers la carrière au-dessous de lui. Il distinguait tout juste Grimma, assise au soleil en compagnie de quelques jeunes gnomes à qui elle apprenait à lire.

Ça, c'était déjà une bonne chose. Lui ne serait jamais doué pour la lecture, mais les enfants semblaient y parvenir avec facilité.

Les problèmes subsistaient, cependant. Les familles rayonales, par exemple. Elles n'avaient plus de rayon à régir, et passaient beaucoup de temps à se chamailler. Les disputes semblaient perpétuelles, et on semblait attendre de lui qu'il tranche entre les camps. Apparemment, les gnomes ne collaboraient que quand leur esprit était occupé par un problème grave…

Plus loin que la lune, avait dit le Truc. Vous viviez dans les étoiles.

Masklinn se coucha sur le dos et écouta bourdonner les abeilles.

Un jour, nous y retournerons. Nous trouverons un moyen de rejoindre notre grand vaisseau dans le ciel, et nous rentrerons. Mais pas tout de suite. Cela demandera beaucoup d'efforts, et une fois encore, le plus difficile sera de le faire comprendre aux gens. Chaque fois que nous gravissons une nouvelle marche, nous nous y installons en pensant que nous avons atteint le sommet de l'escalier, et nous commençons à nous chamailler.

Enfin… savoir qu'il existe des marches était déjà un bon début.

De l'endroit où il se trouvait, on voyait la campagne environnante sur des kilomètres. Par exemple, on avait vue sur l'aéroport.

Le jour où le premier avion à réaction était passé, une vraie panique s'était déclarée, mais quelques gnomes s'étaient rappelé des images vues dans des livres. Finalement, ce n'étaient que de grands camions qu'on pouvait conduire dans le ciel.

Masklinn n'avait raconté à personne pourquoi il pensait que ce serait une bonne idée d'en savoir plus long sur l'aéroport. Certains subodoraient ses raisons, il le savait, mais il y avait tant à faire qu'ils ne s'en préoccupaient pas, pour l'instant.

Il avait amené le sujet en douceur. Il avait laissé entendre qu'en apprendre le plus possible sur ce nouveau monde pourrait se révéler utile, juste au cas où. Il avait dit ça de telle façon que personne n'avait demandé :

— Au cas où quoi?

Et puis, après tout, les effectifs étaient largement pléthoriques, et le beau temps régnait.

Il avait conduit une équipe de gnomes à travers champs jusqu'à l'aéroport; le voyage avait duré une semaine, mais ils étaient une trentaine et n'avaient pas rencontré de problèmes. Ils avaient même dû franchir une voie rapide, mais ils avaient découvert un tunnel creusé par des blaireaux, et un blaireau qui arrivait en face avait fait demi-tour et rebroussé chemin en toute hâte en les voyant approcher. Comme les mauvaises nouvelles, les gnomes armés vont vite.

Ensuite, ils avaient atteint la clôture en grillage et l'avaient escaladée. Perchés dessus, ils avaient passé des heures à regarder les avions décoller et atterrir.

Masklinn avait senti, comme ça lui était déjà arrivé une fois ou deux, qu'il contemplait quelque chose de capital. Les avions à réaction semblaient énormes et terribles, mais autrefois, il avait pensé la même chose des camions. L'essentiel, c'était de se renseigner. Une fois qu'on connaissait les noms, on avait prise sur les objets, comme avec un levier. Un jour, ils démontreraient peut-être leur utilité. Un jour, les gnomes en auraient peut-être besoin.

Pour grimper encore d'une marche.

Assez bizarrement, Masklinn envisageait cette hypothèse avec confiance. Durant un glorieux moment, il avait eu la certitude que, même s'ils se disputaient, se chamaillaient, se fourvoyaient et se bousculaient souvent, les gnomes triompheraient toujours. Parce que Dorcas avait observé les avions, lui aussi, accroché à la clôture, une lueur calculatrice dans les prunelles. Et Masklinn lui avait demandé :

— En supposant – comme ça, juste histoire de causer, bien entendu –, en supposant qu'on ait besoin de voler un de ces machins, tu crois que c'est faisable ?

Et Dorcas s'était frictionné le menton d'un air songeur.

— Ça devrait pas être bien compliqué à conduire, avait-il conclu avec un sourire madré. Y a que trois roues.

Les terrassiers

Au commencement...

... Arnold Frères (fond. 1905) créa le Grand Magasin.

Du moins les milliers de gnomes qui vivaient depuis de nombreuses générations[1] sous les parquets de chez Arnold Frères (fond. 1905), un grand magasin aussi ancien que respectable, le pensaient-ils.

Le Grand Magasin était devenu leur Univers. Un Univers doté d'un toit et de murs.

Le Vent et la Pluie étaient de très vieilles légendes. De même que le Jour et la Nuit. Désormais régnaient les alarmes d'incendie et les climatiseurs, et leurs petites vies se déroulaient au rythme de l'Heure d'Ouverture et de l'Heure de Fermeture. Leurs années avaient pour saisons la Grande Quinzaine du Blanc, les Soldes d'Été, la Semaine Rentrée des Classes et le Fêtons Noël. Sous la férule de l'Abbé et de son clergé Papeteri, ils adoraient – de façon polie, sans exagération, pour ne pas le contrarier – Arnold Frères (fond. 1905) qui, pensaient-ils, avait créé toutes choses, c'est-à-dire le Grand Magasin et tout ce qu'il contenait.

Certaines familles de gnomes avaient acquis richesse et puissance et adopté – à peu de chose près – le nom des rayons au-dessous desquels elles résidaient... les Quincailleri, les Merceri, les d'Égustation.

En ce Grand Magasin, arrivèrent à l'arrière d'un camion les ultimes gnomes vivant au-Dehors. Le vent et la pluie, ils connais-

1. Enfin, des générations gnomiques. Les gnomes vivent dix fois plus vite que les humains. À leurs yeux, dix ans représentent une longue existence.

saient fort bien. En fait, ils cherchaient par-dessus tout à ne plus les connaître.

Parmi eux, il y avait Masklinn, chasseur de rats, Mémé Morkie et Grimma. Mais elles, c'étaient des femmes ; donc, elles ne comptaient pas vraiment. Et, bien entendu, il y avait le Truc.

Personne ne comprenait réellement la nature du Truc. Le peuple de Masklinn se le transmettait depuis des siècles ; l'objet revêtait une importance capitale. Mais ils n'en savaient pas davantage. En approchant de l'électricité du Grand Magasin, le Truc fut capable de parole. Il *déclara* être une machine pensante venue d'un vaisseau qui, des milliers d'années auparavant, avait amené les gnomes d'un Grand Magasin très lointain. Ou d'une étoile, peut-être. Il affirma également qu'il savait écouter le babil de l'électricité et, entre autres choses qu'elle racontait, avait intercepté la nouvelle qu'on démolirait le Grand Magasin dans trois semaines.

L'idée de se servir d'un camion pour quitter le Grand Magasin venait de Masklinn. Il découvrit, chose étrange, que mettre au point la méthode par laquelle on pourrait conduire le gigantesque camion était la partie la plus facile de l'opération. Le plus dur, c'était de convaincre les gens qu'ils pouvaient y arriver.

Il n'était pas le chef. Il aurait bien aimé, pourtant. Un chef relève le menton et agit bravement. Masklinn n'était capable que de discutailler, de convaincre et, de temps en temps, de mentir un tout petit peu. Il avait découvert qu'on convainc plus facilement les gens de faire quelque chose quand on a su les persuader que l'idée venait d'eux.

L'idée ! Voilà le point le plus difficile. Et des idées, il leur en fallait beaucoup. Ils devaient apprendre à coopérer. Ils devaient apprendre à lire. Ils devaient se persuader que les femmes gnomes étaient... bon, disons, presque aussi intelligentes que les hommes (cela dit, tout le monde savait que c'était une notion absurde et que, si on laissait trop réfléchir une femme, sa cervelle se mettait à surchauffer).

Enfin, bref, tout se passa comme prévu. Le camion quitta le Grand Magasin juste avant que l'édifice ne soit mystérieusement ravagé par un incendie et, sans trop causer de dégâts, gagna la campagne.

Là, les gnomes aboutirent à une carrière abandonnée, creusée à flanc de colline, et s'installèrent dans les bâtiments en ruine. Et en ce lieu, ils le sentirent bien, Tout Irait désormais pour le Mieux. Il y aurait, avaient-ils entendu dire, des Lendemains qui Chantent.

Bien entendu, la plupart des gnomes ignoraient à quoi ressemble un Lendemain, qu'il vocalise ou pas, et, s'ils l'avaient su, ils auraient su par la même occasion que le problème des lendemains qui chantent, c'est qu'ils se terminent souvent par un temps couvert. Ponctué d'averses éparses.

Six mois s'écoulèrent…

Voici l'histoire de l'Hiver.

L'histoire de la Grande Bataille.

L'histoire de l'éveil de Jekub, le Dragon sur la Colline, avec ses yeux qui ressemblaient à de grands yeux, sa voix qui ressemblait à une grande voix, et ses dents qui ressemblaient à de grandes dents.

Mais l'histoire ne s'est pas arrêtée là.

Elle n'a pas commencé là non plus.

Du ciel soufflaient la bourrasque et la tempête. Le vent s'était changé en un mur qui balayait la campagne, un géant qui piétinait la terre. Les plus petits arbres ployaient, les plus grands se brisaient. Les dernières feuilles d'automne chuintaient dans l'air comme des balles perdues.

Le grand dépotoir à proximité des gravières était désert. Les mouettes qui y patrouillaient d'habitude étaient allées se mettre à l'abri quelque part ailleurs, mais le mouvement n'y manquait pas.

Le vent s'acharnait sur la décharge comme s'il nourrissait une rancune personnelle contre les vieux cartons de lessive et les chaussures abandonnés. Les boîtes de conserve roulaient au creux des ornières et tintinnabulaient de façon lamentable, tandis que des détritus plus légers s'envolaient et se joignaient au désordre des cieux.

Et toujours le ciel fouaillait le tas. Des papiers frissonnèrent un moment, avant d'être empoignés et emportés sauvagement.

Enfin, un morceau qui claquait au vent depuis des heures finit par s'arracher et prendre son essor dans l'air sonore. Il ressemblait à un gros oiseau aux ailes embryonnaires.

Regardez-le tournoyer…

Une barrière s'en saisit, mais ça ne dure pas. La moitié du papier s'arrache et, plus léger d'autant, il cabriole sur les sillons du champ derrière…

Il commence juste à prendre de la vitesse quand une haie lui barre le passage et le happe au vol comme on capture une mouche.

1

> I. *En ce temps-là se passèrent d'étranges Merveilles : l'Air s'agitait de cruelle façon, la Température du Ciel s'amenuisait et, certains matins, le Dessus des Flaques devenait Dur et Froid.*
>
> II. *Et les gnomes s'ébahirent : Quel est ce prodige ?*
>
> La Gnomenclature, *Profils de Carrière, Versets I-II*

C'est l'hiver, annonça Masklinn d'un ton ferme. On appelle ça l'hiver.

L'abbé Gurder fronça les sourcils en le regardant.

— Tu n'avais jamais parlé de ça, dit-il. Il fait froid, mais froid !

— C'est ça que vous appelez du froid ? intervint Mémé Morkie. Du froid ? Mais c'est pas ça, le froid. Parce que vous croyez que le froid, c'est ça ? Attendez un peu, vous allez voir ce que c'est, le froid ! (Masklinn remarqua qu'elle se délectait de la situation ; les catastrophes réjouissaient Mémé Morkie. Elle ne vivait que pour cela.) Quand il va se mettre à faire froid, là, il va vraiment faire froid. Vous allez voir de vrais gels, et… et l'eau va se mettre à tomber du ciel en morceaux tout glacés ! (Elle se cambra, la mine triomphante.) Alors, qu'est-ce que vous en dites, hein ?

— Inutile de nous parler comme à des enfants, soupira Gurder. On sait lire, vous savez. On sait ce qu'est la neige.

— Oui, renchérit Dorcas. Dans le Grand Magasin, on trouvait des cartes avec des images dessus à chaque Fêtons Noël. On connaît bien la neige. Ça scintille.

— Et on voit des rouges-gorges, approuva Gurder.

— Il y a... Euh, en fait, c'est un peu plus compliqué que ça, commença à dire Masklinn.

Dorcas le fit taire d'un signe de la main.

— Je ne vois aucune raison de s'inquiéter. Nos logements sont bien engoncés dans la carrière, les réserves de nourriture me paraissent satisfaisantes, et nous savons où nous réapprovisionner au besoin. Si personne n'a plus rien à dire, je propose de lever la séance.

Tout se passait bien. Enfin, du moins, rien ne se passait trop mal.

Oh, on y allait toujours des disputes et des querelles entre familles. Mais ça, c'est dans la nature des gnomes. On avait mis le Conseil en place pour régler ce genre d'histoires, et il semblait bien s'acquitter de sa tâche.

Les gnomes aimaient se chamailler. Au moins, avec le Conseil des Conducteurs, pouvaient-ils se chamailler sans en venir aux mains.

Curieux, quand même. Dans le Grand Magasin, les grandes familles rayonnales avaient régi la situation. Mais désormais toutes les familles étaient mélangées. Et puis, voyons la situation en face : une carrière ne possède pas de rayons. Pourtant, quasiment d'instinct, les gnomes avaient la passion des hiérarchies. Le monde avait toujours été divisé proprement entre ceux qui donnaient les ordres et ceux qui les exécutaient. Et donc, de façon assez inattendue, de nouveaux chefs avaient émergé.

Les Conducteurs.

Tout dépendait de la place qu'on avait tenue durant le Grand Exode. Si on avait fait partie de ceux qui occupaient la cabine du véhicule, alors on était un Conducteur. Les autres n'étaient que simples Passagers. Personne n'en avait vraiment débattu. Il n'y avait rien d'officiel. Simplement, pour la majorité de la gnomitude, si on avait été capable de conduire un camion jusqu'ici, on devait savoir ce qu'on faisait.

Être un Conducteur n'était pas toujours drôle.

L'année précédente, avant de découvrir le Grand Magasin, Masklinn avait dû chasser chaque jour. Désormais, il ne chassait plus que lorsqu'il en avait envie ; les jeunes gnomes du Grand Magasin appréciaient la chasse et, apparemment, la dignité d'un Conducteur n'était pas entièrement compatible avec ce genre d'activité. Ils avaient exploité des mines de pommes de terre et récolté de grosses quantités de blé dans le champ d'à côté, même après le passage des machines. Masklinn aurait préféré les voir semer leur propre nourriture, mais les gnomes n'avaient pas vraiment les pouces verts, et n'avaient pas réussi à faire germer des graines dans le sol dur de la carrière. Mais ils avaient de quoi manger, c'était l'essentiel.

Autour de lui, il sentait des centaines de gnomes vivre leur vie. Élever des familles. *S'installer.*

Il retourna nonchalamment dans son terrier, au fond d'un des hangars abandonnés de la carrière. Au bout d'un moment, il prit une décision et sortit le Truc de sa niche dans le mur.

Aucun des voyants n'était allumé. Cela n'arriverait pas tant que le Truc ne serait pas placé à proximité de fils électriques. Alors, il s'illuminerait et serait capable de parler. On trouvait des fils dans la carrière et Dorcas les avait rebranchés. Pourtant, Masklinn n'y avait pas conduit le Truc. Ce cube noir et dense avait une façon de s'exprimer qui le mettait toujours mal à l'aise.

Mais il avait la conviction que le Truc pouvait entendre ce qu'on lui disait.

— Le vieux Torritt est mort la semaine dernière, annonça-t-il au bout d'un moment. On était tous un peu tristes, mais après tout, il était très vieux, et il est mort comme ça, simplement. Je veux dire : il ne s'est pas fait manger, écraser, rien de ce genre.

La petite tribu de Masklinn avait jadis vécu sur un accotement d'autoroute, en lisière d'une campagne vallonnée et bondée de créatures qui raffolaient de gnome frais. L'idée de mourir du simple fait de ne plus être vivant représentait pour eux un concept nouveau.

— Alors, on l'a enterré au bord du champ de pommes de terre, assez profondément pour le mettre hors de portée de la charrue. Les gnomes du Grand Magasin n'ont pas encore bien maîtrisé le principe de l'enterrement, je crois. Ils ont l'impression que Torritt va germer, ou je ne sais quoi. À mon avis, ils confondent avec ce qu'on fait des graines. C'est parce qu'ils ont vécu dans le Grand Magasin, tu comprends. Tout est nouveau pour eux. Ils se plaignent toujours de manger de la nourriture qu'on a sortie de terre : ils ne trouvent pas ça naturel. Et ils prennent la pluie pour un système d'arrosage anti-incendie. À mon avis, ils confondent le monde avec un très Grand Magasin. Ahem.

Il considéra pendant un moment le cube impassible, se creusant la tête pour trouver autre chose à dire.

— Enfin, bref, ça signifie que Mémé Morkie est désormais la doyenne des gnomes, reprit-il. Donc, qu'elle a droit à sa place au Conseil, même si ce n'est qu'une femme. L'abbé Gurder a soulevé quelques objections, mais on lui a dit : Bon, d'accord, à toi de lui expliquer tout ça, et il a dit : Euh, non. Alors, elle y a droit. Ahem.

Il regarda ses ongles. La façon qu'avait le Truc d'écouter était assez déconcertante.

— L'hiver tracasse tout le monde. Hum. Mais on a engrangé des tas de patates, et il fait plutôt doux, ici, au fond. Cela dit, ils ont parfois des idées bizarres. Dans le Grand Magasin, ils racontent que, lorsque vient Fêtons Noël, il y a une grosse créature rouge qui passe. Elle s'appelle l'Épeire Noël. J'espère qu'elle ne nous a pas suivis jusqu'ici, en tout cas.

Il se gratta l'oreille.

— L'un dans l'autre, tout va bien se passer. Ahem.

Il se pencha en avant.

— Tu sais ce que ça signifie ? Quand on pense que tout va bien, c'est qu'une catastrophe inattendue va nous tomber dessus. Enfin, c'est mon opinion. Ahem.

Le cube noir réussit à présenter un aspect compréhensif.

— Tout le monde prétend que je m'inquiète trop. Je ne crois pas que ça soit possible, de trop s'inquiéter. Ahem.

Il réfléchit encore un peu.

— Ahem. Bon, je pense que c'est tout ce qu'il y a comme nouvelles, pour le moment.

Il souleva le Truc et le rangea dans sa petite niche.

Il se demanda s'il devait aborder le sujet de sa dispute avec Grimma. Mais c'était… bon… un sujet personnel.

Tout ça venait de ces livres. Il n'aurait jamais dû la laisser apprendre à lire, se farcir la tête de choses qu'elle n'avait aucun besoin de savoir Gurder avait raison, la cervelle des femmes avait bel et bien tendance à s'échauffer. Celle de Grimma semblait en ébullition permanente, ces temps-ci.

Il était allé lui demander : Bon, maintenant que la situation est plus ou moins rentrée dans l'ordre, il serait temps de se marier, comme le font les gnomes du Grand Magasin, avec l'Abbé qui marmonne quelques mots, et tout le tralala.

Et elle avait répondu qu'elle n'avait pas pris de décision.

Alors, il avait rétorqué que ça ne fonctionnait pas comme ça. Quand on vous disait que vous alliez vous marier, vous vous mariiez, c'était comme ça qu'on faisait.

Et elle avait déclaré : *Plus maintenant.*

Il était allé se plaindre auprès de Mémé Morkie. De sa part, il se serait attendu à un soutien. Elle était très respectueuse des traditions, Mémé. Il lui avait dit : Mémé, y a Grimma qui veut pas faire ce que je lui dis de faire.

Et Mémé avait répondu : Elle a bien raison. Si j'y avais pensé, moi non plus j'aurais pas fait ce qu'on me disait de faire, quand j'étais gamine.

Alors, il était allé se plaindre auprès de Gurder qui l'avait rassuré : Oui, c'est très mal, les filles doivent faire ce qu'on leur dit de faire. Et Masklinn lui avait dit : Ah, très bien, allez, vas-y, dis-lui. Et Gurder avait dit : Euh, ben, elle a un sacré caractère, il vaudrait peut-être mieux laisser tout cela décanter un peu, et puis c'est vrai, finalement, que les temps changent…

Les temps changaient. Oui, c'était assez vrai. Et l'architecte de la plupart des changements avait été Masklinn. Il avait dû changer la mentalité des gens pour leur faire quitter le Grand Magasin. Le changement était une nécessité. Le changement était une excellente chose. Il était un partisan convaincu du changement.

Par contre, il était absolument opposé à ce que les choses ne restent pas dans l'état où elles étaient.

Son épieu était posé dans son coin. Quel objet ridicule, désormais ! Un simple éclat de silex fixé à la hampe par un bout de ficelle. Du Grand Magasin, les gnomes avaient emporté des scies, et des tas de machins. Désormais, ils se servaient de métal.

Il regarda l'épieu un long moment. Ensuite, il s'en saisit et sortit méditer à loisir et en profondeur sur l'état du monde en général et sa situation personnelle en particulier. En d'autres termes, il partit bouder un bon coup.

La vieille carrière se trouvait à mi-hauteur d'une colline. Au-dessus s'étendait une prairie herbue et abrupte, qui cédait la place à un embarras de broussailles et d'églantiers. Au-delà s'étendaient les champs.

En contrebas de la carrière, une petite route serpentait entre des haies maigrichonnes avant de rejoindre la route principale. Plus loin passait la voie ferrée – nom qu'on donnait à deux longues lignes de métal posées en travers de grosses bûches. Des engins ressemblant à de très longs camions la remontaient parfois à la queue leu leu.

Les gnomes n'avaient pas encore très bien compris l'intérêt de la voie ferrée. Mais c'était dangereux, de toute évidence, parce qu'on pouvait voir qu'une route la traversait et, chaque fois que le machin mobile de la voie ferrée arrivait, deux barrières s'abaissaient sur la route.

Les barrières, les gnomes en connaissaient l'utilité. On en voyait autour des champs, pour empêcher les choses d'en sortir. Par conséquent, le bon sens voulait que les barrières soient là pour empêcher que le machin de la voie ferrée ne se sauve de ses lignes pour galoper par monts et par vaux.

Plus loin s'étendaient d'autres champs, des gravières – de bons endroits pour la pêche, pour les gnomes qui aimaient ce genre d'activité –, et ensuite c'était l'aéroport.

L'été, Masklinn avait passé des heures à observer les avions. Ils roulaient sur le sol, avait-il constaté, avant de monter brusquement, comme les oiseaux, de devenir de plus en plus petits et de disparaître.

Son gros souci, c'était ça. Masklinn, assis sur son caillou préféré, sous la pluie qui commençait à tomber, se mit à s'en inquiéter. Il avait tellement de soucis, ces temps-ci, qu'il était obligé de les ranger en piles. Mais le plus gros restait au-dessus de la pile : celui-là.

Ils devraient aller là où partaient les avions. Le Truc le lui avait dit, à l'époque où il parlait encore. Les gnomes étaient descendus du ciel. D'au-dessus du ciel, en fait, ce qui était un peu difficile à comprendre, parce que, soyons logiques, la seule chose qu'on trouvait au-dessus du ciel, c'était forcément encore du ciel. Et ils devaient rentrer chez eux. C'était leur… Un mot qui commençait par un *d*… Densité, voilà. Leur densité. Ils avaient eu un monde tout à eux, autrefois. Et, allez savoir comment, ils s'étaient retrouvés coincés ici. Mais – et voilà où le bât blessait – leur machin, leur vaisseau, cet aéroplane qui volait dans le ciel d'au-dessus, entre les étoiles, se trouvait toujours quelque part là-haut. Les premiers gnomes l'avaient abandonné en descendant dans un petit vaisseau qui s'était écrasé, et ils n'avaient jamais pu rentrer.

Et seul Masklinn savait ça.

L'ancien Abbé, celui qui avait précédé Gurder, était au courant. Grimma, Dorcas et Gurder avaient appris une partie de l'histoire. Mais ils avaient des tas de préoccupations et étaient d'un naturel pratique. Il y avait tant de choses à mettre en ordre, ces temps-ci.

Tout le monde était en train de s'installer, voilà tout. On va faire de cet endroit notre petit monde, exactement comme dans le Grand Magasin, comprit soudain Masklinn. Ils avaient tous pris le toit pour un ciel ; désormais, le ciel serait leur toit.

On restera ici et…

Un camion remontait la petite route menant à la carrière. Le fait était tellement incongru que Masklinn s'aperçut qu'il avait observé le véhicule un moment avant de comprendre ce qu'il voyait.

— Personne ne montait la garde ! Pourquoi personne ne montait-il la garde ? J'avais dit qu'il devait y avoir en permanence quelqu'un qui monte la garde !

Une demi-douzaine de gnomes se hâtaient à travers les bruyères desséchées en direction du portail de la carrière.

— C'était le tour de Sacco, grommela Angalo.

— C'est même pas vrai ! siffla Sacco. Souviens-toi, hier, tu m'as demandé d'échanger parce que…

— Je me fiche de savoir de qui c'était le tour ! tonna Masklinn. Il n'y avait personne là-bas ! Et il aurait dû y avoir quelqu'un ! On est d'accord ?

— Désolé, Masklinn.

— Oui… euh… désolé, Masklinn.

Ils escaladèrent une bosse et s'aplatirent derrière une touffe d'herbe jaunie.

C'était un camion de petite taille, comparé à la moyenne des camions. Un humain en était déjà descendu et s'affairait contre le portail qui menait à la carrière.

— C'est une Land Rover, annonça Angalo avec une certaine suffisance.

Avant le Grand Exode, il avait passé beaucoup de temps, dans le Grand Magasin, à lire tout ce qu'il pouvait dénicher sur les véhicules. Il les adorait.

— En fait, ce n'est pas vraiment un camion, c'est plutôt fait pour transporter les humains sur…

— L'humain est en train de coller quelque chose sur le portail, interrompit Masklinn.

— Sur *notre* portail, renchérit Sacco, scandalisé.

— C'est bizarre, ça, jugea Angalo.

L'homme regagna son véhicule d'une allure de somnambule, cette démarche lente et lourde qui caractérisait les humains. L'engin finit par faire demi-tour et par s'en aller dans un grondement.

— Il est venu jusqu'ici coller un bout de papier sur le portail, constata Angalo. Les humains, je vous jure…

Masklinn fronça les sourcils. Les humains étaient gros et bêtes, la chose était entendue, mais il semblait impossible de les arrêter et leur vie paraissait régie par les bouts de papier. Dans le Grand Magasin, c'est un bout de papier qui avait décrété la démolition, et ça n'avait pas raté : le Grand Magasin avait bel et bien été démoli. On ne pouvait pas faire confiance aux humains, dès que les bouts de papier entraient en scène.

Masklinn montra du doigt le grillage rouillé, facile à escalader pour un gnome agile.

— Sacco, il vaut mieux que tu ailles le décrocher.

À des kilomètres de là, un autre bout de papier claquait sur une haie. Des gouttes de pluie frappèrent ses textes décolorés par le soleil, mouillant le papier jusqu'à ce qu'il s'alourdisse, s'imbibe et…

… s'arrache à la haie.

Il tomba mollement sur l'herbe, libre. Une brise le fit frissonner.

2

III. *Mais il y eut un Signe, et les gens s'interrogèrent : Qu'est-ce donc que cela ?*
IV. *Et cela n'était point bon.*

La Gnomenclature, *Signes,*
Chapitre 1, Versets III-IV

Gurder progressait à quatre pattes sur le papier qu'on avait décroché du portail.

— Évidemment que je sais le lire, fit-il. Je connais le sens de chaque mot.

— Eh bien alors ? demanda Masklinn.

Gurder parut embarrassé.

— C'est le sens des phrases qui soulève quelques difficultés d'interprétation. Ça dit ici… Où est-ce que c'était ?… Ah, oui ! On dit ici que la carrière va être à nouveau ouverte. Qu'est-ce que ça veut dire ? Elle est déjà ouverte. Il ne faut pas être bien malin pour le constater ; ça se voit à des kilomètres.

Les autres gnomes se massèrent pour mieux voir. Le panorama s'étendait effectivement sur des kilomètres. C'était son trait le plus horrible. Sur trois côtés, la carrière avait des parois rocailleuses, abruptes comme il le fallait, mais sur le dernier côté… Eh bien, il fallait s'habituer à ne pas regarder par là. Il y avait trop de rien, et on se sentait encore plus petit, plus vulnérable que d'habitude.

Si le sens du papier n'était pas clair, l'affaire s'annonçait sous des auspices inquiétants.

— La carrière est un trou dans le sol, fit observer Dorcas. On ne peut pas rouvrir un trou, sauf si on l'a bouché auparavant. C'est la logique même.

— Une carrière est un endroit d'où on tire des pierres, intervint Grimma. Les humains font souvent ça. Ils creusent un trou et ils utilisent les pierres pour faire… euh… des routes, des choses dans ce genre.

— Tu as encore dû lire ça quelque part, je me trompe ? demanda Gurder sur un ton acide.

Il soupçonnait Grimma de n'avoir aucun respect pour l'autorité. Il trouvait également excessivement ennuyeux que, contrevenant à tous les handicaps de son sexe, elle sache mieux lire que lui.

— En fait, c'est bien le cas, répondit Grimma en secouant la tête.

— Mais tu vois quand même qu'il n'y a plus de pierres ici, Grimma ? intervint Masklinn sur un ton patient. C'est pour ça qu'il y a un trou.

— Judicieuse remarque, souligna sévèrement Gurder.

— Eh bien ! il va l'agrandir, ce trou explosa Grimma. Regarde les falaises, là-bas (obéissants, ils les contemplèrent), elles sont en pierre ! Et regarde ici (toutes les têtes pivotèrent vers son pied qui martelait furieusement le papier). Il dit que c'est pour une extension de la voie rapide ! C'est une route ! Il va agrandir la carrière ! *Notre* carrière ! Voilà ce que ça veut dire !

Un long silence suivit ces mots.

Puis Dorcas prit la parole :

— Qui ça ?

— Ordre ! Il a signé de son nom, répondit Grimma.

— Elle a raison, tu sais, intervint Masklinn. Regarde. Là, c'est marqué : *Réouverture de la carrière, par Ordre de la Municipalité*.

Les gnomes se balancèrent d'un pied sur l'autre. *Ordre*. Un nom qui n'annonçait rien de bon. Quand on se prénomme Ordre, on est probablement capable du pire.

Gurder se redressa et épousseta sa chasuble.

— Voyons les choses en face ; il ne s'agit que d'un bout de papier, bougonna-t-il.

— Mais l'humain est venu jusqu'ici, insista Masklinn. Ils n'étaient encore jamais venus ici.

— Ça, j'en sais rien, contra Dorcas. Je veux dire... ces bâtiments, dans la carrière... les anciens ateliers. Les portes, tout ça... Enfin, voyons, ils sont conçus pour des humains. C'est une chose qui m'a toujours turlupiné. Quand les humains sont venus quelque part, ils ont tendance à revenir. C'est leur côté crapuleux.

Il y eut un autre silence, lourd de sous-entendus, du genre que produisent plusieurs personnes en envisageant des choses pas très joyeuses.

— Vous voulez dire, articula lentement un des gnomes, que nous sommes venus jusqu'ici, que nous avons travaillé d'arrache-pied pour nous construire un foyer, et que maintenant on va nous le prendre ?

— Je ne pense pas qu'il faille se faire trop de souci pour l'instant... commença Gurder.

— Nous avons installé nos familles, intervint un autre gnome.

Masklinn s'aperçut que c'était Angalo. Il avait épousé au printemps une jeune demoiselle de la famille d'Égustation, et ils avaient déjà deux beaux enfants. Deux mois déjà ; ils commençaient à parler.

— Et nous allions faire une nouvelle tentative pour planter des graines, renchérit un troisième gnome. On a passé un temps fou à retourner le sol derrière les grands hangars. Enfin, tu es au courant, quand même ?

Gurder leva une main implorante.

— Nous ne sommes sûrs de rien, répondit-il. Il ne faut pas commencer à nous inquiéter avant de savoir ce qui se passe réellement.

— C'est quand on le saura, qu'on pourra s'inquiéter ? rétorqua un gnome sur un ton caustique.

Masklinn reconnut Nisodème, un Papeteri, l'assistant personnel de Gurder. Il n'avait jamais aimé ce jeune gnome et, pour autant que Masklinn pût en juger, le jeune gnome n'avait jamais aimé personne.

— Je n'ai jamais... hum... apprécié *l'ambiance* de cet endroit... hum... *je savais* bien que nous aurions des ennuis.

— Allons, Nisodème, allons, fit Gurder. Il n'y a aucune raison de tenir de tels propos. Nous allons convoquer une nouvelle session du Conseil, ajouta-t-il. Voilà ce qu'il faut faire.

La page de journal froissée était étalée sur le bord de la route. De temps en temps, une brise vagabonde la poussait le long de la route où, à quelques centimètres, la circulation défilait en grondant.

Une bourrasque plus forte s'empara d'elle à l'instant précis où passait un poids lourd particulièrement massif, avec sa traîne de turbulences. Le journal s'envola au-dessus de la route, se déploya comme une voiture et prit son essor sur les vents.

Une nouvelle session du Conseil de la Carrière s'était ouverte sous le parquet des anciens bureaux de celle-ci.

Des gnomes étaient massés dans la salle, le reste de la population était assemblé au-dehors.

— Bon, dit Angalo, il y a une vieille grange sur la colline, une grande, de l'autre côté du champ de patates. Ça ne coûterait rien d'aller y stocker des provisions. Histoire de se préparer, vous voyez. Au cas où. Comme ça, s'il se passe effectivement quelque chose, on saura où aller.

— Les bâtiments de la carrière n'ont pas d'espace sous le plancher, sauf la cantine et les bureaux, maugréa Dorcas sur un ton sinistre. Ce n'est pas comme dans le Grand Magasin. On manque de cachettes. Nous avons besoin des hangars. Si les humains viennent ici, il faudra partir.

— Alors la grange c'est une bonne idée, non? insista Angalo.

— J'ai vu un homme s'y rendre de temps en temps avec son tracteur, dit Masklinn.

— On pourrait l'éviter. Et puis de toute façon, continua Angalo en observant le cercle de visages qui le cernaient, peut-être que les humains ne s'attarderont pas. Qu'ils vont juste venir prendre leur pierre et qu'ils s'en iront après. Et on pourra revenir. On pourrait envoyer tous les jours quelqu'un pour les espionner.

— On dirait que tu réfléchis à cette grange depuis un moment, fit observer Dorcas.

— Masklinn et moi, on en a parlé un jour, pendant une partie de chasse par là-bas. Pas vrai, Masklinn?

— Hmmm ? demanda Masklinn qui avait le regard perdu dans le vide.

— Tu t'en souviens ? On est allés là-haut, et j'ai dit que ce serait un endroit pratique, si jamais on en avait besoin, et tu as dit oui.

— Hmmm, répondit Masklinn.

— Oui, mais y a cette espèce d'Hiver qui arrive, intervint un des gnomes. Vous savez bien. Le froid, du brillant partout...

— Les rouges-gorges, glissa quelqu'un d'autre.

— Heu... oui... reprit le premier, pas très sûr de lui. Ça aussi. C'est pas le meilleur moment pour faire des déplacements, avec les rouges-gorges qui vous tombent dessus de partout.

— Qu'est-ce que vous avez contre les rouges-gorges ? demanda Mémé Morkie qui s'était assoupie un instant. Mon papa disait qu'il y a plein à manger sur un rouge-gorge, quand on en attrape un.

Elle leur adressa fièrement un large sourire.

Ce commentaire eut sur le fil de la conversation le même effet que si on y avait brutalement suspendu un poids de cent kilos. Au bout d'un moment, Gurder déclara :

— Et je continue à maintenir qu'il ne faut pas tout de suite céder à la panique. Il faut attendre et avoir foi en Arnold Frères (fond. 1905), qui saura nous guider.

Nouveau silence. Puis Angalo dit, d'une voix très douce :

— Ça nous fait une belle jambe.

Le silence régna à nouveau. Mais cette fois-ci, c'était un silence lourd, poisseux, qui s'alourdissait, s'empoissait et menaçait de plus en plus à mesure que le temps passait, comme un nuage d'orage enfle au-dessus d'un pic montagneux, jusqu'à ce que le premier éclair soulage l'atmosphère.

L'éclair fusa.

— Qu'est-ce que tu as dit ? demanda lentement Gurder.

— J'ai simplement exprimé l'opinion générale, répliqua Angalo.

De nombreux gnomes commencèrent à contempler leurs chaussures.

— Ce qui signifie, exactement ?

— Où est-il, Arnold Frères (fond. 1905), hein ? De quelle façon est-ce qu'il nous a aidés à sortir du Grand Magasin ? De quelle façon *précise ?* Il n'a rien fait, voilà la vérité. (La voix d'Angalo chevrotait un peu, comme s'il était lui-même effrayé par les mots qu'il prononçait.) C'est nous qui avons tout fait. En nous instruisant. On a tout fait nous-mêmes. On a appris à lire les livres, tes livres, et on a découvert des trucs et on a tout fait par nos propres moyens...

Gurder bondit sur ses pieds, blême de fureur. À ses côtés, Nisodème avait mis la main sur sa bouche et semblait trop choqué pour pouvoir dire quoi que ce soit.

— Arnold Frères (fond. 1905) est partout où vont les gnomes ! hurla Gurder.

Angalo vacilla vers l'arrière, mais son père avait été un des gnomes les plus coriaces du Grand Magasin, et il n'abandonnait pas aisément la partie.

— Ça, tu viens juste de l'inventer ! Je ne dis pas qu'il n'y avait pas... euh... *quelque chose* dans le Grand Magasin, mais c'était dans le Grand Magasin. Maintenant on est ici, et on ne peut compter que sur nous-mêmes ! Le problème avec vous, les Papeteri, c'est que vous aviez tant de pouvoir dans le Grand Magasin que vous ne vous résignez toujours pas à l'abandonner !

Ce fut au tour de Masklinn de se lever.

— Minute, tous les deux... commença-t-il.

— Ah, c'est comme ça ? gronda Gurder en ignorant cette intervention. Voilà bien les Konfection ! Vous avez toujours été des orgueilleux ! Bouffis d'arrogance ! Parce qu'on a conduit un camion pendant cinq minutes, ça y est, on croit qu'on sait tout, hein ? Peut-être que vous allez récolter exactement ce que vous avez semé, tu y as pensé ?

— ... ce n'est ni l'heure ni le lieu pour ce genre de chose... poursuivit Masklinn.

— Ces menaces sont ridicules ! Pourquoi est-ce que tu ne l'admets pas, vieil imbécile ? Arnold Frères n'existe pas ! Sers-toi donc de la cervelle qu'Arnold Frères t'a donnée, pour une fois !

— Si vous ne vous taisez pas tous les deux, j'en prends un pour taper sur l'autre !

L'intervention parut efficace.

— Bien, reprit Masklinn d'une voix plus normale. Je crois que ce serait une bonne idée si tout le monde allait s'affairer... s'affairer à ses activités respectives. Parce qu'on ne peut pas prendre de décisions compliquées dans de telles conditions. Il faut que nous réfléchissions tous un peu à la situation.

Les gnomes quittèrent la salle en file indienne, soulagés d'en avoir terminé. Masklinn pouvait entendre Gurder et Angalo s'apostropher au-dehors.

— Pas vous deux, les avertit-il.

— Hé, minute... fit Gurder.

— Non. *Vous*, minute! Regardez-vous. Il y a peut-être un problème capital qui couve, et vous vous chamaillez! Mais à quoi pensez-vous? Vous allez inquiéter les gens!

— Mais c'est un sujet important, marmonna Angalo.

— *Ce qu'il faut faire tout de suite*, trancha Masklinn d'un ton sec, c'est aller inspecter à nouveau cette grange. Je ne peux pas dire que l'idée m'enchante, mais il sera peut-être utile d'avoir une issue de secours. De toute façon, ça occupera les gens et pendant ce temps, ils ne s'inquiéteront pas. Qu'en pensez-vous?

— Oui, je suppose, admit Gurder de mauvaise grâce. Mais...

— Finis, les mais. Vous vous conduisez comme deux idiots. Les gens ont une haute opinion de vous. Alors donnez le bon exemple, c'est compris?

Les deux gnomes échangèrent des regards furibonds, mais ils opinèrent ensemble.

— Eh bien, parfait, conclut Masklinn. Maintenant, nous allons sortir tous ensemble. Les gens verront que vous vous êtes réconciliés, et ça calmera leurs inquiétudes. Et ensuite, nous pourrons commencer à échafauder des plans.

— Mais c'est important, Arnold Frères (fond. 1905), insista Gurder.

— Certes, fit Masklinn, tandis qu'ils sortaient dans la lumière de la carrière.

Le vent était retombé, laissant un ciel d'un bleu profond et glacé.

— Il n'y a pas de *certes* qui tienne, fit Gurder.

— Bon, écoutez, coupa Masklinn. J'ignore si Arnold Frères (fond. 1905) est réel, s'il était dans le Grand Magasin ou s'il n'existe que dans nos têtes, ou je ne sais quoi encore, mais ce que je sais, c'est qu'il ne va pas nous tomber du ciel.

Tous trois levèrent le nez à ces mots. Les gnomes du Grand Magasin frissonnèrent un peu. Il fallait toujours un peu de courage pour affronter le ciel infini quand on avait l'habitude de jolis parquets bien réconfortants, mais il était de tradition, quand on faisait référence à Arnold Frères, de lever les yeux. C'est là-haut que se trouvaient la Direction et la Comptabilité, au temps du Grand Magasin.

— C'est drôle, ce que tu dis, parce que justement il y a quelque chose, là-haut, fit remarquer Angalo.

Un objet blanc, vaguement rectangulaire, flottait paisiblement dans les cieux, grandissant sans cesse.

— C'est un simple morceau de papier, fit Gurder. Le vent a dû le déloger du dépotoir.

Le doute n'était plus permis : l'objet était beaucoup plus grand, maintenant. Il virevoltait paisiblement en descendant sur la carrière.

— Je crois que nous ferions bien de reculer un peu... dit lentement Masklinn tandis que l'ombre se ruait vers le sol à sa rencontre.

L'objet tomba sur lui.

Bien entendu, ce n'était que du papier. Mais les gnomes sont tout petits, et le morceau de papier était tombé de très haut, si bien que l'impact suffit à renverser Masklinn.

Mais le plus surprenant, ce furent les mots qu'il aperçut en tombant en arrière. Ces mots étaient : *Arnold Frères*.

3

I. *Et ils cherchèrent un Signe plus éloquent envoyé par Arnold Frères (fond. 1905), et il y eut un Signe.*
II. *Et certains parlèrent et dirent : Ouais, bon, d'accord, mais en fait ce n'est qu'une coin si dense.*
III. *Mais il y en eut d'autres pour dire : Même la coin si dense est un Signe.*

La Gnomenclature, *Signes,*
Chapitre 2, Versets I-III

Sur le sujet d'Arnold Frères (fond. 1905), Masklinn avait toujours gardé l'esprit ouvert à toutes les hypothèses. Quand on y réfléchissait, le Grand Magasin avait été fichtrement impressionnant, avec ses escaliers qui bougent et tout ça. Si ce n'était pas Arnold Frères (fond. 1905) qui l'avait créé, alors qui ? Après tout, ça ne laissait plus que les humains. Non que Masklinn ait considéré les humains comme aussi idiots que le pensaient la plupart des gnomes : oui, c'étaient des balourds, ils étaient lents, mais ils possédaient un genre de détermination impavide. On pouvait sûrement leur apprendre à réaliser des tâches simples.

D'un autre côté, le monde avait des kilomètres d'envergure, et il était rempli de choses compliquées. On ne pouvait quand même pas s'attendre qu'Arnold Frères (fond. 1905) ait tout créé lui-même.

Aussi Masklinn avait-il décidé de ne rien décider sur le chapitre d'Arnold Frères (fond. 1905), en espérant que s'il existait réellement un Arnold Frères (fond. 1905) et qu'il découvrît l'existence de Masklinn, il ne lui en voudrait pas trop.

Le seul problème quand on garde l'esprit ouvert, c'est qu'on trouve toujours quelqu'un qui tient absolument à y fourrer tout un tas de choses.

On avait soigneusement étalé le journal défraîchi tombé du ciel sur le parquet d'un des vieux hangars.

La feuille était constellée de mots. La plupart d'entre eux étaient compréhensibles pour Masklinn, mais même Grimma devait reconnaître qu'elle n'était pas certaine du sens qu'ils revêtaient dans leur ensemble. L'ENQUÊTE CONFIRME LA FRAUDE AU BAC, par exemple, les laissaient plutôt perplexes. Même chose pour : LES MUTINS DE LA TAXE. Tout autant que pour : JOUEZ AU SUPERLOTO AVEC LE BLACKBURY EVENING POST & GAZETTE. Mais ces mystères pouvaient attendre.

Tous les yeux contemplaient pour l'heure une toute petite superficie de mots, à peu près grande comme un gnome, située au-dessous du mot : *Gens*.

— Ça signifie *gens*, expliqua Grimma.

— Ah tiens? fit Masklinn.

— Et au-dessous, le lettrage dit : *Richard Arnold, le play-boy et globe-trotter millionnaire toujours à l'affût de sensations fortes, prendra la semaine prochaine un jet vers le soleil de Floride, afin d'assister au lancement d'Arnsat 1, le premier sat... ellite de communi...* (elle hésita)... *cations construit par la Multi... nationale Arnco. Ce bond en ayant dans le futur intervient quelques mois à peine après la dest... ruction par le feu d'A...*

Les gnomes, qui lisaient en silence en même temps qu'elle, furent parcourus d'un frisson collectif.

— ... *d'Arnold Frères, ce grand magasin de Blackbury qui fut le premier de la chaîne de magasins Arnold et la base d'un groupe finan... cier multimillionnaire. Il avait été ouvert en 1905 par le président Frank W. Arnold et son frère Arthur, seuls actionnaires. Son petit-fils Richard, quadragénaire qui...*

Sa voix baissa jusqu'à ne plus être qu'un murmure.

— *Son petit-fils Richard Quadragénaire*, répéta Gurder, la face illuminée par le triomphe. Alors, qu'est-ce que vous trouvez à répondre à ça, hein?

— C'est quoi, un globe-trotter ? demanda Masklinn.

— Eh bien, un globe, c'est une boule, et trotter, c'est courir au ralenti, répondit Grimma. Donc, c'est quelqu'un qui court au ralenti sur une boule. Un globe-trotter.

— Ce message nous a été envoyé par Arnold Frères, annonça Gurder d'une voix lourde de sens. On nous l'a adressé. Un message.

— Un message qui nous est… hum… destiné ! renchérit Nisodème qui se tenait juste derrière Gurder.

Il leva les bras.

— Contemplez-le, mes frères, car il est issu des profondeurs de…

— Oui, oui, ça va, Nisodème, interrompit Gurder. Calme-toi un peu, tu seras gentil.

L'Abbé adressa à Masklinn un coup d'œil vaguement embarrassé.

— Ça m'étonnerait un peu, quand même. Quand on court au ralenti sur une boule, on tombe. Enfin, si c'est vraiment d'une boule qu'il s'agit… c'est ce que je veux dire, moi, glissa Masklinn.

Ils contemplèrent à nouveau l'Image. Elle était constituée de petits points. Ils composaient un visage souriant. On distinguait des dents et une barbe.

— Rien de plus évident, reprit Gurder avec plus de confiance. Arnold Frères (fond. 1905) nous a envoyé son petit-fils, Richard Quadragénaire, pour… pour…

— Et ces deux noms, les actionnaires du Grand Magasin ? reprit Masklinn. Je ne comprends pas bien. Il me semblait que c'était Arnold Frères (fond. 1905) qui avait créé le Magasin.

— Bien entendu. Et ensuite, ces deux-là… en ont été les actionnaires, expliqua Gurder. Ils découvrirent le Grand Magasin et… euh… *l'actionnairent* (l'assurance de sa voix fléchit légèrement). Le nom le dit bien : ils ont tout mis en mouvement, répéta-t-il, à moitié pour lui-même. Oui, voilà, c'est ça, c'est logique.

— Admettons, intervint Dorcas. Bon, résumons un peu la situation. Le message, c'est – vous m'arrêtez si je me trompe – que le petit-fils Richard Quadragénaire est en Floride, allez savoir ce que c'est…

— Il *va* y être, corrigea Grimma.

— C'est une espèce de jus de couleur orange, intervint un des gnomes, pasqu'un jour on est allés à la décharge, et y avait un vieux carton, et dessus y avait marqué : *Jus d'orange floride*. C'est moi qui l'ai lu, ajouta-t-il avec fierté.

— Bon, alors, si j'ai bien compris, il va aller dans ce jus de couleur orange, répéta Dorcas, la mine sceptique, pour courir au ralenti sur une boule avec un jet – et ça non plus, je ne sais pas ce que c'est. Et apparemment, ça va lui faire des émotions.

Les gnomes s'abîmèrent dans un profond silence, tandis qu'ils étudiaient ce résumé de la situation.

— Les saintes écritures sont parfois complexes à déchiffrer, énonça gravement Gurder.

— Alors, celle-là doit être bougrement sainte, rétorqua Dorcas.

— Moi, je crois que c'est un simple hasard, annonça Angalo avec des airs supérieurs. C'est juste l'histoire d'un banal être humain, comme dans certains livres que nous avons lus.

— Et tu en connais beaucoup, toi, des êtres humains capables de se tenir sur une boule et, en plus, de courir au ralenti dessus ? lança Gurder.

— Bon, d'accord ! Mais alors qu'est-ce qu'on va faire ?

La bouche de Gurder s'ouvrit et se referma plusieurs fois.

— Mais, c'est l'évidence même, répondit-il en hésitant.

— Eh ben, dis-nous ?

— Mais… euh… C'est… euh… l'évidence même. Nous devons aller… euh… à cet endroit où se trouve le jus orange…

— Oui ? l'encouragea Angalo.

— Et… euh… trouver Richard Quadragénaire, ce qui devrait être facile, tu vois, parce qu'on a son image…

— Vraiment ? fit Angalo.

Gurder lui décocha un regard hautain.

— Souviens-toi du commandement qu'avait affiché Arnold Frères (fond. 1905) en son Grand Magasin. N'y lisait-on pas : *N'hésitez pas à demander ce que vous ne voyez pas en rayon* ?

Les gnomes opinèrent. Nombre d'entre eux se souvenaient de l'avoir vu. Ainsi que les autres commandements. *Tout doit disparaître* et, à côté des escaliers qui bougeaient, *Animaux domestiques et Landaus* doivent *être tenus dans les bras*. Telles étaient les volontés d'Arnold Frères (fond. 1905). On pouvait difficilement les discuter… D'un autre côté, c'était au temps du Grand Magasin. Désormais, ils étaient ici.

— Et… ? insista Angalo.

Gurder commençait à transpirer.

— Eh bien… euh… et alors, on lui demandera qu'on nous laisse tranquilles dans la carrière.

Un silence gêné plana sur l'assistance. Puis Angalo déclara :

— C'est probablement le plan le plus lamentable…

— Qu'est-ce que c'est, un jet ? demanda Grimma. Ça a un rapport avec l'eau ?

— Un jet, c'est une sorte d'avion, expliqua Angalo, leur expert en moyens de transport.

— Alors, s'il prend un jet, c'est pour le garder ou pour se déplacer ? s'enquit Grimma.

Tout le monde se tourna vers Masklinn, dont la fascination pour l'aéroport était bien connue de chacun.

Il avait disparu.

Masklinn tira le Truc de sa niche dans le mur et ressortit à l'air libre. Inutile d'attacher le Truc à des fils électriques. Il suffisait de l'en approcher.

L'ancien bureau du directeur possédait l'électricité. Masklinn traversa l'intervalle désert qui séparait les bâtiments décrépits et se faufila par une fente dans la porte gondolée.

Puis il plaça le cube au centre du parquet et attendit.

Le réveil du Truc demandait toujours un moment. Ses lumières clignotaient au petit bonheur, et il poussait des bips curieux. Masklinn supposait que ça pouvait se comparer, chez une machine, au réveil d'un gnome le matin.

Le Truc finit par dire :

— *Qui est là ?*

— C'est moi, Masklinn. Dis donc, j'ai besoin de savoir ce que signifient les mots « satellite de communications ». Je t'ai déjà entendu prononcer le mot « satellite ». Tu disais que la lune en était un, je me trompe ?

— C'est exact. Mais les satellites de communications sont des lunes artificielles. On s'en sert pour les communications. Les communications, c'est le transfert de l'information. Dans le cas qui nous occupe, par la radio et la télévision.

— La télévision ? Qu'est-ce que c'est ?

— Un moyen d'envoyer des images dans les airs.

— Et on fait ça souvent ?

— Tout le temps.

Masklinn nota dans un coin de sa tête qu'il devrait regarder en l'air pour essayer de voir passer ces images.

— Je comprends, mentit-il. Alors, ces satellites… Ils sont où, exactement ?

— Dans le ciel.

— Je pense pas en avoir jamais vu, fit Masklinn, un peu incrédule.

Une idée était en train de prendre forme sous son crâne. Rien de précis, pour l'instant. Des morceaux, des lambeaux de choses qu'il avait lues ou entendues convergeaient. L'important était de ne pas les bousculer, de ne pas les effaroucher.

— Ils se trouvent en orbite, à plusieurs kilomètres d'altitude. Il y en a un très grand nombre en orbite autour de cette planète.

— Comment tu peux le savoir ?

— Je suis capable de les détecter.

— Oh !

Masklinn fixa les voyants clignotants.

— Artificiels, ça veut dire qu'ils ne sont pas réels ?

— Ce sont des machines. En général, on les construit sur la planète et on les envoie dans l'espace.

L'idée était presque mûre, à présent. Elle montait comme une bulle…

— Dans l'espace… C'est là que se trouve notre vaisseau, tu as dit ?

— C'est exact.

Masklinn sentit l'idée éclater sans bruit, comme une tête de pissenlit.

— Si nous savions à quel endroit on allait envoyer un de ces machins dans l'espace, dit-il à toute allure avant que les mots ne puissent s'échapper, et si on se cramponnait sur les côtés ou, je ne sais pas, moi... si on le conduisait comme le camion et si on t'emmenait avec nous, alors on pourrait sauter en route quand on serait là-haut, et aller chercher notre vaisseau, non?

Les lumières sur le dessus du Truc se déplacèrent curieusement, selon des modalités que Masklinn n'avait encore jamais vues. La sarabande se prolongea un moment avant que le Truc ne reprenne la parole. Quand il le fit, il paraissait presque triste.

— *Est-ce que tu sais combien l'espace est vaste ?*

— Non, répondit poliment Masklinn. Il est drôlement grand, c'est ça?

— *Oui. Cela dit, je pourrais détecter le vaisseau et le faire venir si on me transportait au-dessus de l'atmosphère. Mais qu'évoquent pour toi les mots « réserve d'oxygène » ?*

— Rien.

— *Et « combinaison spatiale » ?*

— Rien du tout.

— *Il fait très froid, dans l'espace.*

— Eh bien, est-ce qu'on ne pourrait pas sauter un peu sur place, pour se réchauffer? demanda Masklinn, à bout d'arguments.

— *Je ne pense pas que tu comprennes vraiment de quoi l'espace est composé.*

— De quoi, alors?

— *De rien. L'espace ne contient rien. Et tout, à la fois. Mais il y a très peu de tout et beaucoup plus de rien que tu ne peux l'imaginer.*

— Ça vaut quand même la peine d'essayer, non?

— *L'entreprise que tu proposes est extrêmement peu judicieuse*, expliqua le Truc.

— Oui, mais tu vois, insista Masklinn, si on ne tente rien, alors les choses ne changeront jamais. On devra perpétuellement se sauver et trouver de nouveaux endroits où s'installer, et quand on commencera juste à être bien établis, on sera encore obligés de repartir. Tôt ou tard, nous devrons trouver un endroit dont nous serons sûrs qu'il nous appartient en propre. Dorcas a raison. Les humains sont partout. Et de toute façon, c'est toi qui m'as dit que chez nous, c'était… là-haut, je ne sais pas où.

— *L'heure n'est pas venue. Vous n'êtes pas prêts.*

Masklinn serra les poings.

— Mais je ne serai *jamais* prêt ! Je suis né dans un terrier, Truc ! Un trou tout bourbeux creusé dans de la terre ! Comment veux-tu que je sois jamais prêt à quoi que ce soit ? C'est ça, être vivant, Truc ! On n'est jamais prêt à rien ! Parce qu'on n'a droit qu'à une seule chance, Truc ! Une seule et unique chance, et ensuite on meurt ! On n'a pas la possibilité de recommencer jusqu'à ce qu'on ait tout réussi ! Tu comprends ça, Truc ? Alors on va essayer, et tout de suite ! Et je t'ordonne de nous aider ! Tu es une machine, tu dois obéir !

Les lumières se déployèrent en spirale.

— *Tu apprends vite !* constata le Truc.

4

III. *Et d'une Voix de Tonnerre, le Puissant Masklinn décréta devant le Truc : L'Heure a sonné pour nous les gnomes de rentrer en notre Patrie Céleste.*

IV. *Sinon, nous courrons sans répit d'une cachette à une autre.*

V. *Mais nul ne doit connaître ma Volonté, car l'on dirait : Ridicule ; qu'irions-nous faire dans le Ciel alors que nous avons déjà bien assez de problèmes Ici ?*

La Gnomenclature, *Profils de Carrière, Chapitre 2, Versets III-V*

Lorsque Masklinn revint, Gurder et Angalo se disputaient âprement.

Il n'essaya même pas d'intervenir. Il posa simplement le Truc par terre et s'assit à côté, pour les regarder faire.

Curieux, ce besoin de se disputer, chez les gens. Tout le secret de l'affaire était de ne pas écouter ce que l'autre avait à dire, avait constaté Masklinn.

Sur ce chapitre, Gurder et Angalo étaient des experts. Le problème, c'est qu'aucun des deux n'était parfaitement sûr d'avoir raison, et, chose singulière, les gens qui ne sont pas *complètement* certains d'avoir raison hurlent toujours plus fort que les autres, comme s'ils cherchaient surtout à se convaincre eux-mêmes. Gurder n'était pas persuadé, pas à cent pour cent, de l'existence réelle d'Arnold Frères (fond. 1905), et Angalo n'était pas totalement convaincu qu'il n'existait pas.

Angalo finit par remarquer la présence de Masklinn.

— Dis-lui, toi, Masklinn, exigea-t-il. Il veut qu'on parte à la recherche de Richard Quadragénaire !

— Vraiment ? Et par où penses-tu qu'on devrait commencer ? demanda Masklinn à Gurder.

— Par l'aéroport, tu le sais bien. Prendre un jet. Pour voyager dedans. Voilà ce qu'il va faire.

— Mais on connaît l'aéroport ! protesta Angalo. Je suis allé jusqu'au grillage, plusieurs fois ! Il y a des humains qui entrent et qui sortent à longueur de journée. Si ça se trouve, Richard Quadragénaire est déjà parti ! Il est peut-être déjà en plein jus ! On ne peut pas se fier à des mots qui tombent du ciel ! (Il se retourna vers Masklinn.) Masklinn est quelqu'un de raisonnable, il va te le dire. Vas-y, dis-lui, Masklinn. Écoute bien, Gurder. Masklinn, il réfléchit, lui. En un moment comme celui-ci…

— Allons à l'aéroport, dit Masklinn.

— Là, qu'est-ce que je t'avais dit ? triompha Angalo. Masklinn, c'est pas le genre de gnome à… Qu'est-ce que tu racontes ?

— Allons à l'aéroport pour surveiller ce qui s'y passe.

La bouche d'Angalo béa et se referma sans laisser passer un son.

— Mais… mais… réussit-il à articuler.

— Ça vaut le coup d'essayer, expliqua Masklinn.

— Mais tout ça n'est qu'un simple hasard ! protesta Angalo.

Masklinn haussa les épaules.

— Eh bien, dit-il. Dans ce cas, nous rentrerons. Je ne suggère pas que nous y allions tous. Seulement une petite expédition.

— Mais en supposant qu'il se passe quelque chose pendant notre absence ?…

— De toute façon, si ça doit arriver, ça arrivera. Nous sommes des milliers. Il n'est pas difficile d'évacuer tout le monde vers la vieille grange, si besoin est. Ce n'est pas comme si on recommençait le Grand Exode.

Angalo hésita.

— Bon. Dans ce cas, j'y vais aussi. Rien que pour vous prouver l'erreur de vos superstitions.

— Très bien, fit Masklinn.

— À condition que Gurder vienne également, bien entendu, ajouta Angalo.

— Hein?

— Après tout, c'est toi, l'Abbé, poursuivit Angalo, sarcastique. S'il faut parler à Richard Quadragénaire, il vaut mieux que tu t'en charges. Si ça se trouve, il ne voudra parler à personne d'autre.

— Ha, ha! hurla Gurder. Et tu crois que je ne viendrai pas! Ça en vaudra la peine, rien que pour voir ta tête quand...

— Bon, donc, c'est réglé, conclut Masklinn avec calme. Et maintenant, je pense qu'il vaudrait mieux mettre en place une surveillance renforcée sur le chemin. Quelques équipes devraient se rendre dans la vieille grange. Et ce serait une bonne idée de vérifier ce que les gens pourront emporter. Au cas où, bien entendu.

Dehors, Grimma l'attendait. Elle n'avait pas l'air très contente.

— Toi, je te connais bien. Je sais quelle tête tu as quand tu fais faire aux gens des choses qu'ils ne veulent pas faire. Qu'est-ce que tu mijotes?

Ils se réfugièrent dans l'ombre d'une plaque rouillée de tôle ondulée. À l'occasion, Masklinn lançait un coup d'œil en l'air. Ce matin, le ciel n'était pour lui qu'un machin bleu où barbotaient des nuages. Désormais, c'était un machin rempli de mots, d'images invisibles et d'engins qui filaient à toute allure. Pourquoi fallait-il que, plus on découvrait de choses, moins on en sût vraiment?

Il finit par parler.

— Je ne peux rien te dire. Je n'en suis pas très sûr moi-même.

— C'est en rapport avec le Truc, non?

— Oui. Écoute, si je reste absent... euh... un peu plus longtemps que prévu...

Grimma se mit les poings sur les hanches.

— Je ne suis pas idiote, tu sais. Du jus orange! J'ai lu pratiquement tous les livres qu'on a sortis du Grand Magasin. La Floride, c'est... c'est un endroit. Comme la carrière, voilà.

Encore plus grand, si ça se trouve. Et c'est très loin d'ici. Il faut traverser beaucoup d'eau avant d'y arriver.

— Je crois que c'est encore plus loin que la distance que nous avons parcourue au cours du Grand Exode, fit Masklinn d'une voix tranquille. Je le sais, parce qu'un jour qu'on était allés regarder l'aéroport, j'ai vu de l'eau, de l'autre côté, le long de la route. On aurait dit qu'elle s'étendait à l'infini.

— Qu'est-ce que je t'avais dit? triompha Grimma. Sans doute un océan.

— Il y avait une pancarte, tout près. Je ne me rappelle pas tout ce qu'il y avait de marqué dessus. Je ne suis pas aussi bon que toi, en lecture. Un des mots était *étagne* ou *étang*, je ne sais pas.

— Tu vois bien!

— Mais ça vaut quand même la peine d'essayer, grimaça Masklinn. On ne pourra vivre en sécurité qu'en un seul lieu : chez nous. Sinon, on sera toujours obligés de courir d'un endroit à l'autre.

— Eh bien moi, ça ne me plaît pas.

— Mais c'est toi qui disais que tu n'aimais pas qu'on te force à t'enfuir. Il n'y a pas d'autre solution, non? Laisse-moi tenter quelque chose. Si ça ne marche pas, on reviendra ici.

— Et si quelque chose tourne mal et que tu ne reviennes pas? Je…

Grimma hésita.

— Oui? l'encouragea Masklinn, plein d'espoir.

— C'est sur moi que va retomber la corvée d'expliquer les choses à tout le monde, décréta-t-elle. C'est une idée idiote. Je ne veux pas y être mêlée.

— Oh! (Masklinn parut déçu, mais il resta plein de défi.) Eh bien, je vais quand même tenter le coup. Désolé.

5

V. *Ainsi parla-t-il : Et quelles sont ces Grenouilles dont tu m'entretiens ?*
VI. *Et elle lui répondit : Tu ne pourrais point comprendre.*
VII. *Et il dit : Ah bon.*

La Gnomenclature, *Des Grenouilles, Chapitre 1, Versets V-VII*

La nuit suivante fut chargée…

Le voyage jusqu'à la grange prendrait plusieurs heures. Des équipes allèrent baliser le trajet et préparer le chemin autant que possible, sans oublier d'ouvrir l'œil sur l'éventuelle présence de renards. Non qu'on en vît souvent, ces temps-ci ; un renard pouvait se laisser aller à attaquer un gnome solitaire, mais trente chasseurs enthousiastes et bien armés étaient une autre paire de manches. Il aurait fallu qu'un renard fût bien stupide pour manifester ne serait-ce qu'un intérêt passager. Les rares spécimens qui vivaient à proximité de la carrière avaient une tendance notable à s'éloigner à toutes pattes chaque fois qu'ils apercevaient un gnome. Ils avaient appris que *gnome* était synonyme de gros ennuis.

Pour certains, la leçon avait été dure. Peu de temps après l'installation des gnomes dans la carrière, un renard eut l'agréable surprise de tomber sur un duo de cueilleurs de baies sans méfiance, qu'il dévora. Sa surprise fut encore plus grande cette nuit-là quand deux cents gnomes pas contents du tout remontèrent sa piste jusqu'à son terrier, allumèrent un feu à l'entrée, et le tuèrent en le lardant de coups d'épieu lorsqu'il jaillit de sa retraite, les yeux remplis de larmes.

Les animaux qui n'auraient pas dédaigné un bon repas à base de gnome sont légion, avait expliqué Masklinn. Qu'ils sachent bien que ce sera eux ou nous. Et il vaudrait mieux qu'ils comprennent tout de suite que ce sera eux. Aucun animal ne doit prendre goût à la viande de gnome. Ces temps-là sont révolus.

Les chats étaient beaucoup plus malins. Aucun ne s'aventurait jamais dans les parages de la carrière.

— Bien entendu, tout ça ne vaut probablement pas la peine qu'on se fasse du souci, déclara Angalo, l'air nerveux, alors que l'aube pointait. Si ça se trouve, on n'aura jamais à mettre ces mesures en œuvre.

— Et tout ça au moment où on commençait à bien s'installer, maugréa Dorcas. Enfin, je suppose que si on monte correctement la garde, on peut être prêts à évacuer tout le monde en cinq minutes. Et on commencera ce matin à entreposer les provisions là-bas. Ça ne coûte rien. En cas de besoin, elles seront sur place.

Les gnomes se rendaient parfois jusqu'à l'aéroport. On rencontrait en chemin une grande décharge, qui était une véritable mine de morceaux de tissu ou de fil de fer et, plus loin, des gravières inondées, très pratiques pour ceux qui avaient la patience de pêcher à la ligne. Le voyage représentait une excursion plutôt agréable, le long de pistes de blaireau. Il fallait traverser la route principale ou, plutôt, la contourner par en dessous ; pour des raisons inconnues, on avait installé avec grand soin des tuyaux sous la route, aux endroits précis où les pistes avaient besoin de la franchir. On pouvait supposer que c'était l'œuvre des blaireaux. En tout cas, ces animaux en faisaient grand usage.

Masklinn trouva Grimma dans le terrier scolaire, en dessous d'un des hangars, surveillant une classe d'écriture. Elle lui jeta un regard furibond, incita les enfants à continuer leur travail – et si Nico Merceri voulait bien faire profiter le reste de la classe de la plaisanterie qui l'amusait tant ? Non ? Eh bien ! qu'il se concentre sur ce qu'il faisait, alors – et elle emprunta le tunnel d'accès.

— Je passais simplement pour te prévenir que nous partions, expliqua Masklinn en tire-bouchonnant son chapeau entre ses mains. Il y a un groupe de gnomes qui se rend à la décharge, on devrait donc avoir de la compagnie en chemin. Ahem.

— L'électricité, fit Grimma sur un ton neutre.

— Hein ?

— Il n'y a pas l'électricité dans la vieille grange. Tu te souviens de ce que ça veut dire ? Des nuits sans lune où on était obligés de rester dans notre terrier ? Je ne veux plus connaître ça.

— Eh bien, ce genre d'épreuve rendait peut-être les gnomes meilleurs, grommela Masklinn. On n'avait pas tout ce qu'on a aujourd'hui, mais on était...

— Terrifiés, affamés, gelés et ignorants ! coupa Grimma. Tu le sais très bien. Essaie de parler du Bon Vieux Temps à Mémé Morkie. Tu verras ce qu'elle te répondra.

— On était ensemble.

Grimma inspecta ses mains.

— Nous avions le même âge et on vivait dans le même terrier, c'est tout, répondit-elle d'un ton égal. (Elle releva la tête.) Mais la situation a changé, désormais ! Il y a... Eh bien, par exemple, il y a les grenouilles.

Masklinn la regarda avec une parfaite incompréhension. Et, pour une fois, Grimma ne semblait pas très assurée.

— J'en ai entendu parler dans un livre, expliqua-t-elle. Tu vois, c'est dans un endroit. Ça s'appelle l'Amériquedusud. Et on y trouve des collines où il fait chaud, où il pleut tout le temps, ça donne des forêts où il y a de très grands arbres et dans les plus hautes branches de ces arbres, il y a de très grandes fleurs, elles s'appellent des broméliacées, et l'eau s'accumule dans les fleurs pour créer de petites mares, et il y a une sorte de grenouille qui pond ses œufs dans les mares, et il en sort des têtards qui deviennent de nouvelles grenouilles, et ces petites grenouilles passent toute leur vie dans les fleurs au sommet des arbres, sans jamais savoir qu'il y a un sol en bas, et un monde autour d'elles, plein de choses comme ça, et maintenant, je sais qu'elles existent et je ne les verrai jamais, et toi (elle avala une goulée d'air), tu veux que je vienne vivre avec toi dans un terrier pour te laver tes chaussettes !

Masklinn passa en revue toute la phrase dans sa tête, au cas où elle prendrait une signification cohérente à la seconde écoute.

— Mais je ne porte jamais de chaussettes, fit-il remarquer.

De toute évidence, ce n'était pas la chose à dire. Grimma lui enfonça un doigt dans l'estomac.

— Masklinn, tu es un brave gnome et tu n'es pas bête, dans ton genre, mais ce n'est pas dans le ciel que tu trouveras des réponses. Il faudrait que tu gardes les pieds sur terre, au lieu d'avoir tout le temps la tête en l'air !

Elle s'en fut dans un froufroutement de jupes et claqua la porte derrière elle. Masklinn sentit qu'il avait les oreilles brûlantes.

— Mais je peux très bien faire les deux ! hurla-t-il après elle. En même temps !

Il réfléchit encore un peu avant d'ajouter :

— Comme tout le monde, d'ailleurs !

Il reprit le tunnel en sens inverse, d'un pas sonore. *Pas bête dans ton genre !* Ah, Gurder avait bien raison, l'éducation pour tous, ce n'était pas une bonne idée. Il ne comprendrait jamais rien aux femmes, se dit-il. Même s'il devait vivre dix ans.

Gurder avait confié le commandement des Papeteri à Nisodème. Masklinn n'en était pas très content. Non que Nisodème ne fût pas intelligent. C'était plutôt l'inverse. Il avait une intelligence bouillonnante, latérale, qui déplaisait souverainement à Masklinn. Il paraissait toujours lutter contre une trépidation secrète ; quand il s'exprimait, les mots sortaient invariablement en cascade, et Nisodème intercalait sans arrêt des *hum* dans son torrent de paroles pour pouvoir reprendre son souffle sans laisser à quiconque une chance de l'interrompre. Il mettait Masklinn mal à l'aise.

Le gnome s'en ouvrit à Gurder :

— Nisodème est parfois surexcité, répondit Gurder, mais il a le cœur au bon endroit.

— Et sa tête ?

— Écoute. Nous nous connaissons bien, tous les deux, non ? On se comprend bien, tu ne trouves pas ?

— Si. Pourquoi ?

— Alors, je te laisse prendre les décisions qui affectent le corps des gnomes, expliqua Gurder (sa voix était juste à la lisière de la menace), et tu me laisses prendre celles qui mettent leur âme en jeu. Ça te paraît équitable ?

Et c'est ainsi qu'ils s'en furent.

Les adieux, les messages de dernière minute, l'organisation et, parce qu'ils étaient des gnomes, les mille petites disputes, n'avaient aucune importance.

Ils se mirent en route.

La vie dans la carrière commença à reprendre son cours normal. Il n'apparut plus de camions au portail. Au cas où, Dorcas dépêcha quelques-uns de ses jeunes assistants mécaniciens les plus agiles dans les hauteurs du grillage pour bourrer de boue le cadenas rouillé. Il ordonna également à une équipe de gnomes d'entortiller des fils de fer autour des montants du portail.

— Ça ne les retiendra pas bien longtemps, avoua-t-il. Pas s'ils sont déterminés.

Le Conseil ou, du moins, ce qu'il en restait, hocha la tête d'un air plein de sagesse, bien que, franchement, personne ne comprît grand-chose ni ne se souciât beaucoup de questions mécaniques.

Le camion revint cet après-midi-là. Les deux gnomes qui surveillaient le chemin coururent à la carrière pour faire leur rapport. Le conducteur avait tripatouillé un moment le cadenas, tiré sur les fils et il était reparti avec son véhicule.

— Et il a dit quelque chose, ajouta Sacco.

— Oui, il a dit quelque chose, Sacco l'a entendu, confirma sa collègue, Nouty Mode Enfantine.

C'était une gnomette dodue qui portait un pantalon, se débrouillait fort bien en mécanique et avait été volontaire pour un tour de garde, plutôt que de rester chez elle apprendre la cuisine ; les temps changeaient vraiment, dans la carrière.

— Je l'ai entendu, il a dit quelque chose, confirma Sacco avec amabilité, au cas où la situation n'aurait pas été assez claire.

— C'est la vérité, fit Nouty. Nous l'avons entendu tous les deux, pas vrai, Sacco ?

— Et qu'a-t-il dit ? les encouragea Dorcas.

Je n'ai pas mérité ça, pensait-il en même temps. *Pas à mon âge. Je serais bien mieux dans mon atelier, à essayer d'inventer la radio.*

— Il a dit…

Sacco prit une profonde inspiration, ses yeux lui sortirent presque des orbites et il tenta d'imiter le mugissement de corne de brume qui était le bruit des humains :

— Sââââââllllleeuuuuuuhh môôôôôôôôômmmeuuuuuh !

Dorcas regarda les autres.

— Quelqu'un a une explication ? demanda-t-il. On dirait presque que ça a un sens, vous ne trouvez pas ? Je vous dis : si seulement on arrivait à les comprendre…

— Ça devait être un humain idiot, intervint Nouty. Il essayait d'entrer !

— Alors, il reviendra, conclut Dorcas d'un air sombre.

Il secoua la tête.

— Très bien, vous deux, reprit-il. Beau travail. Retournez à votre poste de surveillance. Merci.

Il les regarda partir main dans la main, avant de retraverser la carrière vers l'ancien bureau du directeur.

J'ai déjà vu six Fêtons Noël, songeait-il. Six… comment dit-on ?… Six ans. Et presque un de plus, je crois, encore que ce soit difficile d'être sûr, par ici. Personne n'accroche plus de panneaux pour annoncer ce qui va se passer, et on a baissé le chauffage. Sept ans. L'époque où un gnome aimerait bien prendre la vie en douceur. Et me voilà en un lieu où le monde est dépourvu de murs convenables, où l'eau devient parfois froide et dure le matin, et où les ventilateurs et les radiateurs sont déréglés à un point scandaleux. Bien entendu (il se reprit un peu), en tant que savant, je trouve tous ces phénomènes fascinants. Simplement, j'aimerais bien les trouver fascinants depuis un point d'observation coquet et douillet, au-Dedans.

Ah, le Dedans ! Voilà l'endroit idéal. La plupart des vieux gnomes souffraient d'une phobie du Dehors, et personne n'aimait beaucoup aborder le sujet. Dans la carrière, passe encore : il y avait de grandes murailles de roc. Si on évitait de trop lever les yeux et qu'on ignorait le quatrième côté, avec ses effroyables échappées sur la campagne environnante, on pouvait presque s'imaginer de retour dans le Grand Magasin. Mais malgré tout, la plupart des vieux gnomes préféraient se réfugier dans les hangars ou dans la douillette pénombre au-dessous des parquets. De cette façon, on évitait cette abominable sensation d'exposition, l'impression détestable que le ciel vous observait.

Pour leur part, les enfants semblaient s'adapter parfaitement au Dehors. Il n'avaient pas vraiment l'habitude d'autre chose. C'est tout juste s'ils se rappelaient le Grand Magasin, mais cela ne signifiait plus grand-chose pour eux. Le Dehors leur appartenait. Ils s'étaient acclimatés. Et les jeunes chasseurs et cueilleurs… Ah, ma foi, quand on est jeune, on aime bien faire montre de son courage, pas vrai ? Surtout devant les autres jeunes hommes. Et devant les jeunes femmes.

Bien entendu, se dit Dorcas, en tant que savant et gnome féru de rationalisme, je sais très bien que nous n'étions pas destinés à vivre indéfiniment sous les parquets. Simplement, quand on est un gnome qui a près de sept ans, et qu'on commence à sentir ses articulations craquer, je dois admettre qu'on éprouve un certain réconfort à voir quelques-uns des anciens panneaux autour de soi. *Réductions fantastiques*, par exemple, ou peut-être juste un tout petit qui clamerait *Demain, grands soldes*. Ça ne ferait de mal à personne et je suis certain que je me sentirais plus à mon aise. Ce qui, bien évidemment, est parfaitement grotesque, quand on envisage la chose sous l'angle rationnel.

Il songea : Voilà des pensées parfaitement déplacées pour un gnome féru de rationalisme.

La boiserie qui encadrait la porte du bureau du directeur présentait une fente. Dorcas s'y faufila pour gagner la pénombre familière sous le parquet, et il avança jusqu'à ce qu'il trouve l'interrupteur.

Une idée dont il était plutôt fier. Une énorme alarme rouge était accrochée au mur extérieur du bureau ; sans doute pour que les humains puissent entendre la sonnerie du téléphone quand il y avait du bruit dans la carrière. Dorcas avait modifié les fils de telle façon qu'il pouvait la faire sonner chaque fois qu'il en avait envie.

Il appuya sur l'interrupteur.

Des gnomes arrivèrent en courant de tous les recoins de la carrière. Dorcas attendit que l'espace sous le parquet se soit rempli, puis il tira vers lui une boîte d'allumettes vide, pour s'en servir d'estrade.

— L'humain est revenu, annonça-t-il. Il n'a pas réussi à entrer, mais il va continuer à essayer.

— Et tes bouts de fil de fer? s'inquiéta un des gnomes.

— Il existe des outils coupe-fil, je le crains.

— Voilà qui règle le sort de ta théorie sur... hum... l'intelligence humaine. S'ils étaient réellement intelligents, les humains auraient compris... hum... qu'il ne faut pas aller là où on n'a pas envie de les voir, jugea Nisodème d'un ton acide.

Dorcas aimait voir les jeunes gnomes manifester de l'ardeur, mais Nisodème vibrait d'une impatience bien spéciale qui était désagréable à observer. Dorcas lui jeta un regard aussi furieux qu'il l'osa.

— Les humains de la région sont peut-être différents de ceux du Grand Magasin, jeta-t-il. Enfin, bref...

— C'est Ordre qui a dû l'envoyer, dit Nisodème. C'est un jugement... hum... à notre encontre!

— Pas du tout. Il s'agit d'un simple humain, répliqua Dorcas.

Nisodème lui décocha un regard furieux tandis qu'il poursuivait :

— Bon, maintenant, il faudrait vraiment commencer à expédier une partie des femmes et des enfants à...

Dehors, on entendit un bruit de pas pressés et les sentinelles du portail s'introduisirent précipitamment par la fente.

— Il est revenu! Il est revenu! ahana Sacco. L'humain! Il est de retour!

— Très bien, très bien! fit Dorcas. Pas de panique, il ne peut pas...

— Non! Non! Non! hurla Sacco en sautant sur place. Il a un de ces coupe-machins! Il a coupé le fil de fer, et la chaîne qui fermait le portail aussi, et il...!

Personne n'entendit la suite.

C'était inutile.

Le bruit d'un moteur qui se rapprochait racontait le reste de l'histoire.

Il s'amplifia tellement que tout le hangar trembla. Puis il s'arrêta brusquement, laissant derrière lui un sale silence qui était encore pire que le vacarme. On entendit le choc mat d'une portière qui claquait, suivi par le craquement et le grincement de la porte du hangar.

Puis des pas. Au-dessus de leur tête, les lattes du parquet ployèrent et laissèrent tomber de petits paquets de poussière, tandis que de terribles pas parcouraient le bureau de long en large.

Les gnomes étaient figés dans un silence absolu. Rien ne bougeait, sauf leurs yeux, qui suivaient à la trace le bruit des pas, restant sur place quand ils s'arrêtaient, allant et venant au rythme des déplacements de l'humain dans la pièce au-dessus d'eux. Un bébé commença à pleurnicher.

On entendit un cliquetis, le son étouffé d'une voix humaine émettant sa traditionnelle et incompréhensible logorrhée. Cela dura un certain temps.

Puis les pas quittèrent à nouveau le bureau. Les gnomes les entendirent crisser au-dehors, accompagnés d'autres bruits. D'horribles cliquetis de métal.

Un petit gnome dit :

— M'man, j'ai envie d'aller aux cabinets ; m'man…

— Chhhut !

— Mais c'est pressé, m'man !

— Tu vas te taire ?

Tous les gnomes étaient figés tandis que les bruits continuaient autour d'eux. Enfin, presque tous. Un tout petit gnome était en train de danser d'un pied sur l'autre, pendant que son visage virait au pivoine.

Finalement, le vacarme cessa. On entendit claquer une portière, et le grondement du moteur reprit, pour s'estomper graduellement.

À voix très basse, Dorcas annonça :

— Je crois que nous pouvons nous détendre un peu, maintenant.

Des centaines de gnomes laissèrent échapper un soupir de soulagement.

— *M'man!*

— Oui, bon, d'accord, va vite.

Et, après le soupir de soulagement, le brouhaha monta. Une voix domina les autres.

— Nous n'avons jamais connu ça, au temps du Grand Magasin! lança Nisodème en grimpant sur une demi-brique. Je vous le demande, mes frères gnomes, est-ce donc là ce qu'on nous avait conduits… hum… à espérer?

Il y eut un chœur confus de *oui* et de *non*, tandis que Nisodème poursuivait.

— Il y a un an, nous vivions en sécurité dans le Grand Magasin. Vous rappelez-vous à quoi ressemblait le Fêtons Noël? Vous souvenez-vous de ce que représentait l'Alimentation? Quelqu'un a-t-il souvenir du goût qu'avaient… hum… le rôti de bœuf et la dinde?

Un ou deux vivats embarrassés retentirent. Nisodème adopta un air triomphant.

— Et nous revoilà à la même période de l'année – enfin, on nous affirme que c'est la même période, continua-t-il sur le mode sarcastique –, et on voudrait nous faire manger des objets noduleux qui, en réalité, poussent dans de la terre! Hum. Et de la viande qui n'a rien à voir avec de la vraie viande : ce sont des animaux morts et débités en morceaux! De vrais animaux morts, vraiment débités en morceaux! Voulez-vous que vos… hum… vos enfants prennent de telles habitudes? Qu'ils déterrent leur nourriture? Et maintenant, on nous raconte qu'il faut aller dans une grange qui n'est même pas pourvue d'un parquet convenable sous lequel nous pourrions vivre comme l'avait voulu Arnold Frères (fond. 1905). Une question se pose : et après? Devrons-nous aller vivre dans un champ, n'importe où? Hum. Et savez-vous quel est le pire, dans cette situation? Je vais vous le dire, moi. (Il tendit le doigt vers Dorcas.) Les gens qui donnent les ordres, dirait-on, sont ceux-là mêmes qui… hum… ont commencé à nous créer tous ces ennuis!

— Holà! Une petite minute! commença Dorcas.

— Vous savez tous que je dis vrai! hurla Nisodème. Réfléchissez-y, frères gnomes ! Au nom d'Arnold Frères (fond. 1905), fallait-il vraiment quitter le Grand Magasin ?

À nouveau montèrent quelques approbations, plus nourries, et quelques disputes éclatèrent au sein de l'assistance.

— Arrête donc de dire des idioties, rétorqua Dorcas. Le Grand Magasin allait être démoli !

— Nous n'en savons rien, hurla Nisodème.

— Mais bien sûr que si ! rugit Dorcas. Masklinn et Gurder ont vu…

— *Et où sont-ils, maintenant ?*

— Ils sont partis pour… Enfin, ils ont été…

Dorcas n'était pas doué pour ce genre de débats, il en était bien conscient. Pourquoi fallait-il que ça tombe sur lui ? Il préférait s'occuper de fils électriques, d'écrous, de machins dans ce genre. On ne se faisait jamais enguirlander par un écrou.

— Effectivement, ils sont partis ! (Nisodème baissa le ton jusqu'à une sorte de sifflement de fureur.) Réfléchissez-y bien, frères gnomes ! Faites marcher votre… hum… cervelle ! Dans le Grand Magasin, nous savions où nous en étions, les choses marchaient de façon satisfaisante, tout suivait à la lettre les préceptes d'Arnold Frères (fond. 1905). Et brusquement, nous voilà ici. Vous vous rappelez combien vous méprisiez les Dehoreux ? Eh bien désormais, les Dehoreux, c'est nous ! Hum. Nous revoilà en pleine panique, et ce sera toujours comme ça – à moins que nous ne nous amendions et qu'Arnold Frères (fond. 1905) ne nous permette, dans sa mansuétude, de réintégrer le Grand Magasin, quand nous serons redevenus des gnomes meilleurs, des gnomes plus sages !

— Soyons bien clairs ! intervint un spectateur. Es-tu en train de nous dire que l'Abbé nous a menti ?

— Je ne dis rien de tel, renifla Nisodème avec hauteur. Je me contente de présenter les faits. Hum. Rien de plus.

— Mais… mais… mais l'Abbé est allé chercher de l'aide, protesta faiblement une dame gnome. Et… et après tout, je suis certaine que le Grand Magasin a été démoli. Enfin, je veux dire… sinon, on n'aurait pas vécu toutes ces tribulations, quand même ? Euh…

Elle paraissait désemparée.

— En tout cas, moi, je sais une chose, enchaîna son voisin. Cette vieille grange dont tout le monde parle ne me dit rien qui vaille. Il n'y a même pas l'électrique.

— Oui, et elle se trouve en plein milieu du… (le nouvel orateur baissa la voix)… ben… vous savez. De la Chose. Vous savez bien ce que je veux dire.

— Ouais, confirma un vieux gnome. *La Chose*. J' l'ai vue, moi. Mon p'tit gars m'a amené à la cueillette des mûres, y a un mois ou deux d' ça, en haut de la carrière et j' l'ai vue.

— Oh, de loin, ça ne me dérange pas de la voir, répondit la dame inquiète. Mais c'est l'idée de me retrouver au milieu qui me donne des frissons.

Ils n'osent même pas employer les mots *rase campagne*, se dit Dorcas. Je les comprends.

— On est plutôt bien ici, je le reconnais, reprit le premier gnome, mais tout ce machin qu'il y a dehors, comment ça s'appelle ?… Ça commence par un *n*…

— La Nature ? suggéra Dorcas d'une petite voix.

Nisodème avait un sourire de dément, ses yeux pétillaient.

— Voilà, c'est ça, confirma le gnome. Eh ben, c'est pas naturel. Et puis, y en a franchement trop. C'est pas comme ça, dans un monde correct. Il suffit de regarder autour de soi. Le plancher est trop accidenté, il devrait être plat. Y a pratiquement aucun mur. Et puis, toutes ces petites lumières en étoile qui s'allument la nuit… Bon, franchement… Ça sert à quoi ? Pas à grand-chose. Et maintenant, les humains vont et viennent à leur guise, et aucun Règlement Intérieur n'est en vigueur, pas comme dans le Grand Magasin.

— C'est pour cela qu'Arnold Frères a créé le Grand Magasin en 1905, entonna Nisodème. Un endroit *convenable… hum…* pour les gnomes.

Dorcas attrapa doucement Sacco par l'oreille et tira le jeune gnome vers lui.

— Tu sais où est Grimma ? chuchota-t-il.

— Elle n'est pas ici ?

— Ça, je suis certain que non. Elle aurait déjà réagi vertement, si elle était dans les parages. Elle est peut-être restée avec les enfants dans le terrier scolaire, quand elle a entendu la cloche. Ça vaut sans doute mieux.

Nisodème a un projet en tête, se dit Dorcas. Quoi, je n'en sais rien, mais ça sent mauvais.

Et la situation n'alla pas en s'améliorant au fil de la journée, surtout quand il se mit à pleuvoir. Une vilaine pluie glacée. Du grésil, à en croire Mémé Morkie. C'était mou, pas franchement de la pluie, mais pas tout à fait de la glace non plus. De la pluie vertébrée.

On ne sait comment, elle semblait réussir à se faufiler en des endroits où la pluie ordinaire n'avait pas accès. Dorcas assigna les gnomes les plus jeunes au creusement de fossés de drainage, et il mit en place un chauffage de fortune au moyen de quelques grosses ampoules lumineuses. Les gnomes les plus âgés étaient assis en cercle autour d'elles en faisant le gros dos, et ils ronchonnaient.

Mémé Morkie faisait son possible pour les rasséréner. Dorcas commençait à espérer qu'elle arrête.

— Ça, c'est de la gnognotte, disait-elle. Je me souviens de la Grande Inondation. Notre terrier s'est carrément effondré. On a eu froid et on est restés trempés pendant des jours ! (Elle caqueta, en se balançant d'avant en arrière.) On avait une mine de rats mouillés, je vous jure ! Plus un poil de sec, vous savez, et pas de feu pendant une semaine. Ah, ça, on peut dire qu'on a rigolé !

Les gnomes du Grand Magasin la fixaient en frissonnant.

— Et vous faites pas de souci, pour traverser la rase campagne, continua-t-elle sur le ton de la conversation. Neuf fois sur dix, y a rien qui vous boulottera.

— Oh, miséricorde ! laissa échapper une dame gnome d'une voix blanche.

— Mais si, j'ai été dans les champs des centaines de fois. C'est de la rigolade tant qu'on reste tout près de la haie et qu'on ouvre bien les yeux. C'est rare qu'on doive détaler.

Quand on apprit que la Land Rover s'était garée à l'endroit précis où l'on avait prévu de planter des bidules, l'humeur générale ne s'améliora pas. Les gnomes avaient passé une éternité l'été précédent à retourner le sol durci pour le transformer en une vague approximation de terre. Ils avaient planté des graines, qui n'avaient pas germé. Désormais, deux grandes ornières traversaient l'endroit, et un nouveau cadenas et une chaîne étaient accrochés à la grille.

Le grésil commençait déjà à remplir les ornières. Du gas-oil avait coulé à terre et étalait ses arcs-en-ciel sur toute la surface.

Et tout du long, Nisodème rappelait aux gens à quel point la situation avait été meilleure dans le Grand Magasin. Ils n'avaient pas vraiment besoin d'être convaincus. C'était vrai, après tout : la situation avait été meilleure. Et de loin.

D'accord, songea Dorcas, on peut rester au chaud, la nourriture ne manque pas, encore qu'il y ait des limites au nombre de façons d'accommoder le lapin et les patates. Le problème, c'est que Masklinn avait imaginé qu'une fois sortis du Grand Magasin, nous creuserions, nous construirions, nous chasserions, et nous affronterions tous le futur le menton haut et le sourire large. Chez certains jeunes, c'est bien le cas, pas de problème. Mais nous autres, les anciens, nous sommes trop rassis dans nos vieilles habitudes. Moi encore, ça va. J'aime bricoler; je peux me rendre utile. Mais les autres… Tout ce qu'ils peuvent faire pour occuper le temps, c'est ronchonner. En ce domaine, ils sont passés maîtres.

Je me demande à quoi joue Nisodème. Il est trop ardent, si vous voulez mon avis.

J'aimerais bien que Masklinn revienne.

Ou même le jeune Gurder. C'était pas un mauvais bougre.

Trois jours de passés, déjà.

Les circonstances étant ce qu'elles étaient, il savait qu'il se sentirait mieux après être allé jeter un coup d'œil à Jekub.

6

I. *Car sur la Colline vivait un Dragon remontant à la Construction du Monde.*
II. *Mais il était vieux et cassé, et il se mourait.*
III. *Et il portait sur son Front la Marque des Dragons.*
IV. *Et cette Marque était : Jekub.*

La Gnomenclature, *Jekub*,
Chapitre 1, *Versets I-IV*

Jekub.

Jekub, c'était à lui. Son petit secret. En fait, son *énorme* secret. Personne d'autre n'en connaissait l'existence, pas même les assistants de Dorcas.

Il était en train de farfouiller dans les grands hangars à demi en ruine, de l'autre côté de la carrière, un jour de l'été précédent. Il ne cherchait rien de précis, un bout de fil de fer utile, peut-être, quelque chose comme ça.

Alors qu'il fouinait dans les ténèbres, il se redressa et leva les yeux. *Et Jekub était là.*

La gueule béante.

Quelques secondes d'épouvante s'étaient égrenées jusqu'à ce que les yeux de Dorcas s'accoutument à la distance.

Par la suite, il avait passé beaucoup de temps en compagnie de Jekub, à l'inspecter, à le découvrir. Oui, *le*. Jekub était masculin, sans aucun doute. Un mâle féroce, quoique vieux et blessé, comme un dragon qui se serait retranché là pour y dormir de son dernier sommeil. Ou peut-être comme ces gros animaux dont Grimma lui avait un jour montré l'image dans un livre. Les dînent-aux-aurores.

Mais Jekub ne passait pas son temps à ronchonner, ni à lui demander comment ça se faisait qu'il n'ait pas encore inventé la radio. Dorcas avait consacré maintes heures paisibles à faire la connaissance de Jekub. C'était un bon interlocuteur. En fait, c'était l'interlocuteur idéal, parce qu'on n'était pas obligé d'écouter son point de vue.

Dorcas secoua la tête. Plus le temps de penser à ça. Tout était en train de mal tourner.

Il décida d'aller trouver Grimma. Bien sûr, ce n'était qu'une fille. Mais elle semblait avoir la tête solidement vissée sur les épaules.

Le terrier scolaire était situé sous le plancher d'un ancien hangar, sur la porte duquel se lisait le mot *cantine*. C'était l'univers personnel de Grimma. Elle avait inventé l'école à l'intention des enfants, sous prétexte que, la lecture et l'écriture étant des connaissances difficiles à assimiler, il valait mieux s'en débarrasser le plus vite possible.

On y avait également installé la bibliothèque.

Dans la précipitation des dernières heures, les gnomes avaient réussi à sauver une trentaine de livres du Grand Magasin. Certains étaient très précieux (on consultait fréquemment *Jardiner toute l'année*, et Dorcas connaissait presque par cœur *Principes élémentaires de mécanique pour l'amateur*), mais les autres, eh bien... assez ardus..., et on ne les ouvrait pas souvent.

Quand Dorcas entra, Grimma se trouvait devant l'un d'eux. Elle se mordillait le pouce, un signe infaillible de concentration, chez elle.

On ne pouvait qu'admirer sa façon de lire. Non seulement Grimma était la meilleure lectrice parmi les gnomes, mais elle avait également le don stupéfiant de comprendre ce qu'elle lisait.

— Nisodème est en train de créer des ennuis, annonça-t-il en s'asseyant sur un banc.

— Je sais, répondit distraitement Grimma. On m'a raconté.

Elle empoigna le bord de la page à deux mains et la tourna avec un grognement d'effort.

— Je ne vois pas ce qu'il espère gagner, reprit Dorcas.

— Le pouvoir. Il aspire à la grandeur, tu comprends.

— Ça m'étonnerait qu'il puisse faire ça ici, répondit Dorcas, un peu sceptique. Dans le Grand Magasin, je veux bien. Il aurait trouvé le matériel adéquat. *Six cent quatre-vingt-quinze francs avec sa batterie d'accessoires pour la propreté de toute la maison*, ajouta-t-il, se remémorant avec un soupir le panonceau si familier.

— Non, je ne parle pas de ça, fit Grimma. C'est ce qu'on ressent quand il n'y a personne pour diriger. Je viens juste de lire quelque chose sur le sujet.

— Mais pour diriger, je suis là, non ? se plaignit Dorcas.

— Non, parce que personne ne fait réellement attention à ce que tu dis.

— Oh. Très aimable, merci.

— Ce n'est pas de ta faute. Il y a des gens comme Masklinn, Angalo ou Gurder qui savent faire écouter les gens, mais toi, tu n'arrives pas à capter leur attention, apparemment.

— Oh.

— Mais les boulons et les vis t'écoutent, eux. Tout le monde n'en est pas capable.

Dorcas y réfléchit. Il n'aurait jamais formulé la chose de cette manière. Était-ce un compliment ? Il décida que oui.

— Quand les gens doivent affronter un grand nombre de problèmes et qu'ils ne savent pas quoi faire, il y a toujours quelqu'un qui est prêt à raconter n'importe quoi, simplement pour obtenir le pouvoir, expliqua Grimma.

— Sans importance. Quand les autres reviendront, je suis sûr qu'ils régleront tout ça, conclut Dorcas sur un ton plus optimiste qu'il ne l'était vraiment.

— Oui, ils…

Grimma s'interrompit brusquement. Au bout d'un instant, Dorcas s'aperçut que ses épaules étaient agitées de spasmes.

— Quelque chose qui ne va pas ? s'enquit-il.

— Ça fait plus de trois jours, maintenant ! sanglota Grimma. *Personne* n'est jamais parti aussi longtemps ! Il a dû leur arriver quelque chose !

— Euh… Eh bien, ils devaient retrouver Richard Quadragénaire, et rien ne nous dit que…

— Et j'ai été si méchante avec lui avant qu'il parte! Je lui ai parlé des grenouilles, et tout ce qu'il a su répondre, c'est une histoire de chaussettes!

Dorcas ne comprenait pas clairement le rôle que jouaient les grenouilles dans l'affaire. Quand il s'asseyait pour bavarder avec Jekub, le chapitre des grenouilles n'était jamais abordé.

— Hein? demanda-t-il.

Grimma lui raconta l'histoire des grenouilles d'une voix entrecoupée de sanglots.

— Et je suis certaine qu'il n'avait pas la moindre idée de ce que je voulais lui dire, marmonna-t-elle. Et toi non plus.

— Oh, je ne sais pas. Tu veux dire que le monde était vraiment simple, autrefois, et qu'il est désormais plein de sujets passionnants et que tu n'auras jamais assez de ta vie entière pour tous les connaître. Comme la biologie, la climatologie. Enfin, je veux dire, avant que vous arriviez, les Dehoreux, je me contentais de bricoler tranquillement sans rien savoir du vaste monde.

Il contempla ses pieds.

— Je suis encore très ignorant, mais au moins je suis ignorant de sujets importants. La nature du soleil, la cause de la pluie, par exemple. C'est ça que tu veux dire?

Elle renifla et sourit un peu. Un peu, mais pas trop : s'il y a une chose qui est pire que d'être incompris, c'est d'être parfaitement compris avant qu'on ait eu le temps de bouder tout son content en se plaignant d'être incompris.

— Bon, bref, reprit-elle, il me prend toujours pour celle qu'il connaissait quand nous vivions dans notre ancien terrier de l'accotement. Tu sais, les affaires, la cuisine, les pansements quand les gens étaient bless… ess…

— Allons, allons, allons, fit Dorcas.

Il se sentait toujours un peu empoté lorsque les gens se conduisaient ainsi. Qu'une machine se comporte bizarrement, on lui administrait une petite giclée d'huile, on la tapotait ou, au grand maximum, on lui filait un bon coup de marteau. Mais les gnomes ne réagissaient pas très bien à des traitements similaires.

— Et s'il ne rentrait jamais? dit-elle en se tamponnant les yeux.

— Mais bien sûr que si il rentrera, la rassura Dorcas. Après tout, que veux-tu qu'il lui arrive?

— Il a pu se faire dévorer, écraser, piétiner, emporter par le vent, ou tomber dans un trou et être coincé quelque part.

— Euh… Oui, d'accord. Mais à part ça?

— Je vais me reprendre, dit Grimma en redressant le menton. Comme ça, à son retour, il ne pourra pas dire : Oh, je vois, dès que j'ai le dos tourné, tout s'en va en morceaux.

— Très bien. Voilà comment il faut réagir. Il faut s'occuper, je l'ai toujours dit. Il s'appelle comment, ton livre?

— C'est un *Dictionnaire de proverbes et de citations*.

— Oh. Tu y as trouvé des choses utiles?

— Ça dépend, répondit Grimma d'un ton distrait.

— Oh. Et ça veut dire quoi, *proverbes*?

— Je ne suis pas bien sûre. Certains n'ont aucun sens. Tu savais que, pour les humains, le monde a été créé par une espèce de grand humain?

— Tu rigoles?

— Ça a pris une semaine.

— Oh, alors il a dû se faire aider, je suppose, fit Dorcas. Tu sais, pour le gros œuvre.

Dorcas pensait à Jekub. On pouvait bougrement abattre de la besogne, en une semaine, si Jekub vous prêtait main-forte.

— Non. Tout seul, paraît-il.

— Hmmm.

Dorcas prit cette hypothèse en considération. Bien sûr, certaines parties du monde n'étaient pas bien finies, et l'herbe, par exemple, n'était probablement pas très compliquée à faire. Mais à ce qu'il avait entendu dire, tout se déglinguait chaque année, il fallait recommencer de zéro le printemps suivant et…

— Je ne sais pas, reconnut-il enfin. Il faut être humain pour croire de telles choses. Au bas mot, j'estime qu'il y en a pour plusieurs mois de travail.

Grimma tourna la page.

— Masklinn croyait… Je veux dire qu'il *croit* que les humains sont beaucoup plus intelligents que nous ne le pensons. (Elle parut songeuse.) J'aimerais vraiment pouvoir les étudier comme il faut. Je suis certaine qu'on pourrait apprendre énor…

Pour la deuxième fois, la sonnette d'alarme carillonna à travers la carrière.

Cette fois-ci, c'était la main de Nisodème qui avait pressé l'interrupteur.

7

II. *Ainsi parla Nisodème : On vous a trahis, peuples du Grand Magasin.*

III. *C'est sous des prétextes fallacieux qu'on vous a attirés dans ce Dehors fait de Pluie, de Froid, de Grésil, d'Humains et d'Ordre, et sachez-le : les choses empireront encore.*

IV. *Car viendra le Temps du Grésil et de la Neige, et de la Faim, sur tout le Territoire.*

V. *Et viendront les Rouges-Gorges.*

VI. *Hum.*

VII. *Et Ceux qui vous ont entraînés en ce Lieu, Où sont-ils, désormais ?*

VIII. *Certes, ils vous disent : Nous allons chercher Richard Quadragénaire. Mais les Tribulations nous assaillent de toutes parts, et Nul ne nous vient en aide. On vous a Trahis et Livrés aux Griffes de l'Hiver.*

IX. *L'Heure a sonné de délaisser les choses du Dehors.*

La Gnomenclature, *Réclamations, Versets II-IX*

— Bon, d'accord, mais… C'est un peu difficile, non ? fit remarquer un gnome, embarrassé. Après tout, ça y est, nous sommes au-Dehors.

— Mais j'ai un plan, riposta Nisodème.

— Aah ! firent les gnomes à l'unisson.

Plan : le mot magique. C'est bel et bien de cela qu'ils avaient besoin. Avec un plan, on sait toujours où on en est.

Grimma et Dorcas, parmi les derniers à arriver, se frayèrent discrètement un passage à travers la foule. Le vieux mécanicien allait s'ouvrir un chemin jusqu'au premier rang, mais Grimma le retint.

— Regarde les autres, là-haut, chuchota-t-elle.

Il y avait un assez grand nombre de gnomes derrière Nisodème. Dorcas en avait reconnu la plupart – des Papeteri – mais d'autres appartenaient aux grandes familles rayonnales. Pendant que parlait Nisodème, ce n'est pas lui qu'ils regardaient, mais la foule. Leurs regards fureteurs allaient et venaient, comme s'ils cherchaient quelque chose.

— Ça ne me plaît pas beaucoup, dit doucement Grimma. Les grandes familles ne s'entendaient pas avec les Papeteri. Que font-ils là-haut, tout à coup ?

— Parmi eux, y a de vrais propres à rien, grommela Dorcas.

Chez les Papeteri, d'aucuns avaient été particulièrement contrariés de voir des gnomes communs, vulgaires, apprendre à lire. Ils estimaient qu'une telle activité donnait des idées aux gens. Ce qui n'était pas une bonne chose, si Dorcas les comprenait bien, à moins que ces idées ne soient bien conformes. Et parmi les grandes familles, certaines n'avaient pas été très contentes de voir les gnomes aller et venir à leur guise, sans devoir demander la permission.

Ils sont tous là-haut, se dit-il. Tous les gnomes qui n'ont pas tiré avantage du Grand Exode. Tous ceux qui ont perdu un peu de leur pouvoir.

Nisodème était en train d'exposer son plan.

En l'écoutant, Dorcas arrondissait la bouche de plus en plus.

Oh, ce plan ! Il était magnifique, en un certain sens. On aurait dit une machine dont chaque rouage est ouvragé de façon parfaite, mais qui a été assemblée dans le noir par un gnome manchot. Il était bourré de bonnes idées contre lesquelles on n'aurait pu s'élever sans attenter au bon sens, mais elles avaient été agencées sens dessus dessous. Le problème, c'est que ça restait quand même des idées contre lesquelles on ne pouvait raisonnablement s'insurger, parce que l'idée raisonnable de base subsistait encore, quelque part dans ce fouillis…

Nisodème voulait reconstruire le Grand Magasin.

Les gnomes restaient figés d'une admiration horrifiée, tandis que le Papeteri expliquait que, certes, l'abbé Gurder avait eu raison : en quittant le Grand Magasin, ils avaient emporté Arnold Frères (fond. 1905) avec eux dans leur tête. Et s'ils pouvaient lui montrer qu'ils étaient toujours respectueux du Grand Magasin, il reviendrait, mettrait fin à tous leurs ennuis et rebâtirait ici le Grand Magasin, au beau milieu de cette misérable campagne verte.

Du moins, c'est ainsi que le cerveau de Dorcas perçut l'idée. Il avait depuis longtemps décidé que, si on perdait son temps à écouter ce que disaient vraiment les gens, on n'aurait jamais le loisir de comprendre ce qu'ils voulaient dire.

Mais ça ne signifiait pas qu'il faudrait rebâtir tout le Grand Magasin, poursuivait Nisodème, les yeux brillant comme deux billes de marbre noir poli. Ils pouvaient changer la carrière autrement. Recommencer à vivre dans de vrais rayons, au lieu de vivre n'importe comment, n'importe où. Placarder des panneaux : *Revenir aux Bonnes Vieilles Habitudes. Faire en sorte qu'Arnold Frères (fond. 1905) se sente chez lui. Reconstruire le Grand Magasin* à l'intérieur de leur tête.

La folie était rare chez les gnomes. Dorcas avait le vague souvenir d'un gnome d'âge vénérable qui s'était une fois pris pour une théière. Mais il avait changé d'avis au bout de quelques jours.

Toutefois, Nisodème avait visiblement abusé quelque peu de l'air frais.

De toute évidence, un ou deux autres gnomes partageaient cette opinion.

— Je ne vois pas bien, dit l'un d'eux, comment Arnold Frères (fond. 1905) va arrêter ces humains. Sans vouloir offenser personne.

— Les humains nous embêtaient-ils quand nous étions dans le Grand Magasin ? demanda Nisodème.

— Ben, non, parce que…

— Alors, ayez foi en Arnold Frères (fond. 1905) !

— Mais ça n'a pas empêché la démolition du Grand Magasin, tout de même ? intervint une voix. Quand c'est arrivé, vous avez tous eu foi en Masklinn, Gurder, le camion. Et en vous-mêmes! Nisodème n'arrête pas de répéter que vous êtes intelligents. Alors, essayez un peu de l'être!

Dorcas s'aperçut que c'était Grimma. Il n'avait jamais vu quelqu'un dans une telle fureur.

Elle se fraya un passage à travers la masse de gnomes inquiets jusqu'à se retrouver face à face avec Nisodème ou, du moins, face à sa poitrine, puisque l'orateur était juché sur un piédestal et pas elle. Nisodème appartenait à cette catégorie de gens qui adorent se percher sur quelque chose.

— Et alors, que va-t-il arriver, en réalité? cria-t-elle. Quand vous aurez bâti le Grand Magasin, il se passera quoi? Les humains entraient dans le Grand Magasin, tu n'es peut-être pas au courant?

La bouche de Nisodème s'ouvrit et se ferma plusieurs fois. Puis il répondit :

— Mais ils respectaient le Règlement, à l'époque! Oui! Hum! Voilà ce qu'ils faisaient! Et la situation était meilleure, en ce temps-là!

Elle lui jeta un regard noir.

— Tu ne crois quand même pas que les gens vont gober ça? demanda-t-elle.

Il y eut un silence.

— Faut reconnaître, articula très lentement un gnome d'âge avancé, que la situation était bien meilleure en ce temps-là.

Des gnomes frottèrent les pieds par terre d'un air embarrassé.

C'était le seul bruit qu'on entendait.

Le bruit des gens en train de traîner les pieds sur le sol d'un air embarrassé.

— Et ils ont gobé ça! s'indigna Grimma. Comme ça! Personne ne s'est donné la peine de réunir le Conseil! Ils font ce qu'il leur dit de faire, et voilà!

Elle se trouvait dans l'atelier de Dorcas, sous un banc, dans le vieux garage de la carrière. Mon petit sanctuaire, comme il l'avait baptisé. Mon petit coin. Des bouts d'aluminium et de fil de fer jonchaient le sol. Le mur était couvert de griffonnages tracés avec un moignon de mine de crayon.

Dorcas, assis, tortillait machinalement un morceau de fil de fer.

— Tu es trop dure avec les gens, fit-il d'une voix calme. Il ne faut pas leur crier dessus comme ça. Ils en ont vu de toutes les couleurs. Ils ne comprennent plus rien quand on crie. Le Conseil, c'était bon quand la situation était calme. (Il haussa les épaules.) Et sans Masklinn, Gurder et Angalo, ma foi, je n'en vois plus vraiment l'utilité.

— Mais après tout ce qui s'est passé ! (Elle moulinait des bras.) Agir de façon aussi *stupide*, simplement parce qu'il leur a offert...

— ... un peu de réconfort, acheva Dorcas.

Il secoua la tête. Impossible d'expliquer ça à des gens comme Grimma. Elle était gentille, elle avait un sacré cerveau, mais elle continuait à croire que tout le monde partageait son point de vue passionné. Ce que les gens voulaient vraiment, selon l'opinion de Dorcas, c'était qu'on leur fiche la paix. Le monde était assez compliqué comme ça, sans que certains se mêlent sans cesse de l'améliorer.

Masklinn l'avait compris. Il savait comment on fait faire aux gens ce qu'on veux qu'ils fassent, tout en leur laissant croire que l'idée vient d'eux. S'il avait bien une chose qui contrariait les gnomes, c'était qu'on leur dise : *Voilà une idée parfaitement raisonnable. Comment peut-on être assez idiot pour ne pas le comprendre ?*

Les gens n'étaient pas idiots. Mais c'étaient des gens, tout simplement.

— Viens donc, dit-il d'un ton las. Allons voir comment les panneaux progressent.

Le parquet d'une des grandes granges avait été entièrement dévolu à la confection des panneaux. Ou, plus exactement, des Panneaux. Un autre talent de Nisodème : décerner des majuscules aux mots. On pouvait les entendre quand il parlait.

Dorcas dut reconnaître que les Panneaux n'étaient pas une si mauvaise idée, après tout. Il se sentit coupable d'avoir une telle pensée.

Elle lui était venue quand Nisodème l'avait convoqué pour lui demander s'il y avait de la peinture dans la carrière. Sauf que désormais, la carrière avait été rebaptisée Nouveau Grand Magasin.

— Euh… avait répondu Dorcas… il y a quelques vieux pots. Du rouge et du blanc, surtout. Sous un des bancs. On réussira peut-être à faire sauter le couvercle avec un levier.

— Alors, fais-le. C'est très important. Hum. Nous devons placer des Panneaux, déclara le Papeteri.

— Des Panneaux. Bien sûr. Pour égayer un peu les lieux, c'est ça ?

— Non !

— Excuse, excuse, je m'étais simplement dit que…

— Des panneaux pour le portail !

Dorcas se gratta le menton.

— Pour le portail, répéta-t-il.

— Les Humains obéissent aux Panneaux, expliqua Nisodème en se calmant. Nous le savons. N'obéissaient-ils pas à ceux du Grand Magasin ?

— Oui, presque tous, opina Dorcas.

Animaux domestiques et Landaus doivent être tenus dans les bras, par exemple, l'avait toujours intrigué. Il y avait des tas d'humains qui ne portaient ni les uns ni les autres.

— Les Panneaux commandent aux humains de faire certaines choses et de ne pas en faire d'autres, expliqua Nisodème. Alors, au travail, mon bon Dorcas. Des Panneaux. Hum. Des Panneaux qui disent *Non*.

Dorcas avait longuement examiné l'idée pendant que des équipes de gnomes s'échinaient à faire sauter le couvercle des pots zébrés de peinture. Ils possédaient toujours le *Code de la Route* depuis l'époque du camion ; en ses pages, les panneaux étaient légion. Et il se souvenait de ceux du Grand Magasin.

Et puis, le coup de chance. D'habitude, les gnomes restaient au niveau du sol, mais Dorcas avait commencé à expédier à l'occasion ses jeunes assistants sur le grand bureau directorial, où l'on trouvait des bouts de papier utilisables. Maintenant, il avait besoin de comprendre ce que racontaient les panneaux.

Sacco et Nouty revinrent avec de grandes nouvelles.

Ils avaient trouvé d'autres Panneaux. Une grande affiche toute sale, punaisée au mur, couverte de panneaux.

— Des tas et des tas, expliqua Sacco, hors d'haleine, à son retour. Et vous savez quoi, m'sieur ? Vous savez quoi ? J'ai lu ce qui était marqué sur l'affiche, et ça disait : *Santé, sobriété : sécurité sur le lieu de travail*, ça disait : *Respectez les Panneaux*, et ça disait : *Ils ont été placés pour votre protection*.

— C'est ce qu'il y avait marqué sur l'affiche ? demanda Dorcas.

— *Pour votre protection*, répéta Sacco.

— Tu pourrais la décrocher ?

— Il y a un portemanteau juste à côté, s'enthousiasma Nouty. Je parie qu'on pourrait y lancer un grappin et ensuite tirer en direction de la fenêtre, et après…

— Oui, c'est ça, c'est ça, tu t'y entends pour ce genre d'opérations. (Nouty avait pour l'escalade une agilité d'écureuil.) Je suis sûr que Nisodème va être ravi, ajouta-t-il.

Nisodème fut en effet ravi, surtout de la partie qui disait *Pour votre protection*. Cela montrait, expliqua-t-il, qu'Arnold Frères (fond. 1905) se tenait à leurs côtés.

Il fallut mettre à contribution tous les morceaux de planches ou de métal rouillé. Toutefois, les gnomes s'y employèrent avec une assez belle humeur, heureux de faire quelque chose.

Le lendemain, le soleil à son lever découvrit une gamme variée de panneaux accrochés, pas toujours d'équerre, sur le portail branlant de la carrière.

Ils n'avaient rien négligé. Les Panneaux clamaient : *Etnrée interdite. Sortie. Dagner – Casque obligatoire. Explosiosn en cours. Passage obligatoire des camions sur le pont roulant. Route glisante par temps de pluie. Guichet ferme. Acsenseur ne dérangement. Attention – chute de pieres. Routte inondeée.*

Et un autre, que Dorcas avait déniché dans un livre et dont il était particulièrement fier : *Obu non désamorcé.*

Rien que pour être complètement sûr, cependant, sans rien en dire à Nisodème, il mit au jour une autre chaîne et, dans l'une des énormes boîtes à outils couvertes de cambouis du hangar de Jekub, un cadenas presque aussi grand que lui. Quatre gnomes furent requis pour le déplacer.

La chaîne était très lourde. Quelques gnomes trouvèrent Dorcas occupé à la traîner péniblement à travers la carrière, maillon par maillon. Il semblait réticent à révéler où il l'avait trouvée.

Le camion revint vers midi. Le gnome tapi dans la haie au bord du chemin vit le conducteur sortir, regarder les panneaux et...

Non. Impossible. Les humains ne pouvaient pas agir ainsi. Ce n'était pas vrai. Mais vingt gnomes, l'épiant depuis les fourrés, contemplèrent le spectacle.

L'humain n'obéissait pas aux panneaux.

Et en plus, il en arracha quelques-uns du portail pour les jeter au loin.

Ils l'observèrent avec stupeur. Même *Obu non désamorcé* fut précipité dans les broussailles, et faillit faire tomber le jeune Sacco de son perchoir.

La nouvelle chaîne, cependant, posa quelques problèmes à l'humain. Il la secoua une ou deux fois, regarda à travers le grillage, fit quelques allées et venues avant de repartir au volant de son véhicule.

Les gnomes dans les buissons poussèrent un cri de victoire, mais pas trop convaincu.

Si les humains ne faisaient plus ce qu'on attendait d'eux, rien ne tournait plus rond en ce bas monde.

— Je suppose que c'est réglé, dit Dorcas quand ils furent rentrés. Je suis comme tout le monde, l'idée ne m'emballe guère, mais il faut déménager. Je connais bien les humains. La chaîne ne les arrêtera pas, s'ils ont vraiment décidé d'entrer.

— Je défends catégoriquement à quiconque de partir d'ici! décréta Nisodème.

— Mais, tu sais, on peut couper le métal... commença à lui expliquer Dorcas sur un ton raisonnable.

— Silence! tonna Nisodème. C'est de ta faute, vieil imbécile! Hum! C'est toi qui as posé cette chaîne sur le portail!

— Mais tu comprends, c'était pour empêcher le... Pardon?

— Si tu n'avais pas placé cette chaîne sur le portail, les Panneaux auraient bel et bien arrêté l'humain. Mais comment veux-tu qu'Arnold Frères (fond. 1905) nous aide si nous ne montrons pas que nous avons foi en lui?

— Ahem, fit Dorcas.

Un mot lui trottait dans la tête : *fou*. Un gnome fou. Un gnome fou et dangereux. Nous avons largement dépassé le stade de la théière. Il entreprit de se soustraire à pas de loup à la présence de Nisodème et il retrouva le Dehors et la morsure de l'air glacé avec soulagement.

Tout va mal, se dit-il. On m'a confié toutes les responsabilités et maintenant, tout tourne mal. Nous n'avons pas mis en place de plan convenable, Masklinn n'est pas revenu ; tout tourne mal. Si les humains entrent dans la carrière, ils vont nous découvrir.

Un objet froid se posa sur sa tête. Il le chassa d'un geste agacé.

Il faut que je parle aux plus jeunes gnomes. Peut-être que ce ne serait pas une si mauvaise idée d'aller dans la grange ; on pourrait fermer les yeux en route. Ou quelque chose dans ce goût-là.

Un autre objet, froid et mou, se nicha dans son cou.

Oh, pourquoi faut-il que les gens soient tellement compliqués ?

Il leva les yeux et s'aperçut qu'il ne distinguait plus l'autre extrémité de la carrière. L'air était rempli de taches blanches qui allaient en s'épaississant sous ses yeux.

Il les contempla avec horreur.

Il neigeait.

8

VII. *Ainsi parla Grimma : Nous avons deux Solutions.*
VIII. *Fuir ou nous Cacher.*
IX. *Et ils lui dirent : Laquelle choisirons-nous ?*
X. *Et elle répondit : Nous allons nous Battre.*

La Gnomenclature, *Profils de Carrière,*
Chapitre 3, Versets VII-X

C'était une petite chute de neige, un de ces saupoudrages frisquets qui se produisent en début d'hiver pour qu'il soit bien entendu qu'on est, eh oui ! en hiver.

C'est ce que déclara Mémé Morkie.

Les sessions du Conseil ne l'avaient jamais beaucoup intéressée, de toute façon. Elle préférait passer son temps en compagnie des autres anciens, à échanger des ronchonnements et, comme elle disait, à leur remonter le moral et à leur changer les idées.

Elle paradait dans la neige comme sur une propriété personnelle. Les autres gnomes l'observaient dans un silence horrifié.

— 'videmment, comparé à d'autres, ça, c'est rien, disait-elle. Je m' souviens qu'on a eu de la neige dans laquelle on pouvait pas se déplacer ; il a fallu creuser des tunnels ! Vous parlez d'une partie de plaisir !

— Euh, madame… s'enquit un très vieux gnome d'un ton grave, ça tombe toujours du ciel comme ça ?

— 'videmment ! Parfois, le vent la pousse en rafales. Alors là, on en a de gros tas !

— Nous pensions que… Sur les cartes… enfin… je veux dire, dans le Grand Magasin… eh bien, nous pensions que ça apparaissait tout d'un coup sur les choses. Comme une fête, quelque chose de joyeux, vous voyez le genre, ajouta le vieux gnome, l'air un peu embarrassé.

Ils regardèrent la neige s'accumuler. Au-dessus de la carrière, les nuages s'empilaient comme des matelas trop rembourrés.

— En tout cas, plus question de se rendre dans cette horrible grange, constata un gnome.

— C'est bien vrai, fit Mémé Morkie. On pourrait attraper la mort, en sortant par un temps pareil.

Elle semblait ravie.

Les vieux gnomes bougonnèrent entre eux et scrutèrent le ciel, guettant les premiers signes de l'arrivée de rennes ou de rouges-gorges.

La neige isolait la carrière. On ne voyait plus la campagne environnante.

Dorcas, assis dans son atelier, contemplait les flocons qui s'amassaient contre les carreaux crasseux, laissant filtrer dans le hangar une lumière terne et grise.

— Eh bien voilà ! murmura-t-il. On voulait être isolés, c'est fait. Impossible de s'enfuir, impossible de se cacher. On aurait dû partir en même temps que Masklinn.

Il entendit un bruit de pas derrière lui. C'était Grimma. Elle passait beaucoup de temps au portail, ces temps-ci, mais la neige l'avait enfin contrainte à rentrer.

— Il ne pourrait pas revenir, déclara-t-elle. Pas dans cette neige.

— Oui. C'est vrai, confirma Dorcas avec une hésitation.

— Tu sais, ça fait huit jours.

— Je sais. Un sacré bout de temps.

— Que disais-tu quand je suis arrivée ?

— Oh, je parlais tout seul. Ça reste longtemps, ce truc, la neige ?

— Mémé dit que oui, parfois. Des semaines et des semaines, elle dit.

— Oh.

— La prochaine fois que les humains reviendront, ils entreront pour de bon.

— Oui, reconnut Dorcas avec tristesse. Oui, je crois bien que tu as raison.

— Combien d'entre nous pourront... tu sais bien... continuer à vivre ici ?

— Quelques dizaines, peut-être. En rationnant la nourriture et en se cachant pendant la journée. Ce n'est plus comme au temps de l'Alimentation, tu comprends. (Il poussa un soupir.) Et la chasse ne sera plus guère possible. Pas si des humains se promènent dans la carrière à longueur de temps. Tout le gibier va s'enfuir des fourrés.

— Mais nous sommes des milliers !

Dorcas haussa les épaules.

— J'ai déjà du mal à marcher dans cette neige. Des centaines de gnomes plus âgés n'y parviendront jamais. Et les petits non plus, à dire vrai.

— Alors, il faut rester ici, comme le souhaite Nisodème.

— Oui. Rester et ne pas perdre espoir. Peut-être que la neige va disparaître. On pourrait se sauver tous ensemble en direction des fourrés, quelque chose comme ça, dit-il sur un ton vague.

— On pourrait rester sur place et se battre.

Dorcas poussa un grognement.

— Oh, rien de plus facile ! On se bat tout le temps ! Et on se dispute, on se dispute, on se dispute ! C'est la nature gnomique, ça.

— Je parlais de se battre contre les humains. Défendre la carrière.

Il y eut un long silence. Puis Dorcas reprit :

— Qui, nous ? Nous battre contre des *humains* ?

— Oui.

— Mais ce sont des humains !

— Oui.

— Mais ils sont beaucoup plus grands que nous ! s'écria Dorcas, à bout d'arguments.

— Dans ce cas, ils feront des cibles plus faciles, dit Grimma, les yeux brillants. Et nous sommes plus rapides qu'eux, et plus malins, et nous savons qu'ils existent et nous avons de notre côté (ajouta-t-elle) l'avantage de la surprise.

— Le *quoi ?* demanda Dorcas, complètement perdu.

— L'avantage de la surprise. Ils ne savent pas que nous sommes là, expliqua-t-elle.

Il lui jeta un coup d'œil en biais.

— Toi, tu as recommencé à lire des livres bizarres.

— En tout cas, ça vaut mieux que de rester assis à se tordre les mains en répétant : *Oh, misère, misère, les humains arrivent, ils vont tous nous ratatiner.*

— C'est bien joli, tout ça, mais qu'est-ce que tu proposes de faire ? Ça va pas être facile de leur taper sur le crâne, fais-moi confiance.

— Pas sur le crâne.

Dorcas regarda Grimma. Combattre des humains ? L'idée n'était pas neuve, mais on avait du mal à s'y faire. Quoique... Il y avait ce bouquin, non ? Celui que Masklinn avait déniché dans le Grand Magasin, et qui lui avait inspiré son idée pour conduire le camion. Comment s'appelait-il ? *Les Voyages de Gulliver* ? On y voyait l'image d'un humain couché par terre, et des espèces de gnomes le ligotaient avec des centaines de cordes. Même les plus anciens gnomes n'avaient aucun souvenir d'avoir vu une telle chose. Ça avait dû se passer il y avait très longtemps.

Une objection lui vint à l'esprit.

— Hé là, minute ! Si on commence à se battre contre les humains...

Sa voix s'éteignit.

— Oui ? dit Grimma avec impatience.

— Ils vont commencer à se battre contre nous, je me trompe ? Je sais qu'ils ne sont pas très futés, mais ils vont finir par comprendre qu'il se passe quelque chose et ils vont se rebiffer. Des représailles, ça s'appelle, c'est ça ?

— Exact. Et c'est pour ça qu'il est capital que nous soyons les premiers à lancer les représailles.

Dorcas y réfléchit. C'était assez logique.

— Mais uniquement pour nous défendre, fit-il. Uniquement pour nous défendre. Même avec des humains, je ne veux pas voir de souffrances inutiles.

— Admettons.

— Et tu crois vraiment qu'on pourrait se battre contre des humains ?

— Oh, oui, assura Grimma.

— Bon… Comment?

Grimma se mordit la lèvre.

— Hmmm, dit-elle. Le petit Sacco et ses amis. Tu crois qu'on peut leur faire confiance?

— Ce sont de braves petits gars. Et filles, dans un ou deux cas. (Il eut un sourire.) Toujours prêts quand il s'agit de nouveauté.

— Très bien. Alors, on va avoir besoin de clous…

— Tu as déjà bien réfléchi à tout ça; je me trompe?

Dorcas était impressionné. Grimma était souvent de mauvaise humeur. Il avait pensé que c'était peut-être parce qu'elle réfléchissait parfois très vite et que les gens qui ne réussissaient pas à suivre son rythme l'agaçaient. Mais maintenant, elle était furieuse. On plaignait presque les humains qui allaient se trouver en travers de son chemin.

— J'ai lu pas mal de choses, expliqua-t-elle.

— Euh… Oui, oui, je vois ça. Mais je me demande s'il ne serait pas plus raisonnable de…

— On ne va pas recommencer à fuir, déclara-t-elle catégoriquement. Nous les combattrons sur le chemin. Nous les combattrons au portail. Nous les combattrons dans la carrière. Et jamais nous ne capitulerons.

— Et ça signifie quoi, *capituler*? demanda Dorcas, désemparé.

— Nous ignorons le sens du mot *capituler*.

— En tout cas, pour ma part, c'est sûr.

Grimma s'adossa au mur.

— Tu veux que je te confie quelque chose de bizarre?

Dorcas étudia la proposition avant de répondre :

— J'ai rien contre.

— Il y a des livres qui parlent de nous.

— Comme Gulliver, tu veux dire?

— Non. Ça, c'était une histoire d'humain. Non, je veux parler de nous. De gens de taille normale, comme nous. Mais habillés en vert, et ils ont des tiges avec des boules sur la tête. Parfois, les humains déposent une soucoupe de lait à notre intention, et on fait tout le ménage de la maison à leur place. Et on a des ailes, comme des abeilles. Voilà ce qu'ils racontent dans les livres qui parlent de nous. Ils nous appellent des farfadets. J'ai lu ça dans *Contes de fées pour les tout-petits*.

— Ça ne marcherait pas, les ailes, il me semble, fit remarquer Dorcas. Ça m'étonnerait beaucoup qu'elles aient une portance suffisante.

— Et ils croient qu'on vit dans des champignons, acheva Grimma.

— Hmmm ? Ça n'a pas l'air très raisonnable.

— Et ils pensent qu'on répare les chaussures.

— Ça, c'est plus vraisemblable. Un bon travail, bien concret.

— Et, d'après le livre, on peint les fleurs pour leur donner leurs jolies couleurs.

Dorcas considéra Grimma.

— Maaaaais non, voyons ! finit-il par dire. J'ai déjà inspecté la couleur des fleurs. C'est d'origine.

— On existe vraiment. On fait des choses réelles. Pourquoi crois-tu qu'on trouve ce genre d'histoires dans les livres ?

— Là, je n'en sais rien. Moi, je ne lis que des manuels. J'ai toujours pensé qu'un vrai livre devait comporter des listes et le numéro des pièces détachées.

— Si jamais les humains nous attrapent, voilà ce qui nous arrivera. On deviendra de gentils petits, qui peignent des fleurs. Ils ne nous laisseront rien faire d'autre. On ne sera plus qu'un peuple de petits. (Un soupir.) Est-ce que tu as parfois l'impression que tu ne saurais jamais tout ce que tu devrais savoir ?

— Ça, oui. Tout le temps.

Grimma fronça les sourcils.

— Il y a une chose que je sais, en tout cas. Quand Masklinn rentrera, il faut qu'il puisse rentrer quelque part.

— Oh ! fit Dorcas.

Puis il répéta :

— Oh ! Oh ! je vois.

Il faisait un froid terrible dans l'antre de Jekub. Les autres gnomes n'y venaient jamais parce qu'il y avait plein de courants d'air et que ça sentait mauvais. Ce qui convenait à merveille à Dorcas.

Le bruit de ses pas traversa le hangar et Dorcas pénétra sous l'immense bâche où vivait Jekub. L'escalade jusqu'à son perchoir favori sur le monstre lui demanda un certain temps, même en se servant des échelons de bois et de corde qu'il avait laborieusement mis en place sur l'engin… sur le *monstre*.

Il s'assit et attendit de retrouver son souffle.

— Je veux juste aider les gens, dit-il à voix basse. Leur donner des choses comme l'électricité, par exemple, pour leur faciliter la vie. Mais tu sais, ils ne disent jamais merci. Ils m'ont demandé de peindre des panneaux? J'ai peint des panneaux. Et maintenant, voilà Grimma qui veut se battre contre les humains. Elle trouve des tas d'idées dans les livres. Je sais bien qu'elle fait ça pour oublier Masklinn, mais il n'en sortira rien de bon, souviens-toi de ce que je te dis. Seulement, si je ne l'aide pas, les choses vont tourner encore plus mal. Je ne veux pas qu'il y ait le moindre blessé. On ne répare pas les gens comme nous aussi facilement que les gens comme toi.

Il tambourina des talons contre le… À quoi cela correspondait-il? La nuque de Jekub, probablement.

— Oh, pour toi, c'est facile, poursuivit-il. Tu dors ici à longueur de journée. Tu te reposes bien…

Il regarda Jekub un grand moment. Puis, d'une voix très douce :

— Je me demande si…

Cinq longues minutes s'écoulèrent. Dorcas apparaissait et disparaissait dans le labyrinthe d'ombre, marmonnant tout seul des choses comme :

— Celle-là est morte, rien à faire, il faut une batterie neuve.

Ou :

— Ça semble en ordre, un bon récurage et ça repart.

Et :

— Hmmm, ton réservoir m'a l'air plutôt vide…

Finalement, il émergea de sous la bâche poussiéreuse et se frotta les mains.

Tout le monde a un but dans la vie, se dit-il, un but qui le pousse à continuer.

Nisodème veut que les choses redeviennent ce qu'elles étaient. Grimma veut que Masklinn revienne. Quant à Masklinn… Personne ne sait vraiment ce que cherche Masklinn, mais c'est quelque chose d'énorme.

Quoi qu'il en soit, ils ont tous un *but*. Avec un but dans la vie, on se sent grand, comme si on mesurait quinze centimètres de haut.

Et maintenant, j'ai trouvé le mien.

Saperlipopette !

L'humain revint plus tard, et il ne revint pas seul. Le petit camion était accompagné d'un camion beaucoup plus gros, sur le flanc duquel était inscrit *Pierres et graviers de Blackburyn S.A.* Ses pneus changèrent la neige scintillante en boue luisante.

Il remonta le chemin en cahotant, ralentit en arrivant sur l'espace dégagé en face du portail et s'arrêta.

Ce ne fut pas un arrêt artistique. L'arrière du véhicule dérapa et faillit percuter la haie. Le moteur toussota avant de se taire. On entendit un sifflement. Et, très lentement, le camion commença à s'affaisser.

Deux humains en descendirent. Ils firent le tour du camion, en inspectant les pneus l'un après l'autre.

— Ils sont seulement plats en bas, chuchota Grimma de son poste de surveillance dans les fourrés.

— Ne t'inquiète pas, siffla Dorcas. Avec les pneus, la partie aplatie tombe toujours en bas. Étonnant, ce qu'on arrive à faire avec quelques clous, non ?

Le plus petit des camions s'arrêta derrière le premier. De celui-là aussi descendirent deux humains. L'un d'eux portait à la main la plus longue pince qu'ait jamais vue Dorcas. Tandis que les autres humains se penchaient autour d'un des pneus plats, il se dirigea vers le portail, plaça les dents de la pince sur le cadenas et exerça une pression.

Même pour un humain, l'effort requis était énorme. Mais un claquement résonna, assez violent pour qu'on l'entende jusqu'aux fourrés, suivi d'un cliquetis prolongé, tandis que la chaîne tombait à terre.

Dorcas poussa un gémissement. Il avait fondé de gros espoirs sur cette chaîne. C'était celle de Jekub ; du moins se trouvait-elle dans une grosse boîte jaune boulonnée contre le flanc de Jekub – elle devait donc lui avoir appartenu. Mais c'est le cadenas qui avait cédé, pas la chaîne. Dorcas y puisa une fierté inexplicable.

— Je ne comprends pas, murmura Grimma. Ils doivent bien s'apercevoir qu'on ne veut pas d'eux. Pourquoi se conduisent-ils de façon si imbécile?

— Ce n'est pas comme si on ne pouvait pas trouver de la pierre ailleurs qu'ici, acquiesça Sacco.

L'humain tira sur le portail et l'ouvrit suffisamment pour pouvoir passer.

— Il se rend dans le bureau du directeur, dit Sacco. Il va aller faire du bruit dans le téléphone.

— Oh, que non! prophétisa Dorcas.

— Mais il va appeler Ordre, insista Sacco. Il va lui dire… enfin, en humain, je veux dire… il va lui dire : *Nos Roues Sont Devenues Toutes Plates*.

— Pas du tout, répondit Dorcas. Il va dire : *Pourquoi Le Téléphone Ne Fonctionne Pas ?*

— Et pourquoi le téléphone ne fonctionnerait-il pas? s'étonna Nouty.

— Parce que je sais quels fils il faut trancher, expliqua Dorcas. Regardez, il revient.

Ils l'observèrent qui faisait le tour des hangars. La neige avait recouvert les piteuses tentatives agricoles des gnomes. Certes, les traces de pas de gnomes abondaient, comme autant de petites empreintes d'oiseaux dans la neige, mais l'humain n'y fit pas attention. Les humains ne remarquent jamais rien.

— Des lacets, fit Grimma.

— Pardon?

— Des lacets. Il faudrait poser des lacets. Plus grands ils seront, plus dure sera la chute.

— Tant qu'ils ne nous tombent pas dessus…

— Non. On pourrait répandre encore des clous.

— Misère!

Les humains se rassemblèrent autour du camion blessé. Puis ils semblèrent parvenir à un consensus et retournèrent à la Land Rover. Ils y montèrent. Comme elle ne pouvait pas avancer, elle recula lentement en suivant le chemin, tourna devant la barrière d'un champ en contrebas et repartit en direction de la route principale. Le camion resta tout seul.

Dorcas respira enfin.

— J'avais peur qu'ils n'en laissent un sur place, avoua-t-il.

— Ils reviendront, dit Grimma. Tu l'as toujours dit. Les humains reviendront, ils répareront les roues ou je ne sais quoi.

— Alors, autant faire vite, lança Dorcas. Allez, vous tous !

Il se redressa et partit d'un pas léger vers le chemin. À la grande surprise de Sacco, Dorcas sifflotait tout doucement.

— Bon, l'important, c'est de nous assurer qu'ils ne pourront pas le faire bouger, expliqua-t-il tandis que les autres faisaient de leur mieux pour rester à sa hauteur. S'ils ne peuvent pas le faire bouger, ça veut dire qu'il va bloquer le chemin. Et s'il bloque le chemin, ils ne pourront pas faire entrer d'autres machines.

— Bien raisonné, admit Grimma, légèrement intriguée.

— Commençons par l'immobiliser, ordonna Dorcas. Nous allons d'abord retirer la batterie. Sans électricité, plus rien ne bouge.

— C'est vrai, dit Sacco.

— Il s'agit d'un gros machin carré, expliqua Dorcas. Vous aurez besoin d'être au moins huit. Et ne la laissez tomber sous aucun prétexte.

— Pourquoi donc ? s'étonna Grimma. On veut la casser, non ?

— Euh… Euh… Euh… répéta Dorcas précipitamment, comme un moteur qui ne veut pas démarrer. Non, parce que… parce que… parce que ça pourrait être dangereux. Voilà. Dangereux. C'est ça. À cause… à cause… à cause de l'acide et tout ça… Il faut sortir la batterie avec beaucoup de soin et je trouverai un endroit sûr où l'entreposer. Voilà. Un endroit très sûr. Bon, allez-y, maintenant. Deux gnomes par clé à molette.

Ils s'en furent en trottinant.

— Que pouvons-nous faire d'autre ? demanda Grimma.

— Il vaudrait mieux retirer le carburant, décréta Dorcas tandis qu'ils pénétraient dans l'ombre du camion.

L'engin était beaucoup plus petit que celui avec lequel ils avaient quitté le Grand Magasin, mais il restait de taille respectable. Dorcas avança jusqu'à se trouver sous la forme dodue du réservoir de carburant.

Quatre jeunes gnomes avaient tiré une boîte de conserve vide des fourrés. Dorcas les appela et leur indiqua le réservoir au-dessus de sa tête.

— Il doit y avoir un écrou par là, fit-il. Ça sert à faire couler le carburant. Mettez une clé à molette en place. Et assurez-vous que la boîte de conserve est bien au-dessous, avant de commencer !

Ils hochèrent la tête avec enthousiasme et se mirent à l'ouvrage. Les gnomes sont d'excellents grimpeurs et ils ont une force remarquable, pour leur taille.

— Et, par pitié, essayez de ne pas en renverser ! leur lança Dorcas au passage.

— Je ne vois pas quelle importance ça peut avoir, fit observer Grimma derrière lui. Nous voulons juste vider le camion de son carburant. Où il coule, c'est secondaire, non ?

Elle lui jeta un nouveau coup d'œil pensif. Dorcas cligna des yeux en lui rendant son regard, tandis que son cerveau travaillait à toute allure.

— Ah, dit-il. Ah. Ah. Parce que. Parcequeparcequeparceque. Ah. Parce que c'est un produit dangereux. On ne veut pas que ça pollue partout, non ? Il vaut mieux le récupérer soigneusement dans une boîte et…

— Le mettre en sécurité ? suggéra Grimma avec de noirs soupçons.

— Voilà ! Voilà, opina Dorcas qui commençait à transpirer. Excellente idée. Bon, maintenant, si nous allions par là pour…

Il y eut un violent déplacement d'air et un choc, juste dans leur dos. La batterie du camion venait d'atterrir à l'endroit qu'ils occupaient un instant plus tôt.

— Pardon, Dorcas, lança Sacco, des hauteurs. C'est beaucoup plus lourd qu'on ne pensait. Elle nous a échappé.

— Espèces d'idiots ! cria Grimma.

— Oui, idiots ! cria Dorcas lui aussi. Vous avez failli l'endommager ! Allez, descendez tout de suite et venez la tirer sous la haie, vite !

— C'est nous qu'il aurait pu endommager ! s'indigna Grimma.

— Oui. Oui. Oui, c'est ce que je voulais dire, bien entendu, répondit distraitement Dorcas. Ça ne te dérange pas de surveiller l'organisation quelques instants ? Ce sont de braves petits gars, mais ils se laissent un peu trop emporter par l'enthousiasme, si tu vois ce que je veux dire.

Il s'éloigna dans l'ombre, la tête levée.

— Ça alors ! commenta Grimma.

Elle se retourna vers Sacco et ses amis qui descendaient avec des mines piteuses.

— Ne restez donc pas plantés là, leur dit-elle. Ammenez-moi ça sous la haie. Dorcas ne vous a donc pas appris à vous servir de leviers ? C'est très important, les leviers. On peut faire des choses incroyables, avec. On s'en est beaucoup servis pendant le Grand Exode…

Sa voix s'éteignit. Elle se retourna et regarda la silhouette de Dorcas au loin. Ses yeux s'étrécirent.

Ce rusé filou mijote quelque chose, se dit-elle.

— Oh, dépêchez-vous donc ! lança-t-elle, avant de courir rejoindre Dorcas.

Il était debout sous le moteur du camion, contemplant avec une intensité soutenue la tuyauterie rouillée. En arrivant à sa hauteur, elle l'entendit nettement dire :

— Voyons, de quoi d'autre avons-nous besoin ?

— Comment ça, besoin ? demanda Grimma d'une voix douce.

— Oh, pour aider. Je…

Dorcas s'interrompit et se retourna lentement.

— Je veux dire, de quoi d'autre avons-nous besoin pour immobiliser complètement cet engin, dit-il avec l'inexpressivité d'un bloc de pierre. Voilà ce que je voulais dire.

— Tu n'as quand même pas l'intention de conduire ce camion ? demanda Grimma.

— Ne dis pas de bêtises. Pour aller où ? Il serait incapable de traverser les champs jusqu'à la grange.

— Bon. Très bien, alors.

— Je veux juste jeter un petit coup d'œil. On ne perd jamais le temps que l'on passe à accumuler des connaissances, poursuivit Dorcas d'un ton léger.

Il émergea dans la lumière, de l'autre côté du camion, et leva les yeux.

— Tiens, tiens, dit-il.

— Qu'est-ce qu'il y a ?

— Ils ont laissé la portière ouverte. Je suppose qu'ils pensaient que ça n'avait pas d'importance, puisqu'ils vont revenir.

Grimma suivit la direction de son regard. La portière du véhicule était légèrement entrebâillée.

— Aide-moi ; il faut trouver un bâton assez grand, ajouta-t-il. Je pense qu'on devrait pouvoir grimper là-haut et fouiner un peu.

— Fouiner un peu ? Tu cherches quoi ?

— On n'en sait rien tant qu'on n'a pas été voir, répondit Dorcas avec philosophie.

Il jeta un autre coup d'œil sous le ventre du camion.

— Comment ça se passe, vous autres ? On a besoin d'un coup de main.

Sacco arriva en titubant.

— On a réussi à tirer le machin de batterie sous la haie, et la boîte est presque pleine. Qu'est-ce que ça pue ! Et il y en a encore plein qui coule.

— Tu peux remettre l'écrou en place ?

— Nouty a essayé et elle a été couverte de beurk.

— Alors, laissez le carburant se répandre sur le chemin, décida Dorcas.

— Hé là ! Je croyais que c'était dangereux, selon toi ? protesta Grimma. C'est dangereux jusqu'à ce que tu aies rempli ta boîte et ça n'est plus dangereux d'un seul coup ?

— Bon, écoute, tu voulais que j'arrête le camion, non ? J'ai arrêté le camion, rétorqua Dorcas. Alors maintenant, tu la fermes. D'accord ?

Grimma le regarda avec une mine horrifiée.

— Qu'est-ce que tu as dit ?

Dorcas ravala sa salive. Oh, après tout, si on doit se faire enguirlander, autant que ce soit pour un bon motif.

— Je t'ai dit : Ferme-la, répondit-il doucement. Je ne veux pas être malpoli, mais tu es tout le temps à crier après tout le monde. Désolé, mais c'est la vérité. Je t'aide. Je ne t'ai pas demandé de m'aider, mais tu pourrais au moins me laisser faire, au lieu de passer ton temps à me houspiller. Et tu ne dis jamais *s'il te plaît*, jamais *merci*. Les gens, c'est un peu comme les machines, ajouta-t-il tandis que le visage de Grimma virait à l'écarlate, et des mots comme *s'il te plaît* et *merci*, c'est exactement comme le cambouis. Ça aide à faire mieux tourner les choses. Ça va comme ça ?

Il se retourna vers les garçons, qui paraissaient très gênés d'être là.

— Trouvez-moi un bâton assez long pour atteindre la cabine, dit-il. S'il vous plaît.

Ils obéirent avec un empressement spectaculaire.

9

III. *Ainsi parlèrent les plus jeunes gnomes : Que ne sommes-nous les gnomes qu'étaient nos Pères, pour voyager en ce camion ! C'était comment ?*
IV. *Et Dorcas leur dit : Ça faisait Peur.*
V. *Voilà comment c'était.*

La Gnomenclature, *Des Grenouilles, Chapitre 2, Versets III-V*

La cabine ressemblait beaucoup à celle du camion avec lequel ils avaient quitté le Grand Magasin. Ça leur rappela de vieux souvenirs.

— Mince, alors ! s'exclama Sacco. Et on a tous été dans un engin comme ça ?

— On était plusieurs centaines, expliqua Dorcas avec orgueil. Ton père en faisait partie. Vous étiez à l'arrière, avec vos mères. Vous tous, les garçons.

— J'suis pas un garçon, protesta Nouty.

— Pardon, ma langue a fourché. À mon époque, les filles passaient presque tout leur temps à la maison. C'est pas que j'aie quoi que ce soit contre le fait qu'elles sortent et qu'elles s'occupent, comme elles le font désormais, se hâta-t-il d'ajouter, peu désireux de se retrouver avec une nouvelle Grimma sur les bras. Je n'ai absolument rien contre.

— Ce que j'aurais aimé être plus vieille pendant l'Exode ! dit Nouty. Ça a dû être *épatant !*

— J'ai failli mourir de peur, répondit Dorcas.

Les autres se promenaient bouche bée dans la cabine, comme des touristes dans une cathédrale. Nouty essaya d'appuyer sur une pédale.

— Épatant, souffla-t-elle.

— Sacco, viens par ici et monte sortir ces clés, demanda Dorcas. Les autres, arrêtez de lambiner. Les humains pourraient revenir à tout moment. Nouty, arrête de faire *vroum-vroum*. Je suis sûr qu'une jeune fille bien élevée ne fait pas ce genre de bruits, ajouta-t-il d'une voix mal assurée.

Sacco escalada l'axe du volant et lutta pour dégager les clés de contact de leur logement, tandis que le reste des gnomes fouinaient à travers la cabine.

Grimma n'était pas avec eux. Elle n'avait pas voulu grimper dans la cabine. En fait, elle était devenue bien silencieuse. Elle était restée sur le chemin, la mine un peu renfrognée.

Mais il fallait le lui dire, se répéta Dorcas.

Il jeta un coup d'œil circulaire sur la cabine.

Voyons, se dit-il… *Nous avons la batterie, nous avons le carburant, de quoi est-ce que Jekub avait encore besoin ?*

— Allons, tout le monde, lança-t-il. Sortons tous de là. Nouty, arrête d'essayer de tout faire bouger ! Il faudrait vous mettre tous ensemble pour arriver à pousser ce levier. Allons-y, avant que les humains ne reviennent.

Il se dirigea vers la portière et entendit un déclic derrière lui.

— Je vous ai dit de venir… *Mais qu'est-ce que vous fabriquez ?*

Les jeunes gnomes le considérèrent avec de grands yeux.

— On regarde si on arrive à faire bouger le levier de vitesse, Dorcas, répondit Nouty. Si on appuie sur ce bouton, on peut…

— *N'appuyez pas sur ce bouton ! N'appuyez pas sur ce bouton !*

Le premier indice que tout n'allait pas au mieux fut pour Grimma un vilain petit bruit d'écrasement, accompagné d'une modification de la lumière ambiante.

Le camion bougeait. Pas très rapidement, parce que les deux pneus avant étaient à plat. Mais le chemin était en pente raide ; le véhicule bougeait bel et bien. Et ce n'est pas parce qu'il avait commencé à petite vitesse qu'il n'y avait pas dans son allure une certaine puissance inexorable.

Elle le contempla avec horreur.

Le chemin courait entre deux hauts accotements jusqu'à la grand-route, tout en bas – et à la voie ferrée.

— *J'avais dit de ne pas appuyer! Je vous ai dit d'appuyer? Je vous avais dit : N'appuyez pas!*

Terrifiés, les gnomes le regardaient, leurs bouches ouvertes formant une petite rangée de O.

— *Ce n'est pas le levier de vitesse! C'est le frein à main, bande d'idiots!*

Ils entendaient tous le crissement et sentaient tous la légère trépidation.

— Euh... demanda Sacco, la voix chevrotante, c'est quoi, un frein à main, Dorcas?

— Ça tient le camion arrêté au sommet des collines et des trucs comme ça! Ne restez pas plantés là! Aidez-moi à le remettre comme il était!

La cabine, doucement, très doucement, commençait à tanguer. Pas de doute, le camion bougeait. Ce n'était pas le cas du frein à main. Dorcas tira dessus jusqu'à ce que des taches bleu et mauve commencent à danser devant ses yeux.

— J'ai juste appuyé sur le bouton du bout! bafouillait Nouty. Je voulais seulement voir ce que ça faisait!

— Oui, oui, d'accord...

Dorcas regarda autour de lui. Ce dont il avait besoin, c'était d'un bon levier. Et d'une cinquantaine de gnomes. Et surtout de ne pas être ici en ce moment.

Il traversa le plancher trépidant d'un pas flageolant jusqu'à la portière et jeta un coup d'œil prudent. La haie défilait de façon très mesurée, comme si elle n'était pas pressée d'aller où elle se rendait, mais le sol du chemin paraissait déjà tout flou.

On pourrait sans doute sauter, se dit-il. Et avec un peu de chance, on ne se casserait rien. Et avec encore plus de chance, on éviterait les roues. Est-ce que je me sens en veine, actuellement?

Pas tellement.

Sacco vint le rejoindre.

— Peut-être que si on sautait en prenant beaucoup d'élan... commença-t-il.

Il y eut un choc. Le camion percuta l'accotement, se cabra un peu, avant de rebondir sur le chemin.

Les gnomes se remirent debout.

— … D'un autre côté, ce n'est peut-être pas une excellente idée, termina Sacco. Qu'est-ce qu'on va pouvoir faire, Dorcas ?

— On se cramponne. Je pense que les accotements vont le garder sur le chemin et qu'il finira bien par s'arrêter tout seul. (Il s'assit sans douceur lorsque le camion heurta à nouveau l'accotement.) Vous vouliez savoir comment c'était d'être dans un camion. Eh bien, voilà ! Vous le savez.

Un nouveau choc. La branche d'un arbre accrocha la portière, l'ouvrit brutalement et, avec un terrible bruit de métal, l'arracha.

— C'était comme ça ? cria Nouty au-dessus du vacarme.

À la stupeur de Dorcas, maintenant que le premier danger était passé, elle semblait savourer la situation. Nous élevons des gnomes d'une espèce nouvelle, songea-t-il. Ils n'ont plus aussi peur des choses que nous. Ils savent que le monde est plus vaste.

Il toussa.

— Eh bien, à part que ça se passait dans le noir et qu'on ne pouvait pas voir où on allait, oui, répondit-il. Je crois qu'on ferait mieux de s'accrocher quelque part. Au cas où la route deviendrait plus difficile.

Le camion dévala le chemin et s'engagea sur la route. Une voiture dérapa et rentra dans la haie pour l'éviter ; un autre camion réussit à s'arrêter au bout de quatre longues traînées de caoutchouc brûlé sur l'asphalte humide.

Sur le moment, aucun des gnomes dans la cabine ne s'en aperçut. Ils sentirent simplement un nouveau cahot quand leur camion quitta la route du côté opposé à celui par lequel ils étaient entrés et s'engagea sur le chemin qui menait à la voie ferrée. Où, tandis que les clignotants rouges s'allumaient, la barrière commença à s'abaisser.

Sacco jeta un coup d'œil par la portière sinistrée.

— On vient de traverser une route, annonça-t-il.

— Ah, commenta Dorcas.

— Je viens de voir une voiture rentrer dans l'arrière d'une autre et un camion qui s'est mis complètement en travers de la voie, poursuivit Sacco.

— Ah. On a bien fait de traverser, alors. On dirait qu'il y a de dangereux chauffards dans le coin.

Le crissement des pneus sur le gravier diminua peu à peu. On entendit le claquement de quelque chose qui se brisait derrière le camion, deux nouveaux cahots, et puis un dernier, qui fit s'arrêter l'engin.

Un bruit grave et tonnant leur parvenait.

Les gnomes ne perçoivent pas les bruits comme les humains : la sonnerie aigrelette du passage à niveau leur semblait être le glas lugubre d'un solennel bourdon.

— Nous nous sommes arrêtés, fit Dorcas.

Il se dit : On aurait pu appuyer sur la pédale de frein. On aurait pu chercher quelque chose pour appuyer dessus et on l'aurait enfoncée. Bah, tant pis !

— Allons, venez, ne traînez pas. Il faut sauter. Enfin, vous, les jeunes, en tout cas.

— Pourquoi ? Qu'est-ce que tu vas faire ? demanda Sacco.

— Je vais attendre que vous ayez tous sauté et ensuite, je vais vous demander de m'attraper, lui répondit aimablement Dorcas. Je ne suis plus aussi jeune que dans le temps. Allez-y, maintenant.

Ils descendirent maladroitement, s'agrippant au bourrelet de la portière avant de se laisser choir sur la route.

Dorcas les suivit avec circonspection jusqu'au rebord et s'assit, les jambes pendant au-dessus du vide.

Ça avait l'air très haut.

Au-dessous de lui, Nouty donnait des coups de coude respectueux à Sacco.

— Euh… Sacco… fit-elle sur un ton nerveux.

— Qu'est-ce qu'il y a ?

— Regarde la ligne de fer là-bas.

— Oui, quoi ? Qu'est-ce qu'elle a ?

— Y en a une autre de l'autre côté ! dit Nouty en la montrant du doigt.

— Oui, je le vois bien, répondit Sacco, agacé. Qu'est-ce qu'elles ont de spécial ? Elles ne font rien de particulier.

— On se trouve exactement entre les deux. C'est juste que je me suis dit qu'il fallait que je… tu comprends… que je le signale. Et puis, y a cette espèce de cloche qui sonne.

— Oui, j'entends, confirma Sacco, irrité. J'aimerais bien qu'elle s'arrête.

— Je me demandais pourquoi, c'est tout.

Sacco haussa les épaules.

— Qui peut connaître la raison des choses? *Allez*. Dorcas. *S'il te plaît*. On n'a pas toute la journée.

— Je me prépare moralement, répondit Dorcas sur un ton digne.

Nouty s'éloigna du groupe en faisant grise mine, et son regard se posa sur un des rails. Il était clair et luisant.

Et on aurait dit qu'il chantait.

Elle se pencha plus près. Mais oui : il émettait une sorte de moelleux bourdonnement. Bizarre. En général, les morceaux de ferraille ne font jamais de bruit. Enfin, pas tout seuls.

Elle leva les yeux vers le camion.

Tandis qu'elle contemplait le véhicule coincé entre les lumières clignotantes et les lignes de fer brillant, le monde sembla subir un léger décalage, et une idée abominable se forma dans sa tête.

— Sacco! lança-t-elle d'une voix tremblante. Sacco, on est au milieu de la voie ferrée! Sacco!

Quelque chose, très loin, poussa une longue clameur de deuil. *Trois* longues clameurs de deuil, l'une un peu moins grave et un peu plus longue que les deux autres.

Ta-Dam *Taaa*.

Ta-Dam *Taaa*.

Du portail de la carrière, Grimma avait une vue dégagée jusqu'à l'aéroport. Elle pouvait voir le train et le camion.

Le train avait aperçu le camion, lui aussi. Il commença brusquement à pousser le cri prolongé des morceaux de métal en détresse. Lorsqu'il percuta enfin le camion, il semblait aller très lentement. Il réussit même à rester sur les rails.

Des bouts de camion s'envolèrent dans tous les sens, comme un feu d'artifice.

10

I. *Ainsi parla Nisodème : Douteriez-vous que je puisse arrêter la Puissance d'Ordre ?*
II. *Et ils répondirent : C'est-à-dire que...*

La Gnomenclature, *Échappatoires, Versets I-II*

D'autres gnomes arrivèrent au galop des quatre coins du carreau de la carrière, Nisodème à leur tête, et une foule vint s'agglutiner autour du portail.

— Qu'est-ce qu'il s'est passé ? Qu'est-ce qu'il s'est passé ?

— J'ai tout vu, expliqua un gnome d'âge mûr. J'étais de garde, j'ai vu Dorcas et quelques autres gnomes grimper dans le camion. Ensuite, il s'est mis à rouler jusqu'en bas de la colline, et il a traversé la route et il est arrivé juste au milieu de la voie ferrée, et là... Et là...

— J'ai interdit tout commerce avec ces engins infernaux, proclama Nisodème. Et j'ai dit que nous allions arrêter... hum... de mettre des gens de garde, n'est-ce pas ? La seule garde d'Arnold Frères (fond. 1905) devrait suffire pour d'humbles gnomes !

— Oui... C'est-à-dire... Dorcas a dit qu'il pensait que ça ne ferait pas de mal, si on lui donnait un petit coup de main. Enfin, quelque chose comme ça, expliqua le gnome, mal à l'aise. Et il a dit...

— J'ai donné des *ordres* ! cria Nisodème. Vous allez tous m'obéir ! N'ai-je point arrêté le camion par la puissance d'Arnold Frères (fond. 1905) ?

— Non, répondit Grimma calmement. Ce n'est pas toi, c'est Dorcas. Il a placé des clous en travers du chemin.

Il y eut un silence immense, horrifié. En son centre, Nisodème blêmit lentement de rage.

— Menteuse! hurla-t-il.

— Non, répéta Grimma d'une petite voix. C'est vrai. Il a fait plein de choses pour nous aider, et on ne lui a jamais dit ni s'il te plaît ni merci, et voilà : il est mort, maintenant.

En contrebas, sur la route, il y avait des sirènes et beaucoup de remue-ménage autour du train à l'arrêt. Des lumières bleues clignotaient.

Les gnomes étaient visiblement mal à l'aise. L'un d'entre eux demanda :

— Mais il est pas vraiment mort, quand même? Pas pour de vrai. Je parie qu'il a sauté au dernier moment. Un vieux malin comme lui…

Grimma, désemparée, contemplait la foule. Elle y vit les parents de Nouty. C'était un couple tranquille, des gens placides. À peine si elle avait parfois échangé quelques mots avec eux. Maintenant, ils avaient le visage gris et ridé par l'inquiétude. Elle capitula.

— Oui, dit-elle, ils ont peut-être réussi à s'en sortir.

— Forcément, marmonna un autre gnome en feignant la bonhomie. Dorcas est pas du genre à mourir sans arrêt. Pas quand on a besoin de lui.

Grimma hocha la tête.

— Et maintenant, poursuivit-elle, je crois que même les humains vont se demander ce qui se passe. Ils vont vite comprendre d'où est venu le camion, et ils vont arriver ici. Ils ne seront sans doute pas très contents, à mon avis.

Mais Nisodème se pourlécha et déclara :

— Nous n'avons pas peur. Nous les affronterons et nous les défierons. Hum. Nous les traiterons par le mépris. Nous n'avons pas besoin de Dorcas, nous n'avons besoin de rien, sinon de notre foi en Arnold Frères (fond. 1905). Des clous, je vous demande un peu!

— En partant tout de suite, continua Grimma, vous devriez tous atteindre la grange, même à travers ce qui reste de la couche de neige. Je ne pense pas qu'on sera en sécurité dans la carrière, d'ici peu.

Quelque chose dans sa façon de s'exprimer troubla les gens. D'habitude, Grimma hurlait ou discutaillait. Cette fois-ci, elle parlait avec un calme parfait. Ça ne lui ressemblait pas du tout.

— Allez-y, dit-elle. Il faut partir tout de suite. Il faudra emporter toute la nourriture et le matériel possibles. Allons.

— Non ! hurla Nisodème. J'interdis à quiconque de bouger ! Croyez-vous qu'Arnold Frères (fond. 1905) va vous abandonner ? Hum. Je vous protégerai des humains.

En contrebas, une voiture coiffée de lumières clignotantes bleues émergea du désordre qui cernait le train, traversa la route principale et remonta le chemin à vitesse réduite.

— J'en appellerai à la puissance d'Arnold Frères (fond. 1905) pour *écraser* les humains ! tempêta Nisodème.

Les gnomes ne semblèrent pas vraiment réjouis. Arnold Frères n'avait jamais écrasé personne dans le Grand Magasin. Il s'était contenté de le fonder ; et il avait veillé à ce que les gnomes y passent des existences confortables et pas trop exténuantes. À part les panneaux qu'il avait placardés sur les murs, il ne s'était guère mêlé de leurs affaires. Et voilà qu'il se mettait à être tout le temps en colère, et qu'il écrasait les gens. C'était assez perturbant.

— Je me dresserai en ce point et je défierai les terribles laquais d'Ordre ! clama Nisodème. Je leur donnerai une leçon qu'ils n'oublieront pas de sitôt.

Le reste des gnomes garda le silence. Si Nisodème avait envie de rester debout face à une voiture, ils n'y voyaient aucune objection.

— Nous les défierons tous ! cria-t-il.

— Euh… Pardon ? fit un des gnomes.

— Mes frères, dressons-nous ici avec résolution, et montrons à Ordre que nous lui présentons un front uni d'opposition ! Hum. Si vous avez vraiment foi en Arnold Frères (fond. 1905), il ne vous arrivera rien !

Le feu clignotant avait désormais gravi la plus grande partie de la côte. Il ne tarderait pas à traverser l'espace dégagé en face du portail, où la grande chaîne pendait, impuissante, au bout du cadenas brisé.

Grimma ouvrit la bouche pour dire : *Ne soyez pas stupides, bande d'idiots, Arnold Frères (fond. 1905) ne veut pas que vous vous mettiez devant des voitures. J'ai vu ce qui arrive quand un gnome traîne devant une voiture. Sa proche famille est obligée de l'enterrer dans une enveloppe.*

Elle se préparait à dire tout cela mais se ravisa. Depuis des mois et des mois, on disait aux gnomes ce qu'il fallait faire. L'heure était peut-être venue d'arrêter.

Elle vit nombre de visages indécis dans la foule se tourner vers elle, et quelqu'un demanda :

— Qu'est-ce qu'il faut faire, Grimma?

— Oui, renchérit un autre. C'est une Conductrice. Les Conducteurs savent toujours ce qu'il faut faire.

Elle leur sourit. Ce n'était pas un sourire très gai.

— Faites ce que vous estimez être le mieux, leur dit-elle.

On entendit un chœur de souffles coupés.

— Oui, d'accord, fit une voix, mais... euh... Nisodème prétend qu'on peut arrêter ce machin rien qu'en s'en croyant capables. C'est vrai ou pas?

— Je n'en sais rien, dit Grimma. Peut-être y arriverez-vous. Moi, je sais que je n'en suis pas capable.

Elle tourna le dos et partit d'un pas vif vers les hangars.

— Serrez bien les rangs, ordonna Nisodème.

Il n'avait pas suivi les débats inquiets qui s'étaient déroulés dans son dos. Peut-être n'était-il plus capable d'entendre quoi que ce soit, à part les petites voix qui discutaient au plus profond de son crâne.

— *Faites ce que vous estimez être le mieux*, grommela un gnome. Tu parles d'un conseil!

Les centaines d'individus qui se tenaient assemblés là observèrent la voiture qui se rapprochait. Nisodème se tenait un peu en avant de la foule, les bras levés.

On n'entendait que le crissement des pneus sur le gravier.

Si un oiseau avait baissé les yeux vers la carrière dans les quelques secondes qui suivirent, il aurait eu la surprise de sa vie.

Enfin, non, probablement pas. Les oiseaux sont des créatures à l'intelligence assez limitée et ils ont suffisamment de mal à affronter le quotidien sans aller se préoccuper d'événements extraordinaires. Mais en supposant qu'il se soit agi d'un oiseau à l'intelligence inhabituellement développée – un mainate qui se soit échappé de sa cage, imaginons, ou un perroquet dérouté de plusieurs milliers de kilomètres par des vents extrêmement forts –, il se serait dit : Oh. Il y a un énorme trou dans cette colline avec, à l'intérieur, des petits hangars tout rouillés et, devant, une barrière.

Et il y a une voiture avec une lumière bleue sur le dessus qui vient juste de franchir le portail de cette barrière. Et il y a des petites taches noires sur le sol devant elle. Une tache complètement immobile, en plein sur le passage de l'engin, et les autres, les autres…

Qui s'éparpillent et qui courent. Qui courent pour sauver leur vie.

On ne retrouva jamais Nisodème, bien qu'une équipe de gnomes à l'estomac bien accroché fût revenue bien plus tard pour fouiller les ornières et la boue.

Et c'est ainsi que se développa une rumeur : peut-être au dernier moment avait-il sauté de côté et attrapé une partie de la voiture pour s'y hisser, on ne sait comment. Et là, il avait attendu, trop humilié pour oser de nouveau regarder les autres gnomes en face, jusqu'à ce que la voiture rentre à son point d'origine. Là, il était descendu et il avait vécu le reste de son existence dans le calme, sans faire de vagues. C'était un brave gnome, à sa manière, disait-on. On pouvait lui reprocher pas mal de choses, mais il avait de la religion et il faisait ce qu'il croyait être bien. Donc, en toute justice, il avait dû être épargné et il était encore par là, quelque part, dans le monde.

C'est ce qu'ils se disaient entre eux, et ce qu'ils écrivirent dans la Gnomenclature.

Quant à ce que les gnomes pouvaient penser, dans les moments qui n'appartenaient qu'à eux, juste avant de s'endormir… Eh bien ! ça n'appartenait qu'à eux, justement.

Les humains tournaient à pas lourds autour du train et des vestiges du camion. Un grand nombre de véhicules étaient arrivés à ce qui, pour des humains, correspondait à une vive allure. La plupart portaient des lumières bleues sur le toit.

Les gnomes avaient appris à s'inquiéter des choses qui portaient des lumières bleues sur le toit.

La Land Rover des hommes de la carrière était là, elle aussi. Un des humains de la carrière était en train de montrer du doigt la carcasse du camion et de crier quelque chose aux autres. Il avait ouvert le logement du moteur, du moins de ce qu'il en restait, et indiquait du doigt l'endroit où la batterie manquait.

À côté de la voie ferrée, la brise faisait bruisser les longues herbes. Et une partie de ces herbes bruissa sans que la brise ait rien à y voir.

Dorcas avait eu raison. Là où passaient les humains, ils revenaient, immanquablement. La carrière leur appartenait. Les camions étaient garés devant les hangars et les humains étaient partout. Certains réparaient le grillage, d'autres débarquaient caisses et bidons des camions. Il y en avait même un dans le bureau du directeur, en train de faire du ménage.

Les gnomes étaient tapis où ils pouvaient, écoutant avec angoisse les bruits au-dessus de leur tête. Les cachettes assez grandes pour deux mille gnomes étaient rares, malgré leur taille réduite.

La journée fut très longue. Dans les ombres sous certains hangars, dans les ténèbres, derrière les caisses, et parfois même sur les poutres poussiéreuses, sous les toits de tôle, les gnomes la passèrent de leur mieux.

On évita certaines catastrophes de si peu qu'on n'aurait pas pu glisser une carte postale dans la marge de manœuvre.

Le vieux Mumby Confiseri et le gros de sa famille restèrent pétrifiés, clignant des yeux dans la lumière, lorsqu'un humain déplaça la vieille caisse déglinguée derrière laquelle ils étaient cachés. Seule une fuite précipitée vers l'abri d'une pile de boîtes de conserve les sauva. Ça et, bien sûr, le fait que les humains ne regardaient jamais de très près ce qu'ils faisaient.

Mais ce n'était pas le pire.

Le pire, c'était bien pire.

Les gnomes étaient assis dans le noir et dans le bruit, sans même oser parler, et ils sentaient leur monde disparaître autour d'eux. Non pas parce que les humains leur en voulaient, mais *parce qu'ils n'avaient même pas remarqué leur présence*.

Prenez l'électricité de Dorcas, par exemple. Il avait passé un temps fou à tordre des bouts de fil de fer pour les joindre et trouver un moyen sans danger de voler l'électricité à la boîte à fusibles. Un humain les retira sans même un battement de cils, farfouilla à l'intérieur avec un tournevis et installa un nouveau boîtier qui fermait à clé. Et ensuite, il remit le téléphone en marche.

Les gnomes du Grand Magasin avaient besoin d'électricité. Ils ne se souvenaient pas d'avoir connu un temps où ils vivaient sans. C'était une ressource naturelle, comme l'air. Et maintenant, ils se retrouvaient dans un monde de ténèbres éternelles.

La terreur continua. Au-dessus, les planches rugueuses du parquet tremblaient, laissant pleuvoir de la poussière et des échardes. Les bidons de métal sonnaient comme un orage. Le tintamarre des marteaux était incessant. Les humains étaient revenus et ils avaient l'intention de rester.

Mais ils finirent par partir quand même. Lorsque la lumière du jour fut presque entièrement lavée du ciel d'hiver, comme un acier devenu froid, certains humains remontèrent dans leurs voitures et redescendirent le chemin.

Ils firent une chose curieuse avant de s'en aller. Les gnomes durent se grimper les uns sur les autres pour dégager la zone quand une des lattes du parquet fut soulevée, dans le bureau du directeur. Une main immense passa à travers le trou pour déposer un petit plateau sur la terre battue en dessous du parquet. Puis la latte fut remise en place et les ténèbres retombèrent.

Les gnomes, assis dans le noir, se demandèrent pour quelle étrange raison les humains, après une telle journée, leur donnaient à manger.

Le plateau croulait sous la farine. Ce n'était pas grand-chose, comparé à la nourriture du Grand Magasin, mais pour des gnomes qui avaient passé le ventre creux toute une journée d'inconfort, elle embaumait littéralement.

Deux des plus jeunes gnomes s'en approchèrent à quatre pattes. L'odeur était ensorcelante.

L'un d'eux s'empara d'une poignée de substance.

— Ne mange pas ça!

Grimma se fraya un chemin à travers les corps pressés les uns contre les autres.

— Mais ça sent tellement... chevrota un des gnomes.

— Tu as déjà senti cette odeur avant? demanda-t-elle.

— Ben, non...

— Alors, tu ne sais pas si c'est bon à manger ou pas. Écoute. Je connais ce genre de produit. Là où... là où je vivais, dans le terrier... il y avait un endroit en bordure de route, où les humains venaient manger, et parfois, on trouvait du produit comme ça dans les poubelles à l'arrière du bâtiment. Si tu en manges, ça va te tuer!

Les gnomes contemplèrent l'innocent petit plateau. De la nourriture qui tuait? Quelle idée invraisemblable!

— Je me souviens, une fois, dans le Grand Magasin, on avait mangé de la viande en boîte, intervint un gnome chenu. Ça nous a donné à tous un vilain mal de ventre, j' m'en souviens.

Il jeta à Grimma un regard plein d'espoir. Elle secoua la tête.

— Ce n'est pas la même chose. On trouvait des cadavres de rats autour. Ils ne mouraient pas de façon très agréable, ajouta-t-elle, frémissant à ce souvenir.

— Oh!

Les gnomes contemplèrent à nouveau le plateau. Et ils entendirent cogner au-dessus d'eux.

Un humain était resté dans la carrière.

Il était assis sur la vieille chaise pivotante, dans le bureau du directeur, et il lisait un grand papier.

Par un nœud du bois situé presque au niveau du sol, les gnomes l'épiaient avec attention. On voyait des chaussures énormes, d'interminables pans de pantalon, la chaîne montagneuse d'une veste et, tout là-haut, le lointain reflet de l'ampoule électrique sur une cime dégarnie.

Au bout d'un long moment, l'humain posa les papiers et tendit la main vers le bureau à côté de lui. Les gnomes à l'affût aperçurent un paquet de sandwiches plus haut qu'eux, et une bouteille Thermos qui fumait quand on l'ouvrit et qui emplit la cabane d'une bonne odeur de soupe.

Ils redescendirent faire leur rapport à Grimma. Elle était assise à côté du plateau de nourriture et avait ordonné à six des gnomes les plus âgés et les plus raisonnables de monter la garde pour empêcher les enfants d'approcher.

— Il ne fait rien, lui dit-on. Il est simplement assis là. Nous l'avons vu jeter un coup d'œil par la fenêtre, une ou deux fois.

— Alors, il va passer toute la nuit ici, conclut Grimma. Je suppose que les humains se demandent qui est à l'origine de tous leurs problèmes.

— Mais qu'est-ce qu'on va faire?

Grimma resta assise, le menton posé sur les mains.

— Il y a les grands hangars en ruine de l'autre côté de la carrière, finit-elle par dire. Nous pourrions aller là-bas.

— Dorcas dit... Dorcas disait que c'était très dangereux, dans ces vieux hangards, risqua un gnome. À cause de toutes les saletés qui traînent et tout ça. Très dangereux, il disait.

— Plus dangereux qu'ici? demanda Grimma avec un vague reliquat de son ancien ton sarcastique.

— Remarque pertinente.

— M'dame, s'il vous plaît?

C'était une des jeunes gnomettes. Elles étaient toutes pétrifiées devant Grimma, à cause de cette façon qu'elle avait d'enguirlander les hommes et de savoir lire mieux que n'importe qui. Celle-ci tenait un bébé dans ses bras et ponctuait la fin de chaque phrase par une courbette.

— Qu'y a-t-il, Sorritt? demanda Grimma.

— M'dame, s'il vous plaît, les enfants ont très faim. Il n'y a rien de bon à manger, ici, vous comprenez, m'dame.

Elle jeta à Grimma un regard implorant.

Grimma hocha la tête. Les provisions étaient stockées dans les profondeurs des autres hangars, pour ce qu'il en restait. Le principal magasin de patates avait été découvert par quelques humains, ce qui expliquait peut-être pourquoi ils avaient mis du poison. De toute façon, pas question d'allumer un feu, et il n'y avait pas de viande. Personne n'était allé chasser sérieusement depuis des jours, parce que Arnold Frères (fond. 1905) veillait à tout, selon Nisodème.

— Dès qu'il fera jour, je crois que tous les chasseurs disponibles devraient sortir, annonça Grimma.

Ils y réfléchirent. L'aube était encore bien loin. Pour un gnome, une nuit était aussi longue que trois jours complets...

— Il y a beaucoup de neige, fit un gnome. Ça signifie qu'on ne manquera pas d'eau.

— Nous pourrons éventuellement nous passer de nourriture, mais pas les enfants, objecta Grimma.

— Ni les vieux, intervint une autre voix. Il va de nouveau geler, cette nuit. Nous n'avons pas d'électrique, et on ne peut pas faire du feu dehors.

Ils considérèrent d'un air morose la terre battue à leurs pieds.

Quant à Grimma, elle était en train de se dire : ils ne se chamaillent pas. Ils ne ronchonnent pas. La situation est si grave qu'ils ne se disputent plus, et qu'ils ne s'accusent plus mutuellement.

— Très bien, reprit-elle à haute voix. Et à votre avis, que devrions-nous faire ?

11

I. *Nous surgirons des boiseries.*
II. *Nous émergerons des parquets.*
III. *Ils regretteront de nous avoir vus.*

La Gnomenclature, *Épître aux Humains, Versets I-III*

L'humain abaissa son journal et tendit l'oreille.

Il entendait un bruissement dans les murs. Un grattement sous le plancher.

Ses yeux se tournèrent vers la table à côté de lui.

Un groupe de créatures minuscules halaient son paquet de sandwiches le long de la table. L'humain cligna des yeux.

Puis il rugit et tenta de se mettre debout, et ce ne fut que presque redressé qu'il s'aperçut que ses pieds étaient très solidement attachés aux pieds de la chaise.

Il s'écroula en avant. Une horde de petites créatures, si rapides qu'il les voyait à peine, émergea de sous la table pour donner l'assaut et ficela ses bras tendus en avant à l'aide d'une longueur de vieux fil électrique. En quelques secondes, il se retrouva ligoté entre les meubles, de façon maladroite mais tout à fait efficace.

Ils virent ses gros yeux rouler avec fureur. Il ouvrit la bouche et meugla quelque chose à leur adresse. Des dents grandes comme des assiettes jaunies claquaient dans leur direction.

Le fil tint bon.

Les sandwiches s'avérèrent être au fromage et à la sauce piquante, et la Thermos, quand ils réussirent à en dévisser le bouchon, se révéla remplie de bouillon.

— De la nourriture du Grand Magasin, se dirent-ils les uns aux autres, de la bonne nourriture comme dans le Grand Magasin, comme celle qu'on mangeait avant.

Ils envahirent la pièce par toutes les crevasses et tous les trous de souris. Il y avait un feu électrique à côté de la table et ils s'assirent en rangées solennelles devant l'incandescente barre rouge, ou se promenèrent dans le bureau bondé.

— On a réussi, exactement comme dans *Les Voyages de Pull-over*. Plus grands ils sont, plus dure sera la chute !

Une suggestion populaire auprès de certains exigeait qu'ils tuent l'humain, dont les yeux affolés les suivaient dans tous leurs déplacements. C'est à ce moment-là qu'ils découvrirent la boîte.

Elle était posée sur une étagère. Elle était jaune. Elle portait sur le devant l'image d'un rat avec une expression pas vraiment ravie. Elle s'ornait également des mots RATATINOR en grosses lettres rouges. Au dos…

Grimma plissa le front en essayant de déchiffrer les mots en plus petits caractères imprimés sur le dos de la boîte.

— Ça dit : *Ils En Goûtent Une Fois Mais Ne Reviennent Jamais !* dit-elle. À ce qu'il paraît, ça contient du Polydichlorométhylindon 4, allez savoir ce que c'est. *Débarrasse la Maison de toutes les…*

Elle s'arrêta.

— De toutes les quoi ? demandèrent les gnomes qui l'écoutaient. De toutes les quoi ?

Grimma baissa le ton.

— Ça dit : *Débarrasse la Maison de toutes les Nuisances et de la Vermine en un Clin d'Œil !* C'est du poison. Voilà ce qu'ils ont mis sous le parquet.

Le silence qui suivit fut noir de colère. Les gnomes avaient élevé beaucoup d'enfants dans la carrière. Ils avaient des idées bien arrêtées sur le poison.

— On devrait forcer l'humain à en manger, déclara l'un d'eux. Lui remplir la bouche de Polyglodingdong je ne sais quoi. *Des nuisances et de la vermine !*

— Je crois qu'ils nous prennent pour des rats, expliqua Grimma.

— Alors, dans ce cas, ça excuse tout, n'est-ce pas? lança un gnome avec une ironie dévastatrice. Les rats sont de braves types. On n'a jamais eu de problèmes avec eux. Y a aucune raison d'aller leur donner de la nourriture empoisonnée.

De fait, les gnomes s'entendaient très bien avec les rats, sans doute parce que le chef de ces animaux était Bobo, qui avait été l'animal de compagnie d'Angalo au temps où il vivait dans le Grand Magasin. Les deux espèces se traitaient avec la camaraderie distante de créatures qui pouvaient, si l'occasion se présentait, se dévorer mutuellement mais qui avaient décidé de ne pas le faire.

— Ouais, les rats nous remercieraient de les débarrasser d'un humain, poursuivit-il.

— Non, dit Grimma. Non. Je pense qu'il ne faut pas faire ça. Masklinn a toujours dit qu'ils sont presque aussi intelligents que nous. On n'empoisonne pas des créatures intelligentes.

— Ils ne se sont pas gênés pour essayer!

— Ce ne sont pas des gnomes. Ils ne savent pas se conduire convenablement. Et puis, soyez raisonnables. Il viendra d'autres humains demain matin. S'ils trouvent l'un des leurs mort, on va avoir beaucoup d'ennuis.

L'argument avait du poids. Mais ils s'étaient montrés à un humain. Aucun gnome ne se souvenait que la situation se fût déjà présentée. Ils y avaient été contraints; c'était ça ou mourir de faim et de froid, mais personne ne savait où tout ça finirait. Il était un peu plus facile de prédire *comment* ça finirait. Mal, sans doute.

— Allez ranger ça à un endroit où les rats ne risquent pas de tomber dessus, conseilla Grimma.

— Ben moi, je trouve qu'on devrait lui en faire goûter juste un peu… commença quelqu'un.

— Non! Emportez-moi ça. Nous allons passer le reste de la nuit ici. Ensuite, on s'en ira avant que le jour se lève.

— Bon, d'accord, si tu le dis. Mais j'espère qu'on n'aura pas à s'en repentir plus tard, c'est tout.

Les gnomes emportèrent l'abominable boîte.

Grimma alla jusqu'à l'endroit où l'humain était couché. Il était bien ligoté, maintenant, et aurait été incapable de bouger le petit doigt. Il ressemblait exactement à l'image de Pull-over, enfin, Truc, là, sauf que les gnomes avaient utilisé des matériaux dont leurs congénères n'avaient jamais entendu parler à leur époque, c'est-à-dire des tas de fils électriques. C'était beaucoup plus résistant que de la corde. Et ils étaient nettement plus en colère. Pull-over n'avait pas conduit un énorme camion partout chez les autres gnomes, et il n'avait pas été déposer du poison pour les rats.

Les gnomes avaient fouillé les poches de l'humain et empilé leur contenu par terre. Figurait notamment un immense carré de tissu blanc, qu'un groupe de gnomes était parvenu à attacher en travers de la bouche du prisonnier après que ses meuglements eurent fini par devenir insupportables à tout le monde.

Maintenant, ils mangeaient des bouts de sandwich et observaient ses yeux.

Les humains ne peuvent pas comprendre les gnomes. Leurs voix sont trop rapides, trop aiguës, comme le piaulement des chauves-souris. C'est probablement aussi bien.

— Moi, je dis qu'on devrait trouver quelque chose de pointu et le lui rentrer dans le lard, fit un gnome. Dans toutes les parties charnues.

— On pourrait lui faire des choses avec des allumettes, suggéra une dame gnome, à la grande surprise de Grimma.

— Et des clous, renchérit un gnome d'âge mûr.

L'humain gronda derrière son bâillon et il tira sur ses liens.

— On pourrait lui arracher les cheveux, ajouta la dame gnome. Et ensuite, on…

— Eh bien ! allez-y, faites-le, intervint Grimma. Il est là, juste en face de vous. Faites ce que vous avez envie de faire.

— Qui, *moi ?* (La dame gnome recula.) Je ne… Pas moi ! Je ne parlais pas de *moi*. Je voulais dire… Enfin, nous tous, quoi. La gnomité.

— C'est bien ce que je disais, repartit Grimma. La gnomité est composée de gnomes, c'est tout. D'ailleurs, ce n'est pas bien de faire du mal aux prisonniers. J'ai lu ça dans un livre. On appelle ça la *Convention de Genève*. Quand on a des gens en son pouvoir, on n'a pas le droit de leur faire du mal.

— Je dirais plutôt que c'est le moment idéal, rétorqua un gnome. Leur taper dessus quand ils ne peuvent pas riposter, voilà ce qu'il faut faire. Et puis, c'est pas comme si les humains étaient des personnes réelles.

Il recula en traînant les pieds malgré tout.

— Quand même... c'est curieux, lorsqu'on regarde leur visage de près, fit la dame gnome en inclinant la tête de côté, ils nous ressemblent beaucoup. En plus grand, c'est tout.

Un des gnomes inspecta les yeux effarés de l'humain.

— Qu'est-ce qu'il a le nez poilu ! jugea-t-il. Et les oreilles, aussi !

— C'est répugnant, dit la dame.

— Quand on les voit avec ces énormes nez, on aurait presque envie de les plaindre.

Grimma contempla les yeux de l'humain. Je me demande... pensa-t-elle. Ils sont plus grands que nous, ils doivent donc avoir de la place pour ranger un cerveau. Et ils ont des yeux énormes. Ils ont bien dû nous voir une fois ? Masklinn dit que nous sommes là depuis des milliers d'années. Durant tout ce temps, les humains ont bien dû nous rencontrer.

Ils ont dû savoir que nous étions des personnes réelles. Mais dans leur tête, ils ont fait de nous des farfadets. Peut-être parce qu'ils ne voulaient pas partager leur monde avec nous.

L'humain la regardait, aucun doute.

Le partage est-il possible ? s'interrogeait-elle. Ils vivent dans un grand monde lent ; nous, dans un petit monde rapide. Nous ne pouvons pas nous comprendre. Ils ne sont même pas capables de nous voir, sauf si nous restons immobiles, comme moi en ce moment. Nous nous déplaçons trop vite pour eux. Ils ne croient pas à notre existence.

Elle leva les yeux vers les grandes prunelles terrorisées.

Nous n'avons jamais tenté de... C'était quoi le mot ? De *communiquer* avec eux auparavant. Pas comme il faut. Pas comme si c'étaient de vraies personnes, vraiment douées de raison. Comment leur dire que nous existons bien et que nous sommes vraiment là ?

Mais peut-être que lorsqu'on est couché par terre, ligoté par de petits êtres qu'on voit à peine et auxquels on ne croit pas, le moment est mal choisi pour commencer à communiquer.

On devrait peut-être remettre ça à une autre fois. Pas de panneaux, pas de cris, rien qu'une tentative pour essayer de se faire comprendre d'eux.

Et si on y parvenait? Ça ne serait pas extraordinaire? Ils pourraient faire les gros travaux lents à notre place, et nous, on pourrait faire… oh, des petits trucs rapides. De petites besognes minutieuses dont leurs gros doigts sont incapables… mais pas question de peindre des fleurs ou de réparer leurs chaussures.

— Grimma? Faut que tu voies ça, Grimma, dit une voix derrière elle.

Les gnomes étaient rassemblés autour d'un fouillis blanc sur le sol.

Ah oui. L'humain regardait un de ces grands bouts de papier.

Les gnomes l'avaient étalé par terre. Il ressemblait beaucoup au premier qu'ils avaient vu, sauf que celui-ci s'appelait TOUTES LES NOUVELLES EN EXCLUSIVITÉ DANS LE *BLACKBURY EVENING POST & GAZETTE*. Il y avait d'autres grandes et grosses lettres, presque aussi grandes qu'une tête de gnome.

Grimma secoua la sienne en tentant d'en décrypter le sens. Elle comprenait très bien les livres, à son avis, mais les journaux semblaient s'exprimer dans un autre idiome. Ce n'étaient que tragédies, rebondissements et images floues où des humains tout sourire se secouaient la main (GALA DE BIENFAISANCE : 455 LIVRES POUR SOUTENIR L'HÔPITAL). Chaque mot pris séparément ne présentait aucune difficulté, mais une fois assemblés, soit ils ne voulaient plus rien dire, soit c'était quelque chose de parfaitement invraisemblable (LA CRÈCHE MUNICIPALE BÂTIE GRÂCE À DES POTS-DE-VIN).

— Non, c'est là, intervint un des gnomes, cette page-là. Regarde ces mots, ce sont les mêmes que la dernière fois, regarde! *Ça parle de Richard Quadragénaire!*

Grimma parcourut d'un pas rapide un article qui parlait de quelqu'un qui avait mis du veto sur le projet de quelqu'un d'autre.

Effectivement, sous les mots : PROBLÈMES POUR LE SATELLITE TV figurait une image floue de Richard Quadragénaire.

Elle s'agenouilla et contempla les petits mots au-dessous.

— Lis à haute voix! lui demandèrent-ils.

— *Richard Arnold, président du Groupe Arnco, basé à Blackbury, a déclaré aujourd'hui en Floride que les savants tentaient toujours de re... reprendre le contrôle d'Arnsat 1, le sat... satellite de com... communications de plusieurs millions de livres...*

Les gnomes se regardèrent.

— Plusieurs millions de livres, dirent-ils. Ça en fait, de la lecture!

— *Après le suc... succès du déc... déclouage en Floride,* lut Grimma avec effort, *tout le monde espérait qu'Arnsat entamerait aujourd'hui ses premiers essais de tr... tr... transmissions. Mais le sat... tellite émet un flot continu de sig... signaux anormaux. « On dirait un code », a confié Richard, quadragénaire président d'Arnco...*

Un murmure d'appréciation échappa à l'auditoire.

— *On pourrait penser qu'il agit de façon indépendante*, poursuivit Grimma.

Il y avait encore du texte, des histoires de tâtonnements inévitables, mais Grimma ne savait pas ce que c'était et ne se donna pas la peine de lire plus avant.

Elle se souvenait de la façon dont Masklinn avait parlé des étoiles, et pourquoi elles restaient en l'air. Et puis il y avait le Truc. Masklinn l'avait emporté avec lui. Le Truc savait parler à l'électricité, non? Il pouvait l'entendre dans les fils électriques, et par ce machin dans l'air que Dorcas appelait la radio. Et si quelque chose était capable d'envoyer des signaux anormaux, c'était bien le Truc. *Je risque d'aller encore plus loin que lors du Grand Exode*, avait dit Masklinn.

— Ils sont vivants, dit-elle sans s'adresser à personne en particulier. Masklinn, Gurder, Angalo. Ils sont arrivés dans la Floride et ils sont toujours vivants.

Elle se souvint qu'il avait essayé quelquefois de lui parler du ciel, du Truc et de l'endroit d'où étaient venus les gnomes à l'origine, et elle n'avait jamais vraiment compris, pas plus que lui n'avait compris l'histoire des petites grenouilles.

— Ils sont toujours vivants, répéta-t-elle. Je le sais. Je ne sais pas exactement comment, ni où, mais ils ont une espèce de plan et ils sont toujours vivants.

Les gnomes échangèrent des regards éloquents, et le sens général était le suivant : *Elle se fait des illusions, mais il faudrait avoir plus de courage que moi pour se risquer à la détromper.*

Mémé Morkie lui tapota doucement l'épaule.

— Mais oui, mais oui, lui dit-elle sur un ton apaisant. Et je suis contente de voir qu'ils ont réussi leur déclouage. Ça ne doit pas être très commode, quand les affaires sont bien accrochées. Mais à ta place, ma fille, j'essaierais de dormir un peu.

Grimma fit un rêve.

C'était un rêve très confus. C'est presque toujours le cas, avec les rêves. Ils ne sont jamais proprement emballés. Elle rêva de vacarme et de grandes lumières qui clignotaient. Et d'yeux.

Des petits yeux jaunes. Et Masklinn, assis sur une branche, regardait les petits yeux jaunes en contrebas.

Je vois ce qu'il est en train de faire en ce moment, songea-t-elle. *Il est vivant. Je l'ai toujours su, bien entendu. Mais je n'imaginais pas qu'il y avait tant de feuillage, dans l'espace. Ou peut-être que rien de tout ça n'est vrai et que je suis en train de rêver…*

C'est alors que quelqu'un la réveilla.

Il n'est jamais bon de s'inquiéter du sens des rêves ; aussi ne s'y risqua-t-elle pas.

Il neigea à nouveau pendant la nuit, sur les ailes d'un vent glacial. Plusieurs gnomes explorèrent les abords des hangars et revinrent porteurs de quelques légumes passés inaperçus, mais la quantité en était piteuse. L'humain ligoté finit par s'endormir et se mit à ronfler comme quelqu'un qui s'attaque à une très grosse bûche avec une toute petite scie.

— Les autres viendront le chercher demain matin, prévint Grimma. Il ne faudra plus être là. Nous devrions peut-être…

Elle s'arrêta. Tout le monde dressa l'oreille.

On entendait des mouvements sous les lattes du parquet.

— Il reste encore quelqu'un là-dessous ? chuchota Grimma.

Les gnomes qui étaient à ses côtés secouèrent la tête. Personne ne serait resté sous le parquet, dans le froid, alors qu'on pouvait profiter de la chaleur et de la lumière du bureau.

— Et ça ne peut pas être des rats, compléta-t-elle.

Puis quelqu'un appela, sur ce ton, mi-cri, mi-chuchotement, des gens qui veulent se faire entendre tout en restant aussi discrets que possible.

Le quelqu'un se révéla être Sacco.

Ils écartèrent la latte que les humains avaient détachée et l'aidèrent à monter. Il était couvert de boue et titubait, à bout de forces.

— Il n'y avait plus personne! hoqueta-t-il. J'ai regardé partout; impossible de trouver quelqu'un; et puis on a vu les camions venir ici, et puis j'ai aperçu les lumières dans la pièce, et puis je croyais que les humains étaient encore là, et puis j'ai entendu vos voix, et puis il faut que vous veniez, à cause de Dorcas!

— Il est vivant? demanda Grimma.

— Je crois, oui, parce que sinon, il a un drôle de langage, pour un mort, dit Sacco en se laissant tomber à terre.

— Nous vous avons tous crus mo...

— On va tous bien, sauf Dorcas. Il s'est fait mal en sautant du camion! Venez, je vous en prie!

— Tu ne m'as pas l'air en état d'aller où que ce soit, dit Grimma. (Elle se leva.) Dis-nous simplement où il est.

— On a réussi à l'amener à la moitié du chemin et on était si fatigués que je les ai laissés derrière pour partir en reconnaissance. Ils sont sous la haie, et...

Ses yeux se posèrent sur la masse de l'humain qui ronflait. Il regarda Grimma.

— Vous avez capturé un *humain*? (Il tituba.) J'ai besoin d'un peu de repos, je suis tellement fatigué, répéta-t-il d'une voix indistincte.

Puis il s'écroula en avant.

Grimma le rattrapa au vol et l'étendit par terre avec toute la douceur possible.

— Installez-le au chaud et voyez s'il reste de quoi manger, lança-t-elle à la cantonade. Et je veux que quelques volontaires viennent m'aider à chercher les autres. Allons! Il ne fait pas un temps à passer la nuit dehors.

L'expression sur certains visages laissait entendre qu'ils étaient parfaitement d'accord avec ce point de vue et qu'ils se comptaient au nombre de ceux qui ne devraient pas passer une telle nuit dehors.

— Il neige beaucoup, fit l'un d'entre eux sur un ton hésitant. On ne les retrouvera jamais dans tout ce noir et toute cette neige.

Grimma lui jeta un regard assassin.

— C'est une possibilité. On pourra éventuellement les retrouver dans le noir et la neige. Mais on ne les retrouvera certainement pas dans la chaleur et la lumière, ça, je vous le garantis.

Plusieurs gnomes se frayèrent un chemin à travers la foule. Grimma reconnut les parents de Nouty, et ceux de quelques-uns des garçons. Ensuite, on entendit un remue-ménage sous la table, où les gnomes les plus âgés s'étaient regroupés pour se tenir chaud et ronchonner à loisir.

— Je viens, moi aussi, déclara Mémé Morkie. Ça va me faire du bien, un peu d'air frais. Qu'est-ce que vous avez tous à me regarder comme ça ?

— Je crois qu'il vaut mieux que tu restes à l'intérieur, Mémé, dit doucement Grimma.

— Me joue pas les soyons-gentils-avec-les-vieux, ma petite, rétorqua Mémé en ponctuant ses mots de petits coups de canne. Je pataugeais dans la neige profonde alors que t'étais pas encore en projet. (Elle se retourna vers le reste de la population.) C'est un jeu d'enfant, si on fait preuve de bon sens et qu'on crie un bon coup pour que tout le monde sache où on est. J'ai aidé à rechercher mon tonton Jo alors que j'avais même pas un an, clama-t-elle fièrement. Y avait de la neige, oh ! une vraie saleté. Elle était tombée tout d'un coup, pendant que les hommes étaient à la chasse. Et mon tonton, on l'a retrouvé. Presque entier, en plus.

Grimma se hâta d'interrompre :

— Bon, bon, d'accord, Mémé. (Elle jeta un coup d'œil vers les autres.) Bien. Bon, nous, nous y allons.

Une quinzaine de gnomes finirent par les accompagner, dont une grande partie par pure honte.

Dans la lumière jaune sortant du hangar, les flocons de neige paraissaient très beaux. Mais le temps qu'ils touchent terre, ils étaient devenus vraiment détestables.

Les gnomes du Grand Magasin haïssaient cordialement la neige du Dehors. Dans le Grand Magasin aussi, il y avait de la neige, qu'on vaporisait sur les objets aux alentours du Fêtons Noël. Mais elle n'était pas froide. Et les flocons de neige étaient de grandes et magnifiques décorations qu'on suspendait au plafond par un fil. Rien à voir avec ces horreurs qui semblaient tout à fait tolérables quand elles flottaient, mais se changeaient en machin glacé et mouillé qu'on laissait traîner par terre.

La neige leur arrivait déjà jusqu'aux genoux.

— Ce qu'il faut faire, expliqua Mémé Morkie, c'est soulever les pieds très haut et les laisser retomber très fort. Un jeu d'enfant.

La lumière du hangar éclairait la carrière, mais le chemin était un tunnel de ténèbres qui débouchait sur la nuit.

— Déployez-vous, dit Grimma. Mais restez groupés.

— *Déployez-vous mais restez groupés !* bougonnèrent-ils.

Un gnome plus âgé leva la main.

— La nuit, y a pas de rouges-gorges, par hasard ? demanda-t-il avec circonspection.

— Mais non, bien sûr que non, répondit Grimma.

— Évidemment que non, y a pas de rouges-gorges la nuit, niquedouille, ajouta Mémé Morkie.

Ils parurent soulagés.

— Non, mais par contre, y a des renards, ajouta Mémé, qui parut très fière d'elle-même. Y sont énormes. Par un froid comme ça, ils ont la fringale. Et y a peut-être des hiboux, aussi. (Elle se gratta le menton.) C'est des malins, les hiboux. On les entend jamais avant qu'ils vous soient presque tombés dessus. (Elle flanqua un bon coup de canne contre le mur.) Ouvrez bien l'œil, vous autres. Bon pied, bon œil. À moins que vous soyez comme mon tonton Jo – c'est un renard qui le lui a pris, son bon pied, il a fallu lui mettre une jambe de bois. Il était furieux, je vous dis pas.

Les encouragements de Mémé Morkie avaient toujours le don de faire avancer les gens. Tout, plutôt que de rester sur place à se laisser encourager.

Les flocons de neige s'amassaient sur les herbes et les fougères desséchées en bordure du chemin. De temps en temps, un paquet se détachait, pour tomber parfois sur le chemin, souvent sur les gnomes qui progressaient à grand-peine. Ils sondaient les monticules de neige et jetaient des coups d'œil peu convaincus dans les cavités sombres sous la haie, tandis que les flocons continuaient de tomber dans un silence doux et cassant. Rouges-gorges, hiboux et autres terreurs du Dehors hantaient chaque ombre.

Finalement, la lumière s'évanouit dans leur dos et ils n'avancèrent plus qu'à la seule lueur de la neige. Parfois l'un d'entre eux lançait un appel, doucement, et tous tendaient l'oreille.

Il faisait très froid.

Brusquement, Mémé Morkie s'arrêta.

— Un renard, annonça-t-elle. Je le sens. On peut pas se tromper sur les renards. *Ça empeste.*

Ils se regroupèrent tous et scrutèrent les ténèbres avec appréhension.

— Remarquez, il est peut-être plus là, ajouta Mémé. Ça reste longtemps sur place, l'odeur.

Ils se détendirent un peu.

— Franchement, Mémé ! grommela Grimma.

— J'essayais simplement de me rendre utile, rétorqua Mémé Morkie en reniflant. Si vous trouvez que je sers à rien, vous gênez pas, faut me le dire.

— Nous nous y prenons mal, décida Grimma. C'est Dorcas que nous cherchons. Il ne va pas rester à découvert. Il sait qu'il y a des renards. Il a dû dire aux garçons de trouver un abri aussi sûr que possible.

Le père de Nouty s'avança.

— Si on regarde d'où tombe la neige, suggéra-t-il d'une voix hésitante, on peut voir que le ventilateur la chasse par là (il indiqua du doigt une direction), et donc, elle s'accumule davantage sur ce côté-ci des choses que sur l'autre. Alors, ils ont sans doute cherché à s'éloigner le plus possible du ventilateur, non ?

— On appelle ça le vent, dehors, corrigea aimablement Grimma. Mais vous avez raison. Ce qui signifie... (elle contempla les fourrés)... qu'ils se trouvent de l'autre côté de la haie. Dans le champ, contre l'accotement. Venez.

Ils grimpèrent à travers les piles de feuilles mortes et de brindilles dégoulinant d'eau jusqu'au champ de l'autre côté.

Le pré était lugubre. Quelques brins d'herbe sèche se hissaient au-dessus de la désolation interminable de la neige. Plusieurs gnomes laissèrent échapper un gémissement.

C'est la taille du champ, songea Grimma. La carrière ne leur pose pas de problèmes, pas plus que les fourrés au-dessus ou même le chemin, parce que tout est en grande partie enclos, et qu'on peut s'imaginer entouré par des sortes de murs. Mais ici, c'est trop *grand* pour eux.

— Restez à proximité de la haie, dit-elle avec plus de bonne humeur qu'elle n'en ressentait. Il y a moins de neige par là.

Ô Arnold Frères (fond. 1905), pensa-t-elle, Dorcas ne croit pas en vous, et moi pas davantage, mais si vous pouviez vous débrouiller pour exister juste assez longtemps pour qu'on les retrouve, nous vous serions tous très reconnaissants. Et peut-être que vous pourriez arrêter la neige et veiller à ce que nous rentrions tous à la carrière, et ça, ça nous aiderait beaucoup.

Quelle idiote ! se dit-elle. Masklinn a toujours dit que s'il existait un Arnold Frères, il était comme qui dirait dans notre tête, et qu'il nous aidait à réfléchir.

Elle s'aperçut qu'elle fixait la neige.

Pourquoi y a-t-il un trou dedans ? se demanda-t-elle.

12

> IV. *Nous n'avons nulle part où aller et il nous faut partir.*
>
> La Gnomenclature, *Issues de Secours, Chapitre 3, Verset IV*

— Des lapins, je me suis dit, expliqua-t-elle.

Dorcas lui tapota la main.

— Bien joué, fit-il d'une voix faible.

— Nous étions sur le chemin, après le départ de Sacco, expliqua Nouty, et il commençait à faire vraiment froid, alors Dorcas nous a dit de l'amener de l'autre côté de la haie et on a dit (ben, c'est moi, en fait) : On voit parfois des lapins dans le champ, et lui, il a dit : Trouvez-moi un terrier de lapin. Alors on l'a fait. On a cru qu'on allait passer toute la nuit là-dedans.

— Ouille, gémit Dorcas.

— Arrête de faire l'intéressant, je ne t'ai pas fait mal du tout, jeta Mémé Morkie en examinant sa jambe. Rien de cassé, mais c'est une belle foulure.

Les gnomes du Grand Magasin inspectaient le terrier avec intérêt et une certaine approbation. C'était très agréablement confiné.

— Vos ancêtres ont probablement vécu dans des endroits comme ça, leur dit Grimma. Il y avait des étagères et divers machins, bien entendu.

— Très joli, jugea un des gnomes. Douillet. On aurait presque l'impression de se trouver sous un parquet.

— Ça pue un peu, cela dit, fit remarquer un autre.

— Ça, c'est l'odeur de lapin, expliqua Dorcas avec un signe de tête en direction des ténèbres du fond. Je ne crois pas qu'un renard se risquerait à attaquer face à un tel nombre d'entre nous. Après tout, les renards du coin nous connaissent. Si on mange un gnome, on en meurt : ils ont appris la leçon.

Les gnomes traînèrent un peu les semelles par terre. Oh, bien sûr, c'était vrai. Le problème, cependant, c'est que celui qui le regretterait le plus serait celui qu'on aurait croqué. Savoir que le renard allait passer un sale quart d'heure par la suite ne le consolerait pas totalement.

En plus, ils avaient froid, ils étaient trempés, et le terrier, même s'il n'aurait pas semblé très alléchant quand ils étaient dans la carrière, paraissait soudain beaucoup plus attrayant que l'horrible nuit de Dehors. Ils avaient passé en revue une dizaine de terriers de lapin en appelant dans le noir, avant d'entendre la voix de Nouty leur répondre.

— Je ne crois vraiment pas qu'il faille s'inquiéter, dit Grimma. Les renards apprennent très vite. N'est-ce pas, Mémé Morkie ?

— Hein ?

— Je disais à tout le monde que les renards apprenaient très vite, insista Grimma.

— Oh, oui. Ça, pas de doute. Ils sont capables de faire un long détour pour croquer quelque chose quand ça leur plaît, les renards. Surtout quand il fait froid.

— Ce n'est pas ce que je voulais dire ! Pourquoi faut-il toujours que tu voies le mauvais côté des choses ?

— Ça n'était absolument pas mon intention, répliqua Mémé Morkie en reniflant un bon coup avec hauteur.

— Il faut rentrer, décréta Dorcas. La neige ne va pas disparaître d'un seul coup. Je pourrai avancer sans problème si quelqu'un me soutient.

— On peut bricoler un brancard, proposa Grimma. Mais ce n'est pas comme s'il y avait grand-chose vers quoi retourner.

— Nous avons vu les humains remonter le chemin, dit Nouty, mais nous avons été obligés d'aller jusqu'au tunnel des blaireaux. Seulement, il n'y avait pas de sentier praticable. Ensuite, on a essayé de couper à travers champs en bas, mais c'était une mauvaise idée, ils ont tous été labourés. On n'a rien eu à manger, ajouta-t-elle.

— Ne vous attendez pas à grand-chose, en ce cas, lui répondit Grimma. Les humains ont emporté la plus grosse partie de nos provisions. Ils nous prennent pour des rats.

— C'est pas une mauvaise chose, jugea Dorcas. Quand on était dans le Grand Magasin, on les encourageait à le penser. Ils posaient des pièges. Lorsque j'étais gamin, on allait chasser le rat dans la cave et on mettait les cadavres dans les pièges.

— Maintenant, ils se servent de nourriture empoisonnée.

— Ça, c'est pas bon.

— Allons, on va te ramener.

Dehors, il neigeait toujours, mais de façon clairsemée, comme si les derniers flocons en stock étaient bradés. Il y avait une mince ligne rouge à l'est – pas l'aube, mais la promesse de l'aube. Elle n'était pas très réconfortante. Quand le soleil se lèverait enfin, il se trouverait emprisonné derrière des barreaux de nuages.

Ils brisèrent quelques branches dans les fourrés afin de confectionner pour Dorcas une chaise grossière, que porteraient quatre gnomes. Il ne s'était pas trompé en parlant de l'abri de la haie. La neige n'était pas très épaisse, ce que compensait un tapis de feuilles mortes, de branchettes et de débris. On y progressait avec lenteur.

Ça doit être formidable d'être humain, se dit Grimma tandis que des épines grandes comme son bras lui déchiraient la robe. Masklinn avait bien raison : ce monde est vraiment fait pour eux. Il est à leur taille. Ils peuvent aller n'importe où, faire ce qu'ils veulent. Nous croyons accomplir quelque chose, alors que nous occupons simplement les coins abandonnés de leur monde, leurs dessous de parquets, à chaparder des affaires.

Les autres gnomes progressaient dans un silence las. À part le bruissement des pieds dans la neige et les feuilles, on n'entendait que les grignotements de Mémé Morkie. Elle avait trouvé quelques baies d'églantier qu'elle dégustait avec toutes les marques de la satisfaction. Elle en avait proposé à la cantonade, mais les autres gnomes les avaient trouvées amères et désagréables.

— Sans doute un goût acquis, marmonna-t-elle en jetant un regard courroucé à Grimma.

Que nous devrions probablement acquérir, pensa Grimma en ignorant le regard vexé de Mémé. Notre seul espoir est de nous séparer et de quitter la carrière par petits groupes, dès qu'on sera rentrés. Aller nous installer dans la campagne, recommencer à vivre dans des terriers de lapins et à manger ce qu'on peut trouver. Quelques groupes survivront peut-être à l'hiver, quand les plus vieux seront morts.

Et il faudra dire adieu à l'électricité, adieu à la lecture, adieu aux bananes…

Mais moi, j'attendrai dans la carrière jusqu'au retour de Masklinn.

— Allons, un sourire, ma petite, lança Mémé Morkie pour être aimable. Ne fais pas cette tête d'enterrement. Ça n'arrivera peut-être jamais, crois-moi.

Même Mémé fut choquée quand Grimma la regarda avec un visage d'où toute couleur avait disparu. La jeune femme ouvrit et ferma plusieurs fois la bouche sans rien dire.

Puis elle se ratatina, très lentement, tomba à genoux et se mit à sangloter.

C'était le bruit le plus stupéfiant qu'ils aient jamais entendu. Grimma criait, protestait, houspillait et ordonnait. L'entendre pleurer n'était pas normal. Le monde semblait avoir basculé sens dessus dessous.

— J'ai simplement essayé de lui remonter le moral, marmonna Mémé Morkie.

Gênés, les gnomes faisaient cercle autour d'elle. Personne n'osait s'approcher de Grimma. On ne savait pas ce qui pouvait se passer. Si on essayait de lui tapoter l'épaule en disant *Allons, allons*, tout pouvait arriver. Elle pouvait vous arracher la main d'un coup de dents, par exemple.

Dorcas regarda les gnomes qui l'entouraient, poussa un soupir et descendit avec précaution de sa chaise improvisée. Il boitilla jusqu'à Grimma, s'accrochant à une branche épineuse pour s'aider.

— Tu nous as retrouvés, on rentre à la carrière, tout va bien, lui dit-il pour la consoler.

— Non ! Il va falloir déménager ! sanglota-t-elle. Tu aurais mieux fait de rester dans ton terrier ! Tout va de travers !

— Eh bien ! j'aurais pensé...

— On n'a plus de nourriture, on ne peut pas arrêter les humains, on est prisonniers, dans la carrière et j'ai essayé de garder tout le monde ensemble mais maintenant, tout est allé de travers !

— On aurait dû se réfugier dans la grange dès le début, fit Nouty.

— C'est encore faisable, dit Grimma. Tous les jeunes pourraient y arriver. Partir le plus loin possible d'ici !

— Mais les enfants ne pourraient pas réussir une telle marche, et les vieux seraient incapables de franchir toute cette neige, dit Dorcas. Tu le sais bien. Tu es en train de céder au désespoir.

— On a tout essayé ! La situation n'a fait qu'empirer ! On croyait que la vie au-Dehors serait merveilleuse, et tout s'est écroulé !

Dorcas lui adressa un long regard indéchiffrable.

— Autant laisser tomber tout de suite, dit-elle. Autant laisser tomber et mourir ici.

Un silence horrifié tomba.

Ce fut Dorcas qui le brisa.

— Euh... dit-il. Euh... tu en es sûre ? Tu en es vraiment certaine ?

Le ton de sa voix fit lever les yeux à Grimma.

Tous les gnomes regardaient, pétrifiés.

Un renard les observait.

Ce fut un de ces instants où le Temps se fige. Grimma pouvait voir la lueur verdâtre dans les prunelles du renard, et le nuage de son haleine. Il avait la langue pendante.

Il avait l'air surpris.

Il était nouveau dans le coin et n'avait jamais vu de gnomes. Son esprit pas très sophistiqué essayait d'appréhender le fait que la *forme* des gnomes (deux bras, deux jambes, une tête sur le dessus) était celle qu'il associait aux humains et qu'il avait appris à éviter, mais que leur taille était celle qu'il avait toujours associée au concept *une bouchée*.

Les gnomes étaient cloués sur place par la terreur. Inutile d'essayer de s'enfuir. Pour vous courir après, un renard disposait du double de jambes. On finirait mort tout pareil, mais au moins, on ne serait pas mort et essoufflé.

Il y eut un grondement.

Au grand étonnement des gnomes, c'était Grimma qui grognait.

Elle s'empara de la canne de Mémé Morkie, avança d'un pas résolu et flanqua un coup sur la truffe du renard avant qu'il ait pu l'esquiver. Il jappa et cligna des yeux avec un air bête.

— Fiche le camp ! cria-t-elle. De quel droit es-tu ici ?

Elle frappa à nouveau. Il recula vivement la tête. Grimma fit un nouveau pas en avant et lui administra un revers sur le museau.

Le renard parvint à une décision. On trouvait des lapins un peu plus loin, le long de la haie, ça ne faisait pas le moindre doute. Les lapins ne ripostaient jamais. Il préférait nettement les lapins.

Il poussa un petit gémissement, recula, les yeux rivés sur Grimma, puis il s'éclipsa dans les ténèbres.

Les gnomes respirèrent à nouveau.

— Eh ben dis donc ! fit Dorcas.

— Désolée, mais je ne supporte pas les renards, expliqua Grimma. Et Masklinn disait qu'il fallait leur montrer qui commandait.

— Ce n'était pas un reproche, dit Dorcas.

Grimma regarda la canne d'un air vaguement troublé.

— Bon, qu'est-ce que j'étais en train de dire ? demanda-t-elle.

— Qu'on ferait aussi bien d'abandonner et de se laisser mourir, lui rappela Mémé Morkie, toujours serviable.

Grimma la foudroya du regard.

— Pas du tout, répliqua-t-elle. J'ai eu un petit coup de fatigue, c'est tout. Allons. On va attraper la mort, si on reste ici.

— Ou l'inverse, corrigea Sacco, en scrutant les ténèbres hantées de renards.

— Ce n'est pas drôle, lança Grimma en s'éloignant d'un pas déterminé.

— Je ne cherchais pas à être drôle, répondit Sacco avec un frisson.

Au-dessus, ignorée des gnomes, une étoile étrangement brillante zigzaguait à travers le ciel. Elle était toute petite, ou peut-être était-elle très grosse mais très éloignée. Si on la regardait assez longtemps, elle pouvait sembler lenticulaire. Elle était la cause d'un grand nombre de messages lancés dans les airs de par le monde.

On aurait dit qu'elle cherchait quelque chose.

Quand ils regagnèrent la carrière, des lumières y brillaient. Un nouveau groupe de gnomes se préparait à partir à leur recherche. Certes, avec un enthousiasme mesuré, mais ils allaient quand même essayer.

Le cri de joie qui monta quand on comprit que tout le monde était rentré en bon état faillit faire oublier à Grimma que tout le monde était rentré en bon état dans un endroit extrêmement dangereux. Elle avait lu dans le livre de proverbes quelque chose qui s'adaptait parfaitement à la situation. *Aller de mal en tétine de vache.* Enfin, un truc dans ce genre.

Grimma conduisit l'équipe de sauveteurs dans le bureau et écouta pendant que Sacco, avec de multiples interruptions, narrait leurs tribulations, à partir du moment où Dorcas, poussé par une terreur soudaine, avait sauté du camion pour être emporté loin des rails, juste avant l'arrivée du train. Quand on le racontait, tout cela paraissait héroïque et palpitant. Et vain, se dit Grimma, mais elle garda ce commentaire pour elle.

— Ça n'a pas été aussi grave que ça en avait l'air, poursuivait Sacco. Le camion a été cassé, mais le train n'a même pas quitté ses rails. On a tout vu, acheva-t-il. Je meurs de faim.

Il leur adressa un sourire radieux, qui s'évanouit comme un coucher de soleil.

— Il n'y a rien à manger?

— Encore moins que tu ne crois, répliqua un gnome. Si tu avais un bout de pain, on pourrait faire un sandwich à la neige.

Sacco réfléchit un instant.

— Il y a bien des lapins. Le champ était plein de lapins.

— Et d'obscurité, compléta Dorcas qui semblait penser à autre chose.

— Euh… oui, reconnut Sacco.

— Et y a le renard qui rôde, rappela Nouty.

Un autre proverbe vint à l'esprit de Grimma :

— *On ménage sa monture, quand le diable conduit l'attelage.*

Ils la regardèrent dans la clarté vacillante des torches.

— Qui ça ? demanda Nouty.

— Un sale type qui habite sous terre, dans la salle des chaudières, il me semble, expliqua Grimma.

— Comme la salle des chaudières du Grand Magasin ?

— Je suppose, oui.

— Et c'est quoi, l'attelage, comme genre de véhicule ? demanda Sacco, l'air intéressé.

— Ça signifie simplement qu'on est parfois obligé de faire certaines choses, trancha Grimma, agacée. Je ne pense pas qu'il conduise quoi que ce soit.

— Non, bien sûr. D'abord, il n'aurait pas la place, là en bas.

Dorcas toussa. Il semblait contrarié. Certes, tout le monde était contrarié, mais lui encore plus.

— Très bien, dit-il sans élever la voix.

Quelque chose dans son expression attira aussitôt l'attention de ses compagnons.

— Vous feriez mieux de m'accompagner, poursuivit-il. Croyez-moi sur parole, j'aurais préféré éviter d'en arriver là.

— T'accompagner où ? s'enquit Grimma.

— Dans les anciens hangars. Ceux qui sont près de la falaise.

— Mais ils sont en ruine ! Et tu as dit que c'était très dangereux ?

— Oh, c'est vrai, c'est vrai. Il y a des tas de ferrailles et des boîtes de produits que les enfants ne doivent pas toucher… (Il se tortillait la barbe avec nervosité.) Mais il y a autre chose, également. Une chose sur laquelle j'ai travaillé, enfin, en quelque sorte. (Il soutint le regard de Grimma.) Quelque chose qui m'appartient. L'objet le plus fabuleux que j'aie jamais vu. Encore plus extraordinaire que des grenouilles dans une fleur. (Il toussa.) Et puis, il y a plein de place, là-bas. Le sol, c'est juste de la terre... euh... mais les hangars sont grands et il y a plein d'endroits... euh... pour se cacher.

Un ronflement de l'humain fit vibrer le bureau.

— En plus, je n'aime pas beaucoup rester à côté de cette bestiole.

Un murmure d'approbation générale salua cette déclaration.

— Vous avez réfléchi à ce que vous alliez faire de lui ? s'enquit Dorcas.

— Certains voulaient le tuer, mais je ne crois pas que ce soit une bonne idée, répondit Grimma. Je pense que les autres seraient très en colère si on le faisait.

— Et puis, ça ne serait pas convenable, je trouve, approuva Dorcas.

— Je vois ce que tu veux dire.

— Bon... alors, qu'est-ce qu'on va en faire ?

Grimma considéra l'immense visage. Chaque pore, chaque poil était immense. Étrange de penser que s'il existait des créatures plus petites que les gnomes, des gens minuscules comme des fourmis, par exemple, son propre visage leur apparaîtrait peut-être sous le même jour. Quand on considérait les choses sous l'angle de la philosophie, toutes ces histoires de petit et de grand n'étaient finalement qu'une question de relativité.

— Laissons-le, décida-t-elle. Mais... Il y a du papier par là ?

— Plein, sur le bureau, répondit Nouty.

— Va m'en chercher, s'il te plaît. Dorcas, tu as toujours sur toi de quoi écrire, non ?

Dorcas fouilla dans ses poches jusqu'à ce qu'il trouve un morceau de mine de crayon.

— Le gaspille pas, lui dit-il. Je sais pas si j'en retrouverai un jour.

Nouty finit par revenir avec une feuille de papier jauni. En haut, on lisait : *Sables et graviers de Blackbury, S.A.* En dessous, le mot *facture*.

Grimma réfléchit un moment, puis elle lécha le bout de mine et, en grosses lettres, commença à écrire.

— Qu'est-ce que tu fais ? demanda Dorcas.

— J'essaie de communiquer, répondit-elle.

Elle inscrivit soigneusement un nouveau mot, en appuyant très fort.

— J'ai toujours pensé que ça vaudrait la peine d'essayer, reconnut Dorcas, mais le moment est-il bien choisi ?

— Oui, dit Grimma.

Elle acheva le dernier mot.

— Qu'est-ce que tu en penses ? dit-elle en rendant la mine de crayon à Dorcas.

Les mots étaient un peu tremblés aux endroits où elle avait appuyé fort, et ses notions de grammaire et d'orthographe n'étaient pas à la hauteur de ses capacités de lectrice. Mais le message était sans ambiguïté.

— J'aurais dit ça autrement, déclara Dorcas en le lisant.

— Toi, peut-être. Mais moi, je l'ai dit comme ça.

— Oui. (Dorcas inclina la tête de côté.) Pas de doute, c'est de la communication. On aurait du mal à être plus communicant que ça. Oui.

Grimma essaya de paraître guillerette.

— Et maintenant, allons donc voir ce fameux hangar.

Deux minutes plus tard, le bureau était vide de tout gnome. L'humain ronflait par terre, une main étendue.

À l'intérieur était maintenant posé un message.

On y lisait : *Sables et graviers de Blackbury, S.A.*

On y lisait : *Facture.*

On y lisait : *On orais pu vous tué.* FICHÉ NOUS LA PAI.

Il faisait désormais presque jour, et la neige avait cessé.

— Ils vont voir nos traces, dit Sacco. Il y en a tant que même des humains vont les remarquer.

— Ça n'a pas d'importance, fit Dorcas. Fais entrer tout le monde dans les vieux hangars.

— Tu es sûr, Dorcas ? insista Grimma. Tu es absolument certain que c'est une bonne idée ?

— Non.

Ils rejoignirent le flot des gnomes qui se hâtaient par une fente dans la tôle ondulée qui partait en lambeaux, et pénétrèrent dans l'immense hangar plein d'échos.

Grimma regarda autour d'elle. La rouille et le temps avaient rongé de gros trous importants dans les murs et le toit. De vieilles boîtes en métal, des rouleaux de fil de fer étaient empilés pêle-mêle dans les coins, à côté de morceaux de ferraille aux formes étranges et de pots de confiture gorgés de clous. Tout empestait l'essence.

— Et ce qu'on doit savoir, c'est quoi ? demanda Grimma.

Dorcas indiqua du doigt les ombres à l'autre bout du hangar, où elle distinguait à peine une énorme forme floue.

— On dirait juste... une espèce de grand morceau de tissu.

— C'est... euh... en dessous. Tout le monde est à l'intérieur ? (Dorcas plaça les mains en porte-voix autour de sa bouche.) TOUT LE MONDE EST À L'INTÉRIEUR ? hurla-t-il.

Il se retourna vers Nouty.

— Il faut que je sache où ils se trouvent tous, dit-il. Je ne veux faire peur à personne, mais je ne tiens pas à ce que des gens encombrent des endroits où ils n'ont rien à faire.

— Parce que les autres auraient à faire quoi ? demanda Grimma.

Mais il l'ignora.

— Sacco, prends quelques garçons avec toi et ramène ce qu'on a caché sous la haie. On va avoir besoin de la batterie, ça ne fait aucun doute, mais je ne sais pas vraiment ce qu'il reste comme carburant.

— *Dorcas !* De quoi s'agit-il ? demanda Grimma en tapant du pied.

Elle savait que Dorcas avait des moments comme ça. Quand il pensait machines ou bricolage, il commençait à oublier la présence des gens autour de lui. Sa voix changeait, elle aussi.

Il lui adressa un long regard lent, comme s'il découvrait sa présence. Puis il baissa les yeux et regarda ses pieds.

— Il vaudrait mieux que tu viennes voir, dit-il. Je vais avoir besoin que tu expliques les choses aux autres. Tu te débrouilles mieux que moi, pour ça.

Grimma traversa à sa suite le sol glacé, tandis que les gnomes entraient à la queue leu leu dans le hangar et se rangeaient le long des murs.

Dorcas la conduisit sous l'ombre de la bâche, qui formait une sorte de grande caverne poussiéreuse.

Un pneu ressemblant à celui d'un camion se dressait dans la pénombre, mais il était nettement plus bosselé que tous ceux qu'elle avait pu voir.

— Oh, un camion, c'est tout ? dit-elle d'une voix mal assurée. C'est un camion que tu as, c'est ça ?

Dorcas ne répondit rien et se contenta de montrer les hauteurs du doigt.

Grimma leva les yeux. Et les leva encore. Elle contemplait la gueule de Jekub.

13

IV. *Ainsi parla Dorcas : Voici Jekub, la Grande Bête Dentue.*

V. *Nous avons ménagé notre Monture, Que le Diable conduise l'Attelage.*

La Gnomenclature, *Jekub, Chapitre 2, Versets IV-V*

Parfois, les mots ont besoin de musique. Parfois, une description ne suffit pas ; on devrait concevoir les livres avec un accompagnement musical, comme les films.

Quelque chose de grave, joué à l'orgue, peut-être.

Grimma regarda, pétrifiée.

Ta-Daa-DAAAA !

Il n'est pas vraiment vivant, ce n'est pas possible ! pensa-t-elle, au bord de la panique. Il ne va pas me mordre ! Dorcas ne m'aurait pas conduite ici s'il savait qu'il y a un monstre qui va me mordre. Je ne vais pas avoir peur. Je n'ai pas peur du tout. Je suis un gnome doué de raison, et *je n'ai pas peur !*

— Je crois que les roues bosselées, c'est juste pour mieux agripper le sol, dit Dorcas d'une voix qui semblait très lointaine. Bon, j'ai procédé à une inspection générale et, tu vois, il n'y a rien qui cloche vraiment chez lui. Il est très vieux, c'est tout...

Le regard de Grimma remontait l'immense cou jaune.

Ta-ta-taa-ta-TOUM !

— Et puis, je me suis dit : Je suis certain qu'on devrait pouvoir le remettre en marche. Ces moteurs diesels sont très simples, en fait, et bien sûr, il y avait des images dans un livre, encore que je ne sois pas sûr pour ces tuyaux, les hydrauliques, ça s'appelle, mais j'ai trouvé un livre sur un établi, il s'intitulait *Manuel d'entretien*, alors je l'ai graissé un peu partout, et je l'ai nettoyé, babillait Dorcas.

Ta-Ta-Ta-TAAAA !

— Je suppose que les humains ou quelqu'un d'autre savaient qu'ils reviendraient, je suis monté jeter un coup d'œil aux contrôles. Tu sais, c'est sans doute plus simple que le camion de l'Exode sauf, bien sûr, ces leviers supplémentaires pour les hydrauliques, mais ça ne devrait pas poser de problème s'il y a suffisamment de carburant, ce qui…

Il s'arrêta, prenant conscience du silence de Grimma.

— Quelque chose ne va pas ? s'enquit-il.

— *Mais qu'est-ce que c'est ?*

— J'étais en train de t'expliquer. C'est captivant. Tu vois, les tuyaux pompent je ne sais trop quoi, ce qui fait bouger les parties là-bas, et les pistons sont forcés de sortir, et l'espèce de bras, ici…

— Je ne t'ai pas demandé ce que ça faisait, je t'ai demandé ce que c'était, s'impatienta Grimma.

— Je ne te l'ai pas dit ? demanda Dorcas sur un ton innocent. Eh bien ! son nom est peint ici. Juste là-haut, regarde.

Elle leva les yeux vers l'endroit qu'il indiquait. Son front se rida.

— J… C… B… lut-elle. Jcb ? Jekub ? Mais il n'y a pas de voyelles. C'est pas un nom, ça !

— Chaipas. Je m'y connais pas trop en noms. Mais ça sonne bien. Viens de ce côté.

Elle le suivit comme dans un rêve et contempla une nouvelle fois les ombres sous la bâche.

— Là, fit Dorcas. On ne peut pas se tromper sur leur rôle à elles, je présume ?

— Oh, miséricorde ! souffla Grimma en levant les mains à sa bouche.

— Oui, c'est ce que j'ai pensé, moi aussi. Quand j'ai trouvé ça, au début, j'ai pensé : *Oh, c'est une espèce de camion, tiens, tiens*, et ensuite, je suis venu jusqu'ici et j'ai découvert que c'était un camion qui avait…

— Des dents, compléta Grimma à mi-voix. D'énormes dents de métal.

— Exact, se rengorgea Dorcas. Jekub. Une espèce de camion. Un camion avec des dents.

Pa-POUUUMM !

— Et... Et il marche ?

— En théorie, en théorie. J'ai vérifié tout ce que j'ai pu. Les principes de base sont ceux d'un camion, mais il y a plein de leviers et de bidules supplémentaires et...

— Pourquoi ne m'en as-tu pas parlé plus tôt ?

— Chaipas. Parce que je n'étais pas obligé de le faire, sans doute.

— Mais il est immense ! Tu ne peux pas garder un truc comme ça pour toi tout seul !

— Tout le monde a quelque chose qu'il garde pour soi tout seul, répondit Dorcas d'un ton léger. Et puis ce n'est pas la taille qui importe. Il est tellement... tellement parfait, tu comprends ? (Dorcas tapota un des pneus bosselés.) Tu te souviens, quand tu as dit que pour les humains, le monde a été construit en une semaine ? La première fois que j'ai vu Jekub, je me suis dit : D'accord, et c'est avec ça qu'on l'a construit.

Il leva les yeux vers les ombres.

— Première chose à faire : retirer cette bâche, déclara-t-il. Elle est très lourde, il nous faut donc beaucoup de monde. Tu ferais mieux de les prévenir : Jekub est parfois assez effrayant, la première fois qu'on le voit.

— Je n'ai pas eu peur une seconde, fit Grimma.

— Je sais. Je regardais ta tête.

Les gnomes attendaient que Grimma parle.

— L'important, dit-elle, c'est de se souvenir qu'il ne s'agit que d'une machine. Une espèce de camion. Mais la première fois qu'on la voit, elle peut paraître un peu effrayante, alors tenez bien les petits enfants par la main. Et dépêchez-vous de reculer quand la bâche tombera.

Il y eut un chœur d'approbations.

— Très bien. Prenez la bâche.

Six cents gnomes crachèrent dans leurs mains et empoignèrent le bord de la lourde toile.

— Quand je dirai *Tirez*, tirez tous.

Les gnomes se mirent en position.

— *Tirez !*

La tension gomma les plis de la bâche.

— *Tirez !*

La toile commença à bouger. Puis, tandis qu'elle glissait sur le corps anguleux de Jekub, son propre poids se mit à l'entraîner.

— Courez !

La bâche s'effondra comme une avalanche verte et grasse, s'abîmant en montagnes de plis, mais personne ne s'en soucia, car le soleil, brillant à travers les carreaux poussiéreux et couverts de toiles d'araignées, fit luire Jekub.

Plusieurs gnomes laissèrent échapper un cri. Les mères prirent leurs enfants dans les bras. Il y eut un mouvement général vers les portes.

On dirait vraiment une tête, se dit Grimma. Au bout de son long cou. Et il en a une autre à l'autre extrémité. Mais qu'est-ce que je raconte ? Ce n'est qu'une machine.

— Je vous ai dit qu'il n'y avait rien à craindre ! cria-t-elle pour couvrir la rumeur qui enflait. Regardez ! Il ne bouge même pas !

— Hé ! cria une autre voix.

Elle leva les yeux. Nouty et Sacco avaient grimpé le long du cou de Jekub et, assis à califourchon, faisaient de joyeux signes de bras.

Ce spectacle emporta la décision. La marée de gnomes atteignit le mur et s'arrêta. On se sent toujours un peu bête quand on s'enfuit devant quelque chose qui ne vous poursuit pas. Ils hésitèrent puis lentement, très lentement, revinrent sur leurs pas.

— Tiens, tiens, fit Mémé Morkie, clopinant de l'avant. C'est donc à ça que ça ressemble ! Je m'étais toujours posé la question.

Grimma la regarda.

— À quoi ressemble quoi ? demanda-t-elle.

— Oh, ben, les grands creuseurs, répondit Mémé. Ils avaient tous disparu avant ma naissance, mais mon papa les avait vus. De grandes bestioles toutes jaunes avec des dents qui dévoraient la terre, qu'il disait. Moi, j'ai toujours cru qu'il me faisait marcher.

Jekub persistait à ne dévorer personne. Certains gnomes parmi les plus hardis commencèrent à l'escalader.

— C'était quand on a construit l'autoroute, continua Mémé, appuyée sur sa canne. Y en avait partout, qu'il disait, papa. De grands machins jaunes avec des dents et des pneus tout bosselés.

Grimma la considérait avec le genre d'expression qu'on réserve aux gens qui, contre toute attente, s'avèrent avoir des secrets fascinants dans leur vie.

— Et il y en avait d'autres, aussi, poursuivait la vieille femme. Des machines qui poussaient la terre pour en faire de grands tas, et tout et tout. C'était... Oh, y a bien quinze ans de ça, maintenant. J'aurais jamais cru en voir.

— Tu veux dire que les routes ont été *faites* ? s'ébahit Grimma.

Jekub était couvert de jeunes gnomes, maintenant. Grimma apercevait Dorcas dans la cabine, en train d'expliquer la fonction des différents leviers.

— C'est ce qu'il m'a raconté, fit Mémé. Tu pensais quand même pas que c'était d'origine naturelle ?

— Oh, non, non ! Bien sûr que non, protesta Grimma. Ne dis pas de bêtises.

Et en son for intérieur, elle se demandait : Et si Dorcas avait raison ? Et si tout avait été fabriqué ? Certaines parties en premier, d'autres plus tard. On commence par les collines, les nuages et tout ça, et puis ensuite on rajoute les routes et les Grands Magasins. C'est peut-être à ça que servent les humains : ils ont pour tâche de fabriquer le monde, et ils continuent. Voilà pourquoi les machines sont adaptées à leur taille.

Gurder aurait compris ce genre de chose. J'aimerais qu'il soit revenu.

Parce que alors, Masklinn serait de retour, lui aussi.

Elle essaya de se changer les idées.

Des pneus bosselés. Bon début. Les roues arrière de Jekub étaient presque aussi hautes qu'un humain. Il n'a pas besoin de routes. Bien sûr que non, puisqu'il les fabrique. Donc, il est conçu pour aller où il n'y a pas de route.

Elle se faufila dans la foule jusqu'à l'arrière de la cabine, où un autre groupe de gnomes était déjà en train d'installer une planche, et elle grimpa jusqu'à Dorcas qui essayait de se faire entendre au milieu d'une assistance surexcitée.

— Tu vas sortir d'ici aux commandes de cet engin? demanda-t-elle.

Il leva les yeux vers elle.

— Oh, oui, fit-il, avec allégresse. J'espère bien! Je le souhaite. J'imagine qu'il nous reste une heure environ avant que les humains n'arrivent, et ce n'est pas très différent d'un camion.

— On sait comment il faut faire! s'écria un jeune gnome. Mon papa m'a raconté toute l'histoire des cordes, et tout.

Grimma parcourut la cabine des yeux. Elle semblait hérissée de leviers.

Presque un an s'était écoulé depuis le Grand Exode et elle n'avait jamais fait tellement attention à la mécanique, mais elle ne pouvait s'empêcher de penser que la cabine de l'ancien camion avait été nettement moins encombrée. Il y avait des pédales, un levier et le volant, et c'était à peu près tout.

Elle se retourna vers Dorcas.

— Tu es bien sûr? demanda-t-elle, sceptique.

— Non. Tu sais bien que je ne suis jamais sûr de rien. Mais une grande partie des contrôles ont trait à sa gueu… à la pelle. Le machin dentu au bout de son cou. Les parties qui creusent, je veux dire. On n'a pas à s'en occuper. Ils sont d'une incroyable ingéniosité, cela dit, et il suffit de…

— Où va-t-on s'asseoir? Il n'y a pas beaucoup de place.

Dorcas haussa les épaules.

— Les anciens peuvent voyager en cabine, je suppose. Les plus jeunes devront s'accrocher de leur mieux. On peut installer des fils de fer et des choses comme ça un peu partout. Pour qu'ils puissent s'accrocher, je veux dire. Écoute, il ne faut pas se tracasser. On voyagera de jour, et on n'a pas besoin d'aller très vite.

— Et ensuite, on atteindra la grange, c'est ça, Dorcas? demanda Nouty. Et là, il fera chaud et il y aura plein de nourriture.

— J'espère bien. Bon, occupons-nous de ce qu'il y a à faire. Il ne nous reste plus beaucoup de temps. Il traîne, Sacco, avec cette batterie!

Y aura-t-il vraiment plein de nourriture dans la grange? se demanda Grimma. Qu'est-ce qui nous a mis cette idée en tête? Selon Angalo, on y avait stocké des navets et il y aurait peut-être des patates. Pas de quoi faire un festin.

Son estomac, accaparé par des soucis personnels, gargouilla pour exprimer son désaccord. La nuit avait été très longue avec un petit bout de sandwich pour seul carburant.

De toute façon, on ne peut plus rester ici. On sera forcément mieux n'importe où ailleurs.

— Dorcas, est-ce que je peux t'aider à faire quelque chose?

Dorcas leva la tête.

— Tu pourrais lire le manuel d'instructions. Voir si on explique comment ça se conduit.

— Tu n'en sais rien?

— Euh... pas de façon précise. Enfin... je veux dire... je sais comment on fait, mais pas ce qu'on fait, exactement.

Le livret gisait sous un établi, sur un côté du hangar. Grimma le redressa et essaya de se concentrer malgré le bruit ambiant. Je parie qu'il sait, se dit-elle. Mais c'est le grand moment, pour lui, et il ne veut pas m'avoir dans ses jambes.

Les gnomes allaient et venaient comme des personnes investies d'une mission. La situation était bien trop grave pour perdre son temps à se plaindre. Curieux, quand même, se dit-elle en tournant les pages crasseuses, les gens semblent ne s'arrêter de ronchonner que lorsque les choses tournent vraiment mal. C'est là qu'on commence à employer des expressions comme *mettre la main à la pâte, donner un coup de joug* et *pousser à la roue. Pousser à la roue*, elle l'avait trouvée dans un livre. Apparemment, ça signifiait *redoubler d'efforts*. Elle ne voyait pas comment les gens étaient censés travailler dur s'ils poussaient une roue; il semblait plus vraisemblable qu'ils ne travailleraient dur que si on menaçait de les pousser sous une roue.

Ç'avait été la même chose pendant le Grand Exode, avec le panneau *Ralentir Travaux*. Il fallait ralentir les travaux. Pas moyen d'interpréter ça autrement. Et pourtant la route avait été pleine de trous et, visiblement, personne n'avait ralenti ses travaux. Absurde. Les mots devraient signifier ce qu'ils disent.

Elle tourna la page.

Celle-ci arborait un grand cercle marron, à l'endroit où un humain avait posé sa tasse.

De l'autre côté du hangar, un groupe de gnomes s'activait autour de la masse de la batterie qui passait lentement. Ils la faisaient progresser sur des roulements à billes rouillés.

La boîte de carburant la suivit en tanguant.

Grimma contempla les images de leviers numérotés. Tout à coup, l'idée de la grange enthousiasmait les gens. Tout à coup, alors que la situation n'était plus simplement désagréable mais menaçait de devenir catastrophique, ils paraissaient presque heureux. Masklinn connaissait ce phénomène. *Étonnant, ce dont les gens sont capables*, disait-il, *quand on sait exactement vers quoi les pousser.*

Elle regarda les pages et essaya de s'intéresser aux leviers.

Les nuages qui couraient devant le soleil s'étalaient sur le rose du ciel. *Ciel rouge au matin*... Grimma avait lu ça, un jour. Ça signifiait que les gens qui faisaient de longues promenades étaient contents. Ou pas contents. Ou les marins, peut-être.

Dans les ombres du bureau, l'humain se réveilla, mugit quelque temps et tenta de se libérer de la toile de fils de fer qui l'enserrait. Au bout d'un long moment, il réussit à dégager presque tout un bras.

Les gnomes auraient été surpris de voir ce qu'il fit ensuite. Il saisit une chaise et, avec pas mal de grognements, réussit à la renverser. La traînant par terre, il introduisit le pied de la chaise sous ses liens et tira.

Une minute plus tard, il parvenait à s'asseoir, arrachant encore des fils.

Ses yeux immenses se fixèrent sur le papier posé par terre. Il le regarda un moment en se frictionnant le bras, puis il décrocha le téléphone.

Dorcas titillait un fil, sans conviction.

— Vous êtes sûr que les branchements sont corrects, m'sieur ? demanda Sacco.

— Je sais encore faire la différence entre fils noirs et fils rouges, tu sais, répondit calmement Dorcas en vérifiant un autre fil.

— Alors, peut-être que la batterie n'a plus assez d'électricité, suggéra Grimma en essayant de regarder par-dessus leurs épaules. Peut-être qu'elle est tombée au fond, ou qu'elle s'est évaporée.

Dorcas et Sacco échangèrent un coup d'œil.

— L'électricité ne tombe pas au fond, expliqua patiemment Dorcas. Et elle ne s'évapore pas, à ma connaissance. Soit elle est là, soit elle n'y est pas. Excuse-moi.

Il inspecta de nouveau la masse de fils et donna un petit coup. Un claquement se fit entendre, et une grosse étincelle bleue flamboya.

— Elle est là, pas d'erreur. Simplement, elle n'est pas là où elle devrait être.

Grimma rebroussa chemin sur le plancher taché d'huile de la cabine. Des groupes de gnomes attendaient, debout. Par centaines, ils s'agrippaient aux cordes fixées sur le grand volant au-dessus d'eux. D'autres équipes étaient prêtes avec des morceaux de bois qui appuyaient, comme autant de béliers, sur les pédales.

— Simple contretemps, dit-elle. On a perdu l'électricité.

Il y avait des gnomes partout. Pendant le Grand Exode, tout un camion les avait accueillis. Mais la cabine de Jekub était moins grande ; les gens avaient dû s'installer où ils avaient pu.

Quelle population maigrichonne ! songea Grimma.

C'était vrai. Même au cours de l'évacuation précipitée du Grand Magasin, les gnomes avaient emporté beaucoup de choses avec eux. Et ils étaient dodus, bien habillés. Maintenant, ils étaient plus minces, plus maigres et beaucoup plus sales. Tout ce qu'ils emportaient, c'étaient les vêtements déchirés et crasseux qu'ils avaient sur le dos. On avait même abandonné les livres. Une dizaine de livres prenaient la place de trente gnomes, et, même si Grimma pensait en secret que certains livres étaient plus précieux que de nombreux gnomes, elle avait accepté la promesse faite par Dorcas qu'ils reviendraient un jour et qu'ils essaieraient de les extraire de leur cachette, sous le parquet.

Eh bien! voilà, se dit Grimma. Nous avons essayé. Nous avons vraiment fait un effort. Nous sommes venus à la carrière pour nous installer, pour devenir indépendants, pour vivre une vraie existence. Et nous avons échoué. Nous pensions qu'il suffisait d'apporter du Grand Magasin le matériel adéquat, mais nous avons aussi apporté pas mal de choses qui ne convenaient pas. Cette fois-ci, il faudra nous éloigner autant que possible des humains, et je ne crois pas qu'il y ait nulle part d'endroit assez éloigné.

Elle grimpa jusqu'à la branlante plate-forme de conduite, qu'ils avaient confectionnée en fixant une planche en travers de la cabine. Même là, il y avait des gnomes. Ils la suivaient attentivement des yeux. Au moins, conduire Jekub devrait être plus facile. Les chefs d'équipe aux contrôles pouvaient la voir, ce qui éviterait d'avoir recours au sémaphore et aux filins, comme ils avaient fait en quittant le Grand Magasin. Et un grand nombre de gnomes avaient déjà accompli la manœuvre.

Elle entendit Dorcas crier :

— Vas-y, essaie, ce coup-ci !

Il y eut un *clic*. Un *brmmm*. Et Jekub rugit.

Le son rebondit contre les parois du hangar. Il était si fort et si grave que ce n'était plus du son, mais quelque chose qui durcissait l'air pour mieux vous en frapper. Les gnomes se jetèrent à plat ventre sur le sol frémissant de la cabine.

Grimma, les mains plaquées sur ses oreilles, vit Dorcas traverser le plancher en courant, agitant les bras. L'équipe en poste sur la pédale d'accélération lui jeta un regard qui signifiait visiblement : *Qui ça ? Nous ?* et arrêta de pousser.

Le son se réduisit à un grondement profond, un *brmmmmmmmm* qui résonnait encore jusque dans les os. Dorcas se hâta de regagner son poste et se hissa – avec une pause pour retrouver son souffle – sur la planche. En y arrivant, il s'assit et s'épongea le front.

— Je commence à me faire trop vieux pour ce genre d'exercice, dit-il. Quand un gnome arrive à un certain âge, il serait temps qu'il arrête de voler des véhicules géants. C'est un fait reconnu. Bon, bref. Il ronronne gentiment. Autant le faire sortir.

— Quoi ? Moi toute seule ? fit Grimma.

— Oui. Pourquoi pas ?

— C'est juste que... Eh bien ! je croyais qu'il y aurait Sacco ou quelqu'un d'autre ici.

Je pensais que ce serait un homme qui conduirait, se dit-elle.

— Ils aimeraient bien. Ils en meurent d'envie. Et on foncerait dans tous les sens, j'en doute pas un instant, pendant qu'ils crieraient *yahou !* et qui sait quoi encore. Non, merci bien. Je veux une traversée des champs calme et posée. Tout en douceur.

Il se pencha en avant.

— Tout le monde est prêt, là en bas ? hurla-t-il.

Un chœur de *oui* nerveux lui répondit, émaillé de quelques réponses plus enthousiastes.

— Je me demande si c'était vraiment une bonne idée de confier le contrôle de la pédale va-vite à Sacco ? se demanda tout haut Dorcas. (Il se redressa.) Euh. Tu n'es pas en train de *t'inquiéter*, j'espère ? demanda-t-il.

Grimma émit un grognement de dérision.

— Qui ? Moi ? Non. Bien sûr que non. Ça ne présente pas le moindre problème, ajouta-t-elle.

— *O.K.*, dit Dorcas. On y va.

Il y eut un silence, exception faite du vrombissement grave du moteur.

Grimma observa une pause.

Si Masklinn était là, il ferait ça mieux que moi. Personne ne parle plus de lui. Ni d'Angalo. Ni de Gurder. Ils n'aiment pas penser à eux. Ça doit être quelque chose que les gnomes ont appris il y a des centaines d'années, en cet endroit où abondent les renards, les créatures rapides et les façons horribles de mourir. Si quelqu'un disparaît, il faut arrêter d'y penser, le chasser de son esprit. Mais je pense tout le temps à lui.

Je lui ai cassé les pieds avec mes grenouilles dans leurs fleurs, et pas une fois je n'ai pensé aux rêves qu'il pouvait faire.

Dorcas passa gentiment le bras autour des épaules de Grimma. Elle tremblait.

— On aurait dû envoyer quelqu'un à l'aéroport, murmura-t-elle. Ça aurait montré qu'on se faisait du souci, et...

— Nous n'avions ni assez de temps ni assez de monde, lui rappela doucement Dorcas. Quand il reviendra, on pourra lui expliquer tout ça. Il comprendra forcément.

— Oui, chuchota-t-elle.

— Et maintenant, dit Dorcas en se redressant, allons-y !

Grimma respira à fond.

— Première vitesse, beugla-t-elle, et en avant trrrès lentement !

Sur le pont, les équipes poussèrent et tirèrent. Il y eut un vague sursaut et le bruit du moteur diminua. Jekub fit un bond en avant et s'arrêta brusquement. Le moteur toussa et se tut.

Dorcas inspecta ses ongles d'un air pensif.

— Frein à main, frein à main, frein à main, chantonna-t-il doucement.

Grimma lui lança un regard noir et plaça ses mains en porte-voix autour de sa bouche.

— On libère le frein à main ! cria-t-elle. Bien ! Et maintenant, on passe en première et on avance très lentement.

Un *clic*, et le silence.

— Misenmarche, misenmarche, misenmarche, murmura Dorcas en se balançant d'avant en arrière sur la plante des pieds.

Grimma laissa tomber ses épaules.

— On remet tout en place et on met le moteur en marche ! hurla-t-elle.

Nouty, qui dirigeait l'équipe du frein à main, la héla :

— Le frein à main, branché ou pas, m'zelle ?

— Hein ?

— Vous ne nous avez pas dit ce qu'on fait du frein à main, m'zelle, dit Sacco.

Autour de lui, des gnomes commençaient à sourire.

Grimma agita le doigt dans sa direction.

— Écoute-moi bien, déclara-t-elle sur un ton cassant, si je dois descendre pour te dire ce que tu dois faire du frein à main, tu vas le regretter *amèrement*, tu as compris ? Alors maintenant, on arrête de ricaner et *on me met cet engin en marche ! Et vite !*

Il y eut un clic. De nouveau, Jekub se mit à rugir et il commença à avancer. Un vivat monta de la foule des gnomes.

— Bien, constata Grimma. Je préfère.

— Les portes, les portes, les portes, on n'a pas ouvert les pooorteuuus, chantonna Dorcas.

— Bien sûr que non, fit Grimma tandis que le creuseur commençait à accélérer. À quoi bon ouvrir les portes ? Nous sommes sur Jekub, après tout !

14

V. *Rien ne peut nous barrer le passage, car voici Jekub, qui se rit des barrages et qui fait vroum-vroum.*

La Gnomenclature, *Jekub, Chapitre 3, Verset V*

C'était un très vieux hangar. Un hangar complètement rouillé. Un hangar qui vacillait quand le vent soufflait trop fort. L'ultime vestige de sa jeunesse était un cadenas placé sur la porte que Jekub percuta à dix kilomètres-heure environ. L'édifice branlant résonna comme un gong, s'arracha d'un bond à ses assises et fut traîné sur la moitié de la carrière avant de se désagréger en une averse de rouille et de fumée. Jekub en émergea comme un poussin furieux en train d'éclore d'un très vieil œuf, puis il s'arrêta doucement.

Grimma se remit debout et commença à se débarrasser des écailles de rouille dont elle était couverte.

— Nous nous sommes arrêtés, dit-elle distraitement, les oreilles résonnant encore. Pourquoi s'est-on arrêtés, Dorcas ?

Il n'essaya même pas de se relever. L'impact de Jekub contre la porte lui avait coupé le souffle.

— Je pense, dit-il, que tout le monde a pu être quelque peu projeté çà et là. Quel besoin avais-tu d'aller si vite ?

— Désolé ! lança Sacco d'en bas. Petite erreur d'interprétation, je crois !

Grimma se reprit.

— Bon, dit-elle. En tout cas, je nous ai fait sortir. J'ai compris comment ça marche, à présent. Nous allons juste… Nous allons juste… Nous allons…

Dorcas entendit sa voix s'éteindre. Il leva les yeux.

Un camion était garé devant la carrière. Et trois humains se précipitaient vers Jekub à grands bonds aériens.

— Oh, miséricorde ! dit-il.

— Il n'a donc pas lu ce que je lui ai écrit ? s'étonna Grimma à voix haute.

— J'ai bien peur que si, répondit Dorcas. Maintenant, pas de panique. Nous avons le choix. On peut soit…

— Avancer ! trancha Grimma. Tout de suite !

— Non, non, protesta Dorcas d'une petite voix. Ce n'est pas ce que j'allais suggérer.

— Première ! ordonna Grimma. Et plein de vite !

— Non, il ne faut pas faire ça, murmura Dorcas.

— Tu vas voir. Je les avais prévenus ! Ils savent lire, on sait bien qu'ils savent lire ! S'ils sont si intelligents que ça, ils devraient comprendre !

Jakub prit de la vitesse.

— Il ne faut pas faire ça, fit Dorcas. Nous nous sommes toujours tenus à l'écart des humains !

— Mais eux ne se tiennent pas à l'écart de nous ! cria Grimma.

— Mais…

— Ils ont démoli le Grand Magasin, ils ont essayé de nous empêcher de nous sauver, maintenant ils nous prennent notre carrière *et ils ne savent même pas ce que nous sommes !* Tu te souviens du rayon Jardinage dans le Grand Magasin ? Ces horribles statues pour décorer les jardins ? Eh bien ! je vais leur montrer à quoi ressemblent de vrais gnomes, moi…

— On ne peut pas vaincre les humains ! s'écria Dorcas pardessus le rugissement du moteur. Ils sont trop grands ! Nous sommes trop petits !

— D'accord, ils sont grands et moi je suis toute petite ! Mais c'est *moi* qui conduis un camion géant. Un camion avec des *dents*. (Elle se pencha par-dessus la planche.) Cramponnez-vous, en bas ! cria-t-elle. Ça risque de secouer.

L'idée que quelque chose ne tournait pas rond commença

à poindre dans le cerveau des grandes créatures lentes. Elles arrêtèrent leur charge maladroite et, très lentement, essayèrent d'esquiver. Deux d'entre elles réussirent à plonger dans le bureau désert quand Jekub passa devant.

— Je vois, fit Grimma. Ils doivent nous prendre pour des imbéciles. Faites un grand virage à gauche. Encore. Encore. Ça suffit maintenant. O.K.

Elle se frotta les mains.

— Qu'est-ce que tu vas faire? chuchota Dorcas, terrifié. Grimma se pencha sur la planche.

— Sacco, dit-elle, tu vois ces autres leviers?

Les ronds pâles et flous des visages humains apparurent aux fenêtres crasseuses du hangar.

Jekub était à six mètres, vibrant doucement dans les brumes du petit matin. Puis le moteur rugit. La grande pelle à l'avant se leva, interceptant le soleil…

Jekub bondit en avant, traversa la carrière et arracha un des murs du hangar comme on retire un couvercle. Les autres murs et le toit s'effondrèrent en douceur, ainsi qu'un château de cartes où on aurait subtilisé l'as de pique.

Le creuseur fonça en décrivant un large cercle, si bien que lorsque les deux humains parvinrent à s'extraire des décombres, ce fut la première chose qu'ils virent : le véhicule palpitant et sa grande gueule de métal prête à mordre.

Ils se mirent à courir.

Ils couraient presque aussi vite que les gnomes.

— J'ai toujours eu envie de faire ça, déclara Grimma sur un ton satisfait. Voyons maintenant… Où est passé l'autre humain?

— Il est reparti vers son camion, je crois, dit Dorcas.

— Très bien. Plein de droite, Sacco. Arrête. Maintenant, en avant, doucement.

— Est-ce qu'on ne pourrait pas arrêter tout ça et se contenter de partir? S'il te plaît? demanda Dorcas.

— Le camion des humains barre le passage, répondit Grimma sur un ton raisonnable. Ils se sont garés en plein milieu de l'entrée.

— Alors, nous sommes pris au piège !

Grimma éclata de rire. Ce n'était pas un son très agréable. Dorcas commença à plaindre les humains, presque autant qu'il se plaignait lui-même.

Ils se demandent pourquoi ils ne voient pas d'humain aux commandes, se disait-il. Ils n'arrivent pas à comprendre. Voilà une machine qui se déplace toute seule. C'est une énigme, pour des humains.

Apparemment, ils prirent quand même une décision. Il vit les deux portières du camion s'ouvrir à la volée et les humains bondir, juste au moment où Jekub…

Il y eut un bruit terrible et le camion frémit quand Jekub le percuta. Les roues bosselées patinèrent un moment, puis le camion commença à reculer. Des nuages de vapeur s'en échappaient.

— Ça, c'est pour Nisodème, fit Grimma.

— Je croyais que tu ne l'aimais pas ?

— C'est vrai, mais c'était un gnome.

Dorcas hocha la tête. Quand on allait au fond des choses, songea-t-il, ils étaient tous des gnomes. Il valait mieux ne jamais oublier de quel côté on se trouvait.

— Puis-je te suggérer de changer de vitesse ? demanda-t-il avec urbanité.

— Pourquoi ? Elle ne va pas, celle-ci ?

— Tu pousseras plus facilement si tu rétrogrades, crois-moi.

Les humains regardaient. Ils regardaient, parce qu'une machine qui roule toute seule vaut la peine qu'on la regarde, même si elle vous a contraints à escalader un arbre ou à vous dissimuler derrière une haie.

Ils regardèrent Jekub reculer, changer de vitesse en rugissant et attaquer à nouveau le camion. Les vitres volèrent en éclats.

Dorcas n'aimait pas beaucoup ça.

— Tu es en train de tuer un camion.

— Ne dis pas de bêtises, répondit Grimma. C'est une machine. De simples morceaux de métal.

— Oui, mais quelqu'un l'a fabriqué. Ça doit être très difficile à construire. Je déteste qu'on détruise des choses qui sont difficiles à construire.

— Ils ont écrasé Nisodème, répliqua Grimma. Et quand nous vivions dans un terrier, des gnomes se faisaient souvent écraser par des voitures.

— Oui, mais les gnomes, on en fabrique facilement. Il suffit d'avoir d'autres gnomes.

— Tu es vraiment un type bizarre.

Jekub frappa une nouvelle fois. Un des phares du camion explosa. Dorcas fit une grimace.

Puis le camion fut repoussé. De la fumée en montait, à l'endroit où le carburant s'était répandu sur le moteur brûlant. Jekub recula et fit le tour de sa proie en grondant. Les gnomes commençaient à l'avoir bien en main.

— Très bien, dit Grimma. En avant, toute ! (Elle donna un coup de coude à Dorcas.) On va la chercher, cette fameuse grange, maintenant. D'accord ?

— Descends le chemin ; je crois qu'il y a une barrière qui donne sur les champs, marmonna Dorcas. Il y a un portail, à cet endroit. Ce serait sans doute trop te demander que de l'ouvrir d'abord ?

Derrière eux, le camion prit feu. Rien de spectaculaire. Un petit incendie tranquille, comme s'il avait l'intention de durer toute la journée. Dorcas vit un humain retirer son manteau et taper en vain sur les flammes. Il commiséra de tout son cœur.

Jekub descendit le chemin sans se voir opposer de résistance. Certains gnomes entonnèrent une chanson en s'échinant sur les cordes.

— Bon, fit Grimma, où est-elle, cette porte ? On traverse la barrière, tu disais, ensuite les champs et…

— Elle est juste avant la voiture avec les lumières clignotantes sur le toit, expliqua Dorcas lentement. Celle qui remonte le chemin.

Ils la contemplèrent.

— Les voitures avec des lumières sur le toit n'amènent jamais rien de bon, fit Grimma.

— Là, on est d'accord. Elles sont souvent bourrées d'humains qui ont la ferme intention de savoir ce qui se passe. Il y en avait plein, près de la voie ferrée.

Grimma jeta un coup d'œil vers la haie.

— On approche du portail, c'est ça, non ?

— C'est ça.

Grimma se pencha en avant.

— Ralentis et tourne tout de suite à droite, demanda-t-elle.

Les équipes entrèrent en action. Sacco changea même de vitesse sans qu'on le lui demande. Les gnomes étaient accrochés au volant comme des araignées, et le manœuvraient.

Il y avait effectivement un portail dans la barrière. Mais il était vétuste et ne tenait à son poteau que par des bouts de ficelle, selon la grande tradition des campagnes. Il n'aurait pas arrêté quelque chose de très décidé. Contre Jekub, il n'avait pas la moindre chance.

Dorcas fit une nouvelle grimace. La casse lui faisait horreur.

De l'autre côté, le champ était de terre brune. De la terre ondulée, comme l'appelaient les gnomes, par assimilation au carton ondulé qu'on trouvait parfois au rayon Emballages dans le Grand Magasin. La neige était logée dans les sillons. Les énormes roues en firent de la boue.

Dorcas s'attendait à moitié à voir la voiture les suivre. Mais elle s'arrêta, et deux humains en tenue bleu marine en sortirent pour se lancer maladroitement sur leurs traces à travers champs.

On ne peut pas arrêter des humains, songea-t-il avec pessimisme. C'est comme le mauvais temps.

Le champ montait en pente douce, pour contourner la carrière. Le moteur de Jekub tonnait.

Devant l'engin s'étirait une clôture en fil de fer; au-delà, un champ herbu. Le fil céda avec un claquement sonore. Dorcas le regarda s'enrouler sur lui-même et se demanda si Grimma ne le laisserait pas arrêter Jekub pour aller en récupérer un peu. Le fil de fer, c'était une valeur sûre.

Les humains étaient toujours à leurs trousses. Du coin de l'œil (ici, en haut, il y avait beaucoup trop d'espace pour regarder franchement), Dorcas vit des lumières clignotantes sur la route principale, au loin.

Il les montra à Grimma.

— Je sais, répondit-elle. Je les ai vues. Mais que pouvions-nous faire d'autre? ajouta-t-elle, désemparée. Partir vivre dans les fleurs, comme de gentils petits farfadets?

— Je ne sais pas, admit Dorcas avec lassitude. Je ne suis plus très sûr de rien.

Une autre clôture en fil de fer émit une note grave à leur passage. Ici, l'herbe était plus courte, et le sol s'inclinait…

Et puis, il n'y eut plus rien, rien que le ciel et Jekub qui accélérait tandis que ses roues sautaient sur le champ au sommet de la colline.

Dorcas n'avait jamais vu autant de ciel. Autour d'eux, rien, à part quelques broussailles au loin. Et partout le silence. Enfin, pas le silence, puisque Jekub rugissait. Mais c'était le genre d'endroit dont on pouvait imaginer qu'il était silencieux quand des creuseurs bourrés de gnomes aux abois ne le traversaient pas dans un vacarme tonitruant.

Des moutons affolés s'éparpillaient à toutes pattes.

— La grange est là-bas, devant, le bâtiment de pierre à l'horiz… commença Grimma.

Puis elle ajouta :

— Dorcas ? Ça va ?

— Tant que je ferme les yeux, chuchota-t-il.

— Tu as une mine épouvantable.

— C'est rien à côté de ce que j'éprouve.

— Mais tu as déjà été dehors.

— Grimma, rien n'est plus haut que nous, actuellement ! On est le point culminant à des kilomètres (si c'est bien le mot) à la ronde ! Si j'ouvre les yeux, je vais tomber dans le ciel !

Grimma se pencha vers les conducteurs en sueur.

— Juste un peu à droite ! cria-t-elle. Voilà ! Maintenant, tout le vite possible ! Cramponne-toi à Jekub, lança-t-elle à Dorcas tandis que le bruit du moteur s'amplifiait. Tu sais qu'il ne peut pas s'envoler, lui !

La machine s'engagea en cahotant sur un chemin de pierraille qui partait dans la direction générale de la grange. Dorcas se risqua à ouvrir un œil. Il n'avait jamais été jusqu'à la grange. Était-on certain d'y trouver de la nourriture, ou s'agissait-il d'une simple hypothèse ? Enfin, il y ferait peut-être chaud.

Mais il y avait une lumière clignotante à côté du bâtiment et elle se dirigeait vers eux.

— Pourquoi donc ne peuvent-ils pas nous ficher la paix ? cria Grimma. Arrêtez !

Jekub ralentit et stoppa. Le moteur émettait de petits claquements métalliques dans l'air glacé.

— Ce chemin doit rejoindre la route, jugea Dorcas.

— On ne peut pas revenir en arrière.

— Non.

— Ni aller de l'avant.

— Non.

Grimma tambourina des doigts sur le métal de Jekub.

— Tu as d'autres suggestions ?

— On pourrait se lancer à travers champs, dit Dorcas.

— Où ça va nous mener ?

— Loin d'ici ; c'est déjà un début.

— Mais on ne saurait pas où on va !

Dorcas haussa les épaules.

— C'est ça ou peindre des fleurs.

Grimma se força à sourire.

— Et les petites ailes ne m'iraient pas, dit-elle.

— Qu'est-ce qui se passe, là-haut ? les héla Sacco.

— On devrait prévenir les gens, chuchota Grimma. Ils croient tous qu'on va à la grange...

Elle regarda autour d'elle. La voiture s'était rapprochée, et cahotait lourdement sur le chemin accidenté. Les deux humains arrivaient toujours par l'autre côté.

— Les humains n'abandonnent donc jamais ? demanda-t-elle.

Elle se pencha par-dessus le rebord de la planche.

— Un peu de gauche, Sacco, demanda-t-elle. Et ensuite, tu continues à vitesse constante.

Jekub quitta le chemin en tanguant et s'engagea sur l'herbe froide. Il y avait une autre clôture au loin, et encore quelques moutons.

Nous ne savons pas où nous allons, pensa-t-elle. Le plus important, c'est de *partir*. Masklinn avait raison. Ce monde n'est pas fait pour nous.

— On aurait peut-être dû parler avec les humains, poursuivit-elle à haute voix.

— Non, c'est toi qui avais raison, répondit Dorcas. En ce monde, tout appartient aux humains. Nous aurions fini par leur appartenir aussi. Nous n'aurions pas eu la place d'être nous-mêmes.

La clôture se rapprochait. Il y avait une route, de l'autre côté. Pas un chemin, mais une vraie route, moquettée de pierre noire.

— À droite ou à gauche ? demanda Grimma. À ton avis ?

— Aucune importance, répondit Dorcas tandis que le creuseur faisait chanter la barrière.

— On va essayer d'aller à gauche, alors, dit-elle. Ralentis, Sacco ! Un peu à gauche. Encore. Encore. Maintiens le cap. Oh, non !

Il y avait une autre voiture, au loin, avec des lumières clignotantes sur le toit.

Dorcas risqua un coup d'œil derrière eux.

Une autre lumière clignotante.

— Non, dit-il.

— Pardon ? demanda Grimma.

— Il y a quelques instants, tu me demandais si les humains n'abandonnaient jamais. La réponse est non.

— On arrête ! cria Grimma.

Les équipes trottinèrent docilement sur le plancher de Jekub. Le creuseur s'immobilisa doucement, son moteur produisant de petits bruits.

— C'est fini, dit Dorcas.

— Nous sommes arrivés à la grange ? demanda un des gnomes d'en bas.

— Non, répondit Grimma. Pas encore. Presque.

Dorcas fit la grimace.

— Autant le reconnaître, dit-il, tu finiras avec à la main un bâton orné d'une étoile. J'espère seulement qu'ils ne me forceront pas à leur réparer les chaussures.

Grimma paraissait songeuse.

— Si nous roulions le plus vite possible en direction de cette voiture qui vient vers nous… commença-t-elle.

— Pas question, déclara Dorcas. Ça ne réglerait rien du tout.

— Mais moi, je me sentirais mieux.

Elle regarda les champs à la ronde.

— Pourquoi est-ce qu'il fait si noir ? s'étonna-t-elle. On n'a pas pu rouler toute la journée. On a commencé alors que le soleil se levait à peine.

— Le temps passe vite quand on s'amuse, hein ? répondit Dorcas sur un ton sinistre. Et je ne suis pas très friand de lait. Je veux bien faire leur ménage, mais seulement s'ils promettent de ne pas me donner de lait, et…

— Mais regarde donc !

Les ténèbres s'étendaient sur la campagne.

— C'est peut-être une ellipse, fit Dorcas. J'ai lu quelque chose là-dessus : tout devient noir quand le soleil recouvre la lune. Et l'inverse aussi, je crois, ajouta-t-il avec un léger doute.

Devant eux, la voiture freina dans un crissement de pneus, l'arrière dérapa pour percuter une murette en pierre et le véhicule s'arrêta abruptement.

Dans le champ qui bordait la route, les moutons détalaient. Ce n'était pas la panique de moutons dérangés pour un motif classique. Ils baissaient la tête et galopaient à travers champs avec une seule idée en tête. C'étaient des moutons qui avaient décidé que leur énergie était trop précieuse pour être gaspillée en pure panique alors qu'on pouvait la mettre à profit pour s'éloigner le plus vite possible.

Un bourdonnement puissant et désagréable remplissait l'atmosphère.

— Ma parole, chevrota Dorcas, elles sont bougrement terrifiantes, ces ellipses !

En dessous, les gnomes, eux, paniquaient vraiment. Ce n'étaient pas des moutons ; chacun était capable de pensée indépendante et quand on réfléchissait bien aux ténèbres qui fondaient brusquement sur soi et à ces bourdonnements d'origine inconnue, la panique semblait une option logique.

Des petites lignes de feu bleu crépitèrent sur la carrosserie fatiguée de Jekub. Dorcas sentit ses cheveux se dresser sur sa tête.

Grimma leva les yeux.

Une obscurité totale régnait dans le ciel.

— Tout… va… bien, articula-t-elle avec lenteur. Tu sais, je crois que tout va bien.

Dorcas regarda ses mains. Des étincelles jaillirent du bout de ses doigts.

— Ah, oui, vraiment ?

C'est tout ce qu'il trouva à répondre.

— Ce n'est pas la nuit, c'est une ombre. Il y a quelque chose d'énorme qui flotte au-dessus de nous.

— Et la nuit ne vaudrait pas mieux, tu crois ?

— Non, je ne crois pas. Viens, descendons.

Elle se laissa glisser le long de la corde jusqu'au plancher de Jekub. Elle souriait comme une folle. C'était presque plus terrifiant que tout ce qui pouvait se passer. Personne n'avait l'habitude de voir Grimma sourire.

— Donnez-moi un coup de main, demanda-t-elle. Il faut descendre. Il faut qu'il soit sûr que c'est bien nous.

Ils la regardèrent avec stupeur tandis qu'elle tentait de mettre la passerelle en place.

— *Allons !* répéta-t-elle. Remuez-vous un peu, aidez-moi !

Ils l'aidèrent. Parfois, quand on est complètement désemparé, on écoute n'importe qui, s'il semble avoir un objectif précis en tête. Ils s'emparèrent de la planche et la poussèrent par l'arrière de la cabine jusqu'à ce qu'elle s'incline et s'abaisse vers le sol.

Au moins n'y avait-il plus autant de ciel. Du bleu ne subsistait plus qu'une fine bordure encerclant les ténèbres denses au-dessus de leur tête.

Pas parfaitement denses. Quand les yeux de Dorcas se furent habitués à l'ombre, il put y distinguer des carrés, des rectangles et des cercles.

Les gnomes dévalèrent la passerelle et se regroupèrent sur la route, sans savoir s'ils devaient fuir ou rester sur place.

Au-dessus d'eux, un des carrés sombres dans le noir coulissa. Il y eut un bruit métallique, puis un rectangle de ténèbres descendit doucement vers eux avec un bourdonnement, comme un ascenseur sans câble, et atterrit sur la route. Il était très grand.

Dessus trônait un objet. Dans un pot. Un objet rouge, jaune et vert.

Les gnomes se dressèrent sur la pointe des pieds pour mieux voir de quoi il s'agissait.

15

I. *Ainsi prit fin le périple de Jekub, et les Gnomes fuirent sans regarder derrière eux.*

La Gnomenclature, *Des Grenouilles, Chapitre 1, Verset I*

Dorcas descendit gauchement pour regagner le plancher maculé de graisse de Jekub. L'habitacle était vide, désormais, à part les quelques bouts de cordelette et les planches dont les gnomes s'étaient servis.

Ils ont tout laissé tomber n'importe où, se dit Dorcas en écoutant le piaillement lointain des autres gnomes. Ce n'est pas bien de laisser traîner des saletés. Ce pauvre vieux Jekub mérite mieux.

Il y avait de l'agitation dehors, mais il n'y prit pas tellement garde.

Il s'activa un petit peu, essayant de rembobiner toute la cordelette et d'amasser le bois en piles régulières. Il arracha les fils qui avaient permis à Jekub de boire l'électricité puis se mit à quatre pattes pour essayer de nettoyer les empreintes de pieds boueuses.

Jekub continuait à faire de petits bruits, même moteur coupé. Des craquements, des sifflements et, à l'occasion, un petit cling! métallique.

Dorcas s'assit et s'appuya contre le métal jaune. Il ne savait pas ce qui se passait. La situation échappait tellement à la sphère de ses expériences antérieures que son cerveau avait décidé de ne pas s'en préoccuper.

C'est peut-être tout simplement une autre machine, supputa-t-il. Une machine à faire descendre la nuit brusquement.

Il tendit la main pour donner une petite tape affectueuse à Jekub.

— Beau travail, lui dit-il.

Sacco et Nouty le trouvèrent, assis, la tête appuyée contre la paroi de la cabine, contemplant ses pieds sans les voir.

— Tout le monde te cherche! s'exclama Sacco. C'est comme un avion sans ailes! Et il flotte en l'air, comme ça! Alors, on a besoin de toi pour nous dire comment il marche... Hé! Ça va?

— Hmm?

— Tu vas bien? s'enquit Nouty. Tu as l'air tout bizarre.

Dorcas hocha lentement la tête.

— Un peu de fatigue, c'est tout, dit-il.

— Oui, mais tu comprends, on a besoin de toi, insista Sacco.

Dorcas poussa un gémissement et se laissa remettre debout. Il jeta un dernier coup d'œil à la cabine.

— Il a bien roulé, quand même, hein? demanda-t-il. Il a vraiment bien roulé, tout bien pesé, pour son âge.

Il essaya de lancer à Sacco un regard guilleret.

— Mais de quoi tu parles? demanda Sacco.

— Après tout ce temps passé dans le hangar. Depuis la construction du monde, peut-être. Et il a suffi que je lui remette un peu de cambouis et de carburant, et il est reparti, dit Dorcas.

— La machine? Oh, oui. Bon travail, dit Sacco.

— Mais... (Nouty levait le doigt vers le ciel.)

Dorcas haussa les épaules.

— Oh, ça ne m'inquiète pas beaucoup. Encore un coup de Masklinn, probablement. Il y a sûrement une explication très simple. Grimma a raison. C'est sans doute le machin volant qu'il était parti chercher.

— Mais quelque chose en est sorti! s'exclama Nouty.

— Pas Masklinn, tu veux dire?

— Non, une espèce de plante!

Dorcas soupira. Quand ce n'était pas une chose, c'en était une autre. Il tapota de nouveau la carrosserie de Jekub.

— Eh bien, moi, je sais ce que tu as fait pour nous, lui dit-il.

Il se redressa et se tourna vers les autres :

— Bon ! Allez, montrez-moi ça.

C'était un pot en métal posé au milieu de la plate-forme volante. Les gnomes se haussaient sur la pointe des pieds et tentaient de se grimper les uns sur les autres pour voir de quoi il s'agissait, et personne ne le savait, sauf Grimma, qui contemplait l'objet avec un sourire incompréhensible et serein.

C'était une branche d'arbre. Sur la branche poussait une fleur, grande comme un seau.

En se levant assez haut, on pouvait voir qu'à l'intérieur, retenue par ses pétales luisants, se trouvait de l'eau, une petite mare. Et des profondeurs de la mare, de minuscules grenouilles jaunes contemplaient les gnomes.

— Est-ce que tu as la moindre idée de ce que c'est ? demanda Sacco.

Dorcas sourit.

— Masklinn vient de comprendre qu'envoyer des fleurs à une fille n'était pas une mauvaise idée, expliqua-t-il. Et je crois que tout va bien.

Il jeta un coup d'œil à Grimma.

— Oui, d'accord. Mais qu'est-ce que c'est ? insista Sacco.

— Si je me souviens bien, ça s'appelle une broméliacée. Ça pousse au sommet de très grands arbres dans les forêts humides, très loin d'ici, et des petites grenouilles y passent toute leur existence. Passer sa vie entière dans une fleur, tu t'imagines ? Grimma a dit un jour que c'était la chose la plus extraordinaire au monde, à son avis.

Sacco se mordilla pensivement la lèvre.

— Ben y a l'électricité, fit-il enfin. C'est sacrément surprenant, l'électricité.

— Ou les hydrauliques, intervint Nouty en le prenant par la main. Tu m'as dit que les hydrauliques, c'était fascinant.

— Masklinn a dû aller les lui chercher. C'est un garçon très littéral. Il a une imagination débordante.

Son regard alla de la fleur à Jekub, qui paraissait tout petit et très vieux sous l'ombre vibrante du vaisseau.

Et tout d'un coup, il se sentit rempli d'allégresse. Il était encore assez fourbu pour avoir envie de dormir debout, mais son esprit pétillait d'un feu d'artifice d'idées. Bien sûr, les questions se pressaient elles aussi, mais pour l'instant, les réponses n'avaient aucune importance ; le plaisir des questions suffisait, ainsi que de savoir que le monde était plein de merveilles et qu'il n'était pas une grenouille.

Ou du moins était-il de ces grenouilles qui se demandent comment font les fleurs pour pousser et si, en sautant assez haut, on ne pourrait pas atteindre d'autres fleurs.

Et quand on sortait de la fleur, qu'on se sentait très fier de soi, on regardait le nouveau monde infini qui se déployait tout autour.

Et on finissait par découvrir que des pétales enveloppaient l'horizon.

Dorcas sourit.

— J'aimerais bien savoir à quoi Masklinn a employé ces dernières semaines…

Les aéronautes

Pour Lyn et Rhianna
et pour le crocodile croqueur de sandwichs
du Centre Spatial Kennedy.

Au commencement...

... était le Grand Magasin Arnold Frères (fond. 1905).

Y avaient élu domicile plusieurs milliers de gnomes qui avaient depuis longtemps abandonné la vie aux champs pour s'installer sous les parquets des humains.

Cela dit, ils n'entretenaient aucun rapport avec les humains, qui étaient d'énormes créatures, lentes et pas très malignes.

Les gnomes ont une existence accélérée. Pour eux, dix ans correspondent à un de nos siècles. Comme ils vivaient dans le Grand Magasin depuis plus de quatre-vingts ans, ils avaient depuis longtemps oublié qu'existaient des choses telles que le Soleil, la Pluie et le Vent. Le monde se résumait pour eux au Grand Magasin – créé par le légendaire Arnold Frères (fond. 1905) pour assurer aux gnomes une existence convenable.

Un jour, s'introduisirent dans le Grand Magasin Masklinn et sa petite tribu, venus d'un Dehors dont les gnomes ne croyaient plus à l'existence. Eux, le Vent et la Pluie, ils connaissaient bien. C'est d'ailleurs pour ça qu'ils cherchaient à leur échapper.

Avec eux, ils amenaient le Truc. Depuis des années, ils considéraient le Truc comme un genre de talisman, ou de porte-bonheur. Ce n'est qu'à l'intérieur du Grand Magasin, au voisinage de l'électricité, que le Truc s'éveilla pour révéler à quelques gnomes en particulier des choses qu'ils comprirent à peine...

Ils apprirent qu'ils étaient originaires des étoiles, d'où ils étaient venus à bord d'une sorte de Vaisseau et que, depuis des milliers d'années, ce Vaisseau les attendait quelque part dans le ciel pour les ramener *chez eux*...

Et ils apprirent qu'on allait démolir le Grand Magasin dans trois semaines.

Comment Masklinn, à force d'astuce, de poigne et de persévérance, réussit à convaincre les gnomes de quitter le Grand Magasin en volant un de ses énormes camions est une histoire contée dans *Les Camionneurs*.

Ils gagnèrent une carrière désaffectée et, pendant un petit moment, les choses se passèrent assez bien pour eux.

Mais lorsqu'on mesure dix centimètres dans un monde peuplé de géants, les choses ne se passent jamais bien très longtemps.

Ils apprirent que les humains se préparaient à rouvrir la carrière.

En même temps, ils découvrirent sur un lambeau de journal une photo de Richard Arnold, petit-fils d'un des deux frères fondateurs d'Arnold Frères. La compagnie propriétaire du Grand Magasin était devenue une multinationale et Richard Arnold – selon le journal – se rendait en Floride pour assister au lancement du premier satellite de télécommunication de la firme.

Le Truc confia à Masklinn que, s'il parvenait à atteindre l'espace, il serait en mesure de lancer un appel vers le Vaisseau. Masklinn décida, accompagné de quelques gnomes, de se rendre jusqu'à l'aéroport pour essayer de trouver un moyen de gagner la Floride et d'envoyer le Truc dans le Ciel. Ce qui, bien entendu, était aussi invraisemblable qu'impossible. Mais comme il n'en savait rien, il décida par conséquent que c'était ce qu'il allait faire.

Persuadés que la Floride se trouvait à dix kilomètres de chez eux et que le monde comptait tout au plus quelques centaines d'êtres humains, ignorant où ils devaient se rendre et que faire une fois sur place, mais bien résolus à s'y rendre et à le faire *quand même*, Masklinn et ses compagnons se mirent en route.

Les gnomes restés derrière eux ont affronté les humains, au cours des *Terrassiers*. Ils ont lutté aussi longtemps que possible pour conserver leur carrière, avant de fuir à bord de Jekub, la grande machine jaune de terrassement.

Mais voici l'histoire de Masklinn…

1

Aéroports : Un endroit où les gens se dépêchent et attendent.

Encyclopédie scientifique pour l'édification des jeunes gnomes curieux, par Angalo de Konfection

Transformez l'œil de votre imagination en objectif photographique.

Voici l'Univers, une boule scintillante de galaxies. Il ressemble à un ornement de Noël accroché à un inconcevable sapin.

Repérez une galaxie…

Mise au point

Voici une galaxie. On dirait une spirale de lait dans une tasse de café, et chaque pointe de lumière est une étoile.

Repérez une étoile…

Mise au point

Voici un système solaire. Les planètes caracolent à travers les ténèbres autour des feux centraux du soleil. Certaines planètes se blottissent contre eux, dans une chaleur suffisante pour faire fondre le plomb. D'autres dérivent dans les lointains, là où naissent les comètes.

Repérez une planète bleue…

Mise au point

Voici une planète. Sa surface est en majorité couverte d'eau. On l'appelle la Terre.

Repérez un pays…

Mise au point

… du bleu, du vert, du brun sous le soleil, et ici, une forme pâle et oblongue, qui est…

Mise au point

… un aéroport, une ruche de béton conçue pour des abeilles d'argent et ici, un…

Mise au point

… bâtiment empli de personnes et de tohu-bohu et…

Mise au point

… une salle où règnent la lumière et la hâte, et…

Mise au point

… une corbeille pleine de détritus et…

Mise au point

… une paire d'yeux minuscules…

Mise au point

Mise au point

Mise au point

Clic !

Masklinn se laissa glisser avec précaution le long d'un vieil emballage de hamburger.

Il venait d'observer les humains. Il y en avait des centaines et des centaines. L'impression que grimper à bord d'un jet n'allait pas ressembler à un vol de camion venait de poindre en lui.

Angalo et Gurder, la mine morose, blottis au plus profond des détritus, mâchonnaient les vestiges gras d'une vieille frite froide.

Ça nous a fait un choc à tous, se dit Masklinn.

Tenez, prenez Gurder. Dans le Grand Magasin, c'était l'Abbé. Il croyait qu'Arnold Frères avait édifié le Grand Magasin à l'intention des gnomes. Et il est toujours convaincu qu'existe quelque part une sorte d'Arnold Frères qui nous observe parce que nous sommes des gens importants. Et maintenant que nous sommes ici, la seule chose que nous ayons découverte, c'est que les gnomes ne comptent pas pour grand-chose…

Et puis il y a Angalo. Il ne croit pas en Arnold Frères, lui, mais il aime penser qu'Arnold Frères existe, rien que pour pouvoir continuer à ne pas croire en lui.

Et il y a moi.

Je n'aurais jamais cru que c'était aussi difficile.

Pour moi, un jet, c'était simplement un camion avec plus d'ailes et moins de roues.

Il y a ici davantage d'humains que je n'en ai jamais vu de ma vie. Comment pourrions-nous trouver le Petit-Fils Richard Quadragénaire en un tel endroit ?

J'espère qu'ils vont me garder un bout de frite...

Angalo leva les yeux vers lui.

— Tu l'as vu ? demanda-t-il sur un ton sarcastique.

Masklinn haussa les épaules.

— Ça ne manque pas d'humains avec des barbes, répondit-il. Pour moi, ils se ressemblent tous.

— Je te l'avais bien dit, répliqua Angalo (en jetant à Gurder un regard mauvais). La foi aveugle, ça ne sert à rien.

— Il est peut-être déjà parti, poursuivit Masklinn. Il aurait pu me croiser sans que je m'en aperçoive.

— Alors rentrons, conclut Angalo. Les autres vont commencer à se faire du souci pour nous. On a essayé, on a vu l'aéroport, on a failli se faire marcher dessus des dizaines de fois. Il est temps de revenir à la réalité.

— Qu'en penses-tu, Gurder ?

L'Abbé lui adressa un long regard désemparé.

— Je n'en sais rien. Franchement, je n'en ai pas la moindre idée. J'avais espéré...

Sa voix s'éteignit. Il avait l'air tellement abattu qu'Angalo lui-même ne put s'empêcher de lui tapoter l'épaule.

— Ne prends pas ça au tragique, lui dit-il. Tu ne t'imaginais quand même pas qu'il existait un Petit-Fils Richard Quadragénaire qui allait descendre du ciel pour nous emporter en Floride ? Écoute, on a tenté le coup. Ça n'a pas marché. Rentrons.

— Bien sûr que je n'imaginais pas *ça*, répliqua Gurder avec agacement. Mais seulement, je m'étais dit que... peut-être que d'une façon ou d'une autre... on trouverait un moyen.

— Le monde appartient aux humains. Ils ont tout construit. Ils dirigent tout. Autant nous y résigner, fit Angalo.

Masklinn considéra le Truc. Il savait que l'objet les écoutait. Même si ce n'était qu'un petit cube noir, il avait toujours l'air plus attentif quand il écoutait.

Le problème, c'est qu'il ne parlait que lorsqu'il en avait envie. Il vous accordait toujours juste l'aide nécessaire, jamais davantage. On aurait dit qu'il vous mettait tout le temps à l'épreuve.

D'une certaine façon, en demandant son aide au Truc, on reconnaissait qu'on était à court d'idées. Mais…

— Truc, dit-il. Je sais que tu m'entends, parce qu'il doit y avoir des tonnes d'électricité dans ce bâtiment. Nous sommes à l'aéroport. Nous n'arrivons pas à trouver le Petit-Fils Richard Quadragénaire. Nous ne savons même pas par où commencer. Aide-nous, s'il te plaît.

Le Truc garda le silence.

— Si tu ne nous aides pas, poursuivit Masklinn d'une voix tranquille, nous allons rentrer à la carrière affronter les humains, mais pour toi, ça ne changera rien, parce qu'on va t'abandonner ici. Je suis sérieux. Et aucun gnome ne te retrouvera plus jamais. Tu n'auras pas de seconde chance. Nous nous éteindrons, il n'y aura plus aucun gnome nulle part, et ce sera ta faute. Et dans les longues années à venir, tu resteras tout seul, sans servir à rien, et tu te diras : « J'aurais peut-être dû aider Masklinn quand il me l'a demandé », et puis, tu te diras : « Si j'avais une deuxième chance, je l'aiderais. » Eh bien, Truc, imagine que tout ça s'est vraiment passé et que ton vœu a été exaucé par magie. Aide-nous.

— C'est une machine ! s'emporta Angalo. On ne peut pas faire du chantage à une machine…

Un petit voyant rouge s'alluma sur la surface noire du Truc.

— Tu sais lire les pensées des autres machines, je le sais, continua Masklinn. Mais en es-tu également capable avec les gnomes ? Vas-y, lis mes pensées, Truc, si tu crois que je plaisante. Tu insistes pour que les gnomes agissent de façon intelligente. Eh bien, voilà, c'est ce que je fais. Je suis assez intelligent pour savoir quand j'ai besoin d'aide. Et j'en ai besoin maintenant. Et tu es capable de me la procurer, je le sais. Si tu ne nous aides pas, nous allons t'abandonner ici et oublier ton existence pour toujours.

Un deuxième voyant s'alluma, très faible.

Masklinn se remit debout et fit signe aux autres.

— Très bien, dit-il. Allons-y.

Le Truc produisit le petit bruit électronique qui équivalait pour une machine au raclement de gorge chez un gnome.

— *Que puis-je faire pour t'assister ?* demanda-t-il.

Angalo lança un sourire narquois à Gurder. Masklinn se rassit.

— Trouve le Petit-Fils Richard Quadragénaire, demanda-t-il.

— *Ça va prendre très longtemps*, les avertit le Truc.

— Oh !

Quelques lumières coururent à la surface du Truc, puis il dit :

— *J'ai localisé un Richard Arnold, quarante ans. Il vient d'entrer en salle d'embarquement du vol 205 en partance pour Miami, en Floride.*

— Ça n'a pas pris tellement de temps, constata Masklinn.

— *Trois cents microsecondes. C'est énorme !*

— En plus, je ne crois pas que j'ai bien tout compris, ajouta Masklinn.

— *Quel mot t'a paru obscur ?*

— À peu près tous. Tous ceux qui ont suivi « il vient d'entrer ».

— *Il y a ici quelqu'un qui porte le nom que tu cherches, il attend dans une pièce bien particulière pour monter dans un grand oiseau d'argent qui vole dans le ciel, et se rendre dans un endroit qui s'appelle la Floride.*

— Quel oiseau d'argent ? s'enquit Angalo.

— Il parle du jet. Il fait de l'ironie, expliqua Masklinn.

— Ah oui ? Et comment sait-il tout ça ? demanda Angalo avec un air soupçonneux.

— *Ce bâtiment est rempli d'ordinateurs*, répondit le Truc.

— Ah bon ! comme toi ?

Le Truc réussit à paraître indigné.

— *Ils sont incroyablement primaires. Mais j'arrive à les comprendre. Si je ralentis suffisamment mes pensées. Ils ont pour fonction de savoir où vont les humains.*

— La plupart des humains ne sont pas capables d'en faire autant, signala Angalo.

— Pourrais-tu savoir comment le rejoindre ? demanda Gurder dont le visage s'illumina.

— Holà ! holà ! intervint Angalo en hâte. Ne précipitons pas les choses.

— C'est pour le trouver que nous sommes venus ici, non ? demanda Gurder.

— Oui ! Mais que doit-on faire précisément ?

— Eh bien ! c'est évident, nous... nous... Enfin, il faut que nous...

— Nous ne savons même pas ce qu'est une salle d'embarquement.

— D'après le Truc, c'est une pièce où les humains attendent pour monter à bord d'un avion, expliqua Masklinn.

Gurder enfonça un doigt accusateur dans les côtes d'Angalo.

— Tu as peur, c'est ça ? Tu as peur parce que, si on voit Richard Quadragénaire, ça signifiera qu'Arnold Frères existe bel et bien, et que tu as tort ! Tu es bien comme ton père. Lui non plus ne supportait pas d'avoir tort !

— C'est pour toi que j'ai peur, rétorqua Angalo. Parce que tu vas t'apercevoir que Richard Quadragénaire est un simple humain. Comme Arnold Frères était un simple humain. Ou plutôt deux. Ils ont construit le Grand Magasin à l'intention des seuls humains. Ils ne savaient même pas que les gnomes existaient ! Et je te prierai de laisser mon père en dehors de tout ça.

Une petite trappe s'ouvrit sur la face supérieure du Truc. Ça se produisait parfois. Quand les opercules étaient clos, leur présence était indétectable, mais chaque fois que le Truc ressentait de la curiosité pour quelque chose, il s'ouvrait et faisait sortir une petite coupole argentée au bout d'un manche, ou des dispositifs compliqués à base de tuyaux.

Cette fois-ci, il s'agissait d'un morceau de grillage collé sur une tige métallique. L'ensemble commença à tourner lentement.

Masklinn saisit la boîte.

Pendant que les deux autres continuaient à discutailler, il demanda, doucement :

— Tu sais où se trouve cette salle ?

— *Oui*, répondit le Truc.

— Alors, allons-y !

Angalo jeta un coup d'œil.

— Hé là ! qu'est-ce que vous faites ?

Masklinn l'ignora, et demanda au Truc :

— Et tu sais de combien de temps nous disposons avant qu'il ne commence à partir pour la Floride ?

— *Environ une demi-heure.*

Les gnomes vivent à peu près dix fois plus vite que les humains. On les remarque plus difficilement qu'une souris surexcitée.

C'est une des raisons qui expliquent que les humains soient en général incapables de les voir.

La seconde raison, c'est que les humains sont très doués quand il s'agit de ne pas voir des choses dont ils savent qu'elles n'existent pas. Et comme tout humain sensé sait bien que des petits bonshommes de dix centimètres de haut, ça n'existe pas, un gnome qui ne tient pas à ce qu'on le voie ne sera sans doute pas vu.

C'est pourquoi personne ne remarqua trois formes floues qui filaient sur le sol de l'aéroport. Elles esquivèrent les roues grommelantes des chariots à bagages. Jaillirent entre les jambes d'humains se déplaçant au ralenti. Contournèrent les pieds de fauteuils sur les chapeaux de roue. Se firent pratiquement invisibles en traversant un immense couloir rempli d'échos.

Et disparurent derrière une plante en pot.

Il a été dit que toute chose en tout lieu affecte tout le reste. C'est peut-être exact.

Ou peut-être que le monde est rempli de cheminements similaires.

Par exemple, dans un arbre situé à quinze mille kilomètres de Masklinn, très haut sur le flanc d'une montagne perdue dans les brumes, vivait une plante qui ressemblait à une énorme fleur. Elle poussait à la fourche des arbres, ses racines pendant dans le vide pour puiser dans le brouillard toute la nourriture disponible. D'un point de vue strictement scientifique, c'était une broméliacée épiphyte, mais le fait d'ignorer ce détail avait assez peu d'incidence sur la vie de la plante.

L'eau se condensait en une toute petite mare au centre de l'inflorescence.

Et là, se trouvaient les grenouilles.

De minuscules grenouilles naines.

Leur cycle de vie était tellement petit qu'il avait gardé ses roulettes de stabilisation.

Elles chassaient des insectes dans les pétales. Elles pondaient leurs œufs dans la mare centrale. Les têtards grandissaient pour devenir de nouvelles grenouilles. Qui donnaient naissance à de nouveaux têtards. Qui finissaient par mourir, couler au fond de la mare et se fondre dans l'humus à la base des feuilles, ce qui, en fin de compte, aidait à alimenter la plante.

Et il en avait toujours été ainsi, aussi loin que remonte la mémoire des grenouilles[1].

Sauf que ce jour-là, tandis qu'elle chassait des mouches, une grenouille s'égara ; elle contourna un des pétales extérieurs (c'était peut-être une feuille, d'ailleurs) et découvrit une chose qu'elle n'avait encore jamais vue.

Elle découvrit l'Univers.

Plus précisément, elle découvrit la branche qui s'étirait à travers la brume.

Et à plusieurs mètres de là, luisante de perles de rosée dans un unique rayon de soleil, il y avait une autre fleur.

La grenouille s'accroupit et contempla ce spectacle.

— Aarh ! Aarh ! Aarh !

Gurder s'adossa au mur et ahana comme un chien écrasé par la chaleur d'une journée radieuse.

Angalo était presque aussi essoufflé que lui, mais il virait à l'écarlate à force de ne pas vouloir le laisser paraître.

— Pourquoi tu ne nous as pas prévenus ? s'exclama-t-il.

— Vous étiez trop occupés à vous chamailler, répondit Masklinn. Alors j'ai su que la seule façon de vous faire commencer à courir, c'était de me mettre en route.

— Mer… ci… bien, s'époumona Gurder.

— Pourquoi tu n'es pas essoufflé, toi aussi ? demanda Angalo.

---

1. Trois secondes en arrière, environ. Les grenouilles n'ont pas beaucoup de mémoire.

— J'ai l'habitude de courir vite, fit Masklinn en coulant un regard de l'autre côté du pot. Bon, très bien, Truc. Et maintenant?

— *Il faut longer ce couloir.*

— Mais il est rempli d'humains! couina Gurder.

— C'est rempli d'humains partout. C'est pour cette raison que nous faisons tout ça.

Il fit une pause avant d'ajouter :

— Dis-moi, Truc, il n'y a pas un autre chemin que nous pourrions emprunter? Gurder a failli se faire écraser, à l'instant.

Des lumières multicolores se déplacèrent en motifs complexes à la surface du Truc. Puis il déclara :

— *Quel est le but que vous poursuivez ?*

— Nous sommes à la recherche du Petit-Fils Richard Quadragénaire, ahana Gurder.

— Non, l'important, c'est d'aller dans cette Floride, répliqua Masklinn.

— Mais pas du tout! s'indigna Gurder. Je n'ai pas la moindre envie de me rendre dans je ne sais quelle Floride!

Masklinn eut une hésitation. Puis il dit :

— Ce n'est peut-être pas le meilleur moment pour aborder le sujet, mais je n'ai pas été totalement honnête avec vous...

Il leur parla du Truc, de l'espace et du Vaisseau dans le ciel. Autour d'eux, roulait le tonnerre perpétuel d'un bâtiment rempli d'humains affairés.

Enfin, Gurder déclara :

— Alors, ce n'est pas Richard Quadragénaire que tu cherches?

— Je suis sûr qu'il a une importance capitale, se hâta de répondre Masklinn. Mais tu as raison. En Floride, il existe un endroit où des espèces de jets s'envolent à la verticale pour installer dans le ciel des sortes de radios qui font *bip bip*.

— Oh, je t'en prie! intervint Angalo. On ne peut pas installer quelque chose dans le ciel! Ça tomberait.

— J'avoue que je ne comprends pas très bien moi-même. Mais quand on monte assez haut, il n'y a plus de bas. Je crois. Enfin, bref, tout ce qu'il nous reste à faire, c'est d'aller en Floride, de placer le Truc sur un de ces jets verticaux, et il se chargera du reste, il a dit.

— « Tout ce qu'il reste à faire » ? répéta Angalo.

— Ça ne doit pas être tellement plus compliqué que de voler un camion, fit remarquer Masklinn.

— Attends, tu n'es quand même pas en train de suggérer que nous *volions* un avion ? intervint Gurder, totalement horrifié cette fois.

— Mince ! fit Angalo.

Ses yeux s'illuminèrent comme s'il avait enclenché une source interne d'énergie. Il adorait les véhicules de toutes sortes – surtout ceux qui se déplaçaient à vive allure.

— Tu en serais bien capable, jugea Gurder sur un ton accusateur.

— Mince ! répéta Angalo.

Il paraissait contempler un spectacle visible de lui seul.

— Tu es cinglé, décréta Gurder.

— Personne n'a parlé de voler un avion, intervint Masklinn. Il n'est pas question de voler un avion. On va simplement aller faire un tour à bord de l'un d'eux, c'est tout, j'espère.

— Mince !

— Et pas question de conduire, Angalo !

Angalo haussa les épaules.

— D'accord, fit-il. Mais une supposition : je suis à bord et le conducteur tombe malade. Faudra sans doute que je le remplace. Après tout, je me suis bien débrouillé pour conduire le Camion…

— Tu n'arrêtais pas de te cogner partout ! s'indigna Gurder.

— Je le prenais en main. Et puis, dans le ciel, il n'y a rien contre quoi on puisse se cogner, à part les nuages, et ils ont l'air plutôt mous.

— Il y a le *sol* !

— Oh ! le sol, c'est pas un problème. Il est trop loin, il est en bas.

Masklinn tapota le Truc.

— Tu sais où se trouve le jet qui va en Floride ?

— *Oui.*

— Alors, conduis-nous. En évitant les humains, autant que possible.

Il pleuvait doucement. Comme la soirée commençait, les lumières s'allumaient partout sur l'aéroport.

Personne n'entendit le faible tintement d'une petite grille de ventilation qui tombait d'un mur extérieur.

Trois silhouettes imprécises se laissèrent choir sur le béton, et s'en furent à grande vitesse.

En direction des avions.

Angalo leva les yeux. Et les leva encore un peu. Et il fallait les lever encore plus. À la fin, il se retrouva avec la tête complètement renversée en arrière.

Il était au bord des larmes.

— Oh, mince ! répétait-il sans cesse.

— C'est trop gros, bafouilla Gurder en essayant de ne pas regarder.

Comme la plupart des gnomes nés dans le Grand Magasin, il avait horreur de regarder en l'air et de ne pas voir un plafond. Angalo était comme lui mais, plus que de se retrouver Dehors, il avait horreur de ne pas aller vite.

— Je les ai vus monter dans le ciel, insista Masklinn. Ils volent vraiment. Je vous le jure.

— Mince !

L'appareil les dominait de sa masse, une masse telle qu'il fallait reculer sans cesse pour contempler pleinement sa taille. La pluie luisait sur sa surface. Les balises de l'aéroport faisaient fleurir des taches vertes et blanches sur ses flancs. Ce n'était plus un objet, c'était un morceau de ciel auquel on avait donné forme.

— Bien sûr, ils ont l'air moins grands, vus de très loin, marmonna Masklinn.

Il contemplait l'avion. Jamais il ne s'était senti plus petit dans sa vie.

— J'en veux un, gémit Angalo en crispant les poings. Non, mais regardez-le ! On a l'impression qu'il va trop vite, même quand il ne bouge pas !

— Bon, comment on monte à bord ? demanda Gurder.

— Vous imaginez leur tête, à la maison, si on rentrait avec un machin comme ça ! fit remarquer Angalo.

— Très bien, oui. Avec une précision abominable, répliqua Gurder. Mais pour monter à bord, comment fait-on ?

— On pourrait… commença Angalo. (Il hésita.) Tu avais besoin de dire ça ?

— Les roues passent par ces trous là-bas, fit remarquer Masklinn. Je crois qu'on pourrait grimper jusque-là.

— *Non*, intervint le Truc, coincé sous son bras. *Vous ne pourriez plus respirer. Il faut être complètement à l'intérieur. Là où volent les avions, l'air est trop léger.*

— J'espère bien, bougonna Gurder. C'est la caractéristique principale de l'air.

— *Vous seriez incapables de respirer*, insista le Truc avec patience.

— Ça m'étonnerait, s'entêta Gurder. Je fais ça depuis toujours.

— Il y a davantage d'air lorsqu'on est au niveau du sol, intervint Angalo. J'ai lu ça dans un livre. Tout en bas, il y a de l'air en quantité, mais quand on monte, il y en a beaucoup moins.

— Pourquoi donc ?

— Chais pas. Il a le vertige, peut-être.

Masklinn traversa les flaques sur le tarmac de façon à pouvoir examiner l'autre côté de l'avion. À quelque distance, deux humains se servaient de machines bizarres pour charger des boîtes par un trou dans le ventre de l'appareil. Le gnome revint en contournant les énormes pneus et plissa les yeux en inspectant un tube très long et très haut qui s'étirait à partir du bâtiment.

Il l'indiqua du doigt.

— Je crois que c'est par là qu'on charge les humains à bord.

— Hein ? Par un tuyau ? C'est comme pour l'eau, alors ? s'étonna Angalo.

— En tout cas, ça vaudra mieux que de rester ici à se mouiller, décréta Gurder. Je suis déjà trempé.

— Il y a des marches, des fils électriques et des tas de trucs, poursuivit Masklinn. On ne devrait pas avoir trop de difficultés à y grimper. Il y aura forcément une fissure par laquelle se faufiler. (Il renifla.) On en trouve toujours dans ce que construisent les humains, ajouta-t-il.

— Ouais, faisons ça ! s'enthousiasma Angalo. Mince de mince !

— Mais tu n'essaieras pas de le voler, insista Masklinn tandis qu'ils aidaient le dodu Gurder à prendre le trot. De toute façon, il se rend où on voulait aller...

— Pas où moi je veux aller, gémit Gurder. Je veux rentrer chez moi!

— ... Et pas question que tu t'amuses à le conduire. On n'est pas assez nombreux. En plus, je suppose que c'est beaucoup plus compliqué qu'un camion. C'est un... Tu sais comment ça s'appelle, Truc?

— *Un Concorde.*

— C'est ça. Un Concorde. Admettons. En tout cas, tu dois promettre de ne pas le voler.

2

Concorde : C'est deux fois plus rapide qu'une balle de revolver et on y mange du saumon fumé.

Encyclopédie scientifique pour l'édification des jeunes gnomes curieux,
par Angalo de Konfection

Se faufiler par un interstice du tuyau-pour-monter-les-humains-à-bord-de-l'avion s'avéra moins délicat que d'affronter ce qui les attendait de l'autre côté.

Dans les hangars de la carrière, le sol avait été fait de planches nues ou de terre battue. Dans les bâtiments de l'aéroport, c'étaient des carrés d'un genre de pierre polie. Mais ici…

Gurder se jeta à plat ventre et y enfouit le nez.

— Moquette ! s'écria-t-il, au bord des larmes. Moquette ! J'ai cru que je ne te reverrais jamais !

— Allons, relève-toi ! grommela Angalo, gêné de la conduite de l'Abbé devant quelqu'un qui, même s'il était un excellent ami, n'était pas né dans le Grand Magasin.

Gurder se remit debout avec gaucherie.

— Désolé, marmonna-t-il en s'époussetant. Je ne sais pas ce qui m'a pris, tout d'un coup. Ça m'a rappelé le bon vieux temps, c'est tout. De la véritable moquette ! Je n'en avais plus vu depuis des mois.

Il se moucha bruyamment.

— Ah ! il y avait de belles moquettes, dans le Grand Magasin, tu sais. Très belles. Certaines étaient ornées de motifs.

Masklinn leva les yeux vers les profondeurs du tube. Elles ressemblaient à un couloir du Grand Magasin, brillamment éclairé.

— Avançons, suggéra-t-il. Nous sommes trop à découvert, ici. Truc, où sont donc les humains?

— *Ils ne devraient pas tarder à arriver.*

— Mais comment est-ce qu'il sait ça? se lamenta Gurder.

— Il écoute les autres machines.

— *Il y a aussi un grand nombre d'ordinateurs à bord de cet avion.*

— Oh! parfait, commenta Masklinn machinalement. Ça va te faire quelqu'un à qui parler, alors.

— *Ils sont complètement idiots*, rétorqua le Truc, qui réussit à exprimer son dédain sans véritablement posséder quoi que ce soit pour le manifester.

À quelque distance de là, le couloir débouchait sur un nouvel espace. Masklinn aperçut un rideau, et ce qui ressemblait au bord d'un siège.

— Bon, vas-y, Angalo, passe devant. Je sais que tu en meurs d'envie.

Deux minutes s'étaient écoulées.

Le trio était assis sous un siège.

Masklinn n'avait jamais vraiment imaginé à quoi pouvait ressembler l'intérieur d'un avion. Il avait passé des journées entières au sommet de la falaise, derrière la carrière, à les regarder décoller. Bien entendu, il supposait qu'il y avait des humains à l'intérieur. Il y a des humains partout. Mais un intérieur d'avion… il n'avait jamais beaucoup réfléchi à ce problème. S'il y avait des objets qui semblaient n'être composés que de parties extérieures, c'étaient bien les avions en vol.

Mais le choc avait été trop fort pour Gurder. Il sanglotait.

— Des lumières électriques! gémissait-il. Et encore de la moquette! Et de grands fauteuils moelleux! Ils sont même garnis de napperons! Et on ne voit de boue *nulle part*! Il y a même des *panneaux*!

— Allons, allons, répétait Angalo, désemparé, en lui tapotant l'épaule. D'accord, je sais, je sais, il était *très bien*, ce Grand Magasin.

Il leva les yeux vers Masklinn.

— Tu admettras quand même que ça fait un coup, fit-il. Je m'attendais… je ne sais pas, à des fils de fer, des tuyaux, des leviers épatants, des trucs comme ça. Mais pas à quelque chose qui ressemble au rayon Mobilier d'Arnold Frères !

— Il ne faudrait pas rester ici, répondit Masklinn. Les humains ne vont pas tarder à envahir les lieux. Rappelez-vous ce qu'a annoncé le Truc.

Ils aidèrent Gurder à se relever et, en l'encadrant, trottinèrent entre les rangées de fauteuils. Mais l'endroit différait du Grand Magasin par un détail important, constata Masklinn. Il manquait de cachettes. Dans le Grand Magasin, on trouvait toujours quelque chose derrière quoi, sous quoi ou dans quoi se cacher…

Il percevait déjà une rumeur au loin. Ils finirent par découvrir un espace derrière un rideau, dans une section de l'avion qui ne comportait pas de sièges. Masklinn y rentra en rampant, en poussant le Truc devant lui.

La rumeur était désormais proche. Très proche. Il tourna la tête et vit un pied humain à quelques centimètres de lui.

Au fond de l'interstice, la paroi de métal était percée d'un trou par lequel passaient quelques fils électriques de bonne taille. Le trou était juste assez grand pour qu'Angalo et Masklinn s'y faufilent, juste assez grand pour qu'un Gurder affolé y passe, si les deux autres le tiraient par les bras. L'espace n'était pas énorme, mais enfin on ne les trouverait pas là.

Et en plus, ils n'y voyaient rien. Ils étaient couchés les uns sur les autres dans la pénombre, en essayant de s'installer de façon confortable sur les fils.

Au bout d'un moment, Gurder annonça :

— Ça commence à aller mieux.

Masklinn opina.

Tout autour d'eux régnait le bruit. De très loin en dessous d'eux monta une série de *clongs* métalliques. On entendit un lugubre mugissement de voix humaines, suivi d'une secousse.

— Truc ? demanda-t-il à mi-voix.

— *Oui ?*

— Que se passe-t-il ?

— *L'avion se prépare à prendre son essor.*

— Ah oui !…

— *Est-ce que tu sais ce que ça veut dire ?*

— Euh ! non. Pas vraiment.

— *Il va voler dans les airs. L'essor, c'est le vol. Il va prendre son essor, ça veut dire qu'il va prendre son vol.*

Masklinn put entendre le souffle court d'Angalo.

Il s'installa aussi bien que possible entre la paroi métallique et le pesant écheveau de fils électriques, le regard perdu dans les ténèbres.

Les gnomes restèrent silencieux. Au bout d'un moment, ils perçurent une petite secousse et une impression de mouvement.

Il ne se passa rien d'autre. La situation continua à ne pas évoluer.

Au bout d'un certain temps, Gurder, la voix chevrotant de terreur, demanda :

— Est-ce qu'il est trop tard pour descendre, si nous… ?

Un brusque tonnerre acheva la phrase à sa place. Un grondement sourd fit tout trembler autour d'eux, de façon très mesurée, mais très ferme.

Puis suivit un moment d'attente pesante, comme ce que doit ressentir la balle entre le moment où on la lance et celui où elle commence à redescendre, et quelque chose s'empara d'eux trois pour les agglomérer en un tas gigotant. Le sol se mit en tête de devenir le mur.

Les gnomes se cramponnèrent l'un à l'autre, échangèrent un bref coup d'œil et se mirent à hurler.

Au bout d'un moment, ils s'arrêtèrent. Continuer paraissait assez superflu. En plus, ils avaient besoin de reprendre leur souffle.

Très graduellement, le plancher redevint un sol convenable et ne manifesta plus l'ambition d'évoluer en mur.

Masklinn repoussa le pied qu'Angalo avait posé en travers de sa gorge.

— Je crois que nous volons, annonça-t-il.

— C'était donc ça ? répondit Angalo d'une petite voix. Ça paraissait plus gracieux, vu du sol.

— Quelqu'un est blessé ?

Gurder se remit en position verticale.

— Je suis couvert de bleus, déplora-t-il.

Il s'épousseta. Et puis, comme rien ne peut changer la nature gnomique, il ajouta :

— Il y a quelque chose à manger dans les parages?

La question de la nourriture ne les avait pas effleurés.

Masklinn tourna la tête vers le tunnel de fils électriques qui se trouvait derrière lui.

— On n'a peut-être pas besoin de manger, supputa-t-il sans conviction. Combien de temps pour arriver en Floride. Truc?

— *Le commandant de bord vient juste d'annoncer que le voyage prendrait six heures et quarante-cinq minutes*[1], répondit le Truc.

— Mais on va mourir de faim! s'exclama Gurder.

— On va peut-être trouver du gibier, proposa Angalo avec un vague espoir.

— Ça m'étonnerait, fit Masklinn. L'endroit ne me semble pas être du genre à abriter des souris.

— Les humains doivent avoir de la nourriture, suggéra Gurder. Ils en ont toujours.

— J'étais *sûr* que tu allais dire ça, soupira Angalo.

— C'est une simple question de bon sens.

— Je me demande si on peut regarder par les fenêtres? dit Angalo. J'aimerais bien voir à quelle vitesse on va. Les arbres et tout ça en train de filer à toute vitesse, hein?

— Minute, intervint Masklinn avant que la situation ne dégénère. On va patienter un peu, d'accord? Le temps de se calmer. De se reposer. Et ensuite, peut-être qu'on ira chercher de quoi manger.

Ils se rassirent. Enfin, ici au moins, il faisait bon et sec. Au temps où il vivait dans son terrier de l'accotement, Masklinn avait bien trop souvent dormi dans le froid et l'humidité pour laisser filer une chance de profiter de la chaleur et du sec.

Il s'assoupit…

Prendre son essor…

Son… essor…

Qui sait? Il y avait peut-être des centaines de gnomes qui vivaient dans les aéroplanes, de la même façon que d'autres avaient vécu dans le Grand Magasin. Peut-être menaient-ils leur vie quelque part sous la moquette du plancher, tout en se laissant transporter vers tous ces lieux dont Masklinn avait lu le nom sur la seule carte que les gnomes aient jamais trouvée. Elle figurait dans un agenda de poche, et les noms de pays lointains inscrits sur sa surface sonnaient de façon magique – Afrique, Australie, Chine, Équateur, *made in* Hong Kong, Islande...

Peut-être qu'ils n'avaient jamais regardé par la fenêtre. Peut-être qu'ils n'avaient jamais imaginé qu'ils se déplaçaient.

Était-ce ce que Grimma voulait dire en racontant ses histoires de grenouilles qui vivent dans les fleurs ? se demanda-t-il. Elle avait lu ça dans un livre. On pouvait passer toute son existence dans un seul endroit étriqué et y voir un Univers entier. Le problème, c'est que Masklinn n'était pas de très bonne humeur, à l'époque. Il n'avait pas voulu écouter ce qu'elle lui disait.

Ceci dit, pas d'erreur : il était bel et bien sorti de sa fleur...

La grenouille avait fait venir d'autres jeunes grenouilles jusqu'au passage entre les pétales, au bord de l'univers de la fleur.

Elles regardaient la branche. Il n'y avait pas une seule fleur, là-bas, mais des dizaines, bien que les grenouilles ne sachent pas formuler de tels concepts, étant incapables de compter plus loin que un.

Elles voyaient beaucoup de un.

Elles les contemplaient. S'il est une activité pour laquelle les grenouilles ont d'excellentes prédispositions, c'est bien la contemplation.

La réflexion, par contre... On aimerait pouvoir prétendre que les grenouilles naines réfléchirent longtemps à cette nouvelle fleur, à la nécessité de partir en expédition de reconnaissance, à l'idée que le monde ne se limitait pas à une mare bordée de pétales.

Mais en fait, le résultat de leur cogitation, ce fut :

— .-.-.mipmip.-.-.-.mipmip.-.-.-.

Mais ce qu'elles ressentaient était trop gigantesque pour qu'une seule fleur puisse en être le réceptacle.

Lentement, doucement, sans savoir tout à fait pourquoi elles agissaient ainsi, elles se laissèrent tomber sur la branche.

Le Truc émit un *bip* poli.

— *Ça vous intéressera peut-être de savoir que nous venons de franchir le mur du son. Ce qui a dû produire un* bang *considérable.*

Masklinn se retourna avec lassitude vers ses compagnons.

— Bon, allez, avouez. Qu'est-ce que vous avez encore fait, comme bêtise ?

— Hé ! c'est pas la peine de me regarder comme ça, protesta Angalo. J'ai touché à rien.

Masklinn se rendit à quatre pattes jusqu'en bordure du trou et jeta un coup d'œil.

Dehors, il y avait des pieds d'humains. D'humaines, à première vue. En général, c'étaient elles qui portaient les chaussures les moins pratiques.

On pouvait apprendre beaucoup de choses sur les humains en examinant leurs chaussures. La plupart du temps, d'ailleurs, c'était la seule chose que les gnomes voyaient. Le reste de l'anatomie humaine, d'ordinaire, se résumait pour eux au mauvais bout d'une paire de narines, aperçue très haut.

Masklinn huma l'atmosphère.

— Il y a à manger quelque part, annonça-t-il.

— Quel genre ? s'inquiéta Angalo.

— On s'en fiche, coupa Gurder en l'écartant de son chemin. Quoi que ce soit, je vais le manger.

— Recule ! trancha Masklinn en plaçant le Truc de force entre les mains d'Angalo. C'est moi qui vais y aller ! Angalo, empêche-le de bouger de là !

Il jaillit du trou, fila en direction du rideau et se glissa derrière cet abri. Au bout de quelques secondes, il avança la tête juste assez loin pour laisser dépasser un œil et un sourcil froncé.

La pièce était une espèce d'endroit à nourriture. Des humaines sortaient du mur des plateaux chargés de victuailles. L'odorat gnomique est plus fin que celui d'un renard ; Masklinn avait du mal à ne pas saliver. Il dut le reconnaître – faire pousser des choses, c'est bien joli, mais ce qu'on obtenait n'était pas à la hauteur de la nourriture qu'on trouvait dans les parages des humains.

---

1. Soit environ deux jours et demi pour des gnomes.

Une des humaines posa le dernier plateau sur un chariot et le poussa devant Masklinn. Les roulettes étaient presque aussi grandes que lui.

Quand le véhicule passa en couinant, Masklinn bondit hors de son refuge pour s'accrocher à l'engin, se frayant un passage entre les bouteilles. C'était une bêtise, il le savait. Mais tout plutôt que d'être coincé dans un trou en compagnie de deux idiots.

D'interminables rangées de chaussures. Des noires, des marron. Lacées, délacées. Un assez grand nombre sans pieds dedans, parce que les humains s'étaient déchaussés.

Masklinn leva les yeux tandis que le chariot poursuivait sa route. D'interminables rangées de jambes. Quelques-unes en jupe, mais la plupart gainées de pantalons.

Masklinn leva les yeux encore plus haut. Les gnomes avaient rarement l'occasion de voir des humains assis.

D'interminables rangées de corps, couronnés d'interminables rangées de têtes, avec des visages sur le devant. D'interminables rangées de...

Masklinn se tassa derrière les bouteilles.

Richard Quadragénaire le regardait.

C'était le visage qu'il avait vu sur le journal. Forcément. Il y avait la petite barbe, la bouche qui souriait avec des tas de dents. Et les cheveux qu'on aurait dits sculptés avec lyrisme dans un matériau brillant, et non pas poussés comme chez tout le monde.

Le Petit-Fils Richard Quadragénaire.

Le visage le fixa un moment, avant de se détourner.

Il n'a pas pu m'apercevoir, se répéta Masklinn. Je suis bien caché, ici.

Que va dire Gurder quand je lui raconterai ça?

Il va en perdre les pédales, pas de doute.

Je crois que je vais garder ça pour moi quelque temps. Oui, excellente idée. On a assez de soucis comme ça pour le moment.

Quadragénaire. Soit ils changent de nom, dans la famille (et je ne crois pas que ce soit le cas), soit c'est une façon qu'ont les journaux de dire qu'il a quarante ans. Il est presque à moitié aussi vieux que le Grand Magasin. Et les gnomes du Grand Magasin prétendent que celui-ci remonte à l'origine des temps. Je sais bien que c'est impossible, mais...

Je me demande... Ça fait quelle impression de vivre presque éternellement?

Il fouilla plus avant dans les objets qui encombraient le plateau. Des bouteilles, surtout, mais il y avait également quelques sachets remplis de machins noduleux un peu moins gros que le poing de Masklinn. Il attaqua le papier à coups de couteau jusqu'à ce qu'il ait ouvert un trou assez grand pour en retirer un machin.

Une cacahuète salée. Bon, c'était déjà un début.

Il empoignait le sachet quand une main se tendit et passa.

Elle était si proche qu'il aurait pu la toucher.

Elle était si proche qu'*elle aurait pu le toucher.*

Il vit le rouge des ongles glisser près de lui, se refermer lentement sur un autre sachet de cacahuètes, avant de se retirer.

Plus tard, Masklinn songea que la distributrice de nourriture ne l'aurait jamais vu. Elle avait simplement tendu la main vers le plateau pour attraper ce qu'elle savait y être, et Masklinn n'en faisait très certainement pas partie.

Mais il arriva à cette conclusion plus tard. Sur le moment, alors qu'une main d'humaine lui frôlait la tête, la situation lui parut bien différente. À toutes jambes, il sauta du chariot, atterrit en roulé-boulé sur la moquette et se réfugia sous le siège le plus proche.

Il ne prit même pas le temps de reprendre sa respiration. L'expérience le lui avait enseigné : arrêtez-vous pour prendre votre souffle, et ce sont les bestioles qui vous prendront. Il fonça de siège en siège, esquivant les pieds géants, les chaussures vides, les journaux et les sacs à main jonchant le sol. Quand il franchit la portion d'allée qui le séparait de l'endroit à nourriture, il n'était plus qu'une silhouette floue, même selon les critères gnomiques. Il ne s'arrêta même pas, il sauta et enjamba le trou sans toucher les bords.

— Une cacahuète? s'exclama Angalo. Pour trois personnes? Mais ça ne fait même pas une bouchée chacun!

— Tu as mieux à proposer? rétorqua Masklinn sur un ton acide. Tu as envie d'aller voir la distributrice de nourriture pour lui expliquer qu'il y a trois personnes ici qui meurent de faim?

Angalo le regarda fixement. Masklinn avait retrouvé son souffle, mais il avait encore le visage tout rouge.

— Tu sais quoi? Ça vaudrait peut-être le coup d'essayer, répondit-il.

— Hein?

— Ben, si t'étais un humain, tu t'attendrais à trouver des gnomes dans un avion?

— Bien sûr que non…

— Et si tu en voyais un, je parie que tu serais épaté, non?

— Attends… Tu ne suggérerais quand même pas qu'on se montre délibérément à un humain? intervint Gurder, soupçonneux. On n'a jamais fait ça, tu le sais bien.

— Ça a failli arriver il y a un instant, fit Masklinn. Et pas question que je recommence avant longtemps!

— On a toujours préféré mourir de faim autour d'une unique cacahuète, c'est ça que tu veux dire?

Gurder considéra d'un œil caressant le fragment de cacahuète au creux de sa main. Certes, ils avaient mangé des cacahuètes dans le Grand Magasin. Au temps du Fêtons Noël, quand le Rayon Alimentation était bourré de choses qu'on ne voyait pas en temps ordinaire en d'autres saisons, elles concluaient agréablement un repas. Et très probablement, de la même façon, elles entamaient agréablement un repas. Mais à elles seules, elles ne constituaient pas agréablement un repas entier.

— Bon, c'est quoi, ton plan? demanda-t-il sur un ton de capitulation.

Une humaine distributrice de nourriture était en train de prendre des plateaux sur une étagère quand un mouvement lui fit lever les yeux. Elle tourna très lentement la tête.

Une toute petite créature noire descendait au niveau de son oreille.

La nouvelle venue enfonça ses pouces minuscules dans ses petites oreilles, agita les doigts et tira la langue.

— Flllbllblbbll, fit Gurder.

Le plateau que tenait l'humaine s'écrasa devant elle sur le sol. Elle poussa un long cri qui ressemblait à une corne de brume soprano et recula, levant les mains vers sa bouche. Finalement, elle tourna les talons, avec la lenteur majestueuse d'un arbre qui s'abat, et s'enfuit derrière les rideaux.

Quand elle revint, en compagnie d'un autre humain, la silhouette minuscule avait disparu.

Ainsi qu'une bonne partie de la nourriture.

— Je ne me souviens plus de la dernière fois où j'ai mangé du saumon fumé, confia Gurder avec bonheur.

— Mmm ! répondit Angalo.

— Il ne faut pas manger ça comme ça, le gronda Gurder. On ne se bourre pas la bouche avant de couper tout ce qui dépasse. Que vont penser les gens ?

— Gn'a pershonne ichi, répliqua Angalo de façon peu distincte. Gn'a que Mashklinn et toi.

Masklinn découpa le couvercle d'un récipient de lait qui avait pratiquement la taille d'un gnome.

— Ça va déjà mieux, non ? constata Gurder. De la nourriture convenable dans des boîtes et des trucs comme ça ; naturelle, quoi. Qu'on ne doit pas débarrasser de sa terre, comme on le faisait dans la carrière. En plus, c'est confortable, ici, il fait chaud. C'est vraiment la seule façon civilisée de voyager. Quelqu'un veut encore de… (il tapota un plat du doigt, indécis quant à sa nature)… de ça ?

— Ça a quel goût ? demanda Masklinn après que Gurder en eut mâché un bout.

— Un goût rosâtre[1], répondit Gurder.

— Quelqu'un a envie de finir par la cacahuète ? demanda Angalo avec un large sourire. Non ? Bon, alors, je la jette ?

— Non ! intervint Masklinn. (Ils le dévisagèrent.) Désolé, reprit-il. Mais il ne faut pas, c'est vrai. C'est pas bien de gaspiller la nourriture.

1. Dans pratiquement tous les repas servis à bord d'un avion figurent de petits plats d'une substance étrange et gélatineuse, au goût rosâtre. Personne ne sait pourquoi. On suppose que cette pratique s'explique par des raisons religieuses bien spéciales.

— C'est un péché, minauda Gurder.

— Ohh ! un péché, je ne sais pas, reprit Masklinn. Mais c'est idiot. Range-la dans ton sac. On ne sait jamais, on en aura peut-être besoin un jour.

Angalo s'étira et bâilla.

— J'aimerais bien me débarbouiller un brin.

— Je ne vois pas d'eau, reconnut Masklinn. Il y a probablement un évier ou des toilettes quelque part, mais je n'ai pas la moindre idée de l'endroit où chercher.

— À propos de toilettes… glissa Angalo.

— Je t'en prie, va-t'en à l'autre bout du tuyau, protesta Gurder.

— *Et évite tout contact avec des fils électriques*, suggéra le Truc.

Angalo, l'air surpris, hocha la tête et s'éloigna à quatre pattes dans les ténèbres.

Gurder bâilla et étira les bras.

— La distributrice de nourriture ne risque pas de se mettre à notre recherche ? demanda-t-il.

— Je ne crois pas, répondit Masklinn. Quand on vivait au Dehors, avant de trouver le Grand Magasin, je suis certain que des humains nous ont parfois aperçus. Je ne pense pas qu'ils en aient vraiment cru leurs yeux. Ils ne fabriqueraient pas des ornements de jardin aussi bizarres s'ils savaient à quoi ressemble vraiment un gnome.

Gurder plongea les mains dans sa chasuble et en tira l'image de Richard Quadragénaire. Même à la faible clarté filtrant par le goulet, Masklinn reconnut l'humain du siège. Il n'avait pas de marques sur le visage à force d'être plié, et il n'était pas constitué de centaines de petits points ronds, mais à part ça…

— Tu crois qu'il est par là, quelque part ? demanda Gurder sur un ton rêveur.

— Possible. Possible, répondit Masklinn, très mal à l'aise. Mais, écoute, Gurder… peut-être qu'Angalo exagère un peu, mais il a raison. Il se peut que Richard Quadragénaire soit un simple humain. Il n'est pas impossible que ce soient des humains qui aient bâti le Grand Magasin, à la seule intention des humains. Tes ancêtres sont allés s'y installer parce que… eh bien, parce qu'il y faisait chaud et sec. Et…

— Je te préviens, tu parles dans le vide, déclara Gurder. Je ne vais pas t'écouter me raconter que nous sommes simplement des machins comme les rats et les souris. Nous sommes à part.

— Le Truc est tout à fait catégorique. Selon lui, nous venons d'ailleurs, Gurder, insista Masklinn sur un ton contrit.

L'Abbé replia la photographie.

— Rien ne le prouve, ni dans un sens, ni dans l'autre, fit-il. Ça n'a aucune importance.

— Pour Angalo, savoir si c'est la vérité a beaucoup d'importance.

— Je ne vois pas pour quelle raison. Il n'y a pas une vérité unique. (Gurder haussa les épaules.) Je peux t'annoncer : tu n'es qu'un assemblage de poussière, de jus divers, d'os et de cheveux, et ce sera la vérité. Mais je peux également dire : tu es quelque chose qui existe dans ta tête et s'en va à ta mort. Et ça aussi, ça sera la vérité. Demande donc au Truc.

Des lumières de couleur dansèrent à la surface du Truc.

Masklinn parut outré.

— Mais je ne lui ai jamais posé ce genre de question, s'offusqua-t-il.

— Et pourquoi pas ? C'est bien la première question que je lui poserais, moi.

— Il va probablement me répondre quelque chose comme : « opération impossible », ou « paramètres inopérants ». Il dit toujours ça quand il ne connaît pas la réponse et ne veut pas l'admettre. Truc ?

Le Truc ne réagit pas. Les rais de lumière se modifièrent.

— Truc ? insista Masklinn.

— *Je surveille les communications.*

— Il fait souvent ça quand il s'embête, expliqua Masklinn à Gurder. Il reste planté là et il écoute les messages invisibles dans l'air. Écoute-moi, Truc. C'est important. Nous voudrions…

Les lumières dansèrent. Un grand nombre passa au rouge.

— Truc ! Nous…

Le Truc produisit le petit cliquetis qui était l'équivalent d'un raclement de gorge.

— *On vient d'apercevoir un gnome dans la cabine de pilotage.*

— Mais écoute-nous donc, Truc, nous… hein ?

— Je répète : on vient d'apercevoir un gnome dans la cabine de pilotage.

Masklinn regarda comme un fou autour de lui.

— Angalo ?

— La probabilité est très loin d'être négligeable.

3

Humains voyageurs : Immenses créatures gnomoïdes. Beaucoup d'humains passent leur vie à se rendre d'un endroit à un autre, ce qui est étonnant car, en général, il y a déjà trop d'humains dans leur lieu de destination. Consulter également les rubriques ANIMAUX, INTELLIGENCE, ÉVOLUTION et CRÈME PÂTISSIÈRE.

Encyclopédie scientifique pour
l'édification des jeunes gnomes curieux,
par Angalo de Konfection

L'écho des voix de Masklinn et Gurder rebondit tout au long du goulet, tandis qu'ils escaladaient les fils électriques.

— Je me disais bien, aussi, que ça lui prenait beaucoup trop longtemps !

— Tu n'aurais jamais dû le laisser partir tout seul ! Tu le connais, il veut conduire tout ce qui passe à sa portée !

— Parce que c'est *moi* qui n'aurais pas dû ?

— Il n'a pas la moindre idée de… bon, par où va-t-on, maintenant ?

Angalo avait confié qu'il s'attendait que les entrailles d'un avion ressemblent à une masse de fils électriques et de tuyaux. Il ne s'était pas trompé de beaucoup. Les gnomes se faufilèrent avec difficulté sous le plancher, dans un monde étroit, enguirlandé de câbles.

— Tout ça, ce n'est plus de mon âge ! Il arrive un temps dans la vie d'un gnome où on ne devrait plus lui demander de se déplacer à quatre pattes dans les entrailles de terribles engins volants !

— Ça t'est arrivé souvent ?

— C'est une fois de trop !

— *Nous approchons*, annonça le Truc.

— Voilà ce qu'on récolte, à se montrer ! C'est un Châtiment, déclara Gurder.

— Infligé par qui ? rétorqua Masklinn sur un ton sévère, tout en aidant l'Abbé à monter.

— Qu'est-ce que tu veux dire ?

— Pour qu'il y ait Châtiment, il faut bien que quelqu'un l'inflige !

— Je parlais de Châtiment en général !

Masklinn fit halte.

— Et maintenant, Truc, dans quelle direction ?

— *Le message annonçait aux distributrices de nourriture qu'une petite créature bizarre se trouvait dans la cabine. C'est là que nous sommes. Il y a de nombreux ordinateurs, ici.*

— Et ils te parlent, c'est ça ?

— *Un peu. On peut les comparer à des enfants. La plupart m'écoutent*, expliqua le Truc sur un ton supérieur. *Ils ne sont pas très intelligents.*

— Mais que va-t-on faire ? s'inquiéta Gurder.

— Nous allons...

Masklinn hésita. Le mot « sauver » jetait une ombre menaçante sur la phrase qu'il allait prononcer.

C'est un mot admirable, riche de possibilités dramatiques. Masklinn brûlait du désir de le prononcer. Le problème, c'est qu'il y avait un mot presque de la même taille et beaucoup plus désagréable qui se profilait un peu plus loin.

Le mot « Comment ? »

— Je ne pense pas qu'ils essaieraient de lui faire du mal, poursuivit-il en espérant qu'il ne se trompait pas. Peut-être qu'ils le mettront quelque part. On devrait trouver un endroit d'où voir tout ce qui se passe.

Il considéra d'un air désemparé les fils et les enchevêtrements de métal qui se dressaient devant eux.

— Bon, alors il vaut mieux que tu me laisses passer devant, fit Gurder sur un ton parfaitement raisonnable.

— Pourquoi ?

— Tu es sans doute un expert quand il s'agit d'espaces dégagés, répliqua l'Abbé en l'écartant de son chemin. Mais dans le Grand Magasin, on savait tout ce qu'il fallait savoir sur les déplacements à l'intérieur des machins.

Il se frotta les mains.

— Bon, allons-y, fit-il.

Et il empoigna un câble et se glissa par une fente dont Masklinn n'avait même pas remarqué la présence.

— Je faisais souvent ça, quand j'étais gamin, continua Gurder. On n'en ratait pas une, à l'époque.

— Ah oui ?

— Faut descendre par là, me semble-t-il. Attention aux fils électriques. Oh, oui ! On montait, on descendait dans les puits d'ascenseurs, on s'introduisait dans le standard téléphonique…

— Il me semblait t'avoir entendu dire que les enfants passaient beaucoup trop de temps à courir partout et à faire des bêtises, de nos jours ?

— Ah ! ça oui. Mais ça, c'est de la délinquance juvénile, s'indigna Gurder d'un air sévère. Rien à voir avec notre exubérance d'enfance. Bon, essayons par là.

Ils grimpèrent entre deux parois de métal chaud. Devant eux brillait le jour.

Masklinn et Gurder se couchèrent et se tirèrent vers l'avant.

Ils aboutirent à une pièce de forme inhabituelle, à peine plus grande que l'habitacle du Camion. Comme l'habitacle, ce n'était en fait qu'un espace où les conducteurs humains se glissaient entre les mécanismes.

Et des mécanismes, ça ne manquait pas.

Plein les murs, plein les plafonds. Des voyants, des interrupteurs, des cadrans, des leviers. Masklinn songea : Si Dorcas était avec nous, on ne pourrait plus le faire partir d'ici. Angalo est par là, quelque part, et il faut absolument qu'il en sorte.

Deux humains étaient à genoux sur le plancher.

À côté d'eux se tenait une distributrice de nourriture. Tous trois échangeaient force mugissements et grondements.

— Le langage humain, murmura Masklinn. Si seulement on pouvait le comprendre…

— *Très bien*, fit le Truc. *Un instant de patience.*

— Tu sais comprendre les bruits des humains ?

— *Bien sûr. Ce sont simplement des bruits de gnomes au ralenti.*

— Hein ? Comment ? Mais tu ne nous avais jamais dit ça ! Tu ne nous l'avais jamais dit auparavant !

— *Il y a des milliards et des milliards de choses que je ne vous ai pas dites. Par où voulez-vous que je commence ?*

— Tu pourrais commencer par nous apprendre ce qu'ils sont en train de dire, fit Masklinn. Si tu veux bien ?

— *Un des humains vient juste de dire : « Ça devait être une souris, quelque chose comme ça. » Et l'autre a répondu : « Si tu me montres une souris qui porte des vêtements, je veux bien reconnaître que c'en était une. » Et la distributrice de nourriture a dit : « C'est pas une souris que j'ai vue. Il était là, en train de me narguer et de ramener sa fraise (exclamation). »*

— Sa fraise ? C'est quoi ?

— *Le fruit, petit et rouge, de la plante nommée* Fragaria vexa.

Masklinn se retourna vers Gurder.

— T'as fait ça, toi ?

— Moi ? Mais qu'est-ce que c'est que cette histoire de fruit ? Enfin ! S'il y avait eu le moindre fruit, je l'aurais mangé, pas ramené ! J'ai juste fait Flllbllblbbll.

— *Un des humains vient de dire : « J'ai tourné la tête, et je l'ai aperçu, en train de regarder par le hublot. »*

— Pas de doute, ils parlent bien d'Angalo, constata Gurder.

— *Et maintenant, l'autre humain agenouillé vient de répondre : « Bon, je ne sais pas ce que c'est, mais en tout cas il est derrière ce panneau et il est coincé. »*

— Il démonte un bout de mur ! s'exclama Masklinn. Oh, non, il plonge la main à l'intérieur !

L'humain mugit.

— *L'humain déclare : « Il m'a mordu ! La sale petite peste, il m'a mordu ! »* révéla le Truc sur le ton de la conversation.

— Là, je reconnais bien Angalo, jugea Gurder. Son père était comme ça, lui aussi. Déchaîné, quand il était dos au mur.

— Mais ils ne savent pas sur quoi ils ont mis la main ! intervint Masklinn sur un ton pressant. Ils l'ont vu, mais il s'est échappé ! Ils en discutent ! Ils ne croient pas vraiment aux gnomes ! Si on arrive à le faire sortir avant qu'ils l'attrapent, ils finiront forcément par se dire que c'était une souris ou quelque chose comme ça !

— Je suppose qu'on pourrait faire le tour de la pièce en passant par les murs, fit Gurder. Mais ça prendrait trop de temps.

Masklinn scruta la cabine, en plein désarroi. En plus des trois humains qui essayaient d'attraper Angalo, il y en avait deux autres, à l'avant. Les chauffeurs, sans doute, se dit-il.

— Je suis complètement à court d'inspiration, reconnut-il. Truc, est-ce que tu peux avoir une idée ?

— *Il n'y a pratiquement pas de limites à mes capacités.*

— Non, ce que je voulais dire, c'est : est-ce que tu peux faire quelque chose pour nous aider à sauver Angalo ?

— *Oui.*

Un instant plus tard, ils entendirent palpiter lourdement les sonneries d'alarme. Des lumières commencèrent à clignoter. Les chauffeurs poussèrent des cris, se penchèrent en avant et tripotèrent fébrilement les interrupteurs.

— Qu'est-ce qui se passe ? demanda Masklinn.

— *Il est possible que les humains soient surpris de constater qu'ils ne pilotent plus cette machine*, expliqua le Truc.

— Ah bon ? Mais qui la pilote, alors ?

Une vague de lumière traversa la surface du Truc.

— *C'est moi.*

Une des grenouilles dégringola de la branche et disparut sans un bruit dans les frondaisons, au-dessous, très loin. Comme les animaux tout petits et légers peuvent tomber de très haut sans se faire de mal, il est très probable qu'elle survécût dans le monde de la forêt au pied de l'arbre et qu'elle connût la deuxième expérience la plus passionnante qu'une grenouille ait pu vivre.

Le reste de la troupe continua d'avancer.

Masklinn aida Gurder à progresser le long d'un nouveau goulet métallique rempli de fils électriques. Au-dessus de leur tête, ils entendaient un bruit de pas humains et le grondement d'humains en difficulté.

— Je ne crois pas qu'ils soient très contents de ce qui se passe, jugea Gurder.

— Mais ils n'ont plus le temps de rechercher quelque chose qui était probablement une souris, fit remarquer Masklinn.

— Mais ce n'est pas une souris, c'est Angalo !

— Oui, mais après, ils se *diront* que c'était une souris. Je ne pense pas que les humains tiennent à savoir des choses qui les dérangent.

— Ils ressemblent aux gnomes pour ça, je trouve.

Masklinn regarda le Truc sous son bras.

— Tu es vraiment en train de conduire le Concorde ?

— *Oui.*

— Je croyais que pour conduire les choses, il fallait des volants, changer de vitesse et tout ça ?

— *Tout est réalisé par des machines. Les humains appuient sur un bouton et tournent des volants simplement pour faire comprendre aux machines ce qu'il faut faire.*

— Bon, alors, qu'est-ce que tu fais, dans ce cas ?

— *Moi,* répondit le Truc, *je dirige la manœuvre.*

Masklinn écouta un instant le lointain tonnerre des moteurs.

— Et c'est difficile ? demanda-t-il.

— *Pas en soi-même. Mais les humains n'arrêtent pas de vouloir intervenir.*

— En ce cas, on aurait intérêt à trouver Angalo rapidement, je crois, glissa Gurder. Allons-y.

Ils progressèrent lentement le long d'un nouveau tunnel rempli de câbles.

— Ils devraient nous remercier : c'est notre Truc qui fait tout le travail à leur place, décréta solennellement Gurder.

— Je ne sais pas, mais il ne me semble pas qu'ils voient vraiment les choses sous cet angle.

— *Nous volons à une altitude de cinquante-cinq mille pieds et à mille trois cent cinquante-deux nœuds*, annonça le Truc.

Comme personne ne faisait aucun commentaire, le Truc ajouta :

— *C'est très haut et très rapide.*

— Parfait, dit Masklinn, qui comprit qu'on attendait de lui ce genre de réflexion.

— *Très, très rapide.*

Les deux gnomes se faufilèrent à travers l'espace qui séparait deux plaques de métal.

— *Plus vite qu'une balle de revolver, en fait.*

— Étonnant, fit Masklinn.

— *Deux fois la vitesse du son dans cette atmosphère*, poursuivit le Truc.

— Mince alors !

— *Je me demande comment je pourrais présenter les choses*, fit le Truc en réussissant à paraître agacé. *Le Concorde serait capable d'effectuer le trajet entre le Grand Magasin et la carrière en moins de quinze secondes.*

— On a eu du pot de ne pas le croiser en sens inverse, alors, constata Masklinn.

— Oh ! arrête de le faire enrager, intervint Gurder. Il veut que tu lui dises qu'il est quelqu'un de très doué... euh ! quelque chose, corrigea-t-il.

— *Ce n'est pas vrai*, répliqua le Truc (plutôt plus vite que d'habitude). *Je voulais juste vous faire remarquer que cette machine est extrêmement spécialisée et qu'elle exige un contrôle très habile.*

— Alors, tu ferais peut-être mieux de garder le silence, fit Masklinn.

Le Truc vibra de toutes ses couleurs à son adresse.

— C'était pas gentil, comme remarque, glissa Gurder.

— Ho ! j'ai passé un an à faire tout ce que le Truc me disait de faire, sans jamais recevoir ne serait-ce qu'un *merci*. Ça fait combien de haut, cinquante-cinq mille pieds, d'ailleurs ?

— *Dix-huit kilomètres. Deux fois la distance qui sépare le Grand Magasin de la carrière.*

Gurder s'arrêta net.

— Hein ? On est si haut que ça ?

Il considéra le sol.

— Oh ! ajouta-t-il.

— Tu ne vas pas commencer! jeta Masklinn. On a déjà assez de problèmes avec Angalo. Arrête de te cramponner comme ça au mur!

Gurder était devenu blême.

— On doit être à la hauteur de tous les machins blancs fumeux, souffla-t-il.

— *Non*, fit le Truc.

— Ouf! C'est quand même un soulagement, soupira Gurder.

— *Ils se trouvent très loin au-dessous de nous.*

— Ohh!

Masklinn empoigna l'Abbé par le bras.

— Angalo, tu te souviens?

Gurder opina lentement et avança à pas lents, les yeux fermés, s'arrimant à tout ce qu'il trouvait.

— Il ne faut pas perdre la tête, conseilla Masklinn. Même si on est tellement haut, effectivement.

Il baissa les yeux. Le métal sous ses pieds paraissait solide. Il fallait employer son imagination pour voir au travers le sol en dessous.

L'ennui, c'est qu'il avait une excellente imagination.

— Beurk! dit-il. Allez, viens, Gurder. Donne-moi la main.

— Elle est là, juste devant toi.

— Oh! pardon. Je ne l'avais pas vue, avec les yeux fermés.

Ils passèrent un temps infini à se déplacer avec précaution entre les écheveaux de fils, jusqu'à ce que Gurder déclare :

— Rien à faire. Il n'y a pas de trou assez gros pour passer. S'il y en avait un, il l'aurait trouvé.

— En ce cas, il faut retourner dans l'habitacle et le faire sortir par là.

— Avec tous ces humains là-dedans?

— Ils seront trop occupés pour nous remarquer. Pas vrai, Truc?

— *C'est vrai.*

Il existe un endroit qui est situé si haut que le bas n'existe plus.

À une altitude légèrement moindre, une flèche blanche filait au sommet du ciel, plus rapide que la nuit, rattrapant le soleil, traversant en quelques heures un océan qui marquait jadis le bord du monde...

Masklinn se laissa descendre avec prudence sur le plancher et avança à pas de loup. Les humains ne regardaient même pas dans sa direction.

J'espère que le Truc sait vraiment conduire cet avion, pensa-t-il.

Il se coula en direction des panneaux derrière lesquels se cachait Angalo, avec un peu de chance.

Il ne se sentait pas bien. Il avait horreur de se trouver ainsi à découvert. Bien sûr, c'était probablement pire au temps où il devait chasser seul. Si quelque chose l'avait attrapé à l'époque, il ne l'aurait jamais su. Il n'aurait représenté qu'une seule bouchée. Tandis que personne ne savait ce que les humains feraient à un gnome s'ils en attrapaient un...

Il bondit dans le doux réconfort des ombres.

— Angalo ! siffla-t-il.

Au bout d'un moment, une voix venue de derrière les fils électriques demanda :

— Qui est là ?

Masklinn se redressa.

— Tu veux que je te laisse combien de chances de répondre ? demanda-t-il d'une voix normale.

Angalo se laissa tomber.

— Ils ont essayé de m'attraper ! dit-il. Et l'un d'eux a plongé le bras pour...

— Je sais. Viens, pendant qu'ils sont occupés.

— Qu'est-ce qui se passe ? s'enquit Angalo, tandis qu'ils se hâtaient vers la lumière.

— C'est le Truc qui conduit.

— Comment il fait ? Il n'a pas de bras ! Il ne peut pas changer de vitesse, ou quoi que ce soit...

— À ce qu'il paraît, il commande aux ordinateurs qui s'occupent de tout ça. Allez, viens !

— J'ai regardé par une fenêtre, bafouilla Angalo. Il y a du ciel partout !

— Inutile de revenir là-dessus, merci.

— Juste un dernier petit coup d'œil...

— Écoute, Gurder nous attend et on ne veut plus avoir de problèmes…

— Mais c'est mieux que les camions…

Les deux gnomes entendirent un borborygme.

Ils levèrent les yeux.

Un des humains les observait. Il avait la bouche ouverte, et son visage affichait l'expression de celui qui va avoir beaucoup de mal à expliquer ce qu'il vient de voir ; à lui-même, pour commencer.

L'humain commençait déjà à se lever.

Angalo et Masklinn échangèrent un regard.

— Fonce ! hurlèrent-ils.

Gurder était prudemment retranché dans une flaque d'ombre près de la porte quand ils le dépassèrent, bras et jambes s'activant comme des pistons. Il retroussa sa chasuble pour essayer de les rattraper.

— Qu'est-ce qui se passe ? Qu'est-ce qui se passe ?

— Il y a un humain qui nous poursuit !

— Ne me laissez pas tout seul ! Ne me laissez pas tout seul !

Masklinn tenait la tête du peloton, de peu, tandis que le trio remonta l'allée centrale de l'avion entre les rangées d'humains, qui ne prêtèrent pas la moindre attention aux trois minuscules taches floues qui galopaient entre les sièges.

— On n'aurait… pas dû s'attarder… pour regarder ! ahana Masklinn.

— On n'aura peut-être… plus jamais… l'occasion de le faire ! souffla Angalo.

— On est bien d'accord là-dessus !

Le sol tangua légèrement.

— Truc ! Qu'est-ce que tu fabriques ?

— *Je détourne leur attention.*

— Surtout pas ! Par ici, tout le monde !

Masklinn bondit entre deux sièges, contourna une paire de souliers géants et se jeta à plat ventre sur la moquette. Les autres se ruèrent à sa suite.

À quelques centimètres d'eux, se trouvaient deux gigantesques pieds humains.

Masklinn plaça le Truc contre son visage.

— Rends-leur leur avion ! siffla-t-il.

— *J'espérais qu'on me permettrait de le faire atterrir*, répondit le Truc.

Bien que sa voix soit atone et inexpressive, Masklinn crut y discerner un peu de regret.

— Tu sais faire atterrir un de ces machins ? demanda Masklinn.

— *J'aurais aimé apprendre...*

— Rends-leur ça *tout de suite* !

Il y eut un léger cahot, et un changement dans les mouvements de lumières à la surface du Truc. Masklinn laissa échapper un soupir.

— Bon, maintenant, est-ce que tout le monde veut bien essayer de se conduire de façon raisonnable pendant cinq minutes ? demanda-t-il.

— Désolé, Masklinn, fit Angalo.

Il essayait de paraître sincère, sans y réussir. Masklinn reconnut ces grands yeux brillants, ce sourire légèrement dément, cette expression de quelqu'un qui n'est pas loin d'atteindre son paradis personnel.

— C'est simplement que... poursuivit Angalo. Tu sais que c'est bleu même en dessous de nous ? On dirait qu'il n'y a plus de sol là-dessous ! Et...

— Si le Truc se hasarde à de nouvelles leçons de vol, on risque de découvrir si c'est bien le cas, répondit Masklinn d'un ton lugubre. Alors, on va rester assis un petit moment sans rien faire, d'accord ?

Ils restèrent assis, en silence, sous le siège.

Puis Gurder dit :

— Tiens, cet humain a un trou à sa chaussette.

— Et alors ? demanda Angalo.

— Oh ! chais pas. C'est simplement qu'on ne pense jamais que les humains peuvent avoir des trous aux chaussettes.

— Quand il y a des chaussettes, les trous ne sont pas loin derrière, énonça sentencieusement Masklinn.

— Ce sont de belles chaussettes, cela dit, reconnut Angalo.

Masklinn les contempla. Pour lui, c'étaient de banales chaussettes. Dans le Grand Magasin, les gnomes les utilisaient comme sacs de couchage.

— Qu'est-ce qui te fait dire ça ? s'enquit-il.

— Ce sont des Monsieur Inodor', expliqua Angalo. Garanties quatre-vingt-cinq pour cent polyputhéketlon. Le Grand Magasin en vendait. Elles coûtent bien plus cher que les autres. Regarde, on voit l'étiquette.

Gurder poussa un soupir.

— Ah ! il était bien, le Grand Magasin ! marmonna-t-il.

— Et les chaussures, continua Angalo en montrant du doigt les grandes formes blanches, échouées un peu plus loin comme deux barques. Vous les voyez ? Des Baladeuses Crucial, avec une Semelle en Caoutchouc Véritable. Très chères.

— Je n'en ai jamais été partisan, je dois dire, fit Gurder. Trop m'as-tu-vu. Je préférais les Hommes, Marron, à Lacets. Quand on est gnome, on a une bonne nuit de sommeil assurée, là-dedans.

— Ces machins-là, les Baladeuses... Ce sont aussi des chaussures du Grand Magasin ? s'enquit prudemment Masklinn.

— Oh ! oui, c'est un modèle exclusif.

— Hum !

Masklinn se leva, et se dirigea vers un gros sac en cuir à demi enfoui sous le siège. Les autres le regardèrent l'escalader puis se hisser de façon à pouvoir, très rapidement, jeter un coup d'œil par-dessus l'accoudoir. Il redescendit.

— Bien bien bien bien, dit-il d'une voix joviale, au bord de la folie douce. C'est un sac qui vient du Grand Magasin, non ?

Gurder et Angalo lui jetèrent un regard interloqué.

— À vrai dire, je n'ai jamais passé beaucoup de temps aux Accessoires de Voyage, fit Angalo. Mais, maintenant que tu le fais remarquer, ça pourrait être le Compagnon de Voyage Spécial, en Vachette.

— Pour le Cadre Exigeant ? ajouta Gurder. Oui, ce n'est pas impossible.

— Vous avez réfléchi à la façon dont nous allions descendre ? demanda Masklinn.

— De la même façon que nous sommes montés à bord, répondit Angalo, qui n'avait pas envisagé le problème.

— Je pense que ça pourrait s'avérer délicat. Il me semble que les humains risquent d'avoir d'autres idées. En fait, je me dis qu'ils pourraient se mettre à notre recherche. Même s'ils nous ont pris pour des souris. Je n'aimerais pas beaucoup voir des souris à bord d'un engin comme ça, si j'étais eux. Vous savez comment sont les souris, dès qu'il s'agit de faire pipi sur les fils électriques. Ça peut être assez dangereux à dix-huit kilomètres de hauteur, une souris qui va se soulager sur l'ordinateur. Je me dis que les humains vont prendre la chose très au sérieux. Alors, il faudrait descendre en même temps que les humains.

— On va se faire piétiner! protesta Angalo.

— Je pensais qu'on pourrait peut-être... je ne sais pas, moi, grimper dans ce sac, quelque chose dans ce goût-là, fit Masklinn.

— Ridicule! jugea Gurder.

Masklinn prit une profonde inspiration.

— Parce que, tu comprends, c'est le sac de Richard Quadragénaire, dit-il.

Quand il vit leur tête, il ajouta :

— J'ai vérifié. Je l'avais déjà vu; il occupe le siège au-dessus de nous. Le Petit-Fils Richard Quadragénaire. Il est là-haut en ce moment. Il lit le journal. Au-dessus. C'est lui.

Gurder avait viré à l'écarlate. De l'index, il frappa la poitrine de Masklinn.

— Et tu comptes me faire gober que Richard Arnold, le Petit-Fils d'Arnold Frères (fond. 1905) a des trous aux chaussettes?

— Eh bien, ça prouve qu'il est très ouvert sur le monde, fit Angalo. Pardon! Pardon! J'essayais juste de détendre un peu l'atmosphère. Inutile de me regarder avec ces yeux-là.

— Grimpe, tu verras toi-même, proposa Masklinn. Je vais t'aider. Mais sois prudent.

Ils firent la courte échelle à Gurder.

Puis celui-ci redescendit, très silencieux.

— Alors? demanda Angalo.

— Il a R.A., inscrit en lettres dorées sur le sac, en plus, ajouta Masklinn.

Il adressa des signes fébriles à Angalo. Gurder donnait l'impression d'avoir vu un fantôme.

— Oui, c'est également disponible, se hâta de confirmer Angalo. « Monogrammes dorés, 60 F seulement », on lisait ça sur le panneau.

— Dis quelque chose, Gurder. Ne reste pas assis là, à faire cette tête.

— C'est un moment très solennel pour moi, dit Gurder.

— Je m'étais dit qu'on pourrait découdre le bas du sac et s'introduire par le fond.

— Je n'en suis pas digne, fit Gurder.

— Non, probablement pas, fit Angalo sur un ton jovial. Mais on ne le répétera à personne.

— Et de cette façon, Richard Quadragénaire nous aidera, tu comprends ? poursuivit Masklinn (en espérant que l'état de Gurder lui permettrait de comprendre ses paroles). Il n'en saura rien, mais il nous aidera. Et donc, ce sera dans l'ordre des choses. Si ça se trouve, c'était *voulu*.

Pas *voulu* par qui que ce soit, se dit-il, par honnêteté de conscience. *Voulu* en général, simplement.

Gurder prit cette théorie en considération.

— Bon, très bien, dit-il. Mais n'abîmons pas le sac. On peut s'introduire par la fermeture Éclair.

Ce qu'ils firent. Elle se coinça un peu à mi-chemin – comme toujours, avec les fermetures Éclair. Mais il ne fallut pas longtemps pour pratiquer une ouverture assez grande pour que des gnomes s'y introduisent.

— Et qu'est-ce qu'on fait s'il jette un coup d'œil à l'intérieur ? se demanda Angalo.

— Rien, répondit Masklinn. On lui fera notre plus joli sourire, je suppose.

Les grenouilles arboricoles étaient loin sur la branche, désormais. Ce qui avait ressemblé à une étendue de bois lisse et gris-vert se présentait, de près, comme un labyrinthe d'écorce tourmentée, de racines et de mottes de mousse. C'était terrifiant, insoutenable pour des grenouilles qui avaient passé leur vie dans un monde bordé de pétales.

Mais elles continuèrent leur progression. L'expression « battre en retraite » ne faisait pas partie de leur vocabulaire. Ni aucune autre expression, d'ailleurs.

4

Hôtels : Un endroit où les *humains voyageurs* se rangent la nuit. D'autres humains viennent leur apporter de la nourriture, en particulier le célèbre *sandwich bacon, laitue et tomate*. On y trouve des lits, des serviettes et des choses spéciales qui pleuvent sur les gens pour qu'ils se nettoient.

Encyclopédie scientifique pour
l'édification des jeunes gnomes curieux,
par Angalo de Konfection

Ténèbres.

— Il fait très sombre là-dedans, Masklinn.

— Oui, et je n'arrive pas à me mettre à l'aise.

— Eh bien ! il faudra faire sans.

— Une brosse à cheveux ! Je viens de m'asseoir sur une brosse à cheveux !

— *Nous ne devrions plus tarder à atterrir.*

— Parfait.

— Et il y a un tube de je-ne-sais-quoi…

— J'ai faim. Il n'y a rien à manger ?

— J'ai gardé la cacahuète.

— Où ça ? Où ça ?

— Et voilà ! Tu viens de me la faire lâcher !

— Gurder ?

— Oui ?

— Mais qu'est-ce que tu fabriques ? Tu coupes quoi ?

— Il est en train de faire un trou dans sa chaussette.

Un silence.

— Et alors ? Pourquoi pas, si je veux ? C'est ma chaussette, après tout.

Nouveau silence.

— Je me sens mieux, si je fais ça, c'est tout.

Retour du silence.

— C'est un simple humain, Gurder. Il n'a rien de spécial.

— On est dans son sac, non ?

— Oui, mais tu dis toi-même qu'Arnold Frères se trouve dans nos têtes. Non ?

— Si.

— Bon, alors ?

— C'est juste que je me sens mieux de l'avoir fait. Le sujet est clos.

— *Nous allons atterrir.*

— Comment saurons-nous quand…

— *Je suis certain que j'aurais fait ça mieux. Au bout d'un petit moment.*

— On est en Floride ? Angalo, déplace ton pied, tu me le mets dans la figure.

— *Oui. Ce pays a une tradition d'accueil des immigrants.*

— On est des immigrants ?

— *Pour être tout à fait précis, vous êtes en transit vers une autre destination.*

— Laquelle ?

— *Les étoiles.*

— Ah oui ! Truc ?

— *Oui ?*

— Y a-t-il la moindre trace du passage d'autres gnomes auparavant ?

— Qu'est-ce que tu racontes ? C'est nous, les gnomes !

— Oui, mais il a pu y en avoir d'autres.

— Il n'y a que nous ! Je me trompe ?

De minuscules lueurs scintillèrent dans les ténèbres du sac.

— Truc ? insista Masklinn.

— *J'examine les données disponibles. Conclusion : aucune mention fiable de gnomes. Tous les immigrants enregistrés mesuraient plus de dix centimètres de haut.*

— Ah bon ! Je me posais la question, c'est tout. Je me demandais si nous étions les seuls.

— Tu as entendu le Truc. Aucune mention fiable, il te dit.

— Mais jusqu'à aujourd'hui, personne ne nous avait vus non plus.

— Truc, tu sais ce qui va se passer, maintenant ?

— *Nous allons devoir franchir l'Immigration et la Douane. Êtes-vous, ou avez-vous jamais été, membres d'une organisation subversive ?*

Un silence.

— Qui ça ? nous ? Pourquoi tu nous demandes ça ?

— *C'est le genre de question qu'ils posent. J'intercepte les communications.*

— Ah bon ! Ben, je ne pense pas qu'on en ait fait partie. À votre avis, vous ?

— Non.

— Non plus.

— Non, il ne me semblait pas, moi non plus. Ça signifie quoi, *subversive* ?

— *La question vise à établir si vous êtes venus ici dans l'intention de renverser le gouvernement des États-Unis.*

— Je ne pense pas que ce soit notre intention. À votre avis ?

— Non.

— Non.

— La réponse est non. Ils n'ont pas à se tracasser pour nous.

— C'est une drôlement bonne idée, en tout cas.

— Laquelle ?

— Poser la question quand les gens arrivent. Si quelqu'un vient faire des renversements subversifs, tout le monde lui tombera dessus comme la misère sur les pauvres gnomes dès qu'il aura dit « oui ».

— C'est futé, en effet, admit Angalo, la voix pleine d'admiration.

— Non, on ne va rien renverser du tout, annonça Masklinn au Truc. On veut juste voler un de leurs jets verticaux. Ça s'appelle comment, déjà ?

— *Des navettes spatiales.*

— C'est ça. Et ensuite, on s'en va. On ne veut déranger personne.

Le sac subit quelques secousses, puis on le posa.

Un léger bruit de scie se fit entendre, un son inédit dans le répertoire des aéroports. Un trou minuscule apparut dans le cuir.

— Alors, qu'est-ce qu'il fait ? demanda Gurder.

— Arrête de me bousculer, répliqua Masklinn. J'essaie de me concentrer. Bon… apparemment, on se trouve dans une file d'humains.

— Mais ça fait une éternité qu'on attend ! se lamenta Angalo.

— Ils doivent poser la question du renversement à tout le monde, je suppose, supputa le sage Gurder.

— Ça m'ennuie de vous demander ça, fit Angalo, mais… comment est-ce qu'on va trouver la Navette ?

— On s'en occupera le moment venu, répondit Masklinn d'un ton mal assuré.

— Le moment est venu, rétorqua Angalo. Tu ne crois pas ?

Masklinn haussa les épaules, pris de court.

— Tu n'imaginais quand même pas qu'en arrivant en Floride, on trouverait des panneaux qui disaient : *Pour l'espace, c'est par ici* ? demanda Angalo, sarcastique.

Masklinn protesta, en espérant qu'on ne pût pas lire ses pensées sur son visage :

— Bien sûr que non !

— Bon, alors, qu'est-ce qu'on fait, maintenant ? insista Angalo.

— On va… on va… on va demander au Truc. (Masklinn parut soulagé.) C'est ça qu'on va faire. Truc ?

— *Oui* ?

Masklinn haussa les épaules.

— Qu'est-ce qu'on fait, maintenant ?

— Alors, ça, c'est ce que j'appelle un bon plan, ironisa Angalo.

Le sac remua. Richard Quadragénaire progressait dans la file d'attente.

— Truc ? Je t'ai demandé ce que…

— *Rien*.

— Comment veux-tu qu'on ne fasse rien ?

— *En observant une absence d'activité*.

— Et à quoi ça va nous avancer?

— *D'après le journal, Richard Arnold se rend en Floride pour le lancement d'un satellite de télécommunication. Il va donc aller jusqu'à l'endroit où se trouve le satellite. Ergo, nous nous y rendrons en sa compagnie.*

— Et c'est qui, cet Ergo?

Le Truc fit clignoter ses voyants à son intention.

— *« Ergo » signifie « donc ».*

Masklinn ne paraissait pas très convaincu.

— Tu crois qu'il va emporter ce sac avec lui?

— *Pronostic incertain.*

Le sac ne contenait pas grand-chose, Masklinn devait bien l'avouer. Essentiellement des chaussettes de rechange, quelques objets divers comme la brosse à cheveux, et un livre intitulé *L'Espionne n'avait pas de culotte*. Ce dernier objet avait provoqué un certain émoi lorsque le sac s'était ouvert, juste après l'atterrissage, mais Richard Quadragénaire avait simplement enfourné le volume parmi les papiers, sans regarder. Maintenant qu'il disposait d'un peu de lumière, Angalo essayait de le lire. De temps en temps, on l'entendait marmonner dans sa barbe.

— J'ai bien l'impression, finit par déclarer Masklinn, que Richard Quadragénaire n'ira pas directement voir partir le satellite. Je suis sûr qu'il va d'abord dormir quelque part. Tu sais quand doit partir le jet navette, Truc?

— *Réponse inconnue. Je peux seulement communiquer avec les ordinateurs qui se situent dans mon champ d'action. Ici, les ordinateurs ne s'occupent que d'affaires aéroportuaires.*

— Il faudra bien qu'il dorme, de toute façon, poursuivit Masklinn. Les humains passent la plus grande partie de la nuit à dormir. Je pense que ce sera sans doute le meilleur moment pour quitter ce sac.

— Et là, on pourra lui parler, fit Gurder.

Les autres le regardèrent fixement.

— Ben, on est là pour ça, non? demanda l'Abbé. Au départ? Pour lui demander de sauver la carrière?

— Mais c'est un *humain*, bon sang! s'indigna Angalo. Même toi, tu dois bien avoir compris ça, maintenant! Il ne nous aidera pas! Pourquoi le ferait-il? C'est un banal humain dont les ancêtres ont construit un grand magasin! Pourquoi continues-tu à croire que c'est une espèce de grand gnome céleste?

— Parce que je n'ai rien d'autre à croire! cria Gurder. Et si tu ne crois pas en Richard Quadragénaire, qu'est-ce que tu fiches dans son sac?

— C'est une simple coïncidence...

— Tu réponds toujours ça! Tu le répètes sans arrêt : une coïncidence!

Le sac bougea, ce qui leur fit perdre l'équilibre et tomber.

— On avance, annonça Masklinn en regardant par le trou, presque ravi de tout ce qui pouvait interrompre la dispute. On traverse la pièce. Il y a plein d'humains, dehors. Des tas!

— Comme toujours, soupira Gurder.

— Il y en a qui brandissent des pancartes avec des noms écrits dessus.

— C'est typique des humains, ajouta Gurder.

Les gnomes avaient l'habitude de voir des humains brandir des panneaux. Dans le Grand Magasin, certains humains portaient en permanence leur nom sur eux. Ils possédaient des noms d'une longueur étonnante : Mme J.E. Williams Chef de Rayon, ou Bonjour Je M'Appelle Tracy. Personne ne savait pourquoi les humains devaient ainsi porter leur nom. Peut-être l'auraient-ils oublié, sinon.

— Hé! minute, s'exclama Masklinn. Ça ne va pas! Il y en a un qui porte une pancarte sur laquelle est inscrit « Richard Arnold ». On se dirige vers lui! On lui parle!

Le grondement grave et étouffé de la voix humaine passa au-dessus des gnomes comme un orage.

Houm voum boum?

Foum houm zoum boum.

Houm zoum boum foum?

Boum!

— Tu comprends ce qu'ils disent, Truc?

— Oui. L'homme qui porte le panneau est venu conduire notre humain à un hôtel. C'est un endroit où les humains dorment et se nourrissent. Tout le reste, c'étaient les choses que les humains se disent d'habitude pour certifier qu'ils sont toujours vivants.

— Comment ça? demanda Masklinn.

— Ils disent des choses comme : « Comment allez-vous? »

et : « Bonne journée ! » ou : « Alors, qu'est-ce que vous pensez de ce temps ? » Tous ces bruits signifient seulement : je suis bien vivant et toi aussi.

— Oui, mais les gnomes échangent le même genre de propos, Truc. On appelle ça « être poli avec les gens ». Tu devrais essayer, un jour.

Le sac se balança en biais et se cogna quelque part. À l'intérieur, les gnomes s'accrochèrent désespérément. Angalo ne pouvait se servir que d'une main. De l'autre, il tentait de garder sa page.

— Je recommence à avoir faim, dit Gurder. Il n'y a rien à manger, dans ce sac ?

— Du dentifrice, dans ce tube.

— Je vais sauter mon tour, pour le dentifrice, merci bien.

Un grondement s'éleva. Angalo redressa la tête.

— Oh ! ce bruit, je le reconnais. Un moteur à confusion interne. On est dans un véhicule.

— Quoi, encore ? commenta Gurder.

— Nous descendrons à la première occasion, décida Masklinn.

— C'est quoi, comme genre de camion, Truc ? demanda Gurder.

— *Un hélicoptère.*

— Une aile comment ? demanda Gurder qui ne connaissait pas le terme.

— C'est comme un avion sans ailes, expliqua Angalo qui le connaissait, lui.

Une peur pleine de circonspection laissa Gurder songeur quelques secondes.

— Truc ? demanda-t-il d'une voix très posée.

— *Oui ?*

— Qu'est-ce qui le fait tenir en l'…

— *La Science.*

— Oh ! d'accord… La Science ? Je vois. Alors, en ce cas, tout va bien.

Le bruit se poursuivit longtemps. Au bout d'un moment, il devint partie intégrante du monde des gnomes, si bien qu'à son arrêt, le silence leur fit un choc.

Ils étaient au fond du sac, tellement découragés qu'ils n'avaient même plus envie de se disputer. Ils sentirent qu'on soulevait le sac, qu'on le posait, qu'on le reprenait, qu'on le portait encore, qu'on le reposait, qu'on le saisissait une nouvelle fois, puis qu'on le jetait sur une surface molle.

Puis il y eut un calme bienfaisant.

Finalement, la voix de Gurder s'éleva :

— Bon. Et il est à quel parfum, ce dentifrice ?

Masklinn retrouva le Truc dans l'amas de trombones, de poussière et de bouts de papier froissés qui tapissait le fond du sac.

— Tu as la moindre idée de l'endroit où nous sommes, Truc ?

— Chambre 103, Hôtel Nouveaux Horizons de Cocoa Beach. Je surveille les communications.

Gurder écarta Masklinn.

— Il faut que je sorte. Je ne supporte plus de rester enfermé là-dedans. Fais-moi la courte échelle, Angalo. Je pense que je devrais atteindre le haut du sac…

Ils entendirent le grommellement prolongé de la fermeture Éclair. La lumière envahit le sac qu'on ouvrait. Les gnomes se ruèrent vers les refuges disponibles.

Masklinn observa une main plus grande que lui plonger dans les entrailles du sac, se refermer sur une sacoche de taille plus réduite renfermant le dentifrice et du tissu-éponge, et la tirer à l'extérieur.

Les gnomes restèrent figés sur place.

Au bout d'un moment, on perçut le son lointain de l'eau qui coule.

Les gnomes ne bougeaient toujours pas.

Wabadaboum badaboum badaboum badabam… Bam… BaDaaamm…

La voix humaine montait au-dessus du bruit de l'eau. Elle était encore plus caverneuse que d'habitude.

— On dirait… on dirait qu'il… chante ? souffla Angalo.

… Boum boum boum boum bidouuWaaah…

— Truc, qu'est-ce qui se passe ? siffla Masklinn.

— Il s'est rendu dans une pièce pour se recevoir une averse d'eau sur la tête.

— Et pour quelle raison fait-il ça?

— *Je présume qu'il cherche à rester propre.*

— Donc, on peut sortir du sac en toute sécurité?

— *Le terme « sécurité » est à relativiser.*

— Hein? Divisé par quoi?

— *Je voulais dire que nul n'est jamais en parfaite sécurité. Mais je pronostiquerais que l'humain va continuer à se mouiller pendant un moment encore.*

— Ouais, y a une sacrée surface à nettoyer, jugea Angalo. Allons-y, au travail.

Le sac était posé sur un lit. Il leur fut relativement aisé de descendre jusqu'au sol en s'aidant des couvertures.

... Wahhh baboum badaboum badoum badam...

— Et maintenant, qu'est-ce qu'on fait? demanda Angalo.

— Une fois qu'on aura mangé, entendons-nous bien, rectifia Gurder de façon catégorique.

Masklinn traversa l'épaisse moquette en trottinant. Sur le mur le plus proche se trouvait une porte. Elle était entrebâillée, laissant passer une douce brise et les bruits de la nuit.

Un humain aurait discerné le chuintement et le crissement des grillons et autres créatures mystérieuses dont l'emploi du temps exige qu'ils passent la nuit assis dans les broussailles à produire des bruits bien plus gros qu'eux. Mais les gnomes entendent les sons au ralenti, plus longs, plus graves qu'ils ne le sont, comme un tourne-disque quand on coupe le courant. Les ténèbres étaient peuplées des chocs et des feulements des bêtes sauvages.

Gurder rejoignit Masklinn et scruta les ténèbres en plissant les yeux.

— Tu pourrais sortir voir s'il y a quelque chose à manger? demanda-t-il.

— J'ai l'horrible impression que si je sors maintenant, il y aura bel et bien quelque chose à manger, et ce sera moi.

Derrière eux, la voix humaine continuait son chant.

... Bomp Bobomp boumboumboum Boumboum Baaabomp...

— Qu'est-ce que chante l'humain. Truc?

— *C'est assez difficile à suivre, mais apparemment le chanteur tient à faire savoir qu'il possède un appareil très efficace.*

— Quel genre d'appareil ?

— *Données insuffisantes pour l'instant. Les seules indications sont que l'objet fait crac boum huuuue au cours de sa mise en service...*

On frappa à la porte. La chanson s'arrêta, ainsi que le bruit d'eau qui coulait. Les gnomes coururent vers les ombres de la pièce.

— Ça m'a l'air un peu fragile, chuchota Angalo. Quelque chose qui fait crac, ça doit pas être très solide. En général, quand ça fait crac...

Richard Quadragénaire sortit de la pièce de douche, une serviette autour de la taille. Il ouvrit la porte. Un autre humain, équipé, lui, de tous ses vêtements, entra, porteur d'un plateau. Ils échangèrent quelques brefs hululements, l'humain habillé posa le plateau et ressortit. Le Petit-Fils Richard disparut de nouveau dans la pièce de douche.

... Boum boumboum boumboum Houm...

— De la nourriture ! chuchota Gurder. Je la sens ! Il y a de la nourriture sur ce plateau !

— *Un sandwich bacon, laitue et tomate avec du chou en salade*, annonça le Truc. *Et un café.*

— Comment sais-tu tout ça ? s'exclamèrent les trois gnomes en chœur.

— *Il l'a commandé en arrivant.*

— Du chou en salade ! gémit Gurder en pleine extase. Du bacon ! Du café !

Masklinn leva les yeux au ciel. On avait posé le plateau en bord de table.

Tout près se dressait une lampe. Masklinn avait suffisamment vécu dans le Grand Magasin pour savoir que quand il y a de la lampe, il y a du fil électrique.

Et le fil auquel il aurait été incapable de se hisser n'était pas encore né.

Les repas réguliers, voilà la source de tous leurs problèmes. Pour sa part, il n'avait jamais réussi à en prendre l'habitude. Quand il vivait au-Dehors, avant le temps du Grand Magasin, il s'était accoutumé à rester des journées entières sans rien manger et puis, quand de la nourriture se matérialisait enfin, à se goinfrer jusqu'à avoir les sourcils barbouillés de gras.

Mais les gnomes du Grand Magasin exigeaient de manger un morceau plusieurs fois par heure. Les gnomes du Grand Magasin se nourrissaient en permanence. Qu'ils manquent une petite demi-douzaine de repas, et ils commençaient à se plaindre.

— Je pense pouvoir grimper là-haut, fit-il savoir.

— Oui, oui, l'encouragea Gurder.

— Mais avons-nous le droit de manger le sandwich de Richard Quadragénaire ? ajouta Masklinn.

Gurder écarquilla les yeux, puis les cligna.

— C'est un grave problème théologique, marmonna-t-il. Mais j'ai trop faim pour y réfléchir. Alors commençons donc par manger et s'il s'avère que nous avons eu tort de le faire, je promets d'être sincèrement contrit.

... Boumboumbaboum wap, Boumboumbaboum wap...

— *L'humain est en train de dire que l'heure de la sortie, c'est le meilleur moment de la journée*, traduisit le Truc. *J'en déduis qu'il a l'intention de quitter sa douche sous peu.*

Masklinn se hissa le long du fil électrique et se retrouva sur la table, avec l'impression d'être exposé à tous les regards.

De toute évidence, les Floridiens avaient des conceptions toutes personnelles sur les sandwiches. Des sandwiches, le Grand Magasin en vendait. Le mot qualifiait une lamelle de quelque chose glissée entre deux tranches de pain humide. Pour leur part, les sandwiches floridiens occupaient un plateau entier et le pain éventuel – son existence restait à démontrer – nichait dans d'épaisses jungles de cresson et de laitue.

Il regarda en bas.

— Dépêche-toi, siffla Angalo. L'eau vient de nouveau de s'arrêter !

... Boum boumboum boumboum Houm...

Masklinn écarta une frondaison de verdure mystérieuse, s'empara du sandwich, le hala jusqu'en bordure de plateau et le précipita sur le sol.

... Boum Badoum Badoum Badoum bawam badoum badaaaaaam.

La porte de la pièce de douche s'ouvrit.

Le Petit-Fils Richard apparut. Il fit quelques pas et s'arrêta net.

Il regardait Masklinn.

Et Masklinn le regardait.

Il y a des instants où le Temps semble suspendre son vol.

Masklinn comprit qu'il vivait un de ces moments où l'Histoire reprend son souffle, le temps de décider ce qu'elle va faire ensuite.

Je peux rester sur place, se dit-il. Demander au Truc de traduire, et essayer de tout expliquer à l'humain. Je peux lui dire quelle importance revêtirait pour nous un endroit où on serait vraiment chez nous. Je peux lui demander s'il a la possibilité de faire quelque chose pour aider les gnomes dans la carrière. Je peux lui raconter que les gnomes du Grand Magasin croyaient que son grand-père avait créé le monde. Ça lui plaira sûrement d'entendre dire ça. Il a l'air sympa, pour un humain.

Qui sait ? Il pourrait peut-être bien nous aider.

Ou bien il nous capturera, et il appellera d'autres humains qui vont nous encercler et se mettre à mugir, et on nous enfermera dans une cage, ou je ne sais où, et ils nous houspilleront. Il se passera la même chose qu'avec les chauffeurs du Concorde. Ils ne voulaient probablement pas nous faire de mal. Simplement, ils ne comprenaient pas ce que nous étions. Et nous n'avons pas le temps d'attendre qu'ils y parviennent.

Ce monde est à eux, pas à nous.

C'est trop risqué. Non. Je n'avais encore jamais compris qu'il allait faire ça par nos propres moyens. C'est l'heure de la sortie…

Le Petit-Fils Richard tendit lentement la main en disant :

— Whoump ?

Masklinn prit son élan et sauta.

Les gnomes peuvent tomber de très haut sans se faire de mal ; de toute façon, il y avait un sandwich bacon laitue tomate pour amortir la chute.

Avec une telle rapidité que tout devint flou, le sandwich se dressa sur trois paires de pattes. Il traversa la pièce au triple galop, bavant de la mayonnaise.

Richard Quadragénaire jeta sa serviette après lui. Elle manqua sa cible.

Le sandwich franchit le pas de porte d'un bond et disparut dans la nuit veloutée bruissante de périls.

Tomber de la branche n'était pas le seul danger. Une grenouille se fit gober par un lézard. Plusieurs autres rebroussèrent chemin dès qu'elles se retrouvèrent hors de l'ombre de la fleur sous prétexte que .-.-.mipmip.-.-.mipmip.-.-.

La grenouille de tête se retourna et inspecta ses effectifs en diminution. Il y en avait une… plus une… plus une… plus une… et encore une, ce qui faisait un total de… (son front se plissa sous l'effort de ses calculs)… c'est bien ça : une.

Quelques-unes commençaient à avoir peur. La grenouille de tête comprit que si elles voulaient atteindre l'autre fleur et survivre, il faudrait qu'elles soient beaucoup plus d'une. Qu'elles soient au moins une, et peut-être même une. Elle leur adressa un coassement d'encouragement.

— Mipmip, dit-elle.

5

Floride (ou Floridie) : Un endroit où l'on trouve des *alligators*, des *tortues à long cou* et des *navettes spatiales*. C'est un endroit très intéressant, il fait chaud et humide et il y a des oies. On peut également y trouver des *sandwiches bacon, laitue et tomate*. C'est un endroit bien plus intéressant que d'autres que je pourrais citer. Vu du ciel, il a la forme d'un morceau de truc attaché à un autre morceau de truc.

Encyclopédie scientifique pour
l'édification des jeunes gnomes curieux,
par Angalo de Konfection

Tranformez l'œil de votre imagination en objectif photographique.

Voici le globe terrestre, une boule bleu et blanc, scintillant comme une décoration de Noël accrochée à un arbre inconcevable.

Repérez un continent…

Mise au point

Voici un continent. On dirait un puzzle de pièces jaunes, vertes et marron.

Repérez un endroit…

Mise au point

Voici un bout de continent, qui dépasse au sud-est pour plonger dans les eaux chaudes de la mer. La plupart de ses habitants l'appellent la Floride.

En fait, ce n'est pas vrai. La plupart de ses habitants ne l'appellent rien du tout. Ils ne savent même pas qu'elle existe. La plupart de ses habitants ont six pattes et ils bourdonnent. Un certain nombre en a huit et ils vivent leur existence dans des toiles, à attendre la visite des habitants à six pattes pour passer à table. Les autres ont quatre pattes, aboient, mugissent ou restent vautrés dans des marécages en feignant d'être des troncs d'arbres abattus. À vrai dire, les habitants de la Floride qui se déplacent sur deux pattes représentent une infirme minorité, et même ceux-là ne l'appellent pas Floride. Ils se contentent de gazouiller et de voler en tous sens.

D'un point de vue rigoureusement mathématique, le nombre d'êtres vivants en Floride qui l'appellent Floride est pratiquement négligeable. Mais ce sont les plus importants, ceux qui comptent. Enfin, à leur avis. Et leur avis est le seul qui compte. À leur avis.

Mise au point

Repérez une autoroute…

Mise au point

… la circulation qui défile dans un chuintement de pneus sous la pluie douce et chaude…

Mise au point

… de hautes herbes sur le bas-côté…

Mise au point

… des herbes qui bougent d'une façon qui n'est pas celle d'herbes agitées par le vent…

Mise au point

… une paire d'yeux minuscules…

Mise au point

Mise au point

Mise au point

Clic !

Masklinn traversa les herbes en rampant pour regagner le campement des gnomes, si on pouvait qualifier ainsi un petit espace dégagé au sec sous une feuille de plastique jetée par les humains.

Plusieurs heures s'étaient écoulées depuis qu'ils s'étaient sauvés en courant devant le Petit-Fils Richard, selon la formule que Gurder ressassait inlassablement. Le soleil commençait à se lever derrière des nuages de pluie.

Ils avaient traversé une autoroute en profitant d'un moment où il n'y avait pas de circulation, ils avaient erré dans des fourrés humides, prenant leurs jambes à leur cou à chaque crissement et chaque coassement mystérieux, et ils avaient fini par trouver le morceau de plastique. Et ils avaient dormi. Masklinn avait monté la garde un moment, mais contre quoi, il n'en était pas très sûr.

La situation avait des aspects positifs. Le Truc avait écouté la radio et la télévision et localisé l'endroit d'où partaient les navettes verticales. Ce n'était qu'à une trentaine de kilomètres de distance. Et ils avaient parcouru pas mal de chemin. Ils avaient bien marché... oh! allez, disons un kilomètre. Et au moins, il faisait chaud. Même la pluie était chaude. Et le sandwich bacon laitue tomate tenait bien le coup.

Mais il leur restait encore presque une trentaine de kilomètres à parcourir.

— Quand as-tu dit que le lancement devait avoir lieu ? s'enquit Masklinn.

— *Dans quatre heures*, répondit le Truc.

— Ce qui signifie que nous allons devoir progresser à plus de sept kilomètres par heure, calcula Angalo, la mine sombre.

Masklinn opina. En s'évertuant, un gnome pouvait probablement parcourir un kilomètre cinq cents, en une heure et en terrain découvert.

Il n'avait pas beaucoup réfléchi à la façon dont ils enverraient le Truc dans l'espace. S'il y avait vaguement songé, ç'avait été pour imaginer qu'ils pourraient dénicher le jet navette et qu'ils fourreraient le Truc à bord, quelque part. Si c'était possible, ils partiraient avec lui, encore que le gnome n'en soit pas bien certain. Le Truc avait dit qu'il faisait froid dans l'espace, et que ça manquait d'air.

— Tu aurais pu demander au Petit-Fils Richard de nous aider ! reprocha Gurder. Pourquoi t'es-tu enfui ?

— Je ne sais pas. Je crois qu'on devrait se débrouiller par nous-mêmes, peut-être.

— *Mais vous vous êtes servis du Camion. Les gnomes vivaient dans le Grand Magasin. Vous avez pris le Concorde. Vous mangez de la nourriture humaine.*

Masklinn fut surpris. Le Truc n'entrait pas souvent ainsi dans les discussions.

— Ce n'est pas pareil, répondit-il.

— *Comment ça ?*

— Ils ignoraient notre existence. Nous avons pris ce dont nous avions besoin. Ils pensent que ce monde leur appartient, Truc ! Que tout ce qu'il contient est à eux ! Ils donnent des noms à tout, ils possèdent tout ! Je l'ai regardé et je me suis dit : c'est un humain, dans une pièce d'humain, qui fait des choses d'humain. Comment pourrait-il comprendre des gnomes ? Comment s'imaginerait-il que de tout petits bonshommes sont de vraies gens, qui pensent vraiment ? Je ne peux pas confier le contrôle de la situation à un humain. Pas aussi facilement que ça !

Le Truc fit clignoter quelques voyants.

— Nous sommes allés trop loin pour ne pas aller nous-mêmes jusqu'au bout, marmonna Masklinn.

Il leva les yeux pour regarder Gurder.

— Et puis, sur le coup, il ne me semble pas que tu te sois beaucoup précipité pour aller lui serrer le doigt, poursuivit-il.

— J'étais ému. C'est toujours très gênant de rencontrer des divinités, expliqua Gurder.

Ils n'avaient pas réussi à allumer un feu. Tout était trop humide. Non qu'ils en aient besoin ; mais un feu, ça faisait plus civilisé. Quelqu'un avait déjà réussi à en allumer un à l'endroit où ils se trouvaient, car on distinguait encore quelques cendres détrempées.

— Je me demande comment les choses se passent à la maison ? finit par dire Angalo au bout d'un moment de silence.

— Bien, je suppose, répondit Masklinn.

— Vraiment ?

— Bon, je devrais plutôt dire *j'espère*.

— Ta Grimma a dû tout organiser, je suppose, fit Angalo en esquissant un vague sourire.

— Ce n'est pas ma Grimma, rétorqua aussitôt Masklinn.

— Ah bon ? Et c'est la Grimma de qui, alors ?

Masklinn hésita.

— De... personne. La sienne, je suppose, finit-il par déclarer avec un peu d'embarras.

— Oh ! Je croyais que tous les deux, vous alliez... commença Angalo.

— Non, on ne va pas. Quand je lui ai dit qu'on allait se marier, tout ce qu'elle a trouvé à répondre, c'est une histoire de grenouilles.

— Ça, c'est bien les femmes, intervint Gurder. Je l'avais dit que c'était une mauvaise idée de leur apprendre à lire. Ça leur échauffe la cervelle.

— Elle a dit que la chose la plus importante au monde, c'étaient de petites grenouilles qui vivent dans une fleur, continua Masklinn.

Il tentait de retrouver le fil de cette voix dans ses souvenirs. Il n'avait pas écouté très attentivement sur le coup. Il était trop en colère pour ça.

— On dirait qu'on arriverait même à faire bouillir de l'eau sur son crâne, jugea Angalo.

— Elle avait lu ça dans un livre, elle m'a expliqué.

— Exactement ce que je disais. Tu sais que je n'ai jamais été très d'accord pour que tout le monde apprenne à lire. Ça énerve les gens.

Masklinn contempla la pluie avec une mine lugubre.

— En y réfléchissant, ce n'étaient pas les grenouilles, précisément. C'était l'*idée* des grenouilles. Elle disait qu'il y a des collines où il fait chaud et où il pleut tout le temps, et dans les forêts que ça fait pousser, il existe de très très grands arbres et, au sommet des plus hautes branches, il y a de très très grandes fleurs qui s'appellent des... broméliacées, je crois. Et l'eau qui pleut dans les fleurs forme de petites mares, et il existe une espèce de grenouille qui pond ses œufs dans ces mares. Ça donne des têtards, qui deviennent de nouvelles grenouilles et elles passent toute leur vie au sommet des arbres, sans jamais savoir que le sol existe. Et une fois qu'on sait que le monde est plein de choses comme ça, on ne peut plus jamais vivre comme avant.

Il reprit sa respiration.

— Enfin, une histoire comme ça, quoi.

Gurder échangea un regard avec Angalo.

— J'ai rien compris, dit-il.

— *C'est une métaphore*, intervint le Truc.

Personne ne l'écoutait.

Masklinn se gratta l'oreille.

— Ça avait l'air de beaucoup compter pour elle, dit-il.

— *C'est une métaphore*, répéta le Truc.

— Oh ! les femmes… Il y a toujours quelque chose, avec elles, fit Angalo. La mienne me rebat sans arrêt les oreilles avec des histoires de robes.

— Je suis sûr qu'il nous aurait aidés, remarqua Gurder. Si on lui avait parlé. Il nous aurait sans doute donné un repas convenable, et, et…

— Nous aurait logés dans une boîte à chaussures, compléta Masklinn.

— Nous aurait logés dans une boîte à chaussures, répéta Gurder automatiquement. Non ! Enfin, je veux dire, peut-être. Pourquoi pas, après tout ? Connaître une véritable heure de sommeil, pour changer. Et ensuite, on…

— On aurait voyagé dans ses poches, acheva Masklinn.

— Pas forcément. Pas forcément.

— Mais si. Parce qu'il est grand et que nous sommes tout petits.

— *Lancement dans trois heures et cinquante-sept minutes*, annonça le Truc.

Leur campement de fortune surplombait un fossé. L'hiver semblait être inconnu en Floride, et les berges étaient noyées de verdure.

Quelque chose qui ressemblait à une assiette plate avec une cuillère collée sur le devant passa lentement devant eux. La cuillère émergea un instant de l'eau, considéra les gnomes d'un air absent, avant de replonger.

— C'était quoi, ce truc, Truc ? s'enquit Masklinn.

— *Une tortue à long cou.*

— Oh !

La tortue s'éloigna paisiblement.

— Un coup de chance, fit remarquer Gurder.

— Quoi donc ? demanda Angalo.

— Qu'elle ait un aussi long cou et qu'en plus elle s'appelle tortue à long cou. T'imagines si elle avait un tout petit cou, avec un nom comme ça ?

— *Lancement dans trois heures et cinquante-six minutes.*

Masklinn se remit debout.

— Vous savez, dit Angalo, je regrette vraiment de ne pas avoir lu davantage de *L'Espionne n'avait pas de culotte.* Ça commençait à devenir drôlement bien.

— Allons-y, dit Masklinn. Voyons si nous pouvons trouver un chemin.

Angalo, qui était assis avec le menton dans les mains, lui jeta un regard bizarre.

— Quoi, maintenant ?

— On est allés trop loin pour abandonner, non ?

Ils se frayèrent un chemin à travers les herbes folles. Au bout d'un moment, un tronc d'arbre abattu leur permit de franchir le fossé.

— C'est beaucoup plus verdoyant qu'à la maison, vous ne trouvez pas ? fit Angalo.

Masklinn écarta un épais rideau de feuilles.

— Et plus chaud, aussi, compléta Gurder. Ils ont réparé le chauffage, ici[1].

— Personne ne répare le chauffage, Dehors. Ça se fait tout seul, répliqua Angalo.

— Si je deviens vieux, c'est dans un endroit comme ici que j'aimerais vivre, si je devais vivre Dehors, poursuivit Gurder en ignorant son intervention.

— *C'est une réserve naturelle*, expliqua le Truc.

Gurder parut étonné.

— Comme un garde-manger ? Une réserve de quoi ? Pour qui ?

— *Un endroit où les animaux sauvages peuvent vivre en toute sécurité.*

— On n'a pas le droit de les chasser, tu veux dire ?

— *Exactement.*

— Tu n'as pas le droit de chasser quoi que ce soit, Masklinn, annonça Gurder.

Masklinn répondit par un grognement indistinct.

Quelque chose le turlupinait. Il n'arrivait pas à mettre le doigt dessus. C'était peut-être bien en rapport avec les animaux, finalement.

— À part les tortues à long cou, quels autres animaux vivent ici, Truc ?

Le Truc resta silencieux un moment, avant de répondre :

— *J'ai trouvé des allusions à des veaux marins et à des alligators.*

Masklinn essaya de se représenter un veau marin. Ça ne devait pas être bien méchant. Il avait déjà rencontré des veaux et des vaches. C'étaient de gros animaux qui se déplaçaient lentement et ne mangeaient pas les gnomes, sauf par accident.

— Et un alligator, c'est quoi ?

Le Truc le lui dit.

— Quoi ? dit Masklinn.

— Comment ? dit Angalo.

— Hein ? glapit Gurder, en serrant sa chasuble contre ses jambes.

— Espèce d'andouille ! hurla Angalo.

— Moi ? s'emporta Masklinn. Comment je pouvais deviner ? C'est ma faute, peut-être ? C'est moi qui ai dû rater le panneau à l'aéroport qui annonçait : *Bienvenue en Floride, patrie des grands lézards carnivores qui mesurent jusqu'à quatre mètres de long ?*

Ils scrutèrent les herbes. Le monde chaud et humide, habité par des insectes et des tortues, s'était soudain changé en un masque cachant des terreurs abominables munies de longues dents.

On nous observe, songea Masklinn. Je le sens.

Les trois gnomes se tenaient dos à dos. Masklinn s'accroupit lentement et ramassa un gros caillou.

Les herbes remuèrent.

— Le Truc a dit qu'ils n'atteignaient pas tous quatre mètres, rappela Angalo dans le silence.

— On avance au petit bonheur dans le noir, chevrota Gurder. Avec des créatures comme ça autour de nous !

Les herbes remuèrent encore. Ce n'était pas l'effet du vent.

— Reprenez-vous, marmonna Angalo.

— Si ce sont bien des alligators, déclara Gurder en rassemblant toute la noblesse qu'il avait en réserve, je leur montrerai avec quelle dignité un gnome sait mourir.

— À ta guise, répliqua Angalo tout en scrutant les fourrés. Pour ma part, j'ai l'intention de leur montrer avec quelle rapidité un gnome sait courir.

Les herbes s'écartèrent.

Un gnome en sortit.

On entendit craquer quelque chose derrière Masklinn. Il tourna vivement la tête. Un autre gnome apparut.

Et un autre.

Et encore un autre.

Quinze en tout.

Les trois voyageurs se tortillaient d'un côté à l'autre comme un seul animal à six pattes et trois têtes.

Voilà d'où venait le foyer que j'avais remarqué, se dit Masklinn. On était assis juste à côté des cendres d'un feu, je les ai regardées, et je ne me suis même pas demandé qui avait pu l'allumer.

Les inconnus étaient vêtus de gris. Ils semblaient tous de taille différente. Et tous, jusqu'au dernier, étaient armés d'un épieu.

J'aimerais bien avoir le mien, songea Masklinn, en tentant de conserver le plus grand nombre possible d'inconnus dans son champ visuel.

Ils ne dirigeaient pas leurs épieux vers lui. Le problème, c'est qu'ils ne les dirigeaient pas ailleurs non plus.

Masklinn se répéta que les gnomes tuaient rarement d'autres gnomes. Dans le Grand Magasin, on considérait que c'était très mal élevé, tandis que Dehors… ma foi, il y avait tellement d'autres choses qui tuaient les gnomes, de toute façon. Et en plus, ça ne se faisait pas. Il n'y avait pas besoin d'autre raison.

Il espérait seulement que ces gnomes partagent son avis.

— Tu connais ces gens ? demanda Angalo.

— Moi ? répondit Masklinn. Bien sûr que non. Comment veux-tu que je les connaisse ?

---

1. Depuis des générations, les gnomes savaient que la température était réglée par la climatisation et le chauffage ; comme beaucoup d'entre eux, Gurder n'avait jamais entièrement abandonné ses anciens concepts.

— Ce sont des Dehoreux. Je ne sais pas, il me semblait que tous les Dehoreux devaient se connaître.

— Je ne les ai jamais vus de ma vie.

— Je crois bien, articula Angalo d'une voix lente, que le chef, c'est le vieux, là, avec son gros nez et une plume dans sa queue-de-cheval. À ton avis?

Masklinn inspecta le vieux gnome, long et maigre, qui leur faisait la grimace.

— On dirait qu'il ne nous aime pas beaucoup.

— Et moi, il ne me plaît pas du tout, avoua Angalo.

— Truc, tu as des suggestions à faire? demanda Masklinn.

— *Ils ont sans doute aussi peur de vous que vous d'eux.*

— Ça, ça m'étonnerait! fit Angalo.

— *Dites-leur que vous ne leur ferez aucun mal.*

— Je préférerais nettement que ce soient eux qui nous disent qu'ils ne nous feront aucun mal.

Masklinn avança d'un pas et leva les bras.

— Nous sommes venus en paix, annonça-t-il. Nous ne voulons pas voir le sang couler.

— Surtout pas le nôtre, confirma Angalo. Et on le pense sincèrement.

Plusieurs inconnus reculèrent et brandirent leurs épieux.

— J'ai les mains en l'air, lança Masklinn par-dessus son épaule. Pourquoi le prennent-ils si mal?

— Parce que tu tiens un gros caillou, rétorqua Angalo d'un ton égal. Eux, je ne sais pas, mais moi, si tu avançais en tenant un machin comme ça, je te garantis que je ne serais pas rassuré.

— Je ne suis pas sûr de vouloir le lâcher, expliqua Masklinn.

— Peut-être qu'ils ne nous comprennent pas...

Gurder bougea.

L'Abbé n'avait pas prononcé un mot depuis l'arrivée des nouveaux gnomes. Il avait simplement blêmi.

Mais soudain, une espèce de minuterie interne sembla se déclencher. Il poussa un grognement, bondit et chargea droit vers Queue-de-Cheval, comme un ballon enragé.

— Comment osez-vous nous aborder, espèce... espèce de Dehoreux! hurla-t-il.

Angalo se cacha les yeux avec les mains. Masklinn crispa la main sur son caillou.

— Euh !... Gurder... entama-t-il.

Queue-de-Cheval battit en retraite. Les autres gnomes parurent surpris par la petite silhouette en explosion qui se trouvait soudain au milieu d'eux. Gurder était en proie à une de ces fureurs qui ont presque valeur d'armure.

Queue-de-Cheval glapit quelque chose en réponse à Gurder.

— Et pas de harangue avec moi, espèce de païen mal débarbouillé ! répliqua celui-ci. Tu crois peut-être que tes épieux nous font peur ?

— Oui, chuinta Angalo en se rapprochant discrètement de Masklinn. Qu'est-ce qu'il lui prend ? demanda-t-il.

Queue-de-Cheval criailla quelque chose à l'intention de ses gnomes. Deux ou trois levèrent leurs épieux, avec une certaine hésitation. D'autres ne semblaient pas d'accord.

— Ça dégénère, constata Angalo.

— Oui, fit Masklinn. Je crois qu'on devrait...

Derrière eux, une voix lança un ordre. Tous les Floridiens se retournèrent. Masklinn les imita.

Deux nouveaux gnomes venaient de sortir des herbes. L'un d'eux était un jeune garçon. L'autre, une petite bonne femme dodue, le genre dont on est ravi d'accepter les tartes aux pommes. Elle portait un chignon et, comme pour Queue-de-Cheval, une longue plume grise était piquée dedans.

Les Floridiens parurent gênés. Queue-de-Cheval se lança dans une longue diatribe. La femme prononça deux mots. Queue-de-Cheval leva les bras au-dessus de sa tête et marmonna quelque chose en direction du ciel.

La femme fit le tour de Masklinn et d'Angalo comme s'ils étaient des marchandises en rayon. Quand elle inspecta Masklinn de haut en bas, il croisa son regard et se dit : elle a peut-être l'air d'une gentille petite vieille, mais c'est elle qui commande. Si on ne lui plaît pas, on va au-devant de gros ennuis.

Elle tendit la main pour lui prendre le caillou. Il n'opposa aucune résistance.

Puis elle toucha le Truc.

Le cube noir parla. Ce qu'il dit ressemblait beaucoup au langage qu'avait employé la femme. Elle retira vivement la main et considéra le Truc, la tête inclinée sur le côté. Puis elle recula.

Sur un nouvel ordre, les Floridiens se disposèrent, non pas en ligne, mais en une sorte de V dont la femme occupait la pointe et qui enveloppait les voyageurs.

— On est des prisonniers ? s'enquit Gurder, qui s'était un peu calmé.

— Je ne crois pas, répondit Masklinn. Pas vraiment des prisonniers, pour l'instant.

Au menu, il y avait une espèce de lézard. Masklinn se régala ; cela lui rappelait son existence de Dehoreux, avant la découverte du Grand Magasin. Les deux autres mangèrent uniquement parce qu'il aurait été impoli de ne pas manger, et qu'il n'était probablement pas recommandé d'être impoli avec des gens qui possédaient des épieux alors qu'on n'en avait pas soi-même.

Les Floridiens les observaient avec une mine solennelle.

Il y en avait bien une trentaine, tous revêtus des mêmes tenues grises. Ils ressemblaient beaucoup aux Gnomes du Grand Magasin, à part qu'ils avaient un teint légèrement plus sombre et un tour de taille nettement plus réduit. La plupart avaient un grand nez, très impressionnant, dont le Truc affirma que c'était parfaitement *okay*, et que c'était la faute de la génétique.

Le Truc s'entretenait avec eux. À l'occasion, il déployait un de ses détecteurs et traçait des signes dans la poussière.

— Le Truc leur dit sans doute que *nous y en a venir de pays très loin sur grand oiseau qui pas battre ailes*, supputa Angalo.

Très souvent, le Truc répétait simplement les paroles de la femme.

Finalement, Angalo n'y tint plus.

— Alors, qu'est-ce qui se passe, Truc ? Pourquoi est-ce que c'est elle qui fait tous les discours ?

— *Elle est le chef de ce groupe*, répondit le Truc.

— Une femme ? Tu plaisantes ?

— *Je ne plaisante jamais. Je ne suis pas programmé pour.*

— Oh !

Angalo donna un coup de coude à Masklinn.

— Si jamais Grimma apprend ça, on n'a pas fini d'en entendre parler, prédit-il.

— *Elle s'appelle Très-Petit-Arbre, c'est-à-dire Buisson*, poursuivit le Truc.

— Et tu comprends ce qu'elle raconte ? s'étonna Masklinn.

— *Petit à petit. Leur dialecte est très proche du gnome des origines.*

— « Gnome des origines » ? Qu'est-ce que tu veux dire par là ?

— *Le langage que parlaient vos ancêtres.*

Masklinn haussa les épaules avec fatalisme. Inutile d'essayer de comprendre pour le moment.

— Et tu lui as expliqué notre situation ?

— *Oui. Elle dit…*

Queue-de-Cheval, qui bougonnait dans son coin, se leva soudain et s'exprima très longuement, avec des accents furieux, en indiquant souvent le sol et le ciel.

Le Truc fit clignoter quelques voyants.

— *Il prétend que vous êtes des intrus sur un territoire qui appartient au Faiseur-de-Nuées. Il dit que c'est une très mauvaise chose. Il affirme que le Faiseur-de-Nuées va entrer dans une très grande colère.*

De nombreux gnomes firent entendre un murmure d'approbation. Buisson leur lança quelques paroles sévères. Masklinn tendit la main pour empêcher Gurder de se lever.

— Qu'en pense, euh… Buisson ? demanda-t-il.

— *Je ne pense pas qu'elle apprécie beaucoup l'individu qui porte une queue-de-cheval. Il s'appelle Celui-Qui-Sait-Ce-Que-Pense-Le-Faiseur-De-Nuées.*

— Et ce Faiseur-de-Nuées, c'est quoi ?

— *Prononcer son vrai nom porte malheur. Il a créé la terre et continue à fabriquer le ciel. Il…*

Queue-de-Cheval reprit la parole. Il semblait très mécontent.

Il faut devenir amis avec ces gens, se dit Masklinn. Il doit bien y avoir un moyen.

— Le Faiseur-de-Nuées, c'est… (Masklinn réfléchissait intensément.)… une sorte d'Arnold Frères (fond. 1905) ?

— *Oui*, fit le Truc.

— Il existe réellement ?

— *Je le crois. Êtes-vous prêts à courir un risque ?*

— Lequel ?

— *Je crois avoir deviné l'identité du Faiseur-de-Nuées. Je pense savoir quand il va fabriquer de nouveau du ciel.*

— Vraiment ? Quand ? demanda Masklinn.

— *Dans trois heures et dix minutes.*

Masklinn hésita.

— Attends, articula-t-il soigneusement. On dirait le même délai que…

— *Oui. Préparez-vous à détaler, tous les trois. Je vais écrire le nom du Faiseur-de-Nuées.*

— Détaler ? Pourquoi ?

— *Ils vont peut-être se mettre très en colère. Mais nous n'avons pas de temps à perdre.*

Le Truc agita un détecteur. Il n'avait pas été conçu comme instrument d'écriture, et les formes qu'il traçait étaient anguleuses et difficiles à lire.

Il dessina quatre signes dans la poussière.

Le résultat fut instantané.

Queue-de-Cheval recommença à glapir. Certains Floridiens se remirent debout d'un bond. Masklinn empoigna les deux autres voyageurs.

— Dans une minute, je vais coller une bonne beigne à ce vieux gnome, décida Gurder. Comment peut-on avoir un esprit aussi étriqué ?

Buisson restait assise, en silence, tandis que le tohu-bohu régnait autour d'elle. Puis elle parla, d'une voix très forte mais calme.

— *Elle leur dit*, traduisit le Truc, *qu'il n'est pas interdit d'écrire le nom du Faiseur-de-Nuées. Le Faiseur-de-Nuées le fait souvent lui-même. Que le Faiseur-de-Nuées doit être très célèbre pour que même ces étrangers connaissent son nom, ajoute-t-elle.*

Ce discours sembla satisfaire la plupart des gnomes. Queue-de-Cheval entreprit de maugréer dans sa barbe.

Masklinn commença à se détendre un peu et regarda les signes tracés dans le sable.

— N… A… 8… A? lut-il.

— *C'est un S*, corrigea le Truc. *Pas un 8.*

— Mais tu ne parles pas avec eux depuis longtemps, s'étonna Angalo. Comment peux-tu savoir ça?

— *Parce que je connais la tournure d'esprit des gnomes*, répondit le Truc. *Vous croyez tout ce que vous lisez, et vous avez une mentalité très littérale. Vraiment très très littérale.*

6

Oies sauvages : Une espèce d'oiseau qui vole moins vite que *Concorde* (par exemple), et on n'y mange rien. D'après des gnomes qui les connaissent bien, il n'y a pas d'oiseau plus bête que les oies, sauf les canards. Les oies passent beaucoup de temps à voler d'un endroit à un autre. Comme moyen de transport, les oies laissent beaucoup à désirer.

Encyclopédie scientifique pour
l'édification des jeunes gnomes curieux,
par Angalo de Konfection

Au commencement, débuta Buisson, il n'y avait que le sol. NASA vit le néant au-dessus du sol et décida de le combler par du ciel. Il éleva un lieu au centre du monde et lança en l'air des tours emplies de nuées. Parfois, elles transportaient aussi des étoiles parce que la nuit, après qu'une des tours de nuées fut montée, les gnomes voyaient souvent de nouvelles étoiles traverser le ciel.

Le pays autour des tours de nuées était le plus cher au cœur de NASA. Là, les animaux étaient plus nombreux et les humains plus rares. C'était un endroit plutôt agréable pour des gnomes. Certains pensaient que c'était pour cette raison que NASA avait conçu les choses.

Buisson se redressa.

— Et elle croit vraiment à ce qu'elle raconte ? s'étonna Masklinn.

Il regarda vers l'autre côté de la clairière, où Queue-de-Cheval et Gurder se chamaillaient. Aucun d'eux ne comprenait le moindre mot de ce que disait l'autre, mais ils se chamaillaient encore.

Le Truc traduisit la question.

Buisson éclata de rire.

— *Elle dit : les jours vont et viennent, à quoi bon croire quoi que ce soit ? Elle voit de ses propres yeux certaines choses se passer, et celles-là, elle est sûre qu'elles sont réelles. La foi est une chose merveilleuse pour ceux qui en ont besoin, dit-elle. Mais elle sait que ce territoire appartient à NASA, parce que son nom figure sur les panneaux.*

Angalo sourit. Il ressentait une telle exaltation qu'il en était au bord des larmes.

— Ils vivent juste à côté de l'endroit d'où partent les jets verticaux, et ils croient que c'est un endroit magique ! dit-il.

— Il l'est peut-être, marmonna Masklinn presque pour lui-même. Mais, bon, ce n'est pas plus bizarre que de croire que le Grand Magasin est le monde entier. Truc, comment voient-ils les jets verticaux ? Ils sont très loin.

— *Pas loin du tout. Elle dit que trente kilomètres, c'est tout près. Elle dit qu'ils peuvent s'y rendre en moins d'une heure.*

Buisson hocha la tête en constatant leur stupeur, puis, sans ajouter un mot, se remit debout et disparut dans les fourrés. Une demi-douzaine de Floridiens lui emboîtèrent le pas, en une formation en V dont elle était la pointe.

Au bout de quelques mètres, la végétation se clairsema pour déboucher sur un petit lac.

Les gnomes avaient l'habitude de voir de vastes espaces aquatiques. Il y avait des étangs à proximité de l'aéroport. Ils avaient même l'habitude de voir des canards. Mais les créatures qui nageaient vers eux avec un évident enthousiasme étaient bien plus volumineuses que des canards. En plus, les canards, semblables en cela à beaucoup d'autres animaux, reconnaissaient chez les gnomes la forme de l'homme, à défaut de sa taille, et gardaient une distance respectueuse. Ils ne venaient pas vers eux en cornant, comme si leur arrivée était le plus bel événement de la journée.

Ces créatures-ci volaient presque, dans leur impatience de voir les gnomes.

Masklinn chercha machinalement autour de lui de quoi se faire une arme. Buisson lui empoigna le bras, secoua la tête et prononça quelques mots.

— *Ce sont des amies*, traduisit le Truc.

— On ne dirait pas!

— *Ce sont des oies*, expliqua le Truc. *Parfaitement inoffensives, sauf pour l'herbe et divers organismes mineurs. Elles ont volé jusqu'ici pour y passer l'hiver.*

Les oies arrivèrent, accompagnées par une vague qui déferla sur les pieds des gnomes, et elles arquèrent le cou en direction de Buisson. Celle-ci tapota quelques becs à l'aspect formidable.

Masklinn fit tout son possible pour ne pas avoir l'air d'un organisme mineur.

— *Elles migrent de pays plus froids*, poursuivit le Truc. *Elles dépendent des Floridiens qui les guident dans leur vol.*

— Oh! très bien. C'est...

Masklinn s'arrêta quand son cerveau rattrapa enfin la vitesse de sa bouche.

— Tu vas me dire que les gnomes volent sur elles, je me trompe?

— *Absolument. Ils voyagent sur les oies. Incidemment, il reste deux heures quarante et une minutes avant le lancement.*

— Je veux qu'il soit parfaitement clair, déclara Angalo d'une voix posée (tandis qu'une grande tête emplumée clapotait dans l'eau à quelques centimètres) que si tu suggères qu'on chevauche une zoie...

— *Une oie. On dit des oies, mais une oie.*

— Tu te fourres le doigt dans l'œil. Ou le détecteur dans le voyant, je ne sais pas comment tu fais ça.

— *Vous avez une meilleure suggestion, bien entendu*, répliqua le Truc.

S'il avait eu un visage, il aurait arboré un sourire méprisant.

— Suggérer qu'on ne monte pas sur ces bestioles me semble nettement préférable, en effet, fit Angalo.

— Chais pas, glissa Masklinn qui regardait les oies d'un œil rempli de supputation. Je serais peut-être prêt à tenter le coup.

— *Les Floridiens ont élaboré des relations très intéressantes avec les oies. Les oies font profiter les gnomes de leurs ailes, et les gnomes font profiter les oies de leur cerveau. Elles volent vers le nord, en été, vers le Canada, et reviennent ici l'hiver. C'est une relation quasiment symbiotique, mais bien sûr, c'est un terme qui leur est inconnu.*

— Vraiment ? Quels ignorants ! grommela Angalo.

— Je ne te comprends pas, Angalo, intervint Masklinn. Tu as la passion de monter dans tout un tas de machines que des petits morceaux de métal en mouvement font avancer, et voilà que tu t'inquiètes à l'idée de grimper sur un oiseau parfaitement naturel.

— C'est parce que je ne comprends pas comment les oiseaux fonctionnent. Je n'ai encore jamais vu de diagramme éclaté d'un oiseau.

— *C'est à cause de ces oies que les Floridiens n'ont jamais eu beaucoup de commerce avec les humains*, continua le Truc. *Comme je l'ai dit, leur langage est demeuré presque identique au gnome des origines.*

Buisson les étudiait avec attention. Quelque chose dans la façon qu'elle avait de les traiter continuait à paraître étrange à Masklinn. Elle n'avait pas l'air de les redouter, de leur vouloir du mal ou d'être désagréable avec eux.

— Elle n'est pas surprise, dit-il à voix haute. Nous voir l'intéresse, mais ça ne la surprend pas. Ils étaient en colère parce que nous étions *ici*, mais pas à cause de notre apparition. Combien d'autres gnomes a-t-elle rencontrés ?

Le Truc dut traduire.

C'était un mot que Masklinn ne connaissait que depuis un an.

Des milliers.

La grenouille de tête était aux prises avec une nouvelle idée. Elle était très confusément consciente qu'elle avait besoin d'un nouveau concept.

Il y avait eu le monde, avec sa mare au centre, et les pétales en bordure. Un.

Mais plus loin sur la branche, il y avait un autre monde. De l'endroit où elle était, il ressemblait de manière fascinante à celui qu'elles venaient de quitter. Un.

La grenouille de tête s'accroupit sur une motte de mousse et fit pivoter chacun de ses yeux de façon à pouvoir distinguer les deux mondes en même temps. Un *ici*. Et un *là-bas*…

Un. Et un.

Le front de la grenouille était congestionné à force de vouloir englober une nouvelle idée avec son cerveau. Un et un faisaient un. Mais s'il y avait un *ici* et un *là-bas*…

Les autres grenouilles observaient avec stupeur les yeux de leur chef tournebouler d'une direction vers l'autre.

Un ici et un là-bas ne pouvaient pas faire un. Ils étaient trop éloignés l'un de l'autre. Il fallait un mot pour désigner l'ensemble des uns. Il fallait dire… Il fallait dire…

La gueule de la grenouille s'élargit. Elle sourit si largement que les deux commissures de sa bouche faillirent se rencontrer derrière sa tête.

Elle était arrivée à une solution.

— .-.-.mipmip.-.-.! dit-elle.

Ça signifiait : un. Et un *autre* un.

Quand ils revinrent, Gurder était toujours en train de se chamailler avec Queue-de-Cheval.

— Mais comment font-ils pour continuer si longtemps ? Ils ne comprennent pas un traître mot de ce que l'autre raconte ! s'étonna Angalo.

— C'est la meilleure manière de s'y prendre, répondit Masklinn. Gurder ? On est prêt à partir. Allez, viens.

Gurder leva la tête. Son visage était écarlate. Les deux gnomes étaient accroupis face à un embrouillamini de croquis tracés dans la poussière.

— J'ai besoin du Truc ! dit-il. Cet imbécile refuse de comprendre quoi que ce soit !

— Tu n'auras pas gain de cause avec lui, dit Masklinn. D'après Buisson, il discute comme ça avec tous les gnomes qu'ils rencontrent. Ça lui plaît.

— Les gnomes ? Quels gnomes ?

— Il y a des gnomes partout, Gurder. C'est ce que prétend Buisson. Il existe d'autres groupes, même en Floride. Et… et… et en Canadie, où les Floridiens vont l'été. Il y avait probablement d'autres gnomes chez nous ! Simplement, on ne les a jamais rencontrés !

Il tira l'Abbé pour le remettre sur pied.

— Et il ne nous reste plus beaucoup de temps.

— Je refuse de grimper sur un de ces machins !

Les oies jetèrent un coup d'œil interrogatif à Gurder, comme s'il s'agissait d'une grenouille découverte à l'improviste dans leur cresson.

— Moi non plus, ça ne me réjouit pas beaucoup, reconnut Masklinn, mais le peuple de Buisson fait ça tout le temps. Blottis-toi dans les plumes et cramponne-toi bien.

— *Me blottir* ? beugla Gurder. Je ne me suis jamais blotti de toute ma vie !

— Tu as voyagé dans Concorde, fit remarquer Angalo. Et il a été construit et conduit par des humains.

Gurder fulminait, comme quelqu'un qui avait l'intention de vendre chèrement sa peau.

— Bon, d'accord, alors qui c'est qui a construit ces oies ? demanda-t-il.

Angalo lança un sourire à l'adresse de Masklinn, qui répondit :

— Hein ? Oh ! chais pas. D'autres oies, je suppose.

— Des oies ? *Des oies* ? Et qu'est-ce qu'elles connaissent aux normes de sécurité en construction aéronautique ?

— Écoute, trancha Masklinn. Elles peuvent nous transporter directement jusqu'à l'endroit où nous devons aller. Les Floridiens parcourent des milliers de kilomètres sur leur dos. Des milliers de kilomètres, sans saumon fumé ni machin gélatineux rosâtre. Ça vaut quand même la peine d'essayer pendant trente kilomètres, non ?

Gurder hésita. Queue-de-Cheval grommela quelque chose.

Gurder s'éclaircit la gorge.

— Très bien, annonça-t-il. Si cet olibrius obscurantiste a l'habitude de voyager sur ces machins, je suis sûr que ça ne devrait pas présenter le moindre problème pour moi. (Il contempla les silhouettes grises qui flottaient sur le lagon.) Les Floridiens parlent à ces créatures ?

Le Truc traduisit la question à Buisson. Elle secoua la tête.

— *Elle dit que non, les oies sont idiotes. Gentilles, mais idiotes. Pourquoi parler à quelque chose qui ne peut pas répondre ?*

— Tu lui as expliqué ce qu'on veut faire ? demanda Masklinn.

— *Non, elle ne m'a rien demandé.*

— Comment on monte ?

Buisson enfonça ses doigts dans sa bouche et siffla.

Une demi-douzaine d'oies s'approchèrent de la berge en se dandinant. Vues de près, elles n'avaient pas l'air plus petites.

— Je me souviens d'avoir lu quelque chose sur les oies, un jour, dit Gurder, avec une sorte de terreur fascinée. On disait qu'elles étaient capables de casser un bras humain d'un seul coup de nez.

— D'aile, corrigea Angalo en contemplant les grands corps gris qui le dominaient de toute leur hauteur. C'était leur aile.

— Et ce sont les cygnes qui peuvent faire ça, compléta Masklinn d'une voix atone. Les oies, il ne faut jamais leur faire « bouh ».

Gurder regardait un long cou se tordre d'avant en arrière au-dessus de lui.

— Ça ne me viendrait pas à l'idée, jura-t-il.

Longtemps après, quand Masklinn écrivit l'histoire de sa vie, il raconta qu'aucun vol n'était plus rapide, plus haut et plus terrifiant que celui des oies sauvages.

— Hé là, ça ne va pas ! s'étonnèrent les gens. Masklinn, tu nous as déjà dit que l'avion volait si vite qu'il dépassait le son, et si haut qu'il n'était environné que de bleu.

Et il répondit :

— Justement. Il allait si vite qu'on ne savait pas qu'il allait vite ; il volait si haut qu'on ne voyait plus qu'il était haut. Ça se passait comme ça, c'est tout. Et le Concorde ressemblait à un objet conçu pour voler. Quand il était par terre, il avait un peu l'air d'être perdu.

Mais les oies, par contre, avaient l'aérodynamisme d'un oreiller de série. Elles ne roulaient pas avant de s'envoler et de se rire des nuages, comme l'avion. Non, elles couraient à la surface de l'eau en brassant désespérément l'air de leurs ailes et soudain, au moment où il devenait évident qu'elles n'arriveraient jamais à rien, elles y parvenaient ; l'eau s'éloignait en dessous d'elles et il n'y avait plus que le lent craquement des ailes qui halaient l'oie en plein ciel.

Masklinn était le premier à reconnaître qu'il ne connaissait rien aux jets, aux moteurs et autres machines ; c'était peut-être pour ça que voyager avec elles ne le tracassait pas. Mais il avait la faiblesse de croire qu'il s'y connaissait un peu en muscles, et savoir que seuls deux gros muscles le gardaient en vie n'était pas fait pour le rassurer.

Chaque voyageur partageait une oie avec un Floridien. Ils ne faisaient aucune manœuvre de navigation, pour autant que Masklinn pût en juger. Buisson, assise loin devant, sur le cou de l'oie de tête, se chargeait de tout.

Derrière, les autres suivaient en dessinant un V parfait.

Masklinn se blottit dans le plumage. Le voyage était agréable, même s'il faisait un peu froid. Les Floridiens, apprit-il plus tard, n'avaient aucun mal à dormir sur une oie en vol. Cette seule pensée donnait des sueurs froides à Masklinn.

Il jeta un coup d'œil au-dehors, juste assez longtemps pour voir au loin des arbres filer beaucoup trop vite, et il enfonça de nouveau la tête.

— Combien de temps nous reste-t-il, Truc ? demanda-t-il.

— J'estime notre arrivée aux environs de la rampe de lancement à environ une heure du décollage.

— Je suppose qu'il n'y a pas la moindre chance qu'une rampe de lancement, ce soit la même chose qu'une rampe d'escalier et que l'escalier conduise à un restaurant ? s'enquit Masklinn, légèrement rêveur.

— Non.

— Dommage. Bon… tu as des suggestions pour que nous grimpions à bord de la machine ?

— C'est presque totalement impossible.

— Je m'attendais que tu me dises ça.

— *Mais vous pourriez m'y placer, moi*, ajouta le Truc.

— Je veux bien, mais comment ? En t'attachant sur l'engin ?

— Non. Si vous m'apportez assez près, je m'occuperai du reste.

— De quel reste ?

— *Appeler le Vaisseau.*

— Ah oui ! au fait... Où est-il, ce Vaisseau ? Ça m'étonne que les satellites et tous ces machins ne se soient pas encore cognés dedans.

— *Il nous attend.*

— Formidable, me voilà bien renseigné.

— *Merci.*

— C'était de l'ironie.

— *Je sais.*

Masklinn entendit un froissement auprès de lui et son compagnon de vol floridien écarta une plume. C'était le jeune garçon que le gnome avait vu en compagnie de Buisson. Il n'avait rien dit, se contentant de regarder Masklinn et le Truc. Maintenant, il sourit et prononça quelques mots.

— *Il veut savoir si tu ne te sens pas malade.*

— Je me sens parfaitement bien, mentit Masklinn. Comment s'appelle-t-il ?

— *Son nom est Pionn. C'est le fils aîné de Buisson.*

Pionn lança à Masklinn un nouveau sourire d'encouragement.

— *Il veut savoir à quoi ça ressemble de voyager dans un avion à réaction,* poursuivit le Truc. *Il dit que ça a l'air formidable. Ils en voient parfois, mais ils se tiennent à l'écart.*

L'oie pencha sur un côté pour virer de bord. Masklinn fit de son mieux pour s'agripper avec les orteils en même temps qu'avec les mains.

— *Il dit que ça doit être beaucoup plus exaltant que les oies,* fit le Truc.

— Oh !... ça se discute, répondit Masklinn d'une voix blanche.

L'atterrissage fut bien plus terrifiant que le décollage. Il aurait mieux valu se poser sur l'eau, expliqua-t-on ultérieurement à Masklinn, mais Buisson les avait fait revenir sur la terre ferme. Les oies sauvages n'aimaient pas beaucoup cela. Cela signifiait qu'elles devaient pratiquement se mettre debout en l'air, et battre furieusement des ailes avant de se laisser choir sur les derniers centimètres.

Pionn aida Masklinn à regagner le sol, qui lui parut danser sous ses pas. Les autres voyageurs vinrent le rejoindre en titubant, à travers les foules d'oiseaux.

— Le sol ! ahana Angalo. Il était incroyablement près ! Et tout le monde semblait trouver ça normal !

Il se laissa tomber à genoux.

— Et elles poussent de grands cris comme des coups de klaxon ! continua-t-il. Et elles tanguent d'un bord à l'autre ! Et elles sont couvertes de bosses dures sous leurs plumes !

Masklinn plia les bras pour chasser la tension dans ses muscles.

Le paysage autour d'eux ne paraissait guère différent de celui qu'ils venaient de quitter, sinon que la végétation était plus basse et que Masklinn ne voyait d'eau nulle part.

— *Buisson explique que les oies ne peuvent pas aller plus loin*, annonça le Truc. *Continuer au-delà serait trop dangereux.*

Buisson hocha la tête et indiqua l'horizon du doigt.

On y distinguait une tache blanche.

— Ça ? demanda Masklinn.

— C'est tout ? s'étonna Angalo.

— *Oui.*

— Ça n'a pas l'air très gros, fit remarquer Gurder à voix basse.

— C'est encore très loin, dit Masklinn.

— Je vois des hélicoptères, signala Angalo. Pas étonnant que Buisson ne tienne pas à s'approcher davantage, avec les oies.

— Il faut y aller, déclara Masklinn. Il nous reste une heure, et j'ai l'impression que ce sera tout juste. Euh !... Il faudrait dire adieu à Buisson. Tu peux lui expliquer, Truc ? Dis-lui que... qu'on essaiera de la retrouver. Après. Si tout se passe bien. Je suppose.

— S'il y a un après, ajouta Gurder.

L'Abbé ressemblait à un torchon mal lavé.

Buisson hocha la tête quand le Truc eut fini de traduire, puis elle poussa Pionn en avant.

Le Truc expliqua à Masklinn ce qu'elle voulait.

— Quoi ? Mais on ne peut pas l'emmener avec nous ! protesta celui-ci.

— *Chez le peuple de Buisson, on encourage les jeunes gnomes à voyager*, expliqua le Truc. *Pionn n'a que quatorze mois, et il a déjà visité l'Alaska.*

— Essaie de lui expliquer qu'on ne va pas vers « une Laska ». Essaie de lui faire comprendre qu'il pourrait lui arriver toutes sortes de choses !

Le Truc traduisit.

— *Elle dit que c'est très bien. Un garçon en pleine croissance devrait toujours chercher à vivre des expériences inédites.*

— Attends, attends, tu es sûr de traduire correctement ce qu'elle raconte ?

— *Oui.*

— Mais... tu lui as bien dit que ça pouvait être dangereux ?

— *Oui. Elle dit que le danger, c'est ce qui fait tout le sel de la vie.*

— Mais il pourrait se faire tuer ! couina Masklinn.

— *Alors, il montera au ciel et deviendra une étoile.*

— Et c'est ce qu'ils croient ?

— *Oui. Ils croient que le système d'exploitation d'un gnome commence par être une oie. Si c'est une bonne oie, il devient gnome. Et quand meurt un gnome méritant, NASA emporte son âme au ciel et elle se transforme en étoile.*

— Et c'est quoi, un système d'exploitation ? s'enquit Masklinn.

C'était de la religion. Il se sentait toujours perdre pied dès qu'on abordait la religion.

— *La chose à l'intérieur de vous qui vous dit ce que vous êtes*, expliqua le Truc.

— Il veut dire une âme, annonça Gurder sur un ton las.

— Je n'ai jamais entendu autant de sottises d'un coup, clama Angalo d'un ton réjoui. Enfin, pas depuis le temps où l'on vivait dans le Grand Magasin et qu'on croyait qu'on reviendrait sous forme d'ornements de jardins, pas vrai ?

Il donna un coup de coude dans les côtes de Gurder.

Au lieu de s'emporter à cette remarque, Gurder donna l'impression d'être encore plus désemparé.

— Que le gamin vienne avec nous, s'il le veut, poursuivit Angalo. Il a une bonne mentalité. Je lui ressemblais quand j'avais son âge.

— Sa mère dit que, s'il a le mal du pays, il pourra toujours trouver une oie pour le ramener.

Masklinn ouvrit la bouche pour dire quelque chose.

Mais parfois, on ne trouve rien à dire, parce qu'il n'y a rien à dire. Quand on doit expliquer quelque chose à quelqu'un d'autre, il faut avoir un point de départ, un élément que vous êtes tous les deux sûrs d'avoir en commun ; Masklinn n'était pas certain qu'il y ait le moindre point de ce genre dans le territoire qu'occupait Buisson. Il se demanda quelle taille avait le monde, pour elle. Il était probablement plus grand que le gnome pouvait l'imaginer. Mais c'était un monde qui s'arrêtait au ciel.

— Bon, bon, d'accord, fit-il. Mais on part tout de suite. On n'a pas de temps à perdre en pleurnicheries et en au re…

Pionn adressa un signe de tête à sa mère et vint se placer auprès de Masklinn, qui ne trouva rien à dire. Même plus tard, quand il comprit mieux les gnomes aux oies, il ne s'habitua jamais complètement à leur façon de se séparer en souriant. Les distances ne semblaient pas vraiment compter pour eux.

— Bon… eh bien… on y va, alors, parvint-il à articuler.

Gurder lança un coup d'œil mauvais en direction de Queue-de-Cheval, qui avait insisté pour les accompagner jusqu'ici.

— J'aimerais vraiment pouvoir discuter avec ce gnome, fit-il.

— Selon Buisson, c'est plutôt quelqu'un de bien, en fait, intervint Masklinn. Simplement, il a tendance à se cramponner à ses idées.

— Exactement comme toi, Gurder, fit Angalo.

— Moi ? Mais je ne suis pas…

— Mais non, bien sûr que non, intervint Masklinn sur un ton apaisant. Et maintenant, en route.

Ils trottinaient à travers des végétaux deux ou trois fois plus hauts qu'eux.

— On n'arrivera jamais à temps, ahana Gurder.

— Garde ton souffle pour courir, repartit Angalo.

— Ils servent du saumon fumé, à bord des Navettes ? s'enquit Gurder.

— Chais pas, répondit Masklinn en s'ouvrant un chemin à travers une touffe d'herbes particulièrement coriaces.

— Non, annonça Angalo avec fermeté. Je me souviens, j'ai lu quelque chose là-dessus dans un livre. Ils mangent de la nourriture en tube.

Les gnomes continuèrent à courir en silence, le temps de ruminer la nouvelle.

— Ils mangent du dentifrice ? finit par demander Gurder.

— Mais non, pas du dentifrice. Bien sûr qu'ils ne mangent pas du dentifrice. J'en suis certain, c'était pas du dentifrice.

— Et qu'est-ce que tu connais d'autre qui n'existe qu'en tube ?

Angalo y réfléchit.

— Heu !... De la colle ?

— C'est pas ce que j'appellerais un bon repas, ça, de la colle. Du dentifrice et de la colle ?

— Les gens qui conduisent les Navettes doivent aimer ça. Sur toutes les images que j'ai vues, ils avaient de grands sourires, expliqua Angalo.

— Ils ne souriaient pas, ils essayaient de se décoller les mâchoires, corrigea Gurder.

— Mais non, tu te trompes complètement, jugea Angalo, dont l'imagination fonctionnait à plein rendement. S'ils mangent leur nourriture en tube, c'est à cause de la gravité.

— Qu'est-ce qu'elle a, la gravité ?

— Y en a pas.

— Pas de quoi ?

— De gravité. Alors, tout flotte.

— Où ça, dans l'eau ? s'étonna Gurder.

— Non, en l'air. Parce qu'il n'y a plus rien pour retenir les choses sur l'assiette, tu comprends.

— Oh ! (Gurder hocha la tête.) Alors, la colle, c'est pour ça ?

Ils auraient été capables de continuer comme ça pendant des heures, Masklinn le savait bien. Ce que ces bruits signifiaient, c'était : je suis bien vivant, toi aussi. Et nous nous inquiétons beaucoup en songeant que nous risquons de ne plus le rester très longtemps, alors nous allons continuer à bavarder, parce que ça vaut mieux que de réfléchir.

La situation avait paru plus favorable, vue à quelques jours ou à quelques semaines de distance, mais maintenant qu'il ne restait que…

— Combien de temps, Truc ?

— *Quarante minutes.*

— Il faut qu'on se repose encore ! Gurder ne court plus, il s'écroule en avant.

Ils s'effondrèrent dans l'ombre d'un fourré. La Navette ne semblait pas s'être rapprochée, mais ils distinguaient pas mal d'activité autour d'elle. Le nombre d'hélicoptères avait augmenté. D'après les gestes frénétiques de Pionn, qui avait escaladé le fourré, il y avait des humains, encore plus loin.

— Il faut que je dorme, avoua Angalo.

— Tu n'as pas dormi à bord de l'oie ? demanda Masklinn.

— Parce que tu as dormi, toi ?

Angalo s'étendit à l'ombre.

— Comment allons-nous grimper à bord de la Navette ? demanda-t-il.

Masklinn haussa les épaules en signe d'ignorance.

— Ben, d'après le Truc, ce n'est pas nécessaire de grimper à bord, il suffit de l'y placer.

Angalo se redressa sur ses coudes.

— Tu veux dire qu'on ne va pas voyager à bord de la Navette ? Mais j'en avais envie, moi !

— Ce n'est pas exactement comme le Camion, Angalo, je pense. Ça m'étonnerait qu'on puisse s'y glisser par une vitre qu'ils auraient laissée ouverte, expliqua Masklinn. Je crois qu'il faudrait plus qu'un groupe de gnomes équipés de ficelle pour la faire voler, d'ailleurs.

— Tu sais, conduire le Camion a été le plus beau moment de ma vie, dit Angalo sur un ton rêveur. Quand je pense à tous ces mois que j'ai passés dans le Grand Magasin sans même connaître l'existence du Dehors…

Masklinn attendit poliment. Il avait la tête lourde.

— Quoi ? demanda-t-il.

— Quoi quoi ?

— Que se passe-t-il, quand tu penses à tous ces mois que tu as passés dans le Grand Magasin sans même connaître l'existence du Dehors ?

— Quel gaspillage!... Tu sais ce que je ferai si... je veux dire quand on sera de retour chez nous? Je vais écrire tout ce qu'on a appris. On devrait faire ça, tu vois. Fabriquer nos propres livres. Ne pas se contenter de lire ceux des humains, qui sont pleins de choses inventées. Mais pas des livres comme la *Gnomenclature* de Gurder. Des bouquins sur les choses qui comptent. La Science, par exemple...

Masklinn glissa un coup d'œil en direction de Gurder. L'Abbé ne fit aucun commentaire. Il dormait déjà.

Pionn se roula en boule et commença à ronfler. La voix d'Angalo diminua. Il bâilla.

Ils n'avaient pas dormi depuis des heures. Les gnomes dorment surtout la nuit, mais ils ont besoin de petites siestes pour tenir tout au long de la journée. Même Masklinn dodelinait de la tête.

— Truc? songea-t-il à demander, tu me réveilles dans dix minutes, d'accord?

7

Satellites : On les trouve dans l'*espace*, et ils y restent parce qu'ils vont si vite qu'ils ne sont jamais assez longtemps à un seul endroit pour tomber. On fait rebondir les *télévisions* contre eux. Ils font partie de la *science*.

Encyclopédie scientifique pour
l'édification des jeunes gnomes curieux,
par Angalo de Konfection

Ce ne fut pas le Truc qui réveilla Masklinn, mais Gurder.

Masklinn resta étendu, les yeux mi-clos, et prêta l'oreille. Gurder s'entretenait à voix basse avec le Truc.

— J'ai cru au Grand Magasin, disait-il, et en fin de compte ce n'était qu'une… qu'une espèce de bidule construit par les humains. Et j'ai cru que le Petit-Fils Richard était quelqu'un de spécial, mais ce n'était finalement qu'un simple humain qui chante quand il se pleut dessus…

— … *quand il prend une douche*…

— … et maintenant, voilà qu'il y a des milliers de gnomes de par le monde ! Des milliers ! Qui croient à toutes sortes de choses ! Cet idiot de Queue-de-Cheval croit que les Navettes qui décollent tout droit fabriquent le ciel. Tu sais ce que je me suis dit quand j'ai entendu ça ? Je me suis dit que si c'était lui qui était arrivé dans mon monde et pas l'inverse, il m'aurait aussi pris pour un idiot ! Et c'est vrai que je suis aussi idiot que lui ! Truc ?

— *J'observais un silence respectueux.*

— Angalo croit en des machines ridicules et Masklinn croit… Oh ! je ne sais pas à quoi il croit… à l'Espace. Ou à ne pas croire aux choses. Et tout ça, pour eux, ça marche. Moi, j'essaie de croire en des choses *importantes* et ça ne dure jamais plus de cinq minutes. Y a pas de justice !

— *Seul un nouveau silence respectueux et compréhensif peut convenir, en cet instant.*

— Je voulais simplement donner un sens à la vie.

— *Louable initiative.*

— Enfin, je veux dire, où est la vérité de tout ?

Il y eut un instant de silence. Puis le Truc déclara :

— *Je me souviens de ta conversation avec Masklinn sur l'origine des gnomes. Tu voulais me poser la question. Désormais je peux répondre. J'ai été fabriqué. Je sais que c'est la vérité. Je sais que je suis un truc fait de métal et de plastique, mais également que je suis quelque chose qui vit à l'intérieur de ce métal et de ce plastique. Il est impossible pour moi de ne pas en être absolument certain. Ça me procure un immense réconfort. Quant aux gnomes, je possède des données qui indiquent que leurs origines se trouvent sur un autre monde et qu'ils sont venus ici il y a des milliers d'années. C'est peut-être la vérité. Peut-être pas. Je ne suis pas en position de juger.*

— Je savais où j'en étais, dans le Grand Magasin, poursuivit Gurder qui parlait à moitié pour lui-même. Et même dans la carrière, les choses ne se passaient pas trop mal. J'avais un bon travail, j'étais important aux yeux des gens. Comment puis-je rentrer, maintenant, en sachant que tout ce que je croyais sur le Grand Magasin et Arnold Frères et Richard Quadragénaire n'était que… qu'une *opinion* ?

— *Je ne peux pas te conseiller sur ce point, désolé.*

Masklinn jugea diplomatique de se réveiller à cet instant. Il poussa un grognement pour s'assurer que Gurder l'entendait.

Le visage de l'Abbé était tout rouge.

— Je n'arrivais pas à dormir, déclara-t-il sur un ton précipité.

Masklinn se remit debout.

— Truc, combien de temps ?

— *Vingt-sept minutes.*

— Pourquoi ne m'as-tu pas réveillé ?

— *Je voulais que vous soyez frais et dispos.*

— Mais il y a encore une longue route à parcourir ! Nous n'arriverons jamais à te faire arriver à temps. Allez, toi, réveille-toi ! (Masklinn poussa Angalo du bout du pied.) Allons, il va falloir courir. Où est passé Pionn ? Oh ! tu es là ? Allez, viens, Gurder.

Ils trottèrent à travers les broussailles. Au loin, on entendait le lugubre beuglement des sirènes.

— Ça va vraiment être tout juste, Masklinn, fit remarquer Angalo.

— Plus vite ! Courez plus vite !

Maintenant qu'ils étaient plus près, Masklinn pouvait voir la Navette. Elle se dressait très haut. Il ne semblait rien y avoir de très utile au niveau du sol.

— J'espère que tu as un bon plan, Truc, haleta-t-il tandis que le quatuor zigzaguait entre les fourrés, parce qu'on ne pourra jamais te placer tout au sommet.

— *Ne t'inquiète pas. Nous sommes presque arrivés à bonne distance.*

— Comment ça ? On est encore très loin !

— *C'est suffisant pour que je puisse monter à bord.*

— Qu'est-ce qu'il va faire ? Sauter jusqu'en haut ? s'étonna Angalo.

— *Posez-moi par terre.*

Docilement, Masklinn posa la boîte noire sur le sol. Elle déploya quelques détecteurs, qui tournèrent lentement pendant quelques instants avant de s'orienter vers le jet vertical.

— À quoi tu joues ? s'inquiéta Masklinn. Tu perds du temps !

Gurder éclata de rire, mais pas d'un rire très joyeux.

— Je sais ce qu'il fait, dit-il. Il s'envoie dans la Navette. C'est bien ça, Truc ?

— *Je transmets un programme secondaire à l'ordinateur du satellite de communication*, annonça le Truc.

Les gnomes ne répondirent rien.

— *Ou, pour exprimer cela autrement… oui, je transforme l'ordinateur du satellite en une extension de moi-même. Mais pas très intelligente.*

— Et tu es vraiment capable de faire ça ? insista Angalo.

— *Mais bien sûr.*

— Mince. Et le morceau que tu envoies ne te manquera pas ?

— *Non, parce qu'il ne me quittera pas.*

— Tu l'envoies là-bas et tu le gardes en même temps ?

— *Oui.*

Angalo se tourna vers Masklinn.

— Tu y comprends quelque chose ? demanda-t-il.

— Moi oui, fit Gurder. Le Truc est en train d'expliquer qu'il n'est pas vraiment une machine, mais une espèce de collection de... de collection de pensées électriques qui vivent dans une machine, je crois.

Les lumières dansèrent en cercle au sommet du Truc.

— Et ça va prendre longtemps ? s'enquit Masklinn.

— *Oui. Merci de ne pas monopoliser une puissance de communication qui est cruciale en ce moment.*

— Je crois qu'il veut nous dire de ne pas lui parler, traduisit Gurder. Il se concentre.

— Il ne se concentre pas, c'est une machine, répliqua Angalo. Et il nous a fait galoper jusqu'ici pour qu'on puisse se dépêcher d'attendre.

— Il fallait probablement qu'il soit tout près pour faire... ce qu'il est en train de faire, supputa Masklinn.

— Ça va prendre longtemps ? s'inquiéta Angalo. J'ai l'impression que ça fait une éternité qu'il ne restait plus que vingt-sept minutes.

— Au moins vingt-sept minutes, répondit Gurder.

— Ouais. Peut-être même plus.

Pionn tira Masklinn par le bras, indiqua de sa main libre la silhouette blanche dressée, et baragouina une longue phrase en floridien ou, s'il fallait en croire le Truc, presque en gnome des origines.

— Je ne comprends pas ce que tu dis, sans le Truc, fit Masklinn. Désolé.

— Moi pas parler oie-oie, compléta Angalo.

Une expression de panique se répandit sur les traits du jeune garçon. Il cria, cette fois, et lui tira le bras avec plus d'insistance.

— J'ai l'impression qu'il ne tient pas à se trouver aux environs du jet à décollage vertical au moment du démarrage, jugea Angalo. Il a probablement peur du bruit que ça fait. Tu... n'aimes... pas... le... bruit... hein?

Pionn secoua furieusement la tête.

— Ce n'était pourtant pas si terrible, près de l'aéroport, fit Angalo. Un grondement. Mais ça peut sans doute faire peur à des gens un peu frustes.

— Je ne pense pas que le peuple de Pionn soit tellement fruste, répondit Masklinn d'un air songeur.

Il leva les yeux vers la tour blanche. Elle semblait être très loin mais, par certains côtés, elle avait l'air très proche.

Vraiment très proche.

— Tu crois qu'on est tellement en sécurité, ici? dit-il. Quand elle montera, je veux dire.

— Oh! allons donc, répondit Angalo. Le Truc ne nous aurait pas fait venir si près si ce n'était pas parfaitement sûr pour des gnomes.

— Évidemment, évidemment. Bien sûr. Tu as raison. C'est idiot de s'inquiéter de ça, en fait.

Pionn tourna les talons et se mit à courir.

Les trois autres regardèrent la Navette. Des lumières dansaient en une chorégraphie compliquée à la surface du Truc.

Quelque part, une nouvelle sirène retentit. Il y avait dans l'air une sensation de puissance, comme si on remontait le plus puissant ressort du monde.

Quand Masklinn parla, les deux autres eurent l'impression qu'il exprimait leurs propres pensées.

— À votre avis, quelle capacité a le Truc, exactement, pour juger à quelle distance d'une navette qui décolle des gnomes peuvent rester sans courir de risques? Je veux dire, il a quelle expérience en ce domaine, à votre idée?

Ils échangèrent un regard.

— On devrait peut-être reculer un brin...? proposa Gurder.

Ils tournèrent les talons et s'éloignèrent d'un pas serein.

Puis chacun ne put s'empêcher de remarquer que les autres semblaient adopter une allure sans cesse plus rapide.

De plus en plus rapide.

Puis, comme un seul gnome, ils abandonnèrent tout simulacre et prirent leurs jambes à leur cou, se frayant un passage dans les fourrés et les herbes, dérapant sur les cailloux, leurs coudes se déplaçant comme des pistons. Gurder qui, d'ordinaire, était essoufflé dès qu'il dépassait une allure de marche normale, rebondissait sur le chemin comme une balle.

— Quel… qu'un… a… la… moindre… idée… du… temps… qu'il… reste ? ahana Angalo.

Derrière eux, le son démarra par un chuintement, comme si le monde entier prenait son souffle. Puis il se changea en…

… Non, pas du bruit, mais plutôt en un marteau invisible qui leur percuta les deux tympans simultanément.

8

Espace : Il y a deux variétés d'espace : a) un endroit où il n'y a rien et b) un endroit où il y a tout. C'est ce qui reste quand on n'a plus rien d'autre. Il n'y a pas d'air ni de gravité, la chose qui retient les gens contre les choses. S'il n'y avait pas d'espace, tout se retrouverait au même endroit. On l'a conçu pour y placer les *Satellites*, les *Navettes*, les *Planètes* et le *Vaisseau*.

Encyclopédie scientifique pour l'édification des jeunes gnomes curieux, par Angalo de Konfection

Au bout d'un certain temps, quand le sol eut fini de frémir, les gnomes se relevèrent et se contemplèrent d'un air hagard.

— ! déclara Gurder.

— Comment ? demanda Masklinn.

Sa propre voix lui paraissait très lointaine, et étouffée.

— ? demanda Gurder.

— ? s'enquit Angalo.

— ?

— Quoi ? Je ne vous entends pas ? Vous m'entendez, vous ?

— ?

Masklinn vit bouger les lèvres de Gurder. Il indiqua ses propres lèvres du doigt et secoua la tête.

— Nous sommes devenus sourds !

— ?

— ?

— Sourds, j'ai dit.

Masklinn leva la tête.

Au-dessus, de la fumée bouillonnait et, s'élevant à vive allure, même pour les sens très développés d'un gnome, jaillissait un long nuage à la pointe de feu qui grandissait sans cesse. Le bruit diminua pour ne plus être que très bruyant et puis, assez rapidement, il s'effaça.

Masklinn s'enfonça un doigt dans l'oreille et le secoua avec fermeté.

L'absence de bruit fut remplacée par le crissement terrible du silence.

— Quelqu'un m'écoute ? risqua-t-il. Quelqu'un m'entend ?

— Ça, déclara Angalo dont la voix semblait trouble et possédée d'un calme surnaturel, c'était plutôt fort, comme bruit. Ça m'étonnerait qu'il puisse exister beaucoup de bruits plus forts.

Masklinn hocha la tête. Il avait l'impression d'avoir été percuté violemment par une cause inconnue.

— Tu as des connaissances sur ces machins, Angalo, fit-il d'une petite voix. Les humains voyagent dedans, non ?

— Oh ! oui. Tout en haut.

— Et personne ne les y force ?

— Euh !... Je ne crois pas. Je crois que le livre disait qu'il y en a beaucoup qui voudraient y monter.

— Ils *voudraient* y monter ?

Angalo eut un haussement d'épaules.

— C'est ce que racontait le livre.

On ne voyait plus qu'un point lointain, au bout d'une longue colonne de fumée qui allait en s'élargissant.

Masklinn la contempla.

Il faut être fou, se dit-il. On est tout petit, le monde est immense, et on ne prend jamais le temps d'en apprendre suffisamment sur un endroit avant d'aller dans un autre. Au moins, au temps où je vivais dans un terrier, je savais tout ce qu'il y avait à savoir sur la vie dans un terrier. Et maintenant, un an après, me voilà dans un endroit qui est si loin que je ne sais même pas à quelle distance exacte il se trouve, en train de regarder un objet que je ne comprends pas partir pour un endroit qui est tellement haut que le bas n'existe plus. Et je ne peux pas faire marche arrière. Il faut que j'aille jusqu'au bout de tout ça, parce que tout retour en arrière est impossible. Je ne peux même plus tout arrêter.

Alors, voilà donc ce que Grimma voulait dire avec son histoire de grenouilles. Une fois qu'on apprend des choses, on n'est plus le même. On n'y peut rien.

Il ramena son regard au niveau du sol. Il manquait quelque chose.

Le Truc…

Il refit à toute allure le chemin qu'ils avaient parcouru.

La petite boîte noire se trouvait à l'endroit où il l'avait laissée. Les antennes étaient rentrées, et aucun voyant ne brillait.

— Truc ? demanda-t-il d'une voix hésitante.

Une lumière rouge s'alluma faiblement. Masklinn eut soudain un frisson, malgré la chaleur qui l'enveloppait.

— Tu vas bien ? demanda-t-il.

La lueur du voyant tremblota.

— *Trop vite. Utilisé trop de puiss…*, dit-il.

— De puiss ? demanda Masklinn.

Il essaya désespérément de ne pas se demander pourquoi le mot n'avait pas été plus fort qu'un grognement.

La lueur pâlit.

— Truc ? Truc ?

Il tapota doucement le boîtier.

— Ça a marché ? Le Vaisseau ? Il arrive ? Qu'est-ce qu'on fait, maintenant ? Réveille-toi ? *Truc ?*

La lueur s'éteignit.

Masklinn ramassa le Truc, le tourna et le retourna entre ses mains.

— Truc ?

Angalo et Gurder arrivèrent en toute hâte, Pionn sur leurs talons.

— Ça a marché ? s'enquit Angalo. Je ne vois pas encore le Vaisseau.

Masklinn se tourna vers eux.

— Le Truc s'est arrêté.

— Arrêté ?

— Toutes les lumières se sont éteintes.

— Mais alors, qu'est-ce que ça veut dire ?

Une expression de panique commençait à poindre chez Angalo.

— Je n'en sais rien !

— Il est mort ? demanda Gurder.

— Il ne *peut pas* mourir ! Il existe depuis des milliers d'années !

Gurder secoua la tête.

— Ça me semble une bonne raison de mourir.

— Mais, c'est… c'est un *truc*.

Angalo s'assit et serra ses genoux dans ses bras.

— Il a dit s'il avait tout arrangé ? Le Vaisseau arrive quand ?

— Mais écoute donc ! Ça ne te fait rien ? Il a utilisé sa réserve de puiss !

— De puiss ?

— Ça doit être un autre mot pour l'électricité. Il la puise dans les fils électriques et les machins comme ça, plus ou moins. Je crois qu'il est aussi capable de l'emmagasiner un moment. Et maintenant, il a dû arriver au bout de ses réserves.

Ils contemplèrent la boîte noire. Elle était passée de main en main pendant des millénaires, d'un gnome à l'autre, sans jamais prononcer un mot ni allumer un voyant. Elle ne s'était réveillée que lorsqu'on l'avait introduite dans le Grand Magasin, à proximité de l'électricité.

— Ça fiche la trouille de le voir comme ça, immobile sans rien faire, commenta Angalo.

— On ne peut pas trouver d'électricité ? demanda Gurder.

— Par ici ? Mais y en a pas ! rétorqua Angalo. On est au milieu de nulle part !

Masklinn se remit debout et regarda à la ronde. On distinguait tout juste des bâtiments au loin. Il y avait quelques mouvements de véhicules autour d'eux.

— Et le Vaisseau, alors ? Il arrive ou pas ? insista Angalo.

— J'en sais rien !

— Comment il va faire pour nous trouver ?

— J'en sais rien !

— Qui c'est qui le conduit ?

— J'en sais… (Masklinn s'interrompit, horrifié.) Personne ! Je veux dire… qui veux-tu qui le conduise ? Il n'y a eu personne à bord depuis des milliers d'années !

— Mais alors, qui devait l'amener jusqu'ici ?

— J'en sais rien ! Le Truc, peut-être ?

— Tu veux dire qu'il est en route et que personne ne le conduit ?

— Oui ! Non ! J'en sais rien !!

Angalo regarda le bleu du ciel en plissant des yeux.

— Oh ! mince ! conclut-il sur un ton sinistre.

— Il faut trouver de l'électricité pour le Truc, décida Masklinn. Même s'il a réussi à appeler le Vaisseau, il faut expliquer au Vaisseau où nous nous trouvons.

— S'il a bel et bien appelé le Vaisseau, fit remarquer Gurder. Il a peut-être épuisé sa réserve de puiss avant d'en avoir eu le temps.

— On ne peut être sûr de rien, fit Masklinn. Et puis de toute façon, il faut aider le Truc. J'aime pas le voir dans cet état.

Pionn, qui avait disparu dans la végétation, revint en traînant un lézard derrière lui.

— Ah ! constata Gurder sans le moindre enthousiasme, voilà le repas de midi.

— Si le Truc parlait, on pourrait expliquer à Pionn qu'au bout d'un certain temps, le lézard, on s'en lasse, ajouta Angalo.

— Au bout de deux secondes, environ, précisa Gurder.

— Venez, conclut Masklinn sur un ton las. Allons nous mettre à l'ombre pour dresser un nouveau plan.

— Oh ! un plan, dit Gurder comme si c'était encore pire que du lézard. J'adore les plans.

Ils mangèrent – pas très bien – et se couchèrent en regardant le ciel. Leur bref repos en chemin n'avait pas suffi. Il était facile de céder à la torpeur.

— Je dois avouer que les Floridiens ont la belle vie, remarqua Gurder d'une voix paresseuse. À la maison, il fait froid et, ici, le chauffage central est réglé juste comme il faut.

— Je te répète que ce n'est pas le chauffage central, répliqua Angalo, les yeux concentrés sur le moindre signe d'un Vaisseau en phase de descente. Tout comme le vent n'est pas de la climatisation, non plus. C'est le soleil qui nous réchauffe.

— Je croyais que ça ne servait que pour l'éclairage, objecta Gurder.

— Et c'est de là que vient toute la chaleur, aussi. J'ai lu ça dans un livre. C'est une grosse boule de feu, plus grosse que le monde.

Gurder jeta au soleil un coup d'œil chargé de noirs soupçons.

— Ah bon ? Et qu'est-ce qui la fait tenir en l'air ?

— Rien. Elle est là, c'est tout.

Gurder regarda de nouveau le soleil.

— C'est un fait connu de tout le monde ?

— Je suppose, oui. C'était marqué dans le livre.

— Et tout le monde peut lire ça ? Moi, je trouve ça irresponsable. C'est le genre de chose qui peut vraiment paniquer les gens.

— Il y a des milliers de soleils, là-haut, dit Masklinn.

Gurder renifla.

— Oui, il m'a raconté ça. Ça s'appelle la galaxie, je crois. Pour ma part, je suis contre.

Angalo eut un petit rire.

— Je ne vois pas ce qu'il y a de drôle, fit Gurder d'une voix glaciale.

— Dis-lui, Masklinn.

— C'est peut-être bien joli pour toi, marmonna Gurder. Tu ne penses qu'à une chose, conduire des engins à toute allure. Mais moi, je veux en connaître le sens. D'accord, il existe peut-être des milliers de soleils, mais *pourquoi* ?

— Je ne vois pas quelle importance ça peut avoir, répondit Angalo d'une voix nonchalante.

— C'est la seule chose qui compte vraiment. Dis-lui, Masklinn.

Tous deux se tournèrent vers Masklinn.

Du moins, vers l'endroit où Masklinn avait été assis.

Il n'était plus là.

Au-dessus du ciel, se trouvait l'endroit que le Truc avait appelé l'Univers. S'il fallait en croire le Truc, il contenait tout et rien. Et il y avait très peu de tout et bien plus de rien qu'il n'était possible à quiconque de l'imaginer.

Par exemple, on disait souvent que le ciel était rempli d'étoiles. C'était faux. Le ciel était plein de ciel. Il y avait des quantités infinies de ciel et, par comparaison, vraiment très peu d'étoiles.

C'était étonnant, par conséquent, qu'elles fassent une telle impression…

Des milliers d'entre elles contemplaient un objet rond et luisant qui dérivait autour de la Terre.

On avait peint *Arnsat-1* sur son flanc, ce qui était vraiment un gaspillage de peinture, parce que les étoiles ne savent pas lire.

Il déploya un plateau argenté.

À ce moment-là, il aurait dû pivoter pour s'orienter vers la planète au-dessous de lui, paré à envoyer de vieux films et des nouvelles neuves.

Il ne le fit pas. Il suivait de nouvelles instructions.

De petites bouffées de gaz jaillirent tandis qu'il pivotait en explorant le ciel à la recherche de sa cible.

Le temps qu'il la localise, pas mal de gens dans l'industrie des vieux films et des nouvelles neuves échangeaient des invectives furieuses par téléphone, et quelques-uns tentaient dans la fièvre de lui transmettre de nouvelles instructions.

Mais ça n'avait aucune importance : il n'écoutait plus.

Masklinn galopait à travers les fourrés. Ils vont discutailler et se disputer, songeait-il. Il faut agir vite. Je ne crois pas que nous disposions de beaucoup de temps.

C'est la première fois qu'il était vraiment seul depuis le temps où il vivait dans un terrier et devait sortir chasser seul parce que personne d'autre n'en était capable.

Est-ce que ç'avait été une époque meilleure? Plus simple, en tout cas. Il suffisait juste de manger sans se faire manger. Passer la journée était déjà un triomphe. Tout avait été horrible mais, au moins, c'était une horreur compréhensible, à l'échelle d'un gnome.

En ce temps-là, le monde était borné par la voie rapide d'un côté, et par les bois derrière les champs, de l'autre. Désormais, il n'y avait plus la moindre limite, et les problèmes étaient si nombreux qu'il ne savait plus comment les aborder.

Mais au moins, il savait où trouver de l'électricité. Il y en avait près des bâtiments qui abritaient des humains.

Devant Masklinn, les fourrés s'ouvrirent sur une sorte de piste. Il s'y engagea en forçant l'allure. Suivez n'importe quelle piste, vous finirez toujours par rencontrer des humains quelque part…

Derrière lui, il entendit des pas. Il se retourna et vit Pionn. Le jeune Floridien lui adressa un sourire inquiet.

— Va-t'en, lui dit Masklinn. Allez ! Va ! Repars ! Pourquoi est-ce que tu me suis ? Va-t'en !

Pionn parut blessé. Il indiqua la piste et dit quelques mots.

— Je ne comprends pas ! s'écria Masklinn.

Pionn leva la main au-dessus de sa tête, paume vers le bas.

— Les humains ? devina Masklinn. Oui, je sais. Je sais ce que je fais. Repars !

Pionn ajouta autre chose.

Masklinn leva le Truc.

— Boîte qui parle pas marcher, dit-il, à court d'arguments. Miséricorde ! pourquoi est-ce que je parle comme ça ? Tu es au moins aussi intelligent que moi. Allez, va-t'en. Va retrouver les autres.

Il se retourna et partit en courant. Il jeta un bref coup d'œil derrière lui et vit Pionn qui le regardait.

Combien de temps me reste-t-il ? se demanda-t-il. Le Truc m'a dit un jour que le Vaisseau volait très vite. Peut-être qu'il pourrait être ici d'une minute à l'autre. Peut-être qu'il ne viendra pas…

Il vit des silhouettes se dresser au-dessus des broussailles. C'est sûr, suivez n'importe quel chemin et vous finirez tôt ou tard par rencontrer des humains. Ils sont partout.

Ou peut-être que le Vaisseau ne viendra pas.

S'il ne vient pas, je vais probablement commettre la plus monstrueuse bêtise qu'un gnome ait jamais commise dans toute l'Histoire de la gnomitude.

Il s'avança dans un cercle de gravier. Un petit camion y était garé, et le nom du dieu floridien, NASA, était peint sur ses côtés. À proximité, deux humains étaient penchés au-dessus d'une sorte de machine placée sur un trépied.

Ils n'avaient pas remarqué la présence de Masklinn. Il s'approcha encore, le cœur battant.

Il posa le Truc par terre.

Il plaça ses mains en porte-voix autour de sa bouche.

Il essaya de crier, aussi intelligiblement et aussi lentement que possible.

— Hé! ho! Vous, là-bas! Les huu-mains!

— Il a fait *quoi*? s'exclama Angalo.

Pionn reprit sa pantomime et ses gestes depuis le début.

— Il a *parlé* à des *humains*? fit Angalo. Il a grimpé dans un machin à *roues*?

— Il m'avait bien semblé entendre un bruit de moteur, fit Gurder.

Angalo claqua du poing contre sa paume.

— Il avait peur pour le Truc, conclut-il. Il cherchait de l'électricité!

— Mais on doit se trouver à des kilomètres du bâtiment le plus proche! gémit Gurder.

— Pas de la façon dont Masklinn se déplace! rugit Angalo.

— Je le savais! Je savais qu'on en arriverait là! Nous montrer à des humains! On ne faisait jamais de telles choses dans le Grand Magasin! Mais qu'est-ce qu'on va bien pouvoir faire?

Jusqu'ici, tout ne va pas trop mal, songea Masklinn.

Les humains ne savaient visiblement pas trop quoi faire de lui. Ils avaient même reculé! Et ensuite, l'un d'eux s'était précipité vers le camion et il avait parlé à une machine attachée par un fil. Sans doute une espèce de téléphone, se dit Masklinn, en connaisseur.

Constatant qu'il ne bougeait pas, un des humains était allé chercher une boîte à l'arrière du camion et il était revenu à pas de loup vers le gnome, comme s'il avait peur que Masklinn n'explose. En fait, quand ce dernier lui avait adressé un salut de la main, l'humain avait bondi maladroitement en arrière.

L'autre humain avait dit quelque chose, et le premier avait placé la boîte avec précaution sur le gravier, à quelque distance de Masklinn.

Ensuite, les deux humains l'avaient observé en guettant sa réaction.

Il avait continué de sourire, pour les rassurer, et avait grimpé dans la boîte. Puis il leur avait fait un nouveau petit signe.

Un des humains s'était penché avec une infinie prudence et avait ramassé la boîte, la soulevant comme si Masklinn était un objet très rare et très fragile. On l'avait transporté jusqu'au camion. L'humain monta à bord et, tenant toujours la boîte avec un soin exagéré, la plaça sur ses genoux. Une radio crépitait de graves voix humaines.

Bon, plus possible de faire marche arrière, maintenant. En se disant cela, Masklinn se sentit presque détendu. Peut-être valait-il mieux considérer tout cela comme une nouvelle quête du meilleur moment de la journée.

Ils continuaient à le contempler, comme s'ils n'en croyaient pas leurs yeux.

Le camion démarra avec une secousse. Au bout d'un moment, il s'engagea sur une route en ciment, où l'attendait un autre camion. Un humain en descendit, s'entretint avec le chauffeur du camion de Masklinn, rit à la lente façon des humains, baissa les yeux vers Masklinn et arrêta très brutalement de rire.

Il courut presque à son propre véhicule et commença à parler dans un autre téléphone.

Je me doutais que ça se passerait comme ça, se dit Masklinn. Ils ne savent pas quoi faire d'un véritable gnome. C'est étonnant.

Mais du moment qu'ils m'emmènent quelque part où on trouve le genre d'électricité dont j'ai besoin…

Dorcas, le bricoleur, avait un jour tenté d'expliquer l'électricité à Masklinn, sans grand succès, parce que Dorcas lui-même n'avait pas des notions très précises sur le sujet. Apparemment, il en existait deux sortes, la droite et la zigzagante. La variété droite n'était pas très intéressante et elle restait sans bouger dans les piles. On trouvait le genre zigzagant dans les fils électriques des murs et les trucs comme ça, et semblait-il, le Truc était capable d'en voler quand il se trouvait à proximité. Dorcas employait pour évoquer l'électricité zigzagante le même ton de voix que Gurder quand l'Abbé parlait d'Arnold Frères (fond. 1905). Dorcas avait essayé de l'étudier, au temps du Grand Magasin. Si on l'enfermait dans un réfrigérateur, elle rendait les choses froides, mais si la même électricité allait dans un four, elle les rendait chaudes. Comment savait-elle faire la différence ?

— *Dorcas employait*, répéta Masklinn. J'ai dit « employait ». J'espère qu'il emploie toujours.

Le gnome avait la tête qui tournait un peu et il ressentait un optimisme incongru. Une partie de lui disait : c'est parce que si tu réfléchis sérieusement une seconde à la situation dans laquelle tu te trouves, tu vas paniquer.

Continue de sourire.

Le camion remontait la route en ronronnant, suivi par le second véhicule. Masklinn en vit un troisième surgir bruyamment d'une route de traverse et se joindre au cortège. Il était bondé d'humains, et la plupart contemplaient le ciel.

Ils ne s'arrêtèrent pas au premier bâtiment, continuant vers une construction plus importante autour de laquelle étaient parqués de nombreux véhicules. Des humains, encore d'autres, les attendaient.

L'un d'eux ouvrit la portière du camion, avec beaucoup de lenteur, même pour un humain.

L'humain qui transportait Masklinn sortit du véhicule.

Masklinn leva les yeux pour voir des dizaines de visages qui le contemplaient. Il en voyait chaque œil, chaque narine. Ils avaient tous l'air inquiets. Enfin, tous les yeux avaient l'air inquiets. Les narines avaient l'air de narines ordinaires.

Et c'était *lui* qui les mettait mal à l'aise.

Continue de sourire.

Il leur rendit leurs regards ; la panique qu'il essayait de réprimer faillit le faire pouffer. Il demanda :

— Messieurs, que puis-je faire pour vous ?

9

Science : Une façon de comprendre les choses et ensuite de les faire fonctionner. La Science explique ce qui se passe tout le temps autour de nous. La *religion* aussi, mais la science marche mieux, parce qu'elle trouve des excuses plus crédibles quand elle se trompe. La Science est beaucoup plus répandue qu'on ne le croit en général.

Encyclopédie scientifique pour
l'édification des jeunes gnomes curieux,
par Angalo de Konfection

Gurder, Angalo et Pionn étaient assis sous un fourré. Il leur offrait un peu d'ombre. Le nuage de désolation qui les couvrait faisait à peu près la même taille.

— On ne rentrera jamais chez nous, sans le Truc, fit Gurder.

— Dans ce cas, on ira chercher Masklinn, répondit Angalo.

— Ça va nous prendre une éternité !

— Ah oui ? Eh bien, c'est pratiquement le temps qu'il nous reste à passer ici, si on ne rentre pas chez nous.

Angalo trouva un caillou qui avait presque la forme idéale pour qu'on le fixe à une branchette grâce à des bandes de tissu déchirées sur son manteau ; de sa vie, il n'avait jamais vu de hache de pierre, mais il avait la ferme impression qu'on pouvait faire des choses bien pratiques avec une pierre attachée au bout d'un bâton.

— J'aimerais bien que tu arrêtes de jouer avec ce machin, fit Gurder. Bon, alors, ton grand plan, c'est quoi ? Nous contre le reste de la Floridie ?

— Pas forcément. Je ne t'oblige pas à me suivre.

— On se calme, monsieur À-la-rescousse. Un seul idiot, ça suffit largement.

— Je ne t'ai pas entendu proposer mieux.

Angalo fit siffler la hache dans les airs une ou deux fois.

— Je n'ai rien de mieux à proposer.

Un petit voyant rouge se mit à clignoter sur la surface du Truc.

Au bout d'un moment, un minuscule orifice de forme carrée s'ouvrit, on entendit un vrombissement infime et le Truc déploya une petite lentille au bout d'une tige. L'objet tourna lentement.

Puis le Truc parla.

— *Où se trouve cet endroit ?* demanda-t-il.

Il inclina la lentille vers le haut et il resta silencieux, le temps d'examiner le visage de l'humain qui le regardait.

— *Et pourquoi ?* ajouta-t-il.

— Je ne sais pas réellement, répondit Masklinn. Nous sommes dans une pièce d'un grand bâtiment. Les humains ne m'ont pas fait de mal. Je crois que l'un d'eux essaie de me parler.

— *Il semblerait que nous nous trouvions dans un récipient de verre.*

— Ils m'ont même donné un petit lit, expliqua Masklinn. Et je crois que le machin, là-bas, c'est comme des toilettes, mais… *écoute-moi !* Et le Vaisseau ?

— *Je présume qu'il est en route*, annonça calmement le Truc.

— Tu présumes ? Tu *présumes* ? Tu veux dire que tu n'en sais rien ?

— *Beaucoup de choses peuvent ne pas se dérouler selon les prévisions. Si tout a bien fonctionné, le Vaisseau sera ici sous peu.*

— Et sinon, je suis coincé ici pour la vie, termina Masklinn sur un ton amer. C'est à cause de toi si je suis ici, tu sais.

— *Oui, je le sais. Merci.*

Masklinn se détendit un peu.

— Ils sont très gentils, expliqua-t-il. (Il réfléchit à ce qu'il venait de dire.) Enfin, je crois, ajouta-t-il. C'est difficile à dire.

Il regarda à travers la paroi transparente. Une foule d'humains était venue le regarder au cours des minutes qui venaient de s'écouler. Il n'était pas bien fixé : était-il un invité de marque ou un prisonnier, voire quelque chose entre les deux ?

— Ça m'a paru être le seul espoir, sur le coup, acheva-t-il sur un ton embarrassé.

— *Je surveille les communications.*

— Comme toujours.

— *La plupart parlent de toi. Toutes sortes d'experts vont se précipiter ici pour t'examiner.*

— Quel genre d'experts ? Des experts en gnomes ?

— *Des experts en dialogue avec des créatures venues d'un autre monde. Les humains n'ont jamais rencontré personne qui vienne d'un autre monde, mais ils ont quand même des experts pour parler avec eux.*

— J'espère que ça va marcher, fit Masklinn, grave. Les humains connaissent vraiment l'existence des gnomes, désormais.

— *Mais pas leur vraie nature. Ils croient que tu viens juste d'arriver.*

— C'est la pure vérité.

— *Non, que tu viens juste d'arriver ici. Sur cette planète. Arrivé des étoiles.*

— Mais ça fait des milliers d'années qu'on est là ! On vit ici !

— *Les humains trouvent beaucoup plus facile de croire à des petits bonshommes venus de l'espace qu'à de petits bonshommes terrestres. Ils préfèrent croire aux petits hommes verts plutôt qu'aux farfadets.*

Le front de Masklinn se fronça.

— J'ai rien compris.

— *Ne t'inquiète pas, c'est sans importance.*

Le Truc fit pivoter sa lentille pour inspecter le reste de la pièce.

— *Très bien. Très scientifique.*

Puis il la braqua sur un plateau en plastique blanc posé près de Masklinn.

— *Qu'est-ce que c'est ?*

— Oh ! des fruits, des noix, de la viande, des trucs comme ça. Je crois qu'ils m'observent pour voir ce que je mange. J'ai l'impression que ce sont des humains très intelligents, Truc. J'ai montré ma bouche du doigt, et ils ont compris que j'avais faim.

— *Ah !* fit le Truc. *Conduisez-moi à votre chef cuisinier.*

— Pardon ?

— *Je vais m'expliquer. Je t'ai dit que je surveillais leurs communications ?*

— Tout le temps.

— *Il existe une plaisanterie, c'est-à-dire une anecdote ou histoire humoristique, que racontent les humains. Elle parle d'un Vaisseau venu d'un autre monde qui se pose sur cette planète. D'étranges créatures en sortent et demandent une pompe à essence, une poubelle, une machine à sous ou un engin mécanique de nature comparable : « Conduisez-moi à votre chef. » Je suppose que c'est parce qu'ils ne savent pas quelle apparence ont les humains. J'ai ajouté le mot « cuisinier », par allusion aux humains qui s'occupent de la cuisine. C'est un trait d'humour, un jeu sur les mots visant à un effet hilarant.*

Un silence.

— Oh ! fit Masklinn. (Un temps de réflexion.) Ce sont les petits hommes verts dont tu m'as parlé ?

— *Très… Un instant. Un instant.*

— Quoi ? Quoi ? insista Masklinn.

— *J'entends le Vaisseau.*

Masklinn prêta l'oreille de son mieux.

— J'entends rien du tout.

— *Pas par le son. Par la radio.*

— Il est où ? Il est où, Truc ? Tu nous as toujours dit que le Vaisseau était là-haut, mais *où* ?

Les dernières grenouilles s'accroupirent sur la mousse pour échapper à la chaleur du soleil d'après-midi.

Près de l'horizon, à l'est, on voyait un mince croissant blanc.

On aimerait se dire que les grenouilles avaient des légendes sur le sujet. On aimerait penser qu'elles croyaient que le soleil et la lune étaient des fleurs lointaines – une fleur jaune le jour, une blanche la nuit. On aimerait se dire qu'elles faisaient l'objet de légendes, qu'on racontait que, quand une grenouille qui avait été bonne mourait, son âme montait vers les grandes fleurs du ciel…

Le problème, c'est que nous parlons de *grenouilles*. Le soleil, elles l'appelaient « .-.-.mipmip.-.-. ». Et la lune, c'était « .-.-.mipmip.-.-. ». Elles appelaient *tout* « .-.-.mipmip.-.-. ». Quand on est coincé avec un unique mot de vocabulaire, on a beaucoup de mal à inventer des légendes sur quoi que ce soit.

La grenouille de tête, cependant, sentait confusément que la lune ne paraissait pas normale.

Elle brillait de plus en plus.

— Nous avons abandonné le Vaisseau sur la Lune ? s'étonna Masklinn. Mais pourquoi ?

— *Ce sont tes ancêtres qui ont décidé ça. Pour pouvoir le tenir à l'œil, je présume.*

Le visage de Masklinn s'éclaira lentement, comme des nuages au lever du soleil.

— Tu sais, déclara-t-il avec enthousiasme, juste avant tout ça, quand on vivait dans notre vieux terrier, j'avais l'habitude de rester assis dehors, la nuit, à regarder la lune. Peut-être que je savais dans mon sang, en fait, que là-haut…

— *Non, ce que tu ressentais était probablement de la superstition primitive*, expliqua le Truc.

Masklinn parut se dégonfler.

— Oh ! Désolé.

— *Et maintenant, je te prierai de te taire. Le Vaisseau se sent perdu et il veut qu'on lui dise quoi faire. Il vient de s'éveiller après quinze mille ans.*

— Je ne suis jamais très en forme le matin, moi non plus, sympathisa Masklinn.

Il n'y a pas de bruit sur la lune, mais c'est sans importance, puisqu'il n'y a personne pour entendre. Avoir des bruits serait du gaspillage.

Mais il y a de la lumière.

Une fine poussière s'éleva en hautes volutes au-dessus des antiques plaines du croissant sombre de la lune, se développant en nuées bouillonnantes qui montèrent assez haut pour intercepter les rayons du soleil. Elles scintillèrent.

En bas, quelque chose était en train de s'extirper du sol.

— On l'a laissé au fond d'un *trou*? s'exclama Masklinn.

Des vagues de lumière passèrent et repassèrent en ondes sur les surfaces du Truc.

— Ne va pas me dire que c'est pour ça que vous avez toujours vécu dans des terriers. Les autres gnomes ne vivent pas dans des terriers.

— Non, c'est exact. Je devrais arrêter de ne penser qu'à…

Il se tut soudain. Ses yeux se fixèrent en dehors du bocal de verre, où un humain essayait de l'intéresser à des signes qu'il traçait sur un tableau.

— Il faut que tu arrêtes ! Tout de suite. Arrête le Vaisseau. On s'est complètement trompés. On ne peut pas partir. Truc. Il ne nous appartient pas ! On ne peut pas s'approprier le Vaisseau !

Les trois gnomes qui rôdaient à proximité de l'endroit d'où l'on lançait les Navettes étaient en train d'observer le ciel. Alors que le soleil approchait de l'horizon, la lune scintillait comme un ornement de Noël.

— Ça doit être le Vaisseau qui provoque ça ! s'exclama Angalo. C'est forcé ! (Il adressa un sourire radieux aux autres.) Alors, ça y est. Il arrive !

— Je n'aurais jamais cru que ça marcherait… commença Gurder.

Angalo donna une claque dans le dos de Pionn et indiqua le ciel du doigt.

— Tu vois ça, gamin ? Hé ben, c'est le Vaisseau ! Notre Vaisseau !

Gurder se frotta le menton et hocha la tête en regardant Pionn d'un air songeur.

— Oui, dit-il. C'est vrai. Le nôtre.

— Masklinn dit qu'il y a plein de trucs là-haut, poursuivit Angalo, aux anges. Et des tas d'espaces. Masklinn dit que le

Vaisseau vole plus vite que la lumière, ce qui n'est sans doute pas vrai, parce que sinon, on ne verrait plus rien. On allumerait les lampes et toute la lumière tomberait en arrière en dehors de la pièce. Mais il va quand même très vite…

Gurder ramena le regard vers le ciel. L'idée qu'il avait derrière la tête était en train d'avancer vers le devant de la scène, créant en lui une curieuse sensation de gris.

— Notre Vaisseau, dit-il, celui qui a amené les gnomes ici.

— Ouais, c'est vrai, fit Angalo, qui l'entendait à peine.

— Et il va tous nous emporter, poursuivit Gurder.

— C'est ce que Masklinn a dit et…

— Tous les gnomes, dit Gurder.

Le ton de sa voix était aussi lourd et plat qu'une feuille de métal.

— Bien sûr. Pourquoi pas ? Je suppose qu'on apprendra vite comment le ramener à la carrière, et on ira chercher tout le monde. Pionn aussi, bien entendu.

— Et la tribu de Pionn ? demanda Gurder.

— Oh ! ils peuvent venir avec nous, répondit Angalo avec générosité. Il y a peut-être même assez de place pour emmener leurs oies !

— Et les autres ?

Angalo parut surpris.

— Quels autres ?

— Buisson raconte qu'il y a plein d'autres groupes de gnomes. Partout.

Angalo demeura interdit.

— Oh ! eux. Ben, pour eux, je sais pas. Mais on a besoin du Vaisseau. Tu sais bien tout ce qu'on a vécu depuis qu'on a quitté le Grand Magasin.

— Mais si nous emportons le Vaisseau, que leur restera-t-il quand ils en auront besoin ?

Masklinn venait de poser la même question.

— *0100110101010111010101001011010111001O*, répondit le Truc.

— Qu'est-ce que tu dis ?

Le Truc parut agacé.

— *Si je me déconcentre, il risque de ne plus y avoir de Vaisseau pour personne. Je transmets quinze mille instructions à la seconde.*

Masklinn ne fit aucun commentaire.

— *Ça représente un très grand nombre d'instructions*, précisa le Truc.

— Le Vaisseau appartient de droit à tous les gnomes du monde.

— *01001100101001001O...*

— Oh ! la ferme ! Dis-moi quand le Vaisseau va arriver.

— *0101011001... C'est l'un ou l'autre... 01001100...*

— L'autre quoi ?

— *Je peux la fermer ou te dire quand le Vaisseau va arriver. Mais pas les deux à la fois.*

— S'il te plaît, dis-moi quand le Vaisseau va arriver, dit Masklinn avec patience. Et ensuite, ferme-la.

— *Dans quatre minutes.*

— Quatre minutes !

— *Je me trompe peut-être de trois secondes. Mais mes calculs donnent quatre minutes. Sauf que maintenant, c'est dans trois minutes trente-huit secondes. Ce sera dans trois minutes trente-sept secondes d'une seconde à l'autre...*

— Je ne peux pas rester traîner ici s'il doit arriver si vite ! déclara Masklinn (oubliant temporairement tous ses devoirs envers les gnomes du monde). Comment faire pour sortir ? Ce machin a un couvercle.

— *Tu veux que je la ferme tout de suite, ou tu préfères que je te fasse sortir avant ?* demanda le Truc.

— Je t'en prie !

— *Les humains t'ont-ils vu te déplacer ?*

— Que veux-tu dire ?

— *Est-ce qu'ils savent à quelle vitesse tu peux courir ?*

— Je ne sais pas. Non, je ne pense pas.

— *Alors, prépare-toi à courir. Mais commence par te boucher les oreilles.*

Masklinn jugea préférable d'obéir. Le Truc savait être horripilant par moments, mais il n'était pas sage d'ignorer ses conseils.

Des voyants sur le Truc dessinèrent fugitivement une étoile.

Il se mit à piailler. Le son grimpa, grimpa, au-delà de ce que Masklinn était capable d'entendre. Il le sentait, même avec ses mains sur ses oreilles; il avait l'impression que ça lui faisait des bulles désagréables dans la tête.

Il ouvrit la bouche pour crier quelque chose au Truc et les parois éclatèrent. À un moment, il y avait du verre et, l'instant d'après, des éclats de verre jaillirent en tous sens, comme un puzzle dont les pièces avaient soudain décidé qu'elles avaient besoin d'un peu de territoire bien à elles.

— *Maintenant, ramasse-moi et cours*, ordonna le Truc avant que les éclats ne soient retombés sur la table.

Dans toute la salle, les humains se retournaient, à la façon lente et maladroite des humains.

Masklinn s'empara du Truc et détala pour traverser la surface polie.

— En bas! cria-t-il. On est très haut, comment on fait pour aller en bas?

Il regarda autour de lui, désemparé. Une espèce de machine, couverte de petits cadrans et de voyants lumineux, occupait l'autre bout de la table. Il avait vu un humain s'en servir.

— Les fils! s'exclama-t-il. Il y a toujours des fils électriques!

Il dérapa, esquiva aisément une main géante qui tentait de s'emparer de lui et traversa la table.

— Je vais devoir te jeter en bas, haleta-t-il. Je ne peux pas te transporter pendant la descente.

— *Ça ira très bien.*

Masklinn s'arrêta en bordure de table au terme d'une glissade et jeta le Truc par-dessus bord. Oui, il y avait bien des fils qui descendaient jusqu'au sol. Il bondit vers l'un d'eux, tourbillonna autour de façon incontrôlée, puis le descendit, mi-dégringolant, mi-glissant.

Les humains se précipitaient vers lui avec lourdeur, de toutes parts. Il ramassa le Truc par terre, le serra contre sa poitrine et fila vers l'avant. Il y avait un pied – une chaussure marron, des chaussettes bleu marine. Il zigzagua. Deux autres pieds – chaussures noires, chaussettes noires. Et elles allaient trébucher contre le premier pied…

Il les évita.

Il y avait encore d'autres pieds, et des mains, tendues en vain vers le bas. Masklinn était une tache mal définie, éludant et slalomant entre des pieds capables de l'aplatir.

Tout d'un coup, il n'y eut plus que le plancher dégagé.

Quelque part retentit une alarme, dont les échos suraigus parurent graves et terribles à Masklinn.

— *Dirige-toi vers la porte*, suggéra le Truc.

— Mais il y a d'autres humains qui vont entrer, siffla Masklinn.

— *Ça tombe très bien, parce que nous, nous sortons.*

Masklinn atteignit la porte à l'instant où elle s'ouvrait. Un interstice de quelques centimètres apparut ; derrière, de nouveaux pieds.

Plus le temps de réfléchir. Masklinn escalada la chaussure, sauta à terre de l'autre côté et poursuivit sa course.

— Et maintenant ? Et maintenant ?

— *Dehors.*

— C'est de quel côté ?

— *Partout.*

— Me voilà bien avancé !

Des portes s'ouvraient tout au long du couloir. Des humains en sortaient. Le problème n'était pas tant d'éviter la capture – il faudrait qu'un humain soit déjà très vif pour apercevoir un gnome galopant à vive allure, et encore plus pour l'attraper – mais simplement de ne pas se faire marcher dessus par accident.

— Pourquoi n'y a-t-il aucun trou de souris ? Tous les bâtiments devraient en être équipés ! se désola Masklinn.

Une chaussure écrasa le sol à deux centimètres de lui. Il bondit.

Le couloir se remplissait d'humains. Une autre sonnerie d'alarme commença à résonner.

— Pourquoi tout ce remue-ménage ? Ce n'est quand même pas à cause de moi ? Ils ne peuvent pas créer une telle pagaille à cause d'un tout petit gnome ?

— *C'est le Vaisseau. Ils viennent de voir le Vaisseau.*

Une chaussure faillit décerner à Masklinn le prix du gnome le plus parfaitement aplati de Floride. Il manqua de justesse de se cogner contre elle.

À la différence de la plupart des chaussures, celle-ci portait un nom. C'étaient des Baladeuses Crucial, avec une semelle en caoutchouc véritable, SGDG. La chaussette qui en dépassait avait bien la mine d'une Monsieur Inodor', garantie quatre-vingt-cinq pour cent polyputhéketlon, la chaussette la plus chère du monde.

Masklinn regarda encore plus haut. Au-delà des grandes étendues du pantalon bleu et des lointains nuages du pullover, se trouvait une barbe.

C'était le Petit-Fils Richard Quadragénaire.

Au moment où on pouvait se dire que personne ne faisait aucun cas des gnomes, l'Univers tentait l'impossible pour prouver le contraire...

Masklinn fit un saut sans élan et atterrit sur la jambe du pantalon, à l'instant où le pied se déplaçait. C'était le refuge le plus sûr. Il était rare qu'un humain marche sur un autre humain.

Le pied fit un pas, se posa de nouveau. Masklinn, se balançant d'avant en arrière, essayait de se hisser le long du tissu rugueux. On voyait une couture à quelques centimètres de là. Il réussit à s'en saisir ; les points lui assurèrent une prise plus solide.

Richard Quadragénaire se trouvait mêlé à une foule de gens qui se dirigeaient tous dans la même direction. Plusieurs autres humains se cognèrent contre lui, manquant décrocher Masklinn de son perchoir. Il se débarrassa de ses bottines et essaya de s'arrimer avec les orteils.

Un lent martèlement rythmait les pas de Richard Quadragénaire.

Masklinn atteignit une poche, trouva un appui convenable pour ses pieds et continua son ascension. Une énorme étiquette l'aida à parvenir jusqu'à la ceinture. Masklinn avait l'habitude de voir des étiquettes dans le Grand Magasin, mais celle-ci était plutôt grande, même pour une grande étiquette. Elle était couverte d'écriture et rivetée au pantalon, comme si Richard Quadragénaire était une espèce de machine.

— « Grossbergers Hagglers, le premier nom des jeans », lut-il. Et il y a plein de choses qui affirment qu'ils sont épatants, et on voit des images de vaches et des trucs comme ça. À ton avis, pourquoi il porte des étiquettes partout?

— *Peut-être en a-t-il besoin pour reconnaître la nature de ses vêtements ?*

— Pas bête. Il serait sans doute capable de porter ses souliers sur la tête.

En empoignant le pull-over, Masklinn jeta un dernier coup d'œil vers l'étiquette.

— Ça raconte que ces jeans ont remporté une médaille d'or à l'Exposition de Chicago en 1910, dit-il. Ils ont drôlement bien tenu le coup.

Les humains jaillissaient du bâtiment.

Le pull-over était bien plus facile à escalader. Masklinn se hissa avec une certaine célérité. De plus, le Petit-Fils Richard portait les cheveux assez longs, ce qui se révéla utile quand vint le moment de grimper sur son épaule.

Un chambranle de porte passa rapidement au-dessus de sa tête, puis le bleu profond du ciel.

— Combien de temps, Truc ? siffla Masklinn.

L'oreille de Richard Quadragénaire n'était qu'à quelques centimètres.

— *Quarante-trois secondes.*

Les humains se déployèrent sur la grande esplanade en ciment devant le bâtiment. D'autres sortirent de la bâtisse avec des machines à la main. Ils se cognaient les uns aux autres sans arrêt, parce qu'ils avaient tous les yeux fixés sur le ciel.

Un autre groupe était réuni autour d'un humain, qui semblait très inquiet.

— Qu'est-ce qui se passe, Truc ? chuchota Masklinn.

— *L'humain au milieu du groupe est le plus important humain présent. Il est venu regarder le lancement de la Navette. Maintenant, tout le monde lui explique que c'est à lui d'accueillir le Vaisseau.*

— Quel culot ! C'est même pas leur Vaisseau !

— *Oui, mais ils croient que le Vaisseau vient leur parler.*

— Quelle blague !

— *Étonnant, non ?* fit le Truc.

— Tout le monde sait que les gnomes sont plus importants, fit Masklinn. Enfin... tous les gnomes savent ça.

Il réfléchit un instant et secoua la tête.

— Alors, c'est ça, le chef des humains ? C'est un humain d'une grande sagesse, ou quelque chose comme ça ?

— *Je n'en ai pas l'impression. Les autres humains autour de lui sont en train d'essayer de lui expliquer ce qu'est une planète.*

— Il n'en sait rien ?

— *Beaucoup d'humains l'ignorent. Monsieur Le-Vice-Président est du nombre. 001010011000.*

— Tu recommences à parler au Vaisseau.

— *Oui. Six secondes.*

— Il arrive réellement…

— *Oui.*

10

Gravité : C'est une chose qu'on ne comprend pas encore bien, mais elle garde les petites choses, comme les gnomes, collées contre les grosses, comme les planètes. À cause de la science, ça se passe même si on ne sait pas que la gravité existe. Ce qui prouve que la Science se produit sans arrêt autour de nous.

Encyclopédie scientifique pour l'édification des jeunes gnomes curieux, par Angalo de Konfection

Angalo regarda autour de lui.

— Allons, Gurder !

Gurder s'appuya contre une touffe d'herbe et tenta désespérément de retrouver son souffle.

— C'est pas la peine, ahana-t-il. Mais tu réfléchis un peu ? On ne peut pas se battre tout seul contre des humains !

— Pionn est avec nous. Et ma hache est plutôt bien.

— Oh ! une hache en pierre, ça va sûrement les paniquer ! Si tu en avais une seconde, je suis sûr qu'ils se rendraient immédiatement.

Angalo la balançait d'avant en arrière. Elle pesait agréablement au creux de sa main.

— Il faut essayer, répondit-il simplement. Allez, viens, Pionn. Qu'est-ce que tu regardes ? Des oies sauvages ?

Pionn contemplait le ciel.

— Il y a un point là-haut, dit Gurder en plissant les yeux.

— Un oiseau, sans doute.

— Ça ne ressemble pas à un oiseau.

— Alors, c'est un avion.

— Ça ne ressemble pas à un avion.

Ils regardaient tous les trois en l'air, maintenant, leurs visages tournés vers le ciel formant un triangle.

Là-haut, il y avait une tache sombre.

— Tu ne crois quand même pas qu'il a réussi ? demanda Angalo, hésitant.

La tache était maintenant devenue un petit cercle sombre.

— En tout cas, ça ne se déplace pas, dit Gurder.

— Pas sur le côté, c'est vrai, approuva Angalo, d'une voix très lente. On dirait que ça descend.

Ce qui avait été un petit cercle noir était maintenant un cercle noir plus grand, avec juste un soupçon de vapeur ou de fumée sur les bords.

— C'est peut-être un phénomène météo ? supputa Angalo. Tu sais, un genre de temps qu'on ne voit qu'en Floride ?

— Ben voyons ! Un grêlon gigantesque, hein ? C'est le Vaisseau ! Il vient nous chercher !

Il était beaucoup plus gros, et pourtant, et pourtant… il était encore très loin.

— S'il venait nous chercher un peu plus loin, ça ne me dérangerait pas, chevrota Gurder. Ça ne me dérangerait pas de marcher un peu.

— Oui, approuva Angalo qui semblait s'inquiéter sérieusement. Il n'a pas l'air de *venir*, plutôt de, de…

— De *tomber*, compléta Gurder.

Il regarda Angalo.

— On détale ?

— Ça vaut probablement le coup d'essayer.

— Dans quelle direction ?

— Et si on suivait Pionn ? Il a pris ses jambes à son cou il y a quelques instants.

Masklinn aurait été le premier à reconnaître qu'il n'était pas vraiment un expert en moyens de transport, mais ils semblaient tous avoir en commun la présence d'un avant, qui se trouvait à l'avant, et d'un arrière, qui ne s'y trouvait pas. Le but souhaité était que l'avant soit l'endroit à partir duquel ils se déplaçaient vers l'avant.

La chose qui tombait du ciel était un disque – juste un dessus rattaché à un dessous, avec des bords sur les côtés. Il ne faisait aucun bruit, mais les humains semblaient énormément impressionnés.

— C'est ça ?

— *Oui.*

— Oh !

C'est alors que les choses semblèrent se mettre en place.

On ne pouvait pas dire que le Vaisseau était grand. Il aurait fallu employer un mot tout neuf. Il ne *tombait* pas tant au travers de la fine couche nuageuse, qu'il les écartait, tout simplement. Et quand on pensait avoir enfin pris véritablement conscience de sa taille, un nuage passait à proximité, et il fallait réviser la perspective à la hausse. Pour quelque chose d'aussi grand, il aurait fallu un mot à part.

— Il va s'écraser ? souffla Masklinn.

— *Je vais le faire se poser dans les broussailles*, annonça le Truc. *Je ne veux pas effrayer les humains.*

— Cours !

— Qu'est-ce que tu crois que je suis en train de faire ?

— Il est toujours au-dessus de nous !

— Je cours ! Je cours ! Je ne peux pas courir plus vite !

Une ombre tombait sur les trois gnomes filant à toutes jambes.

— Faire tout ce chemin jusqu'à la Floride pour se faire aplatir par son propre Vaisseau ! gémit Angalo. Tu n'y as jamais réellement cru, hein ? Hé ben, maintenant, tu vas en avoir la preuve écrasante !

L'ombre s'approfondit. Ils pouvaient la voir voler sur l'herbe au-devant d'eux – grise sur les bords, se déployant vers des ténèbres nocturnes. Leur propre nuit, une nuit pour eux seuls.

— Les autres sont encore par là-bas, quelque part, rappela Masklinn.

— *Ah !* admit le Truc. *J'avais oublié.*

— Tu ne devrais pas oublier ce genre de chose !

— J'ai été très occupé, ces derniers temps. Je ne peux pas penser à tout. Je pense presque à tout, c'est déjà bien.

— En attendant, essaie de n'écraser personne.

— Je vais l'arrêter avant qu'il atterrisse, ne t'inquiète pas.

Tous les humains parlaient en même temps. Certains avaient commencé à courir vers le Vaisseau en train de tomber. D'autres galopaient en sens inverse.

Masklinn risqua un coup d'œil vers le visage de Richard Quadragénaire. Il observait le Vaisseau avec une expression curieuse, un air de ravissement.

Tandis que Masklinn le regardait, les gros yeux entrèrent en rotation. La tête tourna aussi. Le Petit-Fils Richard posa les yeux sur le gnome perché sur son épaule.

Pour la deuxième fois, l'humain le vit. Et cette fois-ci, il n'y avait aucune issue pour fuir.

Masklinn cogna sur le dessus du Truc.

— Tu pourrais ralentir ma voix ? demanda-t-il précipitamment.

Une expression de stupeur était en train de se répandre sur le visage de l'humain.

— Que veux-tu dire ?

— Je veux que tu répètes tout ce que je vais dire, mais plus lentement. Et plus fort. Pour qu'il puisse me comprendre.

— Tu veux communiquer ? Et avec un humain ?

— Oui. Tu peux le faire ?

— Je te le déconseille vivement ! Ça pourrait se révéler très dangereux !

Masklinn serra les poings.

— Comparé à quoi, Truc ? Comparé à quoi ? Et ça serait tellement plus dangereux que de ne pas communiquer, Truc ? Obéis ! Tout de suite ! Dis-lui… dis-lui que nous ne cherchons pas à faire de mal aux humains ! Tout de suite ! Je vois déjà sa main qui bouge ! Fais-le !

Il brandit la boîte contre l'oreille du Petit-Fils Richard.

Le Truc commença à s'exprimer, avec les intonations lentes et graves du langage humain.

Ça parut durer une éternité.

L'expression de l'humain se figea.

— Tu lui as dit quoi ? Tu lui as dit quoi ? demanda Masklinn.

— *Je lui ai dit que s'il te faisait le moindre mal, j'allais exploser et lui faire sauter le crâne !*

— Tu n'as pas fait ça ?

— Si.

— C'est ça que tu appelles communiquer?

— *Oui. J'appelle ça une méthode de communication très efficace.*

— Mais c'est horrible de dire une telle chose ! Et en plus... tu ne m'avais jamais dit que tu pouvais exploser !

— *J'en suis incapable, mais il n'en sait rien. Ce n'est qu'un humain*, expliqua le Truc.

La chute du Vaisseau se ralentit et il flotta vers le territoire de végétation rase, avant de rencontrer sa propre ombre. Auprès de lui, la tour d'où la Navette avait décollé ressemblait à une épingle à côté d'une très grande assiette noire.

— Tu l'as posé par terre ! Tu avais dit que tu ne le ferais pas ! s'exclama Masklinn.

— *Il n'est pas posé par terre. Il flotte juste au-dessus.*

— On dirait bien qu'il est posé par terre, à mon avis !

— *Il flotte juste au-dessus*, répéta patiemment le Truc.

Richard Quadragénaire regardait Masklinn, au bout de son nez. Il avait l'air interloqué.

— Qu'est-ce qui le garde en l'air ? demanda Masklinn, à propos du Vaisseau.

Le Truc le lui dit.

— Une lente quoi ? C'est quoi, ça ? Ça veut dire qu'il a juste ralenti ?

— *Pas lente. L'anti. L'antigravité.*

— Mais on ne voit ni flammes ni fumée !

— *Ce ne sont pas des composantes essentielles.*

Des véhicules se dirigeaient en hurlant vers la masse du Vaisseau.

— Euh !... Et à quelle distance du sol l'as-tu arrêté, exactement ? s'enquit Masklinn.

— Dix centimètres m'ont paru une distance idéale.

Angalo était couché, le visage enfoui dans le sol sablonneux.

À sa grande stupeur, il était toujours vivant. Ou du moins, s'il était mort, il restait capable de penser. Peut-être bien qu'il était mort et que c'était là qu'on allait après.

Ça ressemblait beaucoup à ce qu'il connaissait déjà.

Voyons voir. Il avait regardé le grand machin tomber du ciel juste en direction de sa tête, et s'était jeté à terre, s'attendant à devenir d'une seconde à l'autre une simple petite tache de graisse au fond d'un énorme trou.

Non, il n'était probablement pas mort. Quelque chose d'aussi important que ça, il s'en serait souvenu.

— Gurder ? hasarda-t-il.

— C'est toi ? demanda la voix de Gurder.

— J'espère bien. Pionn ?

— Pionn ! répondit celui-ci, quelque part dans les ténèbres.

Angalo se mit à quatre pattes.

— Vous avez une idée de l'endroit où l'on est ? s'enquit-il.

— Dans le Vaisseau ? suggéra Gurder.

— Je ne pense pas. Il y a de la terre, de l'herbe, des machins de ce genre.

— Où est donc passé le Vaisseau ? Pourquoi est-ce qu'il fait noir ?

Angalo chassa la terre de son manteau.

— Chais pas. Peut-être... Peut-être qu'il nous a loupés. Peut-être qu'il nous a assommés et qu'on vient de se réveiller en pleine nuit ?

— J'aperçois un peu de jour à l'horizon, fit remarquer Gurder. C'est pas normal, si ? Les nuits, c'est pas comme ça, d'habitude.

Angalo regarda autour de lui. Effectivement, il y avait du jour, au loin. Et on entendait un bruit bizarre, si bas qu'on pouvait ne pas le remarquer au premier abord, mais une fois qu'on avait découvert sa présence, il semblait occuper le monde entier.

Il se releva pour mieux voir.

On entendit un petit bruit sourd.

— Aïe !

Angalo leva la main pour se masser le crâne. Sa main toucha du métal. Se pliant un peu en deux, il se risqua à tourner la tête pour voir contre quoi il s'était cogné.

Il resta longuement songeur.

Puis il déclara :

— Gurder, tu vas avoir un mal pas possible à me croire…

— Cette fois-ci, dit Masklinn au Truc, je veux que tu traduises *exactement*, c'est bien compris ? N'essaie pas de lui faire peur !

Les humains avaient encerclé le Vaisseau. Enfin… ils essayaient de l'encercler, mais il faut un sacré nombre d'humains pour cerner un objet aussi gros que le Vaisseau. Alors ils se contentaient de l'encercler par-ci, par-là.

De nouveaux camions arrivaient, la plupart toutes sirènes hurlantes. On avait laissé Richard Quadragénaire seul, en train de contempler son épaule avec une expression inquiète.

— En plus, on a une dette envers lui, continua Masklinn. On s'est servi de son satellite. Et on lui a volé des affaires.

— *Tu disais que tu voulais faire les choses à ta façon. Sans se faire aider par les humains, tu as dit.*

— Oublions ça. Dis-lui… je veux dire, demande-lui de se diriger vers le Vaisseau. Et n'oublie pas de dire s'il vous plaît. Et dis-lui que nous ne voulons pas que quiconque soit blessé. Moi y compris, ajouta-t-il.

La réponse du Petit-Fils Richard sembla prendre longtemps. Mais il se mit effectivement en route vers la foule qui entourait le Vaisseau.

— Qu'est-ce qu'il a dit ? s'enquit Masklinn, cramponné de toutes ses forces au pull-over.

— *Je n'y crois pas*, transmit le Truc.

— Il ne me croit pas ?

— *Il a dit que son grand-père lui parlait toujours du petit peuple, mais il n'y avait jamais cru jusqu'à maintenant. Il demande si nous sommes comme ceux qui étaient dans l'ancien Grand Magasin* ?

Masklinn en resta bouche bée. Le Petit-Fils Richard le fixait avec attention.

— Dis-lui que oui, réussit-il à croasser.

— *Très bien. Mais je ne crois pas que ce sera une bonne idée.*

Le Truc tonna. Le Petit-Fils Richard gronda une réponse.

— *Il dit que son grand-père parlait en plaisantant de la présence du petit peuple dans son Grand Magasin. Il répétait qu'ils lui portaient bonheur.*

Masklinn sentit au creux de son estomac l'horrible impression que le monde changeait encore, au moment où il pensait le comprendre.

— Est-ce que son grand-père a déjà vu des gnomes ?

— *Il dit que non. Mais il raconte que quand son grand-père et le frère de son grand-père, aux premiers temps du Grand Magasin, travaillaient tard le soir pour s'occuper des comptes, ils entendaient des bruits dans les murs et se racontaient qu'il y avait des farfadets dans le Grand Magasin. C'était une sorte de plaisanterie. Il dit que quand il était petit, son grand-père lui racontait des histoires sur le petit peuple qui sortait la nuit s'amuser avec les jouets.*

— Mais les gnomes du Grand Magasin n'ont jamais fait ça ! s'indigna Masklinn.

— *Je n'ai jamais dit que ces histoires étaient vraies* !

Le Vaisseau était beaucoup plus proche, à présent. Il ne semblait posséder ni portes ni fenêtres, nulle part. Il était aussi lisse qu'un œuf.

Le cerveau de Masklinn était en ébullition. Il avait toujours pensé que les humains devaient être intelligents. Après tout, les gnomes avaient une brillante intelligence. Les rats avaient une certaine intelligence. Et les renards avaient de l'intelligence, plus ou moins. Il devait y avoir assez d'intelligence de par le vaste monde pour que les humains en aient eu leur part. Mais là, c'était plus que de l'intelligence.

Il se souvenait du livre intitulé *Les Voyages de Gulliver*. Il avait considérablement surpris tous les gnomes. Aucune île de petites gens n'avait jamais existé. Il en était persuadé. C'était une… une… une invention. Il y avait eu beaucoup de livres comme ça, dans le Grand Magasin. Ils étaient à l'origine de tracas sans fin pour les gnomes. Pour une raison inconnue, les humains avaient un besoin de choses qui n'étaient pas vraies.

Ils n'avaient jamais réellement cru en l'existence des gnomes, se dit-il, mais ils voulaient quand même y croire.

— Dis-lui… dit-il. Dis-lui que je dois monter à bord du Vaisseau.

Le Petit-Fils Richard chuchota quelque chose. On avait l'impression d'entendre souffler une bourrasque.

— *Il dit qu'il y a trop de monde.*

— Pourquoi y a-t-il autant d'humains autour? s'ébahit Masklinn. Pourquoi ils n'ont pas peur?

Le Petit-Fils Richard répondit par une nouvelle bourrasque.

— *Selon lui, tout le monde croit que des créatures venues d'un autre monde vont descendre pour leur parler.*

— Pourquoi?

— *Je l'ignore*, répondit le Truc. *Peut-être parce qu'ils ne veulent pas être tout seuls.*

— Mais il n'y a personne à bord! Il est à nous, ce Vaisseau... commença à dire Masklinn.

Une clameur s'éleva. La foule se boucha les oreilles.

Des lumières apparurent sur les ténèbres du Vaisseau. Elles scintillaient sur toute la coque en dessins qui couraient en avant ou en arrière avant de disparaître. Une nouvelle clameur monta.

— Il n'y a vraiment personne, c'est bien ça? demanda Masklinn. Aucun gnome qui serait resté en hibernation ou je ne sais quoi?

Très haut sur la coque du Vaisseau s'ouvrit une petite porte carrée. On entendit un chuintement et un rayon de lumière rouge qui en jaillit carbonisa un carré de broussailles à quelques mètres de là.

Les gens commencèrent à s'enfuir.

Le Vaisseau monta d'un mètre ou deux, ballottant de façon inquiétante. Il partit un peu sur le côté. Puis il monta si vite qu'il sembla devenir flou et se figea brutalement au-dessus de la foule. Ensuite, il bascula sur le dos. Puis il se mit debout sur un côté pendant un moment.

Il redescendit en flottant et atterrit, plus ou moins. C'est-à-dire qu'un de ses côtés toucha terre, tandis que l'autre reposait en l'air, sur rien.

Le Vaisseau parla d'une voix sonore.

Aux oreilles des humains, cela devait ressembler à des piaillements suraigus.

En fait, ce qu'il disait, c'était :

— Désolé ! Pardon ! C'est un micro, ça ? J'arrive pas à trouver le bouton de la porte… Essayons celui-ci…

Une nouvelle écoutille carrée s'ouvrit. Une brillante lumière bleue déferla.

La voix tonna de nouveau sur le paysage.

— Ça y est !

On entendit le toc-toc étouffé de quelqu'un qui n'est pas certain que le micro soit branché et qui le tapote pour vérifier.

— Masklinn, tu es là ?

— C'est Angalo ! cria Masklinn. Personne d'autre ne conduit comme ça ! Truc, dis au Petit-Fils Richard qu'il faut que je monte à bord ! Je t'en prie !

L'humain hocha la tête.

Les humains se pressaient autour de la base du Vaisseau. La porte était trop haute, ils ne pouvaient l'atteindre.

Tandis que Masklinn se cramponnait résolument, Richard Quadragénaire se fraya un chemin dans la foule.

Le Vaisseau poussa une nouvelle lamentation.

— Heu !… (La voix immensément amplifiée d'Angalo s'adressait apparemment à quelqu'un d'autre.) Je ne sais pas bien à quoi sert ce bouton, mais c'est peut-être… Bien sûr que je vais appuyer dessus, pourquoi je n'appuierais pas ? Il est placé exactement à côté de celui de la porte, il n'est pas dangereux, c'est obligé. Écoute, maintenant, tu la fermes…

Une rampe d'accès argentée se déploya à partir de la porte. Elle semblait assez grande pour des humains.

— T'as vu ? T'as vu ? triompha la voix d'Angalo.

— Truc, tu peux parler à Angalo ? demanda Masklinn. Lui dire que je suis là, dehors, et que j'essaie de monter à bord ?

— *Non. De toute évidence, il appuie sur des boutons au hasard. Il faut espérer qu'il ne touchera pas à ceux qu'il ne faut pas.*

— Je croyais que tu pouvais dire au Vaisseau ce qu'il fallait faire !

Le Truc réussit à paraître scandalisé.

— *Pas lorsqu'un gnome est à bord. Je ne peux pas demander au Vaisseau de ne pas obéir à un gnome. C'est ça être une machine.*

Le Petit-Fils Richard s'ouvrait un passage à travers les humains qui se bousculaient et vociféraient, mais le trajet était pénible.

Masklinn soupira.

— Demande au Petit-Fils Richard de me poser par terre, dit-il.

Et il ajouta :

— Et dis-lui merci. Dis-lui... que j'aurais aimé pouvoir lui parler un peu plus longtemps.

Le Truc traduisit.

Richard Quadragénaire parut surpris. Le Truc ajouta autre chose. Puis l'humain tendit la main vers Masklinn.

S'il avait dû établir une liste des moments les plus horribles de sa vie, celui-ci serait arrivé en tête. Il avait affronté des renards, aidé à conduire le Camion, volé sur une oie – mais rien dans ces moments-là n'était aussi terrible que de laisser une main humaine se poser sur lui. Les énormes doigts couverts de dessins en spirale se déplièrent et le prirent par la taille. Il ferma les yeux.

La voix tonnante d'Angalo déclara :

— Masklinn ? Masklinn ? S'il t'est arrivé quoi que ce soit, il va y avoir du *grabuge* !

Les doigts de Richard Quadragénaire tenaient Masklinn délicatement, comme s'il s'était agi d'un objet très fragile. Masklinn se sentit lentement descendre vers le sol. Il souleva les paupières. Il y avait autour de lui une forêt de jambes humaines.

Il leva les yeux vers le visage gigantesque du Petit-Fils Richard et, essayant de s'exprimer d'une voix aussi lente et grave que possible, il prononça le seul mot qu'un gnome ait jamais dit directement à un humain en cinq mille ans.

— Adieu.

Puis il s'engagea en courant dans le labyrinthe de pieds.

Plusieurs humains porteurs de pantalons d'aspect officiel et de grosses chaussures se tenaient au pied de la rampe d'accès. Masklinn se faufila entre eux et gravit la pente au galop.

Devant lui, une lumière bleue coulait par l'écoutille béante. Au fil de sa course, il distingua deux taches au bord de l'entrée.

La rampe d'accès était longue. Masklinn n'avait pas dormi depuis des heures. Il regretta de ne pas avoir profité du lit, pendant que les humains l'observaient ; il avait l'air très confortable.

Brusquement, ses jambes ne souhaitaient plus qu'une chose : aller au plus près et se coucher.

Il atteignit le sommet de la rampe en titubant et les taches devinrent les visages de Gurder et de Pionn. Ils tendirent les bras et le hissèrent à bord du Vaisseau.

Il se retourna et contempla au-dessous de lui une mer de visages d'humains. Il n'avait encore jamais dû baisser les yeux pour regarder un visage humain.

Ils ne pouvaient probablement pas le voir. Ils attendent les petits hommes verts, se dit-il.

— Tu vas bien ? s'inquiéta Gurder. Ils ne t'ont rien fait ?

— Je me sens très bien, très bien, marmonna Masklinn. Personne ne m'a fait aucun mal.

— Tu as une mine épouvantable.

— On aurait dû discuter avec eux, Gurder, dit Masklinn. Ils ont *vraiment* besoin de nous.

— Tu es certain que tu te sens bien ? demanda Gurder en le considérant d'un air soucieux.

La tête de Masklinn semblait bourrée de coton.

— Tu sais, tu croyais en Arnold Frères (fond. 1905) ? parvint-il à articuler.

— Oui, répondit Gurder.

Masklinn lui adressa un sourire triomphal et fou.

— Eh bien, lui aussi, il croyait en toi ! Qu'est-ce que t'en dis ?

Et Masklinn se ratatina sur lui-même, tout doucement.

11

Le Vaisseau : La machine utilisée par les gnomes pour quitter la Terre. Nous ne savons pas encore tout ce qu'il faut en savoir, mais nous y parviendrons un jour, parce qu'il a été construit par des gnomes qui se servaient de la *Science*.

Encyclopédie scientifique pour l'édification des jeunes gnomes curieux,
par Angalo de Konfection

La rampe se rembobina. La porte se ferma. Le Vaisseau s'éleva dans les airs jusqu'à être très haut au-dessus des bâtiments.

Et il resta là, tandis que le soleil se couchait.

Au-dessous, les humains essayèrent de lui envoyer des faisceaux de lumières colorées, de lui jouer des morceaux de musique et, pour finir, de s'adresser à lui dans toutes les langues connues de l'homme.

Il parut ne rien remarquer.

Masklinn se réveilla.

Il se trouvait sur un lit très inconfortable. Un lit tout mou. Masklinn avait horreur de dormir sur plus mou que le sol. Les gnomes du Grand Magasin aimaient utiliser de jolies pièces de moquette pour leur sommeil, mais Masklinn avait préféré employer un morceau de bois à cet effet. Comme couverture, il s'était servi d'un bout de chiffon, en se répétant qu'il sombrait dans le luxe.

Il se redressa sur son séant et considéra la pièce. Elle était plutôt vide. Le lit, une table et une chaise.

Une table et une chaise.

Dans le Grand Magasin, les gnomes s'étaient fabriqué des meubles à base de boîtes d'allumettes et de bobines de coton ; quant aux gnomes qui vivaient Dehors, la notion même de meuble leur était inconnue.

Ceux-ci ressemblaient à des meubles d'humains, mais ils étaient à l'échelle des gnomes.

Masklinn se leva et traversa pieds nus le sol métallique jusqu'à la porte. Une porte à la taille d'un gnome, là aussi. Un passage construit par des gnomes pour que des gnomes l'empruntent.

Elle débouchait sur un couloir bordé de portes. Tout cela dégageait une impression de grand âge. Non qu'il soit poussiéreux ou sale. Mais il en émanait l'atmosphère d'un endroit qui est resté propre pendant très très longtemps.

Un objet se dirigea vers lui en ronronnant. C'était une petite boîte noire, ressemblant un peu au Truc, mais montée sur de petites chenilles. Une petite brosse rotative installée sur le devant balayait les saletés pour les faire entrer par une fente. Enfin… Elle les aurait balayées s'il y en avait eu. Masklinn se demanda combien de fois l'objet avait industrieusement nettoyé ce couloir, en attendant le retour des gnomes…

L'objet se cogna contre son pied, lui adressa un bip avant de partir dans la direction opposée avec un air affairé. Masklinn le suivit.

Au bout d'un moment, il croisa un deuxième engin. Il se déplaçait au plafond avec un léger cliquetis, et le nettoyait.

Masklinn tourna au coin du couloir et faillit percuter Gurder.

— Tu es debout !

— Oui. Heu ! On est à bord du Vaisseau, c'est ça ?

— C'est invraisemblable… ! commença à dire Gurder.

Il avait les yeux fous et ses cheveux étaient dressés sur sa tête.

— Je veux bien le croire, lui dit Masklinn pour le calmer.

— Mais y a plein de… Et puis y a d'énormes… et puis, mais alors, vraiment *d'énormes*… Et tu ne me croirais pas si je te disais la largeur que… et y a tant de…

La voix de Gurder s'éteignit. Il avait l'air d'un gnome qui devra apprendre des mots nouveaux avant de pouvoir décrire les choses.

— C'est trop grand ! éclata-t-il enfin. (Il saisit Masklinn par le bras.) Allez, viens, dit-il.

Et il commença à descendre le couloir, en courant presque.

— Comment êtes-vous montés ? lui demanda Masklinn en tentant de rester à sa hauteur.

— C'était incroyable ! Angalo a touché une espèce de panneau et ça a coulissé et on s'est retrouvés à l'intérieur, et y avait une espèce d'ascenseur et on a abouti dans une grande pièce immense où y avait un siège, alors Angalo s'est assis et tout un tas de lumières se sont allumées et il a commencé à appuyer sur des boutons et à remuer des bidules !

— Tu n'as pas essayé de l'en empêcher ?

Gurder leva les yeux au ciel.

— Tu connais Angalo, dès qu'il y a des machines. Mais le Truc essaie de le persuader d'être raisonnable. Sinon, on serait déjà en train de se cogner contre les étoiles, ajouta-t-il sur un ton sinistre.

Il le guida à travers une nouvelle arche dans...

Bon. C'était forcément une pièce, puisqu'on se trouvait à l'intérieur du Vaisseau. Heureusement que je sais ça, songea Masklinn, parce que sinon, je me serais cru Dehors. Elle s'étendait à perte de vue, aussi vaste qu'un rayon du Grand Magasin.

Des écrans immenses et des panneaux à l'aspect compliqué couvraient les murs. La plupart étaient éteints. De noires ténèbres s'étendaient en tous sens, à l'exception d'une petite flaque de lumière au beau milieu de la pièce.

Elle éclairait Angalo, presque perdu sur son grand fauteuil capitonné. Le Truc se trouvait devant lui, posé sur un panneau de métal incliné, constellé de boutons. Ils étaient de toute évidence en pleine dispute – lorsque Masklinn entra, Angalo lui jeta un regard furieux et s'indigna :

— Il ne veut pas faire ce que je lui dis de faire !

Le Truc se fit aussi compact, noir et cubique que possible.

— *Il veut piloter le Vaisseau*, dit-il.

— Tu es une machine ! Tu dois faire ce qu'on te dit ! s'écria Angalo.

— *Je suis une machine* intelligente *et je ne tiens pas à me retrouver aplati au fond d'un trou très profond*, déclara le Truc. *Tu n'es pas encore capable de piloter le Vaisseau.*

— Qu'est-ce que tu en sais? Tu refuses de me laisser essayer! J'ai pourtant bien conduit le Camion, non? C'est pas ma faute si tous les arbres et les feux rouges et tout ça se mettaient en travers de mon chemin, ajouta-t-il après avoir surpris le regard que lui jeta Masklinn.

— Je présume que le Vaisseau est un tantinet plus compliqué, suggéra Masklinn, diplomate.

— Mais j'apprends sans arrêt. C'est facile. Tous les boutons portent de petits dessins. Regarde…

Il appuya sur un bouton.

Un des grands écrans s'alluma, montrant les foules d'humains à l'extérieur du Vaisseau.

— Ils attendent depuis une éternité, expliqua Gurder.

— Mais qu'est-ce qu'ils veulent? s'étonna Angalo.

— Tu m'en demandes trop, répondit Gurder. Qui peut savoir ce que veulent les humains?

Masklinn contempla la foule au-dessous du Vaisseau.

— Ils ont essayé plein de choses, expliqua Gurder. Des lumières qui clignotent, de la musique et tout et tout. Et la radio aussi, c'est le Truc qui dit ça.

— Vous n'avez pas essayé de leur répondre? demanda Masklinn.

— Non. J'ai rien de spécial à leur dire, répondit Angalo.

Il toqua avec les phalanges contre le Truc.

— Alors, gros malin? Si ce n'est pas moi qui conduis, qui va s'en charger?

— *Moi.*

— Comment tu vas faire?

— *Il y a un creux à côté du siège.*

— Je le vois. Il a à peu près ta taille.

— *Glisse-moi dedans.*

Angalo haussa les épaules, saisit le Truc. La boîte noire se coula aisément dans le logement jusqu'à ce que seul son sommet en dépasse.

— Dis donc, euh!… fit Angalo. Tu ne veux pas que je fasse quelque chose? Mettre les essuie-glaces en marche, je ne sais pas, moi… Je me sens tout bête, assis là à ne rien faire.

Le Truc parut ne pas l'avoir entendu. Sa lumière clignota un instant comme s'il se mettait à l'aise, à sa façon de mécanique. Puis, il déclara, d'une voix beaucoup plus grave que d'habitude :

— *Parfait.*

Les lumières s'allumèrent à travers tout le Vaisseau. Elles partaient du Truc telle une vague ; des panneaux se mirent à scintiller comme de petits cieux piqués d'étoiles, de grands luminaires au plafond s'éveillèrent, on entendit au loin des chocs et des bourdonnements, tandis que l'électricité revenait à la vie et que l'air prenait le parfum des orages.

— On dirait le Grand Magasin au moment du Fêtons Noël, dit Gurder.

— *Tous les systèmes en ordre de marche*, tonna le Truc. *Annoncez notre destination.*

— Hein ? dit Masklinn. Et arrête de crier.

— *Où allons-nous ?* demanda le Truc. *Il faut que tu nommes notre destination.*

— Elle porte déjà un nom. C'est la carrière, non ? répondit Masklinn.

— *Où se trouve-t-elle ?*

— Elle est… (Masklinn agita un bras, dans une direction indéterminée.) Ben, quelque part par là.

— *Dans quelle direction ?*

— Comment veux-tu que je le sache ? Combien de directions y a-t-il ?

— Truc, est-ce que tu es en train de nous dire que tu ne connais pas le chemin de la carrière ? s'enquit Gurder.

— *C'est exact.*

— On est perdus ?

— *Pas du tout. Je sais exactement sur quelle planète nous nous trouvons.*

— Mais non, on n'est pas perdus, déclara Gurder. On est ici. On sait où l'on est. C'est juste qu'on ne sait pas où l'on n'est pas.

— Et si tu montais assez haut ? Tu ne pourrais pas trouver la carrière ? suggéra Angalo. On devrait l'apercevoir, d'en haut.

— *Très bien.*

— Je peux le faire ? supplia Angalo. S'il te plaît ?

— *Alors appuie avec le pied gauche et tire le levier vert en arrière*, fit le Truc.

On entendit moins de bruit qu'un changement de silence. Un instant, Masklinn eut l'impression de peser plus lourd, mais ce sentiment ne dura pas.

L'image sur l'écran se réduisit.

— Alors là, voilà ce que j'appelle voler, lança Angalo, radieux. Pas de bruit, pas de battements d'ailes idiots.

— Oui. Et Pionn, où est-il ? demanda Masklinn.

— Il est allé se promener, répondit Gurder. Je crois qu'il est parti chercher quelque chose à manger.

— Sur un engin où il n'y a eu aucun gnome pendant quinze mille ans ?

Gurder eut un haussement d'épaules.

— Qui sait ? Il reste peut-être quelque chose qui traîne au fond d'un placard. Masklinn, je voudrais avoir une petite discussion avec toi.

— Oui ?

Gurder se rapprocha de lui et jeta un coup d'œil à Angalo par-dessus son épaule. Le gnome était vautré sur le siège du poste de commande, une expression de satisfaction béate répandue sur son visage.

Gurder baissa la voix.

— On ne devrait pas faire ça, dit-il. Je sais que c'est terrible à dire, après tout ce que nous avons vécu. Mais ce Vaisseau n'est pas à nous, en fin de compte. Il appartient à tous les gnomes, partout.

Il parut soulagé en voyant que Masklinn opinait du chef.

— Il y a un an, tu ne croyais même pas à l'existence d'aucun gnome, nulle part.

Gurder parut contrit.

— Oui, bon... c'est du passé. Parlons du présent. Je ne sais plus en quoi il faut croire, sinon qu'il doit exister des milliers de gnomes dont nous ne savons rien. Si ça se trouve, il y en a même d'autres qui vivent dans des Grands Magasins ! Nous sommes simplement ceux qui ont eu la chance de détenir le Truc. Et par conséquent, si on s'en va avec le Vaisseau, il ne leur restera plus aucun espoir.

— Je sais, je sais, se désola Masklinn. Mais que faire ? C'est nous qui avons besoin du Vaisseau, pour l'instant. Et d'ailleurs, comment pourrait-on retrouver tous ces gnomes ?

— Nous avons le Vaisseau !

Masklinn indiqua de la main l'écran, où le paysage se déployait pour se fondre dans la brume.

— Ça prendrait un temps infini pour trouver des gnomes là en bas. Et on n'y parviendrait même pas avec le Vaisseau. Il faudrait faire ça à terre. Les gnomes se cachent ! Vous autres, dans le Grand Magasin, vous ignoriez l'existence de mon groupe, et nous ne vivions qu'à quelques kilomètres de chez vous. Nous n'avons rencontré la tribu de Pionn que par un simple accident. D'ailleurs… (Il ne résista pas au plaisir de taquiner Gurder.) Il y a aussi un problème plus profond. Tu sais bien comment nous sommes, nous autres gnomes. Ceux qu'on rencontrerait ne croiraient même pas au Vaisseau, si ça se trouve.

Il regretta immédiatement ses paroles. Il n'avait jamais vu Gurder paraître si malheureux.

— C'est vrai, déclara l'Abbé. Moi, je n'y aurais pas cru. Et je ne suis pas encore bien sûr d'y croire, alors que je me trouve à son bord.

— Peut-être que quand on aura déniché un endroit où s'établir, on pourra renvoyer le Vaisseau ramasser tous les gnomes qu'on trouvera, suggéra Masklinn. Je suis sûr que ça plairait à Angalo.

Les épaules de Gurder commencèrent à trembler. Un instant, Masklinn crut que le gnome était en train de rire, puis il vit les larmes couler sur le visage de l'Abbé.

— Hem !… dit-il, ne sachant que dire d'autre.

Gurder se détourna.

— Excuse-moi, dit-il. C'est juste que… tout change tellement vite. Pourquoi est-ce que les choses ne peuvent pas rester cinq minutes en place ? Chaque fois que je commence à bien comprendre une idée, elle change du tout au tout et je passe pour un imbécile ! Tout ce que je demande, c'est de pouvoir croire en quelque chose de réel ! Quel mal y a-t-il à ça ?

— Je crois qu'il faut avoir un esprit flexible, dit Masklinn, qui comprit au moment où il prononçait ces mots qu'ils n'allaient pas servir à grand-chose.

— Flexible? Flexible? J'ai la cervelle tellement flexible que je pourrais me la sortir par les oreilles pour la nouer sous mon menton! rétorqua sèchement Gurder. Et ça ne m'a pas beaucoup aidé, crois-moi sur parole! J'aurais mieux fait de croire à tout ce qu'on m'a appris quand j'étais enfant! Au moins, je ne serais passé pour un idiot qu'une seule fois! Mais là, je me trompe tout le temps!

Il s'engagea d'un pas furieux dans un des couloirs.

Masklinn le regarda s'éloigner. Ce n'était pas la première fois qu'il souhaitait lui-même pouvoir croire en quelque chose avec la ferveur de Gurder, afin d'avoir quelqu'un à qui se plaindre de la vie qu'il menait. Il aurait aimé revenir en arrière – oui, même dans son terrier. La vie n'y avait pas été si terrible, sauf qu'il faisait froid, qu'on n'était jamais au sec, et qu'on se faisait sans cesse dévorer. Mais au moins, il avait été aux côtés de Grimma. Ils auraient eu froid et faim ensemble et auraient été mouillés tous les deux. Il ne se serait pas senti si abandonné...

Un mouvement se produisit près de lui. C'était Pionn, qui portait un plateau de ce qui devait être... des fruits, décida Masklinn. Il laissa de côté sa solitude pour l'instant et s'aperçut que sa fringale n'attendait qu'une occasion de se manifester. Il n'avait jamais vu de fruits de cette forme et de cette couleur.

Il prit une tranche sur le plateau offert. Ça avait un goût de citron et de noisette.

— Ça s'est bien conservé, étant donné les circonstances, fit-il remarquer, un peu pris de court. Où as-tu trouvé ça?

En fait, cela venait d'une machine, dans un couloir tout proche. Son fonctionnement paraissait assez simple. Il y avait des centaines d'images différentes de choses à manger. Quand on en touchait une, on entendait un ronronnement bref et la nourriture tombait sur un plateau par une ouverture. Masklinn appuya sur quelques images au hasard et obtint plusieurs variétés de fruits, une espèce de légume qui couinait dans la main et un morceau de viande qui avait un goût proche du saumon fumé.

— Je me demande comment il fait ça? s'interrogea-t-il à haute voix.

Une voix dans le mur derrière lui expliqua :

— *Si je te parlais de démantelage moléculaire relayé par un réassemblage à partir d'une gamme étendue de matériaux de base, est-ce que tu comprendrais ?*

— Non, reconnut franchement Masklinn.

— *Eh bien alors, c'est la Science qui le fait marcher.*

— Ah bon ? Oh ! ben, dans ce cas, c'est parfait. C'est bien toi, Truc, non ?

— *Oui.*

Mâchouillant sa viande/poisson, Masklinn regagna benoîtement la salle de contrôle et proposa un peu de nourriture à Angalo. Le grand écran ne montrait que des nuages.

— C'est pas là-dedans qu'on verra la carrière, constata-t-il.

Angalo tira légèrement un levier vers l'arrière. La sensation d'un poids accru régna brièvement.

Ils contemplèrent l'écran.

— Mince ! fit Angalo.

— Ça me rappelle quelque chose, observa Masklinn.

Il tapota ses vêtements jusqu'à ce qu'il retrouve la carte pliée, froissée qu'ils avaient emportée avec eux depuis le Grand Magasin.

Il l'étala et ses yeux allèrent de la carte à l'écran.

— Tu as la moindre idée de ce que ça peut être ?

— Non, mais je sais comment on en nomme certaines parties, répondit Masklinn. Celle-là, épaisse en haut et toute mince en bas, on l'appelle Amérique du Sud. Regarde, elle ressemble à la carte. Sauf qu'il devrait y avoir les mots « Amérique du Sud » écrits dessus.

— Mais je ne vois toujours pas la carrière.

Masklinn contempla l'image en face d'eux. Amérique du Sud. Grimma en avait parlé, non ? C'est là que vivaient les grenouilles dans leurs fleurs. Elle avait dit que, quand on connaissait l'existence de choses comme les grenouilles qui vivent dans des fleurs, on n'était plus le même.

Il commençait à comprendre ce qu'elle avait voulu dire.

— Laissons tomber la carrière un moment, dit-il. Ça peut attendre.

— *Nous devrions aller là-bas le plus vite possible, pour le bien de tous.*

Masklinn y réfléchit un instant. C'était la vérité, il devait le reconnaître. N'importe quoi pouvait arriver en ce moment, chez eux. Il fallait ramener le Vaisseau rapidement, pour le bien de tous.

Et puis, il se dit : J'agis depuis longtemps pour le bien de tous. Pour une fois, une seule, je vais faire quelque chose pour mon propre compte. Je ne crois pas que nous réussissions à trouver d'autres gnomes avec ce Vaisseau, mais au moins, des grenouilles, je sais où en trouver.

— Truc, dit-il, conduis-nous en Amérique du Sud. Et sans discussion.

12

Grenouilles : Certains pensent qu'il est important de connaître les grenouilles. Elles sont petites et toutes vertes, parfois jaunes, et elles ont quatre pattes. Elles coassent. Les petites grenouilles s'appellent des têtards. À mon avis, c'est tout ce qu'on a besoin de savoir sur les grenouilles.

Encyclopédie scientifique pour l'édification des jeunes gnomes curieux, par Angalo de Konfection

Repérez une planète bleue…

Mise au point

Voici une planète. Sa surface est en majorité couverte d'eau, mais on l'appelle quand même la Terre.

Repérez un pays…

Mise au point

… sous le soleil, du bleu, du vert et du brun, et de longues traînées de nuages que déchiquettent les montagnes…

Mise au point

… sur une montagne, verte et ruisselante, et voici un…

Mise au point

… arbre, chargé de mousse et couvert de fleurs et…

Mise au point

… sur une fleur qui contient une petite mare. C'est une broméliacée épiphyte.

Ses feuilles – mais ce pourrait être des pétales – frémissent à peine quand trois minuscules grenouilles très dorées se hissent à leur hauteur et contemplent avec stupeur l'eau fraîche et claire. Deux d'entre elles regardent leur chef, attendant de lui une déclaration historique à la mesure de l'événement.

Ce sera « .-.-.mipmip.-.-. ».

Puis elles se laissent glisser le long de la feuille jusque dans l'eau.

Si les grenouilles savent faire la différence entre le jour et la nuit, leurs notions de temps restent assez floues. Elles savent que certains événements se produisent après d'autres. Des grenouilles vraiment intelligentes peuvent se demander si quelque chose empêche que tout se passe simultanément, mais ça ne va jamais plus loin.

Aussi, il est difficile de savoir, d'un point de vue de grenouille, combien de temps s'écoula avant qu'une nuit inhabituelle tombe en plein milieu de la journée…

Une grande ombre noire se déplaça au sommet des arbres et s'arrêta. Au bout d'un moment, on perçut des voix. Les grenouilles les entendirent, bien qu'elles ne sachent pas ce qu'elles disaient, ni même ce qu'elles étaient. Ce n'était pas le genre de voix dont les grenouilles avaient l'habitude.

Ce qu'elles entendirent, ce fut à peu près ceci :

— Y en a combien de montagnes, enfin ? Franchement, c'est ridicule ! Il n'y a pas besoin d'en avoir autant ! Moi, je dis que c'est du gaspillage. Une seule aurait largement suffi. Une montagne de plus et je deviens fou. Et il va falloir en fouiller encore combien ?

— Moi, elles me plaisent.

— Et certains de ces arbres n'ont pas la bonne taille.

— Eux aussi, ils me plaisent, Gurder.

— Et je n'ai pas confiance quand c'est Angalo qui conduit.

— Je crois qu'il s'améliore, Gurder.

— En tout cas, j'espère qu'il n'y aura plus d'aéroplanes pour nous tourner autour, c'est tout.

Gurder et Masklinn se balançaient dans un panier grossier fait de bouts de métal et de fil de fer. Il était suspendu sous une écoutille carrée béant sous le Vaisseau.

Il y avait encore d'immenses pièces du Vaisseau qu'ils n'avaient pas encore explorées. On trouvait partout des engins bizarres. Le Truc avait dit que le Vaisseau servait à l'exploration.

Masklinn n'avait pas très confiance. Il y avait sûrement des machines capables de descendre et de remonter facilement le panier, mais il avait préféré nouer la corde autour d'un pilier du Vaisseau et, avec l'aide de Pionn resté à l'intérieur, monter et descendre le panier à la pure sueur de fronts gnomiques.

Le panier se cogna doucement contre la branche de l'arbre.

Le problème, c'était que les humains refusaient de les laisser en paix. Dès qu'ils trouvaient une montagne prometteuse, aéroplanes et hélicoptères commençaient à bourdonner autour d'eux, comme des mouches autour d'un aigle. Ça les empêchait de se concentrer.

Masklinn regarda la branche. Gurder avait raison. Ce serait leur dernière montagne, il le fallait.

Mais il y avait des fleurs ici, aucun doute sur ce point.

Il rampa le long de la branche jusqu'à atteindre la première fleur. Elle était trois fois plus grande que lui. Il trouva un appui pour poser le pied et se hissa.

Dedans, il y avait une mare. Trois petites paires d'yeux d'or se levèrent vers lui.

Masklinn leur retourna ce regard.

Ainsi, c'était donc vrai…

Il se demanda s'il devait leur dire quelque chose, si elles pouvaient comprendre quoi que ce soit.

La branche était très longue, et très épaisse. Mais on trouverait des outils et divers machins dans le Vaisseau. Ils pouvaient faire descendre des filins supplémentaires pour soutenir la branche et la remonter quand elle serait coupée. L'opération prendrait du temps. Mais ça ne comptait pas. C'était important.

Le Truc avait dit qu'on pouvait faire pousser des plantes sous des lumières de même couleur que le soleil, dans des pots remplis d'une espèce de bouillon maigre qui aidait les plantes à se développer. Rien de plus facile que de garder la plante vivante. Rien de plus facile… au monde.

S'ils procédaient avec douceur et précaution, les grenouilles n'en sauraient jamais rien.

Si le monde avait été une baignoire, le trajet du Vaisseau aurait été le savon, filant en avant, en arrière, et se retrouvant toujours où on ne l'attendait pas. On pouvait savoir où il était passé en voyant les hélicoptères et les avions décoller en catastrophe.

Ou peut-être était-il la boule de la roulette, qui rebondit et cherche à atteindre le bon numéro…

Ou peut-être qu'il était perdu, tout simplement.

Ils cherchèrent toute la nuit. S'il y avait bien eu une nuit, ce qui était difficile à affirmer. Le Truc essaya de leur expliquer que le Vaisseau allait plus vite que le soleil, bien que le soleil, en fait, ne bouge pas. Il faisait nuit dans certaines parties du monde et jour dans d'autres. Gurder jugea que tout cela était très mal organisé.

— Dans le Grand Magasin, expliqua-t-il, il faisait toujours sombre quand il fallait. Même si ce n'était qu'un simple endroit bâti par des humains.

C'était la première fois qu'ils l'entendaient admettre que le Grand Magasin avait été construit par les humains.

Ils n'arrivaient pas à trouver un seul repère familier.

Masklinn se gratta le menton.

— Le Grand Magasin était situé dans un endroit appelé Blackbury, dit-il. Ça, j'en suis sûr. Alors, la carrière ne devrait pas en être très éloignée.

Angalo indiqua les écrans d'un geste agacé de la main.

— Oui, mais ça ne ressemble pas à la carte, dit-il. Ils ne collent pas de noms sur les lieux! C'est ridicule! Comment voulez-vous savoir où se trouvent les choses, dans ces conditions?

— Bon, d'accord, dit Masklinn. Mais plus question de descendre en rase-mottes pour essayer de lire les panneaux indicateurs. Chaque fois que tu fais ça, les humains se mettent à galoper en tous sens dans les rues et tout le monde crie, à la radio.

— *C'est vrai*, renchérit le Truc. *Les gens ont une certaine tendance à s'énerver quand ils voient un vaisseau spatial de dix millions de tonnes se mettre à longer une rue à basse altitude.*

— La dernière fois, j'ai été parfaitement prudent, s'indigna Angalo. Je me suis même arrêté aux feux de circulation quand ils passaient au rouge. Je ne vois pas pourquoi tout le monde en fait tout un plat. En plus, ce sont les camions et les voitures qui se rentrent dedans, et c'est *moi* qu'on traite de chauffard!

Gurder se tourna vers Pionn, qui faisait des progrès rapides dans leur langue. Les gnomes aux oies avaient un don pour ça. Ils avaient l'habitude de rencontrer des gnomes qui parlaient d'autres langues.

— Tes oies ne se perdaient jamais, dit-il. Comment faisaient-elles?

— Elles se perdaient jamais, c'est tout, répondit Pionn. Elles savaient toujours où elles allaient.

— Ça arrive, chez les animaux, expliqua Masklinn. Ils ont des instincts. C'est comme s'ils savaient les choses sans les connaître vraiment.

— Pourquoi le Truc ne sait-il pas où aller? s'étonna Gurder. Il a su localiser la Floridie, alors un endroit aussi important que Blackbury ne devrait pas poser de problèmes.

— *Je ne parviens pas à capter de signaux radio qui parlent de Blackbury. Il y en a beaucoup qui concernent la Floride.*

— Eh bien! commence déjà par atterrir quelque part, suggéra Gurder.

Angalo appuya sur plusieurs boutons.

— Pour l'instant, il y a juste de la mer en dessous de nous, annonça-t-il. Et… qu'est-ce que c'est, ça?

En dessous du Vaisseau, très loin, une minuscule forme blanche effleurait les nuages.

— Des oies, peut-être, supputa Pionn.

— Je… ne… crois… pas… énonça prudemment Angalo. (Il tourna un bouton.) Je commence à bien comprendre comment ça marche.

Sur l'écran, l'image vacilla un peu, puis enfla.

Une flèche blanche glissait dans le ciel.

— C'est le Concorde? demanda Gurder.

— Oui, répondit Angalo.

— Il se traîne un peu, non?

— Uniquement si on le compare à nous, fit Angalo.

— Suis-le, ordonna Masklinn.

— On ne sait pas où il va, répliqua Angalo sur un ton posé.

— Moi si, je le sais, dit Masklinn. Tu as regardé par la fenêtre, à bord du Concorde. On se dirigeait vers le soleil.

— Oui, il se couchait, confirma Angalo. Et alors ?

— C'est le matin, maintenant. Le Concorde se dirige de nouveau vers le soleil, fit remarquer Masklinn.

— Oui, et alors ?

— Ça veut dire qu'il rentre chez lui.

Angalo se mordit la lèvre pendant qu'il cherchait à suivre.

— Je ne comprends pas pourquoi le soleil doit se lever et se coucher à des endroits différents, intervint Gurder qui avait toujours refusé d'assimiler ne serait-ce que les rudiments de l'astronomie.

— Il rentre chez lui, répéta Angalo en ignorant l'intervention de l'Abbé. D'accord. J'ai compris. Alors, on l'accompagne, c'est ça ?

— Oui.

Angalo fit passer ses mains sur les commandes du Vaisseau.

— Bien. On y va. Je suis sûr que les chauffeurs du Concorde seront ravis d'avoir un peu de compagnie là-haut.

Le Vaisseau vint se placer au niveau de l'avion.

— Il fait plein de zigzags, constata Angalo. Et il commence à aller plus vite, également.

— Je crois que c'est peut-être le Vaisseau qui les inquiète, hasarda Masklinn.

— Je ne vois pas pourquoi. Vraiment je ne vois pas, fit Angalo. On ne fait rien. On les suit, c'est tout.

— J'aimerais qu'on ait de vraies fenêtres, déclara Gurder, songeur. On pourrait leur faire bonjour.

— Les humains ont-ils déjà vu un Vaisseau comme celui-ci ? demanda Angalo au Truc.

— *Non. Mais ils ont inventé des histoires qui parlent de Vaisseaux venus d'autres mondes.*

— Oui, ça ne m'étonne pas, marmonna Masklinn en partie pour lui-même. C'est exactement le genre de choses qu'ils font.

— *Parfois, ils racontent que les Vaisseaux transportent des gens amicaux…*

— Ça, c'est nous, glissa Angalo.

— *… et parfois ils disent qu'ils peuvent contenir des monstres avec des tentacules qui s'agitent et de grandes dents.*

Les gnomes échangèrent un regard.

Gurder jeta un coup d'œil inquiet par-dessus son épaule. Puis ils scrutèrent les couloirs qui rayonnaient autour de la salle des commandes.

— Comme des alligators ? demanda Masklinn.

— *Pire.*

— Euh ! intervint Gurder. On a bien regardé dans toutes les pièces, non ?

— Ce sont des histoires qu'ils inventent, Gurder. Ça n'existe pas en vrai, fit Masklinn.

— Mais qui voudrait inventer ce genre d'histoires ?

— Des humains, répondit Masklinn.

— Euh !... fit Angalo en tentant de pivoter nonchalamment sur son siège (au cas où des créatures avec des tentacules et de grandes dents essaieraient de le prendre à revers). Je ne vois pas pourquoi.

— Moi si, je crois. J'ai beaucoup réfléchi sur les humains.

— Et le Truc ne pourrait pas envoyer un message aux chauffeurs du Concorde ? proposa Gurder. Dans le genre : « Ne vous inquiétez pas, on n'a ni grandes dents ni tentacules, juré. »

— Ils ne nous croiraient sans doute pas, répondit Angalo. Si *moi* j'avais des grandes dents et des tentacules partout, c'est justement le genre de message que j'enverrais. Futé.

Le Concorde traversait le sommet du ciel en mugissant, battant tous les records de traversée transatlantique. Le Vaisseau flottait doucement à sa suite.

— J'ai l'impression, dit Angalo, que les humains sont juste assez intelligents pour devenir fous.

— Je crois, corrigea Masklinn, qu'ils sont assez intelligents pour se sentir seuls.

L'avion se posa dans un hurlement de pneus. Des camions de pompiers traversèrent le terrain, suivis d'autres véhicules.

Le grand Vaisseau noir passa au-dessus d'eux, décrivit dans le ciel une grande courbe, comme un Frisbee, et ralentit.

— L'étang est là ! s'écria Gurder. Juste en dessous de nous ! Et ici, c'est la voie ferrée ! Et voilà la carrière ! Elle est toujours là !

— Bien sûr qu'elle est toujours là, niquedouille, marmonna Angalo en dirigeant le Vaisseau sur les collines tachetées de neige fondante.

— En partie, constata Masklinn.

Un linceul de fumée noire flottait au-dessus de la carrière. En s'approchant, ils virent qu'elle montait d'un camion en flammes. D'autres camions l'entouraient, ainsi que plusieurs humains, qui se mirent à courir en apercevant l'ombre du Vaisseau.

— Tu disais qu'ils se sentaient seuls? gronda Angalo. S'ils ont fait du mal à un seul gnome, ils vont regretter d'être nés!

— S'ils ont fait du mal à un seul gnome, ils vont regretter que moi, je sois né, dit Masklinn. Mais je ne crois pas qu'il reste du monde là-dessous. Ils ne seraient pas restés sur place, si les humains arrivaient. Et qui a mis le feu au camion?

— Ouaaaais! triompha Angalo en brandissant le poing.

Masklinn scruta le paysage au-dessous d'eux. Il n'arrivait pas à imaginer des gens comme Grimma et Dorcas assis dans des terriers, à attendre que les humains prennent possession des lieux. Les camions ne s'enflammaient pas tout seuls. Et quelques bâtiments paraissaient endommagés, également. Ce n'était pas quand même des humains qui avaient fait ça?

Il regarda le champ qui longeait la carrière. Le portail avait été enfoncé, et deux larges sillons traversaient la neige fondue et la boue.

— Je crois qu'ils sont partis dans un autre camion, dit-il.

— Comment ça, *ouaaaais*? interrogea Gurder, qui suivait la conversation avec un brin de retard.

— À travers champs? s'étonna Angalo. Mais il va s'enliser, non?

Masklinn secoua la tête. Peut-être qu'un gnome pouvait avoir des instincts, lui aussi.

— Suis la piste, demanda-t-il, pressant. Et dépêche-toi.

— Me dépêcher? *Me dépêcher?* Tu sais le mal que j'ai à faire voler ce machin au ralenti?

Angalo poussa délicatement un levier. Le Vaisseau gravit le flanc de la colline, frémissant sous l'humiliation de devoir se refréner.

Ils avaient escaladé cet endroit à pied, des mois auparavant. Ça semblait difficile à croire.

Les collines étaient très plates à leur sommet, formant une sorte de plateau qui dominait l'aéroport. Là, c'était le champ où ils avaient trouvé des pommes de terre. Là, le taillis où ils avaient chassé, et le bois où ils avaient tué un renard qui avait mangé des gnomes.

Et là… un petit objet jaune, qui filait à travers champs.

Angalo se pencha en avant.

— On dirait une espèce de machine, reconnut-il en tripotant des leviers sans quitter l'écran des yeux. Mais elle est bizarre.

D'autres objets se déplaçaient sur les routes, là en bas. Ils étaient surmontés de lumières clignotantes.

— Ces voitures sont lancées à sa poursuite, tu crois? demanda Angalo.

— Elles veulent peut-être lui poser quelques questions sur un camion en flammes, répondit Masklinn. Tu peux y arriver avant elles?

Angalo plissa ses yeux.

— Mon vieux, écoute : je pense qu'on n'aurait aucun mal à arriver avant elles, même en faisant un crochet par la Floridie.

Il trouva un autre levier, le poussa un peu.

Le paysage fut agité par une infime secousse et le camion apparut soudain juste devant eux.

— T'as vu?

— Approche-toi davantage, ordonna Masklinn.

Angalo pressa un bouton.

— Tu vois, l'écran peut te montrer ce qui se passe dess…

— Il y a des gnomes! s'exclama Gurder.

— Oui, et les voitures s'enfuient! s'écria Angalo. C'est ça, fuyez! Sinon, vous allez voir les tentacules et les grandes dents!

— Tant que les gnomes ne le croient pas, eux aussi, ça va. Dis donc, Masklinn, tu ne penses pas que…

Encore une fois, Masklinn avait disparu.

Ça aurait dû me venir à l'idée plus tôt, se disait-il.

Le morceau de branche était trente fois plus grand qu'un gnome. Ils l'avaient conservé sous des lumières, et le végétal semblait heureux de se développer, une extrémité plongée dans un pot d'eau spéciale pour les plantes. De toute évidence, les gnomes qui avaient jadis piloté ce Vaisseau avaient souvent fait pousser des plantes suivant cette méthode.

Pionn l'aida à tirer le pot vers l'écoutille. Les grenouilles observaient Masklinn avec intérêt.

Quand la branche fut aussi bien positionnée que possible, Masklinn fit s'ouvrir l'écoutille. Ce n'était pas celle qui coulissait. Les anciens gnomes s'en étaient servis comme d'une sorte d'ascenseur, mais sans câble. Elle montait et descendait grâce à une force mystérieuse, comme « la lente igravité » ou un machin du même genre.

Elle se détacha du Vaisseau. Masklinn regarda en bas et vit le camion jaune s'arrêter. Quand le gnome se redressa, Pionn le considérait, l'air intrigué.

— Fleur est message ? demanda le jeune gnome.

— Oui. Plus ou moins.

— Sans parler ?

— Oui.

— Pourquoi non ?

Masklinn haussa les épaules.

— Je ne sais pas comment le dire.

L'histoire pourrait finir ici…

Mais il ne faudrait pas.

Les gnomes déferlèrent dans le Vaisseau. S'il y avait eu des monstres à tentacules et grandes dents, ils auraient été submergés sous le nombre.

De jeunes gnomes envahirent la salle de contrôle, où ils se mirent en devoir de presser industrieusement tous les boutons. Dorcas et ses ingénieurs avaient disparu en quête des moteurs du Vaisseau. Des voix et des rires résonnaient dans les couloirs gris.

Masklinn et Grimma étaient assis tout seuls, observant les grenouilles dans leur fleur.

— Il fallait que je voie si c'était vrai, expliqua Masklinn.

— La plus merveilleuse chose au monde, dit Grimma.

— Non. Je crois qu'il y a sans doute d'autres merveilles dans le monde, dit Masklinn. Mais c'est drôlement bien quand même.

Grimma lui raconta ce qui s'était passé dans la carrière : le combat contre les humains, le vol de Jekub le remueur de terre, pour pouvoir s'enfuir. Ses yeux brillaient quand elle racontait la bataille avec les humains. Masklinn la regarda, bouche bée d'admiration. Elle était couverte de boue, sa robe était déchirée, on aurait dit qu'elle s'était peignée avec une haie, mais elle pétillait d'une telle puissance intérieure qu'elle lançait presque des étincelles. C'est une bonne chose qu'on soit arrivés à temps, se dit-il. Les humains devraient m'en savoir gré.

— Que va-t-on faire, à présent ? demanda-t-elle.

— Je n'en sais rien. D'après le Truc, il y a des mondes où existent les gnomes. Et eux seuls, je veux dire. Ou alors, on pourra s'en trouver un rien que pour nous.

— Tu sais, je crois que les gnomes du Grand Magasin seraient aussi satisfaits de rester à bord du Vaisseau. Ils ont l'impression d'être dans un Grand Magasin. C'est pour ça qu'ils l'aiment tant. Tout le Dehors est *au-dehors*.

— Alors, je ferais bien de m'assurer qu'ils se rappellent que le Dehors existe bel et bien. C'est mon travail, je suppose. Et quand on se sera trouvé un endroit, je veux ramener le Vaisseau.

— Mais pourquoi ? Qu'y a-t-il ici ?

— Les humains, répondit Masklinn. Il faudrait leur parler.

— Bah !

— Ils veulent vraiment croire à... Je veux dire, ils passent tout leur temps à inventer des histoires qui ne sont même pas vraies. Ils se croient tout seuls au monde. Nous, on n'a jamais pensé ça. On a toujours su qu'il existait des humains. Ils se sentent horriblement seuls et ils n'en savent rien. (Il agita les mains dans un geste vague.) Tout simplement, je me dis qu'on pourrait s'entendre avec eux.

— Ils nous changeraient en farfadets !

— Pas si nous revenons avec le Vaisseau. S'il est une chose dont même les humains peuvent s'apercevoir, c'est que le Vaisseau n'est pas d'un genre très farfadet.

Grimma tendit la main pour prendre celle de Masklinn.

— Eh bien… Si c'est vraiment ce que tu as l'intention de faire…

— Oui.

— Je reviendrai avec toi.

Ils entendirent un bruit, derrière eux. C'était Gurder. L'Abbé portait une besace autour du cou. Il avait l'expression hagarde et déterminée de quelqu'un qui veut Aller Jusqu'Au Bout, quoi qu'il arrive.

— Euh!… je suis venu vous dire adieu, annonça-t-il.

— Que veux-tu dire? s'ébahit Masklinn.

— Je vous ai entendus dire que vous alliez revenir avec le Vaisseau?

— Oui, mais…

— Je t'en prie, ne discute pas. (Gurder jeta un coup d'œil autour de lui.) C'est une chose à laquelle je réfléchis depuis que nous avons le Vaisseau. Il y a bel et bien d'autres gnomes partout. Il faut que quelqu'un les prévienne que le Vaisseau va revenir. On ne peut pas les emmener tout de suite, mais quelqu'un devrait aller trouver les autres gnomes du monde et s'assurer qu'ils connaissent l'existence du Vaisseau. Quelqu'un doit leur expliquer la vérité vraie. Et ce quelqu'un devrait être moi, tu ne crois pas? Il faut que je me rende utile à quelque chose!

— Tout seul? demanda Masklinn.

Gurder fouilla dans sa besace.

— Non, j'emporte le Truc avec moi, dit-il en exhibant le cube noir.

— Euh!… commença Masklinn.

— *Ne te tracasse pas*, déclara le Truc. *Je me suis copié dans les ordinateurs de bord. Je peux être ici et là-bas en même temps.*

— Je tiens vraiment à le faire, insista Gurder, désemparé.

Masklinn songea à discuter, puis il se dit : pourquoi? Gurder sera sans doute plus heureux comme ça. Et puis, c'est la vérité, le Vaisseau appartient à tous les gnomes. On l'emprunte juste un petit moment. Alors, Gurder a raison. Peut-être faudrait-il que quelqu'un retrouve les autres, où qu'ils vivent en ce monde, pour leur apprendre la vérité sur les gnomes.

Et je ne vois personne de mieux placé pour ça que Gurder. Le monde est immense. Il faut quelqu'un qui soit *vraiment* prêt à croire à son travail.

— Tu veux que quelqu'un t'accompagne? demanda-t-il.

— Non. Je trouverai peut-être au-dehors des gnomes qui me seconderont. (Il se pencha en avant.) Je l'avoue, je suis assez impatient de voir ça.

— Euh!... Oui. Mais il y a plein de Dehors, quand même, fit remarquer Masklinn.

— J'ai envisagé cette situation. J'en ai discuté avec Pionn.

— Oh! oui? Bon... alors, si tu es vraiment sûr...

— Oui. Je n'ai jamais été aussi sûr de quelque chose. Et j'ai eu de sacrées certitudes, comme tu le sais.

— On devrait chercher un endroit convenable pour te déposer.

— Exact, dit Gurder. (Il essaya de paraître brave.) Un endroit avec plein d'oies sauvages.

Ils le quittèrent au coucher du soleil, près d'un lac. Les adieux furent brefs. Si le Vaisseau restait en place plus de quelques minutes, désormais, les humains accouraient en foule.

La dernière vision que Masklinn eut de lui fut une petite silhouette sur la berge. Et puis il n'y eut plus qu'un lac, qui se changea en point vert, sur le paysage qui rétrécissait. Un monde se déploya, avec un gnome invisible en son centre.

Et puis, il n'y eut plus rien.

La salle de contrôle était remplie de gnomes qui observaient le panorama tandis que le Vaisseau prenait de l'altitude.

Grimma contempla le monde.

— Je n'avais jamais réalisé qu'il ressemblait à ça, dit-elle. Il y en a tant!

— Oui, c'est plutôt grand, confirma Masklinn.

— On pourrait penser qu'un seul monde serait suffisant pour tout le monde.

— Qui sait? répondit Masklinn. Peut-être qu'un seul monde, ça ne suffit à personne. Quelle destination, Angalo?

Angalo se frotta les mains et tira tous les leviers en arrière, à fond.

— Si loin vers le haut, annonça-t-il avec une profonde satisfaction, que le bas n'existe plus.

Le Vaisseau s'éleva le long de sa parabole en direction des étoiles. Au-dessous, le monde cessa de se déployer : il avait atteint ses limites et apparut comme un disque noir plaqué contre le soleil.

Gnomes et grenouilles le contemplèrent à leurs pieds.

Et la lumière du soleil joua sur les bords du monde et fit chatoyer sa circonférence, projetant ses rayons dans les ténèbres : il ressemblait exactement à une fleur.

6057

Composition Chesteroc International Graphics
Achevé d'imprimer en Europe (France)
par Brodard et Taupin à La Flèche (Sarthe)
le 10 juin 2003 – 19287.
Dépôt légal juin 2003. ISBN 2-290-31509-5
1er dépot légal dans la collection : septembre 2001

Éditions J'ai lu
84, rue de Grenelle, 75007 Paris
Diffusion France et étranger : Flammarion